Robert Merle

Das Idol

Roman

Aus dem Französischen
von Brigitte Kautz

Aufbau Taschenbuch Verlag

Titel der Originalausgabe
L'Idole

ISBN 3-7466-1211-X

6. Auflage 2000
Aufbau Taschenbuch Verlag GmbH, Berlin

Umschlaggestaltung und Bildbearbeitung
Preuße & Hülpüsch Grafik Design
unter Verwendung eines Fotos von Bert Hülpüsch
Druck Elsnerdruck GmbH, Berlin
Printed in Germany

www.aufbau-taschenbuch.de

VORWORT

Dieser Roman spielt zwar Ende des 16. Jahrhunderts, ist jedoch keine Fortsetzung von „Fortune de France“ und hat folglich nichts mit dem Leben und den Abenteuern des Pierre de Siorac zu tun. Ort der Handlung ist Italien, und alle Personen, seien sie nun Römer, Venezianer oder Florentiner, sind Bewohner dieser Halbinsel. Das ist der Grund, weswegen ich ihre Geschichte nicht in dem alten Französisch erzählen konnte, das mir während der neunjährigen Arbeit an meiner historischen Chronik so viel Mühe, aber auch so viel Freude gemacht hat. Es versteht sich von selbst, daß es wenig überzeugend gewirkt hätte, italienischen Romanfiguren französische Archaismen in den Mund zu legen.

Ich erfuhr zum ersten Mal von Vittoria Peretti, der Heldin meines Buches, als ich vor vierzig Jahren ein elisabethanisches Drama von Webster übersetzte, ein brillantes, wenn auch unausgewogenes Werk in einer Sprache, die die Shakespearesche Sprache geradezu schmucklos erscheinen läßt.

Erst zehn Jahre später, bei der Lektüre der „Italienischen Chroniken“ von Stendhal, wurde mir bewußt, wie himmelschreiend ungerecht Webster über Vittoria urteilt. Es kann natürlich sein, daß er schlecht informiert war, doch wie konnte er sich, obwohl die Tatsachen sie eindeutig als Opfer erkennen lassen, dazu versteigen, sie „weißer Dämon“ – so der Titel seines Stücks – zu nennen, womit gemeint ist, daß in ihrem schönen Körper eine teuflische Seele wohnte? Hier zeigt sich deutlich die Frauenverachtung unserer Herren Puritaner! Das unglückliche Opfer wird verfolgt und gefangengehalten und soll dennoch die Missetäterin sein …

Der Bericht, den Stendhal Vittoria widmet, umfaßt etwa dreißig Seiten, und trotz gegenteiliger Behauptungen, die man mitunter hört, handelt es sich nicht um ein originales Werk, sondern um die wörtliche Übersetzung einer alten Chronik, die unseren Autor, stets fasziniert von großen Leidenschaften und starken Charakteren, gefesselt haben muß.

1957 schrieb ich auf der Grundlage dieser Chronik eine kurze Erzählung, die mich hinterher nicht befriedigte. Doch ich brauchte noch einige Zeit, um den Grund dafür herauszufinden.

Vittoria war gut, intelligent, kultiviert und großherzig. Doch nicht wegen dieser Tugenden wurde sie abgöttisch verehrt, sondern weil in einer von Männern beherrschten Gesellschaft die weibliche Schönheit überschätzt wird. Diese Überschätzung ist nicht, wie man annehmen könnte, für die Moral gefährlich, sondern für die betroffene Frau.

In unserer Zeit wäre Vittoria ein Star gewesen, und es wäre ihr nichts Schlimmeres passiert (freilich ist das schmerzlich genug), als daß sie mit dem Altwerden ihre Anbeter verloren hätte. Doch die Vittoria des 16. Jahrhunderts hatte ein ganz anderes Leben. Sie wurde als Ehefrau an einen Mann verkauft, den sie nicht liebte. Man wachte eifersüchtig über ihre Tugend. Zweimal wurde sie ihrer Freiheit beraubt und mehrere Monate in der Engelsburg gefangengehalten. Sie wurde von ihrem Beichtvater belauert, überwacht und verraten. Ihr Name wurde öffentlich in den Schmutz gezogen, ihre zweite Ehe von einem Papst für nichtig erklärt.

Sie stand also allein einer ganzen Gesellschaft gegenüber; um ihr Schicksal nachvollziehbar zu machen, war es notwendig, dieses archaische Milieu mit all seiner Brutalität und seinen Verfolgungsmechanismen zu beschreiben. Eben dies aber fehlte meiner kurzen Erzählung von 1957. Sie war zu linear. Sie beschrieb das Ereignis und nur unzureichend das Milieu, in dem es sich zugetragen hatte und aus dem heraus es sich erklärte.

Als ich den vorliegenden Roman konzipierte, glaubte ich, meine kurze Erzählung als einen ersten Entwurf betrachten zu können, den ich nur einfach umschreiben müßte.

Das erwies sich jedoch als unmöglich. Ich verstand sehr bald, daß ich alles verwerfen und neu anfangen, meine Forschungen wiederaufnehmen und vertiefen und zum gleichen Thema einen viel umfangreicheren und phantasievolleren Roman schreiben mußte mit neuen oder anders gesehenen Helden; der menschliche Hintergrund mußte stärker herausgearbeitet werden, die Erzählweise die außerordentliche Komplexität der Situation verdeutlichen, in der Vittoria kämpfte.

Am Ende meiner Forschungen entdeckte ich nicht ohne innere Bewegung am Ufer des Gardasees den Palast, in dem Vittoria 1585 ihren letzten glücklichen Sommer verlebt hatte. Er hat jetzt einen anderen Namen, doch vier Jahrhunderte sind über ihn hinweggegangen und haben ihm nichts anhaben können, nur seine Steine sind nachgedunkelt. Er hat nichts von einer venezianischen Villa. Karg und streng erhebt er sich am Wasser. Als ich ihn sah, vermochten nicht einmal die großen Magnolien am Uferweg sein Bild aufzuhellen, zumal sie gerade ihre Blüten verloren, die eine nach der anderen auf das Wellengekräusel des nebligen Sees fielen. Die Luft war mild, aber der Ort melancholisch.

Dem Palast fehlte kein einziger Dachziegel. Wie traurig, sich sagen zu müssen, daß ein Haus die Menschen, die es bauten, so lange überdauert. Das Gegenteil wäre mir lieber gewesen: nur hier und da einzelne Säulenreste zu finden und, auf den Ruinen sitzend, Vittoria in ihrem langen Haar, mit einem Blick mir dankend, daß ich sie in meinem Buch gerecht und mitfühlend behandelt habe.

KAPITEL I

Monsignore Rossellino (il bello muto):*

Es war vor fünf Jahren – um genau zu sein, am 5. Dezember 1572 sieben Uhr morgens –, als ich die Treppe zum Vatikan emporstieg und dabei so unglücklich fiel, daß ich mit dem Hals auf eine Stufenkante aufschlug. Durch diesen Aufprall quetschte ich mir den Kehlkopf und wäre auf der Stelle erstickt, wenn nicht ein Bader in der Nähe gewesen wäre, der mir mit einer kleinen Schere die Kehle aufschnitt. Die Wunde verheilte, doch ich blieb stumm.

Es gab zu jener Zeit nicht mehr als zehn Bader in Rom. Wenn nun die Vorsehung einen der geschicktesten Vertreter dieser Zunft meinen Weg so früh am Morgen kreuzen ließ, schloß ich daraus, daß die kaum glaubliche Abfolge der Ereignisse, die mein Leben fürderhin bestimmen sollten, ausdrücklich von ihr gewollt war: mein Sturz, die Kehlkopfquetschung, der Eingriff des Baders, meine Stummheit und meine Begegnung mit Kardinal Montalto.

Vor diesem Unfall war ich einer der glänzendsten Kanzelredner der Ewigen Stadt. Meine Predigten, zu denen die vornehme Welt Roms herbeiströmte, trugen mir außer großem Ansehen auch die Gunst von Damen aus den höchsten Kreisen ein. Sie luden mich häufig in ihre Paläste, verwöhnten mich mit erlesenen Gerichten und umschmeichelten mich auf mancherlei Art, wobei sie nichts weiter von mir wollten, als daß ich mit meinem üblichen Feuereifer über die Qualen der Hölle oder die himmlischen Freuden zu ihnen spräche. In beiden Fällen gerieten sie in Verzückung, und ich war töricht genug, mir auf das Vergnügen, welches ich ihnen verschaffte, etwas einzubilden.

* (ital.) der schöne Stumme.

Ich war damals achtundzwanzig Jahre alt und ein recht gutaussehender Mann, wenn man dem Gerede der Frauen meiner Familie Glauben schenken kann – es ist ja bekannt, wie sehr dieses irrationale Geschlecht *(tota mulier in ventro*)* den Klatsch liebt. Obgleich ich einen keuschen Lebenswandel führte, erfüllte mich mein Aussehen mit Stolz, war ich mir doch bewußt, daß meine einnehmende körperliche Hülle die Ausstrahlungskraft meiner Beredsamkeit beträchtlich erhöhte.

Im Garten der Contessa V. stand ein uralter Baum, in dessen Schatten die Contessa in der schönen Jahreszeit gern mit ihren Freundinnen saß, um mich zu hören. Ich erinnere mich, daß kleine Schweißperlen auf ihre schöne Stirn traten, wenn ich mit lauter Stimme – wiewohl mit allem gebotenen Takt – die Höllenqualen der Verdammten schilderte; sie saß mit halbgeöffneten Lippen, atmete schwer, und ihr Hals überzog sich mit purpurner Röte. Man hätte meinen können, sie überließ ihren kleinen Körper voller Wonne dem grausamen Werk der Dämonen. Je weiter ich in meiner Beschreibung vorankam, desto mehr wuchs ihre Erregung, und ich wurde dadurch so verwirrt, daß ich mir immer neue Details einfallen ließ, die meinen Bericht in die Länge zogen. Ich denke heute nur noch mit Scham daran.

Als wegen meines Unfalls meine schöne tiefe Stimme verstummte, begriff ich, daß sich um einen Ast jenes Baumes, unter dem ich derart schwadroniert hatte, eine Schlange ringelte, die nur auf einen günstigen Moment wartete, um sich herabfallen zu lassen und zwischen der Contessa und mir eine fürchterliche Verbindungslinie zu ziehen.

Es war ein Feigenbaum gewesen, zwar dichtbelaubt, doch unfruchtbar.

Ich begriff, daß die Hand Gottes, die schon in der Bibel den Feigenbaum hatte verdorren lassen, nun mir meine Stimme genommen hatte, um mich vor Sünden zu bewahren, von denen die meines schwachen Fleisches

* (lat.) die Frau ist ganz Bauch.

vielleicht nicht einmal die schlimmste war. Und ich schwankte noch, ob ich mich nicht für den Rest meiner Tage in irgendein Kloster zurückziehen sollte, als ich ein lakonisches Schreiben von Kardinal Montalto erhielt mit der Bitte, ihn in seinem Palast aufzusuchen.

Felice Peretti, dem zwei Jahre zuvor die Kardinalswürde verliehen worden war, hatte den Namen Montalto gewählt, um – so denke ich – einerseits seine hohen Ambitionen, andererseits die Schroffheit seines Charakters anzudeuten. Zitternd begab ich mich zu dem recht bescheidenen und schmucklosen Palast des schrecklichen Kardinals. Mir war sehr wohl bekannt, daß er als Großinquisitor in Venedig mit Feuer und Schwert gegen die Sittenlosigkeit des Klerus vorgegangen war und wegen seiner Strenge sich so verhaßt gemacht hatte, daß sich die Priester am Ende gegen ihn verbündeten und beim Senat seine Vertreibung aus der Repubblica Serenissima erwirkten.

Er lebte so zurückgezogen, daß ich ihn vordem noch nie zu Gesicht bekommen hatte. Und als ich ihn nun sah, war ich von seinem Anblick zunächst enttäuscht. Man muß wissen, daß Rom voll war von majestätischen Prälaten; der schönste unter ihnen war zweifellos Papst Gregor XIII., der damals siebzig Jahre zählte, sich aber dennoch kerzengerade hielt, einen behenden Gang und graziöse Bewegungen hatte und, wenn er aufsaß, wie ein Jüngling in den Sattel sprang.

Kardinal Montalto war von mittlerer Größe. Er war mitnichten verwachsen, wie böse Zungen behaupteten, erweckte jedoch diesen Eindruck mit seinem großen struppigen Kopf zwischen den breiten Schultern. Ich bezeichne seinen Kopf als groß, weil er mir im Vergleich zum übrigen Körper disproportioniert erschien, und als struppig, weil Montalto – ein ehemaliger Franziskaner – Haar und Bart lang trug, beides schlecht gekämmt und nachlässig geschnitten. Diese Behaarung gab ihm einen rauhen Anstrich, was Staunen verursachte in Rom, wo die Prälaten eher Kieselsteinen ähnelten, rund und glatt vom ständigen Aneinanderreiben im Auf und Ab der Gezeiten.

Eine markante Nase, schmale Lippen, ein fliehendes Kinn, dichte schwarze, mit dem graumelierten Haupt- und Barthaar konstrastierende Brauen und darunter, tief in ihren Höhlen, die schwarzen, stark glänzenden, durchdringenden Augen brachten zwar Kraft, aber wenig Gewinnendes in diese Physiognomie, welche ich, wäre da nicht meine große Hochachtung vor Seiner Eminenz, als wild und fanatisch bezeichnen würde.

Von diesem wenig anziehenden und wenig liebenswürdigen Menschen erwartete ich kein Wohlwollen. Trotzdem war ich erstaunt über die Grobheit seines Empfangs und die gebieterische Kürze seiner Rede.

„Rossellino“, sagte er, ohne meine stummen Höflichkeitsbezeigungen zu erwidern, „setzt Euch dorthin, an dieses Tischchen. Ja, da setzt Euch hin! Dort sind Feder, Tinte und Papier, eine brennende Kerze und eine Kupferschale. Wozu die Kerze? Um Eure Antworten zu verbrennen, sowie Ihr sie aufgeschrieben habt. Wozu die Schale? Für die Asche. Schreibt! Aber keine Heuchelei, bitte! Und vor allem keine Seminaristenphrasen! Nichts als die einfache und reine Wahrheit! Sofern die Wahrheit jemals rein ist. Kurz, wenn Ihr mich belügt, und sei es auch nur ein einziges Mal, lasse ich Euch von meinem Diener hinausbringen. Seid Ihr bereit?“

Dieser Beginn erfüllte mich mit Schrecken. Mit zitternder Hand nahm ich die Gänsefeder, tauchte sie in die Tinte und wartete. Die nachfolgenden Antworten wurden auf kleine quadratische Zettel geschrieben. Der Kardinal stand hinter mir und nahm, vielmehr riß sie mir aus den Händen, sowie ich meine Niederschrift beendet hatte, warf einen Blick darauf und verbrannte sie sofort an der Kerzenflamme.

„Seid Ihr keusch?“

„Ja, Euer Eminenz.“

„Laßt die Eminenz weg, das Aufschreiben dauert sonst zu lange. Wart Ihr je in Versuchung, das Keuschheitsgebot zu verletzen?“

„Ja.“

„Wo, wann und mit wem?“

„Im Garten der Contessa V., bevor ich auf den Stufen des Vatikans stürzte.“

„Erläutert mir das!“

„Ich schilderte der Contessa die Qualen der Verdammten in der Hölle, was sie sehr erregte. Und diese Erregung brachte mich in Verwirrung.“

„Habt Ihr die Contessa wiedergesehen?“

„Nach meinem Unfall nicht.“

„Wie seht Ihr diesen Unfall?“

„Als ein Werk der Vorsehung. Mein Sturz bewahrte mich vor dem Fall. Ich begriff die Eitelkeit meines Lebens und daß ich meine schöne Stimme nur dazu nutzte, andere zu umgarnen. Dabei bin ich als erster in diese Schlinge gegangen.“

„Gut gesagt. Was habt Ihr jetzt für Pläne?“

„Mich in ein Kloster einzuschließen.“

„Schlecht überlegt. Ihr seid Weltgeistlicher. Bleibt in der Welt und dienet der Kirche.“

„Bin ich dazu fähig?“

„Gewiß. Was sind nach Eurer Ansicht die Übel des Staates?“

„Anarchie, Korruption, Mißachtung der Gesetze und Straffreiheit für Banditen, ob adlig oder nicht.“

„Was sind die Übel der Kirche?“

„Sittenlosigkeit, Gier nach Gold und Prachtentfaltung, Simonie, die Gebietsfremdheit der Bischöfe, Exkommunizierungen aus anderen als Glaubensgründen.“

„*Bene, bene, bene.* Doch es genügt nicht, die Mißstände zu beklagen. Man muß sie abschaffen.“

„Kann ich das?“

„Ihr nicht. Ich ja. Wollt Ihr mir dabei helfen?“

„Kann das ein Stummer?“

„Gerade ein Stummer!“

Montalto hielt den durchdringenden Blick seiner schwarzen Augen auf mich gerichtet und schwieg lange, damit ich alle Implikationen dieses „gerade“ heraushören konnte.

Ich schrieb: „Mit meiner Ergebenheit, meiner Treue und meiner Verschwiegenheit stehe ich Eurer Eminenz zu Diensten *ad maximam gloriam Dei et Ecclesiae**."

„*Bene.* Ich mache Euch zu meinem Privatsekretär. Hört, Rossellino, ich habe kein Vermögen geerbt, ich betreibe keinen Ämterschacher, und ich empfange auch nicht, wie so viele andere Kardinäle, eine Pension Philipps II. von Spanien, denn ich habe ihm meine Stimme im Konklave nicht verkaufen wollen. Ich werde Euch also schlecht bezahlen."

„Das macht nichts."

„*Bene.* Was haltet Ihr vom derzeitigen Papst?"

Da ich zögerte, warf mir Montalto einen furchteinflößenden Blick zu und schrie aufgebracht: „Antwortet! Jetzt sofort! Sagt mir, was Ihr denkt!"

Ich schrieb: „Es ist eine große Verfehlung für einen Priester, ein leibliches Kind zu haben. Für einen Papst ist es skandalös, und dies um so mehr, als er besagten Sohn zum Gouverneur von Rom ernannt hat."

Montalto riß mir den Zettel aus den Händen, verbrannte ihn an der Kerzenflamme und sagte barsch: „Weiter!"

„Der Papst läßt die Dinge treiben. Er greift nicht ein. Er wird niemals auch nur den kleinen Finger gegen diese Mißstände rühren. Er befaßt sich nur mit den Künsten, mit dem Prunk seines Hofes und mit seiner Schmucksammlung."

Montalto las das Papier, zündete es an und schaute diesmal zu, wie der Zettel in der Kupferschale langsam zu Asche wurde. Dabei spielte die Andeutung eines Lächelns um seine Lippen, was, wie ich sofort feststellte, in keiner Weise seine wilden Gesichtszüge milderte.

„Wo wohnt Ihr?"

Ich schrieb: „Bei einer alten Tante in der Via Appia."

„Ich wette, daß sie Euch über die Maßen verwöhnt."

„In der Tat."

„Die Frauen haben zwei Möglichkeiten, einen Mann

* (lat.) zur höchsten Ehre Gottes und der Kirche.

schwach zu machen: mit dem eigenen Fleisch und mit dem Fleisch im Kochtopf. Ihr werdet in meinem Haus wohnen, Rossellino, in einem ungeheizten Zimmer schlafen und mit mir essen, so wie ich esse: wenig und schlecht."

„Es wird mir eine große Ehre sein, Euer Eminenz."

„*Bene.* Genug geredet. Zieht Euch jetzt zurück. Bis morgen!"

So wurde ich Privatsekretär von Kardinal Montalto. Als Gregor XIII. davon erfuhr, machte er eine ganze Woche lang seine Witzchen darüber:

„*Il bello muto* (diesen Beinamen hatte er mir gegeben) muß zu der Zeit, da er noch seine Stimme hatte, ein großer Sünder gewesen sein. Wie anders könnte er sonst diese schreckliche Buße auf sich nehmen, mit Montalto in dessen altem Gemäuer zu hausen, seine schmale Kost zu teilen und seine Launen zu ertragen? Und Montalto, diesem schlauen Mönch, ist ein hübscher Coup gelungen: er hat einen Sekretär von absoluter Diskretion gefunden."

Giulietta Accoramboni:

Ich wurde in Gubbio in Umbrien geboren, wo mein Vater und sein Bruder Bernardo Majolikateller herstellten und verkauften; der Majolikaüberzug, den arabische Arbeiter aus Mallorca hier bekannt gemacht haben, ergibt einen gleichmäßig weißen Untergrund, auf dem die Farben gut zur Geltung kommen. Die Leuchtkraft dieser Farben ist aber nur mit einer Glasur zu konservieren, die Giorgio Andreoli erfunden hat, ein Maler, der in Gubbio die Manufaktur gegründet hatte, die ihm auf seine alten Tage von den beiden Brüdern abgekauft wurde.

Diese in Italien und darüber hinaus auch in Frankreich, Österreich und ganz Europa berühmten Majoliken waren in der Mitte mit einem sorgfältig gemalten Männer- oder Frauenkopf, auf dem Rand mit allegorischen Motiven verziert. Im Hause meines Onkels Bernardo hing an der Wand eine Majolika, auf der als Medaillon das stolze Profil seiner Gattin Tarquinia dargestellt war, der die Lästerzungen von Gubbio den Beinamen *la Superba* gegeben hatten, sowohl wegen ihrer körperlichen Reize wie auch wegen ihres hochmütigen Charakters.

Diese Anspielung auf den letzten König des alten Rom* mißfiel meiner Tante keineswegs. Sie hatte in ihrer Jugend davon geträumt, durch Heirat dem Adel anzugehören, und manchmal, wenn sie zum Herzogspalast von Gubbio hinüberschaute, bereute sie, einen reichen Kaufmann geheiratet zu haben, wo doch ihre Schönheit ihr andere Türen hätte öffnen können.

Dem Teller mit ihrem Porträt war ein sonderbares Schicksal beschieden. Im Verlaufe einer heftigen Auseinandersetzung zwischen Tarquinia und ihrem Sohn Marcello ging dieser, trunken vor Wut, mit ausgestreckten Händen auf sie zu, als wolle er sie erdrosseln; im letzten Moment jedoch, erschrocken über das ungeheuerliche Verbrechen, das zu begehen er im Begriffe stand, richtete er seinen Zorn gegen die Majolika, riß sie von der Wand und schleuderte sie zu Boden, wo sie zerbrach.

Vielleicht muß ich an dieser Stelle erklären, warum ich im Hause meines Onkels Zeugin dieses symbolischen Mordes wurde: im Sommer 1570 waren in Gubbio Fälle von Pest aufgetreten. Tarquinia beschloß, umgehend die Stadt zu verlassen und sich mit ihren drei Kindern, ihrem Mann und mir in ihr Landhaus zurückzuziehen. Die Tatsache, daß ich mitreisen sollte, war keineswegs ein Beweis ihrer Zuneigung für mich, sondern vielmehr meiner Zuneigung für ihre Tochter Vittoria, der ich Spielgefährtin war und auch ein wenig Ratgeberin, denn ich war drei Jahre älter als sie.

Mein Onkel Bernardo hatte gewisse Skrupel, meinen Vater allein in der Majolikamanufaktur zurückzulassen zu einer Zeit, da in Gubbio zu bleiben lebensgefährlich war. Aber sein ganzes Leben lang hatte er der Superba aus einer Mischung von Güte und Apathie heraus, die

* Tarquinius Superbus.

der Grundzug seines Charakters war, nachgegeben, und nun wußte er nicht, wie er sich ihr widersetzen sollte in einer Situation, in der Bruderliebe und Gerechtigkeitssinn eigentlich ein anderes Verhalten von ihm forderten.

Diese Feigheit rettete ihm freilich das Leben. Doch um welchen Preis! Die Pest in Gubbio raffte meine Brüder, meine Schwestern, meine Mutter, meinen Vater und die meisten seiner Arbeiter hinweg. Der Kummer darüber lastete so schwer auf Bernardo, daß seine sensible und wenig energische Natur allmählich davon erdrückt wurde. Zudem war die Majolikamanufaktur durch den Aderlaß sehr geschwächt und arbeitete nur noch mit halber Kraft. Die von der Pest hinweggerafften maurischen Arbeiter waren nur schwer ersetzbar, und mein Onkel war zwar ein guter Handwerker, doch fehlte ihm das kaufmännische Talent meines Vaters.

Genau diesen Zeitpunkt wählte Tarquinia für ihren Entschluß, sich in Rom niederzulassen, um Vittoria dort entsprechend ihren eigenen ehrgeizigen Plänen zu verheiraten. Ich sah den armen Bernardo bitten und flehen, wo er hätte befehlen müssen. Aber letzten Endes gab er wie immer nach. Er blieb mit seinem jüngsten Sohn Flamineo in Gubbio zurück, und Vater und Sohn gaben sich große Mühe, mit den Majoliken all das Gold aufzubringen, dessen Tarquinia bedurfte, um in Rom nahe dem Petersdom, auf der Piazza Rusticucci, ein wunderschönes Haus zu mieten, wo sie vom Tag ihrer Ankunft an offene Tafel hielt.

Marcello, der keinen Geschmack an der Majolikaherstellung fand – wie übrigens auch an keiner anderen Arbeit –, folgte seiner Mutter nach Rom, gab sich als Adliger aus, trug Dolch und Degen, lernte fechten und schloß Freundschaft mit mancherlei zwielichtigen und hochrangigen Personen, die in seine zweifelhafte Schönheit vernarrt waren. Er pflegte auch die Freundschaft zu einer reichen Witwe, die seine Mutter hätte sein können und mit der er, wie mit seiner Mutter, häufig Streit hatte, vor allem wegen des Geldes, das er sich bei ihr borgte. Eigenartigerweise wagte niemand in Rom, je seinen Adel anzuzweifeln. Dazu muß man sagen, daß Marcello geradezu tollkühn war: wenn ihn auch nur der geringste mißbilligende Blick traf, zog er sofort den Degen. Im übrigen gab es unzählige falsche Adlige in der Ewigen Stadt.

Diese kurze Darstellung mag verdeutlichen, daß zur Familie meines Onkels ebenso viele Engel wie Teufel gehörten. Die Engel arbeiteten in Gubbio, die Teufel gaben in Rom das Geld aus. Und um der Wahrheit die Ehre zu geben: Vittoria gehörte weder zu den Engeln noch zu den Teufeln. Sie hatte von beiden etwas. Ich dagegen zählte nicht; und daran änderte sich auch nichts, nachdem mich Bernardo kurz vor seinem Tod noch adoptiert hatte. Die Superba widersetzte sich dieser Adoption nur deshalb nicht, weil die Interessen ihrer eigenen Kinder davon nicht berührt wurden: Bernardo hatte nur noch Schulden.

Da ich in dieser Familie fast als einzige ein wenig gesunden Menschenverstand besitze, kommt es mir wohl zu, über Vittoria zu sprechen – wenn auch nicht frei von Haß und Liebe, denn ich liebe sie. Aber ich weigere mich, ihr die gleiche abgöttische Verehrung entgegenzubringen, die ihr von allen Seiten zuteil wird. Ich liebe dieses Mädchen, das selbst so wenig vernünftig ist, auf vernünftige Art.

Was das Teuflische betrifft, so hatte Vittoria von der Superba das leidenschaftliche Temperament, den Charakter überhaupt und – bemerkbar nur für Menschen, die sie gut kannten – den scheuen Stolz geerbt. Auch ihre Schönheit verdankt sie der Mutter, die sie darin aber noch weit übertrifft. Denn ihre Güte, die ausschließlich vom Vater stammt, verleiht ihren Augen, ihren fein gezeichneten Lippen und ihren sanften Zügen einen höchst anrührenden Liebreiz. Das Innere hat das Äußere geformt. Ich wage vorauszusagen, daß das Alter ihr Gesicht nicht entstellen wird, wohingegen das Gesicht von Tarquinia mit den Jahren hart und wie aus Erz geworden ist.

Vittoria ist groß und wohlgestalt, eine majestätische Erscheinung. Ihre großen blauen Augen sind von einem dichten Kranz schwarzer Wimpern gesäumt. Und was kaum glaubhaft scheint: ihr seidiges blondes Lockenhaar berührt, wenn sie es löst und den Kopf ein wenig nach hinten neigt, den Boden. In Gubbio konnte sie sich nicht auf der Straße zeigen, ohne daß die Leute – alte wie junge – sich ihr näherten, respektvoll *„col suo permesso, signorina"** sagten und mit den Fingerspitzen ehrerbietig ihr goldenes Vlies berührten.

Diese Haarpracht, mit der sie, nackt, ihren herrlichen Körper verhüllen kann, erfordert so viel Pflege, wiegt so schwer, verursacht ihr so oft Kopfschmerzen und bringt sie, wenn sie sich zu schnell dreht, so gefährlich aus dem Gleichgewicht, daß Vittoria immer wieder davon spricht, sie wenigstens bis zur Taille abzuschneiden. Ich bin die einzige, die dieses Vorhaben vernünftig findet, denn es ruft im Palazzo Rusticucci, auch bei der Dienerschaft, so große Bestürzung hervor, veranlaßt Tarquinia zu solch schrillen Entsetzensschreien und bereitet auch Bernardo – wenn er uns das in Gubbio zusammengekratzte Gold bringt – so offensichtlichen Kummer, daß Vittoria aus purer Gutmütigkeit resigniert und Sklavin ihrer eigenen Schönheit bleiben will.

Vittoria war mit elf Jahren voll entwickelt und bereits mit dreizehn das, was sie heute ist: eine Frau, dazu berufen, die Welt und die Männer zu beherrschen. Wenn sich ein Römer bis nach Gubbio verirrte und herablassend fragte, was es denn in unserer kleinen Stadt zu sehen gebe, sagten die einen: den Herzogspalast, die anderen: den Palast des Rates; aber die am besten Bescheid wußten, antworteten: Vittoria Accoramboni. Und wenn der gute Mann das Glück hatte, sie auf der Straße zu sehen, ging ihm, in die Stadt der Päpste zurückgekehrt, der Mund über von begeisterten Lobeshymnen auf unsere „Bellissima".

So hatten wir sie in Gubbio genannt, und der Beiname „bellissima" blieb mit ihrem Namen ebenso untrennbar verbunden wie „serenissima" mit der Republik Venedig.

* (ital.) mit Eurer Erlaubnis, Fräulein.

Vittorias Haar wurde jede Woche dienstags und samstags gewaschen. Dieser Ritus brachte unsere gesamte Dienerschaft auf die Beine. Die Männer mußten ein großes Feuer unterhalten, eimerweise warmes Wasser heranschleppen und einen hölzernen Badezuber füllen, dann mittels eines an der Unterseite angebrachten Hahnes das Schmutzwasser ablaufen lassen, den Zuber erneut mit frischem Wasser füllen und so fort; die Dienerinnen hatten mit der nötigen Sorgfalt die ganze unendliche Haarfülle zu seifen. Vittoria selbst saß außerhalb des Zubers auf einem Schemel, den Kopf nach hinten geneigt, den Nakken auf ein kleines Kissen gestützt, mit dem die Holzkante abgepolstert war; nur ihr Haar tauchte in seiner ganzen Länge ins Wasser, während sie die Sonette von Petrarca las, manchmal auch laut.

Dies tat sie, vermute ich, einesteils, um nicht von dem Geschnatter der sämtlich um sie versammelten Frauen des Hauses betäubt zu werden, andernteils aber auch, weil sie die Dichtkunst über alles liebte, denn sie war mit Büchern groß geworden, hatte Tarquinia doch darauf gehalten, ihr die Erziehung einer Königin zuteil werden zu lassen.

Mit Handtüchern allein war eine so lange, üppige Mähne nicht zu trocknen; man brauchte dazu das Kaminfeuer oder, wenn das Wetter es erlaubte, die Sonne, die zudem noch den Vorteil hatte, wie Tarquinia sagte, das Blond aufzufrischen. Nicht ohne einen gewissen Pomp wurde Vittoria zu einem Sitz auf einer nach Süden gelegenen Terrasse geführt; während des Umzugs hielten zwei Dienerinnen das Haar, damit es nicht den Boden berühre, und breiteten es dann auf einem speziell dafür gebauten Gitterrost aus, in langen Docken goldener Seide, wie köstliche Früchte zum Nachreifen.

Diese Zeremonie war in Gubbio bekannt, und da sie am zeitigen Nachmittag stattfand, wurde das Haus von Onkel Bernardo an den genannten Tagen zum Ausflugsziel für Müßiggänger, die einen Blick auf Vittorias Haar zu erhaschen hofften, wie es das Gold der Sonne einfing.

In Rom wurde der Ritus fortgesetzt, nachdem wir uns im Palazzo Rusticucci eingerichtet hatten. Doch da Tarquinia nun auf eine gewisse Etikette sehen wollte, fand er nicht mehr wie in unserer Kleinstadt öffentlich statt, sondern fern den neugierigen Blicken im Innenhof des Palazzo.

Die Strategie der offenen Tafel, die Tarquinia seit ihrer Ankunft in Rom mit großem Kostenaufwand verfolgte, brachte nicht das erhoffte Ergebnis. Viele Edelleute, junge und alte, schöne und häßliche, gingen im Palazzo Rusticucci aus und ein, aber sosehr sie von Vittoria auch eingenommen waren, das geringe Vermögen ihres Vaters schreckte sie ab. Es mag ja noch angehen, die Tochter eines Kaufmanns zu ehelichen und in eine Familie ohne Verbindungen einzuheiraten, aber dann müßte dieser Kaufmann wenigstens reich sein! Onkel Bernardo aber hatte nichts als Schulden, und seine Schulden warfen einen Schatten auf die strahlende Schönheit Vittorias. Außerdem war das Mädchen stolz und klug und konnte dumme Menschen schwer ertragen. Sie hätte mehr gefallen, wenn sie nur mäßig intelligent und weniger stolz gewesen wäre.

Seit zwei Jahren stellte Tarquinia ihre Tochter nun schon zur Schau, doch hatte sie trotz all der Bewerber oder vorgeblichen Bewerber, die – zahlreicher als Fliegen einen Honigtropfen – Vittoria umschwärmten, bisher kein Angebot erhalten. Einer der Bewerber, der unscheinbarste von allen, hatte allerdings ein paar schüchterne Andeutungen gemacht. Aber Tarquinia hatte ihn, ohne ihn richtig abzuweisen, kaum ermutigt, das unredliche Argument vorschiebend, ihre gerade erst sechzehnjährige Tochter sei für eine Heirat noch recht jung. Obwohl Francesco Peretti der Neffe eines Kardinals war, fand die Superba seinen Adel zu gering und sein Vermögen nicht ausreichend. Zu Beginn ihres Aufenthaltes in Rom hätte es schon ein Fürst sein müssen, um sie zufriedenzustellen. Seit kurzem aber schien ihr auch ein Marchese oder Graf zu genügen. Nichtsdestoweniger meinte sie, Perettis

Antrag sei ein wenig komisch und unüberlegt, und sie hielt sich etwas darauf zugute, daß sie ihn nicht einfach kurz abgefertigt, sondern auf seine halbe Anfrage diplomatisch mit einer halben Ablehnung geantwortet hatte.

Am 15. April 1573 trat ein Ereignis ein, das Tarquinia hätte absehen können, hätte sie ihrer Umgebung ebensoviel Aufmerksamkeit gewidmet wie ihren ehrgeizigen Zielen: Mein Onkel Bernardo starb. Er hatte es sich niemals verziehen, meinen Vater während der Pest allein in Gubbio zurückgelassen zu haben. Der Niedergang der Majolikamanufaktur, der Umzug Tarquinias nach Rom, die Trennung von seiner geliebten Tochter, die ständigen Geldforderungen ihrer Mutter, die Schulden, die er deshalb gemacht hatte – das alles erschien ihm wie eine Strafe Gottes. Und weit davon entfernt, gegen sein Unglück anzukämpfen, wartete er nur darauf, von ihm zermalmt zu werden.

Die Nachricht wurde uns eines Tages Schlag zwölf Uhr von Flamineo überbracht, der zu Pferde ganz allein, ohne Eskorte von Gubbio herangehetzt war. Völlig verschmutzt, das Haar zerzaust, das Wams geöffnet, erschien er in Stiefeln in dem Saal, in dem wir unsere Mahlzeit einnahmen, und Tränen rannen über sein Gesicht. Als er Tarquinia erblickte, stürzte er auf sie zu, mit ausgebreiteten Armen, als wolle er sich an ihre Brust flüchten, und rief voll Verzweiflung:

„Vater ist tot! Wir sind ruiniert!“

Tarquinia erhob sich, kreidebleich, und ging auf ihn zu; doch sie schloß ihn nicht etwa in ihre Arme, sondern runzelte die Brauen, legte ihm die Hand auf den Mund und flüsterte ihm wütend ins Ohr:

„Bist du wahnsinnig, vor den Dienerinnen zu sagen, wir seien ruiniert? Willst du, daß morgen ganz Rom davon weiß?“

„Ach Mutter, Mutter, Mutter!“ schrie Vittoria, immer lauter werdend und weiterer Worte unfähig, stand vom Tisch auf und stürzte mit wehendem Haar aus dem Zimmer.

„Giulietta“, sagte Tarquinia, ohne mit der Wimper zu zucken, „geh ihr nach und sorge dafür, daß sie sich nicht, wie sonst immer, in ihrem Zimmer einschließt. Ich gehe heute abend zu ihr.“

Sprachlos über so viel Kaltblütigkeit, erhob ich mich.

„Mein Sohn“, wandte sie sich dann an Flamineo, „wie siehst du aus! Nachlässig gekleidet und schmutzig! Zieh dich in deine Gemächer zurück und mach Toilette! Ich werde dich in einer knappen Stunde dort aufsuchen. Wir haben miteinander zu reden.“

Um in Vittorias Zimmer zu gelangen, mußte ich das ganze Haus durchqueren, wo bereits überall das Wehklagen der Dienerschaft zu hören war. Bernardo war zweifellos ein guter Herr gewesen, und mancher fürchtete um seine Stellung, wenn der Haushalt nun eingeschränkt würde. Doch sie weinten auch aus Höflichkeit, weil es sich so gehörte bei einfachen Leuten und um uns zu zeigen, daß sie unsere Trauer teilten. Vor allem die Dienerinnen überließen sich ihrem Kummer mit Hingabe; bei Geburten, Hochzeiten und Todesfällen waren sie immer sehr darauf bedacht, durch entsprechende Gefühlsausbrüche ihre Verbundenheit mit der Herrschaft zu zeigen.

Am Fuße der Treppe zum Oberstock begegnete ich Marcello, prächtig anzusehen in seinem Wams aus blaßgelbem Atlas, den Dolch an der Seite. Er hielt mich am Arm zurück und sagte:

„Ich komme gerade aus Amalfi. Was bedeutet dieses Geheul hier? Niemand kann mir vernünftig erklären, was passiert ist. Weißt du es?“

„Dein Vater ist gestorben.“

„Ach je“, sagte er.

Seine großen schwarzen Augen blieben trocken, nichts regte sich in seinem schönen Gesicht.

„Na gut“, sagte er dann, „das war vorherzusehen. Warum hat er sich zum Sklaven und Lasttier von diesem Mannweib machen lassen! Wo ist Vittoria?“

„In ihrem Zimmer. Ich gehe jetzt zu ihr.“

„Gut“, meinte er und verzog seine Oberlippe zu einem

ironischen Lächeln. „Weint nur! Weint ihr nur alle zusammen! Tränen haben etwas Wollüstiges. Ich aber kann solch Gejammer nicht aushalten und werde mich in mein Zimmer einschließen. Ich werde es nur verlassen, um Tarquinia zu sagen, was nun zu tun ist, jetzt da – zum großen Teil durch ihre Schuld – unser Ruin besiegelt ist."

„Sag es mir lieber gleich!" fuhr Tarquinia dazwischen, die plötzlich vor uns auftauchte. „Aber in meinem Zimmer, wo wir vor fremden Ohren sicher sind. Nein, Giulietta, bleib da! Dein gesunder Menschenverstand wird uns von Nutzen sein."

Während sie sprach, nahm sie Marcellos Arm, als wollte sie ihn mit sich ziehen, er riß sich jedoch heftig los und zischte:

„Faßt mich nicht an! Ihr wißt genau, daß ich es hasse, angefaßt zu werden!"

„Auch von Vittoria?" fragte Tarquinia bissig.

„Gerade von ihr!" antwortete Marcello mit wutverzerrtem Gesicht. „Das weiß ich schon lange: Frauen sind wie Kraken! Nichts als Saugnäpfe und Fangarme! Vittoria macht da keine Ausnahme!"

Tarquinia schwieg, öffnete die Tür zu ihrem Zimmer und ließ Marcello und mich eintreten. Dann schob sie den Riegel vor, drehte sich zu Marcello um, richtete ihre kalten blauen Augen auf ihn und sagte mit perfider Sanftheit:

„Wie eigenartig, Marcello! Ich hätte gedacht, Vittoria sei eine Ausnahme und es gäbe in deinem Herzen aus Stein ein wenig Raum für sie."

„Das Herz aus Stein habe ich von meiner Frau Mutter geerbt!" parierte Marcello mit einem wütenden Blick. „Denn offensichtlich vermochte der Tod des unglücklichen Mannes, der für Euch in Gubbio Blut und Wasser geschwitzt hat, Euern schönen klaren Augen nicht die kleinste Träne zu entlocken."

„Sowenig wie den deinen!"

„Mutter, Mutter!" rief ich da (ich mußte Tarquinia wider meinen Willen so nennen, da mich Onkel Bernardo adoptiert hatte). „Verzeiht mir, doch wenn Ihr Euch nur streitet, ist meine Anwesenheit hier nicht vonnöten."

„Du hast recht, Giulietta", sagte Tarquinia und blickte mich verächtlich an, obwohl sie mir zustimmte, „du bist die einzige, die hier noch gesunden Menschenverstand hat. Marcello, wenn du mir etwas zu sagen hast, dann tu das!"

Marcello pflanzte sich, Hände in die Hüften gestemmt, vor dem Fenster auf, vielleicht um sein Gesicht im Gegenlicht zu halten, damit man nicht so leicht darin lesen könne, vielleicht auch weil er – als geborener Schauspieler wußte er sich in Szene zu setzen – seine Silhouette vor dem rechteckigen Fenster vorteilhaft zur Geltung bringen wollte.

„Ich möchte darauf hinweisen", begann er, „daß mein Rat uneigennützig ist. Da ich Euch, Mutter, auch nicht den Schatten der kleinsten Münze koste, bin ich von dem uns bedrohenden Ruin nicht betroffen."

„Was beweist", entgegnete Tarquinia verächtlich, „daß die Saugnäpfe und Fangarme der Margherita Sorghini wenigstens *ein* Gutes haben: sie ernähren und kleiden dich."

„In der Tat", erwiderte Marcello. „Und nachdem Ihr jetzt Euer Gift gegen die Dame verspritzt habt, deren Freund ich bin ..."

„Ein teurer Freund", sagte Tarquinia.

„... kann ich fortfahren. Hier also mein Rat. Unsere Manufaktur in Gubbio muß so schnell und so vorteilhaft wie möglich verkauft werden. Damit könnt Ihr Eure Schulden abzahlen."

„Nur zum Teil", meinte Tarquinia.

„Mag sein. Das müßt Ihr am besten wissen. Zum anderen muß Vittoria so schnell und so gut wie irgend möglich verheiratet werden."

„Glaubst du, daß ich deinen Rat brauche, um zu diesem Schluß zu kommen?"

„Dann habt Ihr sicher ein paar schöne Bewerber im

Hintergrund", erwiderte Marcello und verzog spöttisch die Lippen.

„Deutlich erklärt hat sich nur einer: Francesco Peretti", seufzte Tarquinia.

„Peretti! dieses klägliche Subjekt, Jesus Maria! Kleiner Adel, kleines Vermögen, kleiner Geist!"

„Aber er ist der Neffe eines Kardinals, der ihn adoptiert und ihm seinen Namen gegeben hat. Montalto betrachtet ihn als seinen Sohn und wird ihn zu seinem Erben machen."

„Wirklich ein schönes Erbe!" rief Marcello und hob die Hände. „Der Kardinal lebt im ärmlichsten Palast von ganz Rom, fährt in einer erbärmlichen Kutsche, und seine Pferde, die er nicht besser füttert als sich selbst, sind dürre Klepper, die nur von der Deichsel gehalten werden. Obendrein hat Montalto in seiner lächerlichen Tugendhaftigkeit die Pension von Philipp II. ausgeschlagen. Ein schöner Kardinal! und ein schöner Erbe!"

„Ich weiß, ich weiß." Tarquinia zog die Brauen zusammen. „Aber was kann ich dafür? Ich hatte nicht die Zeit, etwas Besseres zu finden."

„Bernardo ist also zu früh gestorben?" sagte Marcello mit versteckter Ironie und verschränkte theatralisch die Arme vor der Brust.

Tarquinia bemerkte weder das Theater noch die Ironie. Ebensowenig hatte sie die Taktlosigkeit ihrer eigenen Bemerkung wahrgenommen. Ich dagegen war sprachlos über die zynischen Worte von Mutter und Sohn. Es entging mir allerdings nicht, daß Marcello, ganz der *bravaccio*, der er sein wollte, von den beiden Teufeln der subtilere und empfindlichere war.

„Na gut, und wie denkst du darüber, Giulietta?" fragte Tarquinia herablassend.

Ihr Hochmut galt meiner Situation als Adoptivnichte ohne Vermögen, aber auch meiner geringen Körpergröße und der Tatsache, daß mein bißchen Anmut mit der majestätischen Schönheit der Frauen der Familie nicht zu vergleichen war. Gleichwohl erwies sie mir jene Hochachtung, die Leute ihres Schlages widerwillig ihren Verwandten einräumen, sofern sie Tugenden besitzen, die ihnen selbst abgehen und die zu erwerben sie sich in keiner Weise bemühen.

„Über diese Heirat? oder über Francesco Peretti?“ fragte ich nach einer Weile.

„Über beides.“

„Nun, Francesco ist mir sehr sympathisch. Er hat nichts Strahlendes, das stimmt. Aber er ist sanftmütig und feinfühlig, ohne daß es ihm an Mut oder Würde gebräche.“

„Und was sagst du zu der Heirat?“ fragte Marcello und sah mich aufmerksam an.

„Vittoria wird nicht unglücklich sein, denn Francesco wird alles tun, was sie will.“

„Und Peretti?“

„Er ist ein zu guter Mensch, um mit einer Accoramboni glücklich werden zu können.“

Marcello brach in Lachen aus: „Aber du bist doch selbst eine Accoramboni, Giulietta!“

„Eben. Deshalb weiß ich, wovon ich rede.“

Hierauf lachte Marcello noch mehr.

„Pst, pst!“ machte Tarquinia. Es klang wie das Zischen von einem Dutzend Schlangen. „Marcello, wie kannst du am Sterbetag deines Vaters so ungeniert lachen! Was sollen die Diener denken, wenn sie dich hören?“

„Sie werden denken, daß ich verrückt bin, und das stimmt ja auch. Alle in diesem Haus sind verrückt. Alle, bis auf Giulietta. Mein Vater war eine Memme und zitterte vor seiner Frau. Flamineo ist ein törichter Frömmler. Meine Mutter, eine Medusa ...“

„Und Marcello, ein Zuhälter!“ fiel ihm Tarquinia brutal ins Wort.

Trotz des Gegenlichts sah ich Marcello erbleichen oder glaubte es zu sehen.

„Signora“, sagte er mit klangloser Stimme, „wenn Ihr ein Mann wäret, hättet Ihr jetzt meinen Stahl zwei Zoll tief in der Kehle!“

Das war kein Theater mehr, trotz der melodramatischen Sprache, denn Marcello tastete mit zitternder Hand nach dem Griff seines Dolches, und ich sah in diesem Augenblick deutlich, daß er sein wütendes Verlangen, ein für allemal mit seiner Mutter Schluß zu machen, nur mühsam zurückhielt. Ich warf mich zwischen die beiden, was ich schon mehr als einmal getan hatte, seit ich in diese unbeherrschte Familie gekommen war, wo alle Leidenschaften auf die Spitze getrieben wurden.

Ich stützte mich mit den Handflächen gegen Marcellos Brust. Er zitterte an allen Gliedern unter der Anstrengung, seinen wahnsinnigen Zorn zu unterdrücken. Er sah mich nicht. Über meinen Kopf hinweg sah er Tarquinia durchbohrend mit seinen schwarzen Augen an.

„Marcello, ich flehe dich an!“ rief ich.

Er bemerkte mich endlich, kam wieder zu sich, und der Schatten eines Lächelns – dieses Mal wenigstens nicht gespielt – huschte über sein Gesicht. Vielleicht entsann er sich, daß ich als Kind schon einmal zwischen ihn und seine Mutter getreten war und dabei die für ihn bestimmte Ohrfeige erhalten hatte.

„Du bist ein gutes Mädchen, Giulietta“, sagte er leise und atemlos, legte mir dabei die Hände auf die Oberarme und stieß mich dann, selbst überrascht von dieser Geste, zurück.

„Da ich sehe, daß ihr beide mit mir einer Meinung seid“, schloß Tarquinia ohne jede Spur von Ironie und wie blind oder unempfindlich gegen die Gefahr, der sie soeben entronnen war, „werde ich Vittoria umgehend über meine Pläne im Hinblick auf Peretti informieren.“

„Umgehend!“ rief ich unwillig.

„Ihr werdet nichts dergleichen tun, Mutter!“ schrie Marcello. „Ich werde Euch daran zu hindern wissen. Wenn nötig, stelle ich mich vor Vittorias Tür. Ihr werdet sie morgen sehen. Habt jetzt wenigstens so viel Takt, ihr einen Tag und eine Nacht für ihre Tränen zu gewähren!“

Schnellen Schrittes verließ er das Zimmer, und als ich wenige Augenblicke später im oberen Stockwerk zu den

Gemächern seiner Schwester kam, fand ich ihn in dem kleinen Vorraum, der Caterina Acquaviva manchmal als Schlafzimmer diente.

Er lag ausgestreckt auf einem *divano-letto*, wo Caterina oft – in Hörweite ihrer Herrin – die Nacht verbrachte und das so klein (obwohl für Caterina groß genug) war, daß Marcellos Füße darüber hinausragten. Das Tageslicht flutete durch eine nach Süden gehende Maueröffnung herein und fiel auf sein düsteres Gesicht. Als ich eintrat, war er damit beschäftigt, die Sonnenstrahlen auf der nackten Klinge seines Dolches einzufangen, ein kleines Spiel, das mir beunruhigend und kindlich zugleich erschien.

Bei meinem Eintritt kam Caterina aus Vittorias Zimmer, schloß behutsam die Tür hinter sich und sagte, sie habe mich gerade suchen wollen, Vittoria habe nach mir verlangt.

Caterina Acquaviva war frisch und lebendig wie ihr Name, brünett und rundlich, hatte einen bemerkenswert reinen, matten Teint und große unschuldige Augen. Als sie über meine Schulter hinweg Marcello auf ihrem Bett liegen sah, errötete sie. Ihr von einem eckigen Ausschnitt halb entblößter bräunlicher Busen hob sich, und sie sagte mit zärtlicher Stimme, deren Beben sie nicht unterdrükken konnte:

„Signor Marcello, Ihr habt es bequemer, wenn ich Euch die Stiefel ausziehe."

„Wie du willst", antwortete er ungerührt, ohne Entschuldigung, daß er ihr Lager einnahm, und ohne sie eines Blickes zu würdigen.

Ich fand Vittoria vor dem Fenster auf einem Stuhl mit hoher Rückenlehne, ihr langes Haar hatte sie über die Lehne geworfen, seine Spitzen berührten den Teppich. Sie hatte die Hände in den Schoß gelegt. Sie weinte nicht und schaute ins Leere.

„Ach, Giulietta", sagte sie mit gedämpfter Stimme, „ich bin froh, dich zu sehen. Du wenigstens hast unseren unglücklichen Vater geliebt. Mein Gott, wie schlecht haben wir ihn behandelt!"

„Du mußt dir keine Vorwürfe machen“, entgegnete ich nach einem Moment des Schweigens. „Es war nicht dein Entschluß, Gubbio zu verlassen und nach Rom zu gehen.“

„Aber es ist meinetwegen geschehen“, erwiderte sie lebhaft. „Und du weißt, wie gerne ich in Rom lebe. Armer Vater! Er hat sich in Gubbio abgerackert, während wir uns hier amüsierten ...“

Ich widersprach ihr nicht, denn das stimmte. Wahr ist auch, daß Vittoria ihren Vater bisweilen völlig vergessen zu haben schien. Damals, entsinne ich mich, stellte ich mir zum ersten Mal die Frage, ob die bezaubernde Schönheit Vittorias wirklich ein so großes Geschenk des Himmels sei, wie alle behaupteten.

Da das Schweigen andauerte, wagte ich zu fragen: „Sag ehrlich, Vittoria, möchtest du lieber allein sein?“

„Nein, bleib! Mir war so, als hätte ich nebenan die Stimme Marcellos gehört. Er ist also aus Amalfi zurück? Was macht er hier?“

„Er bewacht dich. Er hat geschworen, Tarquinia am Eintreten zu hindern.“

Sie seufzte und neigte den Kopf zur Seite.

„Sag ihm, daß ich ihm danke. Sag ihm, wenn er mich begrüßen möchte, kann er kommen.“

Ich ging hinüber in den kleinen Vorraum und schloß die Tür hinter mir, bevor ich mich an Marcello wandte. Die Tür war mit einer schweren Stoffbespannung gepolstert, und ich wollte nicht, daß Vittoria alles hörte. Ich wußte genau, wie Marcello die versteckte Bitte seiner Schwester aufnehmen würde.

Marcello hatte sich weder von dem kleinen Lager erhoben noch seinen Dolch in die Scheide zurückgesteckt. Er hatte ihn neben sich auf einem kleinen Nachttisch abgelegt, hatte die Augen geschlossen und schien zu schlafen, so daß Caterina, die mit dem Rücken zur Wand zu ebener Erde auf einem Kissen saß, ohne Furcht vor Zurückweisung seine Züge betrachten konnte.

Sowie ich erschien, stand Caterina auf, wie ertappt,

doch ich hieß sie sich wieder setzen, da Vittoria sie im Moment nicht brauche. Ich sprach leise, um Marcello nicht zu wecken. Während ich noch zögerte, ob ich ihn ansprechen sollte, betrat Flamineo auf leisen Sohlen – unmerklich, wie er alles tat – das kleine Zimmer.

Flamineo war so etwas wie das verkleinerte, blasse Abbild von Vittoria. Seine kurzgeschnittenen blonden Locken bildeten eine Art Heiligenschein um seinen Kopf. Die wässerigen blauen Augen erhellten sein etwas weiches Gesicht mit mildem Glanz. Fromm, wie er war, hätte er längst Mönch werden sollen: so wäre er dem Streit in seiner Familie und der zermürbenden Arbeit in der Majolikamanufaktur entgangen. Und besser noch, er wäre mit der Zeit ein hübscher kleiner *monsignore* geworden, angebetet von den weiblichen Schäfchen seiner Herde wie jetzt schon von den Dienerinnen im Palazzo Rusticucci, wobei Caterina freilich auf ein Abendmahl anderer Art hoffte.

Flamineo war so leise wie ein Mäuschen gewesen, hatte aber nicht einmal Zeit, den Mund zu öffnen: Marcello war mit einem Satz aufgesprungen und hatte ihn an der Gurgel gepackt. Da begriff ich, daß Marcello sich bis jetzt nur schlafend gestellt hatte, um sich an Caterinas stummer Anbetung zu ergötzen. Diesmal mischte ich mich nicht ein: für Flamineo bestand keine Gefahr. Da er sich niemals wehrte, fand Marcello es unter seiner Würde, ihn zu schlagen.

„Was machst du hier?“ zischte er mit zusammengebissenen Zähnen. „Wer schickt dich? Antworte! Wer schickt dich? Tarquinia? Welche Botschaft hat sie dir aufgetragen? Antworte, du Abgesandter des Satans!“

„Niemand hat mir eine Botschaft aufgetragen“, sagte Flamineo mit seiner sanften, singenden Stimme, die mich immer wieder erstaunte und die mir, ehrlich gesagt, nur begrenztes Vertrauen einflößte, paßte sie doch auch recht gut zu frommen Lügen.

„Was willst du dann hier?“ fragte Marcello, ohne ihn loszulassen und ohne die Stimme zu heben, da er zweifellos befürchtete, die Aufmerksamkeit Vittorias zu erregen, und weil er außerdem sehr wohl wußte, daß sie dazu neigte, Flamineo als ihren jüngeren Bruder in Schutz zu nehmen.

„Ich möchte Vittoria sehen", sagte Flamineo schwach.

„Sie will niemanden sehen!" entschied Marcello leise, wobei er einen flüchtigen Blick auf Vittorias Tür warf, als fürchte er, sie könne sich öffnen und ihn Lügen strafen. „Niemanden", wiederholte er, „deshalb stehe ich hier Wache. Niemanden! Verschwinde, oder ich werfe dich hinaus!"

Bei diesen Worten hielt er ihn immer noch an der Gurgel gepackt, öffnete die Tür zur Galerie und stieß ihn hinaus. Vielleicht muß ich hier ergänzen, daß der Palazzo Rusticucci um einen quadratischen Hof herum gebaut war, mit einem Wasserbecken und einem Boskett in seiner Mitte. Die erwähnte Galerie führte auf der Hofseite außen um den ganzen Oberstock herum und wurde vom Hof her je nach Tageszeit mit Sonnenwärme oder Kühle versorgt.

„Marcello", sprach ich ihn an, nachdem er die Tür wieder geschlossen hatte, „was du eben gesagt hast, stimmt nicht ganz. Vittoria läßt dir ausrichten, wenn du sie begrüßen möchtest, kannst du zu ihr kommen."

Freude und Kälte wechselten so rasch auf seinem Gesicht, daß ich zweifelte, die Freude wirklich gesehen zu haben, so schnell schlug sie in Kälte um. Marcello streckte sich wieder auf Caterinas kleinem Lager aus, schloß die Augen und sagte:

„Nein, ich lege keinen Wert auf so was: Tränen, Seufzer, Blicke gen Himmel und andere typisch weibliche Affereien. Sag ihr, daß ich müde von der Reise bin und schlafe."

In meinem Zimmer dann hatte ich in der Nacht einen seltsamen Traum. Ich sage „seltsam", weil Träume normalerweise vage und ungezügelt sind, dieser mich jedoch durch seinen logischen Zusammenhang und die Deutlichkeit der darin gesprochenen Worte betroffen machte.

Sie gruben sich mir unauslöschlich ins Gedächtnis, so daß ich am nächsten Tag meinte, sie tatsächlich gehört zu haben.

Ich war allein in einem großen prächtigen Zimmer, dessen Boden und Wände mit kostbaren Teppichen bedeckt waren. An den Wänden entlang waren Diwane aufgestellt. In der Mitte des Raumes stand ein niedriger achteckiger Tisch aus duftendem Zedernholz, dessen Platte mit zierlichen orientalischen Schnitzereien geschmückt war. Auf dem Tisch stand eine breite flache Kupferschale, in der mir unbekanntes, aber sehr stark duftendes Räucherwerk verbrannte. Das Zimmer war nur mit den Teppichen, Diwanen und diesem Tisch ausgestattet. Die mächtige Tür bestand ebenfalls aus Zedernholz, sie war mit Nägeln und Eisenbändern beschlagen und mit einem vergitterten Guckloch versehen; das Schloß darunter – ich wußte es, ohne versucht zu haben, es zu öffnen – war abgeschlossen.

Eine Fenstertür ließ die Morgensonne hereinfluten und war außen durch ein schmiedeeisernes Gitter gesichert, durch das man einen schönen Garten mit einer verschwenderischen Blumenpracht erblickte. In seiner Mitte befand sich ein goldener Käfig, in dem Vögel mit bunt schillerndem Gefieder sangen. Ich wollte gern näher herangehen, aber das Gitter der Fenstertür war verriegelt.

So blieb ich also stehen, blickte auf den Käfig und bemerkte, daß um ihn herum Vögel flatterten, die das gleiche Gefieder hatten. Sie wollten in den Käfig hineingelangen, so wie die gefangenen Vögel begierig waren hinauszukommen. Auch uns geht es so, dachte ich: wir sehnen uns danach, uns mit dem geliebten Menschen zu verbinden, und sind diese Bande einmal geschmiedet, finden wir sie auf Dauer zu schwer.

Aber dieser Gedanke streifte mich nur leicht, ohne mich traurig zu stimmen. Auch ich war gefangen, konnte weder das Gitter der Fenstertür aufstoßen noch die schwere Zedernholztür öffnen. Und doch war mir, während ich die im Käfig flatternden Vögel beobachtete, als könne ich mich jeden Moment in die Lüfte erheben, so glücklich und leicht fühlte ich mich. Leicht war ich übrigens wirklich, denn ich trug weder die Baskine, das beengende Untermieder, noch den schweren Reifrock, die Vertugade. Unter einem langen und weiten, vorn offenen safrangelben Kleid war ich völlig nackt. Der Stoff umschmeichelte sanft meinen Körper und ließ meinen Gliedern eine köstliche Freiheit. Als ich mich in einem großen venezianischen Wandspiegel erblickte, trat ich näher heran und fand mich zu meiner Überraschung größer und vor allem hübscher, als ich noch am Abend gewesen war. Jeder Mann, schien mir, müsse mich lieben, sobald er mich erblickt. Ich vollführte einige Pirouetten und tanzte mit ausgebreiteten Armen, die mir in den weiten Ärmeln wie Flügel erschienen, durch das Zimmer. Alles war mir Liebkosung, während ich umherwirbelte: die Falten des Kleides, die laue Brise aus dem Garten, die ich sogar unter meinem Kleid spürte, die Räucherdüfte aus dem flachen Becken, der weiche dicke Teppich unter meinen Füßen.

Zu meinem Verdruß entdeckte ich plötzlich, daß ich nicht allein in dem Zimmer war, wie ich zunächst geglaubt hatte. Auch Vittoria und Caterina waren da und trugen ebensolche Kleider wie ich, nur von anderer Farbe: Vittorias war rosa, Caterinas lila.

Ich bemerkte mißmutig, daß ihnen diese Farben gut standen. Und die Pose, in der ich sie sah, steigerte noch die lebhafte Antipathie, die ich plötzlich gegen beide empfand.

Caterina saß auf dem Teppich und lehnte ihren brünetten Kopf an einen Diwan. Sie hatte den breiten Ausschnitt ihres Kleides über ihren linken Oberarm hinabgleiten lassen, so daß man eine runde Schulter sehen konnte und ihre makellosen bräunlichen Brüste mehr als zur Hälfte entblößt waren. Ihre schwarzen Augen, die mir sehr groß und glänzend vorkamen, waren erwartungsvoll auf die nägelbeschlagene schwere Tür gerichtet.

Vittoria dagegen saß artig auf einem der Diwane, so

daß ich an ihrem Betragen zunächst nichts auszusetzen hatte. Doch als ich ihr Gesicht, das mir weniger schön als sonst erschien, genau durchforschte, entdeckte ich darin eine gewisse Falschheit, die ich vorher nie bemerkt hatte und die sie durch ihr Verhalten sogleich bestätigte. Denn sie erhob sich und sagte ungeniert und wie im Selbstgespräch:

„Das Kleid ist mir zu warm. Und da wir unter uns sind, will ich es ausziehen. Mein Haar reicht aus, mich zu bedecken."

Sie entkleidete sich, streckte sich auf dem Diwan aus und bedeckte Brüste und Leib mit ihrem Haar. Dann stieß sie einen kleinen Seufzer aus und schloß die Augen wie zum Schlafen. Ich ließ mich davon nicht täuschen, denn ich sah, wie ihre Lider einen Spalt geöffnet blieben und sie ebenfalls nach der Tür schaute. In diesem Augenblick wußte ich nicht, was ich mehr verabscheute. Caterinas Schamlosigkeit oder Vittorias scheinheiligen Anstand.

Ich beschloß, die beiden durch meine tadellose Haltung zu beschämen. Ich setzte mich auf einen Diwan, preßte die Beine zusammen und verschränkte die Arme vor der Brust, um den indiskreten Ausschnitt meines Kleides am Verrutschen zu hindern. Einen Augenblick später bemerkte ich, daß der Diwan, auf dem ich Platz genommen und den ich rein zufällig gewählt hatte, der Tür genau gegenüberstand. Ich beschloß, diese unglückliche Wahl zu korrigieren, indem ich meinen Kopf entschlossen nach rechts gedreht hielt, als ob ich durch das Gitter der Fenstertür in den Garten schaute. Dabei wurde mir zu meiner Freude alsbald bewußt, daß ich so einem zur Tür hereinkommenden Besucher meine beste Seite zukehrte. Dieser unfreiwillige Vorteil verwirrte mich nicht im geringsten, betrachtete ich ihn doch als eine Gunst der Vorsehung und als Belohnung für mein untadeliges Betragen.

Caterina stieß einen unterdrückten Schrei aus, und als ich der Richtung ihres Blickes folgte, sah ich den Grund ihrer Verwirrung. Ein Gesicht erschien hinter dem Guckloch, da dieses aber durch ein Gitter verschlossen war, konnte man die Gesichtszüge nicht deutlich erkennen, die schwarzen Augen dagegen waren sehr gut zu sehen, ebenso die glänzenden Blicke, mit denen jede von uns der Reihe nach angestarrt wurde und von denen ich mich wie durchbohrt fühlte.

Aus den Augenwinkeln beobachtete ich Vittoria, die ungerührt wirken wollte und ins Leere schaute, um so die Schönheit ihrer Augen am besten zur Geltung zu bringen. Caterina dagegen, mit wogender Brust, halb geöffneten Lippen, den Kopf unruhig hin und her werfend, schien in einem Höllenfeuer zu schmoren.

Die mit Nägeln verzierte Tür drehte sich leicht in den Angeln, und Marcello trat ein, was uns nicht im mindesten überraschte. Er war mit einer langen tizianroten Robe bekleidet, die durch einen goldenen Gürtel, an dem sein Dolch hing, zusammengehalten wurde. Er verriegelte die Tür hinter sich, zog den Schlüssel ab, zeigte ihn uns mit einer theatralischen Geste, schritt zur Fenstertür und warf ihn durch das Gitter in den Garten. Danach wandte er sich zur Mitte des Zimmers, umschritt langsam den flachen Zedernholztisch, schaute uns der Reihe nach an und sagte mit ironisch verzogenen Lippen:

„Jetzt seid ihr in meiner Gewalt, meine Täubchen, und könnt mir nicht entkommen."

Da erhob ich mich von meinem Diwan, auf dem ich bis dahin bescheiden sitzen geblieben war, ging beherzt auf ihn zu und sagte:

„Du bist selbst ein Gefangener, Marcello, denn du hast den Schlüssel weggeworfen."

„Daran erkenne ich deinen gesunden Menschenverstand, Giulietta", entgegnete er lächelnd. „Man könnte sogar meinen, ich sei euer Gefangener, so wie ihr meine Gefangenen seid. Aber das ist falsch. Ich bin frei, und hier ist das Werkzeug meiner Freiheit!" Er zog seinen Dolch.

Er drehte und wendete den Dolch in seinen Händen,

um mit der glänzenden Klinge einen Sonnenstrahl einzufangen, den er abwechselnd auf Vittoria, Caterina und mich zu richten versuchte.

„Willst du damit sagen, Marcello, daß du dir das Leben nehmen willst?“

„Natürlich. Aber zuvor will ich euch das Leben nehmen.“

„Und warum?“

„Warum leben“, entgegnete Marcello, „wenn wir doch alle dem Tod bestimmt sind?“

Vittoria riß ihre blauen Augen weit auf, fegte ihr Haar beiseite (auf die Gefahr hin, ihre Brüste zu zeigen, aber war das nicht Absicht?), stützte sich auf einen Ellenbogen und fragte:

„Warum soll ich sterben, Marcello?“

„Das Leben“, antwortete er mit leiser, müder Stimme, „ist ein grausames, hinterhältiges Spiel. Frauen sind nichts als Fallen der Fleischeslust. Wer in ihre Fangarme gerät, fällt und stirbt. Lieber will ich mich töten, und euch mit.“

Ich war wütend, weil Vittoria durch ihren Einwurf die Aufmerksamkeit Marcellos auf sich gelenkt hatte. Begierig, sie aufs neue zu gewinnen, und um ihm gleichzeitig meine Unterwerfung zu zeigen, trat ich zu ihm, legte meine Hände auf seine Brust und sprach sanft:

„Es geschehe nach deinem Willen, Marcello. Töte uns, wenn es sein muß, doch sag mir wenigstens, mit wem du beginnen willst.“

„Mit dir, Giulietta, du bist so ein braves Mädchen“, sagte er lächelnd.

In diesem Augenblick erwachte ich. Als ich begriff, wo ich war und wer ich war, kam mir – ich weiß nicht warum – meine verstorbene Familie in den Sinn, und ich spürte die Leere meines Lebens mit solcher Grausamkeit, daß ich zu schluchzen begann.

Schließlich ermüdeten mich die Tränen. Ich trocknete mir die Augen, schlug Feuer, zündete meine Kerze an, erhob mich und betrachtete mich in einem kleinen venezianischen Spiegel, der verkleinerten Nachbildung des Spiegels aus meinem Traum. Ich durchforschte meine Gesichtszüge, als könne ich daraus mir bisher unbekannte Dinge über mich erfahren. Eigenartigerweise schien ich nicht mehr dieselbe zu sein. Ob zum Guten oder Schlechten verändert, hätte ich nicht zu sagen gewußt.

Ich spürte Unbehagen. Wie erklärte es sich, daß mein Traum Marcello derart überschätzte, daß er eine Art Held wurde, er, den ich ungeachtet meiner alten Zuneigung für einen skrupellosen, faulen, gewalttätigen und verderbten jungen Mann hielt? Wie erklärte es sich, daß in dem gleichen Traum Vittoria ungerechterweise zu einem falschen Ungeheuer wurde und obendrein für ihren Bruder eine inzestuöse Neigung verspürte, an der sie gewiß unschuldig war?

Ich ging wieder zu meinem Lager, blies die Kerze aus, hielt im Dunkeln einen langen Moment die Augen weit geöffnet, ohne Schlaf zu suchen, da ich sehr wohl wußte, daß ich ihn ohnehin nicht finden würde. Und obgleich ich sicher nicht verantwortlich war für die Phantastereien meines Traums, fühlte ich doch Gewissensbisse, weil ich im Schlaf so böse und negative Gefühle für Vittoria gehegt hatte. Gleichzeitig spürte ich in mir Zweifel über mich aufsteigen. War ich denn wirklich diese gute, diese „vernünftige" Giulietta, von der es hieß, sie sei die Verkörperung des gesunden Menschenverstandes?

KAPITEL II

Seine Eminenz Kardinal Cherubi:

Zwei Jahre nachdem Gregor XIII. den päpstlichen Thron bestiegen hatte, wurde ich Generalvikar von Seiner Eminenz Kardinal Montalto. Diese Ehre – wenn es denn eine war – sollte nur von kurzer Dauer sein. Ein Jahr später, im Mai 1573, um genau zu sein, enthob mich der Kardinal mit seiner gewohnten Unhöflichkeit meines Amtes.

Da in Rom so unbarmherzige Gerüchte darüber kursierten, weshalb ich in Ungnade fiel, möchte ich hier in aller Herzenseinfalt, die gewissermaßen ein *nutrimentum spiritu** ist, die Gründe darlegen: sie waren dermaßen nichtig, daß später einmal jeder vernünftig denkende Mensch darüber staunen wird. Daß eine Frau – Vittoria Accoramboni – zwar nicht die Ursache, zumindest aber der Anlaß war, wird die Verblüffung noch vergrößern.

Ich wüßte übrigens nicht, daß man mir in diesem Zusammenhang Verbitterung oder Groll nachsagen könnte, denn diese brutale Entlassung, von mir zunächst als schmerzlich empfunden, erwies sich späterhin als ein wahrer Segen.

Sobald nämlich Seine Heiligkeit Gregor XIII. erfuhr, daß mich Seine Eminenz „zu meinen Gondeln zurückgeschickt“ hatte – so die abfällige Redensart, die der Kardinal bei dieser Gelegenheit zu verwenden sich nicht scheute –, nahm er mich unter seine Fittiche und den Kardinal beim Wort, indem er mich dem Patriarchen von Venedig empfahl. Dieser empfing mich um so freundlicher, als ich ja tatsächlich Venezianer bin und der Papst außerdem hatte verlauten lassen, er werde mich eines Tages zum Kardinal ernennen.

Eine solche Aussicht erschien dem Patriarchen um so

* (lat.) eine Nahrung des Geistes.

verlockender, als er selbst sich Hoffnung auf den Papstthron machte. Er glaubte, in mir einen Freund zu gewinnen, der ihm eines Tages im Konklave seine Stimme geben würde, wenn Gott der Herr die Seele des liebenswerten Gregor zu sich riefe. Als es jedoch soweit war, fehlte ihm meine Stimme. Leider, aber ich konnte nichts dafür! Und wer wurde statt seiner zum Papst gewählt: etliche erinnern sich noch mit Heulen und Zähneklappern daran ...

Heute sehe ich das knappe Jahr, das ich bei Kardinal Montalto verbrachte, als eine Art irdisches Fegefeuer, in dem die göttliche Vorsehung mich armen Sünder läutern wollte. Gewiß, Kardinal Montalto zeichnete sich durch außerordentliche Intelligenz und Energie und die strenge Einfachheit seiner Lebensweise aus, aber der Herr möge mir vergeben, wenn ich denke, ein bißchen weniger Tugend und ein bißchen mehr Liebenswürdigkeit wären für seine Umgebung besser gewesen, auch für die ihm völlig ergebenen Diener, wie *il bello muto,* seinen Sekretär, oder für einen Mann wie Francesco Peretti, seinen Adoptivsohn, dem er besonders zugetan war.

Man muß freilich zugeben, daß er dem *bello muto* und Francesco Peretti gegenüber eine gewisse Güte an den Tag legte. Er gab sich einige Mühe, für seinen Sekretär eine Zeichensprache zu erfinden, die es diesem ermöglichte, sich schneller mit seinem Herrn zu verständigen. Und in bezug auf Francesco tat er sein Bestes – oder glaubte es zu tun –, um dessen Glück zu sichern. Allerdings war absolute Unterwerfung unter seine herrischen Launen der Preis, den beide hundertfach zu zahlen hatten für diese Wohltaten.

Gewiß, die Tugend des Kardinals war ohne Fehl und Tadel. Doch es gibt auch ein Übermaß an Vortrefflichkeit. *Tutior est locus in terra quam turribus altis:* man lebt sicherer auf der Erde als auf hohen Türmen. Wer fällt, fällt dann weniger tief! Ich sage es in aller Bescheidenheit: meine guten Eigenschaften gelten vor Gott vielleicht nur wenig. Deshalb schäme ich mich nicht, zuzugeben: wenn die Ungnade Montaltos mir die Gunst Seiner Heiligkeit eintrug, geschah dies weniger auf Grund meiner eigenen Verdienste als wegen der Feindseligkeit Gregors XIII. gegenüber Seiner Eminenz.

In Rom weiß jeder alles, aber niemand spricht es aus. Da ich kein Römer bin, wären mir die Ursachen dieser Aversion für immer verborgen geblieben, wenn nicht Kardinal di Medici mir eines Tages davon erzählt hätte. Seine illustre, mächtige Familie machte den Kardinal so unantastbar, daß er gelegentlich die Wahrheit sagen konnte, und das sogar im Vatikan.

Dem Kardinal zufolge – ich gebe seine Anspielungen hier im Klartext wieder – liebte Seine Heiligkeit Montalto nicht: ad 1, weil er ihn in Verdacht hatte, seine Nachfolge anzustreben; ad 2, weil Montalto Franziskaner war: der Papst und die Römer hielten diese Mönche für scheinheilig; und ad 3, weil ihm die Ärmlichkeit von Montaltos Lebensführung wie ein versteckter Vorwurf ob seines eigenen Lebensstils vorkam.

Wie dem auch sei, von dem Tag an, da Gregor XIII. den Heiligen Stuhl bestiegen hatte, hielt er Montalto konsequent von seiner Regierung fern. Trotz der großen Fähigkeiten, die sogar seine Feinde dem Kardinal bescheinigten, vertraute er ihm niemals auch nur das kleinste Amt an. Schlimmer noch: er schien Montalto völlig zu ignorieren.

Ich war damals erst kurze Zeit Generalvikar Seiner Eminenz, und ich bemerkte als einer der ersten eine große Veränderung in der Erscheinung des Kardinals. Ob er nun unter der unverdienten Ungnade litt oder ob das übertrieben karge Leben seine kräftige Gesundheit untergraben hatte, kann ich nicht sagen: er klagte nie. Doch mit einem Male schien er unter der Last der Jahre gebeugt, das Feuer seiner schwarzen Augen erlosch zumindest in der Öffentlichkeit, und er bewegte sich nur noch an Krücken fort, als hätten seine kräftigen krummen Beine ihm plötzlich den Dienst versagt. Er sprach wenig, und sowie er den Mund öffnete, wurde er von einem schmerzhaften Husten geschüttelt. Er, den man so quicklebendig kannte, so hochfahrend, so unduldsam gegen andere Meinungen, erfreute jetzt die Kardinäle durch sein demütiges Verhalten.

Die Kardinäle wohlgemerkt, nicht den Papst: die Antipathie Seiner Heiligkeit gegen Montalto blieb unverändert bestehen. Schlimmer noch: die Berater Gregors XIII. konnten ihm nur mit größter Mühe das Zugeständnis abringen, daß der Kardinal mit Rücksicht auf seine Krükken nicht mehr niederzuknien brauchte, wenn er sich dem päpstlichen Thron näherte. Lobte jemand vor dem Papst die unwandelbare Milde, die der arme Behinderte nun im Umgang mit seinesgleichen an den Tag legte, meinte er trocken:

„Ich habe in meinem langen Leben viel gesehen, aber ich habe nie erlebt, daß sich ein Adler in eine Taube verwandelt hätte."

Und in der Tat: sobald sich der Kardinal in seinen eigenen Palast zurückgezogen hatte – den er nur sehr selten verließ –, habe ich niemals beobachtet, daß er in seinen mächtigen Fängen oder in seinem krummen Schnabel den ihm Nahestehenden oder seinen Dienern auch nur den kleinsten Ölzweig gebracht hätte. Sein Husten hinderte ihn nicht daran, zu schimpfen; seine Krücken hielten ihn nicht davon ab, in seinem Palast immer gerade da aufzutauchen, wo er am wenigsten erwartet wurde. Ich weiß nicht, ob er wirklich so sterbenskrank war, wie er vorgab: sein Mißtrauen und seine Tyrannei waren nicht erlahmt.

Dafür lieferte er einen weiteren Beweis, als er zu wissen bekam, daß Francesco Peretti auf die Hand der schönen Vittoria Accoramboni hoffte. Sobald er das erfuhr, bemühte er sich um genaue Auskünfte über Vittoria und ihre Familie und versicherte sich – ich weiß wie, aber ich weiß nicht durch wen – der Dienste einer Kammerzofe aus dem Palazzo Rusticucci, die, glücklicher Zufall, gleich ihm aus Grottammare in den Marken stammte. Das Mädchen verriet seine Herrin nicht für Geld, sondern weil der Kardinal ihren Eltern helfen konnte, die in Grottammare sehr kärglich vom Fischfang lebten. Seine Eminenz gewann für seine Sache auch den römischen Priester Racasi, der Vittoria und ihrer Mutter die Beichte abnahm.

Die Einzelheiten dieser Ermittlungen erfuhr ich nicht, wohl aber deren Ergebnis, denn der Kardinal konsultierte mich in letzter Minute, weil ich Verwandte in Gubbio hatte, woher die Accorambonis stammten. Ich konnte nur bestätigen, was er schon wußte: Vittoria stand in dem Ruf, schön, gut und tugendhaft zu sein. Ihr Bruder Marcello dagegen war ein Tunichtgut, ihr anderer Bruder ein unfähiger Mensch, ihre Mutter ehrgeizig und versessen auf eine reiche Heirat für die Tochter, die Majolikamanufaktur in Gubbio wurde zum Verkauf feilgeboten, die Familie besaß keinen roten Heller mehr.

„Diese Leute wollen also größere Schritte machen, als mit ihren kurzen Beinen möglich ist", sagte der Kardinal hart. „Ich wage zu behaupten, sie leben nur noch vom Schuldenmachen. Der Palazzo Rusticucci ist bloß eine leere Eierschale. Das ist nicht die Art von Familie, mit der ich Francesco verschwägert sehen möchte."

Der arme Francesco Peretti – er ging ungehindert bei seinem Adoptivvater ein und aus – betrat gerade in diesem Augenblick das Zimmer, und als er diese Worte hörte, erstarrte er, als hätte er sein Todesurteil vernommen. Er erbleichte, warf sich dem Kardinal zu Füßen und flehte eindringlich, wenn auch mit stockender Stimme:

„Vater! Mein Vater! Ihr schlagt mich ans Kreuz! Ich kann ohne Vittoria nicht leben! Sie ist eine außergewöhnliche Frau, so tugendhaft wie anmutig. Ich bin gewiß nicht blind, was ihre Verwandtschaft anbelangt. Aber soll Vittoria verdammt werden wegen der Schwächen ihrer Familie, sie, die selbst frei davon ist? Ach, Vater, seid mir gnädig und laßt uns Gerechtigkeit widerfahren. Schaut Euch Vittoria an, hört sie an, bevor Ihr sie aus meinem Leben verbannt!"

Ich muß sagen, daß ich vom Ungestüm und von der Klugheit dieser Rede überrascht war. Wie jedermann in Rom, hielt ich Francesco Peretti für einen liebenswürdigen, naiven jungen Mann ohne großen Ehrgeiz, nicht sehr intelligent und beinahe ein Schwächling. Nun entdeckte ich, daß er, von einem starken Gefühl beseelt, nicht nur Mut aufbrachte – denn es gehörte Mut dazu, dem schrecklichen Montalto die Stirn zu bieten –, sondern auch Verstand an den Tag legte, da er mit seinen Worten an eben die Tugend appellierte, die Seine Eminenz bei anderen und bei sich selbst am meisten schätzte: Gerechtigkeitssinn.

Ich sah wohl, daß der Kardinal selbst überrascht war, zum ersten Mal den Mann in seinem Sohn zu entdecken, den er für ein Kind gehalten hatte. Doch er schwieg zunächst.

Seine Eminenz überlegte, denn er pflegte seine Antworten genau zu bedenken. Er schleppte sich auf seinen Krücken bis ans Fenster, das auf den Hof ging, drehte Francesco den Rücken zu und sagte lange kein Wort. Ich bemerkte, daß durch den Gebrauch der Krücken sein Hals tiefer zwischen die Schultern gezwängt wurde, was ihn noch mehr verunstaltete. Nimmt man hinzu, daß seine schweren, groben Gesichtszüge von der großen Nase und dem fliehenden Kinn buchstäblich nach unten gezogen schienen, wird man mir einräumen, daß Montalto in der Tat wenig Grund hatte, stolz auf sein Äußeres zu sein. Vielleicht war das, wenn man es recht bedenkt, einer der Gründe, weshalb Gregor XIII., der mit seinen über siebzig Jahren noch immer sehr gut aussah, ihn so wenig schätzte.

Es befanden sich jetzt vier Personen im Raum: der Kardinal, mit dem Rücken zu uns am Fenster stehend; Francesco Peretti, der sich aus seiner knienden Haltung erhob und seinen Onkel ansah, als hinge sein Leben von ihm ab; *il bello muto*, still und reglos wie eine Katze; schließlich ich selbst, sehr gespannt darauf, welche Entscheidung Seine Eminenz treffen würde, und außerstande zu erraten, was dabei die Oberhand gewönne: sein unbeugsamer Charakter oder sein Gerechtigkeitssinn.

Als er sich umdrehte, wandte er sich nicht an Francesco, sondern an den *bello muto* und sagte mit unzufriedener Miene:

„Rossellino, ich stelle fest, daß auf dem Mittelbeet im Hof an den Geranienstöcken mehrere Blüten schon verwelkt sind. Sagt dem Gärtner, er solle die welken Blüten abschneiden!"

Daraufhin zog *il bello muto* die Augenbrauen fragend in die Höhe und machte mit der rechten Hand ein Zeichen, das mir unverständlich geblieben wäre, hätte Montalto nicht sehr schroff geantwortet:

„Ja, jetzt gleich! Wenn eine Sache beschlossen ist, darf man sie nicht aufschieben."

Dann sah er Francesco Peretti an.

„Francesco, geh und hole mir Vittoria!"

„Wie!" fragte Francesco verblüfft. „Sofort?"

„Ja, sofort. Um der Gerechtigkeit willen muß ich Vittoria sehen und anhören."

Wie alle großen Politiker hatte Montalto Sinn für Theatralik (wozu meiner Ansicht nach auch die Krücken gehörten, denn manchmal hatte ich meine Zweifel, ob er sie wirklich brauchte). Zwar gab er Francesco nach, gleichzeitig aber wollte er seinen Ruf der Unbeugsamkeit aufrechterhalten und bemühte sich deshalb, sein Einlenken hinter diesem Theatercoup zu verstecken, der völlig überflüssig war, denn Seine Eminenz hätte Vittoria ebensogut einen Tag später empfangen können. Aber natürlich, Warten wäre Aufschieben gewesen: schulmeisterlich noch im Nachgeben, erteilte uns der Schulmeister zusätzlich eine Lektion in Moral, woraufhin *il bello muto* losstürzen mußte, um die welken Blüten abschneiden zu lassen, und Francesco eilig Vittoria holte. Niemandem entging übrigens, daß diese gebieterische Ungeduld etwas Königliches hatte.

Wenn ich damals bei Vittorias Eintritt Seine Eminenz gebeten hätte, mich zurückziehen zu dürfen, da diese Zusammenkunft ja ein Familienproblem betreffe, mit dem ich nichts zu schaffen habe, wäre ich nicht das Opfer seiner brutalen Ungnade geworden. Aber wie man gesehen hat, muß ich heute aus gutem Grunde meiner Neugier dankbar sein, die mich verleitete zu bleiben. Gewiß, die Schönheit Vittorias war in ganz Italien berühmt, doch als Unverheiratete erschien sie zur Messe nur mit Maske und in einem langen, die Figur verhüllenden Cape. Ich hatte sie daher noch nie wirklich gesehen, geschweige denn gehört, und ich konnte mir beim besten Willen nicht vorstellen, wie das junge Mädchen dem Minotaurus die Stirn bieten würde.

So wie der heilige Augustinus hatte auch ich in meiner Jugend einige Stürme zu bestehen, und wie Seiner Heiligkeit Gregor XIII. ist mir aus diesen Stürmen ein Sohn geblieben. Seit ich jedoch den Kardinalspurpur trage, bin ich von solchen Verirrungen frei, und das Alter, dafür sorgt die göttliche Vorsehung, ist mittlerweile ebenfalls ein Garant meiner Tugend. Das heißt allerdings nicht, daß ich mit dem Dichter Terenz ausrufe: *Deleo omnes dehinc ex animo mulieres:* fortan vertreibe ich alle Frauen aus meinen Gedanken. Ganz im Gegenteil! Da ich mich ihrer nicht mehr bedienen kann, bin ich schon von ihrer Schönheit allein hingerissen. Und da mich bei ihrem Anblick nur noch ästhetische Empfindungen bewegen, bin ich jetzt unvergleichlich kritischer in der Beurteilung ihrer Reize als zu der Zeit, wo noch das aufrührerische Blut mich bedrängte.

Ich bin deshalb oft von einer römischen Dame enttäuscht, deren Schönheit man mir vorher gerühmt hat: ihre Unvollkommenheiten springen mir ins Auge. Nicht so, als Vittoria in Montaltos baufälligem Palast erschien und die alten Mauern zum Leuchten brachte.

Ich hätte nicht geglaubt, daß sie so groß und bei ihrer Größe so graziös sei, was sie durch die Art bewies, wie sie vor dem Armstuhl des Kardinals niederkniete: ihr weiter Reifrock bauschte sich um ihre schlanke Taille, und ihr langes Haar bildete eine wahrhaft königliche Schleppe, während sie mit jenem bescheidenen und zugleich ernsten und stolzen Ausdruck im Gesicht, der mich bei dieser ersten Begegnung so stark berührte, Seiner Eminenz die Hand küßte. Ich sah sie nur im Profil, weshalb ich geräuschlos hinter den Sessel des Kardinals trat, um sie von vorn zu beobachten. Doch ihre Züge waren makellos, von welcher Seite man sie auch betrachten mochte. Als sie Montaltos Ring geküßt hatte und wieder den Kopf hob, wurde ich von dem Licht ihrer großen blauen Augen förmlich geblendet. Ich sage „Licht“ und nicht „Glanz“, um zu betonen, daß dieses Licht ebenso von ihrer schönen Seele wie von ihrer Iris ausging.

Ich könnte nicht sagen, ob einige Strahlen dieser Schönheit das dicke Fell Montaltos – oder sollte ich eher von einem Panzer sprechen? – zu durchdringen vermochte, aber als er sich an sie wandte, war sein Blick tatsächlich weniger bohrend, seine Stimme weniger hart.

„Signorina“, sagte er in beinahe höflichem Ton, „setzt Euch bitte.“

Was sie dann tat, nachdem sie ihre goldene Mähne nach vorn genommen hatte, um sie sich über den Schoß zu legen. Diese Geste mußte dem Kardinal mißfallen, denn sie lenkte seine Aufmerksamkeit unabsichtlich auf eine typisch weibliche Zierde, die ihm verdammungswürdig erschien; er runzelte die Brauen und sagte mit seiner üblichen Grobheit:

„Könnt Ihr Euer Haar nicht zum Knoten aufstecken, statt es wie eine Fahne zu entfalten?“

Vittoria schien die Unhöflichkeit dieses Vorschlags nicht bemerkt zu haben und antwortete, ohne mit der Wimper zu zucken, schlicht und einfach:

„Ich habe es versucht, aber die Last am Hinterkopf ist so groß, daß ich das Gleichgewicht verliere.“

„Dann schneidet es ab!“ sagte Montalto, und seine schwarzen Augen blitzten wütend.

„Ich möchte gern“, entgegnete Vittoria mit der gleichen unbeirrbaren Sanftmut. „Denn es ist mir hinderlich und lästig. Doch ich kann nicht. Meine Mutter ist entschieden dagegen.“

*„Dos est magna parentium virtus"**, sagte Montalto mit beißender Ironie und warf mir einen vielsagenden Blick zu, denn Tarquinias Ruf stand allgemein fest.

Ich wollte schon mit einem halben Lächeln auf Montaltos boshafte Bemerkung antworten, hielt mich aber zurück: mir war, als hätte ich Vittoria erbleichen sehen, und ich fragte mich, ob sie nicht trotz des Latein, mit dem Seine Eminenz seine Bosheit verhüllte, deren Sinn verstanden hatte.

Es folgte ein Schweigen, das niemandem angenehm war, ganz gewiß auch Francesco Peretti nicht. Er stand hinter Vittoria, viel weniger beherrscht als sie, wurde abwechselnd rot und blaß und hielt den Blick seiner farblosen Augen ängstlich auf seinen Onkel gerichtet. *Il bello muto* ließ seinen erstaunten Blick von seinem Herrn zu Vittoria wandern. Da er selbst weiblichem Charme gegenüber nicht unempfindlich war (wie es heißt, hatte er vor seinem Unfall die wärmsten Gefühle für die Contessa V. gehegt), fragte er sich zweifellos, warum der Kardinal mit Vittoria sofort Streit über ihre erstaunliche Haarpracht gesucht habe. Vielleicht dachte er ebenso wie ich daran, daß Maria Magdalena Unserem Herrn Jesus Christus mit ihrem langen Haar die Füße getrocknet und der Herr mitnichten verlangt hatte, sie solle es abschneiden, sondern diese Huldigung mit seiner gewohnten Sanftmut geduldet hatte.

In diesem Moment hätte niemand auch nur die geringste Spur von Milde auf Montaltos furchterregendem Antlitz entdecken können. Nachdem Seine Eminenz, durch Vittorias Schönheit und Würde überrascht, für kurze Zeit milde gestimmt schien, war sein Gesicht plötzlich wieder bärbeißig geworden. Die Diskussion über Vittorias Haar hatte offenbar erneut seinen latenten Frauenhaß geweckt, der bei keuschen Priestern so häufig anzutreffen ist, daß man sich fragt, ob ihre Keuschheit tatsächlich ein so großes Verdienst ist, wie sie glauben.

Wie dem auch sei, Vittorias Sache schien beinahe ver-

* (lat.) Die Tugend der Eltern ist eine große Mitgift.

loren, ohne überhaupt verhandelt worden zu sein, denn Montalto wandte sich an den *bello muto* (vielleicht grollte er mir, weil ich auf seine Bemerkung über Tarquinia nicht hatte antworten wollen) und sagte wieder in Latein:

*„In vero formosa est. Sed rara est adeo concordia formae atque pudicitiae."**

Trotz der grenzenlosen Verehrung, die *il bello muto* für den Kardinal hegte, stimmte er nicht immer mit ihm überein: er hob die Brauen und sah seinen Herrn zweifelnd an, als frage er sich, ob dieses gehässige Zitat begründet sei. *Il bello muto* hatte einen großen Vorzug gegenüber allen anderen Personen in Montaltos Diensten. Da er seine abweichende Meinung nur mimisch ausdrükken konnte, war es für Seine Eminenz leichter, ihm zu vergeben.

Obwohl von dem Juvenal-Zitat des Kardinals im höchsten Maße schockiert – denn nach meiner Meinung war es weder durch Vittorias Ruf noch durch ihr Betragen gerechtfertigt –, bewahrte ich eine unbeteiligte Miene, denn ich wollte nicht erneut zum Gegenstand von Montaltos Unzufriedenheit werden. Der arme Francesco, der wahrscheinlich aufgesprungen wäre, hätte er Latein verstanden, spürte offenbar die Gefahr. Seine farblosen Augen bewegten sich in ihren Höhlen wie unruhige kleine Tiere und wanderten von einem zum anderen, als flehe er um eine Erklärung für diesen Satz Montaltos und das darauffolgende Schweigen.

Das Schweigen wurde durch Vittoria gebrochen. Sie hob ihren Kopf mit jenem bescheidenen und doch stolzen Ausdruck, der mich von Anfang an so beeindruckt hatte, richtete ihre leuchtenden Augen auf den Kardinal und sagte sanft:

*„Reverendissime pater, Juvenalis errat. Mihi concordia est."***

* (lat.) Sie ist wirklich schön. Aber Schönheit und Keuschheit gehen selten zusammen.

** (lat.) Ehrwürdiger Vater, Juvenal irrt. Bei mir gehen sie (die Schönheit und die Keuschheit) zusammen.

„Wie?“ schrie Montalto verblüfft. „Ihr versteht Latein, Vittoria?“

„Ja, Euer Eminenz“, sagte sie schlicht und ohne sich hervorzutun, weil sie ihm im gleichen Versmaß geantwortet oder, wie Calvin in seiner „Predigt über das Buch Hiob“ brutaler sagte, „ihm das Maul gestopft“ hatte.

Der Kardinal schwieg, doch dieses neuerliche Schweigen war von anderer Art. Obwohl Montaltos furchteinflößende Miene undurchdringlich schien, mußte er jetzt wohl einen Rückzieher machen. Es war schwierig für ihn geworden, aus Vittorias langem Haar auf ihren kurzen Verstand zu schließen.

Montaltos Strenge entsprang seinen strikten Prinzipien und nicht irgendeiner Geistesarmut. In Wirklichkeit liebte er schöne Gärten, Skulpturen und Gebäude. Seine weltliche Bildung war genauso umfassend wie seine Gelehrsamkeit in Glaubensdingen. Und was die Frauen anbelangte, war er durchaus empfänglich für ihre Schönheit, auch wenn er in ihrer Weiblichkeit eine Gefahr für das Seelenheil witterte, was die theologische Begründung für seinen Frauenhaß war. Nur hätte er die Frauen gern im Boden verwurzelt gesehen wie bunte, duftende und gottlob stumme Blumen. Es wäre ihm auch lieb gewesen, wenn sie nach wenigen Tagen verwelkt wären: man hätte dann gar nicht erst Zeit, sich an sie zu binden. Ebenso wie *il bello muto* und ich, war er von Vittorias strahlender Erscheinung zunächst verblüfft. Doch geleitet von seinen Prinzipien, stellte er sich sofort die Unordnung vor, die eine so unvergleichliche Schönheit im Staate verursachen könnte. Schon nahm in ihm die Idee Gestalt an, Vittoria auf immer von seinem Neffen fernzuhalten, als sie ihn überzeugte, ein der Beachtung würdiges menschliches Wesen zu sein: sie konnte Latein und hatte Juvenal gelesen.

Ich berichte hier von der raschen Entwicklung, die ich in der Einstellung des Kardinals zu Vittoria zu erraten glaubte, ohne Montalto wegen seiner anfänglichen Grobheit über Gebühr zu tadeln. Ich bedaure diese Grobheiten, gewiß, doch es gibt viele Präzedenzfälle. Unsere Heilige Mutter Kirche ist nicht immer sehr zartfühlend mit der charmanteren Hälfte der Menschheit umgegangen, und ich möchte hier daran erinnern, daß erst im 9. Jahrhundert nach Christi Geburt die Bischöfe auf dem Konzil zu Mâcon dem *gentil sesso** eine Seele zuerkannt hatten, und das nur mit knapper Mehrheit.

Montalto vergaß die verdächtige Länge von Vittorias Haar und die Schlangen, die der Böse zweifellos darin versteckt hatte, und sah in ihr jetzt nicht nur eine Seele, sondern auch einen Geist und begann ein lateinisches Verhör, ganz offensichtlich zufrieden darüber, daß sie ihn so schnell verstand und ihm so gut antwortete.

„Vittoria, du mußt einen guten Lehrer gehabt haben, da er dich Juvenal lesen ließ?“

„Einen ausgezeichneten, Euer Eminenz, er war gut, fromm und gelehrt. Ein Franziskanermönch.“

Wissend, daß Seine Eminenz selbst aus diesem geistlichen Orden hervorgegangen war, lächelte sie ihn mit einem Hauch von Schalkhaftigkeit und wahrhaft töchterlicher Zuneigung an.

Ich war von diesem Lächeln hingerissen, sowohl ob seiner Subtilität wie ob der darin verborgenen Herzensgüte. Mir wurde blitzartig klar, daß Vittoria dem Kardinal die harten, feindseligen Bemerkungen schon verziehen hatte und nichts weiter verlangte, als daß sie ihn als ihren Vater betrachten dürfe, sie, die selber keinen Vater mehr hatte. Ich beobachtete auch, daß Seine Eminenz den gleichen Eindruck haben mußte, denn seine schrecklichen schwarzen Augen wurden sanft, und er fragte in milderem Ton:

„Und wieso hat dieser Mönch Juvenal so geliebt?“

„Er war ein großer Verächter der Sitten unserer Zeit und bewunderte den lateinischen Dichter, weil dieser die Sitten seines Zeitalters anprangerte.“

„Hat dich dieser Mönch auch mit italienischer Literatur bekannt gemacht?“

* (ital.) dem schönen Geschlecht.

„Ja, Euer Eminenz. Er hat mich Dante, Petrarca, Boccaccio und Ariost lesen lassen."

„Und welchen dieser Dichter schätzt du am meisten?"

„Dante wegen seiner Phantasie, und mehr noch Petrarca wegen seiner Sanftheit."

„Boccaccio nicht?"

„Nein, Euer Eminenz. Boccaccio mag ich überhaupt nicht."

Vittoria hatte mit Feuereifer gesprochen, und Montalto fragte lächelnd:

„Was hat er getan, daß du ihn so wenig magst?"

„Mein Lehrer hat mich ‚*Il Corbaccio*'* lesen lassen."

Hier mußten der Kardinal, *il bello muto* und ich herzlich lachen. Auch Francesco, der nur ein wenig Jurisprudenz gelernt hatte, lächelte, nicht weil er „*Il Corbaccio*" gelesen hätte, sondern weil er sah, daß die Sonne das Eis zum Schmelzen gebracht hatte und seiner Liebe Wärme und Leben zurückgab.

„Du schätzt also Boccaccios Satire über die Frauen nicht?"

„Nein, Euer Eminenz", sagte Vittoria, „ich finde sie ungerecht und grausam."

„Wohlan", sagte der Kardinal gutmütig, „um dich an deinem Mönch zu rächen, hättest du Ariosts Satire über die geistlichen Orden lesen sollen."

„Aber die habe ich ja gelesen", entgegnete Vittoria lebhaft. „Mein Lehrer gab sie mir zum Lesen."

Montalto schlug die Hände zusammen und lachte.

„Na prächtig! Das ist mir ein Mönch mit Sinn für Gerechtigkeit! Er konnte sich über sich selbst lustig machen! Vittoria, da du Petrarca ob seiner Sanftheit magst, rezitiere mir doch bitte dasjenige seiner Sonette, das dich am meisten bewegt."

„Gern, Euer Eminenz", antwortete Vittoria.

Leider ist mir entfallen, welches Sonett sie wählte, doch ich erinnere mich, mit was für einer volltönenden und dabei sammetweichen Stimme sie rezitierte: ich

* „Das Liebeslabyrinth".

wüßte ihr mit keiner Metapher wie Vogelgesang oder kristallklarer Glockenklang gerecht zu werden. Die Stimme, die Diktion, das Mienenspiel und der Ausdruck ihrer großen blauen Augen machten diese Rezitation zu einem einzigartigen Erlebnis, dessen Zauber ich bis heute spüre, sooft ich daran denke. Montalto, der dem *bello muto* ein Zeichen gegeben und sich mit dessen Hilfe erhoben hatte, stand da, auf seine Krücken gestützt, betrachtete Vittoria lange und sagte mit so sanfter Stimme, wie ich ihn nie hatte reden hören:

„Wenn du verheiratet bist, Vittoria ..."

„Was? Mein Vater!" rief Francesco, trunken vor Glück.

Doch Montalto wies ihn mit einer kurzen Handbewegung zurück, als ob er eine Fliege verscheuche, und fuhr fort:

„Wenn du verheiratet bist, Vittoria, würde ich mich freuen, wenn deine häuslichen Pflichten dir die Zeit ließen, einem alten kranken Mann gelegentlich etwas vorzulesen."

„Oh, mein Vater, ich wäre darüber sehr glücklich!" rief Vittoria und warf sich ihm in einer plötzlichen Aufwallung von Zuneigung und Herzlichkeit zu Füßen.

Und als Vittoria den Palast des Kardinals verließ, hatte sie wahrlich Grund genug zur Zufriedenheit. Sie hätte frei nach Julius Cäsar sagen können: *Ich kam, er sah mich, und ich siegte.* Ich weiß allerdings nicht, ob sie in ihrem Innersten sehr erfreut war über diesen Sieg, der zumindest bewirkte, daß sie durch eine Heirat mit Francesco ihre Familie und sich selbst vor Not bewahren konnte. Ich hatte beobachtet, daß sie Francesco während der Unterredung nicht ein einziges Mal angesehen hatte.

Sie war wirklich sehr jung. Vielleicht liebte sie zu diesem Zeitpunkt ihres Lebens die Heirat mehr als den Ehemann.

Das überraschendste an dieser Begegnung aber waren die verblüffenden Worte, die Montalto an ihrem Ende sagte und die indirekt einen so großen, zunächst unheilvollen, in der Folgezeit jedoch segensreichen Einfluß auf mein Leben haben sollten.

Sowie Vittoria das Zimmer verlassen hatte – und ihm mit einem Schlag die Wärme und das Licht entzog, die ihre Anwesenheit verbreitet hatte –, schleppte sich Seine Eminenz auf seinen Krücken bis ans Fenster und sah, mit dem Rücken zu uns, Vittoria nach, die an der Seite Francescos über den Hof ging. Dann wendete er sich mühsam zu uns um – die Drehung seines schweren Körpers auf den Krücken verursachte ihm einige Probleme –, schüttelte mehrmals den Kopf und sagte:

„Wer könnte sie sehen, ohne sie zu lieben? Wer könnte sie hören, ohne sie anzubeten?"

„Gewiß, Euer Eminenz", sagte ich und verließ unter einem Vorwand das Zimmer, damit der Kardinal nicht gewahr werde, wie sehr seine Bemerkung mich verblüfft und, warum nicht auch das gestehen, höchlichst amüsiert hatte.

Nun wollte es das Unglück – oder das Glück, wie die Folgezeit deutlich erwies –, daß ich am nächsten Tag im Vatikan bei Seiner Heiligkeit zu tun hatte. Ich fand den Papst recht griesgrämig vor, ohne daß er, dessen bin ich sicher, den geringsten Grund dafür gehabt hätte, denn er wurde von allen geliebt, erfreute sich einer ausgezeichneten Gesundheit und führte mit perfekter Nonchalance ein sorgenfreies Leben. Etwa einmal im Monat wurde Gregor XIII. von solcher Melancholie befallen, die von seinem Gefolge um so mehr gefürchtet wurde, als er dabei gelegentlich Entscheidungen traf, die dem Wohl des Staates abträglich waren, die er jedoch, von seiner Verstimmung wieder geheilt, mit der sanften Starrköpfigkeit der Schwachen nicht mehr revidieren wollte.

Ich fand ihn also in dieser Laune vor, und der um ihn versammelte Hofstaat gab sich große Mühe, ihn zu zerstreuen. Ich wollte ihn durch die Erzählung über die Begegnung zwischen Montalto und Vittoria aufheitern. Er hörte mir zunächst mit eher finsterer Miene zu, doch als ich zu dem denkwürdigen Ausspruch am Schluß der Unterredung kam, rief er aus:

„Wie? Wie? Habt Ihr richtig gehört, Cherubi? Hat Montalto das wirklich gesagt? Seid Ihr sicher?“

„Ich traute meinen Ohren nicht, Euer Heiligkeit, doch er hat es gesagt.“

„Was?“ schrie Gregor XIII. und mußte, seine Hypochondrie vergessend, so lachen, daß ihm die Tränen kamen. „Montalto hat wirklich gesagt: ‚Wer könnte sie sehen, ohne sie zu lieben? Wer könnte sie hören, ohne sie anzubeten?‘ Ach, Cherubi! Wie schön muß das Mädchen sein, um aus diesem fühllosen Stein einen Funken Menschlichkeit zu schlagen!“

Und er legte seine Hände auf seinen kleinen Spitzbauch, lachte Tränen und witzelte den ganzen Tag über den Kardinal.

Am folgenden Morgen schickte mich Montalto „zu meinen Gondeln“ zurück.

Caterina Acquaviva:

Obwohl ich nur Kammerzofe und Tochter einfacher Leute bin – mein Vater ist Fischer in Grottammare, und sein einziger Besitz ist sein Boot –, fehlt es mir weder an Manieren noch an Bildung. Ich kann lesen und ein wenig schreiben. Und wem verdanke ich das, wenn nicht der Signora Vittoria Accoramboni, die mich mit unendlicher Geduld unterwiesen hat, so jung sie damals war? Denn sie hatte genau mein Alter – sechzehn Jahre –, als ich in ihre Dienste trat. Übrigens hat mich die Signora Vittoria nie wie eine *cameriera* behandelt, sondern wie eine Gefährtin und Vertraute, und sie hat sich große Mühe gegeben, mich von meinem bäuerischen Schmutz zu säubern. Meine Mutter macht mir deswegen Vorhaltungen, wenn ich meine Familie in Grottammare besuche:

„Was ist bloß aus dir geworden, Tochter! Eine richtige Signorina! Du brauchst eine Gabel, um in dein Essen zu pieken! Eine Gabel, die du aus Rom mitbringst, in einem kleinen Kästchen, wie ein Schmuckstück! *Ma che modi* *sono questi!** Eine Gabel, *Madonna Santa!* Es mag ja noch angehen, daß man eine Gabel nimmt, um den stinkenden Misthaufen zu wenden. Aber um ein schönes appetitliches Stück Meeraal – heute morgen von deinem Vater gefischt und von deiner Mamma gebraten – in deinen Mund zu befördern! Caterina, ich sage dir: du beleidigst deinen Vater! Du beleidigst deine Mutter! Du beleidigst Gott! Eine Gabel, *Dio mio!* Was für eine teuflische Erfindung! Sind die Finger, die der Herr dir gegeben hat, nicht gut genug für dich, du dumme Gans? Und als wär's mit dieser verdammten Gabel noch nicht genug, muß ich auch noch hören, daß du lesen und schreiben kannst! Und du bildest dir noch was drauf ein, du Schamlose! *Madonna*, du bist verloren! Welcher Mann soll dich denn jetzt noch wollen!"

In bezug auf den Ehemann hat die Mamma nicht unrecht. Beim letzten Mal, als ich Vater und Mutter in Grottammare besuchte, hat sich Giovanni mir gegenüber recht kühl verhalten, er, der sonst immer so zudringlich war. Ich schüchtere ihn ein, und er ist böse darüber, daß ich – eine einfache Frau – ihn einschüchtere; da sag ich lieber nichts. Und die einfache Frau wiederum kann, wenn er sie abschmatzt, seinen Geruch nicht ertragen. Wie könnte ich an der Seite eines Mannes leben, der nach Fisch stinkt, wo ich doch im Palazzo Rusticucci mit so vielen glänzenden und parfümierten Edelleuten zusammentreffe, den schönsten von allen will ich gar nicht erwähnen, denn es schmerzt mich, seinen Namen auszusprechen, weil er keinen Blick für mich übrig hat trotz meines hübschen Aussehens.

Gewiß, ich bin nicht so groß und so schön wie Vittoria, aber ich bin auch nicht ohne Reize, so brünett und mit meinen schwarzen Augen und dem matten Teint. Ich möchte sogar behaupten, was Größe, Rundung, Festigkeit und Hautfarbe des Busens angeht, kann keine Frau sich mit mir messen. Ich trage eckige Dekolletés, um meine Brüste zur Geltung zu bringen, was immer Giulietta Acco-

* (ital.) Das sind mir vielleicht Manieren!

ramboni dagegen sagt; sie beschuldigt mich, schamlos zu sein und die Männer durch Zurschaustellung meiner Haut anlocken zu wollen. Herrje! die soll sich nicht so haben; die mit ihren kümmerlichen spitzen Titten könnte alles zeigen, und keiner würde anbeißen! Bei mir ist es egal, ob man was sehen kann oder nicht! Ich laufe ja nicht mit nacktem Hintern rum, und trotzdem gibt es keinen Mann im Haus, dessen Blicke ich nicht wie eine warme Dusche auf meinen Hüften spüre, wenn ich vor ihm hergehe und mich drehe und wende. Nein, einen gibt es, leider! Es ist der einzige, dem ich gefallen möchte. Die Welt ist schlecht eingerichtet, wie Vater sagt, wenn er ohne Fisch vom Meer heimkommt. Bei meinem Fisch weiß ich nicht, mit welchen Netzen man ihn fangen könnte.

Um auf die Signora zurückzukommen: sie war zu mir so gut, so vertrauensvoll und großzügig, daß mein Herz sich nicht mehr von ihr losreißen kann. Zu sagen, daß ich sie liebe, ist nicht genug. Ich sage es, wie ich es fühle: ich würde mich töten lassen, wenn ihr Leben auf dem Spiel stünde. Ja, die Madonna möge mir diese gottlosen Worte vergeben, ich würde sogar für sie töten. In ihrer Nähe zu leben ist für mich das Paradies. Ich sehe sie, ich höre sie, ich diene ihr. Und sie, diese wunderbare Frau, vergißt ihren Rang und ihre Schönheit und redet mit mir wie mit einer Freundin, wo ich doch nichts weiter bin als ein kleiner Regenwurm zu ihren Füßen!

Als ich Mamma, und nur ihr allein, bei meinem letzten Besuch in Grottammare anvertraut habe, daß Seine Eminenz Kardinal Montalto durch Vermittlung meines Beichtvaters Auskünfte über Vittoria angefordert hat, fuhr sie mich an, nannte mich undankbar und schlecht und hat mich geschlagen. Die arme unwissende Frau, möge Gott ihr vergeben! Um ihretwillen und des Vaters wegen hab ich es getan! Das baufällige kleine Haus am Meer, in dem sie wohnen, hat ihnen der Pfarrer von Grottammare billig vermietet. Und kann man sich vorstellen, daß sich ein Pfarrer dem mächtigen Kardinal widersetzt, dem er seine Pfarrstelle verdankt? Doch wozu überhaupt der ganze Lärm: Vittoria ist so vernünftig und so brav. Was könnte ich anderes denn Gutes über sie sagen?

Nicht, daß Vittoria die Männer nicht mag. Sie liebt sie genauso wie ich. Aber im Gegensatz zu mir ist sie zu stolz, um ihre Tugend zu vergessen. Vor ihrer Hochzeit mit Signor Peretti war ich die einzige, die wußte, wer von den ständigen Gästen des Palazzo Rusticucci ihr gefiel und wer nicht. Aber sie verhielt sich zu allen in gleichem Maße distanziert und würdig, ohne jemand auch nur im geringsten zu bevorzugen. Wie gerne hätte ich ihre Selbstbeherrschung! Doch ich kann den Gegenstand meiner Anbetung nicht sehen, ohne zu erröten, zu erbleichen und zu zittern. Ich bin ein Vulkan, der überall seine Lava ausspuckt, Vittoria dagegen scheint in sich zu ruhen wie ein erloschener Vulkan. Aber man darf sich auch nicht täuschen: es brodelt im Inneren des Kraters.

Ich hüte mich wohl, derartige Eindrücke in meinen Berichten an Seine Eminenz zu erwähnen. Ich nenne nur Fakten, und an denen gibt es nichts auszusetzen. Die Gedanken mag Vittorias Beichtvater erraten und entwirren! Der Mann, der im Herzen einer Frau zu lesen versteht, muß sehr gewitzt sein, wo doch nicht einmal sie selbst es immer kann!

Vor sechs Jahren hat Vittoria notgedrungen Francesco Peretti geheiratet, der, ich weiß es, mitnichten der Mann ihrer Träume ist. Nicht, daß sie wie Tarquinia von einem Fürsten oder Herzog geschwärmt hätte. Nein! Sie hätte sich einen Helden gewünscht. Sie hat zu viele Rittergeschichten im Kopf!

Signor Peretti ist zu feinfühlig und zu rücksichtsvoll, als daß diese Ehe schlecht wäre. Doch wer wollte behaupten, es sei eine gute Ehe? Vittoria träumt immer noch weiter und macht sich nicht klar, daß einer Ehefrau nicht mehr geziemt, was einem jungen Mädchen noch erlaubt war. Was nun Signor Peretti anbelangt: was kann ein Mann wohl empfinden, wenn er nur selten im Schlafzimmer seiner Frau geduldet ist und ihr nach sechs Jahren

Ehe noch kein Kind gemacht hat. Aber vielleicht ist das nicht einmal seine Schuld, wer weiß?

Für mein Empfinden ist Signor Peretti zu wenig selbstsicher und versteht es nicht, seine guten Eigenschaften zur Geltung zu bringen. An einem Novemberabend, als er mit seiner Mutter Camilla und mir vom Vespergottesdienst heimkehrte, wurde er in einer engen Gasse von drei Banditen angefallen, die ihn ausrauben wollten. Er zog sogleich seinen Degen und stellte sich ihnen entgegen, verwundete zwei von ihnen und schlug sie in die Flucht, wobei er selbst am Oberarm verletzt wurde. Was aber tat er bei seiner Rückkehr in den Palazzo Rusticucci? Er ließ mich auf mein Medaillon mit der Heiligen Jungfrau schwören, Vittoria von diesem Vorfall kein Sterbenswörtchen zu verraten, denn, so sagte er, er wolle sie nicht beunruhigen. Dabei wäre das die Gelegenheit gewesen, vor der auf Helden versessenen Vittoria endlich mal zu glänzen! Der arme Signor Peretti! Er ist so ungeschickt, daß er mir leid tut. Ich will nichts Schlechtes über die Frauen sagen, denn ich bin selbst eine Frau. Aber man darf das Zartgefühl ihnen gegenüber nicht übertreiben. Und schon gar nicht sich ihnen zu Füßen werfen, um eine Nacht mit ihnen zu erbetteln!

Signor Peretti ist wie seine Mutter Camilla: gütig und zärtlich. Als ich erfuhr, daß Camilla bei uns im Palazzo Rusticucci wohnen wird, wußte ich schon beim Anblick ihres feinen, sanften Gesichts, welche von den beiden Alten auf der anderen herumhacken würde. Dabei ist *la Superba* nicht etwa gemein zu Camilla, genausowenig wie Vittoria bösartig zu ihrem Mann ist. Ich würde eher sagen, die Perettis sind aus einem Stoff gemacht, der nicht robust genug ist, um den Accorambonis zu widerstehen. Nicht zufällig verdrängen die Mauersegler die Schwalben: ihre Schnäbel sind größer, krummer und härter. Ich will niemanden tadeln. Ich sage nur, wie ich die Dinge mit meinem bißchen Verstand sehe.

Signor Peretti ist immer sehr gütig zu den Meinen gewesen und hat ihnen geholfen, als vor zwei Jahren das

Boot meines Vaters an den Felsen Schaden nahm. Er hat sich auch außerordentlich nachsichtig meinem Bruder Domenico gegenüber verhalten. Ich schäme mich sehr, es zu gestehen: Domenico ist ein Bandit. Aber wer wüßte nicht, daß es in diesem unglückseligen Land fast in jeder Familie und sogar in den adligen Familien einen Taugenichts gibt. Zu meinem großen Unglück bilden die Accorambonis da keine Ausnahme.

Um auf Domenico zurückzukommen: er ist zehn Jahre älter als ich und unter meinen acht Geschwistern der einzige Linkshänder. Als Kind wurde er deswegen von meinem Vater windelweich geschlagen, damit er „wie ein Christenmensch" seine rechte Hand benutze. Aber die Schläge konnten nichts ausrichten. Selbst in der Kirche bekreuzigte sich Domenico mit der Linken. Was unseren Pfarrer sehr beunruhigte. Er sah darin eine Arglist des Bösen und gab meiner Mutter, wenn sie zur Beichte kam, zu verstehen, daß Domenico wenig Aussicht auf die ewige Seligkeit hätte, wenn er sich nicht besserte.

Domenico änderte sich nicht, und so nannte man ihn in Grottammare nicht mehr beim Vornamen – der schließlich der eines Heiligen ist –, sondern *il mancino* (der Linkshänder). Spitznamen sind in Grottammare nichts Ungewöhnliches, aber man sprach *il mancino* anders aus, als wenn man *il zoppo* (der Hinkefuß) oder *il cieco* (der Blinde) gesagt hätte. Jeder wußte, daß Blindsein ein Unglück ist; aber Linkshänder zu sein ist heimtückisch, wie unser Pfarrer sagte.

Da Domenico alles mit der falschen Hand machte, wunderte sich niemand, daß er auf die schiefe Bahn geriet. Mit achtzehn zerstritt er sich mit meinem Vater, lief von zu Hause weg und wurde Bandit. Wenn er abgebrannt oder krank war, kam er zurück und versteckte sich bei uns in Grottammare, wo mein Vater ihn aufnahm, ohne ihn eines Blickes oder Wortes zu würdigen; meine Mutter durfte ihm zu essen geben und ihn pflegen. Alle in Grottammare wußten Bescheid, wenn er da war, doch keinem Polizeioffizier wäre es eingefallen, ihn in seinem

Nest hochnehmen zu wollen. Er hätte es mit meinem Vater und meinen vier Brüdern zu tun bekommen und bei länger andauerndem Tumult auch mit den anderen Bootseignern.

Wegen seiner Missetaten war *il mancino* aus Rom verbannt. Doch manchmal, wenn er in der Nacht kam, gewährte ihm Signor Peretti auf meine inständige Bitte hin Gastfreundschaft und seinen Schutz. Er hat sich in dieser Sache sehr um Domenico verdient gemacht, denn als der *Bargello della Corte** davon erfuhr, hielt er ihm eine Strafpredigt, die er mit folgenden Worten schloß:

„Signor Peretti, Ihr nährt eine Schlange an Euerm Busen, die Euch früher oder später beißen wird."

„Es liegt in der Natur der Schlange zu beißen", entgegnete Peretti lächelnd, „was kann sie dafür?"

„Wie Euch beliebt", sagte der Bargello. „Ich habe Euch jedenfalls gewarnt."

Trotzdem hat der Bargello wenige Wochen später den Bannfluch aufgehoben. Ich muß gestehen, daß ich mich immer sehr freue, *il mancino* wiederzusehen, obwohl er Bandit geworden ist. Er ist mir von meinen fünf Brüdern der liebste.

Als kleines Mädchen war ich stolz und überglücklich, wenn ich mit ihm im gleichen Bett schlafen durfte. Sobald die Kerze gelöscht war, streichelte er mir mit sanfter leichter Hand den Bauch und die Brust und drückte kleine Küsse auf meinen Hals. Seine Liebkosungen verursachten mir wohlige Schauer. Als ich jedoch in die Pubertät kam, wollte mich meine Mutter nicht mehr bei meinen Brüdern schlafen lassen, und ich teilte fortan das Bett meiner beiden großen Schwestern, zwei Weibsbilder, die nicht so zärtlich zu mir waren.

Il mancino hat einen dunklen Teint und schwarzes Haar. Von der Figur her ist er eher klein, doch schlank, drahtig und sehr muskulös. Sein Gang ist ein wenig schief, und er läuft auf ganz leisen Sohlen. Er spricht mit sanfter Stimme, und seine Augen sind ebenfalls sanft, vor

* Die *Corte* war die päpstliche Polizei, der *Bargello* ihr Chef.

allem wenn sie auf mich gerichtet sind. Doch wenn er verärgert ist, werden sie plötzlich hart, und dann könnte ich schon auf einen einzigen Blick hin in den Erdboden versinken. Wenn er mich so durchbohrend ansieht, zittere ich nicht nur vor Angst, sondern auch vor Lust. So sind wir Mädchen: total übergeschnappt alle miteinander, keine besser als die andere. Der gesellschaftliche Rang hat dabei nichts zu sagen. Die Signora Vittoria träumt nur von ihren Helden, und ich hab meine bösen Buben im Kopf: meinen Bruder *il mancino* und jenen anderen, den ich nicht nennen will.

Marcello Accoramboni:

Am 15. Juli 1580 habe ich Recanati niedergestochen: ich hatte gute Gründe dafür, obwohl manch einer sie belanglos finden wird.

Zweieinhalb Monate zuvor hatte ich entschieden, daß Recanati sterben müsse. Aber ich fahndete nicht nach ihm. Ich lauerte ihm nicht auf. Ich hatte mich entschlossen, alles dem Zufall zu überlassen. Und wäre er nicht zufällig und auf so wundersame Weise vor dem 30. Juli in Reichweite meines Dolches geraten, hätte ich auf mein Vorhaben verzichtet.

Ich hatte mir den 30. Juli als äußersten Termin für seine Hinrichtung gesetzt. Nach diesem Datum hätte ich den Schwätzer verschont. Warum gerade den 30. Juli? Aus Spielerei. Da ich Recanati nichts als Worte vorzuwerfen hatte, sollte der Zufall entscheiden, ob er zu leben verdient oder nicht. Kurz und gut, ich wollte ihm eine Chance geben, seine elende Haut zu retten. Aus ebendem Grund ließ ich ihm durch *il mancino* ausrichten, er solle mir aus dem Weg gehen, wenn er nicht möchte, daß ich ihm seine Worte in die Kehle zurückstopfe. Der Narr, er hat darüber nur gelacht! Das Sprichwort sagt ganz richtig: „Mit Blindheit schlägt das Glück, den es verderben will!"

Diesen Satz hätte ich seinerzeit, als ich mit Vittoria bei

einem Franziskanermönch studierte, auf lateinisch sagen können. Aber ich habe inzwischen alles Gelernte wieder vergessen. Sie natürlich erinnert sich an alles.

Sie und ich, wir sind so verschieden und doch so ähnlich. Ich bin eine Stunde nach ihr geboren. Der Pfarrer, der uns getauft hat, soll Zwillinge – zumal wenn sie von unterschiedlichem Geschlecht waren – sehr ungern gesehen haben. Er meinte, die enge Berührung eines Jungen mit einem Mädchen im Leib der Mutter sei nicht gut, und sagte Tarquinia voraus, einer von uns beiden würde schwachsinnig sein oder in jungen Jahren sterben. Gestorben ist keiner von uns, und es hält mich auch niemand für einen Idioten. Doch ich dachte lange Zeit und denke noch, daß nur Vittoria wirklich intelligent ist. Die Seele ist noch schlechter unter uns aufgeteilt. Wir haben beide zusammen nur eine. Und die hat Vittoria abbekommen. Ich selbst habe nur Instinkte.

Da ich sehr dunkel bin, Vittoria dagegen überall in Gubbio wegen ihrer goldenen Haarpracht gerühmt wurde – mit der man zweimal wöchentlich in unserer kleinen Stadt einen quasi öffentlichen Kult trieb –, hielt ich mich in meiner Kindheit für häßlich; ich war glücklich, es zu sein und versteckt zu Vittorias Füßen zu leben, bis mir mit den Jahren bewußt wurde, daß mich die Frauen – alle Frauen – mit ihren Blicken förmlich verschlangen. Als ich ins Mannesalter kam, verschlimmerte sich das noch: die Frauen klammerten sich wie mit Fangarmen an mich. Ihre Augen, ihr Lächeln, ihre süßen Worte, alles klebte wie Leim an mir. Das entsetzte mich um so mehr, als zwischen Vittoria und mir trotz der großen Zuneigung, die wir füreinander empfanden, strengste Zurückhaltung herrschte. Wie auf Verabredung hielten wir, die wir vor unserer Geburt einander so nahe gewesen waren, peinlich darauf, körperliche Berührungen zu vermeiden – mehr, als zwischen Bruder und Schwester gemeinhin üblich –, so daß ich mich nicht erinnern kann, Vittoria jemals umarmt oder auch nur mit den Fingerspitzen berührt zu haben.

Es wäre dumm, daraus zu schließen, daß ich den weiblichen Körper hasse. Um es ganz deutlich zu sagen: ich mag es sehr gern, wollüstig in ihn einzudringen, und es tut mir wohl, seine Weichheit mit meinem Gewicht und meinen Muskeln zu erdrücken. Doch das ist diesem unersättlichen Geschlecht nicht genug. Es muß mich auch noch lieben, mir das sagen, an mir kleben. Ich finde diese vereinnahmende Liebe unerträglich. Ich sehe darin eine Beleidigung der distanzierten, edlen, gleichsam überirdischen Liebe, die ich für Vittoria fühle.

Die Sache mit Recanati hat sich folgendermaßen zugetragen: Am 15. Juli mittags sah ich Recanati in der Nähe der römischen Kirche Santa Maria della Corte allein in seiner Kalesche. Er lehnte lässig in seinen Polstern und blickte nach allen Seiten blasiert auf die Passanten, weniger um sie zu sehen als um in seinem ganzen blendenden Luxus gesehen zu werden. Die Kalesche, in der er thronte, war tatsächlich sehr schön, hinreißend verziert und vergoldet; zudem wurde sie von vier herrlichen Füchsen mit wehenden blonden Mähnen gezogen. Um der Wahrheit die Ehre zu geben: ich selbst lungerte in diesem Moment nur müßig in der Sonne herum. Ich hatte gar nicht mehr an ihn gedacht. Aber als ich ihn plötzlich so frech, so selbstsicher und so nahe vor mir sah (die Straße war sehr eng), stieg eine Woge von Haß in mir auf. Unsere Blicke kreuzten sich. In Blitzesschnelle war alles vorüber, so rasch fuhr die Kalesche. Ich warf ihm einen zornigen Blick zu, den der Feigling mit einem spöttischen Lächeln erwiderte, so sehr vertraute er auf die Schnelligkeit seiner Pferde. Die Kalesche fuhr an mir vorbei. Ich zitterte vor Wut, die Hand am Dolch. Es war der 15. Juli. Nur noch zwei Wochen trennten mich von dem Datum, das ich mir selbst als äußerste Frist für meine Vendetta gesetzt hatte. Im ersten Moment wollte ich hinter der Kalesche herlaufen, aber abgesehen davon, daß sie sehr schnell fuhr, wäre dies unter meiner Würde gewesen. Ich ging weiter, mit gesenktem Kopf und weichen Knien, kurzatmig und mit aller Kraft meinen ohnmächtigen Zorn zurückdrängend.

Da kam mir der Zufall – ich wage nicht zu sagen: die göttliche Vorsehung – zu Hilfe. Ein von sechs Arbeitspferden gezogener Wagen, beladen mit behauenen Steinen für den Vatikan, wie ich später erfuhr, schnitt der Kalesche den Weg ab, deren Pferde plötzlich stehenblieben. Es kam weder zu einem Zusammenstoß noch zu sonst irgendeinem Unglück. Und der Zwischenfall hätte nicht länger als eine Minute gedauert, wenn nicht die Kutscher – dieser jähzornige Menschenschlag – angefangen hätten, sich zu beschimpfen. Auf die Beschimpfungen folgten Peitschenhiebe, bis am Ende die beiden Wüteriche von ihren Sitzen sprangen und übereinander herfielen: großer Tumult und ohrenbetäubender Lärm, in dem die Passanten jeweils für einen der beiden Kämpfer Partei ergriffen.

Ich befand mich noch in einiger Entfernung von der Kalesche, und obwohl mein Herz heftig zu schlagen begann, zwang ich mich, langsam zu gehen: es sollte bis zuletzt dem Zufall überlassen bleiben, Recanati in meine Hände zu geben.

Offenbar war alles von Anbeginn an so vorherbestimmt. Der Wagen versperrte der Kalesche die Straße, die beiden Füchse scharrten mit den Vorderhufen und bewegten ungeduldig die Köpfe, ohne auch nur einen Schritt vorwärts zu kommen. Die Passanten umringten die beiden Kutscher, die nur noch Augen für ihren Kampf hatten. Der Weg war frei für mich.

Ohne mich im geringsten zu beeilen, stieg ich auf das Trittbrett. Mit der Linken packte ich Recanati an der Gurgel, mit der Rechten setzte ich die Spitze meines Dolches an sein Herz, ohne ein Wort. Er erkannte mich. Er erbleichte. Seine entsetzten Augen rollten in ihren Höhlen, auf seiner Stirn perlte der Schweiß, er konnte nicht sprechen, schüttelte nur immer wieder verneinend den Kopf.

In diesem Augenblick empfand ich einen großen Ekel vor der Tat, die zu begehen ich im Begriff stand. Nicht weil es sich um einen Mord handelte, sondern weil Recanati feige war. Der Schweiß rann ihm in Strömen über das Gesicht, und meine Linke, mit der ich ihn an der Gurgel gepackt hielt, wurde feucht. Ich bin sicher: ich hatte ihm die Kehle nicht so fest zugedrückt, daß er nicht hätte sprechen können. Das Entsetzen allein lähmte ihm die Stimme und machte ihn unter meiner Umklammerung willenlos wie eine ausgestopfte Puppe. Schlimmer noch war der unerträgliche Geruch, den seine Feigheit um ihn verbreitete und der, wie der klebrige Schweiß an meiner Linken, mir eine solche Übelkeit verursachte, daß ich von meinem Vorhaben schon ablassen und diesen Schlappschwanz verschonen wollte. Ich kam mir nicht mehr wie ein Rächer, sondern nur noch wie ein Henker vor. Ich zauderte ein oder zwei Sekunden lang. Doch wie hätte ich in diesem Moment auf meine Blutrache verzichten können, ohne nicht selbst in meinen Augen als Feigling dazustehen? So trieb mich letztlich die Angst zum Handeln, die Angst, meine eigene Selbstachtung zu verlieren.

Ich drückte auf den Dolch und war überrascht, mit welcher Leichtigkeit er in den Körper Recanatis eindrang: wie in einen weichen Teig. Nie hätte ich geglaubt, daß es so leicht sei, einen Menschen zu töten.

Recanati erschauerte, sein Gesicht zuckte konvulsivisch, er schnappte zweimal verzweifelt nach Luft. Das war alles. Mit weit aufgerissenen Augen brach er in seinen Kissen zusammen. Ich zog meinen Dolch aus der Wunde, wischte ihn an seinem Wams ab und steckte ihn wieder in die Scheide. Dann sprang ich vom Trittbrett und blickte mich um. Die beiden Kutscher kämpften immer noch, angefeuert von der schaulustigen Menge, und niemand schien darauf geachtet zu haben, was in der Kalesche passiert war.

Ich entfernte mich gemächlich, ohne mich umzuschauen, und erreichte den Wohnsitz von Margherita Sorghini. Ich empfand nichts, hatte nur Mühe beim Gehen und Atmen, denn es war sehr heiß, und spürte eine dumpfe Verwunderung darüber, wie leicht meine spitze Klinge in Recanatis Herz gedrungen war.

Die Kammerfrau sagte mir, daß die Signora soeben ihr Mittagsbad genommen habe und nun auf der „kleinen Terrasse“ ruhe. Sie war übrigens gar nicht so klein, man hatte von hier einen weiten Rundblick über Rom, und in der Mitte der Terrasse befand sich ein großes Zelt in Form eines Baldachins, der nach Belieben an den Seiten durch weiße Leinenvorhänge geschlossen werden konnte, um Schutz vor Wind und Sonnenhitze zu gewähren. Margherita ruhte nackt auf einem breiten weißen Lager. Bei meinem Eintritt richtete sie sich halb auf und warf mir einen fragenden Blick zu, denn sie hatte wohl an meinem Gesichtsausdruck erraten, daß etwas Ungewöhnliches geschehen war.

Ich bedeutete ihr durch ein Zeichen, keine Fragen zu stellen, und als ich den Badezuber mit frischem Wasser erblickte, worin sich Margherita bei dieser Gluthitze abzukühlen pflegte, entkleidete ich mich schnell und tauchte bis zum Hals hinein. Es schien mir, als wüsche mich dieses klare Wasser von meinem Verbrechen rein. Über meinem Kopf sah ich durch das weiße Zeltleinen die Schatten der Mauersegler, die pfeilschnell nach allen Richtungen dahinschossen und spitze Schreie ausstießen. Obwohl ich weder an Gott noch an den Teufel glaube, war ich überzeugt, eine große Sünde begangen zu haben. Und doch, was ich genau in diesem Moment empfand – bizarr vermischt mit dem Wohlbehagen, das mir das frische Wasser und die Schatten der Mauersegler verschafften –, war nicht Reue, sondern nur tiefe Enttäuschung. Die Ermordung Recanatis hatte mir keine Befriedigung gewährt. Dazu hätte Recanati sich seines Todes bewußt werden müssen. Ich hatte eine Kerze ausgeblasen, die Kerze aber wußte nicht, daß sie erloschen war.

Als ich Margheritas Blicke auf mir spürte, runzelte ich die Stirn, so daß sie sogleich die Augen abwendete. Wie alle Frauen – außer Vittoria – hatte auch Margherita etwas von einem Kraken an sich. Doch da sie doppelt so alt ist wie ich und mich zu verlieren fürchtet, ist es mir gelungen, sie zu erziehen. Abgesehen vom Liebesakt, über den ich allein entscheide, würde sie sich nie erlauben, mich zu berühren, zu umschlingen oder mit den tausend kleinen Schmeicheleien zu bedrängen, die die Frauen wie Leimruten zu unserem Fang bereithalten.

Ich stieg aus dem Zuber, schob den Zeltvorhang beiseite, stellte mich in die pralle Sonne und atmete den angenehm bitteren Duft der auf der Brüstung blühenden Geranien ein. Der Fliesenboden unter meinen Füßen war brennend heiß, so daß ich von einem Bein auf das andere treten mußte. Als auch der letzte Tropfen Wasser auf meiner Haut verdunstet war, brannte die Hitze auf meinen Schultern und meinem Nacken so unerträglich, daß ich unter das Zelt zurücktrat. Margherita, die mich offenbar durch den Vorhangspalt gespannt beobachtet hatte, schloß gerade noch rechtzeitig die Augen. Ihr jettschwarzes Haar, ihre blasse Haut, die braunen Aureolen ihrer Brüste und ihr dunkles Schamhaar gefielen mir. Winzige Fältchen zeichneten ihre Lider, ihre Brüste waren schwer, und ihre reife Schönheit schien an dem Punkt angelangt, wo sie zu schwinden beginnt. Ich liebte sie so, wie sie war, in ihrer verblühenden Schönheit. Und auch in der sklavischen Demut, die ich ihr abverlangte, wobei ich freilich den Verdacht hatte, daß sie trotzdem noch Mittel fand, mich zu beherrschen.

Ich stand vor ihrem Lager und betrachtete sie, ohne daß sie gewagt hätte, die Augen zu öffnen. So liebte ich sie: hingegeben, ausgeliefert, gefügig. Wortlos warf ich mich auf sie und nahm sie. Bald spürte ich, daß sie, entgegen den von mir verfügten Regeln, heimlich kleine Beckenbewegungen machte, um ihren Höhepunkt zu erreichen. Doch ich war selbst jenseits aller Worte, wie fortgerissen von meiner durch nichts aufzuhaltenden Lust. Ich ergoß meinen Samen. Sie stieß einen kurzen spitzen Schrei aus, auf den ein Mauersegler über unseren Köpfen zu antworten schien.

Ich ließ mich von ihrem Lager auf die Matte gleiten, die den Fliesenboden des Zeltes bedeckte, denn ich wollte die körperliche Berührung nicht unnötig verlängern. Dabei hatte ich fast Gewissensbisse, weil ich doch wußte, daß Margherita von allen meinen Regeln diese eine besonders widerstrebend akzeptierte. Giulietta behauptet, da ich meine Mutter zu einem Gegenstand des Hasses, meine Schwester zu einem Gegenstand der Anbetung gemacht habe, wisse ich nun nicht, wie ich mich anderen Frauen gegenüber verhalten solle, und hätte in Wirklichkeit Angst vor ihnen. Aber ich weiß nicht, ob ich mich in diesem Punkt auf ihren „gesunden Menschenverstand" verlassen kann. Was hat sie denn für Erfahrungen in der Liebe? Obendrein ist ihr Urteil befangen. Sie liebt mich nämlich. Dieses „sie liebt mich" setze ich in Anführungsstriche. Ich hasse diese klebrigen Worte.

Da Margherita mich beherbergt, mich ernährt und kleidet, tuschelt ganz Rom, ich zöge ihr das Fell über die Ohren. Die Leute würden das auch laut sagen, fürchteten sie nicht meinen Degen. Aber dieses Urteil – schon wieder eins! – hat so wenig mit der Wirklichkeit zu tun, daß es mich kaum berührt. Hätte Recanati nur dies gesagt – nie und nimmer hätte ich mir die Mühe gemacht, ihn zu töten.

Ich verlange nichts von Margherita. Sie überhäuft mich mit Geschenken in der Sorge, ihren jungen Liebhaber an sich zu binden. Doch sie täuscht sich: ich bin ohnehin an sie gebunden. Selbst wenn mir ein hübsches junges Ding die gleichen Vorteile böte, würde ich um nichts auf der Welt meine alte Geliebte gegen sie eintauschen.

Ich sitze auf der Matte, schweißüberströmt, mit dem Rücken an das Lager gelehnt, den Nacken auf ein Kissen gestützt, das Margherita mir sofort untergeschoben hat, und komme langsam wieder zu Atem. Ich drehe mich um und sehe, daß ihre Finger um Daumesbreite mein Haar berühren, und ich spüre ihr brennendes Verlangen, es zu streicheln, was sie mitunter tut, wenn ich sie nehme, denn ich bin dann zu angespannt, um sie daran zu hindern. Ich betrachte ihre Finger mit den schweren Ringen, die ich manchmal an meine Hände stecke. Ich bewundere die Juwelen. Sie würde sie mir schenken, wenn ich sie darum bäte. In diesem Augenblick wird mir bewußt, daß sich das Alter nicht so sehr durch die Gesichtszüge, sondern viel mehr durch die Hände verrät. Margheritas Körper ist zehn Jahre jünger als ihr Gesicht und dieses wiederum zehn Jahre jünger als ihre Hände. Ich beuge meinen Kopf nach rechts und küsse ihre Hand, was ich sofort bereue. Ich habe gespürt, wie sie hinter meinem Rücken ob dieser ungewohnten Huldigung erschauerte.

Ich sage trocken: „Nimm deine Hand da weg!“ und fahre im gleichen Atemzug fort: „Ich habe Recanati getötet.“

Margherita zieht ihre Hand zurück, seufzt und sagt mit erstickter Stimme: „Das dachte ich mir schon.“

Doch gehorsam wie immer – wenigstens dem Anschein nach –, stellt sie keine Fragen. Ich denke oft, daß diese Unterwerfung unter meine Regeln für sie nichts weiter als ein Spiel ist, perfekt von ihr beherrscht; genauso würde sie einem Liebhaber Koketterie vorspielen, wenn er das wünscht. Denn obwohl sie das Fragen unterläßt: ihr Schweigen selbst ist eine einzige Frage. Sie weiß genau, daß ich in diesem Moment das dringende Bedürfnis empfinde, mich anzuvertrauen. Wer also wird von meinen Regeln beherrscht? Sie oder ich?

„Willst du wissen, warum, Margherita?“

„Ja.“

Nichts ist korrekter, nichts entspricht meinen Regeln mehr als dieses „ja“. Und wäre da nicht ein unterdrücktes Zittern in ihrer Stimme, könnte ich glauben, sie mokiere sich über mich. Doch nein. Ich wette, sie ist schon dabei, die vielleicht unüberwindlichen Schwierigkeiten abzuschätzen, die dieser Mord für unsere Beziehung mit sich bringen wird.

„Vor zweieinhalb Monaten“, sage ich leise, „erklärte im Salon der Monteverdi irgendein Dummkopf, der nur Binsenweisheiten von sich geben konnte, Vittoria Peretti sei zweifelsfrei die schönste Frau in ganz Italien. Recanati war auch da – du kennst ihn ja, nichts als Äußerlichkeiten, Eitelkeit und Angeberei und kaum Verstand genug, um rechts und links auseinanderzuhalten. Kurz, dieser verrückte Kerl fühlte sich durch das Loblied auf Vittoria gereizt und sagte in seiner typischen blasierten Art: ‚In der Tat, Vittoria ist schön, zu schön, so schön, daß sie eines Tages zur Metze werden wird.' Er hatte mich nicht gesehen, denn ich war durch eine kleine Palme verdeckt. Ich stürzte mich auf ihn, man trennte uns. Am nächsten Tag ließ ich ihm meine Herausforderung zum Duell überbringen. Er antwortete, er sei von zu altem Adel, um sich mit mir zu schlagen."

„Wie?" fragt Margherita, „adelig, er?"

„Nicht mehr als ich. Seine Weigerung war reine Feigheit. Und das hat ihn nun das Leben gekostet, seine Feigheit samt seiner dummen Überheblichkeit, die ihn glauben machte, ich würde nicht wagen, ihn zu erdolchen. Als ich es ihm durch *il mancino* ankündigen ließ, hat er gelacht."

„Und was wird nun passieren?" fragte Margherita.

„Ich weiß nicht. Ist auch unwichtig. Stell mir keine Fragen. Hätte Recanati meine Herausforderung angenommen, hätte ich ihn nur am Arm verwundet. Seine Dummheit verdiente nicht mehr."

Wir hörten die Terrassentür aufgehen, Margherita zuckte zusammen und fragte:

„Bist du es, Maria?"

„Ja, ich bin's, Signora. *Il mancino* möchte zu Signor Marcello. Er sagt, es sei wichtig. Sehr wichtig."

„Schon!" rief Margherita.

Sie erbleichte, warf mir nur einen einzigen Blick zu und fiel in ihr Schweigen und ihre Unbeweglichkeit zurück. Ich fühlte mich wie losgelöst von meinem eigenen Leben, heiter und gelassen. Ich zog mich an und stieg die Wendeltreppe zum Innenhof hinab, wo *il mancino* auf und ab ging, wie üblich leicht schief und mit den Augen ständig auf der Lauer.

„Was willst du von mir?"

„Euch raten, Signore, dieses Haus zu verlassen und Euch in den Palazzo Rusticucci zu begeben."

Wenn *il mancino* spricht, sieht er einem niemals ins Gesicht, sondern starrt auf den Gürtel, auf die Stelle, wo die Börse befestigt ist, als wöge er sie ab.

„Warum?"

Dieses „warum" ließ den *mancino* aufseufzen. Er war wortkarg, obwohl er stolz war, sich in gutem Italienisch auszudrücken und nicht in der Mundart der Fischer von Grottammare. Aus seinen langen Auseinandersetzungen mit der Corte hatte er die simple Erkenntnis zurückbehalten, daß Schweigen Gold ist.

„Die Signora Sorghini", sagte er in seiner höflichen Art, „ist gewiß eine begüterte Witwe, aber sie verfügt nicht über die notwendigen Beziehungen. Ihr Wohnsitz ist folglich nicht unverletzlich, wohingegen der Bargello es sich zweimal überlegen wird, ob er den Palazzo Rusticucci durchsuchen läßt, da Euer Schwager ja der Sohn eines Kardinals ist."

„Du denkst also, der Bargello könnte Lust bekommen, den Palazzo Rusticucci zu durchsuchen?"

„Gewiß, Signore, wenn Ihr dort seid."

„Wie das?"

Il mancino betrachtete schweigend meine Börse, und ich begann, sie aufzuknoten. Diese Geste entging ihm nicht und machte ihn plötzlich sehr gesprächig.

„Heute nachmittag", fuhr er fort, „hat der Bargello Maria-Magdalena, genannt *la Sorda**, verhört. Sie ist nicht wirklich taub. Sie tut nur so. Dadurch kann sie ihre Kunden ausnehmen und sie nachträglich mehr bezahlen lassen als den vereinbarten Preis. Sie ist nämlich gewerbsmäßige Dirne", fügte er verschämt hinzu.

„Mach's kurz!" unterbrach ich ihn.

„Wir haben genug Zeit", sagte *il mancino*. „Der Bargello hat in Eurer Angelegenheit den Gouverneur um Audienz gebeten, Signore, und bei dem warten eine Menge Leute."

„Mach's trotzdem kurz! Wenn man bedenkt, daß ich dich immer für wortkarg gehalten habe!"

* (ital.) die Taube.

„Das bin ich auch, Signore, doch mit Eurer gütigen Erlaubnis und in diesem Fall möchte ich doch, daß Ihr für Euer gutes Geld gut bedient werdet. *La Sorda* wurde vom Bargello wegen ihres Streits mit einem Kunden verhört, als jemand in die Räume der Corte gestürzt kam und dem Bargello mitteilte, er habe mit eigenen Augen den ermordeten Recanati gesehen und kenne den Mörder. Der Bargello schien von dieser Nachricht stark beunruhigt. Er schickte die Sorda weg, und die rannte sofort zum ‚Ölberg'".

„Dort meditierst du also?"

„Dort trinke ich, Signore. Das ist eine Taverne."

„Und diese Sorda ist eine von deinen Freundinnen?"

„Ach was, Signore!" rief *il mancino* entrüstet. „Ich verkehre doch nicht mit solchem Abschaum. Aber die Sorda kennt den großen Respekt, den ich Euch entgegenbringe."

„Und sie hat dir diese Information gegeben?"

„Sie hat sie mir nicht gegeben, Signore, sie hat sie mir für fünfzig Piaster verkauft."

„Du bekommst hundert Piaster, *mancino*, wenn du als Kundschafter bis zum Palazzo Rusticucci vor mir hergehst."

„Signore", antwortete *il mancino*, „vielen Dank für Eure Großzügigkeit. Doch ich habe nichts von Euch verlangt. Ich tat es aus Freundschaft für Euch."

„Bei mir ist es auch nur Freundschaft für dich."

Am Portal zum Palazzo Rusticucci war keine Falle für mich aufgestellt, was beweist, daß der Bargello mit dem Gouverneur noch über mein Schicksal beriet. Damit mich jedoch der Wächter nicht sehe und also auf Befragen auch nichts aussagen könne, trat ich durch eine kleine Hinterpforte ein, zu der ich den Schlüssel besaß. *Il mancino* folgte mir, denn unser Wohnsitz war einer seiner Zufluchtsorte geworden, seitdem Francesco Peretti ihn unter seinen Schutz genommen hatte.

Die erste Person, der wir im Hof begegneten, war die Schwester des *mancino*, die bei unserem Anblick abwechselnd rot und blaß wurde, sich in die Arme ihres Bruders warf und ihm in ihrem Heimatdialekt, den ich nicht verstehe, eine lange Predigt hielt, wobei sie mir heimlich glühende Blicke zuwarf. Ich drehte meinen Kopf weg und zeigte mein Profil, aber das half nichts. Meine Wange schmerzte förmlich unter ihren Blicken. Caterina Acquaviva ist bestimmt die schlimmste von allen Kraken dieser Welt. Giulietta sagt, sie sei „frisch und lebendig wie ihr Name“, doch vor meinem geistigen Auge sehe ich sie nicht wie eine Quelle, sondern eher wie einen glühenden Backofen. Außerdem mißfällt mir die Art, wie sie ihren Busen zur Schau stellt.

Ich befahl ihr knapp, Vittoria meinen Besuch zu melden, und sie verschwand mit wippendem Hinterteil, wie ich es bei ihr gewohnt bin. Es ist erstaunlich, wie stolz diese Äffin auf ihren kleinen Körper ist. Ich zwang mich, sie nicht mit Blicken zu verfolgen. Sie hätte es gespürt.

Ich erzählte Vittoria alles. Sie errötete, als ich ihr Recanatis Worte wiederholte, doch das blieb ihre einzige Reaktion. Nachdem ich geendet hatte, lief sie, Francesco Bericht zu erstatten, der umgehend seine Pferde satteln ließ, um beim Papst um Audienz zu bitten.

Gregor XIII. hörte Francesco geduldig an. Sosehr er Montalto haßte, so sehr liebte er den Neffen, vielleicht weil diesem ganz offensichtlich alles Geniale abging.

„Seit jeher“, sagte der Papst, „haben sich in diesem Land die Brüder ebenso beleidigt gefühlt wie die Ehemänner, wenn die Ehre ihrer Schwester in Frage gestellt schien. Dieser junge Mann hat also nichts Unverzeihliches begangen. Sagt ihm, er solle beten und bereuen. Ihm wird deswegen nicht vergeben. Doch wenn er keinen weiteren Mord begeht, wird ihn die Corte in Frieden lassen.“

Seine Milde, obwohl in Rom gerühmt, rührte mich nicht: sie hatte nichts vom Geist des Evangeliums. Wenn Gregor XIII. nicht wußte, wie er sich entscheiden sollte, versuchte er sich vorzustellen, was Montalto an seiner

Stelle täte. Im vorliegenden Fall war die Sache klar: Montalto hätte mich festgenommen, verurteilt und gehängt. Gregor XIII. tat das Gegenteil mit einem Vergnügen, das ich durchtrieben nennen würde, wenn er nicht Pontifex maximus wäre.

KAPITEL III

Monsignore Rossellino (il bello muto):

Jeden Morgen und jeden Abend danke ich der göttlichen Vorsehung für meinen Sturz auf den Stufen zum Vatikan und die daraus resultierende Stummheit: auf solche Weise hat sie mich meinen Erfolgen in der Gesellschaft und den Gefahren dieser Welt entrissen und mich bei einem Meister in Dienst gestellt, der – so streng er mitunter ist (doch ist er es nicht auch gegen sich selbst?) – unermüdlich zum höchsten Ruhme Gottes und der Kirche wirkt.

Gleichwohl hielte ich es für einen Irrtum, hinter allen Wechselfällen des Lebens, großen und kleinen, die Hand unseres Erlösers zu sehen. Satan ist mitnichten so schwach, daß er nicht sein Teil beisteuern könnte zu den Begegnungen und Fügungen, die die Seelen gefährden und die Gott in seiner Allmacht zuläßt, um die Tugend seiner Geschöpfe zu prüfen.

Ich möchte hier zur Erbauung der Gläubigen von einer solchen Fügung berichten, die höchst dramatische und verhängnisvolle Konsequenzen haben sollte, denn sie verführte eine ganze Familie zu arglistiger Täuschung und verursachte zudem Blutvergießen und viele Tränen wie auch großen Aufruhr im Staat.

Mein Bericht beginnt zu einer Zeit, da Francesco Peretti bereits sechs Jahre mit Vittoria Accoramboni verheiratet ist. In diesen sechs Jahren ist kaum ein Tag vergangen, an dem der Kardinal die Frau seines Adoptivsohnes nicht wenigstens auf eine knappe Stunde empfangen hätte. Er sieht sie häufiger als seinen Neffen, was wir uns damit erklären, daß Francesco durch die bescheidenen Amtsgeschäfte am Hofe des Papstes zu sehr in Anspruch genommen wird, um seinen Onkel täglich besuchen zu können. Doch abgesehen davon, daß niemand genau sagen kann, worin seine Amtsgeschäfte bestehen*, für die er als Sohn eines Kardinals erhöhte Einkünfte bezieht (freilich bedeutend niedrigere als der Sohn des Papstes), würde ein Wort Seiner Eminenz genügen, damit Francesco herbeieilte und ihm zu Füßen fiele. Aber Montalto sagt dieses Wort nicht, denn obwohl er Francesco sehr zugetan ist, langweilt er sich in seiner Gesellschaft.

„Francesco", pflegte Monsignore Cherubi zu sagen, bevor er „zu seinen Gondeln" zurückgeschickt wurde, „besitzt alle Tugenden. Es fehlt ihm nur an Bildung und Lebensart. Er hat nichts gelesen, nichts gesehen, nichts geleistet, nichts gelernt." Wären diese Worte dem Kardinal zu Ohren gekommen (und ich glaube, man sollte sie vor ihm nicht wiederholen), hätte er erwidert, daß Monsignore Cherubi zwar genug Bildung und Lebensart für eine glänzende Karriere besitze, es ihm aber an bestimmten Tugenden gebreche, unter anderem an Diskretion.

Nach der Morgenmahlzeit, die der Kardinal mit großer Pünktlichkeit Schlag zwölf Uhr einzunehmen pflegte – ein Mahl, an dessen Kargheit ich mich aus gutem Grunde erinnere, da ich es teilte –, lustwandelte er eine halbe Stunde in seinem Garten. Dieser Spaziergang auf Krükken war eine recht anstrengende Übung, gleichzeitig auch eine Zerstreuung für ihn, bei der er seine Bäume, seine Büsche und, in der schönen Jahreszeit, seine Blumen so eingehend betrachtete, daß der ihn begleitende Obergärtner dabei täglich seine schwierigste Stunde erlebte. Nichts entging dem Auge des Kardinals: Unkraut, eine nachlässig beschnittene Hecke, ein schlecht geharktes oder unzureichend bewässertes Stück Boden, Blattläuse auf einem Rosenstrauch, ein nicht richtig befestigter Stützstab. Über solche kleinen Mängel entrüstete sich Seine Eminenz beinahe ebensosehr wie über die große Unordnung im Staate, die Gregor XIII. durch seine Laßheit verschuldet hatte.

* Peretti war Dritter Kammerherr Seiner Heiligkeit. (Anmerkung des Autors)

Nach Beendigung seiner Inspektion kehrte der Kardinal ins Haus zurück; um sich in seine Bibliothek zu begeben, mußte er seine Krücken ablegen und sich auf einem Stuhl von zwei kräftigen Lakaien die Treppen hinauftragen lassen. Danach diktierte er mir seine Post, bis er die Taschenuhr herauszog und mit kaum verhohlener Befriedigung feststellte:

„Es ist bald vier Uhr. Vittoria wird gleich kommen."

Und tatsächlich: mit einer Pünktlichkeit, die – wie ich später erfuhr – im Palazzo Rusticucci allgemeine Verwunderung hervorrief, erschien Schlag vier Uhr die so sehr geliebte Nichte. Sie trug eine hochgeschlossene Tunika von beabsichtigter strenger Einfachheit und eine Schnur Perlen um den Hals; ein Spitzenkragen rahmte ihr schönes Gesicht. Wie aber von Einfachheit reden, wenn nicht in ehrfurchtsvoller Bewunderung? Denn die ungewöhnliche goldene Haarpracht, die hinter Vittoria herwehte, umhüllte Schultern und Rücken mit einem wahrhaft königlichen Mantel.

Ermutigt durch die spöttischen Bemerkungen des Papstes, machten die Höflinge so viele Witze über diese täglichen Begegnungen, daß Seine Eminenz sie von Anfang an nur in meinem Beisein stattfinden ließ. Ich empfand mich als störenden Dritten zwischen Onkel und Nichte und zog mich bescheiden hinter einen kleinen Schreibtisch zurück, wo ich Briefe kopierte und mich mäuschenstill verhielt. Nicht genug damit, daß ich stumm war: ich bemühte mich auch, unsichtbar zu sein.

Wenn Vittoria sich von Seiner Eminenz verabschiedete, versäumte sie niemals, mich mit einem bezaubernden Lächeln in die Welt der Lebendigen zurückzuholen. Als sie das erste Mal auf diese Art bekundete, daß sie meine Anwesenheit zur Kenntnis nahm, war ich so überrascht, als hätte die Madonna auf dem Bild zur Rechten des Kardinals vom Jesuskind aufgeschaut und mir für einen Augenblick ihre Aufmerksamkeit geschenkt. Ich wage zu hoffen, daß niemand an diesem Vergleich Anstoß nimmt. Welcher Maler würde nicht davon träumen, eine Maria mit dem Kinde nach dem Modell von Vittoria zu malen, sofern sie, die selbst nie empfangen hat, sich zu einer für sie so grausamen Haltung bereitfinden könnte?

Nachdem Vittoria in einem Armlehnstuhl ihrem Onkel gegenüber Platz genommen hatte, begann die Unterhaltung jedesmal damit, daß Seine Eminenz sich eingehend nach dem körperlichen und seelischen Befinden der Bewohner des Palazzo Rusticucci erkundigte. Würde Flamineo sich entschließen, endlich seiner wahren Berufung zu folgen? Und war Marcello jetzt bereit zu arbeiten? Warum heiratete er nicht die reiche Witwe, in die er vernarrt ist, statt schamlos vor aller Augen in Sünde mit ihr zu leben? Wäre Francesco nicht gut beraten, *il mancino* auf den Hof seines Vaters bei Grottammare zu schicken, statt zu dulden, daß er als Parasit im Palazzo Rusticucci lebte und die meiste Zeit in der Taverne mit dem gotteslästerlichen Namen verbrachte, wo er Geld von den Dirnen nahm, die er protegierte? Was machte das Magengeschwür der armen Camilla? Sollte sie ihre Mahlzeiten nicht besser auf ihrem Zimmer einnehmen, um Tarquinias ewigen Sticheleien zu entgehen? Konnte nicht Vittoria mit ihrer ganzen Autorität auf ihre Mutter einwirken, damit der Kampf der beiden alten Damen aufhörte? Giulietta war jetzt fünfundzwanzig; warum verheiratete man sie nicht, da sie offenbar nicht fromm genug war, Nonne zu werden? Francesco wurde sichtlich dicker; war es für ihn nicht an der Zeit, das Fechten und Reiten wieder aufzunehmen? Der Kardinal hatte auch gehört, daß der Wächter des Palazzo Rusticucci ein Trinker war; eine schlechte Gewohnheit bei jedem Mann, gewiß, aber bei einem Wächter noch weit schlimmer, denn der müsse ja Augen und Ohren offenhalten und dürfe nicht dösen. Worauf wartete man noch, ihn zu entlassen?

Auf diese Weise versuchte Seine Eminenz, Ordnung in die Angelegenheiten des Palazzo Rusticucci zu bringen, so wie er es täglich in seinem Garten tat und wie er es gern im Staat getan hätte. Politisches Geschick ging ihm auch hierbei nicht ab, denn er hütete sich wohl, die losen Sitten Caterina Acquavivas zu beanstanden, die eine wichtige Informationsquelle für ihn war.

Es gab noch ein anderes Thema, das der Kardinal niemals berührte, um seine Nichte zu schonen: die Kinderlosigkeit dieser Ehe, die ihn sehr bekümmerte, in einem solchen Maße, daß er, der sonst so verschwiegen ist, zu mir darüber sprach. „Seht, Rossellino“, sagte er eines Tages, ohne allerdings direkt auf Vittoria anzuspielen, „es ist nicht gut, wenn eine Frau kinderlos ist, vor allem, wenn sie eine starke Einbildungskraft hat. Denn früher oder später wird sie denken, daß vielleicht ein anderer Mann ...“

Vittoria hatte ihre schönen Hände auf ihr Haar gelegt, das sie über den Knien zusammengerafft hatte (dieselbe Haltung, die den Kardinal bei ihrer ersten Begegnung so stark irritierte), und beantwortete die Fragen ihres Onkels mit Geschick, Würde und viel Geduld, wobei sie bisweilen auch ihre eigene Meinung äußerte. Sie liebte Seine Eminenz zu sehr, bewunderte sein Genie zu sehr, um ihm nicht zu erlauben, als Familienoberhaupt zu sprechen und zu handeln, sogar über Francescos Kopf hinweg. Doch sie erlaubte es nur innerhalb bestimmter Grenzen.

Ihre Antworten waren differenziert. In bezug auf Flamineo, *il mancino*, den Wächter oder Tarquinias Rolle im „Kampf der beiden Alten“ (der Kardinal drückt sich manchmal etwas drastisch aus, wie man bei Cherubis Entlassung erlebt hat) stimmte sie seinen Empfehlungen zu. Sie verschanzte sich allerdings hinter „der Autorität ihres Mannes“, um sich nicht festlegen zu müssen. Bei Giulietta wich sie schon aus. Wenn Giulietta weder heiraten noch den Schleier nehmen wolle, warum sie dann zwingen? Wo es jedoch um ihren Zwillingsbruder ging, antwortete Vittoria nicht nur ausweichend, sondern verteidigte ihn. Wer trage denn die Schuld, wenn Marcello bei der Sorghini die Zuneigung fand, die ihm Tarquinia in seiner Kindheit so grausam vorenthalten hatte? Und liege es nicht auf der Hand, daß er in dieser unglückseligen Affäre weniger der Verführer als vielmehr der Verführte ist? Zweifellos sei diese Liaison ein Skandal, doch wäre der Skandal kleiner, wenn er wegen ihres Geldes eine Frau heiratete, die dem Alter nach seine Mutter sein könnte?

Von niemandem sonst hätte Seine Eminenz solche Widerrede geduldet. In Wirklichkeit, glaube ich, war er fasziniert von dieser Mischung aus Sanftmut und Unbeugsamkeit. Ich bin fest davon überzeugt, daß der Kardinal als strenger Franziskaner niemals Gefühle der Liebe kennengelernt hat, wie ich sie vor meinem Unfall für die Contessa V. empfand. Und in seinem Alter, als gebeugter, gelähmter kranker Greis, für den es eine ungeheure Anstrengung bedeutete, vom Stuhl aufzustehen, die Krükken zu nehmen und ein paar Schritte im Garten auf und ab zu gehen, vermochte er dieses Gefühl erst recht nicht bei seinem wahren Namen zu nennen. Wie hätte er eine Neigung, die frei war von körperlichem Begehren, Liebe nennen können? So durfte der Kardinal in der Lauterkeit seines Herzens Vittoria lieben und sie sich von ihm lieben lassen, denn das Amt dieses großen Mannes, sein Alter und sein Gesundheitszustand gaben ihr Sicherheit. In gewissem Maße erwiderte sie sogar die fordernde, eifersüchtige, besorgte und herrische Zuneigung, die er ihr entgegenbrachte. Wie sonst hätte sie bei ihrem Stolz geduldet, daß er auf dem Weg über ihren Mann die Personen, mit denen die Perettis Umgang haben durften, derart streng aussuchte? Was für ein Unterschied zu Vittorias Leben vor der Eheschließung, als im Palazzo Rusticucci offene Tafel gehalten und jedermann willkommen geheißen wurde, sofern er nur vornehm genug war, sich um ihre Hand bewerben zu können. Und was für Opfer hatte sie seit sechs Jahren einer Ehe bringen müssen, in der sie weder die Glückseligkeit der großen Liebe noch die Freuden der Mutterschaft kennengelernt hatte!

Wegen der vom Kardinal verhängten Beschränkungen gab es nicht einmal zwanzig Personen in Rom, die sich der seltenen Ehre rühmen konnten, Vittoria besuchen oder bei sich empfangen zu dürfen. Die Gemahlin eines Sultans, dachte ich oft, lebt nicht eingesperrter als Vittoria, und obwohl ich um nichts in der Welt diese Vermutung vor dem Kardinal geäußert hätte, sagte ich mir, daß all diese Vorsichtsmaßnahmen vergeblich seien: keine Mauer ist für Satan unüberwindlich, wenn er in der Festung schon Komplizen hat. Wer wüßte das besser als ich?

Am 19. März 1581 – dieses Datum werde ich gewiß lange nicht vergessen, weil Seine Eminenz sich an dem Tag völlig ungerechtfertigt und auf das heftigste über mich erzürnte – las Vittoria, nachdem sie die inquisitorischen Fragen des Kardinals beantwortet hatte, auf lateinisch aus den „Bekenntnissen“ des heiligen Augustinus vor, wobei er sie wie einen Kleriker auf jeder Seite unterbrach und einen Kommentar verlangte; da erschien ein für fünf Uhr angemeldeter Besucher.

Hier muß ich erklären, daß der Kardinal jegliches Protokoll und Gepränge haßte (was Gregor XIII. eine manierierte Heuchelei nannte); deshalb fanden sich die von ihm in Audienz zu empfangenden Personen zu der vereinbarten Zeit ein, ohne nochmals von einem Majordomus angekündigt zu werden; nur peinlichste Pünktlichkeit war ihnen angeraten.

Kardinal Montalto empfing sehr viele Menschen, vor allem erlauchte Fürsten aus Italien und dem Ausland fühlten sich von seiner vielgerühmten Weisheit und Erfahrung angezogen. Er pflegte diese Beziehungen sowohl durch seine Audienzen als auch durch eine umfangreiche Korrespondenz. Böse Zungen am Hofe behaupteten deshalb, er sichere sich Verbündete für den Fall, daß „ein großes Unglück“ geschähe. Hätte man daraufhin gefragt: „Was für ein großes Unglück?“, wäre man nur auf verschlossene Münder, zuckersüße Mienen, abgewandte Blicke, wenn nicht gar auf Achselzucken ob der dummen Frage gestoßen. Außer dem Sieg der ketzerischen Hugenotten gab es nur *ein* großes Unglück, das man im Vatikan fürchtete; niemand sprach darüber, aber alle dachten ständig daran: das Ableben Gregors XIII.

Dieses große Unglück würde nämlich ein großes Problem aufwerfen: die Frage der Nachfolge. Und die Art, wie Kardinal Montalto seine Freundschaft mit den Mächtigen dieser Welt kultivierte, legte den Schluß nahe, er wolle sich selbst um die Nachfolge bemühen. Freilich sind die Kardinäle bei der Papstwahl im Konklave völlig von der Außenwelt abgeschnitten (selbst ihre Speisen, die man ihnen durch einen kleinen Schalter reicht, werden vorher auf geheime Botschaften untersucht). Wer aber wäre naiv genug zu glauben, die Fürsten hätten keinen Einfluß auf die Abstimmung? Wer wüßte nicht, daß bei einer früheren Papstwahl der immer noch herrschsüchtige Philipp II. von Spanien den siebzig Kardinälen nur fünf ihm genehme *papabile* zur Auswahl gelassen hatte, während die übrigen fünfundsechzig Prälaten von vornherein nicht für den Heiligen Stuhl in Frage kamen?

Fürst Paolo Giordano Orsini, Herzog von Bracciano, für den 19. März zu fünf Uhr bei Seiner Eminenz angesagt, war zwar mitnichten so mächtig wie der König von Spanien, doch er gehörte einer einflußreichen italienischen Familie an. Durch seine Frau Isabella war er verwandt mit Francesco di Medici, dem Großherzog von Toskana, dessen Bruder den Kardinalspurpur trug und großen Einfluß auf das Konklave hatte. Bracciano war aber nicht nur reich durch Geburt und seine Verbindungen, er hatte auch wahre Wundertaten in der Schlacht von Lepanto vollbracht, in der die Flotte des Großtürken durch die vereinigte Flotte der christlichen Staaten vernichtet worden war. Von Venedig daraufhin mit dem Kommando über seine Galeeren betraut, hatte der Fürst sich seit fünf Jahren großen Ruhm bei der Jagd auf berberische Piraten erworben.

Dieser große Kriegsheld war zudem ein Mann von Geschmack und Kultur, aufgeschlossen, kunstliebend und wißbegierig; er förderte die Poeten und suchte die Gesellschaft gebildeter Leute wie Seine Eminenz. Er war ein stattlicher Mann – seine kräftige Statur ließ ihn kleiner erscheinen, als er eigentlich war –, hatte blaue Augen, blondes, ins Rötliche spielendes Haar, regelmäßige Gesichtszüge, einen runden festen Hals und die gebräunte Hautfarbe des Seemanns. Seit ihn vor Lepanto ein Pfeil am Oberschenkel verwundet hatte, hinkte er leicht, was er durch besonders große Schritte zu überspielen versuchte; dadurch bekam sein Gang eine gewisse Aggressivität, die aber durch den sensiblen Ausdruck seines Mundes wettgemacht wurde.

In allem hatte Bracciano Glück gehabt, nur nicht in seiner Ehe. Seiner langen Abwesenheiten müde, hatte sich seine Frau Isabella in eine Affäre mit einem Verwandten ihres Mannes eingelassen, mit Troilo Orsini, der, als erster über seinen Verrat erschrocken, nach Paris geflohen war, wo er sich vor der Vendetta von Bruder und Ehemann sicher glaubte. Ein Jahr später traf ihn dort die Kugel eines von Francesco di Medici gedungenen Schützen, ohne ihn allerdings zu töten; so konnte ihm der Vollstrecker der Hinrichtung, bevor er ihm den Gnadenstoß gab, noch sagen, wer ihn gesandt hatte.

Durch Isabellas Ehebruch hatten nach dem Verständnis der Zeit Francesco di Medici und Bracciano das Gesicht verloren. Darum mußte auch Isabella sterben. Dieses ungeschriebene Gesetz, so barbarisch es war, wurde im ganzen Land so widerspruchslos akzeptiert, daß Gregor XIII., als man ihm die Hinrichtung Troilo Orsinis meldete, ganz natürlich, als ob sich die Sache von selbst verstände, fragte:

„Und was geschah mit der Herzogin?“

Erstaunlicherweise war mit ihr nichts geschehen. Seit fünf Jahren war sie in der Burg von Bracciano eingeschlossen und wartete auf den Tod, aber der Tod kam nicht, weil ihr Mann sich nicht entschließen konnte, sie zu töten. Er hatte sie geliebt. Sie hatte ihm einen Sohn geboren: Virginio. Im übrigen stand diesem Krieger der Sinn nicht nach Blut, schon gar nicht nach dem Blut einer Frau, das, wie er wohl ahnte, seinen Ruhm nicht vermehren würde, selbst wenn die Sitte die Hinrichtung einer Ehebrecherin entschuldigte, ja sogar verlangte. Ist es nicht seltsam, daß gerade in einem solchen Fall die Aufforderung unseres Heilands zur Vergebung – „Wer unter euch ohne Sünde ist, der werfe den ersten Stein auf sie!“ – weder vom Volk noch von den Fürsten gehört wird? Ich wage die Frage: Ist etwa unser Christentum im täglichen Leben nur Lippenbekenntnis?

Um auf den 19. März zurückzukommen – als ich sah, daß die Uhr auf meinem Schreibtisch fünf Minuten vor fünf Uhr zeigte, schrieb ich auf ein Stück Papier: „Es ist Zeit, Euer Eminenz“, erhob mich und legte es in die Hände des Kardinals, wohlgemerkt: in die Hände und nicht auf die Knie, wie er später behauptete. Ich kehrte an meinen Platz zurück und war sehr erstaunt, daß der Kardinal seine Nichte nicht umgehend entließ, wie er es sonst nach meinem Hinweis immer tat. Ich schwankte, ob ich ihn noch einmal mahnen sollte, aber weil er schon tags zuvor meinen „Übereifer“ gerügt hatte, unterließ ich es. Und das sollte mir schlecht bekommen, denn Schlag fünf Uhr trat Fürst Orsini, Herzog von Bracciano, mit seinen langen schnellen Schritten, die immer den Anschein erweckten, er wolle zum Sturmangriff übergehen, in das Zimmer – niemand hatte ihn angekündigt, wir hatten ja keinen Majordomus.

Der Fürst schritt auf den Kardinal zu, ein höfliches Lächeln auf den Lippen, als er plötzlich Vittoria bemerkte. Er blieb abrupt stehen, schien wie betäubt, erbleichte, starrte sie an und war keines Wortes fähig. Der dicke Teppich auf dem Fliesenboden hatte das Geräusch seiner Schritte verschluckt, so daß Vittoria ihn nicht hatte kommen hören. Mit ihrer klaren, singenden Stimme las sie weiter aus den „Bekenntnissen“, bis Seine Eminenz sie mit nur mühsam unterdrücktem Ärger aufforderte:

„Vittoria, laßt uns jetzt bitte allein. Ich habe mit dem Fürsten Orsini zu reden.“

Vittoria schaute auf, bemerkte Bracciano und erhob sich. Das Buch entglitt ihren Händen, sie sah es mit Bestürzung zu Boden fallen, doch ihr Blick kehrte zu Bracciano zurück. Sie sah ihn unverwandt an, während sie mit zitternder Stimme zum Kardinal sagte:

„Mein Vater, bitte verzeiht mir mein Ungeschick."

„Schon gut, schon gut", antwortete der Kardinal mit blitzenden Augen. „Rossellino wird es aufheben. Rossellino, begleitet Vittoria hinaus!"

Unschlüssig, welchen der beiden Befehle ich zuerst ausführen sollte, zögerte ich einen Augenblick, als er mich auch schon wütend anfuhr:

„Seid Ihr genauso taub wie stumm, Rossellino? Ihr sollt Vittoria hinausbegleiten!"

Diese schien aus ihrer Trance zu erwachen, küßte ihrem Onkel mechanisch die Hand, schritt mit gesenkten Augen an dem regungslosen Fürsten vorbei und trat durch die Tür, die ich ihr aufhielt. Sie ging vor mir her, erst an der Treppe holte ich sie ein und war mit ihr auf gleicher Höhe, als sie hinabzusteigen begann. Die Spitzen ihres goldenen Haars berührten die Stufen. Ihre linke Hand auf dem Marmorgeländer zitterte, und als ich mich vor der Hoftür von ihr verabschiedete – ihre Kammerfrau kam ihr mit der Maske und dem weiten Cape, unter dem sie ihr Haar verbarg, entgegen –, schenkte sie mir nicht das gewohnte freundliche Lächeln. Die Kammerfrau legte ihr das Cape um die Schultern, Vittoria setzte selbst die Maske auf, bevor sie die Kapuze hochschlug. Sie schob die Halbmaske aus schwarzem Samt mit drei kleinen Brillanten zwischen den Augen zunächst auf die Stirn, um das Band im Nacken besser befestigen zu können. Ihre Augen waren halb geschlossen, ihr schönes Gesicht erschien mir bleich und völlig ausdruckslos. Als sie die Samtmaske endlich über ihr Gesicht zog, hatte ich den Eindruck, eine Maske aus Stoff verdecke eine Maske aus Fleisch und Blut.

Aziza, die Wespe:

Ich bin in Tunis geboren, meine Eltern sind Mauren, wie man hierzulande sagt. Mit zehn Jahren wurde ich am hellichten Tag aus der Medina von Banditen entführt und an einen Piraten verkauft, der, sowie ich an Bord war, unter Segel ging, um entlang den Küsten des Adriatischen Meeres Freibeuterei zu betreiben. Er hieß Abensur. Er hatte mich nicht als eine Ware zum Weiterverkaufen erworben, sondern wollte sich während seines gefahrvollen Unternehmens in seinen Mußestunden an mir erfreuen.

Abensur war gläubig und auf seine Art ein gewissenhafter Mann. Als er von mir erfuhr, daß ich noch nicht voll entwickelt war, schwor er, mich nicht zu entjungfern, bevor ich nicht die Regel hätte. Und er schenkte mir einen kleinen Dolch, damit ich mich gegen die Handgreiflichkeiten der Matrosen zur Wehr setzen könne. Ich bin schon immer lebhaft und behend wie ein Äffchen gewesen. Zweimal mußte ich nach einer Hand stechen, die mir zu nahe kam. Von da an belästigte mich niemand mehr, und alle nannten mich „die Wespe".

Die Winde der Adria sind noch launischer als die des Mittelmeeres; mal fauchen sie wie die Furien, dann flauen sie ab. Als Abensur am Horizont die venezianischen Galeeren auftauchen sah, befahl er zu wenden, und die Tartane flog vor dem Wind über die Wellen. Doch nach einer Stunde legte sich der Wind, wir kamen nicht mehr vom Fleck, und die Galeeren näherten sich bedrohlich. Als abzusehen war, daß wir gekapert würden, schnallte Abensur, wohl wissend, daß auf seinen Kopf eine Prämie ausgesetzt war, den Gürtel mit seinem Gold um und sprang ins Meer. In dunstiger Ferne erschienen die Küsten eines Landes, das man Albanien nennt. Später erfuhr ich, daß die Albaner ein wildes Volk sind. Sie hassen die Türken, die seit Jahrhunderten versuchen, sie zu unterjochen. Noch mehr aber hassen sie die Berber, die an ihren Küsten räubern. Doch wer weiß? vielleicht hat es Abensur trotzdem geschafft, an Land zu gehen und zu überleben. Gott ist groß!

Abensur hatte mir gefallen. Er war hart und sanft zugleich, wie richtige Männer sind. Und ich wartete ungeduldig darauf, Frau zu werden, damit er mich nähme.

Die Matrosen auf der venezianischen Galeere, die uns aufbrachte, waren keine Sklaven, sondern Freie. Sie bewiesen es sofort: wer von den Unseren beim Entern überlebte, wurde in Ketten gelegt, um in Venedig verkauft zu werden. Über mich sollten die Würfel entscheiden. Ich fiel an einen stinkenden und bärtigen dicken Einäugigen, der mir von allen der Schlimmste zu sein schien, offenbar aber den Ton angab. Sowie ich das begriffen hatte, lief ich weg, und als er mich bedrängte, stach ich ihn in den Arm. Er stieß ein wütendes Geheul aus und rief seine Kameraden zusammen: ich wurde ergriffen und entwaffnet. Der Einäugige schäumte vor Zorn, riß mir die Kleider vom Leib und band mich in der prallen Sonne nackt an die Reling. Bis zum Einbruch der Nacht, erklärte er, werde er mich in der Hitze schmoren lassen und mich dann den Gelüsten der Besatzung ausliefern. Anschließend werde er selbst sich ergötzen und mich erstechen.

Auf seinen Befehl sollte ein sehr junger Matrose, der offenbar mehr Ohrfeigen als gute Worte bekam, mir alles ins Arabische übersetzen. Kaum war er damit fertig, mußten alle Mann auf ihre Posten. Ich blieb allein, die Sonne brannte, und die Stricke schnitten mir in Arme und Beine. Nach kurzer Zeit schlängelte sich der Schiffsjunge, der meine Sprache sprach, zwischen dem Tauwerk heran und gab mir zu trinken. Er heiße Folletto, flüsterte er, und habe Mitleid mit mir, da er selbst oft geschlagen werde. Er hatte große schwarze Augen und ein hübsches, sanftes Mädchengesicht. Bei genauerem Hinsehen wurde mir klar, worin seine Aufgabe an Bord bestand. Auch auf unserer Tartane hatte es einen Schiffsjungen für diesen Zweck gegeben. Aber die *roumis** der Galeere – im Unterschied zu unseren Matrosen – dankten Folletto nicht für

* So nennen wir die Christen.

seine Gefälligkeiten, sondern schlugen und verachteten ihn.

Solange meine Marter dauerte, kamen die Hurensöhne der Reihe nach heran, starrten mir frech ins Gesicht, betasteten und befühlten mich wie einen Hammel, den man auf dem Markt kaufen will, und grinsten mich an. Ich bemühte mich, gute Miene zu machen, aber abgesehen davon, daß mich die brennende Sonne schrecklich quälte, zitterte ich vor Angst, weniger in Gedanken an den Dolchstoß, der alles beenden würde – und den ich sogar herbeisehnte –, sondern weil ich mir ausmalte, was ich vorher von diesen Schweinen alles würde erdulden müssen. Mir war übel bei der Vorstellung, wie sich diese grobschlächtigen Männer auf mir wälzen würden, und mehr als einmal bedauerte ich, mich nicht Abensur hingegeben zu haben.

So mädchenhaft Folletto sein mochte, mangelte es ihm doch nicht an Mut, und unter Einsatz seines Lebens – der Allmächtige möge es ihm lohnen! – kroch er bis zum Heck der Galeere und berichtete dem Kapitän von meinen Qualen. Der kam zur Klärung der Angelegenheit persönlich nach vorn, was er sonst niemals tat, wie mir Folletto sagte. An seiner prächtigen Kleidung und seinem stolzen Ausdruck merkte ich, daß er nicht nur der Kapitän dieses Schiffes war, sondern auch ein großer Emir in seinem Land. Ich fand ihn sehr schön: himmelblaue Augen, Haar von der Farbe eines Goldstücks, Schultern so breit wie eine Tür, und so groß, daß ich ihm gerade bis zur Brust reichte. Hinter ihm folgten ein magerer Langer, offenbar sein Erster Offizier, und Folletto, der seine Fragen ins Arabische übersetzte.

„Wie heißt du?"

„Aziza, die Wespe."

„Warum ‚die Wespe'?"

„Weil mein Herr Abensur mir einen kleinen Dolch geschenkt hat, damit ich mir die Matrosen vom Leibe halten kann."

„Du warst also noch Jungfrau?"

„Ich bin es immer noch. Abensur hat mich nicht berührt."

„Wer hat dich hier angebunden?"

„Der Einäugige. Er hat mich im Spiel gewonnen, und ich habe ihn gestochen."

Der blonde Emir schien nachzudenken; mit leiser Stimme sprach er lange zu seinem Ersten Offizier. Folletto hatte mir erzählt, der Emir und er selbst seien Römer, die Mannschaft komme aus Venedig. Der Emir kannte die Venezianer zu gut, um sie durch übereiltes Handeln gegen sich aufzubringen.

Schließlich befahl er Folletto, mich loszubinden, und der Erste Offizier sollte den Einäugigen holen. Die Stricke waren so festgezurrt, daß sie mir ins Fleisch schnitten, und ich konnte mich, ihrer ledig, kaum auf den Beinen halten. Der Emir hieß den Schiffsjungen, mir zu trinken zu geben und mir beim Anziehen zu helfen. Die ganze Zeit wandte er kein Auge von mir. Seine Augen gefielen mir, mal waren sie zartblau wie der Morgenhimmel, mal – wenn er ärgerlich wurde – stahlblau wie eine Klinge.

Als der Einäugige erschien, zog er mit einer tiefen Verbeugung seine Mütze vor dem Emir, redete ihn mit „Durchlaucht" an, sprach aber wie ein Mann, der sich im Recht glaubt: „Durchlaucht wissen genau, daß eine erbeutete Frau der Mannschaft gehört. Die da gehört mir. Ich habe sie beim Würfeln gewonnen."

„Das ist eine Wespe. Sie hat dich gestochen. Und sie wird dich wieder stechen."

„Sie wird mich nicht mehr stechen, denn ich werde sie zerquetschen."

„Dann hast du nichts von ihr. Verkauf sie mir."

„Mit Verlaub, Durchlaucht", sagte der Einäugige und guckte mich böse an, „ich will sie lieber zerquetschen."

Der blonde Emir wandte sich an seinen Ersten Offizier: „Ruf sofort die Mannschaft zusammen!"

Alsbald waren die Matrosen im Kreis um uns versammelt, und der Emir sagte:

„Dieses Mädchen ist eine Wespe. Sie hat den Einäugigen gestochen, er will sie deshalb zerquetschen, nachdem ihr euern Spaß mit ihr hattet. Ich möchte sie ihm abkaufen. Wenn er einwilligt, zahle ich jedem von euch zehn Dukaten als Entschädigung."

Wie Folletto mir später erklärte, hatte der Emir nicht zufällig von zehn Dukaten gesprochen. Das war der Preis einer berühmten Dirne in Venedig, wo die Galeere bei gutem Wind in drei oder vier Tagen einlaufen sollte.

Der Vorschlag wurde von den Matrosen einstimmig begrüßt, und der Einäugige begriff, daß für ihn der Moment zum Einlenken gekommen war. Sonst hätte er nicht nur den Emir, sondern auch seine Kameraden gegen sich.

„Durchlaucht", sagte er mit einer zweiten Verbeugung, „da Ihr zu meinen Gefährten so großzügig seid, will ich es auch zu Euch sein. Ich verkaufe Euch die Wespe für fünfhundert Dukaten."

„Fünfhundert! Teufel nochmal!" rief der Emir. „Deine Großzügigkeit kommt mich teuer zu stehen!"

Dabei lächelte er und schien mich mageres Kätzchen abzuwägen.

„Der Preis wiegt schwer, die Ware leicht ...", sagte er.

Die Männer lachten über diesen Witz, nur der Einäugige blieb ungerührt und wollte von der geforderten Summe nichts nachlassen.

„Durchlaucht, der Preis einer Ware läßt sich nur an dem Vergnügen messen, das man sich von ihrem Besitz verspricht."

„Sieh einer an, gar nicht dumm, Meister", erwiderte der Emir. „Du bekommst deine fünfhundert Dukaten, der Erste Offizier wird sie dir sofort vorzählen."

Der kam tatsächlich nach kurzer Zeit mit einem großen Jutesack, ließ sich auf einem Schemel hinter einem quergelegten Faß nieder und zählte jedem der Männer zehn, dem Einäugigen fünfhundert Dukaten vor.

In meinem ganzen Leben hatte ich noch nie so viele Goldstücke gesehen. Ich fragte Folletto leise, warum der Emir solch ein Vermögen hergebe.

„Na, um dich loszukaufen“, sagte er auf arabisch.

„Um mich loszukaufen?“ wunderte ich mich. „Der Emir brauchte dem Einäugigen doch nur die Kehle durchzuschneiden?“

„Nein, nein“, lachte Folletto, „so einfach ist das in Venedig nicht. Dort wird verkauft und gekauft.“

Der Emir stellte Folletto, den er als Dolmetscher brauchte, in meinen Dienst, und so entging der arme Junge fortan der Geilheit und den Mißhandlungen der Besatzung. Auf Weisung des Emirs lehrte er mich Italienisch, so wie es in Rom gesprochen wurde, nicht wie in Venedig. Ich machte rasch Fortschritte, denn ich wollte leidenschaftlich gern meinen neuen Herrn verstehen und mich ihm verständlich machen. Folletto erklärte mir, daß sein eigener Name eigentlich ein Spitzname sei und „Kobold“ bedeute. Sicher war es ein Versehen der Natur, aus Folletto einen Knaben zu machen: nur sein Glied war männlich, alles andere an ihm war weiblich.

Der Herzog – ich muß ihn jetzt mit seinem italienischen Titel anreden – erklärte mir lachend, er sei ein ebenso ehrenwerter Mann wie der Seeräuber Abensur und werde mich erst nehmen, wenn ich voll entwickelt bin. Er forderte mich aber auf, während der Siesta bei ihm zu liegen, und schien zufrieden, in meinen Augen wahnsinnigen Stolz und große Freude über diesen Vorschlag zu lesen. Es war sehr heiß in der Kabine, er schlief nackt, und ich war wie geblendet von seiner weißen Haut und den Proportionen seines mächtigen, wie aus Marmor gehauenen Körpers. Ich habe später in Italien eine Statue gesehen, den Farnesischen Herakles; sie ist ihm sehr ähnlich und vermittelt den gleichen Eindruck von Kraft. Gott ist groß, der mich in das Bett dieses Mannes geführt hat!

Seine Schenkel hatten den Umfang meines Oberkörpers, und sobald er seine Beine nur ein wenig streckte, wurden seine Muskeln stahlhart. Ich staunte über seine breiten Schultern und seine mächtige gewölbte Brust mit dem kurzen blonden Fell. Auch im Schlaf wich die Kraft nicht aus seinem Körper, im Gegenteil. Manchmal bewegten sich kleine Muskeln unter der Haut wie eine leicht gekräuselte Wasserfläche bei ruhiger See. Auf den Ellenbogen gestützt, betrachtete ich ihn, ganz erfüllt von dem Verlangen, meine kleine Hand über die weiten Gefilde seines Körpers zu führen, wagte es allerdings nicht, da ich bei aller Anbetung sehr viel Respekt vor dem Herzog hatte. Nicht nur der Hitze wegen fühlte ich mich schlaff. Die Dünung der Adria hob und senkte die Galeere, und mir war, als ob mein Herr mich in seinen Armen wiege.

Beim Erwachen schien er zunächst überrascht, mich an seiner Seite zu sehen, dann erkannte er mich und lächelte, und als er in meinen Augen las, was ich fühlte, murmelte er unverständliche italienische Worte, die mir wie süße, einschmeichelnde Musik in den Ohren klangen. Er zog mich an sich und streichelte mich. Ich war erstaunt, daß er so sanft und geduldig sein konnte. Schauer überliefen mich, ich zitterte wie Espenlaub und stöhnte im Rhythmus seiner Zärtlichkeiten. Bisher hatte ich nie gestöhnt oder geschrien, wenn ich mich einmal selbst liebkoste. Die mir von meinem Herrn bereitete Lust war unendlich viel schöner. Mein Kopf lehnte an seiner breiten Schulter, in seinen großen Händen fühlte ich mich wie eine willenlose Puppe; ich überließ mich ihm und hatte nur den einen beseligenden Gedanken (den ich mit jedem Stöhnen wiederholte): ‚Er ist mein Herr. Ich gehöre ihm. Er kann machen mit mir, was er will.‘

Als alles vorbei war und ich sah, wie meine Erregung ihn nicht gleichgültig gelassen hatte, streckte ich meine Hand nach seinem Glied aus. Er hielt mich am Handgelenk zurück, schüttelte lächelnd den Kopf und sagte auf italienisch zu mir: „Erst, wenn ich dich genommen habe.“ Da ich ihn nicht verstand, rief er Folletto, der nebenan in einer Kammer schlummerte oder wenigstens so tat, und hieß ihn übersetzen. Immer noch lächelnd, fuhr er dann mit seinen großen Fingern durch mein schwarzes Lockengewirr, drehte mir den Rücken zu und schlief ein.

Später, als mein Herr sich wieder angezogen hatte und auf die Kommandobrücke hinausgetreten war, fragte ich Folletto, warum er meine Liebkosungen abgewiesen habe. Folletto überlegte. Dank seiner zwitterhaften Veranlagung kannte er die Männer genauso gut wie die Frauen. Doch er mußte immer erst ein wenig nachdenken, um seine Empfindungen zu entwirren.

„Du fühlst dich ihm durch die bloße Liebkosung schon zugehörig", sagte er. „Hingegen wird er dich als die Seine erst betrachten, wenn er in dich eingedrungen ist. Die Männer legen ungeheuren Wert darauf, eine Frau mit ihrem Glied zu erobern. Sie begreifen nicht, daß die Frauen sich immer schon vorher hingeben."

„Das stimmt, Folletto. Wieso weißt du das alles so genau?"

„Weil auch ich in den Fürsten verliebt bin, Aziza. Und wenn du in seinen Armen stöhnst, möchte ich an deiner Stelle sein, nicht an seiner."

Dieses Geständnis war mir peinlich, und ich wechselte das Thema.

„Was wird er bei unserer Rückkehr nach Rom mit mir machen? Wird er mich verkaufen? Mich in seinen Harem stecken?"

Folletto lachte: „Die *roumis*, Aziza, haben keinen Harem. Sie haben eine Ehefrau. Und manchmal nehmen sie sich eine Konkubine."

„Eine Konkubine?" fragte ich verblüfft. „Nur eine?"

„Manchmal haben sie auch mehrere, aber nie gleichzeitig."

Der Gedanke, mein Herr könnte dereinst meiner überdrüssig sein und sich dann meiner entledigen, stimmte mich traurig. Ich gestand Folletto meine Befürchtungen.

„Nein", sagte er, „dich wird er behalten."

„Warum?"

„Weil du ihm gehörst, ohne ihn als dir gehörig anzusehen. Er braucht von dir also keine Schreie, keine Tränen, keine Launen, Eifersuchtsszenen und ständigen Geldforderungen zu befürchten. Du wirst für ihn immer der Hafen bleiben, wo er nach überstandenen Stürmen einlaufen und Anker werfen kann."

Waren Follettos Worte eine Prophezeiung oder ein Rat? Ich weiß es nicht. Obwohl es mir manchmal schwergefallen ist, habe ich seinen Rat befolgt, so daß sich die Prophezeiung erfüllte.

Einen Monat nach diesem Gespräch bekam ich meine erste Regel, und als sie vorbei war, nahm mich mein Herr während der Siesta. Er bereitete mich so zärtlich vor, ging so behutsam und schonend zu Werke, daß ich dabei kaum Schmerzen verspürte, sondern nur die Freude und den Stolz, Frau zu sein, als endlich sein mächtiges Glied in mich eingedrungen war.

Die Flotte unserer Galeeren durchfurchte unablässig das Adriatische Meer auf der Suche nach berberischen Piraten, doch immer seltener mit Erfolg, denn der Ruf der Unbesiegbarkeit, der dem Fürsten vorauseilte, hatte alle in Angst und Schrecken versetzt. Als ich hinreichend Italienisch sprechen und verstehen konnte, fand mein Herr es an der Zeit, mich zu seinem Glauben zu bekehren. Bei unserem Zwischenaufenthalt in Venedig ließ er einen Priester an Bord kommen, der mich unterweisen sollte.

Ehe der Priester den Mund aufmachte, hegte ich etliche Befürchtungen hinsichtlich dessen, was der *roumi* mich lehren würde. Aber als er mir erklärte, daß Gott Himmel und Erde und den Menschen erschaffen habe, daß er Herr über das Schicksal der Menschen sei, daß Gehorsam gottgefällig, Ungehorsam dagegen sündhaft sei, daß die Guten nach dem Tode ins Paradies kämen, die Bösewichte aber in der Hölle dem Teufel überantwortet würden, begriff ich, daß der Gott der Christen und Allah ein und derselbe Gott waren, angerufen mit verschiedenen Namen, je nachdem ob man in Tunis oder Rom geboren war. Ich hatte keine Gewissensbisse mehr, mich taufen zu lassen. Doch in der Nacht erwachte ich manchmal und sagte mir: ‚Ach ja, arme Aziza, nun bist du also eine *roumia* und die Konkubine eines *roumi*! Was würde man in der Medina von dir denken, was würden deine armen Eltern denken, wenn sie es wüßten!‘ Und ich mußte lachen und weinen: lachen, wenn ich an mich, weinen, wenn ich an meine Eltern dachte.

Seit unserer Rückkehr nach Rom hat es andere Frauen im Leben des Fürsten gegeben, doch wie Folletto gesagt hatte: nicht gleichzeitig, sondern nacheinander (denn so verstehen die *roumis* den Harem); mich hat er behalten und zu seiner Vertrauten und Freundin gemacht, der er keine seiner Liebschaften verheimlicht.

Trotzdem begehrt er nach wie vor meine Zärtlichkeiten, so wie auch ich ihn begehre. Von Zeit zu Zeit läßt er mich durch Folletto rufen, der mit einem neidvollen Seufzer sagt: „Geh, er verlangt nach dir.“ Bei meinem Eintritt liegt der Fürst nicht auf seinem Bett, sondern sitzt, den Rücken mit Kissen gestützt. Schweigend strecke ich mich zwischen seinen Schenkeln aus. Mit beiden Händen liebkost er meinen Lockenkopf, während seine Beine allmählich steif werden und meinen Körper gleichsam wie in einen Schraubstock gespannt halten. Mir gefällt seine gebieterische Art, mich wie eine Stute unter seine Schenkel zu pressen. Mir gefällt auch, wie seine Hände sich immer fester auf meinen Kopf stützen und mir den Rhythmus seine Galopps aufzwingen, bis ein rauhes Röcheln aus seinem tiefsten Innern hervorbricht. Es erfüllt mich mit Stolz, ihm diesen Moment höchsten Glücks, in dem er ganz mir gehört, zu schenken. Mühsam kommt er wieder zu Atem und sagt: „Komm, steig wieder auf.“ Ich schmiege mich an ihn, den Kopf auf seinem Herzen, und sage:

„Oh, wie mächtig es schlägt! Wie kräftig es ist! Es wird niemals aufhören zu schlagen!“

„Doch, eines Tages wird es stehenbleiben.“

An seiner veränderten Stimme spüre ich: er denkt an seine Schenkelwunde, und sage ihm zu wiederholtem Male, daß ihn die christlichen Ärzte schlecht behandelt haben. In Tunis gibt es zwei berühmte Ärzte, einen Araber und einen Juden, die ihn bestimmt besser kuriert hätten.

„Aber wie soll ich nach Tunis reisen?“ sagt er achselzuckend. „In dieses Piratennest! Wo ich so viele von ihresgleichen an den Galgen gebracht habe!“

Ich höre auf sein Herz, das jetzt ruhiger schlägt. Mit angezogenen Beinen liege ich auf der Seite, meinen Kopf unter seiner linken Achsel, und kann, wenn ich den Arm über seinen gewölbten Brustkorb lege, mit den Fingerspitzen kaum seine rechte Achselhöhle erreichen, so breit ist er.

Ich bin jetzt sechzehn Jahre alt. Ich esse, wie ich Appetit habe, und ich habe meist großen Appetit. Doch ich bin weder gewachsen noch dicker geworden. Ich wiege nicht viel mehr als eine Feder. Meine Brüste sind kaum größer als Granatäpfel, mein Hintern ist klein, rund und fest wie der eines Knaben. Ich weiß wirklich nicht, was der Fürst an mir liebenswert findet, abgesehen vielleicht von meiner mattbraunen Haut und meinem Gesicht mit den Gazellenaugen, der kleinen Nase, dem vollen Mund und den schwarzen Locken.

Ich presse die Nase an seine Hand, die so gut riecht, die immer gut riecht, sogar wenn er schwitzt, und warte schweigend. Trotz meiner Ungeduld bedeutet Warten Genuß. Paolo ist gerecht: er schickt mich nicht weg, ohne nicht auch mich befriedigt zu haben. Ich schließe die Augen und bin ganz Erwartung.

Manchmal streiten wir uns auch – immer über das gleiche Thema: ein Thema, bei dem ich, obwohl ich sonst so gut zu schweigen weiß, vor Unwillen meine Zunge nicht im Zaume halten kann.

„Schon vor fünf Jahren hättest du es tun sollen! Sie hat dich mit einem Verwandten betrogen. Wie schamlos! Du hast dich damit begnügt, sie in der Burg von Bracciano einzuschließen. Und jetzt gibt sie sich Wächtern, Stallknechten, Maultiertreibern und Küchenjungen hin. Sie bringt dich jeden Tag mehr in Schande!“

Seine Augen werden stahlblau, und er stößt mich hart zurück.

„Halt den Mund, du Barbarin! Du, eine Frau, verlangst

von mir, eine Frau zu töten. Du bist keine Christin. Du bist nicht christlicher als Francesco di Medici, als sein Bruder, der Kardinal, oder der Papst! Sobald die Rede von Isabella ist, beschwört mich Francesco, mich ‚wie ein Edelmann' zu verhalten. Sein Bruder beschwört mich, ‚wie ein Christ' zu handeln. ‚Wie ein Christ' – was für ein Hohn! Und der Papst äußert öffentlich scheinheiliges Erstaunen darüber, daß ich meine Angelegenheiten ‚noch nicht in Ordnung gebracht habe'! Hör mir gut zu, Aziza, und schreib es dir hinter die Ohren: ich bin Soldat und kein Henker!"

Ich schweige. Ich sitze auf dem Bett, die Arme um die hochgezogenen Knie geschlungen, schaue ihn von der Seite an und mache ein Gesicht wie ein gescholtenes, geschlagenes kleines Mädchen, obwohl er noch nie die Hand gegen mich erhoben hat. Diese Miene besänftigt ihn immer und amüsiert ihn zugleich. Er ist ja nicht dumm. Er ist ein Mann, der alles an den Frauen liebt, selbst ihre kleinen Listen. „Komm her, du böses Mädchen", sagte er kurz darauf. Ich werfe mich in seine Arme, seufze tief auf und schmiege mich an ihn. Wenn er mich jetzt doch nehmen wollte, wie glücklich wäre ich, unter seinem mächtigen Körper begraben zu sein.

Ich bin nicht blutgierig und habe kein Interesse am Tod seiner Frau. Ich bin Paolos Sklavin, nicht einmal seine Konkubine. Aber es macht mich rasend, daß diese Frau ihn entehrt. Ich höre sehr wohl die Bemerkungen, die hier und da und sogar auf der Straße über ihn gemacht werden. Es bringt mich zur Verzweiflung, daß man diesen Helden einen Feigling nennt, sei es auch nur hinter vorgehaltener Hand.

Dieser letzte kleine Streit fand zwei Tage vor dem 19. März statt. Nach dem 19. März änderte sich natürlich alles.

Raimondo Orsini (il bruto):*

Mein Bruder Lodovico, Graf von Oppedo, und ich gehören zur jüngeren Linie der Orsinis. Das Oberhaupt der älteren Linie – und damit zugleich der ganzen Familie – ist Paolo Giordano Orsini, der allergrößte, allerschönste, allermutigste Herzog von Bracciano. Er residiert in all seiner Pracht im Palazzo Montegiordano, von vier Türmen flankiert und nur durch den Tiber von der Engelsburg getrennt. Lodovico und ich, wir müssen uns mit einem wesentlich kleineren Haus bescheiden, ohne Ecktürme, und besitzen auch nicht, wie Bracciano, das Asylrecht.

Ich finde diesen Zustand unerträglich. Wieso sollen wir – die wir ja ebenfalls Orsinis sind, auch wenn wir zur jüngeren Linie gehören – nicht das Recht haben, in unserem Haus Herberge und Schutz zu gewähren, wem immer wir wollen – zum Beispiel einem Straßenräuber –, ohne daß der Bargello della Corte bei uns eindringen, unseren Gast festnehmen, ihm kurzerhand den Prozeß machen und ihn aufhängen kann? Welcher Orsini könnte so eine Beleidigung ertragen?

Paolo Giordano ist uns gegenüber noch in anderer Hinsicht im Vorteil. Nicht nur durch die Erbschaft hat er einen gut gefüllten Geldbeutel, er hat sich auch noch ein hübsches Vermögen erworben. Die fünf Jahre in Venedigs Diensten haben seinen Reichtum beträchtlich vermehrt. Die Hälfte seiner Beute ging an die Serenissima, die andere Hälfte an ihn.

Paolo Giordano hat sich uns immer als guter Verwandter gezeigt und nicht mit seinen Piastern gegeizt. Aber seit kurzem hält er seinen Geldbeutel gut verschnürt. Im Januar sagte er zu mir: „Raimondo, hier sind zehntausend Piaster für Lodovico und dich. Hör gut zu! Das sind die letzten, die ihr bekommt. Eure Taschen haben Löcher. Euch flottmachen zu wollen ist wie der Versuch, das Faß der Danaiden zu füllen.“ Ich glaube jedenfalls, daß er

* (ital.) die Bestie.

„Danaiden“ gesagt hat. Ich kenne diese Leute nicht und weiß auch nicht, warum sie Wein in ein löchriges Faß gefüllt haben.

Das schlimme ist: es hat sich herumgesprochen, daß Paolo unsere Schulden nicht mehr bezahlen würde. Und von diesem Tage an haben wir nicht das kleinste Darlehen mehr bekommen, nicht einmal bei den Juden. Nachdem die zehntausend Piaster verpulvert waren, mußten wir zum äußersten Mittel Zuflucht nehmen: wir haben zwei unserer Leute ausgeschickt, von den Reisenden in den Nora-Bergen Lösegeld zu erpressen. Leider sind diese Elenden rohe Kerle, die sich mit Diebstahl allein nicht zufriedengeben. Sie töten auch, häufig ohne zwingenden Grund.

Es stimmt, daß ich in meiner Jugend *il bruto* genannt wurde, weil ich kräftige Fäuste und schnelle Füße hatte und zum Degen griff, sobald eine Sache schiefzugehen drohte. Aber auch darin liegt eine gewisse Ungerechtigkeit. Mein Bruder Lodovico zieht genauso schnell blank, ist aber niemals *il bruto* genannt worden, weil er ein hübsches Gesicht hat und lesen und schreiben kann.

Ich kann meinen Namen schreiben, und das reicht. Ich finde, für einen Edelmann ist der Degen nützlicher als die Feder. Nach dieser Vorrede soll man aber nicht denken, daß ich nicht auch sehr gut wüßte, was sich schickt.

Am 28. März hat Paolo mich in den Palazzo Montegiordano gebeten und in seinem Billett hinzugefügt: „Komm bitte möglichst unauffällig, ohne zwanzig Mann Gefolge.“ Als mir mein Sekretär diesen Satz vorlas, packte mich die Neugier.

„Wie geht es dir, Raimondo?“ begrüßte mich Paolo mit seiner üblichen Herzlichkeit in dem großen Saal von Montegiordano. „Wie kommst du klar, mein Junge, nachdem ich dir den Geldhahn zugedreht habe?“

„Ganz gut.“

„Ganz gut in puncto Finanzen oder ganz gut in puncto Moral?“

Ich lächelte statt einer Antwort, nicht ahnend, daß er

über unsere Leute, die in den Nora-Bergen ihr Unwesen trieben, Bescheid wußte.

„Ah, du willst mir nicht antworten!“ lachte er. „Du hast wohl kein Vertrauen zu mir, deinem älteren Verwandten? Hältst du mich für den Bargello? Aber das macht nichts. Setz dich, Raimondo, und trink einen Becher von diesem guten Wein. Ich möchte dich um einen Dienst bitten.“

Ich nahm Platz. Doch er ging schweigend im Zimmer auf und ab und trank auch nicht. Und plötzlich ging mir ein Licht auf: Paolo, der große Paolo, der sonst so majestätisch und selbstsicher auftrat, war verlegen.

„Also gut“, sagte er endlich, „ich habe mich entschlossen, dem schändlichen Leben von Isabella ein Ende zu machen.“

„Ach, das ist neu! Seit fünf Jahren sträubst du dich dagegen.“

„Siehst du, Raimondo, Isabella versinkt immer tiefer im Laster. Vor fünf Jahren war sie eine Ehebrecherin, jetzt ist sie eine Messalina.“

Ich runzelte die Stirn.

„Was erzählst du da, Paolo? Ich verstehe kein Wort. Wer ist zunächst mal diese Messalina?“

„Eine Frau, die mannstoll ist und sich allen Männern hingibt, Tag und Nacht.“

„Und wo findet man dieses Wunder?“

„Aber Raimondo, das war eine Kaiserin im alten Rom, die vor vielen hundert Jahren gelebt hat.“

„Wenn sie tot ist, warum sprichst du von ihr?“

Ich dachte einen Moment nach, und da Paolo schwieg, fuhr ich fort:

„Mit einem Wort, Paolo, fünf Jahre lang hast du es abgelehnt, deine Frau zu töten. Jetzt bist du dazu entschlossen. Gut, das ist deine Sache.“

„Nein, Raimondo“, sagte Paolo und sah mich an. „Ich möchte, daß du die Sache erledigst.“

„Ich?“

„Ja, du. Selbstverständlich werde ich deine Dienste belohnen.“

Ich schwieg. So ein Vorschlag wurde mir zum ersten Mal gemacht, und um ehrlich zu sein: er mißfiel mir.

„Die Sitte will aber, daß der Ehemann die ehebrecherische Gattin eigenhändig tötet, denn er ist ja beleidigt worden", sagte ich.

„Die Sitte gilt mir wenig, Raimondo. Ich will es anders. Ich gebe dir für Isabella ein Billett mit, damit sie weiß, daß du von mir geschickt bist."

„Ja", sagte ich langsam, „für den Notfall ginge das. Aber du bringst dich um ein großes Vergnügen, wenn du die Frau nicht selber tötest, die dich so oft gehörnt hat."

Bei diesen Worten sah ich ihn erbleichen.

„Ich bringe mich um kein Vergnügen", entgegnete er mit dumpfer Stimme. „Vergiß nicht, daß ich sie geliebt habe."

Nach einer Pause sagte ich: „Du sprachst von einer Belohnung."

„Zwanzigtausend Piaster."

„Ich würde aber sagen: dreißigtausend!"

„Wenn du meinst", sprach er zornig, „wenn du meinst! Wir wollen da nicht feilschen. Das wäre abgeschmackt."

„Hör zu", sagte ich, etwas pikiert über seinen Ton, „es kommt dich billiger, wenn du das von einem der Banditen machen läßt, denen du in Montegiordano Asyl gewährst."

„Das meinst du nicht im Ernst!" sagte er lebhaft. „Das wäre Isabellas und meiner unwürdig. Wenn schon nicht von meiner Hand, muß sie durch die Hand eines anderen Orsini sterben."

Ich überlegte wieder einen Moment und fragte dann: „Paolo, du hast gesagt, sie sei eine Dirne. Erlaubst du, daß ich sie vorher als solche behandle?"

Mit zornfunkelnden Augen fuhr er mich an: „Du hast dich nicht geändert, Raimondo. Du bist und bleibst *il bruto.* Wer würde in so einem Moment an diese Dinge denken?"

Ich stand auf.

„Wenn ich *il bruto* bin", zischte ich, „kann ich ja gehen."

Er packte mich am Arm.

„Nein, Raimondo, ich bitte dich, sei nicht böse! ich brauche dich."

Er zwang mich, wieder Platz zu nehmen.

Er ging ein paar Schritte durchs Zimmer, ehe er fortfuhr:

„Mit Isabella kannst du machen, was du willst, doch ich möchte nicht, daß sie unmenschlich behandelt wird."

„Das war auch nicht meine Absicht. Selbst *il bruto* ist nicht gefühllos."

„Ach, Raimondo", sagte er und nahm meine Hand, „entschuldige, ich habe dich verletzt."

„Nein, nein", rief ich und zog schnell meine Hand zurück.

Wir wollten nicht mit diesem Mißklang auseinandergehen und unterhielten uns noch über dieses und jenes. Ich konnte jedoch nicht verwinden, was er zu mir gesagt hatte. Einmal mehr fand ich den Ruf bestätigt, den ich in der Familie habe: ein Rohling und ein Dummkopf zu sein. Ich wollte nicht von ihm scheiden, ohne ihm zumindest durch die Blume zu verstehen zu geben, daß ich nicht so begriffsstutzig bin, wie er glaubt.

„Paolo", fragte ich mit Unschuldsmiene, „du hast deinen Sekretär verloren?"

„Verloren ist das richtige Wort. Er ist Priester geworden."

„Falls du Ersatz suchst, könnte ich dir einen geeigneten Mann empfehlen."

„Wen?"

„Marcello Accoramboni."

Paolo schien zu versteinern und verharrte einen Moment mit gesenktem Blick, keines Wortes mächtig. Ich fuhr gleichmütig fort:

„Marcello ist gebildet. Er hat früher sogar Latein gelernt."

Er hob die Brauen und fragte: „Woher weißt du das alles, Raimondo? Kennst du ihn?“

„Nein, aber ich kenne ein Mädchen, das ihn oft sieht.“

„Wer ist das?“

„Caterina Acquaviva.“

„Und wer ist dieses Mädchen?“

„Das Kammermädchen von Vittoria Peretti.“

Er erbleichte, und um seine Verwirrung vor mir zu verbergen, drehte er mir den Rücken zu, schritt zum Fenster und blickte in den weiten Innenhof von Montegiordano. Dieser Blick lehrte ihn nichts Neues, wette ich. Die Verbannten, denen er Asyl gewährt hatte, kampierten dort Tag und Nacht. Er ernährte sie und wußte wohl, daß sie, gäbe er ihnen Waffen, der Macht des Papstes gefährlich werden konnten.

„Welcher Art ist deine Bekanntschaft mit diesem Mädchen?“ fragte er, ohne sich umzudrehen.

„Ich gehe mit ihr ins Bett, wenn mir danach ist.“

„Könntest du mir eine Begegnung mit ihr vermitteln?“

„Gewiß. Doch das wäre nicht sonderlich angezeigt.“

Er drehte sich um und sah mir in die Augen.

„Warum?“

„Ihre Eltern sind aus Grottammare. Ich habe den Verdacht, daß Caterina in Montaltos Hand ist.“

„Gut, sprechen wir nicht weiter darüber.“

Bei diesen Worten nahm er meinen Arm und begleitete mich bis zur Treppe. Es freute mich, daß er so aufmerksam zu mir war, nachdem ich hinter seine kleinen Geheimnisse gekommen war. Ich war gerührt, meine Zuneigung für ihn erwachte aufs neue, und ich sagte:

„Als Ersatz kann ich dir ein Treffen mit Marcello Accoramboni vermitteln.“

„Wie das? Eben hast du gesagt, du kennst ihn nicht.“

„Das stimmt, doch er verkehrt mit dem *mancino*, Caterinas Bruder.“

„Wer ist dieser *mancino*?“

„Ein Brigant, der sich zum Zuhälter gemausert hat. Er

treibt sich in der Taverne ‚Zum Ölberg' herum. Manche behaupten, er sei der Besitzer."

„Du hast seltsamen Umgang, Raimondo", sagte Paolo mit einem leichten Lächeln.

„Du aber auch, den Leuten nach zu urteilen, die ich in deinem Hof gesehen habe."

Wir umarmten uns und trennten uns als gute Freunde, ohne daß er sich bezüglich Marcellos entschieden hätte. Paolo brauchte meine Hilfe in diesem Fall nicht mehr, denn er wußte jetzt durch mich, wer *il mancino* war und wo er ihn finden konnte.

Als Isabella mich in Begleitung meines Reitknechts Alfredo und einer starken Eskorte vor den Mauern von Bracciano auftauchen sah, begriff sie den Zweck meines Besuches, und es war kaum nötig, ihr Paolos Schreiben vorzuweisen. Trotzdem empfing sie mich mit ihrer gewohnten Freundlichkeit. Ihr schönes Gesicht zeigte nicht die mindeste Spur von Angst, und nachdem sie mich zum Sitzen aufgefordert hatte, plauderte sie höflich mit mir.

„Raimondo, sag Paolo vor allem Dank dafür, daß er mich nach meiner Affäre mit Troilo noch fünf Jahre hat leben lassen. Das war weit mehr, als ich hoffen durfte. Sag ihm auch, ich bin sehr gerührt, daß er es nicht übers Herz bringt, mich eigenhändig zu töten. Du natürlich auch nicht, Raimondo, du bist nicht der rechte Mann für diese Art Geschäft. Du hattest immer eine kleine Schwäche für mich, leugne es nicht. Und ich fand es immer ungerecht, daß man dich *il bruto* nennt. Du hast nicht die Augen und auch nicht den Mund einer Bestie."

Sie erhob sich voller Anmut aus ihrem Sessel und küßte mich. Dann nahm sie wieder Platz, als sei nichts gewesen, und fuhr im Plauderton fort:

„Und wie gedenkst du die Sache zu erledigen, Raimondo?"

Ich schluckte meinen Speichel herunter und antwortete mit erstickter Stimme:

„Wie Recht und Gesetz es verlangen: mit einer roten Seidenschnur."

„Oh, nein, Raimondo, so nicht, ich bitte dich!“ rief sie. „Der Kopf eines Erdrosselten ist so abstoßend. Ich will nicht häßlich aussehen, auch nicht im Tode. Nein, Raimondo! Nimm den Dolch! Stoß mir den Dolch mitten ins Herz!“

„Wie du willst“, sagte ich leise.

„Und noch eine kleine Bitte, Raimondo“, fuhr sie liebenswürdig fort und neigte den Kopf leicht zur Seite. „Gib mir noch drei Tage, ich bitte dich darum.“

„Um deine Angelegenheiten zu regeln?“

„Oh, nein!“ Sie lachte ein helles Lachen. „Die sind seit fünf Jahren geregelt ... Aber wie ich gesehen habe, sind viele gutaussehende Männer in deiner Eskorte, allen voran du selber. Und du hast mich immer begehrt, Raimondo, streit das nicht ab.“

„Entschuldige, Isabella“, sagte ich und blickte zu Boden. „Bei mir mag es ja noch angehen, ich bin dein Cousin wie Troilo. Aber alle die anderen ... Wie konnte es geschehen, daß du so eine ...“ Ich suchte den Namen, den Paolo verwendet hatte, da er mir jedoch nicht einfiel, schloß ich: „... so eine unersättliche Frau geworden bist?“

Sie lachte abermals. Wie schön sie war! Diese Zähne, dieser Mund, diese Augen, dieses dichte schwarze Haar!

Doch sie wurde wieder ernst und sagte:

„Als Paolo bei mir war, schliefen wir sehr oft miteinander, mehrere Male am Tag. Er war ein unermüdlicher Liebhaber, und auch mit seinem Mund vollbrachte er wahre Wunder. Und ich, Raimondo, ich hatte immer Lust. Immer. Und weil ich Paolo anbetete, habe ich, auch wenn er nicht bei mir war, an ihn gedacht und davon geträumt, daß er mich nähme. Dann ist Paolo in den Krieg gezogen. Die Zeit seiner Abwesenheit war die Hölle für mich. Und eines Abends habe ich mich Troilo an den Hals geworfen, einfach weil er seinem Cousin ähnelte. Der arme Troilo ist vor Angst gestorben, und als er begriffen hatte, was ihn erwartete, ist er geflohen. Damals ist die Welt für mich zusammengestürzt. Troilo wurde getötet, mein Sohn wurde mir genommen, und ich habe auf den Tod gewartet. Und beim Warten ... Weißt du, Raimondo, es gibt Menschen, die betäuben sich mit Wein. Und womit ich mich betäube, weißt du jetzt.“

Die ganze Nacht blieb ich bei ihr, und nachdem ich am nächsten Morgen mein Zimmer aufgesucht hatte, fing ich an zu weinen. Ich konnte nicht mehr verstehen, warum Isabella sterben sollte. Sie war so lebendig.

Am Vormittag suchte ich den Kaplan auf, beichtete und fragte:

„Ihr wißt, weshalb ich hier bin, Vater?“

„Ja, ich weiß“, antwortete er und sah zu Boden.

„Ich möchte, daß sie vorher beichtet. Ich möchte nicht, daß sie im Zustand der Sünde stirbt.“

Der Kaplan war sehr alt und hatte kaum noch Fleisch im Gesicht, seine Knochen schienen nur von einer durchsichtigen dünnen Haut überspannt. Er wirkte wie ein Skelett, so daß es mich fast überraschte, tief in seinen Augenhöhlen noch Augen zu entdecken, die allerdings, sah man genauer hin, auch tot waren.

„Ich habe ihr schon lange nicht mehr die Beichte abgenommen“, sagte er mit so schwacher Stimme, daß man fürchten mußte, sie könne jeden Augenblick versagen. „Wozu auch? Sie bereut nicht. Sie denkt nur daran, weiterzumachen.“

„Dann wird sie also verdammt sein?“

„Ach“, sagte er und hob seine fleischlosen Hände, „wie soll ich das wissen?“

„Mein Vater“, bat ich, „ich flehe Euch an, nehmt ihr die Beichte ab! Nehmt ihr noch ein letztes Mal die Beichte ab!“

„Nein! nein! nein!“ wiederholte er mit einer Kraft, die ich von diesem gebrechlichen Greis nicht erwartet hätte. „Es wäre wiederum nur eine schlechte Beichte mehr! Selbst wenn sie vor mir kniet, die Stirn gesenkt, und die Litanei ihrer Verderbtheiten aufzählt, merke ich deutlich, daß sie sich noch immer daran ergötzt ...“

Er drehte sich um, und ich sah ihm wütend nach, wie

er sich entfernte. Wäre er nicht Priester gewesen, hätte ich ihn mit meinem Degen durchbohrt.

Beim Mittagsmahl, das ich mit Isabella allein in ihrem Zimmer einnahm, sagte ich: „Gib mir deinen Schlüssel, Isabella, damit ich jederzeit zu dir kommen kann!"

Sie lächelte: „Er steckt an der Tür, nimm ihn dir. Aber du triffst mich vielleicht nicht allein an – Gott sei Dank bin ich nicht oft allein", fügte sie mit einer bitteren Falte um den Mund hinzu. Doch sie faßte sich gleich wieder und fragte in einem leichten Plauderton:

„Wie geht es denn Paolo? Ist seine Wunde verheilt? Hat er immer noch seine kleine Maurin?"

„Ja."

„Und wie ist sie? Hast du sie gesehen?"

„Einmal, durch Zufall. Er zeigt sie nicht vor. Sie ist wie eine kleine magere Katze, mit großen Augen und großem Mund."

Isabella begann zu lachen, Gott weiß warum, und fuhr beinahe fröhlich fort:

„Er hat bestimmt auch andere gehabt, ich wette."

„Sehr viele andere."

Sie hob ihr Glas an die Lippen, ohne zu trinken.

„Die Männer haben Glück, Raimondo. Sie können mit jeder schlafen und werden nicht ‚Dirne' gescholten. Wenn sie Ehebruch begehen, werden sie nicht getötet. Trotzdem möchte ich um nichts auf der Welt mit ihnen tauschen. Komm, Raimondo, schnell! Los, sei nicht so langsam! Sonst bist du auch für mich *il bruto.*"

Sie griff nach meiner Hand und zog mich hinter sich her. Ihre schwarzen Augen versengten mich fast. Ihr Lager war sehr niedrig und doppelt so breit wie ein gewöhnliches Bett. Es gab keine weiteren Möbel im Raum, nur Teppiche, Wandbehänge und Kissen. Die Fenstervorhänge waren zugezogen, wegen der Sonne. In mein Zimmer zurückgekehrt, ließ ich meinen Schildknappen Alfredo rufen. Er ist mein Cousin mütterlicherseits, und wenn jemand den Beinamen *il bruto* verdient, dann er. Er hat Kraft wie ein Stier und ein Herz aus Stein. Man braucht nur seine brutale Visage zu sehen und weiß Bescheid. Er ist mir auf seine Art zugetan. Und ich kann ihn gut leiden. Lodovico behauptet, er sei mir nur deshalb sympathisch, weil ich mir im Gespräch mit ihm intelligent vorkäme. Lodovico irrt: ich komme mir nie intelligent vor. Ich lebe in einem Zustand dumpfer Betäubung und verstehe nicht viel vom Leben. Selbst die Tatsache, daß ich lebe, erscheint mir dunkel. Einmal hatte ich Paolo gebeten, es mir zu erklären. Doch er hat nur gelacht.

„Alfredo", sagte ich, „das mit Isabella erledige ich noch heute."

Er riß seine kleinen Schweinsäuglein weit auf.

„Heute ist doch erst der zweite Tag. Du hast ihr drei versprochen."

„Eben. Und wenn sie morgen früh noch am Leben wäre, würde sie sich sagen: ‚Heute ist mein letzter Tag', und Angst bekommen trotz ihres Mutes. Das will ich nicht. Ich will nicht, daß sie leidet. Ich will sie unverhofft töten, damit sie gar nicht spürt, daß sie stirbt."

Alfredo sah mich verdutzt an und wiederholte:

„Du willst nicht, daß sie Angst bekommt. Du willst nicht, daß sie leidet. Du willst, daß sie stirbt, ohne es zu merken. Warum?"

„Frag mich nicht, warum. Such du nach einer Möglichkeit. Ich warte hier mit ihrem Schlüssel."

Alfredo nickte und verschwand. Er war zufrieden, daß ich auf seine Schlauheit baute. Ich warf mich aufs Bett und versuchte zu schlafen – vergeblich. Bei Anbruch der Dunkelheit kam er zurück.

„Jetzt ist der richtige Moment. Amin ist bei ihr."

„Wer ist Amin?"

„Der Maultiertreiber der Burg. Ein Riese von Neger. Sie läßt es sich jeden Abend von ihm besorgen."

Alfredo zeigte mir zwei Stilette mit langer feiner Klinge. Ich schluckte.

„Warum Stilette? Und warum zwei?"

„Eins für mich, eins für dich. Wenn Amin über ihr ist, stoße ich ihm mein Stilett hinters Ohr, und er ist sofort erledigt. Ich zieh ihn dann von Isabella runter, damit du ihr dein Stilett ins Herz stoßen kannst. Das gibt nur eine kleine Wunde und wenig Blut."

Ich stand auf. Ich zitterte am ganzen Körper. Ich trank einen großen Becher Wein und sagte:

„Los, komm!"

„Erst noch die Schuhe ausziehen", sagte Alfredo.

Ich betrat Isabellas Zimmer als erster. Meine Hände waren feucht, und mein Herz schlug so heftig, daß ich fürchtete, man könne es hören. Im Halbschatten gewahrte ich den riesenhaften Körper des Schwarzen auf dem Lager, Isabella war nicht zu sehen. Sie lag unter ihm und wimmerte mit Kinderstimme. Ich begriff, sie war so weit weg, daß sie weder meinen Herzschlag noch sonst etwas hören konnte.

Alfredo trat einen Schritt vor, doch ich hielt ihn zurück. Ich wollte, daß die beiden Körper zu meinen Füßen ihre Lust bis zum Ende erlebten.

Wir mußten lange warten. Der Schwarze keuchte wie ein Blasebalg, Schweiß rann ihm den Rücken hinunter. Ich war fasziniert von der Bewegung seiner muskulösen Hinterbacken, die sich mit unglaublicher Kraft und Geschwindigkeit auf und ab bewegten. Die unsichtbare Isabella unter ihm stöhnte immer noch leise und klagend wie ein fieberndes Kind.

Endlich stieß der Schwarze einen rauhen Triumphschrei aus, und auch Isabella schrie mehrmals, immer lauter werdend, mit schriller Stimme. Ich gab Alfredo ein Zeichen. Er beugte sich vor, und alles geschah wie abgesprochen. Isabellas Gesicht zuckte konvulsivisch, ihr Lider flatterten. Das war alles. Der Raum war plötzlich von Schweigen und Bewegungslosigkeit erfüllt. Die beiden Lebenden schauten auf die beiden Toten.

„Die zwei sind glücklich gestorben", sagte Alfredo mit albernem Grinsen.

Voll Zorn drehte ich mich zu ihm um.

„Schaff diesen Maultiertreiber hier weg. Wirf ihn, wohin du willst, und laß mich allein!"

Der Schwarze war so schwer, daß Alfredo ihn nicht heben konnte, sondern ihn an den Schultern packte und aus dem Zimmer schleifte. Als er weg war, verschloß ich die Tür, kniete am Kopfende von Isabellas Bett nieder und nahm ihre Hand, die noch warm war und leicht in meinen Händen lag. Tränen liefen mir über die Wangen, ich begann zu beten. Doch meine Seele war umdüstert und erstarrt. Wie betäubt vor Kummer, fragte ich mich, zwischen zwei Vaterunsern, warum Isabella so große Schuld hatte, gewesen zu sein, was sie nun einmal war. Als ihre Hand kalt und steif wurde, stand ich auf und ging.

KAPITEL IV

Marcello Accoramboni:

Mit Verwunderung fragte ich mich, warum sich die Lebensweise im Palazzo Rusticucci völlig änderte und so scharfe Eingangs- und Ausgangskontrollen eingeführt wurden, daß ich plötzlich den Eindruck bekam, unsere friedliche Bleibe habe sich zu einer belagerten Festung gemausert.

Natürlich wirkten sich diese Veränderungen auch auf die Bewohner des Hauses aus: so wie die Türen, waren jetzt die Menschen verschlossen. Überall stieß ich nur auf Schweigen, Anspannung, ängstliche Erwartung. Man hätte meinen können, der Palazzo Rusticucci befinde sich nicht mehr ein paar Schritte vom Petersdom entfernt, sondern mitten in einem unsicheren Wald voller Briganten, die ihn eines Nachts stürmen würden.

Peretti, der offensichtlich diese strengen Maßnahmen angeordnet hatte, kommentierte sie nicht. Er, der sonst so leutselig und gesprächig war, sagte selten ein Wort und sah niemanden an. Vittoria war bleich und stumm. Camilla und Tarquinia hatten zumindest vorübergehend ihre Wortgefechte eingestellt. Flamineo betete, und er verließ sein Zimmer nur zu den Mahlzeiten, an denen er mit niedergeschlagenen Augen teilnahm. Giulietta, von der allein ich unter diesen Umständen eine Antwort auf meine Fragen hätte erwarten können, beteuerte ihre Ahnungslosigkeit. Sie schien gekränkt zu sein, daß niemand sie über diese rätselhaften Veränderungen informiert, geschweige denn ihren Rat eingeholt hatte. Die Diener beobachteten die Herrschaft und verhielten sich ruhig.

An bestimmten Anzeichen merkte ich, daß selbst Tarquinia die Gründe für dieses neue Regime nicht kannte. Sie warf ihrer Tochter fragende Blicke zu, die Vittoria allerdings zu übersehen schien; ihrer immer herrischer werdenden Miene nach zu urteilen, würde sie ihre Neugier nicht länger zügeln können. Und tatsächlich, eines Abends, als sich Vittoria ungefähr eine Stunde nach dem Essen auf ihr Zimmer zurückgezogen hatte, erhob sich auch die Superba. Wie ihr entschlossener Gesichtsausdruck mir sagte, würde sie nicht zögern, in das Refugium ihrer Tochter einzudringen. Das wollte ich verhindern; ich wartete jedoch, bevor ich dagegen einschritt, ein paar Minuten ab, ob sie wirklich den Kampf eröffnen würde.

Ich erreichte den ersten Stock über die Wendeltreppe, und durch die Galerie zum Hof, der in dieser Nacht von einem herrlichen Mond erleuchtet wurde, schlich ich auf leisen Sohlen zu Vittorias Zimmer mit seinem kleinen Vorraum, wo das Kammermädchen schlafen mußte, wenn Vittoria leidend war.

Der Vorraum war nicht erleuchtet, und ich wollte gerade eintreten, als ich ein Atemgeräusch zu hören glaubte. Ich hielt die Luft an, schlich mich noch leiser zur Tür und spähte hinein. Zuerst konnte ich nichts erkennen, doch als sich meine Augen an das Dämmerlicht gewöhnt hatten, sah ich Caterina, die an Vittorias Tür hingebungsvoll das Gespräch zwischen Mutter und Tochter belauschte. Woran ich sie erkannte, da sie mir doch den Rücken zukehrte? Ich will es ganz unverblümt sagen: an ihrem Hintern.

Ich näherte mich ihr bis auf Tuchfühlung, ohne daß sie mich hörte – ihre Ohren waren ja woanders. Dann packte ich sie mit der Linken an den Haaren, hielt ihr mit der Rechten den Mund zu und zog sie so in meinen Armen rückwärts bis in die Galerie, wobei sie sich anfangs heftig wehrte, wie eine Katze kratzte und mich sogar in die Hand zu beißen versuchte. Als sie jedoch draußen im Mondschein mein Gesicht erkennen konnte, wurde sie sanft wie ein Lamm, sah mich fügsam an und wäre gern länger in meinen Armen geblieben, wenn ich es geduldet hätte. Aber ich stellte sie brutal auf die Füße, hielt sie auf Armeslänge von mir entfernt, packte sie am Kragen, brachte sie in mein Zimmer, wo ich ihr zu warten befahl, und schloß sie dort ein.

Dann ging ich zurück und trat, ohne anzuklopfen, bei Vittoria ein. Sie saß vor ihrem Frisiertisch, betrachtete sich im Spiegel und bürstete mit müder Hand ihr Haar. Tarquinia stand hinter ihr, offensichtlich hatte ich sie in einer ihrer dramatischen Reden unterbrochen, auf die sie sich so meisterlich versteht. Bei meinem Eintritt verstummte sie mitten im Wort. Ich hörte nur noch „... Wagen“, woraus ich schloß, daß sie sich bei Vittoria darüber beschwerte, wie das „fünfte Rad am Wagen“ behandelt zu werden und nicht zu wissen, was vor sich ging. Diesen Vorwurf hatte sie Vittoria seit deren Heirat sehr oft und immer mit den gleichen Worten gemacht.

„Signora“, sagte ich und verneigte mich spöttisch, „in diesem Zimmer sind zwei Personen zuviel: Ihr und ich. Wenn Ihr Euch, wie wir alle, keinen Vers machen könnt auf diese neue Gangart im Palazzo Rusticucci, wendet Euch an den Mann, der dafür verantwortlich ist – Euer Schwiegersohn, Signor Peretti. Vittoria will und kann Eure Fragen offensichtlich nicht beantworten!“

„Sie will nicht“, sagte Tarquinia, lauter werdend, „aber ich bezweifle, daß sie es nicht kann.“

„Gesetzt den Fall, sie könnte es, wie wollt Ihr sie zu einer Antwort zwingen?“

„Sie ist sie mir schuldig“, schrie Tarquinia, „ich bin ihre Mutter!“

„Signora“, sagte ich und verbeugte mich abermals, „Ihr solltet begreifen, daß dieses Theater lächerlich ist. Die Tatsache, daß Ihr Vittorias Mutter seid, gibt Euch noch lange nicht das Recht, Geständnisse zu erpressen und Vittoria am Schlafen zu hindern. Ein Rat, Signora, den Ihr bitte beherzigen wollt: zieht Euch zurück!“

„Wer bist du denn, daß du es wagst, mir Ratschläge zu erteilen?“ schrie sie, drehte sich zu mir um und sah mich verächtlich an. „Ein Mörder und Zuhälter!“

„Mutter“, rief Vittoria empört, „reizt Marcello nicht!“

„Ich wiederhole: ein Mörder und Zuhälter!“ schrie Tarquinia in höchstem Zorn. „Und meine Tochter, die nichts zu sagen weiß, wenn ich ihr Fragen stelle, findet plötzlich ihre Stimme wieder, um diesen Banditen zu verteidigen."

„Signora", sagte ich, „es ist nicht recht, daß Ihr so schnell zu Beschimpfungen kommt. Denn von da ist es nicht weit bis zu Tätlichkeiten. Wenn Ihr Euch nicht umgehend hinwegbegebt, muß der hier anwesende Bandit Euch leider hinauswerfen."

„Ruchloser! Ihr wagt es, Gewalt gegen Eure Mutter anzuwenden?"

„Ja, sogar mit Vergnügen", antwortete ich lächelnd.

Tarquinia sah mich mit funkelnden Augen an, doch als sie merkte, daß ich entschlossen war, meine Worte wahr zu machen, raffte sie mit der Hand ihre Röcke und rauschte hinaus. Was mich an der Superba aufbringt, dachte ich abermals, ist nicht nur ihr unausstehlicher Charakter: es ist ihr falsches Theater.

„Vittoria", sagte ich, „ich laß dich jetzt allein. In Zukunft solltest du deine Tür immer verriegeln, um dir Überfälle durch das ‚fünfte Rad am Wagen' zu ersparen."

Normalerweise hätte ihr dieser harmlose Scherz ein Lächeln entlockt. Aber heute war sie nicht aufzuheitern. Ich betrachtete sie im Spiegel. Sie sah müde aus und bürstete ihr Haar ohne die gewohnte Energie. Ihr schönes Gesicht zeigte keinerlei Gemütsbewegung, nicht einmal Traurigkeit.

Halblaut fuhr ich fort: „Vergiß es bitte nie, Vittoria: was immer du willst, das will ich auch ..."

Ich weiß nicht, warum ich diesen Satz sprach, der sich in der Folgezeit als so prophetisch erweisen sollte. Ich bin jedoch sicher, daß ich meinem wahren inneren Gefühl gehorchte. Ich habe mich niemals als ein von Vittoria wirklich unabhängiges Wesen betrachtet.

„Danke, Marcello. Danke für alles."

Bei diesen Worten sahen wir uns im Spiegel an. Da ihr Gesicht von den Kerzen zu beiden Seiten des Spiegels hell beschienen wurde, meins dagegen im Schatten lag, trat unsere so verschiedene Hauttönung weniger zutage, um so deutlicher aber wurde die Ähnlichkeit unserer Gesichtszüge und des Ausdrucks sichtbar. Mein Herz begann zu klopfen. Mir schien, das Geheimnis meines Lebens läge darin beschlossen und ich brauchte es nur noch zu entschlüsseln.

Sie wiederholte: „Ich danke dir, Marcello", und schloß für einen Moment die Augen. Man hätte meinen können, ein Vorhang senke sich über einem Stück, das in den Kulissen weitergespielt wird. Ich überließ sie ihren Gedanken, ging aus dem Zimmer und schloß leise die Tür hinter mir.

Caterina hatte sich nicht weggerührt von dem Schemel, auf den ich sie gesetzt hatte. Auf den ersten Blick sah ich, daß sie in der Zwischenzeit zwei Knöpfe ihres Leibchens geöffnet hatte, um ihre Brüste in dem rechteckigen Ausschnitt besser zur Schau zu stellen. Was war sie doch für eine Fleischesfalle, dieses Mädchen! Und wie war sie selber darin gefangen! Ganz hingebungsvolles Weibchen, war sie von den Wurzeln ihrer glänzenden Haare bis zu den Waden, die der kurze Rock kaum bedeckte, nichts weiter als Köder, Lockpfeife, Leimrute, Fangnetz ...

Bei meinem Eintritt erhob sie sich, vor Angst halb tot, und setzte sofort ihre großen Augen ein, den halbgeöffneten Mund, ihren kurvenreichen Körper, und das alles mit dem Ausdruck geheuchelter Verwirrung, falscher Naivität und ehrlicher Unterwürfigkeit. Hätte sie mir, als sie mir gegenüberstand, außer den schönen Brüsten gleichzeitig ihren hübschen Hintern zeigen können – ich wette, sie hätte es getan. Erstaunlicherweise wirkt sie nicht einmal vulgär, wie sie mir so ihre Reize darbietet.

An ihrer hingebungsvollen Haltung wird mir klar, daß sie auf eine Bestrafung wartet und daß ich selbst sie züchtigen muß, da ich sie nicht bei Peretti anschwärzen kann, der sie sofort vor die Tür setzen würde: das aber will ich um keinen Preis, da Vittoria ihr sehr zugetan ist. So sehr, daß sie ihr das Lesen beigebracht hat.

Ich gehe auf Caterina zu und gebe ihr zwei kräftige

Ohrfeigen. Dann packe ich sie an den Schultern, schüttele sie und brülle sie an:

„Wer bezahlt dich dafür, daß du Vittoria nachspionierst?"

Eine rhetorische Frage, denn ich bin überzeugt, Caterina hat nur aus Neugier an der Tür gelauscht; diese Neugier – oder Identifizierung mit der Herrin – findet man häufig bei Kammermädchen.

Ihre Antwort überrascht mich.

„Der Kardinal bezahlt mich doch nicht", sagt sie und beginnt zu weinen. „Er ist aus Grottammare, und ich habe Angst, meinen Eltern zu schaden, wenn ich ihm nicht gehorche."

Ich kehre ihr den Rücken, um meine Verblüffung zu verbergen, und gehe zu einem kleinen Tisch, auf dem ein fünfarmiger Leuchter steht; ich schlage Feuer und brenne alle fünf Kerzen an. Neben dem Tisch steht ein niedriger Schemel, dorthin soll Caterina auf mein Geheiß sich setzen. Eigenartigerweise scheint dieses Zeremoniell sie mehr zu beeindrucken als meine Ohrfeigen.

„Antworte! Wie läßt du dem Kardinal deine Berichte zukommen?"

„Indirekt. Ich beichte Pfarrer Racasi."

„Oft?"

„Einmal in der Woche. Seit dem 19. März zweimal."

Obwohl ich dieses Datum zum ersten Mal höre, zeige ich mich nicht überrascht.

„Erzähl mir genau, was am 19. März passiert ist."

„Eigentlich nicht viel", sagt Caterina. „Der Zufall wollte, daß Vittoria an jenem Tag dem Fürsten Orsini begegnet ist, als sie sich vom Kardinal verabschiedete. Sie war davon sehr bewegt."

„Woher weißt du das?" frage ich. „Hat sie dir ihre Empfindungen anvertraut?"

„Eben nicht", entgegnet Caterina lebhaft, „kein Wort hat sie gesagt. Normalerweise sagt sie mir alles. Aber ich sehe ja, wie sie seitdem ist."

„Wie ist sie denn?"

„Sie lebt wie im Traum.“

Wenn schon Vittoria sich in einer solchen Verfassung befindet, kann man sich leicht vorstellen, wie diese Begegnung auf den Fürsten gewirkt haben muß. Alles wird klar, auch der Belagerungszustand, in dem wir im Palazzo Rusticucci leben. Der Kardinal befürchtet offenbar, Orsini werde Vittoria entführen.

Nach kurzem Schweigen fahre ich fort:

„Jetzt hör gut zu, Caterina. Du wirst Pfarrer Racasi in deiner Beichte ab sofort nur noch berichten, was ich dir zu sagen erlaube.“

Sie antwortet ohne Zögern und bewegt sich mit dem ganzen Körper auf mich zu:

„Ich will alles tun, was Ihr wollt, Signor Accoramboni.“

„Erzählst du Pfarrer Racasi von deinen Galanen?“ frage ich weiter.

„Natürlich“, gesteht sie und schlägt die Augen nieder, „ich lasse meine Todsünden nicht aus. Ich bin eine gute Katholikin.“

„Fragt dich Pfarrer Racasi nach den Namen?“

„Nein, nie. Er will nur wissen, wie oft ich gesündigt habe.“

„Wie viele Galane hast du?“

„Zwei“, gibt sie leicht verschämt zu (ob echt oder gespielt, wüßte ich nicht zu sagen).

„Ab heute hast du nur noch einen!“

„Welchen der beiden soll ich aufgeben?“ fragt sie eifrig.

„Alle beide.“

Sie schaut mich an. Sie ist mit Freuden bereit, mir zu gehorchen, wagt aber ihren Ohren noch nicht zu trauen. Ich bedeute ihr aufzustehen, strecke meine Hand aus und tippe mit dem Zeigefinger auf die beiden offenen Knöpfe ihres Leibchens.

„Möchtest du wissen, wer dein einziger Liebhaber sein wird?“

„Ja“, sagt sie und zittert am ganzen Körper.

„Du wirst es wissen, wenn du beendest, was du in meiner Abwesenheit so hübsch begonnen hast."

Sie zögert noch, dann aber, nachdem sie den dritten Knopf aufgemacht hat, ohne an mir das kleinste Zeichen von Mißbilligung zu bemerken, entkleidet sie sich weiter, mit natürlicher Anmut und einem Mienenspiel, das weit weniger natürlich ist. Seltsamerweise errötet sie nicht im Gesicht, sondern an Hals und Dekolleté.

Sowie sie völlig nackt ist, nehme ich sie an der Hand und führe sie zu meinem Bett, wo ich sie mit einer Handbewegung zum Sitzen auffordere. Ich bleibe vor ihr stehen und mustere sie. Sie schweigt, denn sie hat immer noch ein wenig Angst vor mir, doch der Blick ihrer großen, glänzenden schwarzen Augen spricht Bände. Was sind die Frauen seltsam! Wie erklärt man sich ihre völlige Unterwerfung unter den Geliebten, die sie Liebe nennen? Diese merkwürdigen Lebewesen ziehen mich an und stoßen mich gleichzeitig ab. Ich weiß nicht warum, doch ich spüre in mir immer eine große Lust, sie zu bestrafen. Manchmal sage ich mir: ‚Du bist verrückt, Marcello! Was soll das? Wofür sie bestrafen?'

In Wirklichkeit verstehe ich selbst nie ganz richtig, was ich tue. Es ist wahr, ich habe beschlossen, mit Caterina zu schlafen, um sie dem Einfluß des Kardinals zu entreißen und sie zu einem Werkzeug für meine Pläne zu machen. Allerdings kenne ich meine Pläne noch nicht – abgesehen von dem, was mir stets das wichtigste war und ist: Vittoria zu schützen.

Doch Caterina ist mehr als nur ein Werkzeug. Der Beweis: in dem Moment, da ich sie vor mir ausgestreckt sehe, empfinde ich sowohl heftige Begierde als auch eine Art Zärtlichkeit. Da ich ihr meine Begierde nicht verheimlichen kann, verberge ich wenigstens die Zärtlichkeit vor ihr, zumindest solange es geht. Ich mißtraue diesen Kraken-Frauen. Caterina hat, seitdem sie nackt ist, die ihr eigene Keckheit zurückgewonnen. Ihr Atem geht schneller und heftiger, und als sie mich mein Wams aufknöpfen sieht, streicht sie mit der Hand von unten nach oben an meinem Beinkleid hinauf. Ihre Finger zittern leicht, als sie mir den Schnürverschluß löst. Doch das hat nichts mehr mit Angst zu tun.

Vier Tage später sitzt Caterina während der Messe in unserer Kapelle auf der letzten Bank hinter mir und flüstert mir ins Ohr, *il mancino* wolle mich sprechen. Ich schiebe ihr meinen Zimmerschlüssel zu, den ich ständig bei mir trage, damit die Superba ihre Nase nicht in meine Angelegenheiten stecken kann.

„Schließ ihn ein und bring mir den Schlüssel zurück", sage ich leise. „In einer Viertelstunde bin ich bei ihm."

Als ich das Zimmer betrete, erhebt sich *il mancino* mit einer Verbeugung. Die respektvolle und doch stolze Art zu grüßen gefällt mir an diesem muskulösen kleinen Mann, der sich kerzengerade hält. Er läßt mich spüren, daß die Wertschätzung, die er mir schuldet, durch seine Selbstachtung gemildert ist. Wie seine Schwester, hat auch er seinen Dialekt abgelegt, er drückt sich in korrektem, sogar elegantem Italienisch aus. Er ist gewandt. Durch seine vollendete Höflichkeit gibt er zu verstehen, daß er seinerseits eine gewisse Rücksichtnahme erwarte. Seit kurzem zeigt er in seinem Verhalten mir gegenüber eine Art höflicher Vertraulichkeit. Ich bin zwar weder Brigant noch Zuhälter, aber er weiß natürlich genau, daß ich mich am hellichten Tag mitten in Rom meines Dolches bedient habe und daß ich von der Großzügigkeit der Signora Sorghini lebe.

„Setz dich bitte, Domenico", fordere ich ihn auf und erwidere seine Verbeugung. „Möchtest du einen Becher Wein?"

„Vielen Dank, Signore", sagt er mit einer zweiten Verbeugung, „ich trinke nicht zwischen den Mahlzeiten."

„Und das bekommt dir offenbar sehr gut."

„Wenn Ihr gestattet, Signore, möchte ich gleich zur Sache kommen: ich habe Euch etwas zu bestellen, und ich habe zwei nützliche Informationen für Euch. Die Bestellung ist umsonst, dafür hat der Auftraggeber mich schon bezahlt. Die Informationen dagegen", er schlägt mit vornehmer Schamhaftigkeit die Augen nieder, „werden Euch etwas kosten."

„Gut, laß zuerst die Bestellung hören."

„Der Fürst Orsini, Herzog von Bracciano, möchte Euch morgen mittag Schlag zwölf Uhr in einer Kammer im ‚Ölberg' treffen."

„Der Fürst Orsini! Im ‚Ölberg'! In der Kammer einer Hure!"

„Gewiß, der Ort ist bescheiden", räumt *il mancino* ein, „doch unauffälliger zu betreten als Montegiordano. Und überdies – ich kenne mich dort aus –: viele gute Christen ziehen den Hut tief in die Stirn und vergraben die Nase im Mantel, um in die Taverne zu gelangen. Er wird also unerkannt bleiben."

„Ich werde da sein. Und jetzt deine Informationen."

„Es sind zwei", sagt er. „Die erste kennt Ihr vielleicht schon, Signore, denn wenn sie heute noch nicht öffentlich bekannt ist, wird sie es spätestens morgen sein. In diesem Falle wäre sie kostenlos. Andernfalls schuldet Ihr mir dafür zwanzig Piaster. Ich vertraue auf Euer Wort."

„Das kannst du auch."

„Die ehebrecherische Gemahlin des Fürsten wurde ins Jenseits befördert – nach so langem Aufschub, daß man schon glauben mußte, es würde überhaupt nichts mehr geschehen."

„Wann war das?"

„Vor einer Woche."

„Die zwanzig Piaster sind dein."

„Die zweite Information kostet Euch fünfzig Piaster, Signore."

„Ich höre."

„Auf Befehl eines Dritten", sagt *il mancino*, ohne mit der Wimper zu zucken, „hat meine Schwester Caterina ihren beiden Galanen den Laufpaß gegeben. Der eine heißt Raimondo Orsini. Schade, Signore, daß Ihr versäumt habt, meine Schwester nach seinem Namen zu fragen: Ihr hättet fünfzig Piaster sparen können."

„Schade“, erwidere ich, „daß Caterina nicht auf die Idee gekommen ist, mir den Namen zu verraten. Sie ist eine zärtliche Schwester und auf den Vorteil ihres Bruders bedacht.“

„Nein, Signore, glaubt das nicht! Caterina ist nicht berechnend. Ihr Horizont geht nicht weiter als bis zu den Spitzen ihrer Brüste ...“

Diese Bemerkung hat eine zweifache Wirkung: sie bringt mich zum Lachen, und sie überzeugt mich.

„Was kann mir diese Information nützen?“

„Das müßt Ihr wissen, Signore“, sagt der durchtriebene *mancino.*

„Deine Meinung, bitte.“

„Bevor meine Schwester Raimondo entließ, konnte der Fürst darauf hoffen, über seine Cousins bis zu Caterina vorzudringen und durch sie Kontakt mit Eurer Frau Schwester aufzunehmen. Diese Möglichkeit besteht jetzt nicht mehr.“

„Richtig gedacht.“

Und ich hatte die richtige Karte ausgespielt, ohne es zu wissen. Denn als ich Caterina die Entlassung ihrer beiden Liebhaber befahl, ahnte ich nicht, daß einer davon ein Orsini war.

Am nächsten Tag begebe ich mich, die „Nase im Mantel vergraben“, zur vereinbarten Zeit in den „Ölberg“. Wegen des großen Gedränges und des Tabakqualms kann ich zunächst kein Gesicht erkennen. *Il mancino* hat offenbar den schärferen Blick, denn noch bevor ich ihn ausgemacht habe, flüstert er mir ins Ohr: „Folgt mir, Signore!“ Als wir die wacklige Holztreppe hinaufsteigen, kommt uns laut schreiend ein halbnacktes Mädchen entgegen, das von einem brüllenden, messerschwingenden Mann verfolgt wird. *Il mancino* stellt dem Mann ein Bein, entwaffnet ihn blitzschnell, zieht ihn dann am Kragen wieder hoch und drückt ihn gegen die Wand.

„Die kleinen Zwistigkeiten zwischen Liebesleuten werden hier friedlich beigelegt, Signore“, sagt er lächelnd mit hartem Blick. „Geht hinunter, setzt Euch an einen Tisch und bestellt auf meine Rechnung einen Krug Wein. Ich komme gleich.“

Der Mann gehorcht lammfromm, und *il mancino* erklärt mir:

„Ein Kunde der Sorda. Sie hat ihre eigenen Methoden, die ich nicht billige. Ich bin für Ehrlichkeit – zumindest, wenn es sich machen läßt.“

Auf dem Flur bezeichnet er mir eine Tür.

„Hier. Und gestattet mir einen Hinweis, Signore: seid nicht zu anmaßend. Die Orsinis sind hitzig.“

„Ich auch.“

Ich lockere meinen Degen in der Scheide, klopfe einmal kurz an, trete rasch ein und stoße die Tür weit auf gegen die Wand, falls jemand auf die Idee gekommen sein sollte, sich dahinter zu verstecken. Zwei maskierte Edelleute befinden sich im Zimmer, einer steht, der andere sitzt. Mein stürmischer Eintritt läßt sie auffahren. Ich schließe die Tür, achte aber darauf, ihnen nicht den Rücken zuzukehren. Dann grüße ich knapp und lege meinen Hut auf einem Schemel ab, um die Hände frei zu haben für den Fall, daß die Dinge eine schlechte Wendung nehmen.

„Guten Tag, die Herren. Ich bin Marcello Accoramboni. Wer von Euch ist Fürst Orsini?“

„Ich“, antwortet der, der steht.

Der andere sitzt am Tisch und rührt sich nicht. Er schaut aus dem Fenster und scheint desinteressiert an dem Gespräch.

„Dann bitte ich Euch, ohne Maske mit mir zu sprechen.“

„Ich sehe keine Notwendigkeit, meine Maske abzunehmen“, antwortet er spitz.

„Die Notwendigkeit ergibt sich daraus, daß ich keine Maske trage.“

„Los, *carissimo*“, sagt der Sitzende, „mach keine Ehrensache daraus. Nimm sie ab, wenn er dich darum bittet.“

„Eine eigentümliche Bitte. Und in was für einem Ton!“

„Wie man in den Wald hineinruft, so schallt es heraus“, antworte ich.

„*Carissimo*", sagt der andere, „nimm die Maske ab, ich bitte dich."

Kochend vor Wut, gehorcht der erste. Unter der Maske kommt ein Gesicht zum Vorschein, das man für hübsch halten könnte, wäre es nicht so unerträglich geckenhaft. Doch es ist weniger dieser Ausdruck als die Jugend, die mich dabei frappiert. Bei seiner Rückkehr aus Venedig habe ich den Fürsten Orsini deutlich gesehen, und die Person, die jetzt vor mir steht, ist gut und gerne zwanzig Jahre jünger.

„Signore, Ihr habt mich belogen, Ihr seid gar nicht Fürst Orsini."

„Ich bin Lodovico Orsini, Graf von Oppedo", entgegnet der Mann fest, „und ich kann nicht dulden, daß der erstbeste hergelaufene Stutzer mich einen Lügner schimpft."

„Stutzer?" sage ich und ziehe meinen Degen halb aus der Scheide.

„Keinen Streit hier, meine Herren! In dieser Spelunke!" sagt der andere Edelmann.

Er erhebt sich, legt Lodovico seinen starken Arm um die Schultern und drückt ihn kräftig an sich. Diese Geste ist nicht zu mißdeuten: sie ist liebevoll, lähmt aber zugleich meinen Gegner. Ich stecke meine Klinge zurück und warte. Wenn ich mich recht entsinne, ist dieser Lodovico der Bruder von Raimondo, und alle beide sind trotz ihrer hohen Geburt so etwas wie Edelbriganten. Entweder ist dieser Lodovico verteufelt streitsüchtig, oder er trägt mir nach, daß sein Bruder durch mich Caterinas Gunst verloren hat.

„Komm, *carissimo*", sagt der Edelmann, „beruhige dich. Signor Accoramboni glaubt sonst, wir hätten ihn in einen Hinterhalt gelockt."

Und er nimmt seinen Arm und zwingt ihn, sich an den Tisch vorm Fenster zu setzen. Lodovico bleibt da sitzen, gespannt nach vorn gebeugt, die Hände um die Kante des Eichentischs gekrallt, und schleudert mir Blicke zu, als wolle er mich töten, doch ich tue so, als bemerke ich sie nicht.

Der andere Edelmann tritt vor mich hin, nimmt die Maske ab und sagt:

„Ich bin Fürst Orsini."

Diesmal hat es seine Richtigkeit. Wer ihn auch nur einmal gesehen hat, kann ihn nicht mehr vergessen. Nicht, daß der Fürst sehr groß wäre, er überragt mich nur um Daumesbreite, doch er ist sehr kräftig gebaut, hat breite Schultern und einen gewölbten Brustkorb, und sein Beinkleid modelliert die muskulösen Beine. Er hat ein schönes Gesicht, ausdrucksvolle, regelmäßige Züge, einen genießerischen Mund und große leuchtende Augen sowie rotblonde kurze Locken, wie man sie auf römischen Münzen sehen kann. Sein Gesicht drückt Stolz und Autorität, aber auch Höflichkeit und Feingefühl aus.

Ich bin von ihm eingenommen oder wäre es, hätte er nicht Lodovico als sich selbst ausgegeben: eine List, die ich ihm übelnehme. Wollte der Fürst prüfen, aus was für einem Holz ich geschnitzt bin, ob ich flexibel und unterwürfig genug wäre, seine Wünsche zu erfüllen? In dem Falle dürfte ihn mein Auftreten sicherlich eines Besseren belehrt haben.

Davon merkt man allerdings nichts. Er betrachtet mich wortlos, und je länger er mich mit Blicken mißt, um so mehr scheint er Gründe zu finden, mich zu lieben. Doch mir ist sofort klar: nicht meine Person wirkt so anziehend auf ihn, sondern meine Ähnlichkeit mit Vittoria.

„Signor Accoramboni", sagt der Fürst mit ausgesuchter Höflichkeit, „verzeiht, daß ich Euch hierherkommen ließ. Wenn es Euch recht ist, möchte ich Euch einen Vorschlag machen."

„Euer Durchlaucht", antworte ich mit einer Verbeugung, „mit größtem Interesse und größtem Respekt werde ich die ehrenvollen Vorschläge zur Kenntnis nehmen, die Eure Hoheit mir machen wollen."

Der Fürst muß sehr viel Selbstbeherrschung haben, denn man sieht ihm kaum an, daß ihm das Wort „ehrenvoll" nicht paßt. Habe ich ihm dadurch nicht klar zu verstehen gegeben, daß er nicht auf mich zählen könnte, falls seine Vorschläge nicht ehrenvoll wären?

Er fährt fort:

„Man hat mir berichtet, daß Ihr lesen und schreiben könnt und Latein gelernt habt, Signor Accoramboni."

„Latein habe ich schneller vergessen, als ich es gelernt habe, Durchlaucht. Aber mit dem Lesen und Schreiben hat es seine Richtigkeit, obwohl ich kein Schriftgelehrter bin."

„Ein Schriftgelehrter wäre mir auch gar nicht recht", sagt der Fürst lächelnd. „So einen hatte ich zum Sekretär. Aber dieser Unglücksrabe hat mich verlassen, um Priester zu werden. Könnte es Euch gefallen, sein Nachfolger zu werden?"

Ich bin einen Moment sprachlos, so sehr überrumpelt mich der von einer so hohen Persönlichkeit mit so viel Wohlwollen mir angetragene Vorschlag.

„Das wäre gewiß eine große Ehre für mich, Durchlaucht", antworte ich mit einer Verbeugung, „doch ich sehe da Schwierigkeiten."

„Welche?" fragt der Fürst mit einem leichten Anflug von Ungeduld.

„Als Sekretär Eurer Hoheit hätte ich doch wohl eine Vorrangstellung unter dem Personal Eures Hauses?"

„Selbstverständlich."

„Zu diesem Personal gehören viele Schwäger und Verwandte von sehr altem Adel, habe ich sagen hören."

„Das stimmt."

„Dann sehe ich nicht, wie diese temperamentvollen Edelleute die Anwesenheit eines Mannes akzeptieren könnten, dessen Adel – wie der meine – neu ist und angezweifelt wird."

Das spreche ich mit Stolz und beißender Ironie aus, eine Hand in die Hüfte gestützt, denn jedermann in Rom weiß, daß ich mir den Adelstitel bei meiner Ankunft in der Ewigen Stadt selbst verliehen hatte.

Meine Antwort löst zwei ganz unterschiedliche Reaktionen aus: Lodovico knurrt wie eine Dogge an der Kette;

der Fürst blickt mich freundlich an. Daß ich mich selbst über meinen falschen Adel lustig mache und ihn zugleich von seiner Entourage respektiert sehen will, schmeichelt ihm sehr und flößt ihm Achtung vor mir ein.

„Signor Accoramboni“, sagt er gutgelaunt, „sowie Ihr mein Sekretär seid, wird niemand es wagen, sich über Euch zu mokieren.“

„Nicht einmal Graf Oppedo?“ frage ich und schaue Lodovico an.

„Nicht einmal der“, entgegnet der Fürst.

„Der Graf von Oppedo“, sagt Lodovico überheblich, „erdolcht niemanden hinterrücks in einer Kutsche. Er schlägt sich in einem ehrlichen Duell.“

„Das hätte ich auch getan, Herr Graf, wenn Recanati meine Herausforderung angenommen hätte“, antworte ich.

„Hör mal, *carissimo*“, sagt der Fürst, „du weißt genau, wie die Sache gelaufen ist. Außerdem hatte Signor Accoramboni sehr gute Gründe: eine Angehörige seiner Familie war von Recanati in der Öffentlichkeit beschimpft worden.“

Eine „Angehörige seiner Familie“! Wie genüßlich er diese Worte spricht! Gleichzeitig verwirren sie ihn, und Vittorias Bild schiebt sich, mich überdeckend, vor seine Augen. Heftige Gemütsbewegung ergreift ihn, so daß er die Hände auf dem Rücken verschränkt, zu Boden blickt und in dem kleinen Raum hin und her läuft.

„Also gut“, sagt er endlich und bleibt vor mir stehen, „ist das die einzige Schwierigkeit, die Ihr hierbei seht, Signor Accoramboni?“

„Soweit ich die Zukunft erraten kann, gibt es keine weitere.“

„Ihr nehmt also mein Angebot an?“

„Mit Ehrerbietung und Dankbarkeit“, erwidere ich mit einer Verbeugung.

Lodovico knurrt abermals, wohl nicht wegen dieser untadeligen Worte, sondern wegen des ironischen Tones, in dem ich sie spreche. Der Fürst wirft mir einen raschen, prüfenden Blick zu, den ich vorausgesehen hatte. Als sein durchdringender Blick mich trifft, habe ich die Augen bereits niedergeschlagen und eine Unschuldsmiene wie eine Jungfrau aufgesetzt.

„Was Eure Bezüge anbelangt“, fährt der Fürst fort …

„Halten zu Gnaden, Durchlaucht“, antworte ich und hebe den Kopf, „sprechen wir nicht davon. Ich bin fest entschlossen, nichts anzunehmen. Die Ehre, Eurer Hoheit zu dienen, ist mir Lohn genug.“

Wieder knurrt Lodovico, und der Fürst scheint befangen. Meine Abhängigkeit von ihm würde rein nominell sein, wenn er mir keinen einzigen Piaster zahlt. Doch er ist zu geschickt, um in mich zu dringen.

„Signor Accoramboni braucht das Geld der Orsinis nicht“, zischt Lodovico. „Er hat andere Quellen.“

„So ist es“, entgegne ich ruhig. „Ich bin der Geliebte einer reichen Witwe. Und ich bete jeden Tag zu Gott, er möge mir ihre Gunst erhalten, weil ich nicht zum Briganten werden und wehrlose Reisende in den Bergen ausrauben möchte.“

Bei diesen Worten lacht der Fürst freiheraus. Lodovico, bleich wie ein Leinentuch, öffnet schon den Mund zu einer Antwort, doch der Fürst bringt ihn mit einer Handbewegung zum Schweigen.

„Signor Accoramboni“, nimmt er den Faden wieder auf, „ich erwarte Euch Montag, zehn Uhr, in Montegiordano. Und verzeiht mir, daß ich Euch in diese Spelunke gebeten habe. In Eurem eigenen Interesse wollte ich nicht, daß Ihr beim Betreten meines Palastes gesehen würdet, falls Ihr meinen Vorschlag abgelehnt hättet. Jetzt liegen die Dinge natürlich anders.“

Er spricht mit vollendeter Höflichkeit. Ich nehme meinen Hut vom Schemel auf und verabschiede mich von dem Fürsten mit einer tiefen Verneigung. Dann noch eine Verbeugung – kurz, knapp und zurückhaltend – zu Lodovico hin, der sie mit einem Kopfnicken erwidert.

Ich steige die wackelige Holztreppe hinunter, deren Geländer ich nicht anzufassen wage, weil es so schwarz ist vom Schmutz unzähliger Hände. Ich habe auf dem Schachbrett einen Bauern gesetzt und weiß nicht, was dieser Zug mir einbringen wird. Ich habe mir drei Feinde gemacht: Raimondo Orsini, Lodovico Orsini und – sowie meine Anstellung bei dem Fürsten bekannt würde – auch Kardinal Montalto. Der Freund wiederum, den ich gewonnen habe, hat offenbar die Absicht, mich zu seinem Werkzeug zu machen.

Man wird sehen. Der Fürst gefällt mir ganz gut, doch ich kenne seine Karriere als Söldner in Venedigs Diensten: er ist halb Pirat, halb Kondottiere. In einem so schwachen Staat, unter einem so willensschwachen Papst muß er glauben, daß ihm alles erlaubt sei. Doch darin wird er sich täuschen.

Aziza, die Wespe:

Seit dem 19. März ißt mein Herr nicht mehr, schläft nicht mehr und geht nicht mehr aus. Er verträumt ganze Stunden auf einem Diwan oder irrt ziellos durch den Palast. Er, der sonst so aktiv ist, spielt nicht mehr und reitet kaum noch aus. Hinzu kommt seine Schenkelverletzung, er hinkt jetzt stärker. Und wenn es ihn noch nach meinen Liebkosungen verlangt, schlägt seine Stimmung gleich danach in Melancholie um, was gar nicht seine Art ist.

Natürlich hat mich zunächst die Eifersucht gequält, doch ich habe es geschafft, sie zu unterdrücken. Ich kenne meinen Platz im Herzen meines Herrn, in seinem Haus und in seinem Land genau. Mein Platz in seinem Herzen ist nicht unbedeutend, ohne daß ich freilich die geringste Chance hätte, eines Tages an die erste Stelle aufzurücken. Mein Platz in seinem Haus ist gering, mein Platz in seinem Land gleich Null; wer würde eine kleine maurische Sklavin, für fünfhundert Dukaten an Bord einer venezianischen Galeere gekauft, auch nur beachten?

Seit dem 19. März habe ich mich bemüht, mich Paolo gegenüber in der weiblichen Kunst der Geduld zu üben. Spürte ich, daß er allein sein wollte, zog ich mich unauffällig zurück. Wollte er in meiner Gegenwart schweigen, sagte ich nicht piep. Suchte er ungerechtfertigt Streit mit mir, hielt ich meine Zunge im Zaume – ich, Aziza, die Wespe! Und wenn er anfing, von der Schönheit seiner Liebsten zu schwärmen, konnte er in meinen großen dunklen Augen nichts als Sympathie lesen.

So ist es mir gelungen – obwohl es mir bisweilen schwerfiel –, seine Vertraute zu bleiben und auch das magere Kätzchen, auf dessen Kopf er seine großen Hände legt, wenn er Lust hat, mich in Besitz zu nehmen.

Am Abend des Tages, an dem er im Laufe einer Unterredung, die er mir haarklein erzählte, Marcello Accoramboni zu seinem Sekretär gemacht hatte, hörte ich verblüfft, wie seinem bisher so schweigsamen Munde eine ununterbrochene Folge von Worten entströmte. Er sei quasi am Ziel! sagte er. Er frohlockte!

Ich traute meinen Ohren nicht, als ich den kindischen Unsinn hörte, den der große Kapitän daherredete.

„Aber Paolo", sagte ich, als seine Beredsamkeit für einen Moment versiegte, „wenn dein Bericht stimmt, hast du Marcello nicht für deine Sache gewonnen, wie du glaubst. Er hat sich von den Edelleuten deines Hauses distanziert: von Raimondo, von Lodovico und sogar von dir. Er hat sich spöttisch zu seinem falschen Adel bekannt und damit gezeigt, wie wenig er von dem euren hält. Und er hat unterstrichen, welche geringe Bedeutung er deinem Reichtum beimißt, wenn er eine Bezahlung rundweg ablehnt. Du bist ihm verpflichtet, nicht er dir. Du kannst nicht auf ihn zählen, wenn du Vittoria entführen und ihr Geliebter werden willst. Ein Mann, der Recanati erstochen hat, weil der ein Wort zuviel über seine Zwillingsschwester gesagt hat, wie sollte er dir dabei helfen, sie zur Ehebrecherin zu machen?"

Die blauen Augen meines Herrn wurden dunkler noch als die Klinge seines Degens, und er schrie außer sich:

„Fort mit dir, du maurische Ausgeburt der Hölle. Verschwinde und tritt mir nie wieder unter die Augen! Oder ich gebe meinem Majordomus Befehl, dich zu verkaufen!"

Sein Zorn machte mich traurig, die Drohung berührte mich wenig. Meine Geduld, meine Ergebenheit und Liebe haben schon seit langem zwischen meinem Herrn und mir ein starkes Band geknüpft, das er nur mit Schmerzen zerreißen könnte. Im übrigen ist Paolo gerecht. Er hat es zwei Tage später bewiesen.

Er ließ mich durch Folletto rufen, der sich, nachdem er mich in das Zimmer des Fürsten geführt hatte, wie üblich in einen Winkel kauerte, um mit gespitzten Ohren und offenen Augen unsere Spiele zu verfolgen. Diese Gewohnheit war an Bord der venezianischen Galeere entstanden, als ich noch nicht Italienisch sprach und mein Herr die Dienste Follettos als Dolmetscher brauchte. Obwohl mein Italienisch jetzt perfekt ist, blieb es in Montegiordano bei dieser Gewohnheit, ohne daß mein Herr darauf achtete, denn Folletto in seiner Ecke ist mäuschenstill. Wohingegen ich mich in seiner Gegenwart etwas geniere. Denn er hat mir gesagt, er empfinde eine Art bittere Freude bei der Vorstellung, an meiner Statt all die Liebkosungen zu verschenken und zu empfangen, die mich stöhnen ließen.

An dem Tag muß er wohl enttäuscht worden sein: wir redeten nur miteinander.

„Aziza, meine Wespe", sagte mein Herr und sah mich zärtlich an, „in deinem kleinen Kopf sitzt ein großer Verstand. Was Marcello angeht, hattest du hundertmal recht. Gestern abend habe ich einen langen Brief an Vittoria geschrieben, und als ich mit ihrem Bruder allein war, bat ich ihn, ihr den Brief zu überbringen. Er erbleichte, schleuderte den Umschlag auf den Tisch und sagte mit zusammengebissenen Zähnen: ‚Durchlaucht, Ihr beleidigt mich. Haltet Ihr mich für einen Mann, der seine Schwester verkuppelt?' Seine Augen blitzten, und er zog seinen Degen."

„Gegen dich! In deinem eigenen Haus! Was hast du da gemacht?“

„Ich habe ebenfalls blankgezogen.“

„Ach, Herr, da hast du dir etwas vergeben. Du, ein Fürst! Und er nicht einmal von Adel!“

„Ja“, gab Paolo zu. „Doch in diesem Moment war er so schön und Vittoria so ähnlich! Wie ich voraussah, dauerte das Duell nur ein oder zwei Minuten; ich verletzte ihn am Arm und rief meinen Bader zum Verbinden. Ich war verblüfft und bewunderte, mit welcher Kühnheit er meinen Degen parierte. Als der Bader gegangen war, nahm ich meinen Brief wieder auf und hielt ihn ihm mit den Worten hin:

‚Meine Absichten gegenüber Vittoria sind ehrenhaft, aber zunächst muß ich mich ihrer Gefühle versichern.‘

Marcello war bleich, er hatte mehr Blut verloren, als ich wollte, aber seine schwarzen Augen blickten immer noch so wild. Er sah mich lange an und sagte dann: ‚Wenn Eure Absichten wirklich ehrenhaft sind, stehe ich Euch zur Verfügung, vorausgesetzt, Vittoria erwidert Eure Gefühle.‘ Mit diesen Worten ergriff er den Brief und ging.“

Als Paolo seinen Bericht beendet hatte, schwieg ich so lange, daß er schon ungeduldig wurde.

„Na, und was denkst du, meine Wespe?“

„Was ich denke? Daß du Vittoria versprochen hast, sie zur Herzogin zu machen, und daß sie verheiratet ist.“

„Das weiß ich. Was noch?“

„Daß Francesco Peretti der Sohn eines großen Kardinals und Günstling des regierenden Papstes ist. Schließlich denke ich, daß du einen sehr gefährlichen Weg einschlägst, wenn du wirklich vorhast, was ich vermute.“

„Auch das weiß ich“, entgegnete er schroff.

Damit erhob er sich von seinem Lager, nackt wie er war, und fing an, wie ein Tiger im Käfig hin und her zu laufen.

Caterina Acquaviva:

Nach dem 19. März war ich aus mehreren Gründen zwei Wochen lang sehr unglücklich. Zunächst schenkte Vittoria mir nicht mehr wie sonst ihr Vertrauen, was mich sehr beunruhigte, mußte ich doch befürchten, sie habe von den Berichten erfahren, die ich dem Kardinal durch Vermittlung von Pfarrer Racasi zukommen ließ. Da aber meine Berichte seit ebendiesem 19. März inhaltlos geworden waren, beruhigte ich mich allmählich und zog den Schluß, Vittoria hege Gedanken, die man niemandem, nicht einmal einer anderen Frau anvertrauen kann, auch nicht dem Beichtvater. Ich selbst sage Pfarrer Racasi längst nicht alles.

Dann wurde der alte Wächter des Palazzo Rusticucci, der den Wein und die Frauen liebte und bei dem ein hübsches Mädchen alles erreichen konnte, wenn sie sich gewisse kleine Vertraulichkeiten gefallen ließ, durch einen finsteren Sbirren ersetzt, der aufs genaueste die Anweisung befolgte, niemanden hinauszulassen, weder Mann noch Frau, ausgenommen Marcello und *il mancino.*

Das bedrückte mich um so mehr, als ich nicht einmal meine Liebhaber besuchen konnte – Raimondo Orsini und Silla Savelli, die zu zweit ein Zimmer in der Nähe des Palazzo Rusticucci gemietet hatten, um mich dort zu empfangen, mal der eine, mal der andere, mal beide zusammen: was mir am liebsten ist. Ich schäme mich sehr, das zu gestehen, denn ich fürchte, man könnte deswegen schlecht von mir denken. Aber kann ich was gegen meine Natur? Wenn ich Pfarrer Racasi sage, es sei nicht meine Schuld, daß ich so beschaffen bin, antwortet er mir, der Fehler liege in mir und ich müsse zu Gott beten, daß er mich ändere. Dann bete ich und bete, und nach ein paar Minuten denke ich überhaupt nicht mehr an das, was meine Lippen sprechen, sondern an Raimondo und Silla.

Nach dem 19. März habe ich, wie alle hier, in völliger Zurückgezogenheit gelebt und in bitterer Keuschheit, so daß ich mich fragte, ob ich nicht wie Giulietta meine Formen verlieren und austrocknen würde.

Zwei trübselige lange Wochen verstrichen, da überbrachte mir *il mancino* eines Abends einen Brief von Raimondo. Darin schlug er mir vor, mich im Palazzo Rusticucci zu besuchen, und er verlangte einen Plan des Hauses, damit er den Weg fände. Ehrlich gesagt, ich wußte zunächst nicht, was ich antworten sollte. Das Unternehmen schien mir sehr riskant. Doch ich war so ausgehungert nach Raimondos Umarmungen, daß ich nicht mehr schlafen konnte und bereit war, ihm zu gehorchen, als mich Marcello beim Lauschen an Vittorias Tür ertappte, mir zwei Ohrfeigen gab, die einen Ochsen hätten zur Strecke bringen können, und mich nahm. Seit ich in Signora Vittorias Diensten stand, hatte ich so oft von ihm geträumt, daß ich nach wenigen Sekunden in seinen Armen den Gipfel des Glücks erreichte. Ich war im siebenten Himmel! Mir wuchsen Flügel!

Ich beichtete Marcello meine Berichte an den Kardinal und zeigte ihm Raimondos Brief.

„Du bist dumm wie der Mond, liebe Caterina", meinte Marcello. „Es wurde höchste Zeit, daß ich mich um dich kümmere. Glaubst du wirklich, daß Raimondo einen Plan des Palazzo für ein Stelldichein mit dir wollte?"

Er lachte.

„Wenn du einverstanden bist, lasse ich diesen Brief durch deinen Bruder mündlich beantworten."

Ich stimmte zu. Marcello braucht mich nur anzusehen, und ich sage zu allem ja.

Was er Raimondo ausrichten ließ, ist mir nicht bekannt, doch es muß wenig freundlich gewesen sein, denn mein Bruder brachte mir zwei Tage später ein wütendes „Liebesbriefchen" meines ehemaligen Galans:

„Caterina, Du bist wirklich die nichtswürdigste Dirne, die je auf der Erde herumgelaufen ist: zwei so wohlgeborenen Edelleuten wie Silla und mir den arroganten Stutzer vorzuziehen, der Dir diese Antwort diktiert hat! Aber warte nur: mit seinem Herzblut soll er mir für diese Beleidigung bezahlen. Und Du, wenn ich Dich nach Deiner Klausur auf der Straße treffe, kannst sicher sein, daß ich mit meinem Dolch Spitze aus Deinen Därmen häkle. Gezüchtigt soll werden, womit Du gesündigt hast, Du elende Hure.

Raimondo“

Dieses Billett versetzte mich in Angst und Schrecken, und sowie ich in Marcellos Zimmer schlüpfen konnte, gab ich es ihm zu lesen, noch bevor ich mich auszog. Er schüttelte ernst den Kopf.

„Caterina, hast du von den beiden Geld und Geschenke angenommen?“

„Nein, nie.“

„Dann haben sie kein Recht, dich ‚Hure‘ zu nennen. Hingegen trifft der Ausdruck auf die beiden Edelleute zu, die sich von dem Fürsten Orsini aushalten lassen. Und auch auf mich trifft er zu, denn ich lebe von Margherita Sorghinis Großzügigkeit. Es gibt also drei Männer, die ‚Huren‘ sind, und ein ehrliches Mädchen, das seinen Lebensunterhalt durch Arbeit verdient und sein hübsches Hinterteil aus Lust verschenkt, nicht für Geld.“

„Signor Marcello“, sagte ich und neigte den Kopf zur Seite, „findet Ihr mein Hinterteil wirklich hübsch?“

„Es ist perfekt“, antwortete Marcello ernst. „Ich bin sicher, man findet in ganz Rom nicht seinesgleichen. Aber jetzt hör mir zu, Caterina, und beruhige dich. Für mein Herzblut besteht durch ihre Dolche überhaupt keine Gefahr. Wie könnten sie wagen, den Sekretär ihres mächtigen Cousins zu töten? Und daß sie jetzt, wo ihr Glied nicht mehr zugelassen ist, mit ihrem Stilett in deinen Bauch eindringen, träumen sie aus lauter Wut. Wenn sie das wirklich tun wollten, hätten sie nicht diesen Brief verfaßt und unterschrieben, der gegen sie verwandt werden kann.“

Marcello meinte noch, das besagte Billett müsse von Silla und nicht von Raimondo stammen, da letzterer des

Lesens und Schreibens unkundig sei. Ich war nun beruhigt und wollte das Gespräch beenden. Also begann ich, mich auszuziehen. Vielleicht bin ich ein bißchen dumm – vor allem in den Augen eines so gebildeten Mannes wie Signor Marcello –, aber eine Eigenschaft kann mir niemand bestreiten: ich weiß immer ganz genau, was ich will.

Drei Tage später – ich bürstete gerade die goldene Haarpracht von Signora Vittoria, die vor ihrem Spiegel saß – erschien Marcello auf leisen Sohlen, das Wams nur lose um die Schultern gelegt. Als er das rutschende Wams auffangen wollte, wurde sein linker Arm in einem blutbefleckten Verband sichtbar. Vittoria, die das im Spiegel sah, schrie erschrocken auf; ich konnte meinen Schrei gerade noch unterdrücken.

„Es ist nichts“, sagte Marcello. „Ein kleiner Unfall. Ich habe mich mit dem Fürsten im Fechten geübt.“

„Laß uns allein, Caterina“, befahl Vittoria.

„Nein, nein“, entgegnete Marcello lebhaft, „sie soll bleiben. Ich habe jetzt volles Vertrauen zu ihr. Sie verdient es.“

Dabei wechselten wir einen Blick im Spiegel. Heiße Wellen überliefen mich vom Kopf bis zu den Füßen. Die Madonna weiß, daß ich für die Signora immer nur Verehrung und Dankbarkeit empfunden habe. Doch wie soll ich meine Gefühle für sie beschreiben, jetzt, da ihr Bruder mich zu seiner Geliebten gemacht hat.

Ich stand hinter Vittoria und bemühte mich, beim Kämmen nicht auf ihr Haar zu treten, das an ihrem Schemel herabfloß, sich auf dem Teppich brach und wie eine lange Schleppe, die ich nun aufwickeln mußte, auf dem Boden ausbreitete. Hinter mir stand Marcello, das Wams um die Schultern gehängt. Seine Nähe erhitzte mir Rücken und Lenden und jagte mir kleine Schauer bis in die Zehenspitzen.

Im Spiegel sah ich, wie Marcello mit der Rechten in der Tasche seines Wamses kramte. Er förderte einen gesiegelten Brief zutage, den er auf den Frisiertisch legte, neben eine Schmuckkassette, die Vittoria vor sich hingestellt hatte, um Stück für Stück ihre Ringe herauszunehmen und mit einem Schwämmchen zu säubern.

„Was ist das?“ fragte Vittoria mit tonloser Stimme.

„Ein Brief von einem großen Herrn, der in Euch verliebt ist und Euch demütig bittet, ihn zu lesen“, antwortete Marcello.

Vittoria erbleichte; der Ring, den sie gerade putzte, entglitt ihr. Es war ein in Gold gefaßter großer Cabochon mit einem diamantenen V darauf, ein sehr schönes Schmuckstück, das Vittoria, wie ich bemerkte, nie trug. Nach Giuliettas Meinung, weil Signora Tarquinia ihn ihr geschenkt hatte; ich aber meine, weil sie dieses Geschenk einen Tag vor dem Tode ihres Vaters erhalten hatte.

Der Ring mit dem Initial ihres Vornamens drehte sich zweimal, bevor er neben der flachen Schale mit dem Reinigungsschwämmchen liegen blieb. Vittoria umklammerte den Rand des Frisiertischs so fest, daß ihre Finger weiß wurden. Marcello hinter mir verharrte bewegungslos und schweigend. Im Spiegel sah ich sein Gesicht, darunter meines (denn ich bin einen Kopf kleiner als er), darunter das der sitzenden Vittoria. Als Marcello den gesiegelten Brief vor sie hinlegte, hatte ich mit dem Bürsten aufgehört. Ein oder zwei Sekunden später machte ich weiter, damit es nicht den Anschein hätte, als lauere ich darauf, was Vittoria tun würde: den Brief lesen oder nicht. Allerdings bürstete ich jetzt langsamer und so geräuschlos wie möglich, um ihren leicht keuchenden Atem hören zu können. Sie hatte ihre Augen auf den Brief gesenkt und sah ihn an wie ein Vogel die Schlange. Ihr Gesicht war bleich, aber beherrscht. Soweit ich hören konnte, atmete sie normal. Das einzige Zeichen ihrer Gemütsbewegung war wirklich nur die Kraft, mit der sie sich an den Frisiertisch klammerte.

Ich blickte kurz auf Marcellos Spiegelbild. Wie schön er war! Selbst in dieser Situation fiel es mir auf, und ich war hingerissen. Er sah zu Vittoria. Sein Gesicht war undurchdringlich. Doch ich kannte ihn zu gut und wußte, daß ihm genauso beklommen zumute war wie seiner Schwester: seine Unterlippe verzog sich ein wenig, was bei ihm ein Zeichen innerer Erregung war.

Mir kam die Zeit, die Vittoria für ihren Entschluß brauchte, sehr lang vor; als ich allerdings später daran zurückdachte, begriff ich, daß es nur wenige Sekunden gewesen sein können.

Ich will freiheraus sagen, was ich empfand, als die Signora endlich den Brief aufnahm, mit zitternden Händen das Wachssiegel erbrach, den Brief las und noch ein zweites Mal las. Ich empfand Kummer und Enttäuschung. Ich weiß sehr wohl, daß ich eine unverbesserliche Herumtreiberin bin und alle zehn Finger brauche, um meine verflossenen Liebhaber aufzuzählen. Aber ich bin nicht vor dem Altar getraut und daher wenigstens keine Ehebrecherin. Sie hingegen, meine ich, hat schon in diesem Augenblick Signor Peretti betrogen, da sie sehr wohl wußte, was in dem Brief stehen würde.

Beim Lesen machte Vittoria eine ärgerliche Kopfbewegung, weil das Bürsten sie störte; ich hörte auf und verharrte mit erhobener Bürste. Sogar meinen Atem hielt ich an. Ich warf einen Blick in den Spiegel: Marcello hatte sich entfernt, als würde ihn das alles nicht interessieren. Ich sah ihn undeutlich im Halbschatten des Zimmers, denn nur der Frisiertisch war beleuchtet. Dann blickte ich auf Vittoria, die sich bemühte, unbeteiligt zu erscheinen. Doch so unbewegt ihre Züge blieben, ihr Gesicht überzog sich mit leichter Röte.

Nachdem sie den Brief zum zweiten Mal gelesen hatte, hielt sie ihn an eine Kerze und brannte ihn an. Mit der anderen Hand nahm sie das Schwämmchen aus der Schale, legte den Brief hinein und sah zu, wie er zu Asche wurde. Im Spiegel sah ich, daß Marcello sich wieder zu uns gesellte, allerdings nicht mehr hinter mir stehenblieb, sondern sich zur Rechten von Vittoria mit der Hüfte an den Frisiertisch lehnte.

„Welche Antwort soll ich dem hohen Herrn überbringen?“ fragte er unbeteiligt.

„Es gibt keine Antwort“, sagte Vittoria hochmütig.

Die Signora versuchte wohl, beide Partien zu gewinnen. Sie hatte sich das Vergnügen gegönnt, einen Liebesbrief des Mannes zu lesen, den sie liebte. Und nun gönnte sie sich das Vergnügen, die tugendsame Ehefrau zu spielen. Ich bin da weniger kompliziert: wenn ich beschlossen habe, etwas Schlechtes zu tun, stehe ich auch dazu. Ich versuche nicht, mit der einen Hand nach der Sünde zu greifen und mich mit der anderen an der Tugend festzuhalten.

Marcello lachte spöttisch und sagte:

„Also gut, Vittoria, ich wünsche Euch eine gute Nacht und schöne Träume.“

Dabei beugte er sich vor, ohne sie zu berühren oder zu küssen, und stützte sich mit dem rechten Arm auf den Tisch, die Hand zwischen dem Schwämmchen und dem Ring mit dem V. Als er sich wieder aufrichtete, war der Ring verschwunden. Das war so geschickt gemacht, daß ich meinen Augen nicht trauen wollte.

Im Hinausgehen streifte er mich leicht mit der Hand, was bedeutete, er wolle mich nach meinem Dienst bei sich sehen. Ich bebte am ganzen Körper, und eine unbeschreibliche Welle der Wollust überflutete mich. Vielleicht klingt das dumm, was ich da sage, aber ich habe es wirklich so empfunden.

Ich verlor aber nicht den Kopf, und da ich fürchtete, von Vittoria des Diebstahls verdächtigt zu werden, sagte ich:

„Signora, der Signor Marcello hat Euern Ring mit dem diamantenen V genommen.“

„Ja“, entgegnete sie zerstreut, „ich weiß, ich habe es gesehen. Er kann ihn behalten. Das ist eine Manie bei ihm. Schon als kleiner Junge hat er mir meine Puppen stibitzt.“

Und sie fuhr fort:

„Laß mich, Caterina, ich bin müde und muß schlafen.“

Ich verbeugte mich und ging. Sie mußte überhaupt nicht schlafen. Sie mußte allein sein, um ihren Gedanken nachhängen zu können. Da war sie nun so eine große Dame, aber ich war glücklicher dran als sie: mein Liebhaber war nur wenige Schritte entfernt und gottlob kein Traumgebilde.

Mich bekümmerte ein Gedanke, den ich sofort beim Betreten von Marcellos Zimmer loswerden mußte.

„Signor Marcello, muß ich die Begebenheit Pfarrer Racasi erzählen?"

„Du erzählst, daß ich Vittoria einen Brief gebracht habe, daß sie ihn verbrannt und gesagt hat: ‚Es gibt keine Antwort.'"

„Sie hat ihn also nicht gelesen?"

„Nein."

„Verzeiht, Signor Marcello, aber so etwas nennt Pfarrer Racasi eine Unterlassungssünde."

„Hast du ihm den Namen deines Liebhabers genannt?"

„Nein."

„Das ist auch eine Unterlassungssünde. Das macht schon zwei."

Warum es mir leichter schien, zwei solcher Sünden auf dem Gewissen zu haben statt einer, weiß ich nicht.

Marcello Accoramboni:

Ich brauchte zwei Stunden, um mich aus der Umschlingung meines kleinen Kraken zu lösen. Obwohl Caterina nichts anderes als ein Krake ist, gefällt sie mir sehr. Sie würzt das Liebesspiel mit einer naiven Fröhlichkeit, die Margherita abgeht. Es stimmt nicht, daß Caterina „dumm wie der Mond" ist. Unsere italienische Redensart ist dumm: wir halten den Mond für dumm, weil er als Vollmond ein naives rundes Gesicht zeigt. Doch Caterina ist nicht dumm, die vielen Liebesszenen beweisen es, zu denen sie in der schönen Jahreszeit allein durch ihre Anwesenheit ermuntert.

In Wirklichkeit ist das Mädchen ziemlich schlau. Aber wie soll ich es sagen? ihre Schlauheit ist begrenzt. *Il man-*

cino hat es sehr richtig beobachtet: ihr Horizont reicht nicht weiter als bis zu den Spitzen ihrer Brüste. In der Zeit ihrer „bitteren Keuschheit" hat sie sich so sehr nach Raimondos Umarmungen gesehnt, daß ihr nicht einen Moment der Gedanke gekommen ist, der Plan des Palazzo, den er verlangte, solle zu Vittorias Entführung dienen.

Seitdem Caterina gegangen ist, haben sich meine Gedanken ernsteren Dingen zugewendet. Meine Kerze habe ich noch nicht gelöscht, ich liege auf dem Bett und drehe den bei Vittoria gestohlenen Ring am kleinen Finger. „Gestohlen" ist ein großes Wort. Ich bin überzeugt, daß sie ihn niemals getragen hat, nicht – wie Giulietta behauptet – weil er ein Geschenk ihrer Mutter ist, sondern viel einfacher: weil er, ein Beweis für Tarquinias angeborenen schlechten Geschmack, von unaussprechlicher Häßlichkeit ist. Der Ring fügt sich aber wegen seines mit Diamanten besetzten V gut in meine Pläne.

Ich muß jetzt nicht über eine mögliche Entscheidung nachdenken. Die ist bereits getroffen. Doch ich versuche, die Gründe zu verstehen, die mich zu dieser Entscheidung bewogen haben. Eine gewaltige Aufgabe! Ich habe es schon oft beobachtet: in einer durch Leidenschaften bestimmten Situation ist es schwierig, zu wissen, was man denkt; schwieriger noch ist es, zu wissen, was man fühlt, und am schwierigsten, zu wissen, was man will. Im vorliegenden Fall betrifft dieses Wissen nicht mich, sondern Vittoria, mein anderes Ich.

Dank unserer Wesensgleichheit habe ich auf Grund bestimmter Anzeichen immer gewußt, was in Vittorias Herzen vorgeht. Am 19. März hat Vittoria die uns verbindende Brücke abgebrochen, und nur durch Caterina, die zwar eine Dienerin, jedoch die Hauptzeugin ist, habe ich erfahren, was sie bewegte. Von dem Moment an mußte ich die Beobachtung durch Intuition ersetzen, denn es wurde außerordentlich wichtig für mich, zu wissen, was Vittoria fühlte und was sie wollte, obwohl sie selbst alles daransetzte, um nichts zu sehen und nichts zu wissen.

In dieser Hinsicht hat mir der Auftritt in ihrem Zimmer volle Klarheit verschafft. Als ich „den Brief von einem großen Herrn, der in Euch verliebt ist“ vor Vittoria hinlegte – an sich schon eine Beleidigung, zumal wenn sich ein Bruder dafür hergibt –, hätte sie, ohne das geringste Zögern und ohne den gesiegelten Brief auch nur zu berühren, mich mit letzter Verachtung auffordern müssen, das infame Schreiben wieder an mich zu nehmen und an den Absender zurückzubefördern. Nichts dergleichen geschah. Sie zögerte. Dieses Zögern war ihre Art, das eigene Gewissen zu schonen. Aber das Ergebnis beseitigte jeden Zweifel.

Sie hat den Brief geöffnet. Weder Neugier noch Freude an Komplimenten hatten etwas mit diesem Entschluß zu tun. Vittoria, die von aller Welt verehrt wird, steht über solchen kleinlichen Eitelkeiten. Sie hat den Brief geöffnet, weil sie den Fürsten liebt, weil sie sich danach sehnt, ihm anzugehören, und weil sie seinem Ruf nicht widerstehen konnte. In dem Moment, da ihre schönen Hände – und wie sehr zitterten sie dabei! – das Wachssiegel erbrachen und sie zu lesen begann, noch dazu vor zwei Zeugen, hat sie Peretti verraten.

Nach der Lektüre verbrennt sie, was sie mit Verehrung gelesen hat, und sagt hochmütig: „Es gibt keine Antwort!“ Was für eine Komödie! Nicht einmal Caterina, deren Blicke sich in jenem Augenblick mit meinen im Spiegel trafen, hat ihr das abgenommen. Nein, Vittoria! es gibt eine Antwort, eine ganz eindeutige Antwort auf diesen Brief: die Tatsache, daß du ihn gelesen hast.

Vielleicht ist diese Antwort für den Fürsten nicht so eindeutig wie für mich. Deswegen werde ich ihm morgen auf die Sprünge helfen. Ich will gleich sagen wie.

Ich übersehe indes nicht, daß wir bis zu dem vermutlichen Ziel durch sehr viel Blut und Dreck werden gehen müssen. Wäre Peretti nicht unglücklicherweise der Sohn eines Kardinals und wäre Fürst Orsini ein Freund Gregors XIII., dann wäre es für den Pontifex maximus ein leichtes, durch ein *precetto** die Ehe von Vittoria mit Peretti unwiderruflich zu annullieren. Wie viele Male hat nicht der regierende Papst – aus anderen als Glaubensgründen – zu diesem tadelnswerten Verfahren gegriffen und fand sich der unglückliche Gegner, den er durch solche Willkür in die Knie zwingen wollte, von einem Tag zum anderen geschieden von seiner legitimen Ehefrau, die an seiner Seite nun im Stande der Todsünde lebte und folglich aus der Gemeinschaft der Gläubigen ausgeschlossen war? Aber wie gesagt, dieser Ausweg ist unmöglich. Alles, was geschehen soll, wird sich gegen den Papst und gegen Montalto richten müssen. Das heißt: gegen die weltliche und geistliche Macht Roms.

Ein erschreckendes Unterfangen, das aber für mich, während ich im Kerzenlicht Vittorias Ring am kleinen Finger drehte, etwas Berauschendes hatte. Ich, der Taugenichts, der Schnapphahn, der Mörder Recanatis, der Zuhälter der Sorghini, ich fühlte, daß diese winzig kleine Schützenhilfe, die ich bei dem Ereignis geben wollte – einzig und allein mit dem Ziel, Vittoria glücklich werden zu lassen –, den Staat ins Wanken bringen würde.

Am nächsten Tag fand ich mich zur gewohnten Stunde in Montegiordano ein. Der Majordomus führte mich sogleich in die Privatgemächer des Fürsten und erzählte mir im Vertrauen, sein Herr sei sehr zeitig mit kleinem Gefolge in die Römische Campagna ausgeritten. Ich begriff, daß sich Orsini durch diesen Spazierritt über seine Ungeduld, welche Nachrichten ich ihm diesen Morgen bringen würde, hinweghelfen wollte. So kam es, daß er, statt auf mich zu warten, lieber mich warten ließ: eine der kleinen politischen Listen, durch welche die Großen dieser Welt uns weismachen wollen, sie seien wirklich so groß, wie sie behaupten.

Ich trat an ein sonnenbeschienenes Fenster, das auf den großen Hof von Montegiordano ging, wo in erstaun-

* (ital.) ein vom Papst ausgesprochener Dispens, mit dem eine bisher rechtmäßige Ehe aufgelöst wird.

licher Unordnung jener große Haufe kampierte – Verbannte, Vertriebene, Flüchtlinge aus den päpstlichen Kerkern, von der Corte verfolgte Briganten –, dem Orsini Asyl gewährte und Obdach und Verpflegung gab, um seine Macht gegenüber dem Papst zu untermauern.

Plötzlich wurde das große Tor geöffnet, und der Fürst galoppierte an der Spitze seines Gefolges in den gewölbten Gang, der in den Hof mündete; ohne sein Pferd zu zügeln, sprengte Orsini über den Hof, wobei die Menge in unbeschreiblichem Gedränge nach beiden Seiten vor ihm zurückwich und ihm zujauchzte wie einem in sein Reich heimkehrenden König. Der Fürst saß am Fuße des Turmes ab, von dessen Höhe aus ich ihn beobachtete, und ich hörte, wie er mit seinem schweren, energischen Schritt die Steintreppe zu seinen Gemächern emporhinkte. Ein Page riß eilfertig die Tür vor ihm auf, und er kam auf mich zu in seinem ausgreifenden Gang und mit dieser typischen Schulterbewegung, die immer so wirkte, als wolle er damit sein aggressives Voranstürmen noch beschleunigen. Sein Römerkopf, dessen rotblonde Lokken ihm das Aussehen einer lebenden Statue verliehen, war von der Sonne beschienen, die durch das Fenster einfiel, vor dem ich unbeweglich stand. Er heftete seine blauen Augen auf mich und fragte, noch ganz atemlos von seinem Ritt:

„Und?“

Wortlos zog ich Vittorias Ring aus dem Wams und hielt ihn ihm hin. Er nahm ihn erstaunt, dreht ihn hin und her, bis er endlich das diamantene V entdeckte; da erbleichte er so sehr, daß ich fürchtete, er würde in Ohnmacht fallen, und blieb stumm mit halboffenem Mund, nur seine Augen funkelten von dem Glücksgefühl, das ihn durchströmte. Als ich merkte, daß er seine Frage nicht artikulieren konnte, weil ihm die Stimme nicht gehorchte, wiederholte ich, was Vittoria gesagt hatte, wobei ich nur ein Wort ergänzte:

„Durchlaucht, es gibt keine *andere* Antwort.“

KAPITEL V

Pfarrer Racasi:

Jeden Freitag begebe ich mich mit meinem Zweiten Vikar in den Palazzo Rusticucci, um den Damen Camilla Peretti, Tarquinia Accoramboni und Vittoria Peretti sowie der Kammerzofe Caterina Acquaviva die Beichte abzunehmen. Alle übrigen Bewohner des Palazzo beichten bei meinem Zweiten Vikar. Seitdem Francesco Peretti – vermutlich auf Anraten des Kardinals – eine so strenge Klausur über sein Haus verhängt hat, nehme ich meinen Ersten Vikar mit, um auch Francesco und Flamineo die Beichte zu ermöglichen. Marcello ist freitags nie da, beichtet aber laut Tarquinia bei einem Bettelmönch, der bei der Witwe Sorghini aus und ein geht.

Am nächsten Tag habe ich stets die Ehre, bei Kardinal Montalto, dem ich sehr verpflichtet bin, beichten zu dürfen; und bei dieser Gelegenheit unterbreite ich ihm die heiklen Probleme, vor die mich die Sorge um die mir anvertrauten Seelen mitunter stellt. Seine Eminenz hört mich immer sehr aufmerksam an, und ich bewundere, mit welchem Scharfblick und welcher Subtilität es ihm gelingt, mir aus meinen Schwierigkeiten herauszuhelfen.

Der Kardinal steht in dem Ruf, finster, ja hart zu sein, doch zu mir ist er allezeit außerordentlich milde gewesen. Es gibt zwar einen Beichtstuhl in der Hauskapelle neben seinem Arbeitszimmer, doch dessen Benutzung ist ihm wegen seiner Krücken zu beschwerlich. Er bleibt daher wie gewohnt in seinem Sessel sitzen, während ich zu seinen Füßen knie. Aber er ist so aufmerksam – wofür ich ihm Dank weiß –, dem *bello muto* zu befehlen, ein Kissen unter meine Knie zu schieben, bevor er sich zurückzieht.

Der Kardinal zeigt viel Nachsicht mit den Sünden, deren ich mich anklage. Freilich, ihre Liste wird in dem

Maße kürzer, wie in mir die Kräfte abnehmen, die mich in Versuchung führen. Die Sünde der Fleischeslust ist mir sehr ferngerückt, sowohl die aktiven Handlungen wie auch der bloße Gedanke daran. Die Sünde der Völlerei, die sie abgelöst hat, wird um so gegenstandsloser, je mehr sich meine Magenbeschwerden verschlimmern. Manchmal denke ich melancholisch: die Heiligkeit, die ich für mich in jungen Jahren erträumt habe, werde ich wohl erst als Greis erreichen, wenn Alter und Krankheit mich auf einen vegetativen Zustand reduziert haben. Wo aber wäre dann das Verdienst?

„Alles läßliche Sünden, Racasi!" rief der Kardinal ungeduldig und schüttelte sein wildes Haupt. „Und nun zu Euern kleinen Problemen ..."

„Ach, Euer Eminenz", antwortete ich, „seit gestern habe ich wirklich eins, und nicht einmal ein kleines. Eines meiner Beichtkinder hat auf Umwegen einen Brief von einem Verehrer bekommen und ihn gelesen."

„Sie hat ihn gelesen!" wiederholte der Kardinal, und die schwarzen Augen unter seinen dichten Brauen schossen Blitze.

„In Wirklichkeit ist die Sache noch komplizierter. Sie behauptet, sie habe ihn gelesen. Aber ihre Kammerzofe, der ich auch die Beichte abnehme, beteuert, sie habe ihn nicht gelesen."

„Das ist überhaupt nicht kompliziert", sagte der Kardinal schroff, „sie kann ihn in Abwesenheit der Zofe gelesen haben."

„Ja, doch die Zofe versichert, es habe sich alles vor ihren Augen abgespielt und ihre Herrin habe den Brief ungeöffnet verbrannt."

„Dann lügt die Zofe", erwiderte der Kardinal mit gerunzelter Stirn, „hoffentlich habt Ihr es ihr auf den Kopf zugesagt!"

„Euer Eminenz", entgegnete ich und schlug die Augen nieder, „das ist kaum möglich, ohne der einen das Beichtgeheimnis der anderen zu verraten."

„In der Tat!" rief der Kardinal zornig.

Er beherrschte sich gleich wieder, und ich fuhr fort:

„Was nun die Antwort an den Briefüberbringer betrifft, stimmen die Aussagen von Zofe und Herrin überein. Nach der Lektüre hat die Empfängerin den Brief in einem Schälchen verbrannt und dem Boten sehr von oben herab gesagt: *Es gibt keine Antwort!*"

„Aber sie hat ihn gelesen!" sagte der Kardinal unwillig. „Habt Ihr daran gedacht zu fragen, ob sie ihn ein zweites Mal gelesen hat?"

„Ja, Euer Eminenz, ich habe daran gedacht", antwortete ich, im stillen sehr zufrieden mit meinem Eifer, „leider hat sie ihn wirklich ein zweites Mal gelesen."

„Gott im Himmel!" rief der Kardinal.

Kurz darauf sprach er weiter:

„Welche Gefühle bewegten sie beim Lesen? Habt Ihr sie danach gefragt?"

„Ja, Eminenz. Mein Beichtkind zeigte große Verwirrung."

„Erzählt das genauer!"

„Sie sagt, sie habe Scham und Gewissensbisse empfunden und sei gleichzeitig sehr verwirrt gewesen. Ich würde sogar sagen: in Versuchung gewesen."

„Hat sie gesagt ‚in Versuchung'?"

„Nein, Eminenz, dieses Wort ist nicht gefallen. Ich habe das aus ihrer Verwirrung geschlossen."

„Zieht bitte keine Schlüsse", schrie der Kardinal, „haltet Euch an die Fakten! Ist sie Euch wirklich reuig erschienen?"

„Eminenz kennen die Frauen", entgegnete ich. „Selbst wenn sie ihre Fehler beweinen, finden sie noch Vergnügen daran."

„Ich weiß! Ich weiß! Erspart mir diese Gemeinplätze! Berichtet die Fakten!"

„Nun gut", sagte ich zögernd, „mein Beichtkind glaubt zu bereuen, glaubt es aufrichtig."

„Aufrichtig! Und Ihr, Racasi", wetterte der Kardinal, „seid Ihr aufrichtig, oder versucht Ihr nur, mich zu beruhigen?"

Ich war bestürzt über seine Frage, mußte ich doch befürchten, der Kardinal könnte in seiner heftigen Erregung mein Beichtkind beim Namen nennen, der ihm nicht bekannt sein durfte. Zum Glück hatte er offenbar gespürt, in welch unangenehme Situation er mich dann brachte. Denn er tat so, als erinnerte er sich nicht mehr an seine Frage, und fuhr in ruhigerem Tone fort:

„Das Gewissen ist übrigens niemals aufrichtig. Wer von uns wollte das bestreiten?"

Dieses „uns" schmeichelte mir, appellierte es doch an seine wie an meine Erfahrung. Da ich aber während der Beichte meiner Eitelkeit nicht nachgeben konnte, beschränkte ich mich auf ein zustimmendes Kopfnicken.

„Ein letzter Punkt, Racasi, und bitte antwortet mir ohne Umschweife. Ich appelliere dabei – über die Fakten hinaus – an Eure Intuition: würde Euer Beichtkind, wenn der Verehrer bis zu ihm vordränge, seiner Versuchung widerstehen können?"

Ich schlug die Augen nieder, schüttelte den Kopf und antwortete traurig:

„Ich bezweifle es, Eminenz."

„Helft mir beim Aufstehen, Racasi!" verlangte der Kardinal grob.

Ich erhob mich, um seiner Bitte Folge zu leisten, doch sobald er seine Krücken unter die Arme geklemmt hatte, gebot er mir mit ungeduldiger Gebärde, ich solle beiseite treten; mir den Rücken kehrend, stellte er sich vor einem an der Wand hängenden Gemälde der Madonna mit dem Jesuskind auf und blieb einen langen Moment in Betrachtung der Madonna versunken, ohne sie, wie ich meine, überhaupt zu sehen. Denn er schüttelte mehrmals den Kopf und murmelte mit versagender Stimme: „Ach, mein armer Sohn! Sie werden ihn mir töten!"

Ich wußte wirklich nicht, wohin ich mich verkriechen und was ich tun sollte, so unwohl wurde mir ob meiner Zeugenschaft. Andererseits konnte ich nicht einfach weggehen, da der Kardinal mich nicht entlassen noch mir die Absolution erteilt hatte.

Vielleicht erriet er meine Verlegenheit, denn er drehte sich auf seinen Krücken schwerfällig zu mir um, sah mich mit seinen furchteinflößenden schwarzen Augen durchbohrend an und sagte grob:

„Verschließt das alles fest in Euerm Herzen, Racasi, und laßt mich jetzt bitte allein."

„Aber Eminenz", stotterte ich, „Ihr habt mir keine Absolution erteilt."

Würde ich nicht Dankbarkeit und Verehrung für den Kardinal empfinden, müßte ich gestehen, daß noch nie einem Büßer so flüchtig, so zerstreut und so undeutlich gestammelt die Vergebung der Sünden gewährt worden ist. Doch aus Gründen, die nur ihn allein angingen und mit denen ich natürlich nichts zu schaffen hatte, war Seine Eminenz zu tief aufgewühlt, als daß ich ihm das hätte zum Vorwurf machen können. Obwohl ich die Lehrmeinung der Kirche verfechte, daß der Priester bei Erteilung der Absolution tatsächlich *in loco Dei** spricht und sich dabei seines außerordentlichen Privilegs voll bewußt zu sein hat, ist es nur allzu wahr, daß Sorge, Müdigkeit, Angst oder menschliche Schwäche den Stellvertreter Christi gelegentlich verleiten können, mechanisch und routinemäßig Worte herzusagen, von denen jedes einzelne mit größtem Ernst bedacht und gewogen sein will. Für einen Priester wäre es ein großer Fehler, solche Dinge leichtzunehmen, zumal er genau weiß, daß die Beichte, in der er die Gläubigen auf Herz und Nieren prüfen darf, seiner Kirche eine ungeheure Macht im Reich der Menschen verschafft. Ich sage das in aller Demut, ohne jemand belehren zu wollen, schon gar nicht diejenigen, die durch die Gnade Gottes im Staat und in der Hierarchie der Kirche hoch über mir stehen.

* (lat.) an Gottes Stelle.

Lodovico Orsini, Graf von Oppedo:

An jenem Donnerstag mußte ich mich sehr beeilen, um pünktlich neun Uhr abends in Montegiordano einzutreffen, wußte ich doch nur zu gut, daß Unpünktlichkeit für Paolo ein Greuel ist.

„Da bist du ja endlich", rief er und umarmte mich in gewohnter Weise, das heißt, er erdrückte mich fast in seinen herkulischen Armen.

„Ich komme doch nicht zu spät!" sagte ich und befreite mich aus der Umklammerung.

„Du hast recht", wunderte sich Paolo nach einem Blick auf die große Uhr im Zimmer. „Entschuldige meine Ungeduld, *carissimo.* Und hör bitte auf, Marcello so herausfordernd anzustarren. Du weißt, wie argwöhnisch er ist. Wegen eines unbedachten Wortes hat er sogar gegen mich den Degen gezogen. Gegen mich, Lodovico! Doch genug davon. Marcello ist mein Sekretär und mein Freund. Und ich will – hörst du, Lodovico, ich will! –, daß ihr ebenfalls Freunde werdet. Gib ihm die Hand!"

„Ich?" rief ich. „Diesem Reptil die Hand geben?"

„Graf", wandte sich Marcello an mich, „Eure Kenntnisse in Zoologie sind mangelhaft: ein Reptil hat keine Hand. Aber es kann beißen", fuhr er fort und griff nach seinem Degen.

„Es wird mitnichten beißen!" schrie Paolo. „Deine Hand, Lodovico, gib ihm sofort die Hand, oder ich werde ernstlich mit dir böse!"

Ich gehorchte und ergriff Marcellos Rechte, die er mir widerwillig hinstreckte. Sie war kalt und trocken und erwiderte meinen Druck nicht. Dieser Geck war zweifellos tapfer und achtete sein Leben gering.

„Setz dich, Lodovico, und hör zu", nahm Paolo das Gespräch wieder auf. „Noch nie stand ich so kurz davor, dem Staat offen den Krieg zu erklären. Zunächst: ich werde bei Montalto nicht mehr vorgelassen. Ja, Lodovico, du hast richtig gehört! Und das einem Orsini! Weiter: er hat seine Nichte im Palazzo Rusticucci eingeschlossen, angeblich weil er glaubt, ich wolle sie entführen!"

„Was du natürlich nie tun würdest", sagte ich spöttisch.

„Nein, niemals!" ereiferte sich Paolo. „Ich habe es Marcello gesagt, und ich wiederhole es hier vor dir: meine Absichten sind ehrenhaft."

Dazu hätte ich sehr viel zu sagen gehabt. Doch ich schwieg lieber: ich hätte sonst vor Wut mit den Zähnen geknirscht. Meine Meinung stand fest: diese Vittoria war nichts als eine skrupellose Abenteurerin und Marcello ein Zuhälter. Ein Zuhälter in zweifacher Hinsicht: weil er sich von der Sorghini aushalten ließ und weil er seine eigene Schwester diesem wahnsinnigen Paolo preisgab, um für sie eine Herzoginnenkrone aus dem Schmutz zu klauben. Paolo war zum Spielball in den Händen dieser unheilbringenden Zwillinge geworden, dieser Habenichtse aus einer Majolikamanufaktur in Gubbio. Welch absurder Gedanke: ein Fürst Orsini träumt davon, eine Metze wie diese Vittoria zu seiner zweiten Herzogin zu machen, und vergißt dabei, daß diese hergelaufene Person seinem Sohn Virginio – ein Orsini vom Vater her und über die Mutter mit den Medici verwandt! – eines Tages das väterliche Erbe streitig machen könnte.

„Hörst du mir überhaupt zu, Lodovico?" fragte Paolo ungeduldig. „Oder soll ich tausendmal dasselbe erzählen? Nicht genug damit, daß der Kardinal sein Nichte hier in Rom einsperrt – er läßt sie morgen in aller Herrgottsfrühe unter starker Eskorte nach Santa Maria bringen und setzt sie mit ihrer Familie in einem Palazzo gefangen. Und die Eskorte – hör gut zu, Lodovico! – besteht überwiegend aus Soldaten des päpstlichen Heeres. Der Papst selbst stellt sich meinen Plänen in den Weg. Diese Beleidigung tut er mir an! Mir, einem Orsini! Aber er täuscht sich, wenn er glaubt, daß ich dem untätig zusehe!"

„Was gedenkst du zu tun?"

„Die Eskorte angreifen."

„Das genau erwartet er von dir, Paolo", sagte ich kalt.

„Und wo willst du angreifen, unterwegs oder in Santa Maria?“

„Ich weiß noch nicht.“

„Dann will ich es dir sagen: beides ist unmöglich. Ich kenne die Gegend wie meine Westentasche. Vor zwei Jahren war ich dort zur Jagd.“

„Eben deswegen habe ich dich rufen lassen“, lächelte Paolo.

„Paß auf, Santa Maria ist eine Festung. Der Palast steht auf einer Klippe, die steil zum Meer abfällt, das an der Stelle sehr wild ist. Hohe Mauern umschließen ihn, und die einzige Zufahrtsstraße endet an einer Felsschlucht mit einer Zugbrücke. Das ganze unfruchtbare, karge Land ringsum gehört Montalto.“

„Nun, dann greife ich an, bevor der Konvoi dort eintrifft“, sagte Paolo.

„Das wäre noch aussichtsloser. Die enge schmale Straße verläuft zwischen dem Meer und unbewohnten Felsenhügeln, zu denen kein Weg und kein Pfad abgeht.“

„Um so besser“, entgegnete Paolo, „das ist ja ausgezeichnet! Keine Rückzugsmöglichkeiten für die Eskorte, wenn wir angreifen, weder nach dieser Seite noch zum Meer hin.“

„Doch auch keine für dich, Paolo ...“

Er horchte auf.

„Was willst du damit sagen? Daß ich geschlagen werden könnte? Ich habe genug Männer in Montegiordano, um die Eskorte mit fünffacher Übermacht anzugreifen.“

„Die vielen Männer nützen dir gar nichts. Du kannst sie nicht aufmarschieren lassen. Stell dir die Gegend vor: eine enge Straße zwischen unzugänglichen Hügeln und dem Meer. Außerdem wirst du höchstwahrscheinlich selber angegriffen, und zwar von hinten.“

„Und von wem?“

„Von den päpstlichen Truppen natürlich. Du glaubst doch nicht, daß der Papst nichts erfährt, wenn du im Morgengrauen an der Spitze einer großen Schar von Montegiordano aufbrichst. Er wird einen Teil seiner Soldaten hinter dir herschicken, um dich von hinten anzugreifen; der andere Teil bleibt in Rom, um erst deinen und anschließend meine Palazzo einzunehmen."

Wir schwiegen. Nachdenklich durchmaß Paolo mit langen Schritten den Saal. Ich hatte ihn überzeugt, ich wußte es. Ohne noch etwas hinzuzufügen, ließ ich meine Argumente in ihm nachwirken. Dieses Weib hatte ihm den Verstand geraubt, doch er sah immerhin ein, daß er unter so ungünstigen Bedingungen nicht den offenen Krieg gegen den Papst wagen und dabei seine Truppen opfern durfte. Er hatte sich noch einen Rest Vernunft bewahrt.

Plötzlich rief er:

„Das Meer, Lodovico! Warum habe ich als Seemann nicht eher daran gedacht?"

„Das Meer? Es brandet wild an die ungeschützte Küste, an der auch nicht die kleinste Bucht zu finden ist. Wie sollte dort eine Truppe landen?"

„Keine Truppe, nein. Aber ein Boot, das eine meiner Galeeren auf der offenen See aussetzen wird."

„Du kannst sicher sein, daß das Meer überwacht wird!"

„Bei Tage, aber nicht in der Nacht."

„Nachts willst du landen? An dieser Küste mit ihren unzähligen Riffen? Wenn dein Boot heil durchkommt, zerschellt es an der Felswand."

„Nein, nein, nein!" schrie Paolo. „Keine Küste ist so unbezwinglich, daß man nicht doch eine Bucht entdekken und ein Boot an Land bringen könnte."

„Angenommen, du schaffst es. Wie, glaubst du, kannst du die Signora überzeugen, mit dir auf dem gleichen Weg zurückzukehren?"

„Das will ich gar nicht versuchen! Wie könnte ich sie so großen Gefahren aussetzen? Aber ich werde sie wenigstens sehen! Und kann mich ihrer Gefühle versichern", murmelte er halblaut wie im Selbstgespräch.

Ich war perplex. Da er so in diese Dirne vernarrt war, hatte ich angenommen, sein Handel mit ihr sei seit der ersten Begegnung bei Montalto, von der Raimondo durch Caterina erfahren hatte, bereits viel weiter fortgeschritten. Die Dinge standen also viel schlechter als vermutet: er liebte sie wirklich. Das Weib hatte den Teufel im Leib und Paolo behext!

„Durchlaucht", sagte Marcello plötzlich, „mein Platz ist auch in diesem Boot. Ich bitte um die Ehre, Euch begleiten zu dürfen."

„Ja, Marcello, du bist kühn, das wußte ich schon", antwortete Paolo, legte ihm den Arm um die Schultern und zog ihn an sich.

Ich wandte den Kopf ab und tat, als schaute ich aus dem Fenster in den Hof, so sehr empörte mich die Vertraulichkeit zwischen Paolo und diesem Nichtsnutz. *Affé di Dio*! er behandelte ihn bereits wie seinen Schwager. Die Welt war aus den Fugen geraten! Nur weil ein Weiberrock und ein paar Haarsträhnen unserem großen Fürsten den Verstand geraubt hatten! Dabei hat er schon mehr Frauen besessen, als Sterne am Augusthimmel stehen! Was unterscheidet die Neue von den anderen? Ihre Schönheit? Aber ein liederliches Frauenzimmer kann auch schön sein, und ich würde sie nicht einmal meinem Reitknecht zur Ehe geben.

Langsam gewann ich meine Kaltblütigkeit zurück, sogar ein Lächeln gelang mir, als ich mich an Paolo wandte:

„Also gut, *carissimo*, ich sehe, du wirst von deinem wahnwitzigen Unternehmen nicht ablassen. Der Himmel möge dich beschützen! Ich werde für dich beten. Es möge dir gelingen, nicht zu ertrinken! Welch Tod für einen großen Admiral!"

Er lachte und umarmte mich, als ich ging. Trotz meiner heiteren Miene kochte ich vor Wut. Ich stieg die Teppe hinab, die Hand ums Geländer gekrallt, die Zähne zusammengebissen. Nein, Paolo, dachte ich, du verdienst nicht zu leben: du bringst Schande über die Orsinis.

Ich konnte mich über Paolos unglaubliche Leichtfertigkeit gar nicht beruhigen. Er hatte mich nur kommen lassen, weil er wußte, daß ich die Gegend um Santa Maria kannte, und es kam ihm keine Sekunde in den Sinn, ich könnte sein Pläne in bezug auf diese Dirne mißbilligen. Schlimmer noch: er war, bevor ich es ihm ausredete, zum offenen Krieg gegen den Papst bereit gewesen, der nur mit seinem Untergang und mit dem meinen und natürlich auch mit dem meines Bruders enden konnte. Eine derart verbrecherische Verblendung ist weder zu entschuldigen noch zu verstehen.

In der folgenden Nacht hatte ich einen Traum, von dem ich nicht behaupten kann, es sei ein Alptraum gewesen, so glücklich, besänftigt und frei von meinen Ängsten fühlte ich mich, als ich ihn beim Erwachen überdachte. Paolo und die Zwillinge Accoramboni, von päpstlichen Soldaten im Park von Santa Maria verfolgt, entflohen nachts in einem kleinen Boot zu Paolos Galeere auf hoher See. Doch das Boot stieß gegen ein Riff und lief voll Wasser. Marcello versank als erster. Vittoria wurde eine Weile durch ihren weiten Rock auf den Wogen getragen und ging dann langsam unter. Nur Paolo überlebte, war aber von den Wellen auf einen Felsen geschleudert worden, dessen scharfer Grat ihm das Glied abriß. Ich befand mich an Bord der Galeere, als man ihn aus dem Wasser zog. Der Schiffsarzt verband ihn und gab, als er fertig war, auf meinen fragenden Blick leise zur Antwort: „Er ist nur ohnmächtig. Er wird überleben, aber er ist kein Mann mehr." Ich schaute zu Raimondo, der neben mir stand, und sagte: „Gott sei Dank." Als ich erwachte, rief ich mir meinen Traum ins Gedächtnis zurück, stand auf und brachte ihn zu Papier. Vielleicht ist das eine Prophezeiung, dachte ich und wollte der Zukunft gewissermaßen vorgreifen.

Giulietta Accoramboni:

Ich kenne jetzt den Grund für die strenge Klausur im Palazzo Rusticucci und die daraus erwachsende unerträgliche Spannung, den Grund für Vittorias Schweigsamkeit und den plötzlichen Aufbruch nach Santa Maria; allerdings kränkt es mich sehr, daß nicht Vittoria mich aufgeklärt hat, die unsere alte, tiefe Verbundenheit fast völlig vergessen zu haben scheint, sondern Francesco Peretti. Er hat auf Befehl des Kardinals seine Mutter und seine Schwiegermutter in Rom zurücklassen müssen (wo vermutlich die eine die andere zu Tode hacken wird), und da Vittoria nicht mehr mit ihm spricht, ist er in Santa Maria so isoliert und verzweifelt, daß er mich notgedrungen zu seiner Vertrauten gemacht hat.

Ich kenne also die Geschichte des Briefes, den Vittoria empfangen, gelesen und verbrannt hat. Eine Geschichte, deren ganze Tragweite und Bedrohlichkeit einem erst klar wird, wenn man die Persönlichkeit des Fürsten Orsini, seine Macht im Staat, seine zügellose Leidenschaft für Frauen und seinen rebellischen, abenteuerhungrigen Charakter kennt.

Francesco hat mir die Vorgänge nur in Andeutungen erzählt, denn der Kardinal hatte ihm das Versprechen abgenommen, Vittoria gegenüber niemals zu erwähnen, daß er von der Existenz des Briefes weiß, weil Seine Eminenz offenbar nicht die Informationsquelle verraten will: Pfarrer Racasi oder Caterina Acquaviva oder vielleicht beide. Francesco hat auch mir, als er mir von dem bewußten Brief sprach, Stillschweigen abverlangt.

Unser Gespräch fand auf einem ersten Rundgang durch Santa Maria statt; wir hatten einen kleinen Wachtturm hoch auf der Klippe bestiegen und sahen von oben zu, wie das Meer sich an den Felsenriffen brach und den flockigen weißen Schaum in einer winzigen Bucht zu Bergen auftürmte. Nach Auskunft des Majordomus von Santa Maria pflegte der Bischof, der vor Montalto Herr über die Gegend gewesen war, in dieser Bucht, vor neugierigen Blicken geschützt, zu baden. Und tatsächlich: als ich mich vorbeugte, entdeckte ich unter der Gischt die Stufen in der Felswand, die dem Prälaten den Zugang zu dem kleinen Strand ermöglicht hatten. Vermutlich gab es da unten einen schmalen Sandstreifen, der im Moment vor lauter Schaum nicht zu sehen war. Der Wachtturm ist in früheren Zeiten, als diese wenig einladende Küste

Überfälle durch maurische Piraten zu gewärtigen hatte, wahrscheinlich besetzt gewesen. Ich wurde in dieser Annahme bestärkt durch ein Schilderhäuschen aus Stein in einer Ecke der Terrasse, auf der wir uns befanden; ein heftiger Nordost pfiff uns ins Gesicht, obwohl wir schon Mai hatten.

„Mein armer Francesco", schrie ich ihm ins Ohr, denn das Getöse der Brandung und der heulende Wind machten uns fast taub, „ich will dir gern Schweigen geloben! Für mich ändert das nichts. Aber von dir war es ein großer Fehler, dem Kardinal das Versprechen zu geben; und noch verkehrter wäre es, dein Versprechen zu halten."

„Komm", sagte er und nahm mich an der Hand, „wir wollen uns unterstellen, ich kann dich kaum verstehen."

Er führte mich in das Wächterhäuschen, wo wir relativ geschützt standen, weil die drei Öffnungen zur See durch Dachluken verschlossen waren. Ich sage relativ, denn am Eingang zu diesem Zinnentürmchen fehlte die Tür, so daß immer wieder heftige Windböen einbrachen.

Ich wiederholte Francesco, der mir mit einem ängstlich fragenden Gesichtsausdruck zuhörte, meine Worte. Er tat mir sehr leid, denn wie gesagt, seit der strengen Abschirmung des Palazzo Rusticucci hatte Vittoria nicht mehr mit ihm gesprochen.

„Aber warum das?" fragte er schließlich. „Warum hätte ich es ihm nicht versprechen sollen?"

„Weil du nun Vittoria gegenüber das Unrecht, welches sie dir antut, nicht benennen kannst."

Er wandte sich mir zu. Güte, Aufrichtigkeit und fast alle anderen Tugenden sprachen aus diesem ehrlichen Gesicht. Ihm fehlte es nur an Kraft.

„Aber handelt sie denn unrecht an mir?" zweifelte er.

Ich stellte verblüfft fest, daß er sich zu seiner Gattin immer noch sehr loyal verhielt, obwohl sie es überhaupt nicht mehr war, und sie auch weiterhin ohne Fehl und Tadel sah.

„Hör mal, *carissimo*", sagte ich und nahm seinen Arm,

„du hast es mir doch selbst gesagt: sie hat auf Schleichwegen den Brief eines Verehrers erhalten und ihn geöffnet, obwohl sie genau wußte, wer ihn geschrieben hatte und warum."

„Aber sie hat ihn verbrannt", sagte er mit einer herzzerreißend naiven Aufwallung von Hoffnung.

„Ja, doch das schafft die Tatsache nicht aus der Welt, daß sie den Brief gelesen hat; und zwar mit Vergnügen, denn sie hat ihn zweimal gelesen."

„Sie hat es gebeichtet", warf er ein.

„Ihrem Pfarrer. Dir nicht!"

„Sie wollte mich nicht verletzen", sagte er mit abgewandtem Blick.

Ich schaute ihn an. Ich konnte nicht länger ertragen, wie er sich an seine Illusionen klammerte; es machte mich zornig. Deshalb sagte ich rücksichtsloser als beabsichtigt:

„Also läßt sie dich seit dem 19. März nur deswegen nicht mehr in ihr Schlafzimmer, weil sie dich nicht verletzen will?"

Er zuckte zusammen, als hätte ich ihn geohrfeigt, blinzelte mit den Augen, befreite seinen Arm und wandte sich zur Seite; offensichtlich empfand er große Scham, vor mir sein Leid zu zeigen, und ich machte mir Vorwürfe ob meiner Brutalität. Alsbald jedoch vermeinte ich, daß solche Vorwürfe nicht mir, sondern Vittoria zu gelten hätten: wie konnte sie, die so hochherzig war, so grausam zu ihm sein? Gleichzeitig spürte ich den falschen Unterton in meiner Kritik. Auch ich war sehr hart zu Francesco gewesen. Abscheulich, zu einem so gütigen Mann hart zu sein! Er war jedoch nicht nur gütig. Er war schwach. Und seine Charakterschwäche hatte Vittoria zu dieser Reaktion gleichsam herausgefordert. Wie soll man ihr, die ihn gegen ihren Willen hatte heiraten müssen und ihn nicht liebte, ein gewisses Unverständnis für seine Gefühle zum Vorwurf machen?

Francesco wandte sich mir wieder zu, lehnte sich gegen die Mauerrundung der Burgwarte und sagte tonlos:

„Warum hätte ich meinem Onkel nicht versprechen sollen, Vittoria nichts von dem Brief zu sagen? Wäre es nicht sehr lieblos von mir, sie merken zu lassen, daß ich ihr Geheimnis kenne?“

Im ersten Moment war ich sprachlos. Armer Francesco! Welche Skrupel! Und wie wenig kannte er die Frauen! Zartsinn ist eine Tugend, die sie bei Männern hoch schätzen, selbst aber nur selten üben, zumal wenn Leidenschaft oder Eigennutz sie hinreißen. Beim Mann schätzen sie diese Tugend als Garantie dafür, daß sie immer gut behandelt werden, selbst wenn sie es nicht mehr verdienen. Schließlich sagte ich: „Francesco, wenn du dein Versprechen hältst und Stillschweigen über den Brief wahrst, bist du in einer sehr schwachen Position, wenn es zur offenen Auseinandersetzung mit Vittoria kommt.“

„Eine offene Auseinandersetzung!“ rief er und riß die Augen auf. „Wie du dich ausdrückst, Giulietta! Ich habe nie Streit mit Vittoria gesucht!“

„Aber sie wird Streit mit dir suchen, heftigen Streit, da kannst du sicher sein. Das bringt dir dein Schweigen dann ein …“

Ich hatte mich nicht getäuscht. Die Szene fand am nächsten Tag in meiner Gegenwart in Vittorias Zimmer statt, als wir dabei waren, es etwas wohnlicher zu gestalten. Francesco klopfte und trat ein. Er grüßte uns, wandte sich an Vittoria und fragte mit seltener Unbeholfenheit, ob sie sich in ihrem neuen Zuhause wohl fühle.

„Ob ich mich wohl fühle, Signore?“ sagte sie hochmütig und starrte ihn mit funkelnden Augen an. „Ich kann mich hier nur elend fühlen, sterbenselend. Die Mauern sind feucht, die Zimmerdecken verschimmelt. Die Fenster schließen nicht. Wir haben sie gewaltsam öffnen müssen, und nun gehen sie nicht mehr zu, weil das Holz verquollen ist. Ich wollte Feuer machen lassen, doch es ist kein Holz mehr da. Zu allem Unglück ist auch noch eine meiner Truhen unterwegs verlorengegangen. Ich habe nichts mehr anzuziehen. Aber das berührt mich kaum: wozu und für wen sollte ich mich herausputzen? Ich sehe niemanden mehr: Ihr habt mich erst in meinem Palazzo in Rom eingeschlossen, und als sei das nicht genug gewesen, verbannt Ihr mich nun in diese Einöde."

Ich schaute sie an. Sie war hinreißend in ihrer Heftigkeit, superb in ihrer beseelten Schönheit. Aber leider auch superb in dem Sinne, den dieses Wort als Beiname ihrer Mutter in Gubbio bekommen hatte.

„Signora", sagte Francesco mit plötzlich veränderter Stimme, „wißt Ihr denn nicht, wer diese Maßnahmen veranlaßt hat und warum?"

Ich dachte, dieses „warum" würde Vittorias Elan stoppen oder zumindest bremsen. Doch das war nicht der Fall. In ihrem Zorn überging sie das „warum" geschickt und wählte statt dessen das „wer" als Angriffspunkt.

„Wer, Signore?" schrie sie. „Wer? Wer drängt sich als Dritter in unsere Ehe? Kein anderer als der Kardinal, der sich mit Eurer Einwilligung die Rechte eines Gatten anmaßt. Ihr freilich seid ja kein richtiger Ehemann, geschweige denn Vater."

Sie hatte sich ihm seit anderthalb Monaten verweigert und warf ihm jetzt vor, kein richtiger Ehemann zu sein! Die Grausamkeit, die Ungerechtigkeit und – warum soll ich es nicht trotz meiner Zuneigung zu Vittoria aussprechen? – die Niederträchtigkeit dieses Angriffs lähmten Francesco und machten ihn völlig wehrlos. Er erbleichte, wollte beinahe wieder gehen, und wenn er den Mut zu bleiben fand, dann nicht, um sich zu verteidigen oder gar einen Gegenangriff zu starten, sondern um seinen Onkel in Schutz zu nehmen.

„Ihr wißt genau, Signora", sagte er mit bebender Stimme, „daß der Kardinal Euch wie eine Tochter liebt. Und Ihr müßt auch wissen, daß er die Maßnahmen, über die Ihr Euch beschwert, veranlaßt hat, weil er Eure Ehre in Gefahr glaubt."

„Meine Ehre, Signore!" rief Vittoria. „Seit wann und warum wäre sie in Gefahr? Und wollt Ihr sie schützen, indem Ihr mich einkerkert und von Soldaten bewachen laßt?“

Ich bewunderte sie und war zugleich über ihre Unverschämtheit bestürzt. Sie hatte die Stirn, selbst nach dem „warum“ zu fragen, dem sie zunächst ausgewichen war. Gleichzeitig sprach sie eine versteckte Drohung aus, indem sie die Fragen auf infame Art durcheinanderbrachte: sie ließ durchblicken, daß dieser Kerker nicht das wirksamste Mittel sei, ihre Tugend zu bewahren.

Ich brauchte nur Francescos ehrliches Gesicht anzusehen, um zu wissen, was in ihm vorging. Er war feinfühlig genug, die Unaufrichtigkeit zu bemerken, mit der Vittoria sich jetzt den Anschein eines guten Gewissens gab. Doch nicht Zorn erfüllte ihn: er schämte sich für sie. Er schlug die Augen nieder. ‚Ach, Francesco‘, dachte ich wütend, ‚das ist die Gelegenheit loszuschlagen, jetzt oder nie! Zeig ihr deine Verbitterung, weise ihre Hoffart in die Schranken, sprich von dem bewußten Brief, den sie geöffnet und zweimal gelesen hat und der sie so wunderbar verwirrt hat. Und warum sagst du ihr nicht auch, ganz nebenbei, daß niemand wissen kann, wer von euch beiden schuld ist an der Unfruchtbarkeit eurer Ehe?‘

Doch ich hoffte vergeblich. Wie hätte ein so vollendeter Edelmann wie Francesco das Wort brechen können, das er dem über alles verehrten Onkel gegeben hatte? Unglücklich stand er da, mit niedergeschlagenen Augen, als wäre er der Schuldige.

„Ihr schweigt, Signore“, sagte Vittoria, „und Ihr tut gut daran, glaube ich. Ich fordere Euch zum letzten Mal auf, mich nicht länger wie eine Verbrecherin zu behandeln, denn ich bin nicht schuldig. Ich verlange, daß Ihr mich morgen nach Rom zurückbringt.“

Ich sah Francesco an. Dieses „nicht schuldig“ schien ihn zum ersten Mal zornig zu machen; doch unfähig, eine Frau zu tadeln, der er sich im Laufe der Jahre völlig unterworfen hatte, sagte er nur, nicht einmal unfreundlich, sondern beinahe bedauernd:

„Das ist unmöglich, Signora."

Mit einer linkischen Verbeugung zog er sich zurück. Vittoria hatte zwar nicht ihre Rückkehr nach Rom erzwungen, aber ihr moralischer Vorteil war beträchtlich. Es war ihr gelungen, sich als unschuldsvolle Märtyrerin darzustellen, die von einem grausamen Ehemann zu Unrecht verfolgt wird. Diese „Verfolgung" war ihr nützlich: sie rechtfertigte im nachhinein die Freiheiten, die sie sich hinsichtlich ihrer ehelichen Pflichten genommen hatte, und erlaubte ihr zugleich, ihre schwachen Gewissensbisse zum Schweigen zu bringen.

Ihr Onkel, der Kardinal, den sie bisher so zärtlich verehrt hatte, war in ihren Augen nur mehr ein ungerecht strafender Tyrann. Gewiß, Montalto war sehr herrisch und liebte es, die Menschen zu bevormunden. Auch mich wollte er nach meinem fünfundzwanzigsten Geburtstag zwingen, zwischen zwei Gefängnissen zu wählen: Ehe oder Kloster. Aber im Falle von Vittoria war es seine große Liebe zu ihr, die ihn, zu Recht, das Schlimmste befürchten ließ; und bei einem Rest von Ehrlichkeit hätte Vittoria nicht auf den Gedanken verfallen dürfen, er habe grundlos so gehandelt.

Aber so ist dieses unglückliche Geschlecht, dem ich angehöre: ganz Sinnenlust und Leidenschaft! Eine kurze Begegnung mit diesem schönen Krieger, ein Brief – gelesen und verbrannt –, und alles ändert sich. Der gütige, zärtliche Francesco ist nur noch der grausame Ehemann, der Kardinal ein schrecklicher Tyrann. Und ich, ihre älteste Freundin, bedeute ihr nichts mehr, wenn ich ihr Tun nicht vorbehaltlos gutheiße.

Ich sehe sie an. Wie schön sie ist in ihrem schlichten, weiten Morgenkleid und mit dem langen Haar, das ihr hinterherweht. Denn seit Francesco uns verlassen hat, läuft sie mit großen Schritten im Zimmer auf und ab, und ihre goldene Haarpracht bewegt sich im Rhythmus ihrer unruhigen Schritte bei jeder Kehrtwendung wie ein Cape um die Schultern. Was für ein wunderbares Geschöpf! Welche Harmonie in ihren Formen, Proportionen und in den Zügen ihres Gesichts! Wieviel Energie in ihren Bewegungen!

Ich sitze schweigend in einer Ecke des Zimmers, die Hände im Schoß, und betrachte Vittoria mit gemischten Gefühlen. Obwohl mich ihre Schönheit einerseits niederdrückt – welche Frau würde sich ihr nicht unterlegen fühlen? –, bewundere ich sie, wie alle Welt, von ganzem Herzen. Doch diese neue Vittoria, die mit all ihren früheren Gefühlen tabula rasa macht und sich in ihrem Zerstörungswerk so hart, so unerbittlich zeigt, erschreckt mich.

Sie bleibt vor mir stehen, sieht mich von oben bis unten an und sagt beinahe aggressiv:

„Du sagst ja gar nichts. Was hältst du von dem Ganzen? Sprich endlich!"

Ich schaue sie an. Jetzt bin ich an der Reihe, glaube ich: sie hat mir nichts von dem Brief erzählt, sie hat mir kein Vertrauen geschenkt, fordert es aber jetzt von mir. Und in welchem Ton! Sie vergißt nur eins: ich bin kein Mann. Ihre Schönheit rührt mich, macht mich jedoch nicht blind. Ich bin auch nicht feige. Ich habe genauso scharfe Krallen wie sie.

„Ich schweige, Vittoria", antworte ich sanft, „weil man mich nicht informiert hat. Ich weiß dazu nichts zu sagen."

„Aber du siehst doch, wie ich behandelt werde!"

„Ja, das sehe ich. Man bewacht dich, als drohe dir eine große Gefahr. Was für eine Gefahr das sein soll, weiß ich nicht."

„Es besteht gar keine Gefahr", sagt sie.

„Der Kardinal und dein Mann scheinen anderer Meinung zu sein."

„Hat Francesco mit dir darüber gesprochen?"

„Nein", entgegne ich lebhaft, „er ist wie du: absolut verschwiegen in dieser Angelegenheit. Allerdings ..."

„Allerdings?"

„... habe ich bemerkt, daß er vorhin heftig zusammenzuckte, als du sagtest, du seiest nicht schuldig."

„Ich bin auch nicht schuldig", schreit sie, aufs äußerste erzürnt.

„Wer wüßte das besser als du?" sage ich gelassen.

„Und du!" pariert sie und sieht mich mit blitzenden Augen an. „Du, die du meine Gedanken besser zu kennen scheinst als ich selbst!"

„Ach, Vittoria, diesen Ehrgeiz habe ich nicht. Und wenn es so wäre, ich also in deinem Herzen lesen könnte, würde sich unser Gespräch erübrigen."

Sie zieht die Schultern hoch, preßt plötzlich beide Hände an die Schläfen und sagt gereizt:

„Mein Haar ist mir zu schwer. Es verursacht mir schreckliche Kopfschmerzen. Mein Entschluß steht fest: ich werde es abschneiden."

„Der Zeitpunkt ist vielleicht nicht gut gewählt, deinen schönsten Schmuck zu opfern."

„Was willst du damit sagen?"

„Das, was ich sage, weiter nichts."

Sie sieht mich feindselig an und beginnt wieder, im Zimmer auf und ab zu gehen, bleibt aber nach einer Weile vor mir stehen und sagt:

„Dieses Gespräch ermüdet mich. Laß mich bitte allein, Giulietta."

Ich verlasse sie. Am Nachmittag überbringt mir Caterina ein paar knappe Zeilen von ihr:

„Liebste Giulietta, bitte enthalte Dich für die Dauer meines Aufenthaltes in Santa Maria jeglicher Besuche in meinem Zimmer. Außerdem wäre ich Dir sehr verbunden, wenn Du Francesco bei den Mahlzeiten Gesellschaft leisten könntest, da ich sie nicht mit Euch einzunehmen gedenke.

Herzlich, Vittoria"

Ich bewundere das „liebste Giulietta" und bewerte auch das abschließende „herzlich" in gebührender Weise. Die Kehle ist mir wie zugeschnürt, als ich dieses Billett lese, mit dem sie mir wie eine Königin ihre Gunst entzieht.

Doch ich weine nicht. Diese Entscheidung habe ich vorausgesehen. Vittoria hat mich – genauso wie ihren Onkel und ihren Mann – einfach fallenlassen.

Caterina Acquaviva:

Wie verzweifelt und wütend die Signora über ihre Abreise aus Rom war, merkte ich an ihrer schlechten Laune während der Reise. Aber sie war darin nicht die einzige: ich habe Marcello verloren, dessen Verbleiben in Rom von Anfang an beschlossene Sache gewesen ist. Schließlich war er der Sekretär des Fürsten Orsini und Gastfreund der Sorghini. Er wurde nicht einmal über den Zeitpunkt der Abreise informiert, wenigstens nicht durch Signor Peretti. Erst durch mich erfuhr er Tag, Stunde und Ziel, nachdem mich die Signora davon in Kenntnis gesetzt hatte, und das bestimmt nicht ohne Grund, denn sie wußte von meiner Beziehung mit Marcello. Signor Peretti, finde ich, hätte das Reiseziel vor seiner Frau lieber geheimhalten sollen. Aber der arme Signore ist immer viel zu gutmütig und naiv. Er hat keine Ahnung, zu welchen Listen selbst die anständigste Frau fähig ist. Natürlich können auch manchmal Männer sehr gemein sein: wer hätte gedacht, daß Raimondo und Silla, zu denen ich so nett gewesen bin, mir eines Tages drohen würden, „Spitze aus meinen Därmen zu häkeln"?

Jedenfalls bleiben mir jetzt, genau wie der Signora, nur meine Träume, wobei ich sicherlich noch unglücklicher bin als sie, denn ich glaube nicht, daß sie jemals richtig geliebt hat.

Einen Trost gibt es in Santa Maria für mich: Peretti hat *il mancino* mitgenommen, um mit ihm Fechten zu üben, denn mein großer Bruder, der alles kann außer ehrlich sein, ist ein geschickter Fechter. Signor Peretti ist etwas dicker geworden und hofft, durch das Training wieder schlank zu werden.

In Santa Maria spricht *il mancino* – sogar ich, seine

Schwester, nenne ihn so – nur sehr wenig mit mir, einsilbig und leise, wenn niemand in der Nähe ist und meist auch nur, um mir Befehle zu erteilen. Dabei sieht er mich in einer Weise an, daß mir die Lust vergeht, ihm ungehorsam zu sein.

Am Morgen des 3. Mai begegnet er mir am Holzschuppen, den man endlich aufgefüllt hat und wo ich ein paar Scheite für die Signora hole.

„Caterina, hast du den Wachtturm auf der Felsklippe über der kleinen Bucht bemerkt?"

„Ja, Domenico."

„Ich hatte ihn am Tag nach unserer Ankunft besichtigt; er war unbesetzt, aber inzwischen scheint dort einer Posten zu stehen. Das müßte überprüft werden."

Ich schmolle:

„Du weißt genau, was passiert, wenn ich auf den Turm steige und dort ein Soldat steht."

„Das kann dich doch nicht abschrecken?"

So geht's zu in der Welt! Nur weil ich die Männer mag, behandelt mich der eigene Bruder nicht viel besser als eine Nutte! Er, der selbst ein Zuhälter ist!

„Doch", sage ich trotzig, „wenn er nach Wein und Knoblauch stinkt."

„Caterina", entgegnet *il mancino* streng, „deine parfümierten Edelleute sind dir zu Kopf gestiegen. Du vergißt deine Pflichten gegen deinen älteren Bruder."

„Und ist es meine Pflicht gegenüber meinem älteren Bruder, mich vom erstbesten bespringen zu lassen?"

„Es muß ja nicht so weit kommen. Nimm ihm Wein mit, dann beschäftigt er sich vielleicht lieber mit der Flasche als mit dir."

„Und wenn ich nicht bis ganz nach oben steige? Ich würde deutlich hören, ob sich jemand über mir befindet."

„Nein, du mußt mit ihm reden. Ich will wissen, ob auch nachts einer Posten steht."

„Ist das wichtig für dich?"

„Es ist wichtig für Leute, die du liebst."

„Und du“, frage ich, „liebst diese Leute nicht?“
„Ich werde von ihnen bezahlt“, sagt er mit Würde.
Ich frage scharf:
„Deine Flittchen genügen dir wohl nicht?“
Seine Augen blitzen, er sieht sich um, geht bis zur Schuppentür, späht nach draußen, kehrt zurück und gibt mir zwei Ohrfeigen, auf jede Backe eine, die aber nicht sehr weh tun. Er will mich nicht etwa schonen, aber mich auch nicht brandmarken oder Lärm machen.
„Dumme Kuh“, sagt er, „das wird dich Respekt vor deinem Bruder lehren! Ich eß nicht mit ’ner Gabel wie du. Ich kann nicht lesen. Und ich ficke nicht adlige Damen. Aber ich bin immer noch dein Bruder, vergiß das nicht!“
„Verzeih mir, Domenico“, bitte ich, ganz rot vor Scham, nicht wegen der Ohrfeigen, sondern wegen meiner Aufsässigkeit.
„Du tust, was ich gesagt habe?“
„Ja, Domenico.“
„Na siehst du, Caterina, bist ein braves Mädchen. Aber hüte deine Zunge: sie ist flinker als dein Grips.“
Er legt die Arme um meine Schultern, zieht mich an sich und drückt mich. Mein Bruder ist höchstens ein oder zwei Zoll größer als ich und sehr hager. Ich bin bestimmt fülliger als er; doch ich fühle mich in seinen Armen dahinschmelzen: er ist so stark. Er küßt mich, nicht auf die Wange, sondern wie es seine Gewohnheit ist: hinters Ohr und auf den Hals. Von meinen sechs Geschwistern ist *il mancino* der einzige, der mir jemals Zuneigung bezeigt hat. Es war ein trauriger Tag für mich, als meine Mutter mich aus seinem Bett vertrieb und mich zu den Schwestern steckte. Hatte Domenico nichts zu tun, schnitzte er mir Holzpuppen. Und später, wenn er als Bandit (weswegen ich ihn sehr bewunderte) manchmal in Grottammare Zuflucht suchen mußte, steckte er mir jedesmal, bevor er wieder fortzog, eine Münze zu: „Hier, *bambola mia**, kauf dir Bonbons.“ Und das, obwohl er meist sehr knapp bei Kasse war.

* (ital.) mein Püppchen.

Das Metier eines Banditen ist nicht so einträglich, wie man denkt. Pfarrer Racasi sagt, es sei abscheulich, von den Frauen zu leben, und da er ein kluger Mann ist, wird er sicher recht haben. Doch es bringt mehr ein, und das Risiko ist geringer.

Pfarrer Racasi mußte wegen seiner Gemeinde in Rom bleiben, und der Kardinal hat uns statt seiner einen Franziskaner als Beichtvater mitgegeben: Pater Barichelli. Er ist brünett, noch jung, sein üppiges Haar, sein Bart bedekken ihm Stirn und Gesicht bis auf die Augen fast völlig. Ich habe ihm schon einmal gebeichtet, sehr wohl ahnend, warum er hier ist. Vor der Absolution riet er mir, eingedenk zu sein, daß mein Körper „nichts weiter ist als eine Handvoll Erde und wieder zu Staub zerfallen wird". Das ist bestimmt richtig. Doch nach der Art und Weise zu urteilen, wie die Männer mich mit Blicken liebkosen, muß die Erde, aus der ich gemacht bin, hübsch anzusehen sein. Und wenn Pater Barichelli in meiner Gegenwart die Lider senkt, frage ich mich, ob er sich sammeln oder nach meinen Brüsten schielen will. Wenn es zur inneren Sammlung geschieht, wie ich glauben möchte, versteh ich nicht, warum seine Nasenflügel so beben.

Die Signora lehnt es ab, Pater Barichelli zu sehen, weil man ihren Beichtvater ausgetauscht hat, ohne sie zu fragen. Das ist offensichtlich nur ein Vorwand, denn in Rom, im Palazzo Rusticucci, hatte sie seit der Klausur auch Pfarrer Racasi nicht mehr vorgelassen, der für diese Maßnahme vermutlich mit verantwortlich war.

Noch am Nachmittag des Tages, da mir *il mancino* seine Befehle erteilt hatte, ging ich zweimal zum Wachtturm: das erste Mal auf Katzenpfoten, um zu sehen, ob jemand da sei; das zweite Mal mit festem Schritt und mit Wein für den Wachposten. Es war ein junger Soldat der päpstlichen Truppe, weder häßlich noch schmutzig, doch sehr schüchtern und so beeindruckt von meinen Manieren und meiner gewählten Ausdrucksweise, daß er sich nur an die Weinflasche traute. Einerseits schmeichelte mir das, andererseits war ich ein bißchen enttäuscht. Ich ließ ihn trinken, nahm die Flasche aber beim Weggehen wieder mit, und er mußte mir schwören, niemandem etwas von meinem Besuch zu verraten. Durch geschickte Fragen bekam ich heraus, daß die Wache vom Morgengrauen bis zum Anbruch der Nacht dauere. Ich erfuhr auch, daß es Aufgabe des Wachpostens sei, Alarm zu schlagen, sobald sich ein Segelschiff der Küste näherte und ein Boot zu Wasser gelassen wurde.

Il mancino hörte mir schweigend und mit unbewegter Miene zu, als ich ihm diese Auskünfte hinterbrachte. Zwei Tage später, am 5. Mai, verabschiedete er sich von mir: er müsse nach Rom reiten und dem Kardinal einen Brief von Signor Peretti überbringen. Er war bereits am 8. Mai wieder zurück, und als ich tags darauf im Schuppen Holz für die Signora holen wollte – es war noch immer ziemlich kühl –, schlich er sich hinter mich, drückte mir die Hand auf den Mund und küßte mich auf den Hals. An diesem Kuß erkannte ich ihn.

„Caterina, ich habe zwei Aufträge für dich. Der erste: am Ende des Parks, auf der Klippe, nahe den Stufen, die in den Fels gehauen sind und zur Bucht hinunterführen, steht ein kleines Haus. Es ist verschließbar, das Dach ist in Ordnung, und es hat zwei Kamine, an jedem Giebel einen. Der Bischof nutzte es früher, um sich dort für sein Bad in der Bucht zu entkleiden und hinterher sich abzutrocknen und wieder anzuziehen. Daher die beiden Kamine. Du sollst es dir ansehen und Vittoria überreden, in das Häuschen überzusiedeln. Frag mich nicht, warum“, fuhr er barsch fort. „Darauf geb ich dir keine Antwort.“

„Ich will es versuchen“, sagte ich, „aber das wird schwierig werden: die Signora ist nicht so leicht zu beeinflussen.“

„Du mußt hartnäckig sein“, verlangte er mit einem gewissen Unterton und ein bißchen geheimnisvoll.

Seine Worte jagten mir Schauer über den Rücken.

„Wenn die Signora einwilligt, mußt du natürlich auch dort wohnen. Es gibt zwei Zimmer, oder genauer: einen durch einen Vorhang geteilten großen Raum, den zwei

Fenster erhellen. Sie gehen auf das Meer. In der Nacht vom 12. zum 13. Mai sollst du, bei jedem Wetter, so viele Kerzen wie möglich in die Fenster stellen – das ist mein zweiter Auftrag. Die Fensterläden darfst du natürlich nicht schließen!"

„Und wie soll ich der Signora all die Lichter plausibel machen?"

Il mancino drehte sich ruckartig zu mir herum und sah mich kalt an.

„Was du ihr erzählst, ist deine Sache", erwiderte er schroff. „Von dieser Minute an ist das deine Sache und geht mich nichts mehr an. Ich jedenfalls habe dir nichts gesagt. Hörst du, Caterina, nichts von dem, was du eben vernommen hast, habe ich dir gesagt. Morgen reite ich nach Rom zurück."

„Schon wieder!" rief ich und warf mich in seine Arme.

Er zog mich fest an sich, drückte mir den üblichen kleinen Kuß auf den Hals und verschwand auf leisen Sohlen, ohne weitere Erklärungen. Als er weg war und ich das Gesagte überdachte, zitterte ich vor Freude, Erwartung und Angst. Mein Aufenthalt in Santa Maria nahm eine ganz neue Wendung.

Glücklicherweise blieb mir etwas Zeit, um die Signora zu bewegen, sich in dem Häuschen am Steilufer einzurichten. Ich bat den Majordomus, mir eine Besichtigung zu erlauben. Ich lächelte ihm zwei-, dreimal kurz zu: schon hatte ich seine Einwilligung. Das Häuschen gefiel mir. Auf meine Bitte ließ der Majordomus die beiden Kamine anheizen. Sie ziehen sehr gut. Als das Feuer prasselte, schickte er den ihn begleitenden Diener weg und fing an, zärtlich zu werden. Ich ließ ihn gewähren, denn ich brauchte ihn nur anzusehen, um zu wissen, daß er nicht lange durchhalten würde. Und tatsächlich fing er bald an zu keuchen und hörte von selbst auf. Trotzdem sah er ganz zufrieden aus und bedankte sich für meine Gefälligkeit. Ich bat ihn, mir den Hausschlüssel zu geben.

Ich traute mich jedoch nicht, der Signora schon davon

zu erzählen. Ihre schlechte Laune hat sich nicht gebessert. Sie macht den Mund nicht auf und hat Signor Peretti, Pater Barichelli und sogar Giulietta den Zutritt zu ihrem Zimmer verboten.

Während ihrer Auseinandersetzung mit Giulietta habe ich an der Tür gelauscht. Arme Giulietta! Was mußte sie auch den Kardinal und Signor Peretti gegenüber ihrer Cousine in Schutz nehmen? Immer schwingt sie sich zum Richter über andere auf! Ich hab es schon einmal gesagt, glaub ich: mir wirft sie vor, meinen Busen zur Schau zu stellen. Ich seh nicht recht, was sie zur Schau stellen könnte! Giulietta wird immer mehr eine alte Jungfer! Dabei ist sie gar nicht häßlich, nur etwas mager. Vittoria ist einfach zu schön. Giulietta ist im Schatten dieser schönen Pflanze, die ihr die Sonne nahm, aufgewachsen und daher verkümmert. Wenn sie neben ihrer Cousine steht, wer hätte da wohl Augen für sie? Eine Frau braucht von Geburt an die Blicke der Männer: das ist die Wärme, in der sie gedeiht.

Manchmal werde ich von Entsetzen gepackt bei dem Gedanken, eines Tages alt zu sein und ohne diese Wärme leben zu müssen. Pater Barichelli hält sich für sehr gewitzt, wenn er mir bei der Beichte die Qualen der Hölle androht. Aber meine Hölle wartet bereits zu Lebzeiten auf mich – ich brauch nur zu denken: Eines Tages bist du alt.

Der Wachtturm, das Häuschen am Steilufer, die Kerzen in den Fenstern, die Stufen zu der kleinen Bucht ... Ich bin nicht dumm und weiß genau, wer in der Nacht vom 12. zum 13. diesen Weg kommen soll. Ich hoffe nur, er ist nicht allein.

Ich zögere noch, dem Auftrag des *mancino* gemäß mit der Signora zu reden. Da sie keinen zweiten Brief erhalten hat (ich wüßte davon!) und sich für „nicht schuldig“ erklärt, bin ich mir nicht sicher, wie sie meinen Vorschlag aufnehmen würde. Meine Mutter hat recht: diese adligen Damen sind stolz. Sie fühlen sich verpflichtet, wohlerzogen und tugendhaft zu sein. Am Ende werde ich ihr vielleicht überhaupt nichts sagen, es sei denn, sie sperrt sich, in das Häuschen umzuziehen. *Dio mio*, das Leben ist schon komisch! Ich, die ich Signor Peretti so sehr schätze, leiste der Untreue seiner Frau Vorschub. So etwas würde ich sonst nie tun, aber mein Bruder und Marcello machen mit mir, was sie wollen.

Für die Klausur im Palazzo Rusticucci und den Aufenthalt in Santa Maria gibt die Signora allein Pfarrer Racasi die Schuld. Sie ahnt nichts von meinen Verbindungen zum Kardinal. Mehr noch: ich bin jetzt ihre einzige Vertraute. Seit ihrer Weigerung, die Mahlzeiten gemeinsam mit Signor Peretti und Giulietta einzunehmen, muß ich mit ihr auf ihrem Zimmer speisen. Und jeden Tag schenkt sie mir ein Stück Wäsche oder Schmuck. Manchmal schäme ich mich. Sie ist so gut und großzügig. Ist sie es wirklich? Ja und nein. Zu mir immer! Doch zu Signor Peretti?

Am 10. Mai frühmorgens fordere ich den Majordomus auf, das Häuschen an der Steilküste gründlich saubermachen und ein großes Kaminfeuer anzünden zu lassen. Und während die Signora an ihrem Frisiertisch sitzt und ich ihr Haar ordne, teile ich ihr meine „Entdeckung" mit. Da sie seit einer Woche nicht mehr das Zimmer verlassen hat und sich trotz ihres Petrarca zu Tode langweilt, zeigt sie sich interessiert. Sie macht jedoch Einwände: sie will nicht durch den Park gehen, wo die Soldaten kampieren; sie will ihre Kerkermeister nicht sehen müssen.

„Aber Signora, dort sind sie ja gar nicht. An der Ringmauer führt ein Weg entlang, den bin ich gegangen. Und ich habe keinen einzigen Soldaten gesehen", beteuere ich.

Ich sage ihr wohlweislich nicht, daß die Soldaten mich gesehen haben müssen, denn auch oben auf der Mauer führt ein Weg entlang, dessen Wachttürme mit Sicherheit von Posten besetzt sind.

Meine Gründe oder einfach das Verlangen, sich die Beine zu vertreten – zum ersten Mal in diesem verregneten Frühling scheint die Sonne –, überzeugen die Signora schließlich. Ich führe sie zu dem Häuschen. Sie besichtigt es und ist gewonnen! Sie findet sogar die Sprache wieder! Es riecht hier weniger modrig als im Palazzo und ist auch bei weitem nicht so feucht. Und die beiden Kamine, die sich so lustig gegenüberstehen – wie hübsch! Und man ist so dicht am Meer, daß man sich fast wie auf dem Wasser fühlt. Und außerdem, wozu braucht sie einen Palazzo, der ja doch nur ein Gefängnis für sie ist? Eine einfache Hütte genügt ihr. Sie hat die Einsamkeit niemals gefürchtet und Gott sei Dank auch nicht die Armut.

Ich sage zu allem ja und amen. Aber ich denke mir mein Teil. Sie redet von „Armut" – bei den Mahlzeiten, die man uns serviert! Und von „Hütte"! Da sieht man, daß sie nie einen Fuß in mein Geburtshaus in Grottammare gesetzt hat! Für mich ist diese „Hütte" ein richtiger Palast!

Ich muß ihr gar nicht erst einreden, dorthin umzuziehen. Sie hat sich kurzerhand selbst so entschieden. Sie fragt nicht einmal Signor Peretti nach seiner Meinung, fest davon überzeugt, daß er es nicht wagen würde, sich ihrem Vorhaben zu widersetzen. Sie zitiert den Majordomus zu sich und erteilt ihm ihre Befehle. Er soll alles Nötige hinbringen lassen: Teppiche, Wandbehänge, ihren Frisiertisch, ihre Truhen und zwei Betten. Das alles hat umgehend zu geschehen! Sofort! Wenn die Signora auf diese Weise herumkommandiert, erinnert sie mich an ihre Mutter.

An diesem 10. Mai ist die Signora den ganzen Tag heiter und geschäftig. Sie leitet den Umzug persönlich. Den Frisiertisch soll man dahin stellen! Nein, lieber dorthin! Das Bett würde viel besser in die andere Ecke passen! Ist die Zisterne auch gefüllt? Sie ist es. Man soll Holz in den Schuppen bringen: wir haben bald genug für den ganzen Winter. Das Gestrüpp vor dem Haus muß abgeschnitten werden! Schon erledigt. Aber das hinten soll nicht angerührt werden: Es verdeckt uns den ihr so verhaßten Ausblick auf Santa Maria.

Ich habe nicht übel Lust, ihr zu sagen, daß dieser Ausblick sie ohnehin nicht verdrießen kann, weil das Haus nach dort keine Fenster hat. Ich werde ihr aber nicht sagen, daß dieses Fleckchen Erde mir sehr geeignet erscheint für die Zwecke, für die der Bischof es nutzte: sich zu entkleiden, sich nach dem Baden abzutrocknen und eine Erfrischung zu sich zu nehmen. Ich finde es hier windig, wild und trotz der hellen Sonne ziemlich unheimlich. Kaum zehn Schritte trennen das Haus von der Steilküste, die an dieser Stelle etwas überhängt. Die Tiefe unter uns ist schwindelerregend. Um nichts auf der Welt würde ich, wie die Signora, an den Felsenvorsprung herantreten, unter dem der Abgrund gähnt und sich die Wellen an den Klippen brechen. Der schmale Streifen Land ist von hartem Gras bedeckt, das bei Regenwetter glitschig sein wird. Rechts beginnen die in den Fels gehauenen Stufen, die zu der kleinen Bucht hinunterführen.

Am nächsten Morgen ist der Himmel endlich klar, und die Sonne scheint warm hernieder; so beschließt die Signora zu baden, denn nach der ersten Nacht in dem Häuschen hat sie ihre frühere Tatkraft zurückgewonnen. Natürlich muß ich sie begleiten und hinter ihr die schrecklichen Stufen hinabsteigen. Ich sterbe fast vor Angst. Und was finde ich unten? Einen winzigen Strand fünf Schritt breit und zehn Schritt tief, mit einer kleinen Grotte.

„Also ist das Steilufer unterhöhlt und wird bald einstürzen“, sage ich.

*„Come sei stupida!“** erwidert die Signora. „In zwei- oder dreihundert Jahren vielleicht. Oder noch nicht einmal dann!“

Aber es wird ihr heimgezahlt, daß sie mich wie einen Dummkopf behandelt. Sie hat kaum den Fuß benetzt, als sie ihn auch schon zurückzieht: das Wasser ist eisig. Obendrein liegt der kleine Strand morgens im Schatten, so daß sie in ihrem dünnen Hemd friert. Wir steigen wieder nach oben, und obwohl der Aufstieg weniger schwin-

* (ital.) Wie dumm du bist!

delerregend ist als der Abstieg, leide ich wiederum. Oben werfe ich mich in das harte Gras und weine.

„Man würde nicht denken, daß du eine Fischerstochter bist", sagt die Signora.

Sie hat wieder schlechte Laune. Ihr mißglücktes Bad verdrießt sie. Am folgenden Tag, dem 12. Mai, ist alles noch schlimmer. Als ich die Fensterläden öffne – sie lassen sich gottlob von innen öffnen –, ist kein Stückchen blauer Himmel zu sehen. Alles grau in grau. Tiefe dräuende Wolken, und das Meer dunkelviolett mit weißen Schaumkronen. Es ist sehr frisch. Immer wieder peitscht der Wind den Regen gegen die Scheiben. Nachdem ich die Fensterläden zurückgeschlagen habe, ziehe ich den roten Seidenvorhang auf, der das Zimmer teilt, schüre das Feuer in den beiden Kaminen und mache die Betten. Die Signora steht am Fenster und schaut aufs Meer. Als ich meine Arbeiten erledigt habe, fängt sie an, in dem kleinen Zimmer auf und ab zu gehen; sie seufzt verhalten, setzt sich vor den Kamin und vertieft sich in ihren Petrarca.

Ich weiß genau, was los ist. Mit der Begeisterung für das Häuschen und die „beiden Kamine, die sich so lustig gegenüberstehen" ist es bereits vorbei. Jetzt findet sie die Mauern zum Ersticken. Die Nähe des Meeres, die ihr vorgestern so gefiel, bedrückt sie. Sie sehnt sich nach dem Palazzo Rusticucci. Vielleicht sogar nach dem Palazzo Santa Maria? Aber das würde sie nie zugeben. Dafür ist sie viel zu stolz. Sie versinkt wieder in ihre Stummheit und widmet sich ihrem Buch. Sie sagt kein Wort, und das bedeutet: ich habe ebenfalls zu schweigen. Was mir sehr unangenehm ist. Erstens, weil ich schwatzhaft, und zweitens, weil ich ängstlich bin. An diesem Abend soll ich bei einbrechender Dunkelheit die Kerzen ins Fenster stellen, und zwar, wie Domenico betont hat, „bei jedem Wetter".

Das Wetter eben ist es, das mich beunruhigt. Ich stehe hinter dem Sessel meiner Herrin und hänge trüben Gedanken nach, während ich ihr Haar bürste. Das dauert eine reichliche Stunde und verlangt geschickte Hände, denn die Signora hat einen sehr empfindlichen Kopf in Anbetracht der Last, die sie zu tragen hat. Ich ziehe meine Beschäftigung möglichst in die Länge, aus Angst, hinterher nichts mehr zu tun zu haben, wovor mir graut. Leider wird die Signora, die offenbar auch sehr entnervt ist, ungeduldig und gebietet mir mit einer Handbewegung, aufzuhören. Ich packe die Bürste weg und räume den Frisiertisch auf. So, das ist geschafft; nun habe ich nichts mehr zu erledigen. Waschen und Bügeln sind nicht meine Aufgabe. Dafür gibt es im Palazzo eine andere Kammerzofe. Zum ersten Mal bedauere ich, daß nicht auch diese Dienste mir zufallen: sie würden mich ablenken und daran hindern, mir das Herz mit dummen Gedanken schwerzumachen. Ich habe zu viel Phantasie: ich sehe, wie mein armer Marcello mit bleichem Gesicht und geschlossenen Lidern von den Wellen angespült wird ...

„Signora, wenn Ihr gestattet ...“

„Ach, Caterina“, unterbricht sie mich, „du gehst mir auf die Nerven! Dauernd mußt du reden! Merkst du nicht, daß mich das beim Lesen stört?“

Beim Lesen oder beim Träumen? Ich sehe sie nicht oft eine Seite umblättern. Ich bin ja nicht blöd und habe Augen im Kopf.

„Verzeihung, Signora, wenn Ihr erlaubt, würde ich gern Euern Schmuck putzen.“

„Das habe ich vor kurzem schon selber gemacht.“

„Gold kann nie genug glänzen, Signora.“

„Na gut, dann putze, wenn dich das für ein Weilchen beschäftigt“, antwortet sie achselzuckend. „Aber sei vor allem leise! und lauf nicht ständig umher!“

„Ja, Signora.“

Auf das eine breite Fensterbrett stelle ich eine mit Seifenwasser gefüllte kleine Schale. In eine andere Schale lege ich einen Schwamm. Und auf einem roten Handtuch breite ich die Schmuckstücke aus, die ich einzeln aus der Schatulle nehme. Wenn ich nicht so unruhig wäre, könnte das ein hübscher Zeitvertreib sein. Das Fensterbrett befindet sich für mich genau in der richtigen Höhe, so daß ich nicht die Arme zu heben brauche; und ich kann aufs Meer hinaussehen, was mir bei ruhigem Wetter Spaß machen würde. Doch es schwillt immer mehr an, wie mir scheint.

Wenn ich mit einem Ring fertig bin, blicke ich schnell zur Signora – die keineswegs öfter umblättert als bisher – und stecke ihn mir dann heimlich auf den kleinen Finger; es ist der einzige Finger, wo er mir paßt, denn die Signora hat viel zartere Hände als ich. Trotzdem steht mir der Ring genausogut wie ihr! Und ihre Kolliers ebenfalls! Aber die probiere ich nur an, wenn ich mich allein in ihrem Zimmer befinde, weil ich den Ankleidespiegel brauche, um mich zu betrachten. Sie kommen auf meinem hübschen Dekolleté so gut zur Geltung, daß jedem Mann bei diesem Anblick das Wasser im Mund zusammenlaufen würde. Vor allem Perlen wirken auf meiner matten Haut sehr vorteilhaft: beider Schönheit, die der Perlen und die der Haut, kommt dadurch besser zur Geltung. Und das um so mehr, als ich einen makellosen Hals habe, rund und weich und ohne eine Falte. Ich kann mir keinen richtigen Mann vorstellen, der beim Anblick meines Halses mit einem hübschen Schmuck nicht sofort Lust verspüren würde, ihn mit Küssen zu bedecken.

Ich schäme mich fast, daß ich meine Bangigkeit vergessen und nur an meine kleine Person gedacht habe, während vor meinen Augen der Himmel immer dunkler, die See immer wilder wird. Ich höre, wie sich die Wellen am Fuße der Klippe brechen. Sie verursachen einen Lärm wie Trommelwirbel und ein überlautes saugendes Geräusch. Mir ist, als schwanke die Felswand unter meinen Füßen, aber das ist nur Einbildung. Die Signora hat gut spotten, daß ich mich als Fischerstochter vor dem Meer fürchte. In Wirklichkeit habe ich noch nie einen Fuß auf ein Schiff gesetzt oder in Salzwasser gebadet. Bei uns in Grottammare heißt es, das sei ungesund.

Als uns der Majordomus in Begleitung von drei oder

vier Dienern das Mittagsmahl bringt, muß die Signora notgedrungen den Mund aufmachen, sowohl um zu essen wie um dem Majordomus für die Mühe zu danken, die er ihretwegen auf sich nimmt. Und zu mir sagt sie zerstreut nach einem Blick aus dem Fenster:

„Hoffentlich klart es auf."

„Oh, ja, das hoffe ich von ganzem Herzen", erwidere ich lebhaft.

Mein Ton überrascht sie, und sie sieht mich an. Doch ich fürchte, schon zuviel gesagt zu haben, und blicke auf meinen Teller.

Der Nachmittag verläuft so unangenehm, wie man es sich nur vorstellen kann. Das Wetter klart nicht auf; es wird noch schlechter. Der Regen steigert sich zum Wolkenbruch. Der Wind bläst heftig, so daß das Wasser gegen unsere Scheiben klatscht; und obwohl die Fenster gut schließen, dringen Wind und Regen bis ins Zimmer. Das Fensterbrett, wo ich vor dem Essen den Schmuck gereinigt habe, ist inzwischen völlig überschwemmt. Ich wische es mit einem Schwamm trocken, und dann versuche ich, die Fenster mit Lappen, die ich möglichst fest zwischen Mauer und Rahmen klemme, besser abzudichten. Das gelingt mir zwar nicht völlig, aber ein wenig nützt es doch.

Jetzt braut sich auch noch ein Gewitter zusammen. Das Tosen der sich überschlagenden Wellen, das Donnergrollen – der Lärm ist ohrenbetäubend. Ich sitze untätig auf einem niedrigen Stuhl am Feuer und zittere bei jedem Blitz. Wie schön wäre es, wenn auch die Signora Angst hätte und wir eng zusammenrücken würden, um uns gegenseitig zu beruhigen. Im Winter, im Palazzo Rusticucci, läßt die Signora, die immer friert (während mir immer heiß ist), mich manchmal zu sich ins Bett kommen. Und wie glücklich bin ich dann jedesmal!

Ich blicke verstohlen zu ihr hin. Sie zuckt nicht einmal zusammen, wenn ein Blitz unsere Fenster erleuchtet und der Donner rollt und grollt wie am Jüngsten Tag. Die Signora sitzt auf ihrem Sessel, ruhig und still wie die Madonna, die Füße auf einen Schemel gestützt, das goldene Haar über die Sessellehne geworfen. Ich habe es sorgfältig hinter ihr auf dem Teppich ausgebreitet. Denn wenn sich die Haarsträhnen verfitzten, müßte ich sie wieder entwirren; und das ist eine Hundearbeit.

Sie trägt ein blaßblaues Hauskleid ohne Mieder und Hüftpolster, in dem sie sich frei und ungezwungen bewegen kann. Sie ist schön und vollkommen. Obwohl ich nun schon seit Jahren fast ständig um sie bin, habe ich mich immer noch nicht an ihre Schönheit gewöhnt. Manchmal, wenn ich sie ansehe, traue ich meinen Augen nicht und denke: Es kann doch gar nicht sein, daß eine Frau so schön ist.

Die tobende See, der heulende Wind, die krachenden Blitze – nichts jagt ihr Furcht ein. Sie liest oder träumt vor sich hin. Von Zeit zu Zeit läßt sie ihr Buch in den Schoß sinken und starrt ins Leere, wobei sie leicht die Lippen bewegt. Man könnte denken, sie betet. Aber in Wirklichkeit betet sie nicht; ich weiß, was sie macht: sie lernt ein Sonett ihres Petrarca auswendig. Im Palazzo Rusticucci hat sie manchmal laut rezitiert, während wir alle damit beschäftigt waren, ihr Haar in einem Zuber zu waschen. Es klingt sehr schön, wie sie das aufsagt, aber es ist ein Italienisch, das ich nicht verstehe.

Am späten Nachmittag höre ich vor dem Haus ein Geräusch. Ich schaue aus dem Fenster und erblicke Signor Peretti, dem der Regen von Kopf und Schultern trieft. Es klopft, doch als ich auf Vittorias Zeichen hin öffne, tritt nicht der Signore herein, sondern der Majordomus. Ich beeile mich, die Tür hinter ihm wieder zu schließen, was mir nur mit Mühe gelingt: mit meinem ganzen Gewicht muß ich mich dagegenstemmen und mit aller Kraft gegen den Seewind ankämpfen.

„Signora“, sagt der Majordomus mit einer tiefen Verneigung, „Signor Peretti bittet Euch inständig, wegen des heftigen Unwetters die kommende Nacht im Palazzo zu verbringen.“

„Richte ihm meinen Dank aus“, erwidert die Signora

mit einem Anflug von Hochmut, „doch das Haus ist fest. Ich fühle mich hier genauso sicher wie im Palazzo."

„Signora", fleht der Majordomus in großer Verwirrung, „der Herr hat mir aufgetragen, Euch die Rückkehr in den Palazzo mit größter Dringlichkeit nahezulegen."

„Damit könnt Ihr nichts ausrichten", meint Vittoria und lächelt geringschätzig. „Mein Entschluß steht fest: ich bleibe hier."

Er verbeugt sich und geht. Ich öffne die Tür nur spaltbreit und schließe sie gleich wieder. Durch das Fenster kann ich sehen, wie er Signor Peretti etwas ins Ohr schreit, um gegen den infernalischen Lärm von Wind und See anzukommen. Der Signore scheint sich zu fragen, ob er nicht selbst eintreten und mit der Signora reden solle, denn ich sehe ihn zwei Schritte auf unsere Tür zu machen. Im letzten Moment besinnt er sich, kehrt um und geht weg. Das hätte er nicht tun dürfen, glaube ich.

Ich werde in meiner Meinung bestärkt, als die Signora kurz darauf von ihrem Buch aufblickt und zu mir sagt:

„Was ist mein Mann doch eine traurige Figur! Er fürchtet sich vorm Regen und ein paar harmlosen Blitzen. Statt selbst zu kommen, schickt er mir den Majordomus."

„Nein, Signora", sage ich, „Signor Peretti hat keine Angst gehabt. Ich habe ihn durchs Fenster gesehen. Er troff vor Nässe. Er hat nur nicht gewagt einzutreten: Ihr habt ihm doch den Zutritt verboten."

Die Signora blickt mich an, und plötzlich füllen sich ihre großen blauen Augen mit Tränen.

„Wie!" klagt sie mit versagender Stimme. „Auch du, Caterina? Auch du stellst dich gegen mich?"

Ihr Ton, ihre Tränen, ihr Blick verwirren mich. Ich werfe mich ihr zu Füßen. Ich nehme ihre Hände und bedecke sie mit Küssen.

„Oh, nein, Signora", rufe ich, „niemals! Ich werde immer zu Euch halten, was auch geschehen mag!"

Und ich beginne zu weinen. Sie befreit ihre Hände und streicht mir übers Haar. Ein großes Glücksgefühl durchdringt mich, wie ich ihr so zu Füßen liege, den Kopf in den Falten ihres Gewandes geborgen. Kurz darauf sagt sie zu mir:

„Nun ist alles wieder gut … Wir haben Frieden geschlossen. Du bist ein braves Mädchen, Caterina."

Ich erhebe mich und nehme meinen Platz am Feuer wieder ein. Ein braves Mädchen, gewiß bin ich das. Alle Welt sagt es. Und vielleicht nutzt man das ein bißchen aus. Denn ich habe wirklich und mit eigenen Augen gesehen, wie Signor Peretti tropfnaß und sehr unglücklich vor der Tür seiner Frau stand und nicht einzutreten wagte. Wieso habe ich die Signora verraten und mich „gegen sie gestellt", nur weil ich ihr das berichtet habe?

Gegen sechs Uhr abends kommt in strömendem Regen der arme Majordomus mit vier Dienern und bringt unser Abendessen. Hinter dem Rücken der anderen lächele ich dem Dicken zu, um ihn bei Laune zu halten. Wir sind gute Freunde, seitdem ich ihm die schon erwähnten kleinen Freiheiten gestattet habe. Auch die Signora ist sehr nett zu ihm: wahrscheinlich ist ihr bewußt, wieviel Unannehmlichkeiten sie ihm bereitet. Obwohl völlig durchnäßt, verläßt er uns reinweg behext. Beim Abschied gebe ich ihm mit einem letzten Lächeln den Rest. Erstaunlich, daß ich mich über derartige Spielchen noch amüsieren kann, trotz meiner Nervosität und Angst. Denn der Abend bricht herein, und es wird Zeit, Domenicos Anweisung zu befolgen und Kerzen ins Fenster zu stellen, selbstverständlich ohne die Läden zu schließen. Ich mache alles, wie befohlen, bin jedoch sehr besorgt: welch unsinniges Arrangement bei dem heftigen Sturm, der immer wieder die Fensterscheiben erschüttert.

„Du bist verrückt, Caterina!" sagt die Signora und schaut von ihrem Buch auf. „Was soll die Festbeleuchtung? Schließ lieber die Fensterläden!"

„Signora", sage ich gemessen (ich habe meine Antwort gut vorbereitet), „ich denke an die Männer auf See."

„Du bist hier nicht in Grottammare."

„In Grottammare hatten wir keine Kerzen. Im Winter

leuchtete uns das Kaminfeuer; und wollten wir etwas genauer sehen, warfen wir eine Handvoll Reisig auf die Glut."

„Mach die Kerzen aus, Caterina. Du glaubst doch nicht, daß sie bei diesen Blitzen zu sehen sind?"

„Verzeihung, Signora, Ihr habt gelesen und es nicht gemerkt: das Gewitter hat sich verzogen, und es blitzt nicht mehr."

„Ach, Caterina", sagt sie, „das ist doch egal! Du gehst mir auf die Nerven mit deinem Palaver. Tu, was ich dir sage, und Schluß!"

Ich sehe sie an.

„Verzeiht mir die Frage, Signora: war ich Euch in den sechs Jahren, die ich in Euern Diensten stehe, nicht immer eine sehr ergebene und sehr anhängliche Kammerzofe?"

„Ja, gewiß. Doch das ist kein Grund, jetzt deinen Launen nachzugeben."

„Nein, Signora, das ist keine Laune", widerspreche ich heftig. „Das ist eine Frage von Leben und Tod!"

Mein Tonfall überrascht sie; sie sieht mich zögernd an. Doch ihre Gewohnheit, mich herumzukommandieren, obsiegt; sie sagt trocken:

„Los, Caterina, sei nicht so eigensinnig! Gehorche! Lösch die Kerzen aus und schließ die Läden!"

Ich bin verzweifelt und weiß nicht, was ich in meiner panischen Angst noch sagen oder tun kann. Unsere Blicke kreuzen sich. Sie spürt mein Entsetzen, und mein heftiges Widerstreben macht sie nachdenklich. Sie sagt ruhiger:

„Ich verstehe dich nicht, Caterina. Normalerweise bist du nicht so aufsässig."

„Vergebung, Signora! Stellt Euch vor, Euer Bruder Marcello wäre bei solchem Unwetter auf See: würdet Ihr nicht wollen, daß ihm die Lichter aus der Ferne den Weg zu Euch weisen?"

Sie wird stutzig – so stutzig, daß ich an ihrer Stelle ein paar kleine Fragen stellen würde. Das wird sie auch tun, denke ich. Aber nein, sie tut es nicht. Sie besinnt sich anders, zuckt die Achseln und sagt mit gespielter Gleichgültigkeit:

„Mach, was du willst. Dieses Gerede ermüdet mich. Aber merk dir, Caterina: es ist das letzte Mal, daß ich deine Launenhaftigkeit durchgehen lasse."

„Ja, Signora. Vielen Dank, Signora. Verzeiht mir, Signora."

Ich bin ganz Versöhnung, Dankbarkeit und Demut und überlasse ihr gern den Siegerlorbeer: Hauptsache, sie hat nachgegeben. Obwohl sie sich wieder in ihre Lektüre vertieft, bin ich sicher, daß sie nicht eine Zeile liest, weil sie die Fragen, die sie mir nicht stellen wollte, nun in ihrem Kopf wälzt.

Sie hat wenigstens ein Buch, das ihr Haltung gibt. Ich dagegen sitze untätig auf meinem Stuhl, bewege die Hände im Schoß und muß meinen Drang, aufzustehen und herumzugehen, unterdrücken. Denn ich bin nur die Zofe, nicht die Herrin. Wenn die Signora ihre Nervosität nicht mehr beherrschen kann, läuft sie hin und her, und keiner wagt, etwas dagegen zu sagen. Wenn ich es ihr aber nachmachen will, heißt es gleich, ich sei zu unruhig und ginge ihr auf die Nerven.

Minuten verstreichen, vielleicht sogar Stunden, wer weiß. Nur die Signora hat eine Uhr, und ich darf sie natürlich nicht nach der Zeit fragen. Auf jeden Fall muß es sehr spät sein. Die Kerzen an den Fenstern brennen langsam nieder, ihre hohen Flammen flackern im Windzug. Die Lichter sind schon zu einem guten Drittel aufgebraucht, ihre Dochte rauchen; endlich finde ich Beschäftigung: ich stehe auf, um sie zu putzen. Dann fache ich die beiden Feuer wieder an und lege frisches Reisig auf. Damit verrate ich mich: selbst im Winter wird zur Schlafenszeit die Glut mit Asche bedeckt und kein Holz mehr nachgelegt. Die Signora sieht meinem Tun zu, stellt aber keine Fragen.

Ich setze mich wieder, und während die Zeit verrinnt, werde ich halb verrückt vor Angst. Ja, ich bin nie auf einem Schiff gewesen, aber als Fischerstochter habe ich genug Geschichten über Unwetter und Schiffbrüchige gehört.

Die Signora dreht sich zu mir um:

„Warum gehst du nicht zu Bett, Caterina?"

Die gleiche Frage könnte ich ihr stellen: noch nie ist sie so lange aufgeblieben.

„Ich bin nicht müde, Signora."

Unsere Blicke treffen sich, sie sieht weg, und wir schweigen beide. In dieser Welt dürfen nur die Männer die Wahrheit sagen. Den Frauen wird von klein auf Verstellung beigebracht. Und so sitzen wir scheinheilig nebeneinander und wissen, weshalb wir zittern. Denn auch sie ist sehr beunruhigt, das sehe ich wohl. Nur beherrscht sie ihren Körper besser als ich. Doch sie sieht angespannt und ängstlich aus. Das Buch auf ihren Knien ist überflüssig geworden: sie tut nicht einmal mehr so, als lese sie.

Plötzlich lautes Klopfen und Rufen an der Tür:

„Macht auf! Macht auf! Ich bin's, Marcello!"

Ich eile zu öffnen; Marcello wankt herein, tropfnaß, das Wams zerrissen, eine Wange blutüberströmt.

„Helft mir den Fürsten tragen", kommt es stoßweise aus ihm heraus, „er ist gestürzt."

„Ist er tot?" schreit Vittoria.

„Nein, nein", sagt Marcello.

Die Signora nimmt sich nicht die Zeit, einen Mantel überzuwerfen, sondern rennt wie von Sinnen hinaus, wo ihr Sturm und Regen sofort heftig um die Ohren klatschen. Marcello läuft mir voraus, und zu dritt schaffen wir es mit Mühe, den großen schweren Körper ins Haus zu tragen und vorm Feuer niederzulegen. Mit großer Erleichterung schließe ich hinter uns die Tür. Vittoria kniet bereits auf dem Teppich und hat Orsinis Kopf angehoben und an ihre Brust gelehnt.

„Er ist nur ohnmächtig", sagt Marcello. „Als er vor mir die Stufen hinaufstürmte, ist er gestürzt und auf sein krankes Bein gefallen. Der Schmerz hat ihn besinnungslos gemacht."

Wir sind pudelnaß, und ich sehe mit Schrecken die verfilzten und vom Regen verklebten blonden Locken der Signora.

„Wir müssen ihn ausziehen“, bestimmt Marcello, „er erkältet sich sonst.“

„Ihr seid verwundet, Signore“, sage ich zu Marcello, „Ihr blutet an der Wange.“

„Das ist nichts weiter. Eine Welle hat mich mit dem Kopf gegen einen Felsen geschleudert.“

„Eine Welle?“ frage ich. „Ihr seid also nicht mit einem Boot gekommen?“

Trotz seiner blutüberströmten Wange findet er noch die Kraft zu lachen:

„Es ist zerschellt, als wir in die Felsbucht einliefen.“

„Hilf mir doch, Caterina!“ sagt die Signora ungeduldig. „Du schwatzt zuviel.“

Ich helfe ihr beim Entkleiden des Fürsten, was bei seinem Körpergewicht nicht einfach ist. Als wir es endlich geschafft haben, frottieren wir ihn ab. Er ist ein sehr schöner Mann. Wie eine Statue: muskulös und wohlgestalt. Seine Wunde am Schenkel blutet, doch langsam kehrt die Farbe in sein Gesicht zurück, und er bewegt die Augenlider.

„Mach Wein heiß, Caterina, und gib ihm den“, befiehlt die Signora.

Sie steht auf, zieht den roten Seidenvorhang zu und begibt sich auf die andere Seite. Ich gieße Wein in einen Zinnbecher, tue ein Stück Kandiszucker dazu und stelle ihn auf die Steine über der Glut.

„Lösch die Kerzen aus, Caterina“, verlangt Marcello. „Das hat der Fürst dem Kapitän der Galeere versprochen zum Zeichen, daß wir gesund und munter gelandet sind.“

„Ich denke, sie ist zerschellt.“

Er lacht.

„Nicht die Galeere ist zerschellt, du Dummchen, sondern das Boot zum Landen.“

„Laßt mich das Blut von Eurer Wange abwischen, Signore.“

„Das trocknet von allein. Hilf lieber Vittoria beim Ausziehen und reib sie ab. Ich geb dem Fürsten zu trinken.“

Ich gehe auf die andere Seite des Vorhangs, aber die Signora ist schon im Evaskostüm und trocknet sich allein ab. Ich drehe ihr Haar zusammen, wickele es in ein Handtuch und halte es nach hinten weg, damit sie sich auch den Rücken reiben kann.

„Wie geht es ihm?“

„Besser, Signora. Er hat die Augen auf, und der Wein wird ihn wieder völlig beleben.“

„Gott sei gelobt“, flüstert sie.

Ich an ihrer Stelle hätte Gott nicht gelobt, nicht einmal leise.

„Signora, um Euer Haar richtig zu trocknen, müßtet Ihr Euch ans Feuer setzen und dort eine Weile ausharren.“

„Eine Weile ausharren? Wo er sein Leben riskiert hat, um zu mir zu gelangen?“

In Windeseile zieht sie ein Hauskleid über, das sie selbst aus der Truhe zerrt, während ich ihr Haar hochhalte. Als sie fertig ist, lege ich ihr ein zweites Handtuch über den Rücken und lasse das Haar herab, dessen Feuchtigkeit bald durch Tuch und Kleid dringen wird. Doch was kann ich dafür?

Ich erkenne die Signora nicht wieder. Wer hat gesagt, ihre blauen Augen blickten kalt? Im Halbschatten des Zimmers, das nur vom roten Widerschein des Feuers erhellt wird, sprühen Flammen aus ihren Augen. Als sie auf die andere Seite geht – dorthin, wo die Sünde auf sie lauert –, scheint es, als schwebe sie auf Wolken.

Ich fröstele und merke, daß auch ich bis auf die Knochen naß bin. Bevor ich mich ausziehe, lege ich Scheit auf Scheit und entfache ein Höllenfeuer. Die Hölle droht uns allen vier, wenn man Pfarrer Racasi glauben darf, doch ich glaub ihm nur zur Hälfte. Es ist schon schlimm genug, eines Tages sterben zu müssen. Wenn dazu noch das ewige Fegefeuer käme, *Madonna Santa*, wo bliebe da die Güte Gottes?

Hölle oder nicht … obwohl Marcello in meiner Nähe

ist, quälen mich plötzlich finstere Gedanken, während ich meinen Körper aus Mieder und Unterrock schäle. Mehr noch als Gott fürchte ich die Männer. Von dem Augenblick an, da die Signora zur Ehebrecherin wird, ist Signor Peretti verpflichtet, sie zu töten. Und mich, ihre Komplizin, auch. Mehr noch: wenn ich in meiner Beichte Pfarrer Racasi nicht sage, daß sie schuldig ist, würde ich falsch beichten und wäre verdammt. Dem nichtadligen Marcello droht wegen Verkupplung seiner Schwester ebenfalls der Tod. Nur der Fürst wird davonkommen, weil er Fürst ist. *Dio mio!* Ist das gerecht?

Sowie ich nackt bin, schlägt meine Stimmung völlig um. Ich drehe und wende mich vor den wärmenden Flammen und spüre, wie mich die Hitze gleichzeitig mit einem intensiven Gefühl der Freude durchdringt. Warum kann ich nicht glücklich und zufrieden leben, ohne mir Fragen zu stellen? Wie ein hübsches Hündchen, vor dem Feuer ausgestreckt, die Schnauze zwischen den Pfoten?

Eine Hand hebt den roten Seidenvorhang: Marcello wechselt auf meine Seite. Ich unterdrücke den Drang, ihm entgegenzueilen. Auf den ersten Blick habe ich gesehen: dies ist nicht der Moment, mich in seine Arme zu werfen. Für einen Mann, der mit knapper Not dem Tod entronnen ist, wirkt er nicht mitgenommen, nicht einmal müde. Sein Gesicht zeigt keinen Ausdruck. Doch ich kenne ihn. Wenn ich mich ihm jetzt nähere, stößt er mich zurück. Ich weiß, was ich zu tun habe: mich möglichst klein am Feuer zusammenrollen und schweigen. Ich sehe ihn nicht einmal an.

Marcello zieht sich wortlos aus und wirkt wie abwesend, er breitet Wams und Beinkleider auf zwei Schemeln zum Trocknen aus. Dann wärmt er sich – wie ich soeben – von allen Seiten am Feuer, was ihn anscheinend nicht so wohlig stimmt wie mich. Ich blicke verstohlen zu ihm hin, aber nur kurz. Denn er ist sensibel wie eine Frau und errät alles. Ich spüre seine bärbeißige Laune und befürchte schon, er läßt mich die ganze Nacht so vor dem Kamin kauern, ohne mich anzurühren. Dabei hat er das alles angezettelt! Von Anfang an! Ohne ihn hätten die Ereignisse dieser Nacht nicht stattgefunden. Nun steht er da, stocksteif, stumm und verkrampft. Was sind diese Leute doch kompliziert! Er und die Signora geben ein hübsches Paar! Dabei kann ich die Signora, die eine Frau ist, noch verstehen. Aber er …

Plötzlich kommt Marcello auf mich zu. Wortlos packt er mich mit einer Hand am Haar, mit der anderen hält er mir den Mund zu (wie auch beim ersten Mal), zwingt mich aufzustehen, stößt mich aufs Bett, legt sich auf mich und nimmt mich brutal. Schwer liegt er mit seinem ganzen Gewicht auf mir, sieht mich wild an und zischt mir ins Ohr: „Hör gut zu! Wenn du zum Schluß schreist, wie sonst immer, erwürge ich dich!“ Mit beiden Händen preßt er meine Oberarme so fest, daß ich trotz seines Verbots am liebsten aufstöhnen würde. Ich sehe sein konvulsivisch zuckendes Gesicht über mir, er küßt mich nicht, und während er meinen Bauch bearbeitet, keucht er: „Du bist nur eine kleine miese Hure. Ich hasse dich!“ Doch er kann sagen und tun, was er will, mich töten, zermalmen, beschimpfen: alles macht mich trunken vor Lust.

Als er fertig ist, löst er sich von mir und rollt sich auf die Seite. Plötzliche Müdigkeit übermannt ihn. Er schließt die Augen. Er schläft wie ein Kind. Ich stütze mich auf den Ellenbogen, um ihn zu betrachten. Der Widerschein des Feuers rötet seinen Körper. Er sieht herrlich aus. Im Schlaf gehört er mir allein. Dieser Dummkopf! Er hat seinen schnellen Männersieg gehabt, aber mein Vergnügen dauert noch an. Es klingt in mir nach. Um nichts auf der Welt würde ich mit dir tauschen, Marcello. Das sagt dir deine kleine miese Hure.

Lautloses Lachen schüttelt mich. So weit bin ich jetzt: ich genieße, ohne zu stöhnen; ich lache, ohne einen Ton von mir zu geben. So wollen uns die Männer haben! Und sogar die Signora gehorcht, dem Schweigen auf der anderen Seite nach zu urteilen. Das muß mein letzter Gedanke vorm Einschlafen gewesen sein, denn beim Erwachen am Morgen kehrt er mir deutlich ins Bewußtsein zurück.

KAPITEL VI

Aziza:

Als ich Paolo bat, ihn auf der Galeere nach Santa Maria begleiten zu dürfen, lehnte er zunächst ab. Dann entsann er sich, wie seefest ich gewesen war, als ich ihm seinerzeit an Bord der venezianischen Galeere gedient hatte; er ließ sich erweichen und stimmte zu. Das Angebot Lodovicos, ihn zu begleiten, nahm er ebenfalls an, aber widerwillig und, wie mir schien, mehr aus abergläubischem Respekt vor Familienbanden denn aus Freundschaft. Mein Verdacht bestätigte sich, als Paolo, kurz bevor er das Landungsboot bestieg, nicht Lodovico das Kommando über die Galeere anvertraute, sondern seinem Ersten Offizier, dem er seine Instruktionen so erteilte, daß die anderen sie nicht hören konnten.

Die Überfahrt von Neapel nach Santa Maria dauerte drei Tage, und je näher wir unserem Ziel kamen, um so wilder wurde das Meer und um so größer die Angst, die mir die Kehle zuschnürte, denn Paolos Unternehmen erschien mir sehr gewagt. Da ich jedoch wußte, wie unbeirrbar er dazu entschlossen war, sagte ich nichts. Ich verheimlichte ihm sogar meine quälende Furcht und blieb bis zuletzt so, wie er mich immer gekannt und gewünscht hatte: heiter, liebenswürdig und ihm gehorsam. Während der Überfahrt nahm Paolo zweimal meine Liebesdienste in Anspruch, was mich überglücklich machte, aber auch verwunderte und in gewisser Weise demütigte: offensichtlich bestand für ihn überhaupt keine Verbindung zwischen dem Vergnügen mit mir und seiner großen Liebe zu Vittoria.

Als wir uns Santa Maria näherten, ließ Lodovico durch Folletto um eine Unterredung mit Paolo bitten. Paolo willigte ein, befahl mir aber vorher, mich in sein Bett zu legen, die Bettvorhänge zuzuziehen und mich nicht bemerkbar zu machen, aber genau zuzuhören, was ich auch tat. Allerdings schlossen die Vorhänge nicht ganz dicht, so daß ich Lodovico beobachten konnte, der an dem im Boden verschraubten kleinen Tisch Platz genommen hatte, wo bei den Mahlzeiten Paolo saß. Von Paolo konnte ich nur den Rücken und die rechte Schulter sehen. An seinem mir gut bekannten Tonfall erriet ich seinen Gesichtsausdruck. Während der Unterhaltung der beiden Männer mußte ich mich an der Bettkante festkrallen, denn die Galeere schlingerte und stampfte beängstigend, und ich hörte die heftigen Wellenschläge gegen den Schiffsrumpf, der bei jedem neuen Stoß ächzte und krachte.

„Paolo, du siehst, was für ein Wetter das ist", begann Lodovico. „Sag nicht, daß du immer noch beabsichtigst, bei Einbruch der Nacht ein Boot zu Wasser zu lassen und zusammen mit diesem Intriganten an die Küste zu rudern. Das wäre Wahnsinn!"

„Würde Marcello diesen Wahnsinn mitmachen, wenn er ein Intrigant wäre? Normalerweise setzen Intriganten nicht ihr Leben aufs Spiel. Das müßtest du wissen."

„Lassen wir Marcello beiseite. Du siehst doch selbst: das Meer ist außer Rand und Band. Du rast in dein Verderben."

„Jeder muß einmal sterben", sagte Paolo leichthin und scherzhaft. „Und bedenkt man's recht: wofür sollte ich leben?"

„Für Virginio."

„In meinem Testament ist er reich bedacht worden. Und im übrigen ist er auf Grund meiner langen Abwesenheit von seinen Onkeln erzogen worden und daher heute eher ein Medici denn ein Orsini."

„Trotzdem bleibt er dein Sohn."

„Und du mein leiblicher Vetter", meinte Paolo ironisch, „und Medici mein Schwager. Wir sind eine einträchtige Familie."

„Ach Paolo, bitte! Reden wir ernsthaft! Vergangene Nacht hatte ich einen schrecklichen Traum wegen deines wahnsinnigen Unterfangens: auf der Rückkehr zur Galeere kenterte dein Boot. Marcello, Vittoria und du selbst, ihr seid ertrunken."

„Das wäre ziemlich traurig für uns drei", sagte Paolo, immer noch leichthin. „Und traurig auch für dich, Lodovico."

„Zweifelst du daran, Paolo?" fragte Lodovico mit einer Falschheit, die mir nicht entging.

„Keineswegs. Ich bin mir bewußt, dir immer ein guter Verwandter gewesen zu sein, *carissimo*: aufgeschlossen und großzügig. Virginio, fürchte ich, wird anders zu dir sein, sosehr du dir jetzt seine Interessen angelegen sein läßt."

„Warum sagst du das, Paolo?" fragte Lodovico mit sichtlichem Unbehagen.

„Weil Virginio jetzt ein Medici ist. Die Medicis sind Bankiers. Sie rücken nicht gern was raus."

„Du bist ungerecht mir und ihnen gegenüber. Du liebst die Medicis nicht."

„Im Gegenteil, ich liebe sie sehr. Aber ich kann ihnen nicht verzeihen, daß sie mich nach dem Ehebruch ihrer Schwester so sehr gedrängt haben, Isabella zu töten."

„Am Ende hast du sie ja auch getötet – nur aus anderen Gründen, die vielleicht weniger ehrenhaft sind."

„*Carissimo*, über die Ehre der älteren und über die der jüngeren Linie der Orsinis gäbe es gewiß sehr viel zu sagen."

Ich konnte den Fürsten nicht sehen, aber ich wußte genau, daß er bei diesen Worten auf eine bestimmte Art lächelte, denn seine Stimme war scharf wie ein Peitschenhieb. Lodovico hat das gespürt, denn ein Zucken lief über sein Gesicht. Aber er behielt sich in der Kontrolle.

„Du kannst jedenfalls nicht abstreiten, Paolo", sagte er kalt, „daß du den Entschluß, Isabella zu töten, nach deiner Begegnung mit Vittoria Peretti gefaßt hast."

„Ja, das stimmt. Aber im Gegensatz zu deinen und Raimondos Vermutungen war er kein Resultat dieser Begegnung. Ich hatte den Entschluß gefaßt, bevor ich Vittoria schrieb und bevor sie mir ihren Ring als Zeichen ihrer Gefühle schickte. Der Majordomus von Bracciano hatte mir berichtet, daß Isabella so weit gesunken war, sich Küchenjungen und Maultiertreibern hinzugeben. Diesen Skandal durfte ich nicht länger dulden."

Ich war sehr überrascht. Denn bisher hatte ich darin Lodovicos Meinung geteilt. Ich kannte indes die Wahrheitsliebe des Fürsten und zweifelte nicht an seiner Aufrichtigkeit. Lodovico dagegen glaubte ihm nicht, wie ich an seinem Gesicht ablesen konnte. Ein seltsames Gesicht übrigens. Auf den ersten Blick sehr hübsch. Doch bei näherem Hinsehen erscheint es einem häßlich ob der sich darin widerspiegelnden Gemeinheit.

„Ich glaube dir, Paolo, wenn du es mir so sagst", sagte Lodovico endlich in einem Ton, der zwischen Frechheit und Schmeichelei schwankte. „Aber lassen wir Isabella ruhen. Weißt du, Paolo, ich will an deine Vernunft appellieren. Sieh dir das Meer an! Deine Chancen für eine glückliche Landung stehen nicht einmal eins zu hundert. Wie kannst du nur zu einer solchen Torheit bereit sein?"

„Weil ich Vittoria liebe", sagte Paolo mit ironisch-scherzhaftem Unterton.

„Und wie soll man sich diese Liebe erklären, wo du Vittoria nur zwei Minuten gesehen hast?"

„Hier rühren wir an eins der Mysterien des menschlichen Herzens."

Er lachte, stand auf, legte den Arm mit allen Zeichen einer herzlichen Zuneigung um Lodovicos Schulter und begleitete ihn zur Tür, die er sofort hinter ihm verriegelte.

Wie war ich überrascht und dabei überglücklich, als ich Paolo auf das Bett zukommen, die Vorhänge beiseite schieben und sich zu mir legen sah; er schob den Arm unter meinen Nacken und zog meinen Kopf an seine mächtige Schulter.

„Na, Aziza, meine Wespe, was hältst du von meinen Cousins?" fragte er lächelnd.

„Zwei Blutegel. Zwei Taugenichtse. Aber man kann sie nicht in einen Sack stecken. *Il bruto* empfindet trotz seines Beinamens so etwas wie Sympathie und Zuneigung für dich. Lodovico dagegen ist eine richtige Schlange. Für deine Geschenke hat er dir niemals Dank gewußt. Und jetzt, wo du den Geldbeutel zuhältst, haßt er dich."

„Und warum, glaubst du, hat er darauf bestanden, mich an Bord zu begleiten?"

„Um Medici und Virginio anschließend Bericht erstatten zu können."

„Gut beobachtet, kleine Wespe. Du darfst nicht nur auf deine schöne Figur stolz sein, sondern auch auf dein kluges Köpfchen."

„Trotzdem verstehe ich nicht alles, Paolo. Warum hast du ihn an Bord genommen, obwohl du wußtest, was du weißt?"

„Ich muß gewisse Rücksichten auf ihn nehmen. Falls es zum offenen Krieg gegen den Papst kommt, stellen er, sein Bruder und seine Gefolgsleute eine nicht unbeträchtliche Unterstützung dar. Außerdem genießt Lodovico Vertrauen beim einfachen Volk, ohne dessen Unterstützung eine Rebellion nicht möglich ist ..."

Ich hörte ihm zu. Er sprach ruhig, beinahe heiter. Und doch wollte er bei Einbruch der Nacht sein Leben einer Nußschale auf dem entfesselten Meer anvertrauen. „Deine Chancen stehen eins zu hundert", hatte Lodovico gesagt. Was würde aus mir werden, wenn Paolo stirbt? Von Virginio an einen neuen Herrn verkauft zu werden, bei Gott dem Allmächtigen, das könnte ich nicht ertragen! Ich hatte noch immer Abensurs kleinen Dolch, von dem mein Beiname herrührt. Und ich schwor, den Kopf auf der Brust meines angebeteten Fürsten, ihn nicht zu überleben.

„Noch Fragen, Wespe?" wollte Paolo wissen.

„Ja."

Ach, wie bereue ich heute dieses „ja"! Welche Qualen wären mir erspart geblieben, hätte ich es unterdrückt! Welcher Teufel hat mich wohl geritten, Paolos Gefühle ergründen zu wollen! Hätte ich statt mit „ja" mit „nein" geantwortet: ich weiß genau, was passiert wäre. Die stürmische See hätte uns auf seinem engen Bett gegeneinander geworfen. Das Begehren, das mich erschauern ließ, hätte auch das seine wachgerufen, zumal in Anbetracht der ungeheuren Gefahr, der er sich aussetzen wollte.

Statt dessen war ich dümmer als eine Wespe, die immer wieder gegen eine Scheibe prallt. Ich stellte ihm die gleiche absurde Frage, die ihm schon Lodovico gestellt hatte und der Paolo ausgewichen war: „Wie soll man sich deine Liebe zu Vittoria erklären, wo du sie nur zwei Minuten gesehen hast?“

Leider vermied es Paolo diesmal nicht, die Frage zu beantworten, sondern gab mir voller Elan und Begeisterung einen aufrichtigen, sehr detaillierten Bericht, ohne im mindesten zu bedenken, wie weh er mir damit tat. Denn er ist gewiß ein guter Herr, gerecht, geduldig, aufmerksam.

„Als ich Vittoria bei Montalto begegnete“, hub er an und stemmte dabei das rechte Bein (das mit der Wunde) gegen die Bettkante, „sah ich sie nicht zum ersten Mal: ich hatte sie bereits zehn Jahre früher in Gubbio gesehen. Ich ritt damals an der Spitze eines stattlichen Trupps durch die kleine Stadt, und da ich noch etwas Zeit hatte, fragte ich einen gutgekleideten Passanten nach den Sehenswürdigkeiten im Ort. Es war ein alter Mann, dessen schwarze Augen vor Vergnügen funkelten, als er mir sagte: ‚Ein anderer würde den Herzogspalast nennen. Aber ich sage Ihnen: Vittoria Accoramboni. Ach, und heute ist gerade Dienstag. Dienstags und sonnabends, am zeitigen Nachmittag, wäscht Vittoria ihr wundervolles Haar, das sie bei Sonnenschein auf einer Terrasse trocknen läßt, und die liegt nach Süden und geht zur Straße. Dieses Schauspiel sollte man nicht versäumen, und solange mich meine alten Füße tragen, lasse ich es nicht aus. Wenn Ihr Lust habt, Signore, dann folgt mir. Ich bin gerade auf dem Weg dorthin.‘

Ich fand den alten Kauz köstlich, der, schon dem Tode nahe, noch so viel Wert auf die platonische Betrachtung weiblicher Schönheit legte. Ich war neugierig und amüsiert, stieg ab, warf meinem Knappen die Zügel zu und folgte dem Alten, der mit kleinen, stolpernden Schritten vor mir herging. Unterwegs erzählte er mir, er heiße Pietro

Muratore und fertige Bilderrahmen, die, wie er schelmisch versicherte, oft schöner seien als die Bilder selbst. Da er mich wegen meines Wamses aus Büffelleder für einen einfachen Kapitän hielt und so vertraulich mit mir schwatzte, verschwieg ich ihm meinen Namen, um ihn nicht in Verwirrung zu bringen.

Vittoria Accoramboni saß auf einem Schemel mit Rükkenlehne, ihr unglaublich langes blondes Haar war hinter ihr auf einer Art Gestell in der Sonne ausgebreitet. Eine kleine maurische Sklavin beschattete Vittorias schönes Gesicht mit einem großen weißen Sonnenschirm, den sie abwechselnd mit der rechten oder linken Hand hielt, damit ihr die Arme nicht erlahmten. Ihre Herrin trug ein blaßblaues weites Hauskleid, dessen Falten wie bei ionischen Tuniken locker ihren statuenhaften Körper umflossen. Man hätte sie für eine griechische Göttin halten können, zumal sie barfuß war und man deutlich ihre vollendet geformten Füße sehen konnte, die sie bequem auf eine Fußbank stützte, so daß der Schirm sie nicht beschattete. Vittoria hielt ihre Füße wohlig in die Sonnenwärme, und es bekümmerte sie wenig, daß sie bräunen würden.

Muratore zufolge – der jetzt in stumme Betrachtung versenkt war – zählte Vittoria gerade fünfzehn Jahre, aber ihre frauliche Schönheit war bereits voll erblüht. Die kleine Maurin hielt ich für höchstens zehn. Auch sie war sehr hübsch: zierlich und gut gebaut, hellbrauner Teint, rabenschwarzes Haar, große schwarze Augen, kleine Nase, großer Mund."

„Dann ähnelte sie ja mir", sagte ich mit gemischten Gefühlen.

„Ja, Aziza, und du wirst sehen, daß diese Ähnlichkeit für den Fortgang der Geschichte Folgen hatte. Die Kleine erschien mir wie ein wichtiger Bestandteil des Bildes, das ich betrachtete. Man hätte meinen können, ein großer Künstler habe sie an diesen Platz gestellt, nicht um Vittorias Teint zu schützen, sondern um – durch den Kontrast – Vittorias rosige Haut, ihr zum Trocknen ausgebreitetes goldenes Vlies und ihre blauen

Augen zur Geltung zu bringen. Freilich konnte ich nur vermuten, daß Vittoria blaue Augen habe: sie hielt die Lider gesenkt und las."

„Aber wie konntest du das alles sehen, Paolo? Sie saß auf der Terrasse, du warst auf der Straße."

„Dem Haus gegenüber stand eine kleine Kirche, deren Vorhof, zu dem ein paar Stufen hinanführten, auf gleicher Höhe mit der Terrasse lag. Dort fanden sich ihre Bewunderer ein: Männer und Frauen jeden Alters verweilten in schweigender Verehrung, bis sie sich satt gesehen hatten und Neuankömmlingen Platz machten. Manche kamen andächtig vom Gebet aus der Kirche und blieben auf dem Vorhof stehen, um ebenfalls an dem heidnischen Kult um Vittorias Schönheit teilzunehmen. ‚Man sieht ihre Augen nicht', sagte ich zu Muratore. Ich hatte leise gesprochen wie an einem heiligen Ort. Trotzdem hatte ich die Anbeter gestört, wie ihre tadelnden Blicke mir zu verstehen gaben. ‚Warten Sie', flüsterte Muratore und zog mich gebieterisch am Ärmel, um mich an den Respekt zu erinnern, der dem Idol gebührte.

Und wirklich: Vittoria legte nach einer Weile ihr Buch in den Schoß, wo sie es mit der linken Hand aufgeschlagen hielt; sie drehte den Kopf zu uns, sah uns mit ihren großen blauen Augen an und grüßte mit einem leichten Kopfnicken. Das geschah ohne Hochmut und ohne plumpe Vertraulichkeit, aber mit wahrhaft königlicher Würde und Anmut. Durch unsere Gruppe ging eine Bewegung, die Frauen verneigten sich, die Männer zogen den Hut, was ich, dem Beispiel Muratores folgend, ebenfalls tat. Dann zupfte mich Muratore am Ärmel zum Zeichen des Aufbruchs; weil der Vorhof so klein sei, erklärte er mir, müsse man Platz für die anderen machen: ‚Denn der Mensch braucht Schönheit genauso zum Leben wie das tägliche Brot.'"

„Ein Weiser", sagte ich, „was ist aus ihm geworden?"

„Bei meiner Rückkehr nach Venedig habe ich mich nach ihm erkundigt. Er starb kurz nach meinem Besuch in Gubbio; mir ist nur die Erinnerung an seinen Namen geblieben: Muratore, und an seine kleinen schwarzen Augen, die so lebendig aus dem pergamentenen Gesicht strahlten. Ist es nicht seltsam, daß er in meinem Leben eine so große Rolle gespielt hat? Doch wie könnte ich es wagen, hier von göttlicher Vorsehung zu sprechen, ohne Gott den Herrrn zu beleidigen und den Heiligen Vater zu ärgern? Vielleicht", fuhr Paolo schalkhaft fort, „gibt es noch einen anderen Gott: den Zufall."

„Ach, Paolo", lachte ich (doch die Madonna weiß, wie wenig mir danach zumute war!), „du bist ein schlechter *roumi*! Und ein schlechter Mohammedaner dazu! Es gibt nur den einen Gott!"

„Der Zufall war auch weiter mit im Spiel", sagte Paolo. „Bei meinem ersten Kampf gegen die Piraten kaperte ich Absensurs Feluke und kaufte der Mannschaft eine kleine Maurin ab, die Vittorias Sklavin aufs Haar glich."

Ich schluckte und fragte mit erstickter Stimme:

„Deswegen hast du mich gekauft?"

Denn ich entsann mich genau, wie starr er mich vom ersten Augenblick an fixiert hatte.

„Nein, Aziza", antwortete er, ohne auf den Unterton in meiner Frage zu achten, „ich hätte dich auf jeden Fall gekauft." Und schnell fügte er hinzu: „Ich habe mich schon oft zu diesem Kauf beglückwünscht. Doch in all den Jahren, die wir zusammen die Meere befuhren, sah ich dich stets einen weißen Sonnenschirm über Vittorias Gesicht halten, wenn mein Blick auf dich fiel."

„Aber das war ich doch gar nicht!"

„Ich weiß. Ich wußte es vom ersten Tag an, nachdem ich dich befragt hatte."

„Kurz und gut, ich habe dir geholfen, dich an das anmutige Bild von Gubbio zu erinnern."

„Ja, genau. Dir verdanke ich, daß es mir immer wieder so lebendig, frisch und zauberisch vor Augen trat."

Ich schwieg. Was hätte ich auch sagen sollen? Da hatte ich Antwort auf meine Frage, und sie machte mir schwer zu schaffen. Gewiß, ich kannte von Anfang an meinen Platz in seinem Herzen und in seinem Leben, doch er war kleiner noch, als ich gedacht hatte: ich war nichts als eine braune Hand, die einen Sonnenschirm über Vittorias helles Gesicht hält.

Paolo Giordano Orsini:

Die dreitägige Überfahrt nutzte ich, um vom Schiffszimmermann Bug und Heck des kleinen Landungsbootes mit einem Deck ausrüsten zu lassen. Unter diesem doppelten Deck befahl ich Kork anzubringen, soviel wie aufzutreiben war: um die Schwimmfestigkeit des Bootes zu erhöhen und um es im Falle des Kenterns schneller wieder aufrichten zu können. Aus dem gleichen Grund ließ ich auch den Loskiel verstärken, damit Marcello und ich uns beim Kentern mit beiden Füßen darauf abstützen und so unser beider Gewicht einbringen könnten, um das Boot wieder flottzumachen. Dieses Manöver, vom Prinzip her einfach, ist schwierig auszuführen und setzt voraus, daß das Boot leicht und die Besatzung gut aufeinander eingespielt ist. Ich habe es in jungen Jahren oft zum Zeitvertreib geübt, sogar bei stürmischer See, und stets mit gutem Erfolg. Für den Fall, daß wir wegen der hohen Brandungswellen die Ruder sichern müßten, begnügte ich mich nicht mit den Rojekollen. Um zu verhindern, daß die Ruder abgetrieben würden, wenn wir zu Wasser gingen, befestigte ich sie mit Hanfseilen, die mehr Zugbelastung aushalten als Ketten.

Ich achtete auch darauf, unsere Kleidung so leicht wie möglich zu halten, und verzichtete auf Stiefel und Degen; nur den Dolch nahmen wir mit. Mein Erster Offizier insistierte, daß wir Korkgürtel anlegen sollten, und ich folgte seinem Rat, ohne mich der Illusion hinzugeben, sie könnten bei dem hohen Seegang von Nutzen sein.

Das Schwierigste war, das Boot zu Wasser zu lassen, einzusteigen und so schnell wie möglich von der Galeere wegzurudern, damit es nicht von den Wellen gegen die Bordwand geschleudert und zerschellen würde. Deswegen führten wir die Operation im Windschatten des Schiffes durch; ich hatte außerdem befohlen, auf der Leeseite Öl auf das Wasser zu gießen – Nichtseeleute sind immer wieder erstaunt, daß die Wogen dadurch geglättet werden. Wir verhinderten so, daß das Boot schon bei der ersten Berührung mit der See kenterte. Wir mußten uns sehr beeilen, denn die Galeere, die unsere Einschiffung deckte, bekam Dwarswind und hatte schwer zu kämpfen. Sowie sich das Boot etwas entfernt hatte, richtete sie sich wieder aus den Wellen auf; und da wir nun nicht mehr in ihrem Windschatten lagen, trieb uns der Sturm, der von der See in Richtung Land blies, der Küste entgegen. Die Ruder nutzten wir vor allem, um Kurs auf die Lichter zu halten, die ich, wenn ich mich umdrehte, hinter mir in den Fenstern des Häuschens leuchten sah, das *il mancino* mir beschrieben hatte.

Obwohl es fast Nacht war, lag ein fahlgrüner Schimmer über dem Wasser, und so konnte ich, wenn wir mit furchteinflößender Geschwindigkeit über einen Wellenberg glitten, vage die Konturen der Hütte erkennen, wo mich – die Kerzen bewiesen es – Vittoria Peretti erwartete. Diese Vorstellung machte mich trunken vor Glück, obwohl ich es immer noch nicht glauben konnte, so unerreichbar erschien mir mein Idol sogar in diesem Augenblick, da ich mein Leben riskierte, um zu ihr zu gelangen. Aber selbst wenn ich zehn Leben hätte statt des einen, würde ich sie alle für Vittoria wagen.

Ich behielt indes einen klaren Kopf und schrie Marcello auf der Bank vor mir knappe Befehle zu, entweder backbords oder steuerbords zu rudern oder gegenzuhalten, damit das Boot lotrecht zu den Wellen blieb und nicht schlingerte oder gar kenterte. Allerdings wußte ich, daß bei diesem Seegang die größte Gefahr nicht vom Meer ausging, sondern von der Küste, an der das Boot zu zerschellen drohte. Als die Lichter oben auf der Klippe verschwanden, begriff ich, daß wir sie nicht mehr sehen konnten, weil wir uns direkt unter der Steilwand befanden. Die nächsten Minuten würden über unser Leben entscheiden, je nachdem ob wir die Einfahrt zur Felsenbucht fanden oder nicht.

Im letzten Licht des Tages konnte ich gerade noch die hohe Schaumkrone der Wellen erkennen, die sich am Fuße des Felsens mit ohrenbetäubendem Tosen brachen. Wir flogen mit solcher Geschwindigkeit darauf zu, daß es schien, als käme uns der Fels entgegen, um uns zu zermalmen. Bei der schlechten Sicht und dem Sturm mußte ich mich schnell entscheiden und dann alles dem Zufall überlassen. Ich schrie einen Befehl und drehte mehr nach links; die vor uns aufragende Wand schien wunderbarerweise nach rechts auszuweichen: zu meiner unendlichen Erleichterung hatte ich die Einfahrt gefunden.

Die Freude riß mich fast von der Bank, dauerte aber nicht lange an, denn das Wasser stürzte mit solcher Gewalt in die Bucht, daß wir trotz verzweifelter Anstrengung die Kontrolle über das dahinrasende Boot verloren. Ich konnte noch das Riff an dem es umbrandenden Schaum erahnen. Es war nur einen Steinwurf weit weg, doch das Boot gehorchte unseren Rudern nicht mehr und wurde auf die Klippe geschleudert. Für einen Moment hatte ich die unsinnige Hoffnung, es könne ohne Schaden darüber hinwegkommen, doch es blieb hängen; eine zweite, noch höhere Welle riß uns von den Bänken und schleuderte uns in die enge Einfahrt, wo wir, halb schwimmend, halb willenlos getrieben, plötzlich Sand unter den Füßen spürten. Wir glaubten uns schon gerettet, da erlebten wir noch einen bangen Augenblick, denn die starke Brandung zog uns wieder seewärts, kaum daß wir Grundberührung gehabt hatten. Ich brüllte Marcello ins Ohr, möglichst tief unter der Brandungswelle in Richtung auf die Bucht zu tauchen und sich sofort mit beiden Händen in den Sand zu krallen. Der Sog der Brandung war jedoch so stark, daß er uns drei- oder viermal wieder wegriß, und wir wären sicher in diesem ungleichen Kampf unterlegen, hätte nicht das Toben der Wellen etwas nachgelassen, so daß wir schließlich die Grotte am Ende der Bucht erreichten.

Zum Glück führte die Grotte nicht geradeaus in den Felsen, in der Achse der Dünung, sondern verlief etwas schräg dazu, so daß wir vor der Brandung geschützt waren, unserer Erschöpfung nachgeben und uns auf dem Sand niederlegen konnten, auch wenn wir nicht im Trokkenen waren. Das Wasser, in dem wir regungslos ausgestreckt lagen, war kaum einen Fuß hoch, und seine sanfte, langsame Bewegung im Rhythmus der Brandung erschien mir im Vergleich zu dem soeben Erlebten wie freundliches Streicheln. Kleine Wellen überspülten mich manchmal bis zum Hals und kamen mir viel kälter vor als die Wogen, die uns eben noch in der Einfahrt zur Bucht hin und her geschleudert hatten. Die Kälte tat jedoch dem Gefühl von Behaglichkeit und Erleichterung, das ich empfand, wie ich da der Länge nach bis zur Brust, mitunter sogar bis zum Hals im Wasser lag, keinen Abbruch. Seltsamerweise muß ich trotz Nässe und Kälte für wenige Minuten eingeschlafen sein, denn ich spürte, wie mich Marcello rüttelte und mir zurief, der Wellengang habe weiter nachgelassen und wir sollten das nutzen, um die Stufen in der Felswand zu erklimmen. Ich entsinne mich, daß ich die wartende Vittoria völlig vergessen hatte und nur schmerzlich bedauerte, die Grotte verlassen zu müssen, in der ich Zuflucht vor der feindlichen Welt gefunden hatte wie in einer Mutter Schoß.

Sowie wir aus unserem Unterschlupf krochen, glaubten wir, in den Alptraum zurückzutauchen: Brecher von so ungeheurer Gewalt empfingen uns, daß es schien, als versuchten sie mit wütendem Haß, uns von den mühsam ertasteten Stufen herunterzureißen. Ich begriff instinktiv, daß ich mich nur mit den Wellen vorwärtsbewegen durfte, beim Zurückfluten des Wassers aber mit aller Kraft mich an den Fels krallen mußte, wie eine Napfschnecke an seinen Unebenheiten klebend, um nicht das Gleichgewicht zu verlieren und von der Brandung in die Tiefe gezogen zu werden. Unser Aufstieg vollzog sich daher außerordentlich langsam, und ich erinnere mich, daß ich die ganze Zeit einen absurden, heftigen Unwillen gegen die Leute empfand, die zwar die Stufen gehauen, aber nicht daran gedacht hatten, einen eisernen Handlauf an der Felswand anzubringen. Es kam mir gar nicht in den Sinn, daß diese Treppe nur dem Zweck dienen sollte, bei schönem Wetter in die Bucht hinabzusteigen.

Auf halber Höhe konnten uns die Wellen nicht mehr erreichen, dafür trafen uns nun so heftige Sturmböen, daß wir nach wie vor in Gefahr schwebten, von der Steilwand gerissen zu werden. Die Gefahr hatte sich sogar noch vergrößert, zumal wir ganz durchnäßt waren und der Wind uns vor Kälte erstarren ließ: unsere Bewegungen wurden steif, unser Griff nach dem Felsen unsicher. Schwindelgefühle quälten mich so, daß ich zwei- oder dreimal versucht war, meinen Griff zu lösen und mich vom Sturm in die Tiefe schleudern zu lassen. Auch mein Geist war völlig erlahmt und desorientiert: wider alle Vernunft sah ich in diesem Sturz nicht die Vernichtung, sondern eine Ruhepause, die mir das Überleben ermöglichen könnte. Indes bewegte ich mich rein mechanisch weiter vorwärts, ich ahmte blind Marcellos Gesten nach, der vor mir kletterte. Und ich wunderte mich, daß er, der Jüngere, mir Untergebene, voranging: ich hatte ihn hinter mir gewähnt.

Was dann geschah, wurde mir gar nicht richtig bewußt. Ich hatte das Gefühl, nicht mehr den Felsboden, sondern weichen, glatten Rasen unter mir zu spüren. Als ich jedoch den Fuß hob, um die nächste Stufe zu ersteigen, trat ich ins Leere und fiel mit dem Gesicht zur Erde. Ich empfand einen heftigen Schmerz am Schenkel und wurde – vielleicht auch durch meine Erschöpfung – ohnmächtig.

Obwohl ich mich nicht rühren, nicht sehen, nicht sprechen konnte, verlor ich das Bewußtsein nicht ganz. Ich hörte um mich her Gemurmel, ohne etwas zu verstehen, und merkte deutlich, wie ich von liebevollen Armen getragen und auf einem weichen Teppich vor einem Feuer niedergelegt wurde. Aber ich war, wie gesagt, nur mit Unterbrechungen bei Bewußtsein: bald sah ich etwas, bald sah ich nichts; in meinem Hirn wechselten unentwegt schwarze Löcher mit hellen Lichtflecken.

Ich fühlte jedenfalls, wie mein Kopf angehoben, wie ich ausgezogen wurde, und in dem Stimmengewirr um mich her erkannte ich die Stimmen zweier Frauen, eine hohe und eine tiefe. Das tröstete mich über die Maßen. Ich dachte nicht im entferntesten an Vittoria, sondern glaubte mich in die Kindheit zurückversetzt, als meine Mutter und ihre Zofe mich aus dem Badezuber hoben und mit warmen Handtüchern abtrockneten. Mir war, als durchlebte ich diesen köstlichen Augenblick noch einmal. Frauen, deren sanfte, musikalische Stimmen ich zwar vernahm, die ich aber nicht sah, rieben mich kräftig ab, so daß Wärme und Leben in meinen Körper zurückkehrten. Dann verband mir die eine mit viel Behutsamkeit den Schenkel; ich spürte nur einen durchaus erträglichen Schmerz, der mich zudem wieder etwas zu mir kommen ließ, und ich gewahrte nun zwei über mich gebeugte Köpfe, einen blonden und einen braunen, wenn auch die Konturen noch sehr verschwommen waren. Die Farbe der Augen konnte ich nicht erkennen, ihren Ausdruck dagegen nahm ich deutlich wahr: sie blickten sanft, ängstlich und liebevoll. Ich bemühte mich, den Frauen zuzulächeln, was mir aber leider nicht gelang. Meine Gesichtsmuskeln waren wie erfroren.

Eine der Frauen trocknete mein Haar und schob mir ein Kissen in den Nacken. Dann verschwanden beide. Ein Gefühl schmerzlicher Verlassenheit erfüllte mich, das aber nicht lange vorhielt, denn sogleich wurde mein Kopf wieder angehoben, und eine Männerstimme sagte: „Trinkt, Durchlaucht, das wird Euch guttun." Meine Lider flatterten: diesmal erkannte ich deutlich Marcello, ohne zu begreifen, wo ich war und was ich hier tat. Zu meinem großen Erstaunen wurde mir der Becher wieder entzogen, was mich sehr gegen Marcello aufbrachte. Ich runzelte die Stirn; doch als ich den Becherrand wieder zwischen den Lippen spürte und die herbe, gezuckerte warme Flüssigkeit von neuem durch meine Kehle rann, trank ich alles bis zur Neige mit geschlossenen Lidern. Dann schlug ich die Augen weit auf. Endlich war ich aus schwarzer Nacht in strahlende Helligkeit aufgetaucht: ich erkannte Vittoria.

Wäre ich ein Eremit gewesen, der in seiner Höhle betet – die plötzliche Erscheinung der Jungfrau Maria in ihrer himmlischen Glorie hätte keinen größeren Eindruck auf mich machen können. Vittorias Gesicht schien mir die Schönheit der ganzen Welt widerzuspiegeln. Ich betrachtete es mit einer Liebe, die sich zur Anbetung steigerte, als sich Vittoria sanft und mütterlich über mich beugte und mich ansprach. An ihrem Tonfall hörte ich, daß sie mir eine Frage stellte, verstand aber kein einziges Wort. Die Musik in ihrer Stimme erschien mir so einschmeichelnd und trostreich, daß ich allein vom Zuhören vor Glück dahinschmolz.

Mit rührender Geduld wiederholte sie ihre Frage, von der ich diesmal das erste Wort verstand: „Durchlaucht." Ich schüttelte den Kopf zum Zeichen, daß sie mich mit meinem Vornamen anreden sollte, und sagte: „Paolo." Allein dieses eine Wort kostete mich große Anstrengung. Das spürte sie offenbar, und weil sie mir in meinem gegenwärtigen Zustand keinen Widerstand leisten wollte, sagte sie lächelnd:

„Paolo."

Sie wiederholte ihre Frage, die ich nun verstand: ob ich essen und trinken wolle. Ich nickte. Doch mit dieser Antwort begnügte sie sich nicht.

„Ihr müßt ‚ja' sagen, Paolo."

Ich formulierte mühsam:

„Ja."

Sie beugte sich über mich und verbesserte:

„Ja, Vittoria."

Ich hob meinen Blick zu ihren großen blauen Augen, die geduldig, nachsichtig und milde auf mich heruntersahen, und mit neuer Anstrengung sprach ich ihr nach:

„Ja, Vittoria."

Meine Antwort schien sie befriedigt zu haben, denn sie

schenkte mir ein hinreißendes Lächeln, entfernte sich und machte sich am Kamin zu schaffen. Jetzt konnte ich auch ihren Körper sehen, der bisher durch die Nähe ihres Gesichts meinem Blick quasi entzogen war. Sie trug ein weites Hauskleid, ganz ähnlich wie damals in Gubbio auf der Terrasse. Mit den Augen verfolgte ich jeden ihrer Schritte, jede ihrer Bewegungen. Mir war, als verkörpere sie das gesamte lebende Universum und als existierte ich nur durch sie.

Nach kurzer Zeit kehrte sie mit einem Becher zurück, den sie mir reichte. Ich nahm ihn nicht. Ich wäre wohl dazu in der Lage gewesen, doch ich hoffte, sie würde meinen Kopf wieder mit ihrem Arm anheben und mir den Becher an die Lippen setzen. Was sie auch tat. Da mir inzwischen Kraft und Bewußtsein zurückgekehrt waren, erfüllten mich die Nähe ihres Gesichts und ihrer Brüste sowie ihr warmer Arm unter meinem Nacken mit einem noch größeren Glücksgefühl als beim ersten Mal, was sie irgendwie gespürt haben muß, denn sie atmete schneller.

Auch den Kuchen, den sie mir hinhielt, nahm ich nicht, obwohl mir bei seinem Anblick das Wasser im Munde zusammenlief, denn meine letzte Mahlzeit lag viele Stunden zurück (was auch meine Schwäche teilweise erklärte). Sie zerkrümelte den Kuchen in den Becher mit dem gezuckerten warmen Wein. Als der Kuchen aufgeweicht war, fütterte sie mich wie ein Kind mit einem kleinen Löffel, zunächst etwas ängstlich, dann immer beruhigter, weil sie sah, wie gierig ich schluckte.

So labte sie mich mit dem Kuchen und sah mir strahlend beim Essen zu. Dann stellte sie den Becher am Kamin ab, kam zurück, kniete sich hin und wischte meinen Mund mit einer kleinen Serviette ab. Da nahm ich ihre Hand und küßte sie inbrünstig.

„Oh, Paolo!“ rief sie fröhlich. „Endlich bewegt Ihr Euch, Ihr blickt auch lebhafter und habt wieder Farbe.“

Sie neigte sich über mich und legte ihre Lippen leicht auf meinen Mund. Ich erwiderte ihren Kuß, voller Angst, sie könne den meinen zu begehrlich finden und erschrekken. Aber meine Arme taten unwillkürlich, wonach mein Herz verlangte: sie umschlangen ihren Leib, und mit unsagbarer Erleichterung spürte ich, wie Vittoria in meiner Umarmung dahinschmolz.

Caterina Acquaviva:

Als ich am nächsten Tag im Morgengrauen erwache, weiß ich zunächst nicht, warum ich vor dem Kamin auf dem Teppich liege. Dann fällt mir alles wieder ein: Marcello war in meinem Bett eingeschlafen, und ich hatte es ihm allein überlassen, da es für zwei zu schmal ist.

Mir schmerzt der Rücken, weil ich auf dem harten Boden geschlafen habe; ich richte mich auf und sehe nach Marcello. Nicht einmal Kanonendonner würde ihn jetzt wecken. Jetzt könnte ich nach Herzenslust schreien, ohne ihn zu erzürnen. Andererseits habe ich gar keine Veranlassung mehr zu schreien, da er ja schläft.

Unter der Asche ist noch Glut, so daß ich das Feuer wieder anfachen kann. Es ist nicht eigentlich kalt, aber die Kälte wird mit Tagesanbruch kommen, und er soll sich beim Erwachen behaglich fühlen. Beinkleider und Wams, die er gestern abend zum Trocknen ausgebreitet hatte, sind trocken, aber vom Meersalz weiß verkrustet und schwer geworden. Man müßte sie in klarem Wasser ausspülen und noch einmal trocknen, was ich ohne seinen ausdrücklichen Befehl nicht wage. Vielleicht muß er sich schnell anziehen, um zu fliehen oder sich zu verstekken.

Ich bin's zufrieden, diesen unzugänglichen Menschen hier zu haben, selbst wenn er grollt und schlecht gelaunt ist. Gleichzeitig sterbe ich fast vor Angst. Die beiden haben sich in die Höhle des Löwen begeben! Zwei Dolche gegen vierzig Arkebusen! Ich habe das Gefühl, daß alles ein schlechtes Ende nehmen wird. Meine armen Eltern: was werdet ihr für Augen machen, wenn euch der Pfarrer in der Kirche von Grottammare von der Kanzel herab verkündet, daß eure unglückliche Tochter wegen Beihilfe zum Ehebruch gehängt wurde. Und wer von den Leuten im Hafen wird dann noch mit euch reden?

Ein wenig Tageslicht dringt durch die Fensterläden, und da sie nach innen öffnen, mache ich sie einen Spalt breit auf, um nach dem Wetter zu sehen. Der Himmel ist klarer als gestern, Blau schimmert zwischen den Wolken hindurch, und im Osten kann man schon die Sonne am Horizont erahnen.

Sehr vorsichtig, um Marcello nicht zu wecken, öffne ich das Fenster und atme die Morgenluft ein. Ich höre ein leichtes Rascheln im Gras, beuge mich etwas vor und erblicke zu meiner Überraschung die Signora. Sie hat einen leichten Mantel über ihr Hauskleid geworfen und wandelt auf dem Rasenstreifen auf und ab.

Sie wirft den Kopf in den Nacken (was sie nicht tun dürfte, denn die Spitzen ihres Haares schleifen hinter ihr über das feuchte Gras) und saugt die Morgenfrische in tiefen Zügen ein. Wie schön sie ist! Ein zum Leben erwecktes Götterbild!

Vielleicht wird sie mir zürnen, wenn ich mich zu ihr geselle. Doch bevor ich das tue, riskiere ich einen Blick auf die andere Seite des roten Vorhangs. Der Fürst schläft nackt auf Vittorias Bett. Ich betrachte ihn einen Moment. Was für Schultern er hat! Meine Mutter würde sagen, er sei *un boccone da re**. Und noch dazu ein Fürst! Ich trete leise vors Haus. Vittoria erblickt mich, ist aber nicht böse, sondern scheint erfreut, mich zu sehen. Sie ist glücklich an diesem Morgen. Wie verzaubert.

„Caterina“, sagt sie mit leuchtenden Augen, „sieh nur, wie schön die Welt ist! Es riecht so gut: nach feuchtem Gras, nach Erde, nach Holzfeuer.“

Mit diesen Worten kommt sie auf mich zu und umarmt mich zum ersten Mal, seit ich ihr diene. Ich bin gerührt. Wer von uns beiden die andere mehr liebt, ist mir klar. Aber daran bin ich gewöhnt. Ich habe immer mehr gegeben als empfangen.

* (ital.) ein Leckerbissen.

„Man riecht auch das Meer", sage ich, um überhaupt etwas zu sagen.

„Das Meer, das ihn mir gebracht hat!" entgegnet sie leise mit Inbrunst.

Wenn man sie so hört, könnte man denken, das Meer sei zu keinem anderen Zweck erschaffen worden! Ich schaue sie von der Seite an. Mein Instinkt sagt mir: das ist nicht mehr die gleiche Frau wie gestern. Sie sieht aus wie jemand, der in der Hölle eingeschlafen und im Paradies erwacht ist. Es stimmt mich traurig: was sie in dieser Nacht kennengelernt hat, hätte sie schon seit Jahren empfinden können, wenn sie mit einem anderen als Peretti verheiratet wäre. Armer Signor Peretti! Selbst im Bett hat er noch dem Kardinal gehorchen müssen. Nun ist seine Signora für ihn verloren, und zwar auf immer.

Vittoria schweigt. In Gedanken wähnt sie sich wohl noch in den Armen des Fürsten. Wir schlendern stumm hin und her, während unsere Männer schlafen, und atmen den Geruch von Erde und Feuchtigkeit und was weiß ich noch ein. Die Signora leuchtet förmlich vor Glück. Sie ist sich offenbar über die Situation überhaupt nicht im klaren. Und wenn ich ihr sagte, daß wir alle vier in der nächsten Stunde getötet werden können, würde sie mir nicht glauben.

Sie hat mich eingehakt, und da sie einen halben Kopf größer ist als ich, muß ich lange Schritte machen, um mitzuhalten. Doch als sie sich dem Felsvorsprung nähert, der über die Steilwand hinausragt, mache ich mich los und sage:

„Verzeihung, Signora! Doch dorthin bringt Ihr mich nicht für alles Gold der Welt! Dieser schreckliche Abgrund! Ein falscher Schritt auf dem feuchten Gras, und Ihr liegt zerschmettert in zehn Klafter Tiefe."

„Come sei stupida, Caterina!" lacht sie. „Warum sollte ich einen falschen Schritt machen? Und wo siehst du Gras? Alles Felsboden. Los, komm!"

„Nein, nein, Signora, niemals! Vergebung, Signora!

Der Felsvorsprung hängt so weit über! Wenn er nun unter Euerm Gewicht wegbricht!“

Sie lacht wieder.

„Er könnte hundertmal mein Gewicht aushalten. Komm doch, Caterina!“

„Vergebung, Signora, nein. Mir wird schon schlecht vom Hingucken. Seht nur, wie ich zittere.“

„Ja, stimmt, du zitterst, du Dummchen. Dabei ist das ganz ungefährlich.“

„Für Euch vielleicht“, sage ich und ziehe mich schrittweise zum Haus zurück. „Aber nicht für mich: Abgründe ziehen mich an!“

„Komm doch“, lockt sie fröhlich. „Deine Einbildungskraft geht mit dir durch. Das Risiko ist gleich Null! Guck!“

Dabei wagt sie sich bis an den äußersten Rand des Felsvorsprungs, der nicht breiter als ein Schemel ist. Je weiter sie sich vorwagt, um so mehr ziehe ich mich zurück. Endlich stoße ich mit dem Rücken an die Haustür; ich zittere wie Espenlaub. Ganz bestimmt wird sie abstürzen! denke ich und verberge den Kopf in meinem Rock: ich will den Sturz nicht sehen noch ihren schrecklichen Schrei hören, wenn der Boden unter ihr nachgibt.

Doch auch durch den Stoff hindurch höre ich ihr „Komm, komm, Caterina“ und ihr schelmisches Lachen. Dann plötzlich Stille! Ich hebe den Kopf.

Die Signora steht aufrecht am Rande des Felsvorsprungs. Ihr langes blondes Haar wird von der aufgehenden Sonne vergoldet und weht hinter ihr im leichten Wind, der ihr Kleid um ihren Körper schmiegt. Aber sie lacht nicht mehr und ist sehr bleich. Sie hat die Stirn gerunzelt und ihre funkelnden blauen Augen mit hochmütigem Ausdruck auf jemanden zu meiner Linken geheftet. Ich wende den Kopf in die Richtung ihres Blickes und sehe Signor Peretti: barhäuptig, ganz außer sich, den blanken Degen in der Hand, an der Spitze von einem Dutzend Arkebusieren. Er bleibt stehen, und sofort halten auch die Soldaten in fünfzehn Schritt Entfernung hinter ihm an.

„Signora“, sagt er mit leiser, tonloser Stimme, „die Turmwache hat heute morgen die Trümmer eines Bootes in der Bucht entdeckt. Einer der Männer hat sie aus dem Wasser gefischt. Auf einem Bugteil hat er den Namen der Galeere gelesen, von der das Boot ausgesetzt wurde. Die Galeere gehört einem hohen Herrn, dessen Namen ich nicht nennen will. Ich möchte mich vergewissern, daß er sich nicht bei Euch verbirgt ...“

Mit diesen Worten geht er auf die Tür zu; er scheint überrascht, mich dort zu finden, und guckt mich verstört an, als habe er mich noch nie gesehen.

„Signore“, sagt Vittoria, ohne die Stimme zu erheben, aber sehr deutlich, „ich dulde nicht, daß Ihr ohne meine Erlaubnis bei mir eindringt, noch dazu mit Soldaten! Hört mir gut zu: wenn Ihr diese Tür anrührt, stürze ich mich in den Abgrund.“

„Ihr stürzt Euch in den Abgrund?“ murmelt Peretti erbleichend.

„Ihr habt es gehört.“

Was mich an diesem Schlagabtausch verwundert, ist, daß keiner von beiden schreit oder tobt. Sie sprechen beide mit leiser Stimme. Man hätte meinen können, sie geben sich Mühe, den Fürsten nicht zu wecken. In Wirklichkeit – doch das wird mir erst später klar – wollen sie nicht von den Soldaten gehört werden, die nur ein paar Schritte entfernt stehen und die Ohren spitzen.

Es folgt ein langes Schweigen. Peretti läßt die Hand sinken, die er schon nach der Klinke ausgestreckt hat. Er ist nicht nur bleich, sein Gesicht ist völlig blutleer. Er schaut die Signora an. Er kennt seine Frau nur zu gut und weiß, sie würde genau das tun, was sie angedroht hat. Und natürlich hat er jetzt keinen Zweifel mehr, wen er im Haus antreffen würde, die Brust seinem Degen darbietend. Heilige Jungfrau! Er runzelt die Brauen, faßt wieder nach der Klinke und steht im Begriff, die Tür zu öffnen.

Doch nein! Er macht nicht auf! Er tritt einen Schritt

zurück und schiebt seinen Degen mit zitternder Hand in die Scheide zurück. Dann bedeckt er sein Haupt, verneigt sich tief vor Vittoria und sagt mit Würde leise und fest:

„Beruhigt Euch, Vittoria. Ich bin nie unmenschlich zu Euch gewesen. Und will es auch heute nicht sein, sosehr die Umstände mich dazu drängen könnten."

Danach macht er auf dem Absatz kehrt und führt die Soldaten weg. Vittoria folgt ihm mit den Augen und hat einen Gesichtsausdruck, den ich noch nie an ihr gesehen habe. Sie, die so tapfer gewesen ist, zittert am ganzen Körper und streckt wortlos beide Arme nach mir aus, als brauche sie meine Hilfe, um von dem Felsen herunterzukommen. Und ich gehe sie holen, obwohl ich mich so sehr vor dem Abgrund fürchte!

Endlich haben wir beide unversehrt die Tür erreicht – ich weiß nicht, wie wir dahin gelangt sind. Die Signora umarmt und drückt mich, legt ihre Wange an mein Gesicht und flüstert mir mit erstickter Stimme ins Ohr:

„Ach, Caterina, mit wieviel Haltung und Würde hat er gehandelt!"

Marcello Accoramboni:

Perettis schöne Geste hat alles verdorben. Sicher, wenn er sich anders verhalten hätte, wären der Fürst und ich nicht mehr am Leben und könnten seine Seelengröße nicht beklagen: Peretti hätte uns mit einem Degenstoß ins Herz im schönsten Schlaf getötet, und wir wären, wie Pfarrer Racasi sagen würde, „im Schmutz unserer Sünden" gestorben; Vittoria läge zerfetzt und zerschmettert am Fuße der Steilwand; Caterina, vorerst überlebend, wäre der weltlichen Gerichtsbarkeit ausgeliefert und bald darauf gehängt worden: die es am wenigsten verdiente, hätte am längsten leiden müssen.

Peretti und seine Sbirren haben kaum Lärm gemacht, und die Unterhaltung zwischen ihm und Vittoria verlief noch leiser. Was mich geweckt hat, war das Schluchzen meiner Zwillingsschwester. Schon als Kind konnte ich sie nicht weinen hören, ohne daß mir die Tränen in die Augen stiegen, ob ich den Grund ihres Kummers kannte oder nicht.

Vittoria bemüht sich, ihr Schluchzen zu unterdrücken, und da sie draußen vor der Tür steht, dringt es nur sehr gedämpft zu mir herein, doch es hat mich geweckt und schnürt mir das Herz zusammen. Ich ziehe mich eilig an und bin kaum fertig, als Vittoria, von Caterina gefolgt, eintritt, den seidenen Vorhang wegschiebt und auf meine Seite kommt. Sie sieht mich schweigend an, legt ihr Hauskleid ab und beginnt, Toilette zu machen.

Was immer Tarquinia sagt: seit unserer frühesten Kindheit bis zum Erwachsenenalter haben Vittoria und ich uns nie voreinander geschämt. Die Superba hat nichts von den Beziehungen zwischen uns Zwillingen begriffen. Sie entrüstete sich, daß ich Vittoria weder anfassen noch umarmen wollte, nahm andererseits aber Anstoß daran, daß meine Schwester sich völlig ungeniert vor mir auszog. Tarquinia versteht nicht, daß diese alberne Heuchelei zwischen uns überflüssig ist.

Als Vittoria fertig ist, geht sie auf die andere Zimmerseite und setzt sich an ihren Frisiertisch, weist aber Caterinas Hilfe mit einer Handbewegung zurück. Ich weiß, was sie jetzt vorhat: die Tränenspuren mit Schminke abdecken. Nicht nur aus Eitelkeit, sondern weil sie sich schämt, geweint zu haben. Vittoria liebt Helden und hält sich ebenfalls für sehr tapfer. Ich bemerke, daß sie während dieser Verschönerung nicht ein einziges Mal zu dem schlafenden Fürsten hinsieht. Das finde ich sehr verwunderlich, denn ich habe noch keine Ahnung, was sich draußen zwischen Peretti und Vittoria abgespielt hat.

Nach dem Schminken winkt Vittoria ihre Zofe heran, die ihr das Haar bürsten soll, was Caterina wortlos tut. Es gibt zwei Gründe für Caterinas ungewöhnliches Schweigen: der Fürst schläft noch, und sie sieht im Spiegel Vittorias Gesicht. Ich mache inzwischen Feuer, und als es richtig brennt, setze ich mich an den Kamin. In dieser

Stellung sehe ich Vittoria im „verlorenen Profil", wie Raffael die Frauen gerne malte: die Schläfe, der Ansatz des Backenknochens, die Nase, die man mehr ahnt denn sieht, die hintere Kinnlinie ... Das Profil, das ich betrachte, scheint aus Marmor zu sein, und ich frage mich, was diese Strenge zu bedeuten hat.

Caterina macht mit ihrer Bürste kaum Geräusche, und was Orsini weckt, ist meiner Meinung nach nicht dieses leichte Kratzen, sondern die spannungsgeladene Atmosphäre im Raum. Beim Erwachen macht er – wie ich deutlich beobachten kann – eine freudige Bewegung, als er Vittoria in seiner Nähe erblickt. Er stützt sich auf, seine Augen glänzen, und über sein lächelndes Gesicht zieht ein Leuchten. Er wirkt plötzlich sehr viel jünger und sagt mit klarer, froher Stimme:

„Ich wünsche Euch einen guten Morgen, Vittoria."

Ich blicke schnell zu Vittoria. Der fröhliche Gruß des Fürsten hat sie offensichtlich verstimmt, denn sie sagt nach kurzem Zögern in kühlem, fast teilnahmslosem Ton, ohne Orsini anzusehen:

„Der Morgen ist gar nicht so gut, Durchlaucht. Es hat nur wenig gefehlt, und er hätte mit einem Blutbad begonnen."

Caterina hält im Bürsten inne, Orsini setzt sich auf und hüllt sich in ein Laken; Vittoria dreht sich zu ihm herum.

„Wie!" ruft er. „Was sagt Ihr, Vittoria? Waren wir nahe daran, entdeckt zu werden?"

„Nahe daran!" sagt Vittoria.

Und sie erzählt ihm völlig leidenschaftslos, was zwischen Peretti und ihr draußen vorgefallen ist. Ich vernehme den Bericht mit Bestürzung, und Orsini hört ihn, wie ich beobachte, mit wachsender Unruhe, denn ihm entgeht nicht, daß der Held dieser Geschichte nicht er ist, obzwar er sein Leben für die schöne Vittoria riskierte, sondern Peretti, der die schuldbeladenen Liebenden verschont hat, als sie ihm und seinem Degen auf Gnade und Ungnade ausgeliefert waren. Selbst wenn Peretti, so denke ich, ein sehr viel geschickterer Mann wäre, hätte er nicht besser reagieren können, denn seine Großmut hat die Situation total zu seinen Gunsten verändert. Und er hat, das fühlen wir alle drei, nicht aus Berechnung oder taktischen Gründen so gehandelt, sondern aus einer Regung seines Herzens heraus.

Vittoria spricht mit niedergeschlagenen Augen und gleichgültig-monotoner Stimme, und als sie ihren Bericht beendet hat, wendet sie sich wieder ihrem Spiegel zu und gibt Caterina ein Zeichen, weiter ihr Haar zu bürsten. Vittoria schweigt. Wir schweigen ebenfalls, und in der Stille vernehmen wir nur das gleichmäßige Geräusch der Bürste auf Vittorias Haar. Alle drei sind wir von Perettis Großherzigkeit überwältigt. Gesetz, Sitte und Ehre hätten ihm geboten, uns zu töten. Er hat sich darüber hinweggesetzt, um seiner Frau und damit auch uns Gnade zu erweisen.

Ich blicke zum Fürsten. Er hält die Augen gesenkt; seine mächtige Brust hebt sich, als könne er nur mit Mühe atmen. Solange er gegen Meer, Unwetter, Felsenriffe oder gegen eine Übermacht von vierzig Soldaten kämpfte, war er ein Held. Sowie ihm aber Gnade geschenkt wird, ist er nichts als ein Dieb, der sich ein wenig Zuneigung gestohlen hat. Er fühlt sich vor Vittoria aufs äußerste gedemütigt. Und er ist es auch. Man braucht sie nur zu sehen, wie sie mit eisigem Gesicht an ihrem Frisiertisch sitzt und ihn förmlich mit „Durchlaucht" anspricht. Wo sind das zärtliche „Paolo", ihr „carissimo mio" und die Seufzer dieser Nacht geblieben?

Der arme Orsini, der alles verloren hat in dem Moment, da er alles gewonnen zu haben glaubte, weiß, daß er nur noch eine Erinnerung liebt. Er ist außer sich vor Verzweiflung und Zorn. Und da Raserei ein schlechter Ratgeber ist, sagt er, der sonst so viel Feingefühl besitzt, zwischen zusammengebissenen Zähnen:

„Perettis Gnadenbeweis kann ich nicht annehmen. Mein Entschluß steht fest. Ich werde ihn stehenden Fußes zum Kampf herausfordern. Ich gehe zu ihm."

Vittorias Reaktion ist niederschmetternd.

„Wenn ich Euch recht verstehe, Durchlaucht“, sagt sie mit eisiger Verachtung, ohne ihn eines Blickes zu würdigen, „wollt Ihr von Peretti einen Degen erbetteln, um ihn, der Euch verschont hat, zu töten. Wie mutig! Welch Ruhm für Euch, die geschickteste Klinge in ganz Italien, einen mittelmäßigen Fechter in *ehrenhaftem* Kampf (sie betont grausam dieses *ehrenhaft*) zu besiegen! Und wie zartfühlend von Euch, damit *urbi et orbi* bekanntzumachen, daß ich mich Euch hingegeben habe.“

Sie wendet sich zu ihm um, schaut ihm fest in die Augen und fragt mit Nachdruck:

„Glaubt Ihr nicht, Durchlaucht, da wir von meiner Ehre sprechen, daß die Eure Euch gebietet, von heute an weder direkt noch indirekt Signor Peretti nach dem Leben zu trachten?“

Der Fürst hat sich gottlob wieder in der Gewalt und antwortet auf diese Frage, die seine heimlichen Hoffnungen zunichte macht, mit fester Stimme:

„Ja, das glaube ich in der Tat.“

„Schwört Ihr, diesem Gebot zu folgen?“

„Ich schwöre es, da Ihr es verlangt.“

Er hat mit Kälte gesprochen. Er ist es nicht gewohnt, so behandelt zu werden, wie ihn Vittoria behandelt hat. Sein Ton und seine Haltung geben zu verstehen, daß er solches nicht länger hinnehmen wird. Er rafft sein Wams und seine Beinkleider von den Schemeln, auf denen sie zum Trocknen lagen, und geht hinter den Vorhang auf die andere Seite des Raumes, wo ich geschlafen habe.

Gleich darauf erhebe ich mich, stelle mich hinter Vittoria, lasse mir von Caterina die Bürste geben und übernehme ihr Amt. Diese Arbeit erfordert sehr viel Aufmerksamkeit und beide Hände: mit der einen muß man einige der goldenen Strähnen hochnehmen, mit der anderen die Bürste so geschickt handhaben, daß nicht durch ihr Gewicht die Last der Haare noch erhöht und der Kopf nach hinten gezogen wird. Seit meiner Kindheit bin ich in diesem Dienst bewandert, und ich versehe ihn gern. Es ist der einzige körperliche Kontakt, den es zwischen mir und Vittoria je gegeben hat. Von der Berührung dieser Goldfäden muß irgendein Zauber ausgehen: scheint es mir doch, als könnte ich mich nun besser im Labyrinth von Vittorias Gedanken zurechtfinden.

Ich sehe sie im Spiegel. Sie ist bleich, hält die Augen niedergeschlagen, und ihr Gesicht ist völlig ausdruckslos; doch sie ringt unentwegt ihre Hände im Schoß.

Ich sage leise zu ihr:

„Warst du nicht ein bißchen zu hart?"

Sie hebt die Lider, läßt sie aber sofort sinken, nachdem sie mir im Spiegel einen kurzen, aber deutlichen Blick zugeworfen hat. Nein, sie ist nicht hart; sie übt sich nur darin, es zu sein. Sie hat eine Entscheidung getroffen, unter der sie selbst in fast unerträglichem Maße leidet.

Der Fürst tritt hinter dem Vorhang vor und postiert sich rechts neben Vittoria. Er ist vollständig angezogen, das Wams bis zum Hals zugeknöpft; er sieht bleich, aber entschlossen aus.

„Signora", sagt er, „die schönsten Geschenke werden wertlos, wenn uns die Geber nicht mehr mögen. Erlaubt mir, Euch den Ring zurückzugeben, den Ihr mir geschenkt habt."

Dabei legt er den Ring mit dem diamantenen V vor Vittoria hin. Sie hebt die Brauen und wirft mir im Spiegel einen finsteren Blick zu.

„Ich habe Euch nichts geschenkt, Durchlaucht."

„Das beliebt Ihr jetzt zu sagen, Signora, und es macht mich unendlich traurig."

Er hat mit erstickter Stimme gesprochen, und ich bemerke, wie Vittoria zittert. Doch ich weiß, daß sie Orsini nicht verraten wird, wie dieser Ring in seinen Besitz gelangt ist. Sie verhält sich so wie immer: sie deckt mich.

„Wieso habe ich, seit Ihr hier seid, den Ring nicht an Eurer Hand bemerkt?" fragt sie etwas sanfter.

„Aus Diskretion trage ich das V nach innen."

Dieser Wortwechsel verläuft ganz einträchtig, beinahe freundschaftlich; doch beide wissen, daß es nur eine vorübergehende Windstille ist und neue Sturmböen über sie hereinbrechen werden.

„Durchlaucht", bringt Vittoria mit Mühe hervor, „die vergangene Nacht wird sich nicht wiederholen. Eure Ehefrau kann ich nicht werden, weil ich schon verheiratet bin. Und Eure Metze will ich nicht sein."

„Signora", sagt Orsini unwillig, „ich habe nie in solchen Begriffen an Euch gedacht."

„Also dann: Eure Geliebte, wenn Euch dieser Ausdruck besser gefällt."

„Und das wollt Ihr nicht mehr sein?"

„Nein."

„Kommt dieser Gesinnungswandel nicht etwas spät?" fragt er mit einem Zornesausbruch, den er sofort bereut, denn er stellt sich, zu Boden blickend, mit eingezogenem Kopf an den Kamin und nimmt die Hände auf den Rükken, die er so fest drückt, daß die Knöchel weiß werden.

„Es ist niemals zu spät, sich wieder in die Gewalt zu bekommen", antwortet Vittoria hoheitsvoll.

„Das ist eine moralische Haltung, über die wir nicht streiten wollen", entgegnet Orsini leise mit zornbebender Stimme.

Und er fährt fort:

„Als ich gestern von Bord meiner Galeere ging, habe ich meinem Ersten Offizier gesagt, er solle, wenn ich im Morgengrauen nicht zurückkäme, dies als ein Zeichen werten, daß mein Boot zerschellt ist. Dann solle er den Anbruch der Nacht abwarten und, wenn er wieder Kerzen in Euren Fenstern sähe, ein anderes Boot schicken, uns abzuholen. Bis dahin wollet mir bitte Eure Gastfreundschaft gewähren. Ich werde alles tun, damit meine Anwesenheit Euch nicht behelligt."

Sie erwidert nichts. Er verbeugt sich steif und geht in die andere Hälfte des Zimmers. Ich gebe Caterina die Bürste zurück und folge ihm; da er sich auf dem einzigen Sessel niedergelassen hat, setze ich mich aufs Bett. Er hat sich zurückgelehnt, die langen Beine von sich gestreckt, und starrt in die Flammen.

Auch ich sehe ins Feuer, und wenn ich es jetzt fertigbrächte, die Flammen zu bewundern, würde ich sie sehr schön finden. Es ist eine Bruyèrewurzel, die da sanft vor sich hin brennt – ohne die hochzüngelnden Flammen oder die gelbe Glut, die andere Hölzer zu entwickeln pflegen. Die Bruyèrewurzel ist rund und fest wie ein Totenschädel, und an ihrer glühenden Außenlinie tanzen und züngeln gezackte kleine Irrlichter von bläulicher, beinahe durchsichtiger Farbe, nicht höher als zwei Zoll. Oh, nein, das ist nicht die große Leidenschaft, die hell auflodert und knistert. Das ist eher das kleine Feuer, an dem man sterben könnte. Doch für uns, wie wir da sitzen und ins Feuer blicken, weil wir nichts anderes zum Ansehen haben, ist keine Rede vom Sterben. Wir sind nur allzu lebendig und fühlen uns dadurch – wenn ich dem verschlossenen Gesichtsausdruck des Fürsten glauben darf – einigermaßen gedemütigt.

Eine Stunde später wird an die Tür geklopft. Orsini rührt sich nicht von der Stelle und ich auch nicht. Falls Peretti sich anders besonnen hat und diese Geschichte durch einen Degenstoß sofort ein ruhmloses Ende finden soll – in Gottes Namen! wenn es doch so wäre! Ich bin des fiebrigen Geschäfts, das da Leben heißt, müde. Welchen Sinn hat es denn schon?

Doch es erscheinen nur der Majordomus und ein paar Diener, die eine Erfrischung bringen. Der Majordomus kann uns nicht sehen, da uns der Vorhang vor ihm verbirgt. Und offensichtlich ahnt er nichts von unserer Anwesenheit, denn er verweilt sehr lange und schwatzt wie eine Elster.

Nachdem er gegangen ist, bringt uns Caterina unseren Teil. Ich will ihr das Tablett abnehmen, und als sie es mir übergibt, streichelt sie schnell meine Hände. Unseren Teil: hat Caterina ihn sich vom Munde abgespart oder ihre Herrin? Oder hat Peretti größere Rationen befohlen? Wie ich sehe, brennt der Fürst darauf, diese Gabe zurückzuweisen – denn nach allem, was geschehen ist, sich von Peretti auch noch beköstigen zu lassen, das ist zuviel. Aber bei genauerer Überlegung empfindet er diese Ablehnung wohl als unrealistisch und kindisch, denn er beginnt wortlos und mit niedergeschlagenen Augen, aber mit Appetit zu essen. Der in Wein getränkte Kuchen, mit dem Vittoria ihn in der Nacht gefüttert hat, ist längst vergessen.

Caterina hat in der Nacht durch den Vorhang gelinst und mir die romantische Mahlzeit geschildert. Vittoria hat tatsächlich den Fürsten wie ein Baby mit dem Löffelchen gefüttert! Und jetzt stößt sie ihn von ihrer Brust, als habe er sie gebissen. Man stelle sich vor, wie viele Etappen der Unglückliche in wenigen Stunden durchlaufen hat. Erst ein Verwundeter, der liebevoll verbunden wird; dann ein Säugling; dann der sehnsüchtig erwartete Geliebte; und heute morgen nun der verstoßene Geliebte. Welch eine Komödie der menschlichen Gefühle! Jede Liebe beginnt und endet in unseren Köpfen. Und die sind genauso unberechenbar und hohl wie die Glöckchen, die am Hals der Ziegen bimmeln.

Dieser Tag will nicht enden, so scheint mir, und der Fürst in seinem Sessel empfindet das offensichtlich auch. Doch wo sollen wir hingehen? Vor dem Haus: das Meer; hinter dem Haus: ein Park, der von Soldaten wimmelt. Und warum sollte Orsini hinausgehen und jetzt, da Vittoria ihn verstoßen hat, noch sein Leben in die Schanze schlagen? Mir würde es, wenn ich die Liebe meiner Zwillingsschwester verlöre, überhaupt nichts ausmachen, auch das Leben zu verlieren. Doch der Fürst liebt Vittoria auf andere Art als ich. Zum Beweis: er hat sie vorhin, als sie ihn so grausam behandelt hat, gehaßt. Und nun sitzt er einsam am Feuer und kämpft mit widerstreitenden Gefühlen. Für einen Tag ist er nun im grausamsten aller denkbaren Kerker eingesperrt: er muß mit einer Frau zusammen wohnen, die ihn nicht mehr liebt. Zumindest glaubt er, daß sie ihn nicht mehr liebt.

Am Nachmittag bricht er das Schweigen und wendet sich an mich:

„Marcello, auf der anderen Seite habe ich Bücher gesehen. Fragt bitte, ob man mir eines ausleiht.“

Ich lasse dieses „man“ in mir nachklingen, erhebe mich vom Bett, schiebe den Vorhang beiseite, gehe „auf die andere Seite“ und trage leise seine Bitte vor. Warum ich es mit leiser Stimme tue, weiß ich selber nicht zu sagen. Es sind insgesamt nur drei Bücher da, eines davon, ihren Petrarca, hält Vittoria in der Hand, die anderen beiden stehen auf dem Kaminsims. Vittoria hebt die Augen und sieht mich an, als käme ich von einem anderen Stern, und sie braucht ewig, bis sie antwortet. Inzwischen verschlingt mich Caterina mit den Augen. Sie jedenfalls ist ein einfaches Gemüt: bei ihr beginnt und endet die Liebe nicht im Kopf.

„Gib ihm ein Buch, Caterina“, befiehlt Vittoria tonlos.

„Welches, Signora?“ Mit dieser Frage will Caterina mich vermutlich daran erinnern, daß sie lesen kann.

„Welches du willst.“

Das ist wenig freundlich dem Fürsten gegenüber, und Caterina bekommt keine Gelegenheit, ihre Talente als Leserin vorzuführen. Sie greift wahllos nach einem der beiden Bücher und streckt es mir hin: „Der rasende Roland“ von Ariost.

Ich weiß nicht, was Orsini von dieser Wahl, die keine ist, denken wird; ich finde sie jedenfalls recht unglücklich. Früher, als Vittoria sich noch um meine Erziehung kümmerte, hat sie mich dieses Epos lesen lassen. Darin wird geschildert, wie sich Roland, der stolze Paladin von Karl dem Großen, unerhörten Gefahren aussetzt, um die Liebe der schönen Angelika zu erringen. Sie erteilt ihm eine Abfuhr, und er verfällt dem Wahnsinn. Keine sehr tröstliche Lektüre in unserer momentanen Lage! Aber Orsini ist gebildet und in den Künsten bewandert. Wenn ihm die Geschichte nicht zusagt, so mag er vielleicht den Stil.

Die Stunden wollen nicht vergehen. Die Zeit kriecht. Der Fürst liest, ohne aufzublicken. Vittoria, auf der anderen Seite des Vorhangs, liest ebenfalls. Welch groteske Situation! Würde Peretti zu dieser Stunde in unser Häuschen eindringen, er könnte sich an unserer unschuldigen Beschäftigung nur erbauen.

Ich stoße einen Seufzer der Erleichterung aus, als Caterina bei Anbruch der Dunkelheit soviel Kerzen wie möglich in die Fenster stellt und anzündet. Eine Stunde später biete ich dem Fürsten an, in die Bucht hinabzusteigen, um die Ankunft des Bootes abzuwarten und ihm dann Bescheid zu geben. Er stimmt zu. Ich verabschiede mich von Vittoria, die meinen Gruß kühl entgegennimmt. Vielleicht ist sie mir wegen des Ringes böse. Womit sie nicht einmal unrecht hätte. Doch auch wenn ich meine Befugnisse überschritten habe, ihre Wünsche habe ich jedenfalls richtig interpretiert. Die vergangene Nacht hat es bewiesen.

Kaum bin ich draußen, öffnet sich hinter mir die Tür, und Caterina kommt mit einem Schnupftuch angerannt, das ich vergessen habe. Ich hege den Verdacht, daß sie es mir gestohlen hat, um mich unter diesem Vorwand allein zu sehen. Sie wirft sich in meine Arme, umschlingt mich und sucht meinen Mund. Sie fände es vermutlich hinreißend, wenn ich sie an Ort und Stelle umlegte. Sie weiß immer ganz genau, was sie will, und so wie sie gebaut ist, kann sie es sich auch mühelos verschaffen. Ich winde mich aus den Fangarmen dieses kleinen Kraken, aber ohne grob zu werden. Zu meinem Erstaunen bin ich gerührt.

Es wird von Minute zu Minute dunkler. Ich gelange unbehindert zu dem kleinen Strand und stelle mich vor die Grotte, die uns Unterschlupf gewährt hat. Die See – so wechselhaft wie die menschliche Seele – umspült an diesem zur Neige gehenden Abend kaum meine Füße. Und mit welcher Ausdauer und Wildheit hat sie uns gestern bekämpft!

Man kann fast nichts mehr sehen. Ich spitze die Ohren und vernehme ein regelmäßiges Plätschern: die Ruderschläge des von der Galeere entsandten Bootes. Es ist dem Riff entgangen, an dem unser Boot zerschellt ist, weil wir in der heftigen Brandung der vergangenen Nacht manövrierunfähig waren.

Die Dämmerung ist so weit fortgeschritten, daß das Boot neben mir landet, bevor ich überhaupt seine Umrisse habe erkennen können. Ein Schatten springt ins Wasser – vermutlich um zu verhindern, daß das Boot über den Sand schrapt. Ich trete näher, woraufhin sich der Schatten sofort zurückzieht.

„Ich bin's: Marcello."

„Ah, Ihr, Signore", sagt der Schatten.

Ich erkenne ihn an der Stimme.

„Geronimo?"

„Ja, Signore."

Erst als unsere Gesichter sich beinahe berühren, erkenne ich seine Züge. Man sieht ihm die Angst an, in diese Gegend vordringen zu müssen.

„Ich hole den Fürsten."

„*Per l'amor di Dio*, beeilt Euch, Signore!"

„Keine Gefahr!"

Ich taste mich die Stufen empor. Das geschieht nun erst zum zweiten Mal, und doch habe ich den seltsamen Eindruck, auf ewig zu dieser Kletterei verdammt zu sein, die mir, obwohl sie diesmal unter wesentlich günstigeren Bedingungen vonstatten geht, recht beschwerlich erscheint. Vielleicht verbinde ich sie in Gedanken mit dem Gefühl einer Niederlage.

Oben lasse ich mich auf die Knie fallen. Die Luke des Wachtturms, von dem aus man die Bucht überblicken kann, ist erleuchtet, und ich sehe deutlich den Kopf eines Soldaten. Es war vielleicht unüberlegt, Geronimo zu sagen, es bestünde keine Gefahr. Ich bin nicht sicher, ob mich das hohe Gestrüpp hinter dem Haus dem Blick des Postens verdeckt, zumal die vielen Kerzen in den Fenstern den kleinen Platz vor dem Haus hell beleuchten.

Ich lege mich flach auf den Bauch, robbe zur Tür und bin heilfroh über meine schwarze Kleidung. Ich klopfe gegen das Eichenholz der Tür und befehle gleichzeitig:

„Caterina, lösch die Kerzen aus, bevor du aufmachst, und schließ die Läden."

Sie tut, was ich sage. Dunkelheit hüllt den Erdstreifen ein, ich stehe auf und gehe hinein. Gott sei Dank, die Kaminfeuer sind heruntergebrannt.

„Durchlaucht, das Boot ist da. Die Wache ist in Alarmbereitschaft. Es wird Zeit."

Vittoria steht am Feuer, der Fürst ihr gegenüber. Ich habe den Eindruck, daß Orsini trotz seiner Weltgewandtheit und seines Selbstvertrauens eines Fürsten in diesem Augenblick nicht weiß, was er tun oder sagen soll. Er scheint im Begriff, Vittoria die Hand küssen zu wollen; doch es bleibt bei einer angedeuteten Bewegung, da Vittorias Hand der seinen nicht entgegenkommt.

„Signora ...", sagt er.

Doch er spricht nicht weiter. Ein Abschiedsgruß scheint ihm der Situation nicht angemessen.

Endlich entschließt er sich zu einer Verbeugung, dreht sich mit einem gewissen Stolz um und geht abrupt aus dem Zimmer. Er ist schon an der Tür, als Vittoria – bisher reglos und unbewegt wie eine Marmorstatue – einen Schritt auf ihn zu macht, stehenbleibt und mit tonloser Stimme sagt:

„Lebt wohl, Paolo!"

Und dieses Lebewohl scheint endgültig zu sein. Dabei nennt sie ihn beim Vornamen, was sie seit Perettis Auftritt nicht mehr getan hat. Orsini wendet den Kopf nach ihr, sieht sie zögernd an, reißt sich aber los und geht energischen Schrittes hinaus. Es ist klar: er hat nicht gewagt, sie zu umarmen. Und daran hat er, glaube ich, nicht recht getan, so zartfühlend er ist. Wozu ist er ein großer Kapitän, wenn er die Ambivalenz der weiblichen Seele nicht besser durchschaut?

KAPITEL VII

Caterina Acquaviva:

Nachdem der Fürst und Marcello gegangen waren, wollte auch die Signora sich draußen vergewissern, daß die beiden unbehelligt ihr Boot erreicht hatten. Die Nacht war stockfinster und für die Jahreszeit sehr kühl. Wir lauschten, konnten aber nichts hören und auch nichts weiter sehen als ein paar schwankende kleine Lichter auf dem Meer, die auf der Galeere angezündet worden waren, um dem zurückkehrenden Fürsten den Weg zu weisen. Wir blieben auf der Schwelle, denn der Wachtturm war immer noch erleuchtet, und wir befürchteten, in dem schwachen Lichtschein gesehen zu werden.

Wieder im Haus, half ich der Signora beim Entkleiden. Sie ging sofort zu Bett; doch während ich mich auf der anderen Seite des Vorhangs noch auszog, klagte sie zu frieren und verlangte, ich solle mich zu ihr legen. Und wirklich: in ihrem Bett stellte ich fest, daß ihre Hände und Füße eiskalt waren. Meine dagegen glühten, worüber die Signora immer wieder staunt, obwohl es nicht verwunderlich ist, denn ich bin den lieben langen Tag beschäftigt, während sie nichts tut – nicht einmal ihren Rock zieht sie allein aus oder an. Wenn man's recht bedenkt, sind diese Adligen schon eine Welt für sich: von der Wiege bis zur Bahre brauchen sie eine Amme. Ohne uns wären sie wirklich verloren.

Kaum liege ich neben der Signora, schmiegt sie ihre Füße an meine, und ich nehme ihre eiskalten Hände und lege sie zwischen meine Brüste. Ich schweige. Ich will sie mit meinem Geplapper nicht verärgern. Sie wäre nämlich imstande, mich wegzuschicken, sobald sie nicht mehr friert. Und ich will bei ihr bleiben. Sie ist so schön und riecht so gut. Schade, daß sie nicht ein armes Mädchen ist wie ich: wir könnten einen Teil der Nacht damit hinbringen, über unsere Männer zu reden.

Ich täusche mich. Sie redet darüber, aber anders, als ich vermutet hätte.

„Caterina“, fragt sie, „hast du letzte Nacht mit Marcello gesündigt?“

Ich überlege, ob ich lügen soll oder nicht. Denn ich bin mir ganz sicher, daß sie nichts gehört haben kann. Andererseits finde ich es unklug, ihr nicht die Wahrheit zu sagen. Ich habe sie noch nie anschwindeln können.

Ich sage scheinheilig:

„Signora, Ihr wißt ja, wie Euer Herr Bruder ist: wenn er etwas will, nutzt kein Widerstand.“

„Und du hast natürlich heftigen Widerstand geleistet!“ spottet sie.

„Nein, Signora, das hätte zu viel Lärm gemacht. Und ich wollte Euern Schlaf nicht stören.“

Das sage ich ganz unschuldig.

„Schweig, du Hexe!“ ruft sie.

Doch nach ihrem Ton zu urteilen, ist sie nicht wirklich verärgert. Und ich freue mich, schlagfertig reagiert und ihr gezeigt zu haben, daß ich nicht so dumm bin, wie sie immer sagt. Im Bett gibt es nicht mehr die große Dame und die Zofe, sondern nur zwei Frauen, auch wenn ich die Form wahre und in höflichen Floskeln mit ihr rede.

„Caterina“, fängt sie wieder an, „hast du die Absicht, Pater Barichelli deine Sünde mit Marcello zu beichten?“

„Selbstverständlich, Signora. Ich bin eine gute Katholikin.“

„Aber der Pater wird sicher wissen wollen, mit wem du gesündigt hast. Und was wirst du ihm dann sagen?“

„Die Wahrheit, Signora.“

„Wirklich, Caterina?“ fragt sie ganz erschrocken. „Begreifst du nicht, daß mich die Wahrheit bloßstellen würde?“

„Wieso?“

„Caterina, wer soll denn glauben, daß der Fürst diese ganze Expedition organisiert und bei solch einem Unwetter ein Boot auf dem Meer ausgesetzt hat, nur damit Marcello dich heimlich treffen kann?"

Ich schweige. Die Signora täuscht sich also nicht über die Verbindungen zwischen Pater Barichelli und dem Kardinal und über seine Verschwiegenheit. Ich habe bei unserer Unterhaltung das Gefühl, vorsichtig auftreten zu müssen wie in sumpfigem Gelände, wenn ich nicht darin versinken will.

„Daran hatte ich nicht gedacht, Signora."

„Und was wirst du nun, da ich es dir zu bedenken gebe, tun?"

„Ich weiß nicht, Signora."

„Versteh doch, Caterina", sagt sie verstimmt, „du darfst Barichelli nicht sagen, daß es Marcello war, mit dem du gesündigt hast."

„Mit wem denn sonst?"

„Na, zum Beispiel mit einem Soldaten. Es laufen ja vierzig im Park herum."

„Und wenn er nach dem Namen fragt?"

„Der Soldat hat ihn dir nicht genannt."

Ich überlege und beschließe, mich ein bißchen zu zieren.

„Oh, Signora! Wie steh ich denn da, wenn ich nicht einmal den Namen des Mannes kenne, dem ich meine Gunst schenke?"

„Hab dich nicht so, Caterina! Oder kannst du mir schwören, daß dir so was noch nie passiert ist?"

„Nein, Signora", widerspreche ich heftig, „das ist mir wirklich noch nie passiert."

Das ist freilich gelogen. Doch zum einen ärgert es mich, daß sie behauptet, ich würde mich „haben", und zum andern kann sie es niemals nachprüfen, selbst wenn sie mir nicht glaubt.

Da ich indes spüre, wie groß ihre Angst ist, will ich nicht, daß sie sich noch weiter wegen dieser Sache quält, ist sie doch schon enttäuscht genug über die Wendung, die die Dinge genommen haben. Ich bleibe indes noch ein Weilchen hartnäckig:

„Verzeihung, Signora, aber es geht mir gegen den Strich, meinen Beichtvater zu belügen."

„Das ist doch nichts Ernstes. Du belügst ihn nicht über die Tat, sondern nur über die Person."

Sie hat recht. Und im übrigen habe ich meinen Beichtvätern nie die ganze Wahrheit gesagt, vor allem nicht, wenn sie mich endlos nach Einzelheiten auszufragen versuchten, wie der alte Pfarrer Racasi. Pater Barichelli ist zurückhaltender, vielleicht weil er jünger ist. Man könnte annehmen, er habe Angst vor mir. Denn er errötet, wenn ich ihm meine Dummheiten gestehe.

„Ich werde alles so machen, wie Ihr sagt, Signora", seufze ich.

„Danke, Caterina, du bist ein gutes Mädchen. Geh jetzt in dein Bett, ich will schlafen."

Ich bin enttäuscht. Sie redet mit mir nicht über den Fürsten. Wie war ich doch naiv, zu glauben, sie würde mir ein wenig über ihn erzählen! Sie verlangt, daß ich ihr mein Herz ausschütte, weiht mich aber nicht in ihre Geheimnisse ein. Außerdem hat sie jetzt warme Hände, und sogar ihre Füße beginnen sich zu erwärmen. Mein Dienst ist beendet. „Danke, Caterina. Geh jetzt in dein Bett, Caterina." Ich bin wütend und könnte heulen. Doch wenn ich jetzt in Tränen ausbräche, würde ich nur ein Du-gehst-mir-auf-die-Nerven-Caterina zu hören bekommen.

Mit erstickter Stimme sage ich:

„Gute Nacht, Signora."

„Gute Nacht", erwidert sie.

Als ich gerade aufstehen will, ergreift sie mich am Arm, zieht mich an sich und gibt mir einen Kuß auf die Wange.

Und ich schmelze förmlich dahin! So bin ich nun einmal: ein Küßchen auf die Backe, und ich schmelze dahin.

Am nächsten Morgen schickt mich die Signora, nachdem sie mit größter Sorgfalt Toilette gemacht hat, zu Signor Peretti, ihm ein Billett zu überbringen, das ich unterwegs leider nicht lesen kann, da sie es gesiegelt hat.

Doch ich brauche nicht lange auf seine Wirkung zu warten: gegen zehn Uhr tritt Signor Peretti bei uns ein, allein und unbewaffnet.

„Caterina“, sagt die Signora, „geh ein bißchen im Park spazieren. Ich möchte allein sein.“

„Im Park! Zwischen all den Soldaten!“

„Du mußt dich ja nicht so sehr weit entfernen. Geh schon, gehorche!“

„Ja, Signora.“

Unter dem Vorwand, meine Mantille zu suchen, gehe ich auf die andere Seite vom Vorhang und entriegele geräuschlos das niedrige Türchen, das an der Rückseite des Häuschens zum Holzschuppen führt. Danach trete ich zur Vordertür hinaus, schließe sie hinter mir, gehe ums Haus herum, betrete den Schuppen und schleiche auf leisen Sohlen zu dem Türchen, das ich eben aufgeriegelt habe, hebe vorsichtig den Schnäpper hoch, öffne den Türflügel etwa um Daumesbreite und drücke mein Ohr an diesen Spalt. Ich habe der Signora aufs Wort gehorcht und mich nicht so sehr weit entfernt.

Ich höre nichts, kein einziges Wort, und stelle mir vor, daß sie sich nun recht verwirrt gegenüberstehen nach den gestrigen Ereignissen, deren Zeugin ich gewesen bin. Ich muß noch eine gute Minute warten. Endlich entschließt sich die Signora, das Gespräch zu eröffnen.

„Signore“, sagt sie, „ich habe Unrecht gegen Euch begangen und möchte Euch dessen Ausmaß und Grenzen erläutern. In Rom erhielt ich von einem hohen Herrn, dem ich bei Euerm Onkel Montalto begegnet bin, einen Brief, und diesen Brief habe ich gelesen. Natürlich habe ich ihn nicht beantwortet, sondern sofort verbrannt. Dennoch war es nicht recht von mir, ihn überhaupt zu lesen, und ich bitte Euch, mir das zu verzeihen.“

„Schade, daß Ihr mir diesen Fehler nicht gleich am nächsten Tag gestanden habt, Vittoria“, entgegnet Peretti.

„Ich habe ihn gleich am nächsten Tag meinem Beichtvater gestanden“, sagt Vittoria mit mühsam beherrschtem

Zorn, „und es ist vor allem schade, Signore, daß Ihr es durch seine Indiskretion erfahren und mir nichts davon gesagt habt."

„Ich habe es doch nicht durch Racasi erfahren!" entfährt es Peretti, sehr ungeschickt, wie ich finde.

„Dann also durch Euern Onkel, das ist dasselbe! Was ich vor Gott gestehe, wird weitergesagt: vom Pfarrer an den Kardinal, vom Kardinal an Euch. Es ist abscheulich! Könnt Ihr mir sagen, wer meine strenge Klausur im Palazzo Rusticucci und meine Verbannung in diese Einöde verfügt hat, wenn nicht Euer Onkel?"

„Dieser Onkel ist auch der Eure, Signora", antwortet Peretti mit schmerzerfüllter Stimme.

„Nein", schreit Vittoria, „nein, tausendmal nein. Er ist nicht mehr mein Onkel, seitdem er mich mit Eurer Hilfe so grausam tyrannisiert!"

„Aber das Vorkommnis der letzten Nacht, Signora", entgegnet Peretti mit etwas mehr Festigkeit, „hat die von uns getroffenen Vorsichtsmaßnahmen in gewissem Sinne gerechtfertigt. Alles weist darauf hin, daß der hohe Herr, von dem die Rede ist, einen verzweifelten Versuch unternommen hat, Euch hier zu treffen."

„Was für einen Versuch?" ruft Vittoria in äußerster Erregung. „Deshalb also wolltet Ihr mit gezogenem Degen und zwei Dutzend Sbirren im Gefolge bei mir eindringen? Nehmt bitte zur Kenntnis, daß dieser Versuch, falls es ihn gegeben hat, nie von mir angeregt oder gebilligt worden ist; das schwöre ich bei Gott!"

Ich bin voller Bewunderung für die Signora. Sie vermag zu lügen, obwohl sie die Wahrheit sagt. Wer könnte bei diesen Worten vermuten, daß Orsini je den Fuß über unsere Schwelle gesetzt hat?

„Signora", sagt Peretti, „ich wiederhole nochmals: in unserer Bucht wurden die Trümmer eines Bootes gefunden, das zu einer Galeere Orsinis gehört."

„Und was beweist das?" fragt Vittoria heftig. „Nichts! Weder daß der Fürst auf dieser Galeere war, noch daß er in dem Boot gesessen hat, geschweige denn daß ihm die

Landung geglückt ist. Die Tatsache, daß es zerschellt ist, beweist sogar das Gegenteil."

„Immerhin habt Ihr meinen Argwohn geschürt, als Ihr gestern morgen drohtet, Euch von dem Felsen in die Tiefe zu stürzen, wenn ich Eure Tür aufbräche."

„Ha, Signore", ruft Vittoria hoheitsvoll, „Ihr wagt es, auf diese groteske Situation anzuspielen, durch die ich so grausam beleidigt wurde? Euer brutales Eindringen, der blankgezogene Degen, mit dem Ihr mich bedrohtet, die Sbirren! ... das alles hätte mich nicht bis zum Wahnsinn reizen sollen? Ich wußte nicht mehr, was ich sagte noch tat. Von all den schweren Kränkungen, die ich seit einem Monat durch Euer Verschulden erlitten habe, war das die schlimmste. Wie könnt Ihr mir die unsinnigen Worte vorwerfen, die ich in jenem entsetzlichen Augenblick gesprochen habe! Und das alles wegen eines Briefes, den ich gelesen und dann sofort verbrannt habe! Gelesen, ohne Böses zu denken, aus Kinderei, aus purer weiblicher Neugier! Denn Ihr glaubt doch nicht im Ernst, Francesco", fährt sie mit sanfterer Stimme fort und nennt ihn zum ersten Mal beim Vornamen, „daß ich mich auch nur im mindesten für diesen Hinkefuß interessiere. Ein Mann, den ich nur flüchtig bei Euerm Onkel Montalto gesehen habe!"

Erneutes Schweigen. Ich bewundere die Signora, doch ich beneide sie nicht. Den „Hinkefuß" hat sie wohl nur mit Mühe über die Lippen gebracht.

Und Peretti, kann er sie ohne einen Beweis der Lüge bezichtigen? Der Beweis, den er heute gern hätte, war gestern hinter der Tür des Häuschens versteckt. Jetzt ist es zu spät, er wird ihn nie mehr bekommen. Ihm bleibt nur der Zweifel.

Was hätte ich darum gegeben, unsichtbar in einer Ecke des Zimmers zu sein und zu sehen, wie sie sich ohne ein Wort feindselig anstarren. Die Miene, die die Signora in diesem Moment macht, kenne ich genau: würde- und hoheitsvoll; doch den armen Signor Peretti kann ich mir nicht vorstellen.

„Signora“, sagt er schließlich mit tonloser Stimme, „Ihr habt mich dringend sehen wollen. Nur wegen dieser Erklärung, oder habt Ihr mir noch etwas zu sagen?“

„Ja, Francesco“, antwortet sie ruhig und sanft. „Ich möchte Euch um etwas bitten. Wie ich Euch eben bekannte, habe ich einen Fehler begangen, der üblen Verdacht in Euch aufkommen ließ. Wenn wir nach Rom zurückkehren, Francesco, und ich dort meine Freiheit wiedererlange, schwöre ich Euch bei meinem Seelenheil, daß Ihr niemals mehr Anlaß haben werdet, an meiner Aufrichtigkeit zu zweifeln.“

Wieder Schweigen. Mir tut der Hals weh, so sehr muß ich ihn recken, um das Folgende zu hören.

„Ich werde in Ruhe darüber nachdenken, Vittoria“, antwortet er mit unsicherer Stimme.

Mehr sagt er nicht und geht: ich höre die Vordertür zuklappen. Auf schnellstem Wege verlasse ich den Holzschuppen und gehe um das Häuschen herum, diesmal auf der Seite der Felsentreppe, denn ich will Signor Peretti nicht begegnen. Ich setze mich auf die oberste der Stufen, die zur Bucht hinabführen, und warte noch zwei, drei Minuten, bevor ich zu der Signora zurückkehre.

Sie sitzt im Lehnstuhl, die Hände im Schoß, die Augen starr auf den Kamin gerichtet, obwohl gar kein Feuer brennt, denn es ist an diesem Morgen merklich wärmer als an den anderen Tagen.

Ich weiß nicht, was ich tun soll, und beginne, den Putzkram auf dem Frisiertisch aufzuräumen, und „drehe und wende“ mich, wie die Signora immer so schön sagt. Schließlich befürchte ich, sie nervös zu machen, und setze mich auf das niedrige Stühlchen.

Nach einer Weile sieht sie mich an und sagt:

„Wir kehren nach Rom zurück, Caterina.“

„Hat das Signor Peretti beschlossen?“

„Nein, noch nicht. Doch er wird es tun.“

„Dann seid Ihr also zufrieden, Signora?“ frage ich.

„Ja“, entgegnet sie, „das bin ich.“

Sie erhebt sich brüsk, dreht mir den Rücken zu und

stützt sich, das Gesicht dem Meer zugewandt, mit den Ellenbogen auf das Fensterbrett.

„Geh jetzt, Caterina", sagt sie.

Ich schleiche auf die andere Seite des Vorhangs und verriegele dabei gleich die niedrige Tür zum Holzschuppen. Dann lege ich mich auf mein Bett. Es wird sicher ein Weilchen dauern, bis sie mich ruft. Ich weiß, was sie macht, die Ellenbogen auf dem Fensterbrett, den Kopf in beide Hände vergraben: sie weint.

Marcello Accoramboni:

In dem Boot, das uns zur Galeere zurückbrachte, bat ich den Fürsten um ein Gespräch unter vier Augen, bevor er irgend etwas zu Lodovico sagen würde. Er willigte ein, und wieder an Bord der Galeere, rief er seinem Cousin zu, er müsse die Kleider wechseln und sie würden sich später sehen, und zog mich zur Schanze. Dort bat er mich, zu warten; nach fünf Minuten kam er und führte mich in sein Zimmer, wo ich sofort bemerkte, daß die Bettvorhänge zugezogen waren. Daraus schloß ich, daß sich dahinter seine kleine Maurin verbarg, auf die ich noch nie einen Blick hatte werfen dürfen – darin verhielt er sich fast wie ein Maure; doch da ich durch Folletto wußte, daß besagte Sklavin dem Fürsten bedingungslos ergeben war, hinderte mich ihre Anwesenheit keineswegs daran, ihm alles zu erzählen, was ich auf dem Herzen hatte.

„Durchlaucht", sage ich, „vermutlich beabsichtigt Ihr, Lodovico zu sagen, Euer Unternehmen sei gescheitert."

„Wie meinst du das?" fragt er und zieht erstaunt die Brauen in die Höhe.

„Daß die Dame Euern Wünschen sehr wenig geneigt war und Ihr eine Abfuhr einstecken mußtet."

„Die Ehre gebietet mir in der Tat, so zu sprechen", erwidert Orsini prompt, „und sei es auch nur, um die ihre zu retten."

„Aber ich möchte mehr, Durchlaucht."

„Mehr, Marcello?"

„Ja, Durchlaucht. Ich möchte, daß Eure Hoheit mich aus Euren Diensten als Sekretär entlassen."

Bei diesen Worten fährt Orsini hoch und sieht mich mit einer Mischung aus Zorn und Trauer an.

„Was, du willst mich verlassen, Marcello?"

„Gezwungenermaßen und mit großem Bedauern", sage ich eifrig. „Aber mein Weggang ist unvermeidlich. Diese Expedition hat so viele Zeugen an Bord gehabt, daß sie sich bald herumsprechen und zu tausend Vermutungen Anlaß geben wird. Wenn Ihr mich bei der Rückkehr nach Rom entlaßt, wird dadurch die Version Eures Mißerfolges bestätigt, die mit Sicherheit Vittorias Ruf am wenigsten schaden wird."

„Aber dann werde ich dich nicht mehr sehen!" sagt der Fürst und wendet bekümmert den Kopf ab.

Obwohl mir genau bewußt ist, daß mich der Fürst vor allem wegen meiner Ähnlichkeit mit Vittoria mag, bin ich von seinen Worten bewegt und beeile mich zu sagen:

„Ich werde stets Euer ergebener Diener bleiben, und wann immer Ihr meine Hilfe verlangt, wird sie Euch zuteil werden. Ihr wißt, daß Ihr mich jederzeit über *il mancino* erreichen könnt."

Er sieht mich an, kommt auf mich zu und umarmt mich wortlos. Dann trennen wir uns.

Am nächsten Tag, als ich mich auf der Poop darin übe, mit der Pistole nach Spielkarten zu schießen, tritt Lodovico zu mir heran und sagt hochnäsig:

„Ihr sollt sehr geschickt im Umgang mit Feuerwaffen sein, Accoramboni."

„Das stimmt, Herr Graf, aber ich bin auch mit dem Degen nicht ungeschickt."

„Um so mehr bedaure ich, daß Eure niedrige Geburt mir verwehrt, mit Euch die Klinge zu kreuzen."

„Ich weiß nicht, was Ihr unter niedriger Geburt versteht, Herr Graf. Hoch oder niedrig, die Geburt ist für alle gleich. Der Tod auch."

„Jedenfalls sehe ich keinen Sinn darin, sich im Waffengebrauch zu üben, wenn man nicht dem Adel angehört“, spottet er.

„Leider bin ich dazu gezwungen: es gibt Leute, die mich nicht mögen.“

„Ich bin stolz darauf, zu ihnen zu gehören“, sagt Lodovico provozierend. „Wollt Ihr wissen, warum?“

„Wenn Ihr mir unangenehme Dinge sagen wollt, Herr Graf, tut Euch bitte keinen Zwang an. Habt Ihr nicht von vornherein betont, daß Eure Geburt Euch davon entbindet, mir Genugtuung zu geben?“

„So ist es. Ich müßte meine Klinge zu tief senken, wenn ich sie mit der Euern kreuzte.“

„Ihr riskiert also nichts. Ich höre.“

Bei diesen Worten senke ich den Kopf und lade meine Pistole. Ich stecke eine neue Karte auf meine Zielscheibe, kehre an meinen Platz zurück und warte.

„*Primo*“, sagt er, „sehe ich in Euch einen Intriganten, der sich aus Eigennutz die Gunst des Fürsten erschlichen hat.“

„Von dem ich bisher noch keinen Piaster angenommen habe. Könnt Ihr das auch von Euch behaupten, Herr Graf?“

„*Secundo* seid Ihr in meinen Augen ein Zuhälter, der auf Kosten einer reichen Witwe lebt.“

„Das habt Ihr mir schon einmal gesagt, und ich habe Euch darauf geantwortet.“

„*Tertio* halte ich Euch für einen gemeinen Verführer.“

„Euer *tertio* ist am interessantesten, Herr Graf. Würdet Ihr Euch genauer ausdrücken?“

„Ihr habt versucht, Eure eigene Schwester gefügig zu machen und dem Fürsten auszuliefern.“

„Euer Scharfsinn geht fehl, Herr Graf. Ich habe dem Fürsten einzig und allein deshalb den Zugang zu Signora Peretti erleichtert, damit er sich eindeutig von der Unantastbarkeit ihrer Tugend und der Sinnlosigkeit einer Entführung überzeugen konnte. Danach habe ich mein Amt als Sekretär niedergelegt.“

„Das ist mir bekannt.“
„Und deshalb wollt Ihr mich provozieren?“
„Das ist *ein* Grund, aber weder der einzige noch der wichtigste.“
„Und den wichtigsten habt Ihr mir noch gar nicht genannt.“
„Nein.“
„Ihr macht mich neugierig.“
„Hier ist er: ich ertrage nicht die unglaubliche Arroganz eines Mannes, der wie Ihr im Morast der Rotüre geboren wurde.“
„Was gedenkt Ihr zu tun?“
„Ich werde Euch züchtigen.“
„Wie das, wenn Ihr meine Herausforderung nicht annehmt?“
„Die Straßen Roms sind nicht sicher, und ein Unfall ist schnell geschehen.“
„Ein Unfall, Herr Graf?“
„Was weiß ich: ein Ziegel, der sich von einem Dach löst, ein Dolchstoß von einem verrückten Passanten. Kurz und gut, Accoramboni, Ihr könntet ganz plötzlich und unerwartet sterben.“
Ich richte den Lauf der Pistole auf seinen Bauch und sage mit meinem liebenswürdigsten Lächeln:
„Ihr auch.“
Lodovico wird aschfahl, tritt einen Schritt zurück und hält sich beide Hände wie zum Schutz vor den Bauch.
Da ruft eine Stimme:
„Marcello!“
Ich drehe mich in die Richtung, aus der sie kommt, und erblicke den Fürsten. Sein Kopf taucht gerade aus dem Boden der Poop auf.
„Senkt Eure Waffe, Marcello!“
„Gern, Durchlaucht. Graf Oppedo ist allerdings grundlos erschrocken: der Hahn war nicht gespannt.“
Der Fürst steigt langsam die Treppe hinauf, bis er auf unserer Höhe ist, sieht Lodovico kalt an und sagt:
„Euer Benehmen, Cousin, ist unüberlegt: Ihr lehnt es

ab, Euch mit Marcello zu schlagen, und gleich darauf beleidigt Ihr ihn und droht ihm einen Unfall an. Wollt Ihr, daß Euch das gleiche Schicksal widerfährt wie Recanati?"

„Durchlaucht", sage ich mit einer kleinen Verbeugung, „ich habe nicht die Absicht, den Grafen Oppedo zu töten. Durch meine Geburt im Morast der Rotüre, wie er es nennt, stehe ich viel zu tief unter ihm, als daß seine Schmähungen mich erreichen könnten."

„Seht Ihr, Paolo", ruft Lodovico, „der Kerl wagt es schon wieder, mir die Stirn zu bieten! Sogar in Euerm Beisein!"

„Er bietet Euch nicht die Stirn. Er antwortet geistreich auf Eure dummen Angriffe. Bedankt Euch bei ihm und bei mir. Wäret Ihr nicht mein Cousin, hätte er Euch schon eine Kugel in den Bauch gejagt. Marcello, kommt bitte in mein Zimmer herunter. Ich möchte mit Euch reden."

„Mit Eurer Erlaubnis, Durchlaucht, möchte ich erst meinen Schuß abfeuern. Ein Unfall ist schnell geschehen, eh man sich's versieht ..."

„Tut das."

Ich spanne den Hahn; aus dem Augenwinkel bemerke ich, daß sich Lodovico etwas hinter den Fürsten zurückzieht. Meine Zielscheibe ist eine Spielkarte, ein Pik-Bube, auf einem gespaltenen Stab befestigt, dessen unteres Ende ich in die Ritze einer Truhe gezwängt habe.

Ich ziele sorgfältig und schieße. Meine Kugel trifft den Pik-Buben in der Mitte.

„Ihr schießt bemerkenswert gut, Marcello", sagt der Fürst. „Und das, obwohl Eure Hand zittert."

„Das stimmt, aber mein Blick ist scharf. Er korrigiert gewissermaßen das Zittern meiner Hand."

Ich verneige mich vor ihm, mache eine knappe Verbeugung zu Lodovico hin, der sie nicht erwidert, und steige die Treppe hinab, über die der Fürst zu uns gelangt ist. Am Fuß der Treppe gehe ich noch nicht zum Zimmer des Fürsten, sondern verharre unbeweglich und spitze die Ohren.

„Ich verstehe Euch nicht, Lodovico", sagt der Fürst. „Das Ganze ist absurd. Was wollt Ihr? Ihr hegt gegen Marcello einen unsinnigen Haß. Vom ersten Augenblick an habt Ihr ihn beleidigt. Was erwartet Ihr eigentlich? Daß er Euch unterwürfig zu Füßen fällt, sie Euch vielleicht noch küßt? Ihr seid ein großer Dummkopf, lieber Cousin. Ihr wißt doch, mit wem Ihr es zu tun habt: Marcello ist ein Desperado. Er achtet sein Leben gering. Er ist tollkühn und schreckt vor nichts zurück. Ich sage es noch einmal: wäret Ihr nicht mein Cousin, hätte er Euch schon durchlöchert wie diese Spielkarte hier. Nehmt sie, mag sie Euch als Gedächtnisstütze dienen! Und falls Ihr von einem Unfall träumt, könnt Ihr diesen Wunschtraum aufgeben. Ich würde ihn Euch niemals verzeihen."

Lodovicos Entgegnung auf diese Schelte kann ich nicht abwarten, denn ich höre über mir Schritte und eile zum Zimmer des Fürsten. Bevor ich eintrete, klopfe ich an, weil ich die kleine maurische Sklavin nicht überraschen will. Ich habe gut daran getan, denn es vergeht eine reichliche Minute, bis mir Folletto öffnet. Im Allerheiligsten bemerke ich sofort, daß die Bettvorhänge wiederum zugezogen sind. Da ich sehr hungrig bin, registriere ich auch gleich die zwei Gedecke auf dem Tisch. Ich schaue Folletto an, ziehe die Brauen fragend in die Höhe und deute mit dem rechten Zeigefinger in meine Magengegend. Er nickt bejahend: der Fürst lädt mich ein, sein Mahl zu teilen. Und mir bereitet die Vorstellung Vergnügen, daß diese Einladung Lodovicos Haß auf mich noch mehr verstärken wird.

Der Fürst gesellt sich zu mir, entläßt Folletto durch ein Handzeichen und steuert wie üblich geradewegs auf sein Ziel zu, indem er sagt:

„Marcello, ich habe dein Gespräch mit meinem Cousin von Anfang an mitgehört. Du hast etwas gesagt, was mich sehr beschäftigt: ‚ich habe dem Fürsten einzig und allein deshalb den Zugang zu Signora Peretti erleichtert, damit er sich eindeutig von der Unantastbarkeit ihrer Tugend überzeugen konnte.‘ Bitte, Marcello, sag mir, ob das wirklich deine Absicht war.“

„Nein. Was ich da gesagt habe, ist eine Wahrheit, die für Lodovico gilt.“

„Und welche Wahrheit gilt für Marcello?“

Ich sehe ihm in die Augen, denke einen Moment nach und antworte:

„Soweit ich mich in mir auskenne, ist es folgende: ich diene Vittorias Wünschen, aber ich werde nichts gegen ihren Willen tun.“

„Und was würdest du tun, wenn ihre Wünsche über ihren Willen obsiegten?“

„Wenn dieser Sieg unzweifelhaft ist, werde ich ihren Wünschen zu Diensten sein.“

Der Fürst verschränkt die Hände auf dem Rücken und geht im Zimmer auf und ab, in seiner Bewegungsfreiheit ziemlich eingeschränkt, weil die Schanze kurz und schmal ist. Er sieht mich schweigend an. Aus unserem Wortwechsel schließe ich, daß Orsini nicht auf Vittoria verzichtet hat. Ich bin darüber nicht sonderlich erstaunt.

„Zu Tisch!“ ruft er in einem Ausbruch von Fröhlichkeit und weist mir mit einer Kopfbewegung meinen Platz zu; dann klatscht er in die Hände, um Folletto zu rufen. „Und noch eine Frage, Marcello“, fährt er fort. „Als du vorhin deine Pistole auf Lodovico richtetest: hättest du geschossen, wenn ich nicht dazwischengekommen wäre?“

„Nein, obwohl ich von Anfang an große Lust dazu hatte. Ich muß gestehen, daß ich einen Moment lang geglaubt habe, ich würde es tun.“

„In welchem Moment?“

„Als er sagte, ich hätte meine Schwester gefügig gemacht. Wenn da noch ein Wort mehr gegen Vittoria gekommen wäre, hätte ich geschossen. Aber er hat ein feines Gespür und muß es gefühlt haben. Deshalb hat er nicht gewagt, sie zu schmähen. Ich habe übrigens festgestellt, daß er bei all seinen Provokationen eine bestimmte

Vorsicht walten läßt. Im Grunde genommen ist er ein Feigling."

„Gerade deswegen ist er gefährlich", warnt der Fürst. „In Rom mußt du dich sehr in acht nehmen, Marcello."

Caterina Acquaviva:

Wie bin ich froh gewesen über unsere Rückkehr nach Rom! Unvorstellbar, wie ich es monatelang in Santa Maria hätte aushalten sollen, zumal bei dem schlechten Wetter die ganze Zeit. Man hätte glauben können, der blaue Himmel und die Sonne warteten im Hof des Palazzo Rusticucci auf uns. Außerdem hatte ich in Santa Maria in zwei Wochen nur eine einzige Nacht mit Marcello verbracht, und ich war ziemlich sicher, ihn in Rom öfter zu sehen.

Wenn die Signora es als Glück empfand, nach Rom zurückzukehren und dort ihre Freiheit wiederzuerlangen, so ließ sie sich das nicht anmerken. Sie war weder fröhlich noch traurig, sprach wenig und schien die meiste Zeit abwesend. Sie nahm die Mahlzeiten wieder am Familientisch ein und verschloß nicht mehr ihre Tür vor Signor Peretti. Aber sie öffnete sie auch nicht ganz, wenn er Einlaß begehrte. Sie hütete sich wohl, mich wegzuschicken; zwar sprach sie sehr nett mit ihm, ermutigte ihn aber nicht zum Bleiben. Es bekümmerte mich, den armen Signor Peretti zu sehen, wie er traurig in der Zimmerecke saß, von diesem und jenem redete, jedoch nicht seine Rechte als Ehemann geltend zu machen wagte. Ich fand ihn ein bißchen zu rücksichtsvoll. In Grottammare hätte sich kein Mann seiner Frau gegenüber so benommen, er hätte es ihr schon gezeigt!

Manchmal schien es auch der Signora peinlich zu sein, ihren Mann so schlecht zu behandeln, aber sie konnte sich trotzdem nicht entschließen, ihn mit offenen Armen zu empfangen. In den Armen des Fürsten muß sie wohl ein Widerwille gegen den armen Signore gepackt haben, und sie ließ es ihn nun teuer bezahlen, daß sie gehalten war, ihn ihrem Helden vorzuziehen. So sind wir Frauen, wenn wir vom Dämon besessen sind: zu gut zu dem einen, zu dem anderen zu hart.

Wir waren noch keine zwei Wochen wieder in Rom, da trat, ohne anzuklopfen, Marcello ins Zimmer der Signora, als ich gerade damit beschäftigt war, ihr Haar zu bürsten. *Madonna mia!* Schon bei seinem Anblick beginnt mein Herz zu klopfen! Und nicht nur das Herz! Dabei würdigt der Bösewicht weder mich noch seine Schwester eines Blickes. Kaum daß er im Spiegel schnell einmal zu ihr hinsieht! Er kramt aus dem Armausschnitt seines Wamses einen Brief hervor und legt ihn wortlos auf die Schmuckkassette vor die Signora hin.

„Von wem ist der Brief?“ fragt sie mit unbewegtem Gesicht.

„Erratet Ihr es nicht?“ erwidert er kalt. „Muß ich es Euch sagen?“

Sie zögert keinen Augenblick. Sie nimmt den Brief, zündet ihn an einer Kerze an, legt ihn auf eine Schale und sieht zu, wie er verbrennt. Ihr Schutzengel muß mit ihr zufrieden sein. Ich an seiner Stelle würde mich trotzdem ein wenig beunruhigen: zwar hat sie den Brief verbrannt, ihrem Bruder aber mitnichten befohlen, nicht weiter den Mittelsmann zwischen ihr und dem Fürsten zu spielen. Sie hat zu große Angst, er könnte ihr gehorchen.

Marcello verabschiedet sich alsbald von ihr, wenn man es denn so nennen kann: im Gehen grüßt er mit einem schlichten Kopfnicken, wobei er auch mich nicht ansieht. Ich bürste wieder weiter; das Herz ist mir schwer, da ich nicht weiß, ob ich es wagen soll, nach meinem Dienst Marcello in seinem Zimmer aufzusuchen. Aber ich habe nicht lange Zeit zum Grübeln, denn die Signora sagt mit klangloser Stimme zu mir:

„Es ist jetzt genug, Caterina, geh schlafen.“

„Aber ich habe gerade erst die Hälfte, Signora.“

„Diskutier nicht!“ fährt sie mich an. „Mach, was ich dir sage!“

Trotzdem räume ich noch ein wenig den Frisiertisch auf, mache aber nicht zu lange, um die Signora nicht zu verärgern. Sie starrt die Asche in der Schale an, als könne ihr Blick durch Zauberei den Brief wieder daraus erstehen lassen, den sie nicht gelesen hat. Doch solches hätte nur der Teufel vermocht. Und wer wollte den nach allem, was in Santa Maria geschehen war, rügen, sich nun etwas abseits zu halten?

„Gute Nacht, Signora."

Eine bloße Redensart: es würde mich sehr wundern, wenn sie eine gute Nacht hätte. Sie antwortet nicht, sie hat mich nicht gehört. Als ich über die Schwelle trete, wird mir der Grund bewußt, weshalb sie mich so früh entläßt: nicht um allein zu sein, sondern weil sie hofft, ich würde zu Marcello gehen und Nachrichten aus ihm herauslocken, nach denen sie selbst nicht zu fragen gewagt hat. Braves Mädchen, das ich bin, bin ich's zufrieden, ihr diesen Dienst zu erweisen. Und ich muß gestehen, ich bin's auch darum zufrieden, weil ich Marcello nun mit gutem Grund aufsuchen kann.

Er ist gerade mit Ausziehen fertig, als ich, ohne anzuklopfen, in sein Zimmer trete. Er ist so schön, ich begehre ihn so sehr, daß meine Kehle trocken wird und meine Beine heftig zittern. Doch der Empfang ist eisig.

„Was machst du hier?" fragt er und sieht mich finster an.

„Mit Eurer Erlaubnis, Signore, komme ich Euch besuchen."

„Meine Erlaubnis? Welche Erlaubnis? Habe ich dich zu kommen gebeten?"

„Nein, Signore."

„Kann denn hier jeder nach Belieben ein und aus gehen, ohne anzuklopfen?"

„Signore, ich habe nicht gewagt zu klopfen", sage ich.

„Was heißt: ‚nicht gewagt'?"

„Wenn ich geklopft hätte, hättet Ihr gefragt, wer da ist."

„Natürlich. Und?"

„Ich befürchtete, daß Ihr mir bei Nennung meines Namens gesagt hättet: geh weg!“

„Na gut, dann sag ich es dir jetzt: geh weg! Was ist da für ein Unterschied?“

„Der Unterschied ist, daß ich Euch nun gesehen habe“, sage ich demütig, aber gleichzeitig gleiten meine Blicke unverschämt über seinen ganzen Körper.

Er lacht. Das Spiel ist gewonnen, denke ich. Doch da ich genau weiß, daß man bei ihm noch in letzter Minute alles verlieren kann, warte ich bescheiden ab. In ganz Rom gibt es keine unterwürfigere Sklavin als mich! Ich pfeife auf meinen Stolz.

„Zieh dich aus“, befiehlt er endlich.

Meine Hände zittern vor Ungeduld, weil ich so viele Kleidungsstücke aufknöpfen muß.

„Weißt du, was du bist, Caterina?“

„Nein, Signore.“

„Der schlimmste Krake, den die Schöpfung je hervorgebracht hat.“

„Ja, Signore.“

„Weißt du, was ein Krake ist?“

„Ja, Signore. In Grottammare habe ich sogar mal einen kleinen gefangen. Sie umschlingen einen mit ihren Fangarmen. Aber man braucht ihnen nur den Hals umzudrehen, und die Fangarme lassen los.“

„Leider kann ich das mit dir nicht machen.“

Es ist mir gleichgültig, was er sagt; Hauptsache, er spricht mit dieser leisen zischenden Stimme und sieht mich mit seinen Raubtieraugen an. Ich warte voller Wonne darauf, daß er mich anspringt und mich am Hals packt, um mich in seine Höhle zu schleppen und zu verschlingen.

Das tut er dann auch, und als alles vorbei ist, sagt er nicht wie sonst: „Geh jetzt, Caterina, ich bin müde“, sondern zeigt sich zum Schwatzen aufgelegt. Denn er hat sich auf den Ellenbogen gestützt, und es hagelt nun Beschimpfungen auf mich herab, wobei er mich freundlich ansieht. Es ist der richtige Moment.

„Darf ich Euch eine Frage stellen, Signore?“
„Ja.“
„Seid Ihr immer noch im Dienste des Fürsten?“
„Nein, ich habe ihn verlassen. Ich bin nicht mehr sein Sekretär.“
„Ihr seid also zu Eurer Alten zurückgekehrt?“
Seine Augen verdunkeln sich, und er gibt mir eine tüchtige Ohrfeige. Noch dazu verdient.
„Das wird dich Respekt vor der Signora Sorghini lehren. Und auch vor mir.“
„Vergebung, Signore.“
„Auf jeden Fall hab ich Signora Sorghini nie verlassen. Jetzt hat sich nur insofern etwas geändert, als ich Montegiordano nicht mehr betrete.“
„Wie hat Euch der Fürst dann den Brief übergeben können?“
Er zuckt die Achseln.
„Kannst du nicht raten, durch wessen Vermittlung?“
„Doch.“
„Warum stellst du dann so dumme Fragen? Stelle ich dir vielleicht Fragen?“
„Ihr könntet mich zum Beispiel fragen, Signore, wie ich meine Sünde von Santa Maria gebeichtet habe“, schlage ich etwas gekränkt vor.
„Das will ich gar nicht wissen. Ich nehme mit Sicherheit an, daß du meinen Namen nicht erwähnt hast.“
„Seht Ihr, ich bin doch nicht so dumm.“
Er lacht, legt mich auf den Rücken, bedeckt mich mit seinem großen Körper, greift meine Handgelenke und drückt sie mit ganzer Kraft aufs Bett nieder. Nachdem er mich so zur völligen Bewegungslosigkeit gezwungen hat, preßt er seine Stirn gegen meine, reibt seine Nase an meiner und sagt mit zusammengebissenen Zähnen:
„Doch, du bist dumm, Caterina! und außerdem bist du häßlich! Und wie häßlich! Du bist das häßlichste Mädchen in ganz Italien! Und deine Brüste sind schlaff und unförmig wie ein Sack Korn auf dem Rücken eines Esels.“

Er sieht mich mit seinen Raubtieraugen an, und ich kann in diesem Moment nur das eine denken: vergewaltige mich! Es ist köstlich, von einem Mann, den man liebt, vergewaltigt zu werden. Nur ist es dann natürlich keine Vergewaltigung mehr. Nichts ist vollkommen.

Am nächsten Abend, pünktlich zehn Uhr, kommt Marcello wieder, als ich gerade das Haar der Signora bürste ... Man könnte sicherlich die Frage stellen, warum ich ihr das Haar abends und nicht morgens bürste. Ich habe keine Wahl: ich bürste es morgens und abends. Abends, um es zu entwirren und dann in Zöpfe zu flechten – sehr lockere Zöpfe, die nicht zu sehr am Kopfe ziehen, gleichwohl aber verhindern, daß sich das Haar nachts verfitzt. Und morgens bürste ich wieder, um die Zöpfe „in einen einzigen wogenden Mantel aufzulösen". So jedenfalls nennt Signora Tarquinia diese Prozedur.

Kurz und gut, mein Marcello erscheint wie immer, ohne sich anzumelden, er, der mir vorwirft, nicht bei ihm anzuklopfen! Wortlos und ohne uns eines Blickes zu würdigen, legt er einen versiegelten Brief auf die Schmuckkassette. Als habe Vittoria den ganzen Tag nur auf diesen Moment gewartet, ergreift sie ihn sogleich, steckt ihn an einer Kerze in Brand, legt ihn in eine Schale und sieht zu, wie er verbrennt. Das heißt, wir alle drei sehen zu.

Keiner sagt ein Wort. Die Signora verbietet Marcello nicht, weitere Briefe zu überbringen, und Marcello entlockt ihr auch nicht den Hinweis, daß er sich künftighin den Weg schenken könne. Mit einem leichten Kopfnikken verabschiedet er sich. Als ich ihn dann später aufsuche und mit ihm sprechen will, befiehlt er mir barsch, zu schweigen.

Diese stumme Szene wiederholt sich am nächsten, am übernächsten und jeden weiteren Abend – eine ganze Woche lang. Und ich frage mich, was der Fürst der Signora wohl immer wieder mitzuteilen findet, wenn er ihr alle Tage schreibt. Wahrscheinlich muß er sich häufig wiederholen.

Am achten Tag, wenn ich mich recht erinnere ein Freitag, tritt eine wichtige Veränderung ein: Marcello spricht. Als der tägliche Brief zu einem Aschehäufchen in der Schale geworden ist, wirft er der Signora im Spiegel einen Blick zu und sagt:

„Was für eine Komödie! Zählt nicht auf mich, wenn Ihr sie bis in alle Ewigkeit fortsetzen wollt!"

Am Samstagabend ist es schon nach zehn Uhr, und die Signora, die mich sonst beim Bürsten immer zur Eile antreibt, läßt zu, daß ich es in die Länge ziehe, statt mir zu befehlen, das Haar zu flechten. Um elf Uhr schließlich, meine Arme sind völlig erlahmt von der Anstrengung, die ich freilich schon beträchtlich reduziert habe, beginne ich aus eigenem Antrieb mit dem Flechten. Das Gesicht der Signora im Spiegel ist völlig unbewegt, und ihre Augen kann ich nicht sehen, da sie die Lider niedergeschlagen hat; dennoch spüre ich, daß sie unglücklich darüber ist – ebenso wie ich, wenn auch aus anderen Gründen –, daß Marcello nicht erscheint. Sie fragt sich vermutlich, ob er nicht kommt, weil er es satt hat, beim Verbrennen der ihr überbrachten Briefe zuzuschauen, oder ob der Fürst es leid ist, ihr Briefe zu schreiben, die sie doch nur vernichtet.

Auch an den folgenden Tagen warten wir vergebens auf Marcello. Für die Signora wie für mich waren diese Tage schrecklich. Mal war die Signora sehr unruhig, verlor wegen der kleinsten Kleinigkeit die Nerven und ließ ihren Zorn natürlich an mir aus, dann wieder blieb sie niedergeschlagen in ihrem Bett liegen, vergrub den Kopf in die Kissen, weigerte sich, zu den Mahlzeiten zu erscheinen, und verschloß erneut ihre Tür vor Signor Peretti.

Am Donnerstag endlich, elf Uhr abends – wir blieben jetzt jeden Abend so lange auf –, trat Marcello ein, nickte der Signora an ihrem Frisiertisch flüchtig zu und setzte sich, was er sonst niemals tat, aufs Bett, streckte die Beine von sich und verkreuzte die Hände zwischen den Knien. So verharrte er eine gute Viertelstunde mit gesenktem Kopf und ohne die Zähne auseinanderzubringen, während die Signora auf ihrem Sitz unruhig hin und her rutschte und sich auf die Lippen biß.

Aber sosehr sie sich die Lippen auch zerbiß, konnte sie sich doch nicht länger beherrschen und fragte mit zitternder Stimme:

„Habt Ihr nichts für mich?“

„Was soll ich haben?“ sagte er und hob den Kopf.

„Spielt nicht den Erstaunten!“ rief sie wütend. „Ihr wißt sehr gut, wovon ich rede.“

„Ja, ich weiß. Aber ich bin trotzdem erstaunt. Eine Woche lang habe ich Euch Abend für Abend einen Brief des Fürsten gebracht, den Ihr jedesmal verbrannt habt. Heute abend bringe ich Euch nichts, und Ihr fordert mir einen Brief ab. Einen von diesen Briefen, die zu verbrennen Ihr nie unterließet. Und wozu fordert Ihr ihn? Um ihn zu verbrennen! Gebt zu, daß das schon verwunderlich ist.“

„Eure Verwunderung ist mir gleichgültig. Antwortet ohne Umschweife: hat Euch der Fürst einen Brief für mich übergeben?“

„Ja.“

„Was wartet Ihr dann noch? Gebt ihn her!“

„Damit Ihr ihn verbrennt?“

„Ihr habt nicht zu fragen, was ich damit mache. Ihr sollt ihn mir aushändigen, das ist alles.“

„Das ist leider unmöglich“, sagte er mit unbeteiligter Stimme.

„Was soll das heißen: unmöglich?“

„Ich habe ihn selbst verbrannt.“

„Ihr habt einen Brief verbrannt, der für mich bestimmt war?“ schrie sie, völlig außer sich. „Das ist gemein!“

„Warum? Hättet Ihr das nicht auch getan?“

„Das ist egal, Ihr jedenfalls hattet kein Recht dazu! Das war *mein* Brief!“

„Ganz und gar nicht“, sagte Marcello ruhig, „es war niemandes Brief, da Ihr ihn nicht gelesen hättet. Ein Brief ist dazu da, gelesen zu werden. Wenn Ihr ihn verbrennt, statt ihn zu lesen, ist es kein Brief mehr, sondern nur Papier.“

„Aber es war meine Sache, zu entscheiden, ob ich ihn lese oder nicht."

„Wieso entscheiden? Eure Entscheidung war getroffen. Und eindeutig getroffen! Acht Tage hintereinander habt Ihr keinen Moment gezögert, die von mir überbrachten Briefe zu verbrennen. Und Ihr wißt genau, daß mit dem Brief, den ich Euch heute ausgehändigt hätte, das gleiche geschehen wäre."

„Doch dann hätte *ich* ihn verbrannt", rief die Signora.

„Das sind Kindereien, Vittoria", sprach er geduldig. „Ich konnte diesen Brief ebensogut wie Ihr in Asche verwandeln. Und genau das habe ich mit allen anderen getan."

„Wie das? Mit allen anderen?"

„Seit Freitag hat Euch der Fürst täglich geschrieben. Sechs Briefe insgesamt. Ich wollte Euerm Willen zu Diensten sein und habe alle sechs verbrannt."

Sie steht auf, schiebt mich mit einer Handbewegung zur Seite, tritt ihm mit funkelnden Augen gegenüber und ruft:

„Elender Schurke! Ihr hattet kein Recht dazu! Ihr habt das Vertrauen des Fürsten verraten!"

„Das solltet Ihr ihm schreiben", entgegnet er spöttisch. „Ich werde Euern Brief überbringen."

„Geht mir aus den Augen!" schreit sie.

Und sie reißt mir die Bürste aus der Hand und wirft sie nach ihm, doch sie trifft ihn nicht: er hat sich gebückt. Er ergreift die Bürste, richtet sich auf, legt sie behutsam auf Vittorias Frisiertisch und geht, ohne seine Schwester anzusehen, aus dem Zimmer.

Kaum hat er die Tür hinter sich geschlossen, wirft sie sich auf ihr Bett, ohne jede Vorsicht, will sagen: ohne darauf zu achten, sich nicht in ihrem Haar zu verheddern. Mit einem Blick erfasse ich die Katastrophe: mein ganzes Gebürste war für die Katz!

Zudem bin ich verblüfft. Diese beiden mögen zwar wie zwei Finger einer Hand sein, trotzdem streiten sie sich häufig. Doch eine derart heftige Auseinandersetzung habe ich bisher noch nicht erlebt. Die arme Signora hat den Kopf in die Kissen vergraben und schluchzt zum Steinerweichen. Ich weiß nicht recht, was tun. Weglaufen und Marcello in seinem Zimmer aufsuchen? Bei ihr bleiben und sie trösten? Natürlich habe ich keine Wahl. Denn es ist ja an ihr, mich zu beurlauben. Und in den sechs Tagen, die wir auf Marcello gewartet haben, hat sie mich nicht ein einziges Mal vor elf Uhr abends zu Bett geschickt! Das ist ein ganz schön langer Arbeitstag. Freilich, ich muß nicht sehr viel arbeiten, und es ist allemal besser, Kammerzofe im Palazzo Rusticucci zu sein, als die Frau eines Bootseigners in Grottammare. Ich weiß, wie die ihre Frauen behandeln: mehr Schläge als Zärtlichkeiten.

Es klopft; die Signora hebt den Kopf und sagt:

„Mach nicht auf. Frag, wer da ist."

Ich gehorche.

„Hier ist Signora Accoramboni", spricht eine gebieterische Stimme.

„Entschuldigt, Mutter, daß ich Euch nicht empfange. Ich habe heftige Kopfschmerzen."

„Ich liebe es nicht, mich mit Euch durch die Tür zu unterhalten. Doch ich muß Euch um einen Gefallen bitten. Meine Kammerzofe ist krank. Ich möchte, daß Ihr mir Eure ausleiht, damit sie mir beim Auskleiden hilft."

„Davon kann keine Rede sein. Ich verleihe meine Zofe nicht."

„Ihr seid nicht gerade liebenswürdig, Vittoria."

„Ich bin so, wie Ihr mich gemacht habt. Bittet doch Giulietta, Euch zu helfen."

„Giulietta schläft schon."

„Dann müßt Ihr Euch allein behelfen. Ihr habt zwei gesunde Hände."

„Vittoria! Ihr behandelt Eure Mutter wie das fünfte Rad am Wagen. Ihr seid eine Ausgeburt an Unhöflichkeit!"

„Das habt Ihr mir bereits gesagt. Gute Nacht, Mutter."

„Nach der Art, wie Ihr mich behandelt habt, kann Eure Nacht nur schlecht werden."

„Das wird sie, verlaßt Euch drauf. Gute Nacht, Mutter."

Ich spitze die Ohren und höre, wie die Superba durch den kleinen Vorraum geht, in dem ich schlafe, wenn die Signora wirklich krank ist. Sie wirft die Tür zornig hinter sich zu und tritt auf die Galerie hinaus, die in Höhe des ersten Stocks um den Patio herumführt. Ich bin froh, daß die Signora ihr eine Abfuhr erteilt hat. Ich kann das „fünfte Rad", wie Vittoria und Marcello ihre Mutter untereinander nennen, nicht ausstehen.

„Caterina", fragt die Signora hinter mir, „glaubst du, daß Marcello die Briefe wirklich verbrannt hat?"

Ich wende mich um.

„Vielleicht hat er's nicht getan, Signora."

Ich weiß es absolut nicht. Ich verneine die Frage, um Vittoria eine Freude zu machen, und sage „vielleicht" aus Vorsicht.

„Du weißt, was er für ein Schelm ist ..."

„Ja, Signora."

„Caterina, geh bitte in sein Zimmer. Wenn er da ist, bring ihn her."

„Ja, Signora."

Ich gehe zur Tür und will sie gerade öffnen, als sie von selbst aufgeht und Marcello wie aus dem Boden gestampft vor mir steht. Man hätte erwarten können, daß die Signora ihm, nach allem, was geschehen ist, kühl begegnen würde. Weit gefehlt! Sie sieht ihn ängstlich und fragend an. Er seinerseits erfaßt alles mit einem Blick: die auf dem Bett ausgestreckte Signora, das völlig durcheinandergeratene Haar, die geröteten Augen, das in der Hand zerknüllte Taschentuch. Und er sagt anzüglich:

„Für das ‚fünfte Rad' seid Ihr eine Ausgeburt an Unhöflichkeit: für mich ist Flamineo eine Ausgeburt an Unterwürfigkeit und Giulietta eine Ausgeburt an Keuschheit. Und wenn ich dem Glauben schenken soll, was Ihr vorhin zu mir gesagt habt, bin ich ein Ungeheuer schlechthin.

Doch bildet Euch nicht ein, Vittoria, daß Ihr der Teratologie unserer Familie entgehen könnt. Für mich seid Ihr von uns allen die interessanteste Spezies: ein Ungeheuer an freiwilliger Blindheit. Wenn Euch die Realität nicht gefällt, steckt Ihr den Kopf unter die Flügel und nehmt sie einfach nicht zur Kenntnis."

„Was soll das heißen?" fragt die Signora, aber wesentlich weniger hochmütig, als ich vermutet hätte.

Offensichtlich behandelt sie ihn mit Schonung. Sie befürchtet, Schlimmes von ihm zu hören.

„Ich meine es nicht böse. Zu Euch bin ich übrigens immer nur aus Güte boshaft, um zum Beispiel zu verhindern, daß Ihr Euch selbst belügt, was auf die Dauer Eure Seele in Bedrängnis bringen würde. Ich habe die für Euch bestimmten Briefe nicht verbrannt, Vittoria. Ich habe sie sogar numeriert von eins bis sechs, damit Ihr beim Lesen die zeitliche Reihenfolge berücksichtigen könnt. Hier sind sie."

Er zieht alle sechs aus seinem Wams hervor und wirft sie aufs Bett. Die Signora ist betroffen. Man könnte meinen, diese Briefe seien ein Heiligtum: sie wagt nicht, sie anzurühren. Aber als sie sich endlich dazu durchringt, tut sie es ohne jede Scham und verbirgt nicht einmal ihre Hast. Sie greift den mit einer Eins gezeichneten Brief, erbricht das Siegel mit zitternden Fingern und versenkt sich gierig in die Lektüre.

„Ihr seid ja jetzt beschäftigt", sagt Marcello, „so daß ich gehen kann. Ich muß mich mit jemandem treffen. In einer Stunde bin ich wieder zurück."

Sie antwortet nicht. Sie hat ihn nicht einmal gehört, und auch seinen Abgang nimmt sie nicht wahr.

„Caterina", sagt sie, ohne den Kopf zu heben, „rück mir einen Leuchter heran."

Es kommt ihr nicht einmal der Gedanke, daß sie es zum Lesen bequemer hätte, wenn sie an ihrem Frisiertisch säße, statt auf dem Bett zu liegen. Das Lesen dieser Briefe wird lange dauern, sehr lange sogar, denn vermutlich werden sie ein zweites Mal gelesen, und so rücke ich ein niedriges Tischchen an Vittorias Bett und stelle einen Leuchter vom Frisiertisch darauf.

Ich setze mich auf einen Schemel in die Ecke und lehne mich mit dem Rücken an den Wandbehang. Ich betrachte die Signora und beneide sie. Ein Mann, der sich die Mühe macht, täglich an sie zu schreiben, der muß sie wohl sehr lieben. Ich wüßte niemanden, der sich so um meine kleine Person bemühen würde. Aber natürlich bin ich viel leichter zugänglich. Kann man sich einen Papst oder einen Kardinal vorstellen, der vierzig Soldaten zum Schutze meiner Tugend mobilisieren würde?

Der Fürst würde den Kopf verlieren, wenn er sie so auf dem Bett liegen sähe, in ihrem Nachtgewand, das Arme, Hals und zur Hälfte auch ihre Brüste unbedeckt läßt. Letztere übrigens sind, wie ich mit einem flüchtigen Blick feststellen kann, zwar genauso fest, aber nicht so groß wie meine. Das sage ich der Gerechtigkeit halber, nicht um an ihr herumzunörgeln – die Signora ist mir hundertfach überlegen. Sie ist ganz einfach die Beste und Schönste. Zumal in diesem Moment, da sie wieder und wieder ihre Briefe liest, eingehüllt in ihr langes Haar (zwei Stunden Bürsten für mich morgen!), das schöne Gesicht vor Erregung rosig überhaucht; auf den Wangen liegt der Schatten ihrer langen Wimpern, stoßweise hebt und senkt sich ihre Brust.

Die Zeit vergeht. So hinreißend das alles sein mag, langsam werde ich müde. Doch ich kann die Signora nicht unterbrechen und sie bitten, mich für heute zu entlassen: sie sieht so andächtig aus. Was hätte ich auch davon? Marcello hat gesagt, er müsse jemanden treffen. Also ist er nicht in seinem Zimmer.

Bei Marcello geht es nicht mit rechten Dingen zu. Wenn man von ihm spricht oder auch nur an ihn denkt, taucht er auf, und im Schlafzimmer der Signora ohne jemals anzuklopfen. Vielleicht weil sie Zwillinge sind, empfinden die zwei keine Scham, sich nackt voreinander zu zeigen. Dagegen die Schamhaftigkeit in meiner Familie in Grottammare! Was für eine Aufregung um das kleinste bißchen nackte Haut! Und was für akrobatische Kunststückchen, um aus dem Nachthemd in die Tageskleider zu schlüpfen, ohne daß jemand etwas sieht. Ich entsinne mich noch, als sei es erst gestern gewesen, an die Ohrfeige, die mir *il mancino* verpaßte, und an seine deftige Schelte, weil ich mich eines Morgens, als ich aus unserem gemeinsamen Bett aufstand, nackt auszog. Ich war damals zehn Jahre alt und hatte geglaubt, es würde ihm Freude machen, den jungen Körper zu sehen, den er jeden Tag streichelte. Ja, aber das tat er nachts und unter dem Laken! Ich war doppelt versteckt, und wir stellten uns beide schlafend, der Streichelnde und die Gestreichelte.

Marcello steht also plötzlich im Zimmer, und als die Signora die Augen hebt und ihn fragend ansieht, sagt er ohne Umschweife:

„Margherita Sorghinis Haus hat zwei Eingänge. Der, den ich seinerzeit benutzte, als sie unsere Liaison nicht bekannt werden lassen wollte, befindet sich auf der Rückseite in einer schmalen Sackgasse, die so eng ist, daß sie nicht Platz genug hat für zwei nebeneinander gehende Personen. Linker Hand sieht man einen kleinen Portalvorbau, der nicht verschlossen ist. Er führt auf einen Gang zu einer Kapelle, die die fromme Signora Sorghini den unter ihrem Schutz stehenden Bettelmönchen überlassen hat. Die Kapelle ist für die Öffentlichkeit zugänglich, wird aber nur selten besucht. Am Ende des Ganges befindet sich eine zweite, dunkelgrüne Tür, zu der dieser Schlüssel gehört."

Er wirft ihn geschickt der Signora in den Schoß.

„Hinter dieser Tür stoßt Ihr auf eine Treppe, und wenn Ihr die Mühe nicht scheut, drei Stockwerke hochzusteigen, gelangt Ihr zu einer Terrasse, auf der Signora Sorghini ein großes weißes Zelt errichten ließ, dessen Vorhänge vor Sonne, Wind und neugierigen Blicken schützen. Dies hübsche Plätzchen mit seinen üppigen roten und weißen Geranien lädt so recht zum Ausruhen ein, wenn Ihr Euch morgen zur Vesperstunde dorthin begeben wollt, Vittoria. Ihr werdet Signora Sorghini nicht antreffen, da sie morgen in aller Frühe mit mir nach meinem Haus in Amalfi aufbricht, wo sie in meiner Gesellschaft einen Monat lang den Seewind genießen will."

Nach diesen Worten zieht er sich zurück, ohne mir auch nur einen Blick zu gönnen. Die Signora ergreift den Schlüssel, sie nimmt ihn nicht etwa nur zwischen Daumen und Zeigefinger, nein, sie umklammert ihn mit der Linken, die sie zur Faust schließt und um die sie vorsichtshalber auch noch ihre Rechte legt. Dann drückt sie beide Hände zwischen ihre Brüste. Oh, es wird nicht verschwinden, das Schlüsselchen! Es fühlt sich so wohl da!

„Signora, darf ich mich zurückziehen?"

„Gute Nacht, Caterina", sagt sie wie abwesend. Sie starrt vor sich hin, und um ihre Lippen spielt der Schatten eines Lächelns.

Ich gehe in Marcellos Zimmer. Er ist weg. Dieser Bösewicht hat nicht einmal auf mich gewartet, um mir auf Wiedersehen zu sagen. Ich sehe mich ungläubig um. Doch das Zimmer ist wirklich leer. Und es wird zudem einen ganzen Monat leer bleiben, denn am nächsten Morgen reist er mit seiner Alten ab. Ja, mit seiner Alten! Ich will es hundertmal wiederholen, wenn es sein muß: mit seiner Alten!

Wäre ich die Signora, würde ich mich bäuchlings auf Marcellos Bett werfen und das Gesicht in sein Kopfkissen vergraben. Aber ich mache nicht solch ein Theater. Ich lösche die Kerze, die Marcello hat brennen lassen, schließe die Tür, trete auf die Galerie hinaus und stütze mich mit dem Leib gegen die Balustrade. Es ist eine schöne Mondnacht, und unten im Patio sehe ich unser weißes Kätzchen in ganzer Länge ausgestreckt, wie es die Krallen zeigt. Es kratzt den Boden und faucht und belauert einen getigerten Kater, der sich unter dem Blätterdach versteckt hält. Woher kommt er, dieser Bursche? Wo hat sie ihn aufgestöbert? Sie faucht, unsere kleine Mieze. Würde sie den Kater kratzen oder ihn gnädig empfangen? Auf jeden Fall wird es nach gehabtem Vergnügen einen kräftigen Pfotenhieb für ihn setzen. Recht so! Die Tränen laufen mir übers Gesicht. Ich wische sie ab. So steht es also um uns beide, meine Herrin und mich: wenn die eine lacht, weint die andere.

Lodovico Orsini, Graf von Oppedo:

Um ein Haar wäre ich ihm auf den Leim gegangen. Doch nur um ein Haar. Denn ich war von Anfang an mißtrauisch und konnte mir wohl denken, daß dieser heimtückische Marcello nötigenfalls seinem Meister einige Punkte in machiavellischem Geschick vorgeben würde. Und als ich mich eigens nach Florenz begab und Francesco di Medici Bericht erstattete, hatte auch dieser seine Zweifel. „So wie die Frauen beschaffen sind, will heißen: nur gezwungenermaßen tugendhaft", sagte er zu mir, „kann man schwerlich glauben, daß Paolo Vittoria nicht willfährig gefunden und wie ein Bruder an ihrer Seite geschlafen haben soll. Wo ihm doch in ganz Italien noch nie ein Herz oder ein Leib widerstanden hat und er ein so gutaussehender Mann ist, noch dazu einer jener Helden, in die das schwache Geschlecht vernarrt ist. Außerdem hätte sich Paolo wohl kaum mit seiner Niederlage gebrüstet, wenn es denn eine war!"

Ich jedenfalls fand, daß die Geschichte nach Betrug roch und Marcellos Entlassung nur ein geschicktes Täuschungsmanöver war, hatte doch Paolo diesem Nichtsnutz so viel zärtliche Zuneigung bewiesen, daß er ihn an Bord sogar in sein Zimmer lud, während er mir – seinem Cousin! – den Ersten Offizier als Tischgenossen zuwies.

Medici händigte mir zehntausend Dukaten als Lohn für die Mühe und die Unkosten aus, die mir durch die Reise entstanden waren, und forderte mich auf, diese Affäre aufmerksam weiterzuverfolgen, um zu verhindern, daß Virginios Erbe eines Tages durch eine zweite Ehe des Fürsten gefährdet würde. Während meines Aufenthaltes in Florenz sah ich Virginio einige Male, und da ich an die Zukunft dachte, mühte ich mich um seine Gunst. Ich fand ihn anders als in seinen jungen Jahren: besonnen, kühl, aufmerksam; ein genauer Beobachter, der wenig spricht. Kurzum, bereits ein Medici, ohne das sagenhafte Feuer der Orsinis. Er gab mir nicht einen Piaster. Aber vielleicht wußte er auch, daß sein Onkel mich bereits entlohnt hatte. Übrigens fand ich, daß mich die Medicis ziemlich schlecht für meine Dienste bezahlten. Aber da Paolo beschlossen hatte, mir keinen roten Heller mehr zu pumpen, hatte ich keine Wahl. Im Grunde genommen bedauerte ich das. Ich mag die Medicis nicht. Ich kann diese Bankiers und Krämerseelen nicht riechen.

Bei meiner Rückkehr nach Rom setzte ich einen Spion auf Paolo an. Ich wählte ihn sorgfältig unter den Verbannten aus, denen ich in meinem Palazzo Unterkunft und Verpflegung gewähre. Ich verstoße damit gegen die päpstlichen Gesetze, denn da ich zur jüngeren Linie der Orsinis gehöre, bin ich nicht berechtigt, Asyl zu gewähren, wie ich wohl bereits erläutert habe.

Mein Mann war ein Mönch, der die Kutte hatte ablegen müssen, um so den Verliesen des Klerus zu entgehen: er hatte gegen seine Ordensregeln verstoßen. Ich bewog ihn, für die Überwachung des Fürsten die Kutte wieder anzuziehen, denn niemand fällt in Rom weniger auf als ein Ordensgeistlicher – es gibt deren Tausende hier –, der sein Gesicht leicht verbergen kann. Eine Maske auf der Straße würde auffallen, nicht aber eine Kapuze, die man sich bescheiden in die Stirn und über die Augen zieht, um den Versuchungen dieser Welt zu entgehen.

Da Paolo häufig ausritt, überließ ich dem Mönch ein Maultier, das auf den Landstraßen außerhalb Roms natürlich nicht mit den schnellen Pferden des Fürsten hätte mithalten können, innerhalb Roms aber dank den chaotischen Verkehrsverhältnissen nicht abzuhängen war. Wie mir zu Ohren gekommen war, hatte Vittoria Peretti das Reiten aufgegeben, so daß ich annehmen durfte, die beiden treffen sich an einem verschwiegenen und geheimen Ort in der Stadt.

Acht Tage vergingen, ohne daß mein Spion mir etwas vermeldete. Erst am Abend des neunten Tages ließ er mich um eine Unterredung bitten und erschien ganz verstört vor mir, mit zitternden Händen und schlotternden Knien.

„Herr Graf", sagte er, „ich bin der Sache auf die Spur gekommen, aber bitte entbindet mich gütigst von diesem Auftrag, andernfalls wird man mich töten."

„Und wo hast du die Spur entdeckt, Giacomo?"

„Im Haus der Witwe Sorghini."

„Sieh mal an, was für ein Zufall!"

„Die Rückseite des Hauses geht auf eine Sackgasse, in der sich eine Portaleinfahrt befindet. Durch sie gelangt man in einen Gang zu einer kleinen Kapelle, deren Tür offensteht; am Ende des Ganges befindet sich noch eine andere, dunkelgrüne Tür, die verschlossen ist. Die Signora und auch der Fürst haben einen Schlüssel dazu."

„Und wo ist die Gefahr für dich?"

„Eine tödliche Gefahr, Herr Graf, der ich kein zweites Mal entkommen werde. Ich sah den Fürsten von der Gasse kommen und durch die erste Tür eintreten und ließ einige Minuten verstreichen, bevor ich ihm folgte. Als ich ihn nicht in der Kapelle antraf, begriff ich, daß er durch die grüne Tür verschwunden sein mußte. Ich kniete mich in die vorderste Reihe, und da ich von Natur und Stand sehr fromm bin, begann ich zu beten ..."

„Laß deine Frömmigkeit aus dem Spiel, Giacomo!"

„Herr Graf, sie hinderte mich nicht daran, gleichzeitig die Eingangstür der Kapelle zu überwachen."

„Wie das? Du warst doch in der vordersten Reihe?"

„Ich hatte meine Kapuze hinten mit einem Loch versehen, durch das ich bei einer Kopfdrehung hindurchspähen konnte."

„Und was sahst du?"

„Eine Signora trat mit ihrer Zofe ein. Beide trugen Masken und trotz der Hitze lange, bis auf den Boden herabwallende Capes mit einer Kapuze. Die Signora kniete nieder und bekreuzigte sich, und dabei schaute unter dem Cape ihr Haar hervor: da wußte ich, wer sie war."

„Die Frauen beteten, nehme ich an."

„Inbrünstig, aber kurz. Als sie sich erhoben und die Kapelle verließen, folgte ich ihnen. Aber bevor ich noch die Schwelle überschritten hatte, sprang jemand aus einem Beichtstuhl, bekam mich mit unwiderstehlichem Griff bei der Kutte zu fassen, drückte mich mit der anderen Hand gegen die Wand und hielt mir einen Dolch an die Kehle. ‚Was machst du hier und wohin willst du?' fragte er. – ‚Wie Ihr seht, Signore, bin ich Mönch', antwortete ich unterwürfig, ‚und ich bete hier, da uns Signora Sorghini ihre Kapelle geöffnet hat.' – ‚Mönch?' sagte er, ‚das werden wir sehen.' Er riß mir die Kapuze vom Kopf und strich mit der Hand über die Tonsur, die ich gottlob von einem Barbier so gründlich hatte erneuern lassen, daß er sie unter seinen Fingern glatt wie einen Kieselstein zu spüren bekam. Das stellte ihn jedoch noch nicht zufrieden, denn er durchwühlte meine Taschen. Er fand darin nur den Rosenkranz und ein paar Ablaßpfennige, die ich extra eingesteckt hatte. Doch er war immer noch mißtrauisch, weswegen er mich auf lateinisch das *Pater noster,* das *Ave Maria,* das *Credo* und das *Confiteor* herbeten ließ. Ich tat es fehlerfrei, und glaubt mir, Herr Graf, ich habe lange nicht mit einer solchen Inbrunst gebetet."

„Sie hat dir geholfen, denn du bist noch am Leben."

„Ja, diesmal ließ mich der Mann noch laufen. Es wäre allerdings sehr unvorsichtig, das Schicksal ein zweites Mal herauszufordern."

„Wer, glaubst du, war der Mann?"

„Er gehört zweifellos zum Fürsten und beschützt die Signora."

„Wie kannst du dessen so sicher sein?"

„Herr Graf", sagte Giacomo stolz, „ich habe zwar Angst, doch bin ich kein Feigling. Ich hatte die Geduld zu warten und den Mut, dem Kerl am Nachmittag auf den Fersen zu bleiben. Ich ritt auf meinem Maultier, er war zu Fuß. Als die Signora das Haus Sorghini verließ, folgte ihr der Mann bis zum Palazzo Rusticucci und kehrte dann zum Palazzo Montegiordano zurück. Daraus schließe ich, daß er einer von den Soldaten des Fürsten ist. Er ist groß und trägt Degen, Dolch und Pistole im Gürtel sowie ein Kettenhemd. In der Kapelle hat er mit seinen bösen schwarzen Augen mein Gesicht genau gemustert, und ich möchte ihm kein weiteres Mal in die Hände fallen."

„Beruhige dich, Giacomo, deine Rolle ist zu Ende. Du trittst in diesem Stück nicht mehr auf. Ich rate dir zu deiner eigenen Sicherheit, über alles wie das Grab zu schweigen. Hier, steck diese Piaster ein."

In der Nacht nach diesem Gespräch grübelte ich, was ich tun sollte. Ich erwog nacheinander zwei Strategien und bedachte sorgfältig ihre Konsequenzen. Die erste Lösung: Signor Peretti anonym mitteilen, wo und wann sich die beiden sündigen Liebenden trafen. Doch nach allem, was ich über Peretti wußte, mußte ich leider annehmen, daß er seine Frau nicht töten, sondern schlimmstenfalls wieder in eine Festung wie Santa Maria einsperren würde. Und dem Fürsten würde es gelingen, sie eines Tages da herauszuholen und – falls Peretti tödlich verunglückte – zu heiraten: das genaue Gegenteil dessen, was ich beabsichtigte.

Die zweite Lösung war radikaler und verführerischer: Vittoria durch einen gedungenen Mörder umbringen lassen. Doch das erschien mir schwierig und für mich gefährlich. Vittoria ging nur am Tage aus und wurde von jenem bewaffneten, listigen, zu allem entschlossenen Riesen bewacht, mit dem Giacomo aneinandergeraten war und der die List in Person sein mußte, um auf die Idee zu kommen, sich anstelle des Priesters in einem Beichtstuhl zu verstecken und so ungesehen die Kapelle zu überblikken. Außerdem könnte ein gedungener Mörder ergriffen werden und unter der Folter aussagen, so daß die Corte womöglich über einen Handlanger den Weg zu mir finden würde. In diesem Falle wäre mein Leben verwirkt, entweder durch das päpstliche Gericht oder, wenn ich dem entginge, durch Paolos Hand.

Ich hätte natürlich den Medicis schreiben, den Sachverhalt mitteilen und ihnen alles Weitere überlassen können. Doch ich wußte, daß sie viel zu vorsichtig waren, mir einen Rat zu geben oder selbst aktiv zu werden, bevor ich nicht die Kastanien aus dem Feuer geholt hätte. Ich werde mich schon glücklich schätzen müssen, wenn sie mir ein paar von diesen Kastanien ablassen, sobald Virginio dank meinen Bemühungen sein ungeteiltes Erbe angetreten hat.

In dieser Unsicherheit ob des einzuschlagenden Weges erhielt ich überraschend eine Einladung von Monsignore Cherubi. Er war inzwischen die rechte Hand des Patriarchen von Venedig geworden und wohnte während seines Besuchs in Rom in einem Palast, den sein Patriarch in der Ewigen Stadt gemietet hatte. Man erinnert sich vielleicht noch daran, daß Cherubi bei Montalto in Ungnade gefallen war, weil er ein Wort des Kardinals vor dem Papst wiederholt hatte.

Monsignore Cherubi war liebenswürdig, umgänglich, unvorsichtig, keineswegs dumm, neugierig wie ein Eichhörnchen und geschwätzig wie eine Elster. Im Vatikan, wo es so viele gerissene Schmeichler gibt, war er insofern eine Ausnahme, als er – wider alle Logik und Erwartung – dank einer ununterbrochenen Folge von Dummheiten, die er beging, eine beachtliche Karriere in der kirchlichen Hierarchie machte. Der Grund dafür war, daß seine Ungeschicklichkeit für all die Machiavellis um ihn herum etwas Beruhigendes hatte: sie belustigte jedermann und tat niemandem weh.

Mein Erstaunen war um so größer, als an der Mahlzeit, zu der Cherubi mich geladen hatte, nur zwei Personen teilnahmen: er und ich. Daraus folgerte ich, der Kirchenfürst habe – vielleicht auf Anraten Gregors XIII., dessen Günstling er war – dieses Tête-à-tête arrangiert, um Informationen über Paolo aus mir herauszulocken, und ich setzte mich, durch diese Situation außerordentlich geschmeichelt, zu Tisch.

Der größte Teil der Mahlzeit verlief unter belanglosem Geplauder, die Speisen waren ausgezeichnet, und Monsignore Cherubi – ein großer dicker Mann mit einem Gesicht von der Farbe eines Parmaschinkens – sprach Essen und Trinken kräftig zu. Beim Nachtisch jedoch schien seine Kehle endlich weniger Gefälle zu haben, das Gespräch verebbte, und ich spürte, daß wir uns nun ernsteren Dingen zuwenden würden. Das geschah schneller und vor allem abrupter als erwartet.

„Graf", sagte er mit seiner volltönenden jovialen Stimme, „ich wüßte gern Eure Meinung zu einer Frage, die mir Seine Heiligkeit gestellt hat und die ich nicht beantworten konnte: Hat sich zwischen Euerm Cousin und der Signora Peretti das Unvermeidliche ereignet?"

Ich lachte, weil mir „das Unvermeidliche" im Munde eines Kirchenmannes zumindest erheiternd vorkam und weil das Lachen mir eine Frist zum Nachdenken verschaffte.

„Monsignore", erwiderte ich, liebenswürdig lächelnd, „Eure Frage hat den Vorzug, aufrichtig zu sein, was ich sehr schätze. Und ich will gern darauf antworten, wenn Ihr mir zusichert, auch meine Neugier bezüglich der Gefühle des Heiligen Vaters in dieser Affäre zu befriedigen."

„Soweit sie mir bekannt sind, will ich Euch darin zufriedenstellen", sagte Cherubi und machte zumindest dem Anschein nach tabula rasa mit der vatikanischen Diplomatie. „Ihr kennt mich", fuhr er schmunzelnd fort und legte die Hände auf den Bauch. „Ich spreche eine deutliche Sprache und schätze klare Verhältnisse."

Ich lachte wieder, wobei ich mich zu fragen begann, ob nicht Cherubi im Verlaufe seiner Karriere aus seinen Dummheiten mehr Kapital zu schlagen gewußt hat als andere aus ihrem diplomatischen Geschick. In der Diplomatie dienen solche Dummheiten einem ganz ähnlichen Zweck wie auf einem Schiff der Enterhaken, mit dem ein anderes Schiff herangezogen oder aber abgestoßen wird, je nachdem; da Cherubi mit seinem „Enterhaken“ offensichtlich versuchte, meine Barke an seine mächtige Galeere heranzuholen, beschloß ich, keinen Widerstand zu leisten.

„Ja, Monsignore“, sagte ich, „das Unvermeidliche ist geschehen. Ich kann es nicht beweisen, doch ich bin dessen sicher.“

„Ach, das ist ärgerlich“, meinte Cherubi ernst. „Der Heilige Vater wird über diese Nachricht sehr betrübt sein, und da er die Gabe hat zu weinen, wird er gewiß einige Tränen vergießen.“

Cherubi sagte das ohne den Anflug eines Lächelns und ohne jede Ironie, er schien schon im voraus den Kummer des Papstes zu teilen.

„Doch was kann er tun?“ fragte ich.

„Nichts“, sagte Cherubi, „das ist ja gerade das Betrübliche. Den Ehemann warnen, das bringt nichts. Er würde sich nur wieder damit begnügen, die flatterhafte Dame einzusperren, und unserem Helden gelänge früher oder später ihre Befreiung.“

In diesem Punkt hatte er recht, trotzdem wurde ich stutzig. Ehebruch ist auch im Kirchenstaat keine seltene Sünde und kein außergewöhnliches Verbrechen, und ich fragte mich, was der Papst an dieser schuldhaften Liebe so bedauerlich fand.

„Ich verstehe die Besorgnis des Heiligen Vaters“, sagte ich. „Er befürchtet zweifellos, daß Peretti durch einen Unfall zu Tode kommen könnte.“

„Diese Befürchtung hat der Heilige Vater niemals geäußert“, entgegnete Cherubi. „Doch so, wie die Menschen beschaffen sind, kann man diese Möglichkeit nicht a priori von der Hand weisen. Was meint Ihr?“

Ich gab mich nun eher reserviert und antwortete: „Euer Eminenz, Paolo Giordano ist mein leiblicher Cousin. Außer seinem Sohn hat er niemanden, der ihm näher verwandt ist als ich. Und ich bin ihm sehr zugetan.“

„Genau, wer kennt ihn besser als Ihr?“

„Es stimmt, daß Paolo sehr leidenschaftlich ist. Wie alle leidenschaftlichen Menschen ist er unberechenbar. Und das um so mehr, als sein Kriegsruhm ihm etwas zu Kopf gestiegen ist. Die Gesetze des Staates, meine ich, könnten ihn nicht aufhalten. Er glaubt, darüber erhaben zu sein."

Während ich diese Worte mit sanfter Miene sprach, friedlich am Tisch vereint mit einem hohen kirchlichen Würdenträger, mußte ich plötzlich belustigt daran denken, wie zur gleichen Zeit meine beiden Raufbolde in den Nora-Bergen Lösegelder erpreßten oder gar – wer weiß? – die Reisenden kaltmachten, denn natürlich saß ihnen die Blutgier im Leib.

„Ihr weist also die Möglichkeit, Peretti könnte einen Unfall erleiden, nicht von der Hand?" wiederholte Cherubi.

„Leider nein. Und darf ich Euer Eminenz auch eine Frage stellen?"

„Bitte."

„Wenn die von uns geäußerte Hypothese sich bestätigen sollte, würde der Vatikan es dann wagen, Paolo zu verhaften?"

„Er würde besser daran tun, ihn um den Lohn seines Verbrechens zu bringen", sagte Cherubi.

„Soll das heißen: Vittoria Peretti einzukerkern?"

„Wer eine Kette zerreißen will", meinte Cherubi sentenziös, „muß immer das schwächste Glied angreifen."

Seine Worte erfüllten mich mit Zufriedenheit, die aber nicht lange vorhielt, denn ich erfaßte sofort den kritischen Punkt dieses Plans.

„Unser Held würde für ihre Befreiung zu den Waffen greifen."

„Das kann sein", sagte Cherubi unbewegt, „doch wir denken, mit ihm fertig zu werden, wenn ..."

„Wenn, Euer Eminenz?"

„... Ihr ihm nicht mit Euern Truppen zu Hilfe kommt ..."

Na also, dachte ich. Da ist endlich der Grund für diese Einladung, Cherubis Offenheit und seine freimütigen Antworten. Nicht nur, daß meine Männer für Paolo eine nicht zu verachtende Unterstützung darstellten – weil die kleinen Leute in Rom auf mich hören, könnte der Gedanke einer Revolte, wenn ich mich dafür einsetze, um sich greifen, und das wäre äußerst bedrohlich für den Heiligen Vater.

Ich schwieg einen Moment, nicht weil ich um eine Antwort verlegen war, sondern um meinen Worten mehr Gewicht zu verleihen.

„Monsignore", begann ich schließlich, „Ihr wißt sehr wohl, daß ich in dieser Sache keine Sympathie für die Launen meines Cousins empfinde. Und obwohl ich ihm sehr zugetan bin, kenne ich meine Pflichten gegenüber Seiner Heiligkeit zu genau, als daß ich a priori die Möglichkeit ausschließen würde, mich aus einem Konflikt herauszuhalten, der aus Paolos Tollheiten erwachsen könnte. Ich möchte jedoch hinzufügen, daß zu gegebener Zeit über meine Neutralität verhandelt werden müßte."

„Das wird auch geschehen", sagte Monsignore Cherubi.

„Durch Eure Vermittlung?"

„Durch meine Fürsprache."

Er lächelte, zufrieden darüber, ein anderes Wort als ich verwendet zu haben. Und ich lächelte ebenfalls. Nach dem ausgezeichneten Essen fühlte ich mich angenehm satt. Die Aussicht, zu gegebener Zeit über meine Neutralität „zu verhandeln", erfüllte mich mit Freude, denn der Vatikan war reich, meine Börse dagegen leer; die zehntausend Piaster der Medicis hatten mich nur vorübergehend wieder flottgemacht.

„Wir stellen hier allerdings nur eine Hypothese auf", hub Cherubi wieder an. „Es ist höchst unwahrscheinlich, daß ein Ehrenmann wie unser Held die Gesetze mißachten würde."

„Es ist in der Tat unwahrscheinlich", sagte ich eine Oktave tiefer.

Das Mahl war beendet, ich erhob mich unter einem Vorwand und nahm schnell und kurz Abschied. Vor meinen Augen schillerte die Zukunft in den rosigsten Farben, und ich sehnte mich danach, allein zu sein und sie mir in aller Ruhe auszumalen.

KAPITEL VIII

Gian Battista Della Pace,
Bargello della Corte:

Am 6. Juli, neun Uhr morgens, begab ich mich in Begleitung meines Stellvertreters, meines Schreibers und eines Baders in den Palazzo Rusticucci, um amtlich festzustellen, daß Signor Peretti, Adoptivsohn Seiner Eminenz Kardinal Montaltos und Dritter Kammerherr Seiner Heiligkeit Gregors XIII., von Mörderhand umgebracht worden war.

Die Totenwache im Festsaal des Palazzo hielten die Mutter des Ermordeten, Signora Camilla Peretti, seine Schwiegermutter, Tarquinia Accoramboni, und deren Kinder Giulietta und Flamineo. Nach Aussage der Signora Accoramboni hatte sich Signora Vittoria Peretti in ihrem Zimmer eingeschlossen, „wahnsinnig vor Schmerz" und außerstande zu sprechen.

Ich bat die Familie sich zurückzuziehen und ließ dann durch den Bader den Körper des Toten untersuchen. Er stellte am rechten Bein eine Verwundung fest, die von einem Schuß aus einer Arkebuse herrührte. Die von hinten abgefeuerte Kugel hatte den Oberschenkelknochen durchschlagen und den Sturz des Verwundeten verursacht, jedoch nicht seinen Tod; diesen hatte ein Dolchstich herbeigeführt, der Peretti ins Herz traf, als der Verwundete vermutlich bereits am Boden lag und nicht mehr in der Lage war, sich zu verteidigen. Nach Mitteilung meines Stellvertreters war der Degen von Signor Peretti ohne Scheide am Tatort gefunden worden, allerdings nicht direkt neben dem Toten, sondern in einer Entfernung von einigen Klaftern. Dieser Umstand gab mir zunächst zu denken, fand aber seine Erklärung durch die Aussagen des Kammerdieners Filippo, des einzigen Tatzeugen.

Filippo sagte aus*:

Bargello: Filippo, wie mir berichtet wurde, warst du der letzte, der Signor Peretti lebend gesehen hat.

Filippo: Signor Bargello, ich habe mit der ganzen Sache nichts zu tun. Ich flehe Euch an, schiebt mir nicht diesen Mord in die Schuhe! *Affé di Dio,* ich bin unschuldig!

Bargello: Geh, Filippo, red nicht so dummes Zeug und hör auf, wie Espenlaub zu zittern. Setz dich, da, auf den Schemel. Niemand verdächtigt dich. Beantworte nur meine Fragen.

Filippo: Ja, Signor Bargello.

Bargello: Weißt du, weshalb sich Signor Peretti nachts um halb zwölf allein auf die Straßen von Rom wagte?

Filippo: Erstens, Signor Bargello, war er nicht allein. Ich war bei ihm. Ich ging ihm mit einer Fackel voran.

Bargello: Aber du warst nicht bewaffnet.

Filippo: Nein, Signor Bargello, außerdem hätte ich gar keine Waffe führen können, da ich die Fackel trug.

Bargello: Wie war Signor Peretti bewaffnet?

Filippo: Er hatte nur seinen Degen.

Bargello: Warum sagst du: „er hatte nur seinen Degen"?

Filippo: Weil es mich sehr verwunderte, daß er nicht auch seine Pistolen mitnahm, wo er doch sonst immer so vorsichtig war.

Bargello: Wo verwahrte er seine Pistolen?

Filippo: Auf seinem Nachttisch. Sie waren immer scharf geladen, und niemand durfte sie anrühren, nicht einmal zum Staubwischen. Wie gesagt, er war sehr vorsichtig.

Bargello: Es war jedoch alles andere als vorsichtig, nachts in den Straßen von Rom herumzuwandern, so unzureichend bewaffnet und mit nur einem Mann Begleitung.

Filippo: Das habe ich mir auch gesagt, Signor Bargello, als er mir befahl, ihm mit einer Fackel voranzugehen. Um

* Das Verhör fand in einem Raum des Palazzo Rusticucci statt. (Anmerkung des Gerichtsschreibers)

die Wahrheit zu sagen: ich fühlte mich gar nicht wohl in meiner Haut.

Bargello: Kennst du den Grund dieses nächtlichen Ausflugs?

Filippo: Nein, Signor Bargello. Doch ich weiß, wohin wir gehen wollten. Signor Peretti hatte es mir gesagt.

Bargello: Und wohin?

Filippo: Zum Palazzo Montecavallo.

Bargello: Der Palazzo ist doch seit einer Woche geschlossen.

Filippo: Das wußte ich und war überrascht.

Bargello: Alles in allem haben dich also viele Dinge in dieser Geschichte überrascht.

Filippo: Oh, ja, Signor Bargello. Das kann man wohl sagen, viele!

Bargello: Zum Beispiel?

Filippo: Zum Beispiel, daß Signor Peretti nicht mehr Leute mitgenommen hat. Es gibt ein halbes Dutzend kräftige Männer im Palazzo Rusticucci, den Wächter, der früher Soldat war, nicht eingerechnet.

Bargello: Wann hat Signor Peretti den Entschluß gefaßt auszugehen?

Filippo: Als ich mich gerade zu Bett legen wollte. Gegen elf Uhr. *Il mancino* hatte ihm kurz davor ein Billett überbracht.

Bargello: Weißt du, was darin stand?

Filippo: Nein, Signor Bargello.

Bargello: Signor Peretti hat das Billett ein paar Minuten vor elf Uhr bekommen, ist aber erst halb zwölf ausgegangen. Was geschah in dieser halben Stunde?

Filippo: Die ganze Familie war im Patio versammelt und flehte ihn an, doch ja keinen Fuß vor die Tür zu setzen.

Bargello: Was verstehst du unter der „ganzen Familie"?

Filippo: Signora Camilla, Signora Tarquinia, Signorina Giulietta, Signor Flamineo. Sie klammerten sich an ihn und beschworen ihn, sein Leben nicht aufs Spiel zu setzen. Ach, Signor Bargello, wenn Ihr das gehört hättet: nichts als Schreien und Jammern!

Bargello: Und Signora Vittoria?

Filippo: Es ist nicht die Art der Signora, sich an jemanden zu klammern. Aber danach versuchte auch sie, ihn umzustimmen.

Bargello: Wonach?

Filippo: Nachdem sich die Menschentraube von ihm gelöst hatte.

Bargello: Hast du gehört, was Signora Vittoria zu ihrem Mann sagte?

Filippo: Nein, dazu war es zu laut. Alle schrien und weinten. Doch an ihrer Miene habe ich deutlich ablesen können, daß auch sie ihm vom Ausgehen abriet.

Bargello: Wie sah sie aus?

Filippo: Sehr erschrocken und beunruhigt. Sie rang die Hände.

Bargello: Wie lange dauerte die Unterredung?

Filippo: Ich weiß nicht. Vielleicht gute zehn Minuten. Aber mit einer Unterbrechung.

Bargello: Was für eine Unterbrechung?

Filippo: Die Signora ließ Signor Peretti stehen, um mit dem *mancino* zu reden. Danach ist sie zu Signor Peretti zurückgekehrt und hat ihn abermals angefleht.

Bargello: Wieso kannst du sagen, sie habe ihn angefleht, wenn du ihre Worte gar nicht gehört hast?

Filippo: Ich habe es an ihrem Gesichtsausdruck gesehen.

Bargello: Wenn du die Szene mit der Fackel beleuchtet hast, hättest du es hören müssen.

Filippo: Signor Bargello, ich bin kein Lügner! Ich sage die Wahrheit! Um mich herum war ein Höllenlärm. Außerdem waren drei Fackelträger im Hof, und ich stand nicht dicht genug bei der Signora.

Bargello: Was geschah dann?

Filippo: Signor Peretti befahl Pietro, seinen Degen zu holen.

Bargello: Und diesmal hast du es gehört …

Filippo: Nein, Signor Bargello! Ich habe es nicht gehört. Doch ich begriff, was er verlangt hatte, als ich Pietro mit dem Degen meines Herrn zurückkommen sah.

Signor Bargello, ich bitte Euch, behandelt mich nicht länger wie einen Lügner!

Bargello: Das tue ich gar nicht. Was geschah dann?

Filippo: Pietro brachte den Degen mit Scheide und Gehänge.

Bargello: Und dann?

Filippo: Mein Herr hat den Degen gezogen und Scheide und Gehänge wütend zu Boden geworfen.

Bargello: Wütend?

Filippo: Ja, er schien außer sich zu sein. Dann befahl er mir grob, ihm mit der Fackel voranzuleuchten, und rannte wie ein Wahnsinniger hinaus. Ich hatte ihn noch nie in einem solchen Zustand gesehen. Auf der Straße sagte er mir, daß es zum Palazzo Montecavallo gehe, und schrie mich an: „Schneller, schneller!" Er lief, was die Beine hergaben.

Bargello: Und dann?

Filippo: Dann ... Ihr wißt genau, was meinem Herrn dann widerfahren ist: man hat ihn mir umgebracht!

Bargello: Komm, Filippo, hör auf zu weinen. Ein Mann darf doch nicht weinen.

Filippo: Warum nicht, wenn er traurig ist? Und ich bin doppelt traurig. Erstens, weil Signor Peretti ein guter Herr war, und dann, weil ich nicht weiß, was nun, da er tot ist, aus mir werden soll.

Bargello: Erzähle weiter!

Filippo: Wäre ich doch nie geboren, um solches nicht erleben zu müssen! Was für ein schreckliches Unglück!

Bargello: Weiter, Filippo!

Filippo: Entschuldigt, Signor Bargello, ich weiß nicht mehr, wo mir der Kopf steht. Also gut: stellt Euch die Straße vor, die zum Palazzo Montecavallo hinaufführt. Sie steigt ziemlich steil an. Dort mußte mein Herr seinen Schritt verlangsamen. Außerdem war er müde vom Laufen. Auf halber Höhe ging hinter mir ein Schuß aus einer Arkebuse los. Als ich mich umdrehte, lag Signor Peretti rücklings auf der Erde. Sein rechter Schenkel blutete. Aber er hatte noch seinen Degen in der Hand.

Bargello: Und was hast du da gemacht?
Filippo: Ich habe meine Fackel weggeworfen und mich in Sicherheit gebracht.
Bargello: Statt deinem Herrn zu Hilfe zu eilen!
Filippo: Meinem Herrn zu Hilfe eilen? Wie denn? Womit denn? Ich hatte nicht einmal ein Messer dabei! Und diese Leute hatten eine Arkebuse! Und jetzt fallen im Palazzo Rusticucci alle über mich her. Sie sollten unsere Leute mal hören: „Filippo, das Hasenherz!" Was für eine Ungerechtigkeit! Ich hätte die mal an meiner Stelle sehen mögen! Womit hätten die denn gegen die Banditen gekämpft? Mit den Zähnen vielleicht?
Bargello: Beruhige dich doch, Filippo.
Filippo: Trotzdem hat es mir nicht an Courage gefehlt, Signor Bargello. Denn als ich merkte, daß die Mörder mich nicht verfolgten und mich nicht einmal sehen konnten, weil die Fackel die Straße hinuntergerollt war und nun zwei Klafter unterhalb von Signor Peretti lag, bin ich auf leisen Sohlen zurückgeschlichen. Das war nicht schwer, denn ich hatte Filzschuhe an. Und ich habe mich in einer Türnische versteckt. Von da aus konnte ich alles hören. Denn ich war im Schatten, und die Banditen wurden von der Fackel beleuchtet. Ich habe sie so deutlich gesehen, wie ich jetzt Euch sehe. Sie kamen in aller Ruhe die Straße herauf, bis zu der Stelle, wo Signor Peretti lag. Sie waren zu zweit.
Bargello: Wie waren sie?
Filippo: Sehr höflich.
Bargello: Was meinst du mit „sehr höflich"?
Filippo: Auch hier, Signor Bargello, sage ich Euch die Wahrheit. Ich fand, daß sie für Banditen sehr höflich mit Signor Peretti sprachen.
Bargello: Sie haben mit ihm gesprochen?
Filippo: Freilich! Eine richtige Konversation. Ich traute meinen Ohren nicht!
Bargello: Was hatten sie denn einander zu sagen?
Filippo: Zunächst hat ihnen mein Herr, ohne seinen Degen loszulassen, mit der Linken seine Börse zugewor-

fen und gesagt: „Wenn es das ist, was ihr wollt, hier nehmt!“ Woraufhin der Größere von beiden geantwortet hat: „Mit allem Respekt, Signor Peretti, die fällt uns nach Euerm Tod sowieso zu. Wir sollen Euch töten.“ – „Und wer hat euch geschickt?“ – „Ein Mönch. Er hat Euern Namen genannt und hat Euch uns vergangenen Sonntag gezeigt, als Ihr mit Eurer Frau Gemahlin in Santa Maria della Corte der Messe beiwohntet.“ – „Weißt du, warum der Mönch meinen Tod will?“ – „Ich glaube, Signor Peretti, er war nur ein Mittelsmann.“ – „Was hat dich auf diesen Gedanken gebracht?“ – „Ein Scherz, den er machte.“ – „Erzähle ihn mir!“ – „Verzeihung, Signor Peretti, das ist ein sehr taktloser Scherz.“ – „Sprich trotzdem!“ – „Signor Peretti hat eine zu schöne Frau, um sie für sich allein behalten zu können.“ Darauf sagte der zweite Bandit zum ersten: „Barca, du hättest diese Worte nicht wiederholen sollen. Das ist ein sehr derber Scherz.“

Bargello: Barca? Hast du Barca gesagt?

Filippo: Ja, Signor Bargello.

Bargello: Schreiber, haltet diesen Namen fest: Barca. Wie sah er aus?

Filippo: Groß, vierschrötig, bärtig. Er war bis zu den Augen behaart.

Bargello: Und der andere?

Filippo: Klein, bartlos, schlank, mit einer sanften Stimme. Eine Tunte vermutlich.

Bargello: Eine Tunte?

Filippo: Wie ich gehört habe, gibt es Männer, die anderen Männern als Frauen dienen.

Bargello: Weiter!

Filippo: Danach …

Bargello: Wonach?

Filippo: Nachdem Barca den Scherz erzählt hatte, sagte Signor Peretti sehr ärgerlich: „Und worauf wartet ihr jetzt noch? Macht Schluß!“ – „Signore“, sagte Barca, „wir haben keinen Degen. Aber Ihr habt einen. Wir müssen die Arkebuse erst wieder laden.“ – „Hier“, sagte der Kleine, „sie ist fertig." Und er reichte sie Barca, der auf Signor Peretti anlegte, doch der Schuß ging daneben. „Nehmt doch eure Dolche!" sagte mein Herr im Befehlston.

Bargello: Im Befehlston?

Filippo: Signor Bargello, ich sage Euch die Wahrheit. Und das ist noch nicht einmal das Unglaublichste. Denn als Signor Peretti den Banditen befahl, die Dolche zu nehmen, meinte Barca vorwurfsvoll: „Ein Dolch gegen einen Degen, Signor Peretti?" Da machte mein Herr etwas ganz Erstaunliches: er führte seinen Arm nach hinten und warf seine Waffe mit aller Kraft die Straße hinab. Der Degen rollte und sprang mit metallischem Geschepper über das Pflaster. Ach, Signor Bargello, es klingt mir noch in den Ohren. (Er weint.)

Bargello: Komm, Filippo, fasse dich!

Filippo: Madonna mia! Warum hat mein Herr das nur getan? Wird von bewaffneten Banditen bedroht und legt seinen eigenen Degen ab!

Bargello: Vielleicht hielt er den Kampf für hoffnungslos. Es waren ja immerhin zwei gegen einen.

Filippo: Aber er hätte sie in Schach halten können, während ich Hilfe geholt hätte. Was ich auch getan habe, allerdings zu spät.

Bargello: Als Signor Peretti seine Waffe weggeworfen hatte, was passierte da?

Filippo: Die zwei haben sich Zeit gelassen. Sie haben sich über ihn gebeugt und ihm das Wams ausgezogen. Und da mein Herr ungeduldig wurde, hat Barca ihm erklärt, daß er das Wams haben wolle, denn es sei aus gutem Büffelleder, welches er nicht durch einen Dolchstich verderben wolle. In diesem Augenblick bin ich geflohen. Ich bin wie ein Wahnsinniger zum Palazzo Rusticucci gerannt und habe Alarm geschlagen. Als ich mit allen kampffähigen Männern zum Ort des Verbrechens zurückkam, war der Körper meines Herrn noch warm.

Domenico Acquaviva (il mancino):

Bargello: Acquaviva, ich habe dir einige Fragen zu stellen.*

Il mancino: Hier, Signor Bargello? In diesem Kellergelaß? Zwischen all diesen Folterwerkzeugen? Habt Ihr vergessen, daß ich meine Laufbahn als Bandit beendet habe?

Bargello: Deine derzeitigen Geschäfte sind genauso unmoralisch.

Il mancino: Aber sie stören nicht die öffentliche Ordnung, und sie verschaffen mir unter anderem die Freude, Euch von Zeit zu Zeit gewisse kleine Dienste erweisen zu können.

Bargello: Es ist ein Vergnügen, sich mit dir zu unterhalten, Acquaviva: du drückst dich sehr gewählt aus.

Il mancino: Ich verzichte gern auf dieses Vergnügen, Signor Bargello, es sei denn, wie gesagt, um Euch gewisse kleine Dienste zu leisten.

Bargello: Nun erinnerst du mich schon zum zweiten Mal daran. Das war unnötig, denn ich habe sie nicht vergessen. Meine Dankbarkeit dauert jedoch nicht ewig. Sie wird von deinen Antworten auf meine Fragen abhängen.

Il mancino: Was Ihr auch fragen mögt, ich werde die Wahrheit sagen.

Bargello: Wer? Wo? Wann?

Il mancino: Ich verstehe nicht.

Bargello: Ich werde das „wer" präzisieren. Das Weitere versteht sich dann von selbst. Wer hat dir das Billett ausgehändigt, das du gestern, am Donnerstag, um elf Uhr abends Signor Peretti übergeben hast?

Il mancino: Ein Mönch. In der Taverne „Zum Ölberg". Um zehn Uhr abends.

Bargello: Kanntest du diesen Mönch?

Il mancino: Ich hatte ihn nie gesehen.

Bargello: Wie sah er aus?

Il mancino: Das ist schwer zu sagen: er hatte seine Kapuze

* Das Verhör fand im Keller der Corte statt. (Anmerkung des Gerichtsschreibers)

auf. Und deren Rand war bis weit über die Augen heruntergeschlagen. Ihr kennt die Zurückhaltung der Mönche in Gegenwart von Damen, zumal wenn letztere ihre Reize so deutlich zur Schau stellen, wie es an diesem Ort der Fall ist.

Bargello: Wie groß war der Mann? War er dick?

Il mancino: Klein, schlank, schmale knochige Hände wie bei einem Skelett. Doch er fraß wie ein Scheunendrescher. Am linken Daumen hatte er eine Narbe.

Bargello: Gut beobachtet. Schade, daß du auf der falschen Seite stehst, sonst könntest du mir sehr wertvoll sein! Was hat dir der Mönch gesagt?

Il mancino: Er hat mich gebeten, umgehend dieses Billett zu Signor Peretti zu bringen, denn es sei sehr dringend. Er hat mir zwanzig Piaster dafür angeboten.

Bargello: Fandest du diesen Auftrag nicht ein wenig verdächtig in Anbetracht der späten Stunde?

Il mancino: Von jemand anderem, ja. Von einem Mönch, nein. Ich bin ein guter Katholik.

Bargello: Hat dir der Mönch das Billett versiegelt oder einfach nur gefaltet gegeben?

Il mancino: Gefaltet.

Bargello: So war es ein leichtes, es zu lesen, bevor du es Signor Peretti übergeben hast.

Il mancino: Ja, ein leichtes für jemand, der lesen kann.

Bargello: Und du kannst nicht lesen?

Il mancino: Leider nein, Signor Bargello, weder lesen noch schreiben.

Bargello: Für einen Analphabeten sprichst du ein bemerkenswertes Italienisch.

Il mancino: Das sagt mir alle Welt. Ich wäre vielleicht begabt für andere Berufe als die, die ich ausgeübt habe.

Bargello: Du weißt also nicht, was in dem Billett stand?

Il mancino: Freilich, ja. Nach Empfang hat Signor Peretti das Billett in meiner Gegenwart laut vorgelesen.

Bargello: Was stand darin?

Il mancino: Das wißt Ihr genauso gut wie ich, Signor Bargello.

Bargello: Sag es trotzdem.

Il mancino: In dem Billett bat Marcello Accoramboni, der es angeblich unterschrieben hatte, Signor Francesco Peretti um Hilfe. Er sei verwundet und erwarte ihn auf den Stufen zum Palazzo Montecavallo.

Bargello: Warum sagst du „angeblich"?

Il mancino: Marcello Accoramboni konnte den Hilferuf gar nicht abgesandt haben, denn er ist seit zehn Tagen mit Signora Sorghini in Amalfi.

Bargello: Vielleicht ist er gestern nach Rom zurückgekommen.

Il mancino: Das wüßtet Ihr. Man muß einen Zoll- und einen Polizeiposten passieren, um in die Stadt zu gelangen.

Bargello: Weder Polizei noch Zoll haben dich früher daran hindern können, in die Stadt zu gelangen ...

Il mancino: Das ist etwas anderes, Signor Bargello. Ich war Bandit. Ich kannte die Löcher im Netz. Marcello kennt sie nicht.

Bargello: Du hättest sie ihm verraten können.

Il mancino: Ich dränge mein Wissen niemandem auf.

Bargello: Selbst mir nicht, wie ich festgestellt habe. Eines Tages mußt du mit mir zu den bewußten Löchern gehen, Acquaviva.

Il mancino: Gern. Aber das wird nicht viel nützen. Wenn ein Schlupfloch erst einmal bekannt ist, sucht man sich ein neues.

Bargello: Kommen wir auf das Billett zurück: du hältst es also nicht für echt?

Il mancino: Mit Verlaub, Signor Bargello, Ihr auch nicht. Wie hätte Marcello Accoramboni ein Billett schreiben und mit seinem Namen unterzeichnen können, das ihn, noch gestiefelt und gespornt, sofort an den Galgen bringen würde, kaum daß der Mord an seinem Schwager entdeckt wäre?

Bargello: Er hätte auf Protektion durch hochstehende Personen hoffen können.

Il mancino: In Amalfi?

Bargello: In Amalfi nicht, aber in Montegiordano.

Il mancino: Wie mir zu Ohren gekommen ist, hat Marcello Accoramboni überhaupt keine Bindung mehr zu Montegiordano.

Bargello: Ist das alles, Acquaviva, was dir zu Ohren gekommen ist?

Il mancino: Ja, Signor Bargello.

Bargello: Deine eigene Schwester ist aber die Kammerzofe von Signora Peretti.

Il mancino: Das stimmt, Signor Bargello.

Bargello: Vielleicht ist sie eher geneigt als du, ihr Gedächtnis zu befragen?

Il mancino: Mein Gedächtnis wirft mir nur meine Vergangenheit vor. Caterina dagegen hat regelmäßig dem Pater Barichelli in Santa Maria gebeichtet. Und in Rom beichtet sie Pfarrer Racasi. Sie würde sogar Euch beichten, wenn Ihr wolltet. Sie ist lauter wie Gold.

Bargello: Das werden wir sehen.

Il mancino: Signor Bargello, seid nicht zu hart zu meiner kleinen Schwester.

Bargello: Nicht anders als zu dir. Ich suche die Wahrheit.

Il mancino: Sie findet sich vielleicht nicht da, wo Ihr sie vermutet.

Bargello: Was willst du damit sagen?

Il mancino: Wer immer diesen Mord befohlen hat, der wollte auch Marcello Accoramboni schaden.

Bargello: Ich danke dir für deine wertvolle Hilfe bei meiner Untersuchung.

Il mancino: Ihr macht Euch über mich lustig, Signor Bargello.

Bargello: Keineswegs. Kehren wir zu dem Moment zurück, da du Signor Peretti das Billett übergeben hast. Wollte er deine Meinung wissen?

Il mancino: Ja, Signor Bargello. Und ich habe ihm eindringlich davon abgeraten, sich nachts auf die Straßen Roms zu wagen.

Bargello: Aber du hast dich doch selbst auch hinausgewagt, um das Billett zu überbringen!

Il mancino: Bei mir ist es etwas anderes. Ich bin bekannt. Ein Spitzbube tut dem anderen nichts zuleide.

Bargello: Hat Signor Peretti auf dich gehört?

Il mancino: Nein. Er schien entschlossen, seinem Schwager zu Hilfe zu eilen. Daraufhin habe ich Signora Tarquinia Accoramboni alarmiert. Sie hat das von ihrem Sohn geschriebene Billett zu sehen verlangt und klipp und klar erklärt, es sei nicht seine Handschrift.

Bargello: Und dann ist die ganze Familie zusammengelaufen und hat angefangen, zu schreien und zu weinen?

Il mancino: Genauso war es. Familie und Diener, bald zwanzig Menschen waren im Patio. Sogar die schon im Bett lagen, waren wieder aufgestanden und herbeigeeilt. Und all die Menschen rannten im Schein der Fakkeln herum, schrien, weinten, ereiferten sich und hoben die Hände zum Himmel. Man kam sich wie im Theater vor.

Bargello: Es heißt, Signora Peretti habe mit dir gesprochen. Was hat sie dir gesagt?

Il mancino: Da sie Signor Peretti so fest entschlossen sah, dieser Aufforderung nachzukommen, hat sie mich gefragt, ob ich bereit sei, ihn zu begleiten.

Bargello: Und was hast du geantwortet?

Il mancino: Daß ich das auf gar keinen Fall täte. Selbst wenn sich Signor Peretti von zehn Mann eskortieren ließe! Daß dieser Hilferuf eine Falle sei, und das einzige, was man tun könne, sei, nicht hineinzutappen.

Bargello: Was hat sie daraufhin getan?

Il mancino: Sie ist zu Signor Peretti gegangen, hat ihm meine Worte wiederholt und ihn angefleht, von seinem Vorhaben abzulassen. Sie sprach ziemlich heftig.

Bargello: Vermutlich hat sie sich ihrem Mann in die Arme geworfen?

Il mancino: Nein. Das ist nicht die Art von Signora Peretti. Sie hat etwas Königliches.

Bargello: Worauf führst du diese Haltung zurück?

Il mancino: Auf den Umstand, daß sie von Kindesbeinen an ob ihrer Schönheit von aller Welt vergöttert wurde.

Bargello: Hast du gehört, was sie zu ihrem Mann sagte?

Il mancino: Nein. Eigentlich nicht. Es war zuviel Lärm.

Bargello: Wo war Caterina in jenem Augenblick?

Il mancino: An Signora Perettis Seite. Sie folgte ihr wie ein Schatten.

Bargello: Sie wird mir also wiederholen können, was das Ehepaar Peretti einander zu sagen hatte?

Il mancino: Ich flehe Euch an, Signor Bargello, seid nicht zu hart zu meiner kleinen Schwester. Sie ist sehr empfindlich. Eine kleine Ohrfeige, und sie ist den Tränen nahe.

Bargello: Wenn man dich so hört, könnte man meinen, du liebtest die Frauen. Und dabei lebst du von ihnen.

Il mancino: Signor Bargello! Ich habe niemals Geld von meiner Schwester Caterina verlangt!

Bargello: Beruhige dich. Ich rede nicht von ihr, sondern von den Mädchen aus dem „Ölberg".

Il mancino: Das ist etwas anderes. Ich lebe von ihnen, und sie leben dank meiner. Wenn ich nicht wäre, würden sie vom erstbesten Freier totgeschlagen.

Caterina Acquaviva:

Als Filippo in der Nacht vom Donnerstag zum Freitag die traurige Nachricht brachte, dachte ich, die Signora würde wahnsinnig. Sie weinte, schrie, zerkratzte sich die Wangen und riß sich buchstäblich die Haare aus. Das wurde noch schlimmer, als unsere Leute den über und über blutigen Leichnam des Signor Peretti herbeitrugen; sie warf sich über ihn, schluchzte noch heftiger und beschmutzte mit dem Blut des Gatten ihr Nachthemd und sogar ihr Haar. Während dieser ganzen Zeit wurde sie von heftigen Krämpfen geschüttelt, schrie herzzerreißend oder wimmerte wie ein Tier, konnte aber gottlob kein Wort herausbringen. Gottlob! denn als ich merkte, daß sie sich nicht mehr unter Kontrolle hatte, starb ich fast vor Angst bei der Vorstellung, sie könne vor der Familie und den Dienern mehr sagen als nötig ... Glücklicherweise wurde die Signora von ihren eigenen Gefühlen übermannt und fiel schließlich in Ohnmacht, weshalb ich sie mit Hilfe von Giulietta und zweien unserer Leute in ihr Zimmer brachte.

Als sie auf ihrem Bett lag, schickte ich die Diener weg, konnte aber leider nicht in gleicher Weise mit Signorina Giulietta verfahren, die ganz so aussah, als wolle sie sich in diesem Zimmer einnisten, in dem sie seit Santa Maria und dem Zerwürfnis mit ihrer Cousine nicht mehr empfangen worden war. Sie machte sich wichtig und tat geschäftig, und ich sah ihren neugierigen Augen deutlich an, daß sie mit ihrer langen Altjungfernnase überall herumschnüffeln wollte. Wer weiß, sagte ich mir, ob sie mich nicht auf eine Besorgung wegschicken wird, damit sie hier stöbern und die Signora beim Erwachen nach ihren Geheimnissen ausfragen kann.

Ich komme ihr jedoch zuvor, indem ich die Töpfchen und Salbengefäße auf dem Frisiertisch untersuche und zu ihr sage:

„Signorina, ich kann das Riechsalzflakon der Signora nicht finden. Würdet Ihr so gut sein und mir das Eure aus Eurem Zimmer holen?“

Ich sehe ihr an, daß sie mir am liebsten entgegnen möchte, ich solle doch selber gehen. Doch ich weiß auch, daß sie das nicht tun wird. Sie ist eine richtige Ordnungsfanatikerin und hat einen Horror davor, daß andere ihre Sachen anrühren, sogar daß jemand auch nur einen Fuß in ihr Zimmer setzt, was so weit geht, daß sie dabeisein will, wenn ihre Zofe Staub wischt. Daher sagt sie mit verkniffenem Gesicht und ziemlich giftig:

„Gut, ich gehe.“

Diese Närrin ist so giftig, weil sie wahnsinnig in Marcello verliebt ist; sie hat ihn heimlich überwacht und so mein Verhältnis mit ihm entdeckt. Gleich nach dem ersten Mal und dann noch öfters hat sie uns bei Signor Peretti, Signora Camilla und Signora Tarquinia angeschwärzt, doch stets ergebnislos: die Affäre eines Sohnes aus guter Familie mit einer kleinen Kammerzofe versetzt niemanden in Erregung, viel weniger jedenfalls als ein öffentliches Konkubinat mit einer alten Frau! Und wer sollte es wagen, Signora Vittoria meine Entlassung abzutrotzen?

Sowie Giulietta aus dem Zimmer ist, verschließe ich die Tür des kleinen Vorzimmers und versuche, Signora Vittoria, deren Lider schon flattern und deren Gesicht wieder etwas mehr Farbe bekommt, durch leichte Klapse auf die Wangen aus ihrer Ohnmacht zu erwecken. Sie tut mir leid, denn mit dem Bewußtsein wird ihr auch die Erinnerung an das Unglück zurückkehren. Doch ich verliere den Kopf nicht. Und als ich sehe, daß sie meine Worte verstehen kann, sage ich hastig:

„Signora, ich habe zugeriegelt. Ich dachte, Ihr würdet jetzt niemanden empfangen wollen."

Sie murmelt mit schwacher Stimme:

„Du hast recht. Niemanden."

Und als Giulietta bei ihrer Rückkehr vor verschlossener Tür steht und von der Galerie aus nach mir ruft, finde ich nur mit Mühe den richtigen Ton, um ihr zu sagen:

„Ich bedaure außerordentlich, Signorina. Auf Befehl der Signora habe ich zugeriegelt. Sie möchte niemanden sehen."

„Wer sagt das?" fragt Giulietta irritiert.

„Die Signora natürlich, Signorina."

„Ich glaube dir nicht."

„Signora", wende ich mich an meine Herrin, „Signorina Giulietta glaubt mir nicht."

„Bitte, Giulietta, laß mich in Ruhe", verlangt die Signora mit schwacher Stimme, aber deutlich genug. „Ich möchte allein sein."

„Gut, wie du willst!" entgegnet Giulietta wütend. „Ich wollte dir nur helfen."

Schade, daß ich mich nicht zerteilen kann: ich stünde gern hinter der Tür, um ihr den Zutritt zu verwehren, und gleichzeitig vor der Tür, um mit anzusehen, wie ihre Nase immer länger wird. Ich stoße einen Seufzer der Erleichterung aus. *Madonna mia!* wir sind noch mal davongekommen. Und weiß Gott! ich hatte zu Recht gezittert, denn kaum habe ich die zweite Tür – die zwischen meinem Zimmer und dem der Signora – geschlossen, stößt die Signora wirre Worte hervor, die aber für Giulietta, hätte sie sie gehört, nur allzu deutlich gewesen wären.

„Dieser Elende hat ihn getötet“, sagt die Signora. „Er hat sein Versprechen gebrochen, sein eidliches Versprechen! Francesco hatte sich ihm edelmütig gezeigt, und das ist der Lohn! Ein gemeiner Hinterhalt! Ein feiger Totschlag! Bezahlte Mörder! Er hat nicht einmal den Mut aufgebracht, ihn eigenhändig zu töten! Oh, wie abscheulich! Das werde ich ihm niemals verzeihen! Ein Held? Er? Ein schöner Held! Kein Türke hätte niederträchtiger handeln können! Aber ich werde Francesco rächen! Ich werde den Fürsten, diesen Feigling, öffentlich bloßstellen. Ich werde alles gestehen. Ganz Rom soll erfahren, wie er mich gefügig gemacht, mit schönen Worten eingelullt und mit seiner schmutzigen Liebe besudelt hat. Alle sollen wissen, wie edelmütig Francesco ihm Gnade erwiesen hat und mit welcher Niedrigkeit er dagegen ... Oh, ich hasse ihn! Ich hasse ihn!“

Ich höre der Signora aufmerksam zu und erstarre vor Entsetzen. Kein einziges Wort kann ich einwerfen. Sie hat sich erhoben und läuft im Zimmer auf und ab, denn auf die Sprachlosigkeit des ersten Kummers folgt nun ein Strom abgerissener Worte, die sie mit (glücklicherweise) leiser Stimme hervorstößt, während sie sich in die Fäuste beißt, tränenlos, mit blitzenden Augen und vor Zorn verzerrtem Mund.

Als sie endlich wieder zu Atem kommt, sage ich leise, aber in sehr bestimmtem Ton:

„Alles gestehen, Signora? Das glaubt Ihr doch selbst nicht! Man wird Euch öffentlich den Prozeß wegen Ehebruchs machen. Und dann wird man Euch, da Ihr durch Heirat zum Adel gehört, die große Gnade erweisen, Euch mit einer roten Seidenschnur zu erdrosseln.“

„Na gut!“ ruft sie erregt mit weit aufgerissenen Augen und hebt den Kopf. „Dann sterbe ich eben. Ich habe so viel zu büßen! Ist nicht Francesco meinetwegen getötet worden?“

„Ihr habt recht, Signora“, entgegne ich kühl. „Mit einer roten Seidenschnur erdrosselt zu werden ist noch das kleinste Übel. Es braucht nur eine Minute zum Sterben. Eine Minute vergeht schnell. Selbst wenn die Sekunden lang sind. Aber wer nicht adlig ist, wird gehängt. Und wie *il mancino* sagt, dauert es zwanzig Minuten, bis ein Gehenkter ausgelitten hat.“

„Warum erzählst du mir das, Caterina?“ fragt sie bewegt.

„Weil ich nicht adlig bin, Signora. Und auf Grund Eures Geständnisses werde ich als Komplizin gehängt werden.“

„Daran habe ich nicht gedacht.“

Wäre sie nicht meine Herrin, würde ich ihr sagen, daß mich das nicht verwundert, denn sie denkt nie viel an andere. Nicht, weil sie nicht großherzig wäre, sondern weil sie zu sehr verehrt worden ist. Von frühester Jugend an. Diese Sitzungen auf der Terrasse in Gubbio! ...

„Und auch Marcello wird gehängt werden!“ sage ich.

„Aber er hat doch mit diesem abscheulichen Mord nichts zu tun“, ruft sie, „er ist in Amalfi und hat das Billett nicht geschrieben!“

„Es wird heißen, daß er heimlich nach Rom zurückgekehrt ist und daß er seine Handschrift verstellt hat. Und wenn Ihr, Signora, Eure Liaison mit Paolo enthüllt, wer soll dann in Rom noch glauben, daß Ihr nicht auch an der Ermordung Eures Gatten beteiligt wart?“

„Oh, wie unwürdig! Diesen Verdacht könnte ich nicht ertragen! Lieber bringe ich mich um!“

„Dann werdet Ihr verdammt sein, Signora. Und Euer Tod wird die Richter in keiner Weise daran hindern, uns zu hängen, Marcello und mich. Seht, Signora, der einzige Überlebende in dieser Geschichte wird der Fürst sein. Er wird sich völlig unbeschadet aus dieser Affäre ziehen. Ihr glaubt doch nicht, daß der Papst ihn in seiner Festung Montegiordano anzugreifen wagt! Das alles erreicht Ihr mit Eurer Rache, Signora! Bedenkt also die Folgen: der Fürst frisch und munter in seinem schönen Palast, und tief unter ihm vier Tote – Ihr, Marcello, ich und die Sorghini."

„Die Sorghini?"

„Natürlich. Ist nicht auch sie Eure Komplizin, da sie Euch ihr Haus zur Verfügung gestellt hat?"

„Du hast recht", sagt die Signora und sinkt erschöpft in einen Sessel.

Langsam geht ihr die Wahrheit auf. Sie muß der Heldenrolle einer Ehebrecherin, die öffentlich ein Schuldbekenntnis ablegt und als Heilige stirbt, entsagen.

„Hinzu kommt", fahre ich fort, „daß nach Euerm Tod alle Römerinnen dem Fürsten nachlaufen und sich ihm an den Hals werfen werden."

„Caterina, sprich nicht mehr von diesem abscheulichen Menschen!"

Ich habe ihr offenbar sehr weh getan, aber sei's drum! Sie muß etwas tun! Es geht auch um die anderen! Seit Beginn des Gesprächs zittern mir die Knie und sträuben sich mir die Haare, als zöge sich schon die Schlinge um meinen Hals zusammen.

„Signora, wo habt Ihr den Schlüssel zum Haus der Sorghini versteckt?" frage ich nach einer Weile.

„In meiner Schmuckkassette. Was willst du damit machen?"

„Ihn in Marcellos Zimmer bringen."

„Warum?"

„Wenn der Schlüssel bei Marcello gefunden wird, wundert sich niemand. Bei Euch dagegen ..."

„Du denkst also", flüstert sie mit verlöschender Stimme, „daß mein Zimmer durchsucht wird?"

„Ich bin sicher."

„Wie kannst du dessen so gewiß sein?"

„Ach, Signora, ich bin die kleine Schwester des *mancino*. Und Polizeigeschichten habe ich mein ganzes Leben lang gehört."

„Mach, was du willst“, sagt sie müde.

Mühelos finde ich den Schlüssel zur Seligkeit (die von so kurzer Dauer gewesen ist, arme Signora!) in der Schmuckkassette, wo er glanzlos inmitten all der Perlen, Edelsteine und goldenen Geschmeide liegt.

„Bitte, Signora, riegelt Eure Tür hinter mir zu, damit keiner eindringen kann, und macht mir wieder auf, wenn ich zurückkomme.“

„Geh“, sagt sie.

Auf dem Hin- und Rückweg begegne ich keiner Menschenseele. Alle sind im großen Saal um den Toten versammelt, seinen Aufbruch in eine bessere Welt zu beweinen und – sofern es sich um die Dienerschaft handelt – um ihre Zukunft zu bangen: wer wird sie jetzt, da der Kammerherr Seiner Heiligkeit nicht mehr am Leben ist, bezahlen?

Ich kehre zurück, rufe nach der Signora, sie macht mir auf, und ich finde das Zimmer hell erleuchtet. Während meiner Abwesenheit hat sie die Kerzen auf dem Frisiertisch angezündet und ist nun damit beschäftigt, auf einer Schale die von Marcello überbrachten Briefe zu verbrennen. Ich sage nichts, zufrieden, daß sie ihren Schutz endlich in die eigenen Hände nimmt. Und während sie tränenlos und mit unbewegtem Gesicht zusieht, wie diese Briefe, die sie vor kaum zwei Wochen so begierig gelesen hat, zu Asche werden, überlege ich bereits, daß wir für den Auftritt vor dem Bargello unsere Instrumente auf den gleichen Ton stimmen müßten.

Als ich am nächsten Tag sehe, wie sich der Bargello mit Filippo in einem kleinen Raum einschließt, vermute ich, daß ich auch bald vernommen werde, noch vor der Signora, hoffe ich, der ich geraten habe zu sagen, sie sei ab Mittag zu Auskünften bereit. Ich möchte als erste drankommen, um ihr dann den Kammerton angeben zu können.

Ich gehe in mein Zimmer, um Toilette zu machen und ein Mieder mit eckigem Ausschnitt anzuziehen, das mir – aus ersichtlichen Gründen – besonders gut steht.

Ich überdenke alles genau und lasse die beiden obersten Knöpfe auf, nicht so sehr, um mehr zu zeigen, sondern um den Blick des Bargello anzuziehen. Noch einmal gehe ich meine Rolle durch, und obwohl ich meiner im Grunde recht sicher bin, zittere ich vor Angst, denn ich habe diesen Mann noch nie im Leben gesehen und weiß nicht, mit wem ich es zu tun haben werde. Mein Herz klopft zum Zerspringen, als Pietro kommt und sagt, der Bargello erwarte mich in Marcellos Zimmer. Ich weiß nicht, ob das gut katholisch ist: ich richte ein Stoßgebet an den lieben Gott, der Bargello möge ein Mann sein, der etwas für Frauen übrig hat, nicht andersherum.

Der Bargello öffnet mir die Tür und läßt mich eintreten. Und als er hinter mir abschließt, sich umdreht und mich ansieht, genügt dieser eine Blick: mein Gebet ist erhört worden.

Und das macht mir um so mehr Vergnügen, als ich ihn bei näherer Betrachtung gutaussehend finde, groß und schlank, mit breiten Schultern und lockigem braunem Haar. Mit seiner Adlernase und seinen durchdringenden schwarzen Augen sieht er eher streng aus, doch an seinem Mund kann man sofort erkennen, daß er kein Sauertopf ist. Mir entgeht auch nicht, daß er seinen Schreiber weggeschickt hat, der noch bei Filippos Vernehmung dabeigewesen ist.

„Caterina", sagte er mit ernster Miene (den Blick immer wieder auf mein Dekolleté gerichtet), „ich muß dir ein paar Fragen darüber stellen, was in Santa Maria zwischen dem unglücklichen Signor Peretti und der Signora vorgefallen ist."

„Das ist ganz einfach, Signor Bargello: sie haben sich gestritten. Die Signora warf dem Signore vor, sie in einer Einöde gefangenzuhalten, nur weil sie einen Brief gelesen, den sie anschließend verbrannt und außerdem nicht beantwortet hat."

„Wer hatte diesen Brief überbracht?"

„Signor Marcello. Er war damals der Sekretär von ..."

„Keine Namen!"

Ich sehe ihn an. Hat der Fürst ein Glück! Man wird ihn weder in seinem Palazzo verhören noch überhaupt seinen Namen mit dieser Untersuchung in Verbindung bringen.

„Haben sie sich nur deswegen gestritten?“ fragt der Bargello, der meinen Blick genau verstanden hat und der sich nicht ganz wohl in seiner Haut zu fühlen scheint, was ihn mir sympathisch macht. Ich halte ihn für jenen Typ von Polizisten, der ohne Zaudern den Fürsten in seinem Palast inmitten all seiner Verbannten verhören würde, erhielte er nur den entsprechenden Befehl.

„Nein, Signor Bargello. Es gab außerdem Streit aus folgendem Grund: In Santa Maria hatte es die Signora vorgezogen, in einem kleinen Haus am Steilufer statt im Palazzo zu wohnen. Eines Nachts war ein schreckliches Unwetter, und am nächsten Morgen wurden in der kleinen Bucht unterhalb des Steilufers die Trümmer eines Bootes gefunden. Rasend vor Zorn, kam Signor Peretti, den blanken Degen in der Hand, angestürmt. Die Signora und ich lustwandelten friedlich vor dem Häuschen, um die ersten Sonnenstrahlen zu genießen. Signor Peretti ging mit gezücktem Degen auf uns los und brüllte, das Boot könne nur dem hohen Herrn gehören, der an die Signora geschrieben hatte. Ich werfe mich zwischen die beiden. Ohne es zu wollen, verwundet mich der Signore leicht an der Schulter. Wollt Ihr die Narbe sehen, Signor Bargello? Die Signora ist außer sich, stürzt sich auf ihn, überschüttet ihn mit Vorwürfen, und er geht weg. Zwei Tage später hat er sich entschuldigt, und die beiden haben sich versöhnt.“

„Wie?“

Ich mache ihm schöne Augen und frage:

„Was glaubt Ihr wohl, Signor Bargello, wie Eheleute sich versöhnen?“

„Ich weiß nicht, ich bin Junggeselle.“

Und er lacht. Ach, was für ein Lachen! Und der kleine schwarze Schnurrbart bewegt sich mit!

„*Bene*“, sagt er, wieder ernst, „sprechen wir jetzt über die Nacht von Donnerstag auf Freitag. Wieso hat sich Signor Peretti über die inständigen Bitten der gesamten Familie hinweggesetzt und war so wahnsinnig unvorsichtig, des Nachts allein auszugehen, nur mit einem Degen bewaffnet? Niemand hier kann mir erklären, warum er das getan hat."

Hier hält mir der Bargello, scheint mir, einen großen Köder hin, und ich frage mich, ob es im Interesse der Signora ist oder nicht, anzubeißen. Ich glaube eher: ja. Es ist ihm vermutlich berichtet worden, daß ich in der besagten Nacht keinen Schritt von der Signora gewichen bin und wahrscheinlich alles gehört habe, was zwischen ihr und Signor Peretti gesprochen wurde. Diesen Punkt habe ich übrigens schon mit ihr erörtert, als sie die Briefe verbrannte, und wir haben uns auf eine Version geeinigt, die von der Wahrheit nicht allzu weit entfernt ist, ihr allerdings auch nicht so nahe kommt, daß die Signora dadurch kompromittiert werden könnte. Während ich mir das alles in Windeseile durch den Kopf gehen lasse, spiele ich vor dem Bargello die Kokette, um seinen durchdringenden Blick von meinem Gesicht abzulenken. Ich weiß nicht, ob mir das wirklich gelingt. Sobald der Blick seiner dunklen Augen sich weglocken läßt und sich ein bißchen weiter nach unten verirrt, wendet der Bargello ihn schnell wieder ab und sieht mir durchdringend in die Augen.

„Ich bin mir nicht sicher", sage ich mit gespieltem Zögern, „ob die Signora mag, daß ich Euch das erzähle ..."

„Zier dich nicht so, meine Schöne, sprich! Ich werde dir Dank dafür wissen."

„Also gut. An jenem Donnerstag hat es eine kleine Auseinandersetzung zwischen der Signora und Signor Peretti gegeben. Die Signora hatte den ganzen Tag heftige Kopfschmerzen gehabt, und als der Signore am Abend kam und die Nacht in ihrem Schlafzimmer verbringen wollte, verhielt sie sich ablehnend und ein bißchen ..."

„... ein bißchen unfreundlich, wie?"

„Nun, sagen wir, sie war nicht sehr nett. Signor Peretti wurde ärgerlich, und dann ... Ihr wißt ja, wie das in solchen Fällen geht!"

„Nein, das weiß ich nicht, ich bin nicht verheiratet."

„Es wurden die alten Kamellen aufgewärmt. Und vor allem die Sache in Santa Maria."

„Daß Signor Peretti plötzlich mit blankgezogenem Degen vor dem Haus auftauchte?"

„Ja, unter anderem auch diese Geschichte."

„Gab es denn noch andere?"

„Ja. Ziemlich belanglose."

„Erzähle."

„Am Abend vor diesem Streit in Santa Maria war ein schreckliches Gewitter. Signor Peretti ließ der Signora durch den Majordomus ausrichten, er fürchte für ihre Sicherheit und bitte sie, aus dem Häuschen in den Palazzo zurückzukehren."

„Und das warf sie ihm vor? Das war doch sehr aufmerksam?"

„Sie warf ihm vor, den Majordomus geschickt zu haben und nicht selbst gekommen zu sein. Er habe sich vor dem Gewitter und den Blitzen gefürchtet, behauptete sie."

„Typisch Frau! Und wie nahm Signor Peretti das auf?"

„Sehr schlecht. ‚Ihr wagt es', sagte er, ‚mir Feigheit vorzuwerfen?' Er war bleich wie der Tod, biß die Zähne zusammen und konnte kaum sprechen. Und als er es endlich wieder vermochte, warf er seiner Frau zum ersten Mal recht harte Dinge an den Kopf."

„Zum Beispiel?"

„‚Ihr seid verrückt, richtig verrückt. Ihr lest zuviel! In Euerm Kopf spuken ja nur Eure Helden herum!' Und beim Hinausgehen schlug er die Tür heftig hinter sich zu."

„Um wieviel Uhr geschah das?"

„Kurz vor elf, glaube ich. Denn gleich danach erschien mein Bruder mit dem bekannten Billett. Er kann leider nicht lesen, sonst hätte er es Signor Peretti niemals übergeben."

„Nicht einmal für zwanzig Piaster?"

„Mein Bruder ist Signor Peretti sehr verpflichtet. Dank ihm ist seine Verbannung aus Rom aufgehoben."

„Dank ihm und dank meiner. Man hat mir berichtet, die ganze Familie sei in jenem Moment um den Signore versammelt gewesen und habe ihn mit Tränen und Jammern beschworen, nicht auf die Straße zu gehen."

„Das stimmt."

„Doch die Signora hielt sich abseits."

„Auch das ist richtig. Es ist nicht ihre Art, sich jemandem an den Hals oder zu Füßen zu werfen. Aber als sich Signor Peretti von den anderen frei gemacht hatte, wollte sie ihn überreden."

„Was hat sie ihm gesagt?"

„Daß das Billett gefälscht und dieser Hilferuf eine Falle sei, vor der er sich hüten solle. Doch er hörte gar nicht zu. Er war immer noch wütend wegen ihrer Auseinandersetzung. Und auf alle Argumente der Signora erwiderte er nur immer wieder: ‚Ich werde Euch beweisen, daß ich kein Feigling bin!'"

„Und was sagte die Signora darauf?"

„Daß sie nicht habe sagen wollen, er sei ein Feigling. Dies sei ein Mißverständnis, und sie bitte ihn um Verzeihung. Doch er wollte nichts hören und wiederholte nur immer das gleiche."

„Ich verstehe", sagt der Bargello.

Er verschränkt die Hände auf dem Rücken und sieht mich schweigend an, und zum ersten Mal, seit er mich verhört, bekomme ich Angst.

„Das ist alles schön und gut, meine Schöne."

Der Satz gefällt ihm offenbar, denn er wiederholt ihn:

„Das ist alles schön und gut, meine Schöne. Du sagst die Wahrheit, davon bin ich überzeugt. Ja, du sagst mir die Wahrheit. Das heißt, beinahe ..."

Schweigen, ein durchdringender Blick, und er fährt fort:

„Und du bist ein gutes Mädchen, Caterina. Du hast ein gutes Herz. Du liebst deine Herrin sehr. Du liebst den *mancino* sehr. Und bestimmt gibt es auch noch einen anderen, den du sehr liebst, vielleicht sogar in diesem Zimmer. Aber das ist jetzt nicht wichtig. Ich bin nicht dein Beichtvater. Nur ..."

Er sieht mich an, zieht ein schiefes Gesicht und schweigt, als warte er auf meine Frage. Doch ich sage nichts. Vielleicht ist das ein Fehler. Aber ich bin unfähig, den Mund aufzumachen. Ich spüre, wie mir ein leichter Schauer über den Rücken läuft.

„Nur", sagt er, „eine Sache wundert mich. Wenn die Signora Signor Peretti *wirklich* am Weggehen hätte hindern wollen, so hätte sie wohl auch das Mittel dazu gehabt."

Auch hier wartet er wieder auf meine Frage, und wieder sage ich nichts. Und diesmal bin ich mir ganz sicher, daß es falsch ist, nichts zu sagen. Obwohl ich wütend über mich bin, schweige ich. Ich kann nicht anders.

„Du fragst gar nicht, welches Mittel?"

„Doch", sage ich schwach, „welches denn?"

„Also, Caterina, du kennst es ganz genau. Warum fragst du, wenn du es kennst?"

„Ich soll Euch eine Frage stellen, Signor Bargello", entgegne ich unwillig, „und wenn ich es tue, tadelt Ihr mich!"

Er lacht, doch eher freundlich als spöttisch.

„Sieh mal einer diese Schlaubergerin!" ruft er. „Keine Ausflüchte, Caterina! Antworte mir offen. Was hättest du an der Stelle der Signora getan, um deinen Mann zurückzuhalten? Denk daran, daß er noch wenige Minuten zuvor die Nacht mit dir verbringen wollte."

„Ach, Signor Bargello, warum stellt Ihr mir diese Frage, wo Ihr doch die Antwort wißt? Aber ich bin nicht die Signora. Die Signora ist eine Königin! Hat sie einmal nein gesagt, fällt es ihr nicht leicht, ihren Sinn zu ändern."

„Soll das heißen, daß sie nicht einmal daran gedacht hat?"

„Doch", antworte ich schnell, „aber zu spät. Er war schon weg. Und sie hat es bitter bereut, daß ihr die Idee nicht früher gekommen ist."

Obwohl ich das mit ehrlicher Miene sage, ist es wahr und unwahr zugleich. Wahr ist, daß sie es jetzt bedauert; unwahr ist, daß sie es damals bedauert hat. Ich bin sicher, damals ist ihr dieser Gedanke überhaupt nicht in den Sinn gekommen.

Ich weiß nicht recht, ob der Bargello mir glaubt oder nicht. Sein Blick ist unergründlich. Nach einer Weile zuckt er nur die Achseln, als seien all diese Vermutungen im Grunde genommen von geringem Interesse. Dann wechselt plötzlich sein Gesichtsausdruck, und er sagt mit unbeteiligter Miene, aber einem gleichsam genießerischen Lächeln um die Mundwinkel:

„Zeig mir jetzt die Narbe an deiner rechten Schulter, die du sozusagen Signor Peretti verdankst!"

„Zweifelt Ihr daran, Signor Bargello?"

„Ich zweifle so lange, bis ich die Narbe gesehen habe."

„Wie Ihr wollt, Signor Bargello."

Und mit ein wenig Koketterie, aber ohne zu dick aufzutragen, knöpfe ich langsam mein Mieder auf. Der Mund des Bargello erscheint mir jetzt ausdrucksvoller als seine Augen – aus dem einfachen Grunde, weil ich seine Augen gar nicht mehr sehe: er hat die Lider gesenkt, um mich beim Ausziehen zu beobachten.

Als er endlich mit der Hand über meine Narbe streicht, stelle ich erstaunt fest, wie zärtlich er mich mit sanften Fingern berührt.

„Ehrlich, ich könnte nicht entscheiden", sagt er lachend, „ob diese Narbe einen Monat oder ein Jahr alt ist und ob sie von einem Degen oder einem Dorn herrührt. Vielleicht hat jemand nur mit einer Rose nach dir geschlagen. Du bist ein gutes Mädchen. Und du hast nicht nur ein gutes Herz, Caterina, die Hülle drumherum ist auch nicht schlecht."

Bei diesen Worten streichelt er meine linke Brust, was mich vom Kopf bis in die Zehenspitzen erschauern läßt. Wie habe ich vor ihm gezittert! *Dio mio*, das ist jetzt vorbei. Er zieht mich weiter aus, und ich lasse ihn gewähren. *Madonna mia,* die Fragen, die er mir gestellt hat! Die Fallen, die jeden Augenblick wie der Rachen eines Tigers zuschnappen konnten; und bei jeder Unachtsamkeit der drohende Strick! Welch ungeheure Erleichterung, daß ich mir nun nicht mehr den Kopf zermartern muß, was ich ihm sagen darf und was nicht, noch dazu schnell, damit es glaubhaft wirkt. Jetzt kann ich mich einfach gehenlassen, und ich bin trunken vor Wonne, mich einem Mann hinzugeben, der mir so große Angst eingejagt hat und der mir keine Fragen mehr stellt mit bohrenden Blicken. Mit seinen Augen verschlingt er nun mein Dekolleté, mit seinem Mund beißt er mich zärtlich – vorbei die Worte, Gott sei Dank! Nur Seufzer noch und Keuchen! Ich bin in meinem Element! Und er ist stolz auf seine Manneskraft. Doch wer der Sieger ist in diesem Zweikampf, möchte ich gern wissen.

Gian Battista Della Pace, Bargello della Corte:

In meiner Abwesenheit hat mein Schreiber zwei Briefe erhalten, den einen schickt mir Seine Exzellenz der Gouverneur von Rom, den anderen hat ein Bettler, der sofort weggerannt ist, einem meiner Sbirren übergeben. Der erste ist namentlich gezeichnet, der zweite anonym, beide sind hochinteressant.

Der Unterzeichner des ersten Briefes ist Cesare Pallantieri. Ich kenne ihn sehr gut, habe ich ihn doch wegen seiner Verbrechen aus Rom verbannt. Er habe, so erklärt er, mit Marcello Accorambonis Hilfe Peretti wegen eines Streits, den sie vor einiger Zeit hatten, getötet. Dabei präzisiert er weder den Grund für den Streit noch den genauen Zeitpunkt oder Ort, wo er sich zugetragen hat. Vermutlich hat man Cesare Pallantieri bezahlt für dieses Briefchen, das meiner Meinung nach einem doppelten Zweck dient: erstens den wirklichen Auftraggeber dieses Mordes reinzuwaschen, zweitens Marcello Accoramboni zu kompromittieren.

Den zweiten, anonymen Brief nehme ich ernster. In Abwesenheit der Signora Sorghini soll Vittoria Accoramboni einen „gewissen edlen Herrn" im Haus der besagten Witwe getroffen haben. Sie sei durch ein Hintertürchen da hineingelangt, zu dem sie den Schlüssel hat.

Ich begebe mich sofort an Ort und Stelle. Die Örtlichkeiten sind in dem Brief sehr genau beschrieben: eine schmale Sackgasse mit einem offenstehenden Portalvorbau. Man gelangt in einen Gang, der zu der ebenfalls offenstehenden Tür einer kleinen Kapelle führt, die – wie man mir sagt – von Signora Sorghini den Bettelmönchen überlassen worden ist, damit sie für ihr Seelenheil beten. Durch eine zweite Tür am Ende des Ganges, die verschlossen ist, kann man vermutlich den Palazzo oder zumindest dessen Terrasse erreichen.

Vom Fenster eines benachbarten Hauses, in das man mich freundlicherweise einließ, kann ich die Terrasse sehen. Auf ihrer Brüstung prangen üppige Geranien, in ihrer Mitte ist ein großes Zelt errichtet und mit weißen Vorhängen verschlossen. Weiß wie die Unschuld müssen wohl auch die Seelen derer gewesen sein, die – so geschützt – hier ihre Schäferstündchen hatten.

Man kann sich gut vorstellen, daß eine gewisse Signora, dank einer Maske unerkannt und unter dem Vorwand, beten zu wollen, über den unverfänglichen Gang im Erdgeschoß eintritt und in der Kapelle niederkniet, bevor sie zu der Terrasse hinaufsteigt – durch die besagte zweite Tür, die zwar sehr eng ist, aber nicht in den Himmel führt.

Nachdem ich Gouverneur Portici über alles Bericht erstattet habe, lasse ich den Palazzo Rusticucci von meinen Sbirren durchsuchen. Im Zimmer der Signora findet sich nichts, in dem von Marcello Accoramboni dagegen ein Schlüssel zur hinteren Tür des Hauses Sorghini. Doch das beweist nichts gegen seine Schwester, da Marcello *urbi et orbi* als Geliebter der Sorghini bekannt ist.

Ich befrage die Bewohner des Hauses, von dem aus ich die Terrasse in Augenschein genommen habe. Der Mann hält sich bei meinen Fragen zurück, seine Frau ist schwatzhafter. Vor der Abreise der Sorghini habe sie das Zelt einmal bei geöffneten Vorhängen gesehen und ein großes weißes Bett und einen Badezuber erblicken können. „Das alles auf einer Terrasse! *La Sorghini, che svergognata!** Und einmal habe ich sogar gesehen, wie sich dieser Nichtsnutz, dieser Marcello, vor dem Zelt am hellerlichten Tag nackt in der Sonne rekelte, glaubt mir, Signor Bargello." – „Wie das, Signora? Nackt, am hellerlichten Tag?" – „Zumindest hätte ich ihn nackt gesehen, wenn nicht diese vielen Geranien gewesen wären", sagt die Frau errötend. – „Und was habt Ihr seit der Abreise der Sorghini nach Amalfi gesehen?" – „Nichts", sagt sie beinahe bedauernd, „die Vorhänge blieben geschlossen."

Wieder einmal muß ich erleben, wie sich ein Zeuge, der zum Hauptzeugen werden könnte, in Nichts auflöst! Die Einbildungskraft kann natürlich die Realität ersetzen. Die Frau kann Marcello nackt sehen, selbst wenn die Geranien ihn zur Hälfte verdecken. Und ich könnte mir einbilden, Vittoria mit ihrem langen Haar zu sehen, wie sie sich auf dem weißen Bette wälzt, ihr schöner Körper umfangen von den Armen eines „gewissen edlen Herrn". Aber was beweist das schon?

Nach diesen beiden Episteln erhielten Gouverneur Portici und ich ein gutes Hundert weiterer Briefe; alle waren anonym, alle ergingen sich in Anklagen und Beschimpfungen gegen Vittoria Peretti, ihren Bruder, ihre Mutter, ihre Zofe und einen „gewissen edlen Herrn", den sie namentlich nicht nannten. Trotz ihrer Anonymität waren die Schreiber nicht gerade mutig. Fünf oder sechs Briefe an den Gouverneur beschuldigten mich der Inkompetenz, äußerten Kritik an meiner Untersuchung und Unwillen darüber, daß sie noch zu keinem Ergebnis geführt hat. Mehrmals lasen wir diese Briefe durch, in der Hoffnung, auch nur ein einziges ernst zu nehmendes Indiz darin zu entdecken; und weil wir nichts fanden, verbrannten wir sie.

* (ital.) Was für eine schamlose Person ist die Sorghini!

Eine Woche später. teilt mir mein Adjutant Alfaro mit, am Sonnabend nach der Ermordung Perettis habe man einen entlassenen Soldaten festgenommen, der in einer Taverne seinen Trinkkumpan erdolcht hatte. Seine Schuld stehe einwandfrei fest, da der Mord vor Zeugen geschehen sei. Der Mann sei dem Richter überstellt und binnen zehn Minuten zum Tod durch den Strang verurteilt worden. Er solle in drei Tagen gehängt werden und habe um eine Unterredung mit mir ersucht, da er mir ein Geständnis ablegen wolle.

„Ein Geständnis?“ frage ich. „Was für ein Geständnis? Wo er doch für schuldig erkannt worden ist!“

„Er hat wohl noch ein anderes Verbrechen begangen und will vor dem Sterben sein Gewissen erleichtern.“

„Soll er doch sein Gewissen durch die Beichte erleichtern! Ich kann ihn nicht zweimal hängen.“

Dieses Gespräch findet vor dem Tor zur Corte statt, mein Reitknecht hält schon mein Pferd, weil ich gleich nach Hause reiten will. Ich bin sehr hungrig und habe es eilig, zu Tisch zu kommen. Schon im Sattel, drehe ich mich noch einmal zu Alfaro um und frage aus reiner Routine:

„Wie heißt denn der Mann mit den Gewissensbissen?“

„Barca.“

„Barca? Hast du Barca gesagt? Gott im Himmel! Das ändert alles. Führ ihn vor!“

„Jetzt gleich, Signor Bargello?“

„Jetzt gleich!“

Ich sitze ab, werfe dem Reitknecht die Zügel zu und kehre in fliegender Hast ins Gebäude der Corte zurück.

„Schnell, Alfaro, beeil dich!“

Der trödelt nämlich immer so sehr! Als Barca endlich, an Händen und Füßen gefesselt, vor mir erscheint, brauche ich nicht länger zu zweifeln. Er sieht genauso aus, wie ihn Filippo beschrieben hat: groß, brünett, vierschrötig, bis zu den Augen behaart, und er wirkt sehr höflich. Eine Bestie mit der Stimme eines Lamms.

„Du willst mich sprechen?“

„Ja, bitte, Signor Bargello."
„Was hast du mir zu sagen?"
„Daß ich einen weiteren Mord zu beichten habe und Euch um eine Gunst bitten möchte."
„Eine Gunst? Ziehst du die Galeere dem Galgen vor?"
„Oh, nein, Signor Bargello, ich bin Soldat. Wenn Schluß sein muß, dann lieber schnell."
„Da schau mal einer diesen Mörder an!"
Barca richtet sich auf, holt tief Luft und sagt mit einer gewissen Feierlichkeit:
„Ich habe Francesco Peretti getötet."
„Du allein?"
„Nein, Signor Bargello, zusammen mit meinem guten Freund Alberto Machione. Aber ich war es, der auf Signor Peretti geschossen und ihm dann mit dem Dolch den Rest gegeben hat."
„Du gibst dir große Mühe, deinen guten Freund Alberto Machione reinzuwaschen. Wo ist er denn?"
„Ich habe ihn getötet."
„Du hast ihn getötet?"
„Ja, Signor Bargello. In der Taverne."
„Also war er dir doch nicht ein so guter Freund?"
„Oh, doch", ruft er, und die Augen stehen ihm plötzlich voller Tränen. „Sein Tod war eine Art Unfall."
„Berichte!"
„Also gut. Wir tranken einen in der Taverne, nachdem wir das Ding mit Peretti gedreht hatten. Dabei gerieten wir wegen der Beute in Streit. Alberto verlangte die Hälfte der Piaster und außerdem noch das Wams des Toten. Dabei hatte er nichts weiter gemacht, als danebenzustehen und die Arkebuse wieder zu laden. Wir hatten sehr viel Wein getrunken und wurden immer hitziger, da hab ich ihn erstochen."
„Für ein Wams?"
„Aber es war ein sehr schönes Wams, aus echtem Büffelleder und mit Taschen in den Armausschnitten!"
„Wo ist es?"
„Der Gefängniswärter hat es mir weggenommen",

jammert Barca verzweifelt, und die Tränen kullern ihm über die Backen. „Dazu hatte er kein Recht, Signor Bargello! Nein, dazu hatte er kein Recht. Ich kenne die Bestimmungen. Meine Sachen gehören bis zu meiner Hinrichtung mir. Danach fallen sie dem Henker zu und nicht dem Sbirren! Was für eine Schande, Signor Bargello! Der Sbirre hat einen doppelten Coup gelandet: er hat mich bestohlen und bestiehlt auch noch den Henker!“

„Darüber reden wir später“, sage ich ungerührt. „Nun noch einmal zu den Fakten. Erzähle, wie ihr Peretti ermordet habt.“

Daraufhin gibt mir Barca mit sanfter Stimme einen Bericht, der sich in allen Punkten mit dem von Filippo deckt. Als er geendet hat, frage ich:

„Du hast also Signor Peretti getötet, um ihn zu berauben?“

„Nein, Signor Bargello!“ ruft Barca schockiert. „Ich bin kein Dieb, sondern Soldat, wenn auch zur Zeit außer Dienst. Ich töte nur auf Befehl.“

„Und wer hat dir diesen Mord befohlen?“

„Ein Mönch in einer Taverne.“

„Kanntest du ihn?“

„Nein, Signor Bargello.“

„Beschreibe ihn mir.“

„Das ist schwierig. Ich habe ihn nie ohne Kapuze gesehen. Er war klein und mager. Seinen Namen kenne ich nicht.“

„Warum hast du ihm gehorcht?“

„Er hat mir Geld gegeben.“

„Wieviel?“

„Hundert Piaster.“

„Und für hundert Piaster hast du einen Menschen umgebracht?“

„Als Soldat habe ich für viel weniger Geld getötet. Außerdem war ich entlassen, und meine Taschen waren leer. Unsereins muß auch essen.“

„Bei wem standest du als Soldat in Dienst?“

„Beim Fürsten Orsini. Er hat mich und Machione vor zwei Monaten entlassen."

„Warum?"

„Er verdächtigte uns der Unsittlichkeit."

„Wieso?"

„Das könnt Ihr Euch doch denken, Signor Bargello."

„Stimmte es?"

„Nein."

„Das klingt nicht sehr überzeugend."

„Was wollt Ihr denn noch, Signor Bargello?" ruft Barca heftig. „Reicht Euch der Galgen noch nicht? Was braucht es weiter, damit Ihr zufrieden seid? Daß ich wegen Sodomie verbrannt werde?"

„Aber nein, nicht doch! Beruhige dich, Barca. Das alles bleibt unter uns. Glaubst du, daß dein früherer Herr diesen Mord durch Vermittlung des Mönchs befohlen haben könnte?"

„Das habe ich zunächst vermutet, wegen der schönen Witwe und der unhöflichen Bemerkung des Mönchs. Aber bei genauerer Überlegung glaube ich es nicht."

„Warum?"

„Der Fürst hätte sich für einen Mord keine Soldaten ausgewählt, sondern Banditen. Deren mangelt es nicht in Montegiordano. Der Hof ist voll davon."

„Warum Banditen?"

„Die machen so was besser als wir. Das ist ihr Beruf."

„Du meinst, du hast dich ungeschickt angestellt?"

„Sehr ungeschickt: die Arkebuse war keine gute Idee, Signor Bargello. Hätte Signor Peretti ein Paar Pistolen gehabt, wären Machione und ich schon beim Näherkommen reif für den Friedhof gewesen."

Er hatte recht. Die Arkebuse war die Idee eines Soldaten. Und höchst unzweckmäßig. Laut und über die Maßen unsicher, vor allem nachts wegen der schlechten Sicht. Banditen hätten sich in einem Hauseingang versteckt, Peretti von hinten erdolcht und auch nicht vergessen, den einzigen Zeugen, den Fackelträger, ins Jenseits zu befördern. Und außerdem hätte man, falls sie geschnappt worden wären, ihren Auftraggeber nicht ausfindig machen können, ihre Zahl in Rom ist Legion. Dagegen bedeutete der Einsatz eines Soldaten oder eines ehemaligen Soldaten soviel, wie mit seinem Namen für das Attentat einzustehen. Sollte der Fürst so dumm gewesen sein? Oder sind nicht vielmehr diese beiden ehemaligen Soldaten ganz absichtlich vom eigentlichen Anstifter ausgewählt worden, um Orsini zu kompromittieren? Meiner Ansicht nach gibt es in dieser Sache zu viele Fingerzeige, die auf ihn und Marcello verweisen. Mein Verdacht soll offenbar in eine bestimmte Richtung gelenkt werden.

„Nun, Barca, ist das alles?"

„Nein, Signor Bargello. Ich möchte Euch, wie gesagt, um eine Gunst bitten."

„Sprich."

„Ich möchte mein Wams zurückhaben."

„Entschuldige, daß ich dich daran erinnere, Barca, aber du kannst es nur noch drei Tage tragen ..."

„Trotzdem. Auf dem Gang zum Hochgericht möchte ich anständig angezogen sein."

„Gut, es wird dir zurückgegeben."

„Vielen Dank, Signor Bargello", sagt er mit Wärme.

Er macht Anstalten, mir die Hände zu küssen, die Wachen halten ihn jedoch zurück und führen ihn auf ein Zeichen von Alfaro ab.

„Geh ins Gefängnis, Alfaro, und sorge dafür, daß Barca sein Wams zurückbekommt. Man soll ihn bis zu seinem Ende anständig behandeln und ihm gutes Essen geben."

„Jetzt gleich, Signor Bargello?"

„Ja, jetzt gleich. Warum immer alles aufschieben? Sag dem Henker auch, er solle Barca heimlich erdrosseln, bevor er ihm den Strick umlegt."

„Für diesen kleinen Liebesdienst verlangt der Henker im allgemeinen zehn Piaster vom Verurteilten."

„Zehn Piaster sind nicht zuviel für ein Wams aus Büffelleder, das er ohne Barcas Beschwerde nicht bekommen hätte. Wenn ihn diese Überlegung nicht überzeugt, sag ihm, das ist ein Befehl."

Ich gehe nach Hause, esse und trinke wie gewöhnlich mit gutem Appetit und verbringe den Nachmittag über meinem Bericht. Ausführlich schildere ich alle Details der verschiedenen Zeugenaussagen und schließe damit, daß es beim derzeitigen Stand der Erkenntnisse unmöglich sei, *primo*: den Drahtzieher in diesem Mordfall ausfindig zu machen; *secundo*: mit Bestimmtheit zu sagen, daß es schuldhafte Beziehungen zwischen Vittoria Peretti und einem „gewissen edlen Herrn“ gegeben habe; oder *tertio*: etwa nachzuweisen, daß Vittoria Peretti (beziehungsweise jemand aus ihrer Umgebung) Komplizin des Mörders gewesen sei. Meine Überzeugung sei vielmehr, daß sie nichts mit der Sache zu tun hat.

Noch am selben Abend übergebe ich meinen Bericht dem Gouverneur, der ihn lesen wollte, bevor er dem Papst zugestellt würde, denn Seine Heiligkeit hat den Wunsch geäußert, höchstpersönlich davon Kenntnis zu nehmen. Am nächsten Tag läßt Portici mir ein paar Zeilen zukommen, er finde meinen Bericht ganz ausgezeichnet und werde ihn noch selbigen Tages in den Vatikan bringen.

Eine Woche später bestellt mich Portici zu sich. Beim Eintreten bemerke ich sofort, daß er meinem Blick ausweicht. Er kommt mir sorgenvoll und irritiert vor. Nach einer nichtssagenden langen Vorrede teilt er mir schließlich mit, daß Seine Heiligkeit beschlossen habe, Vittoria Peretti und ihre Zofe in der Engelsburg gefangenzusetzen.

Mir verschlägt es die Sprache. Als ich sie endlich wiederfinde, sage ich:

„Beim gegenwärtigen Stand der Untersuchung ist es mangels Beweisen unmöglich, Vittoria Peretti den Prozeß zu machen.“

„Das weiß der Vatikan auch. Deshalb hat er nicht die Absicht, ihr den Prozeß zu machen, sondern will sie nur einsperren.“

Meine Überraschung wandelt sich in Betroffenheit:

„Für wie lange?“

„So lange, bis der Fürst sich eine Heirat mit ihr aus dem Kopf geschlagen hat.“

„Der Vatikan“, sage ich mit Mühe, „ist also überzeugt, daß es zwischen ihr und dem Fürsten schuldhafte Beziehungen gegeben hat?“

„Ja.“

Ich starre Portici an und finde keine Worte.

„Konntet Ihr in Erfahrung bringen, Exzellenz, worauf sich diese Überzeugung gründet?“

„Nein. In dem Punkt bin ich gegen Mauern gestoßen.“

Nach einem Moment fahre ich fort:

„Wenn ein Ehebruch begangen worden ist, halte ich es für wenig wahrscheinlich, daß die Signora oder der Fürst ihn gebeichtet haben.“

„In der Tat ist das wenig wahrscheinlich.“

„Ich weiß nicht, ob Kardinal Montalto die Einkerkerung seiner Nichte ohne Urteilsspruch sehr gefallen wird.“

„Seine Heiligkeit hat nie versucht, Kardinal Montalto für sich einzunehmen.“

Das stimmt. Aber andererseits kann der Papst doch nicht, nur weil er Montalto ärgern will, dessen Nichte einsperren. Ich schweige und spüre nichts als Bitterkeit in mir. Wenn der Vatikan eine andere Politik als die Corte macht, wenn er sich eher von seinen eigenen Ansichten als von meinen bestimmen läßt, wozu bin ich dann noch nütze?

„Exzellenz ...“

Ich verstumme und überlege. Der Papst ist nicht nur oberster Herr über die gesamte Christenheit. Er ist auch mein Gebieter, dem ich Loyalität und Gehorsam schulde.

„Sprecht ohne Furcht, Della Pace“, sagt Portici gütig, „Eure Worte werden nicht über die Mauern dieses Zimmers hinausdringen.“

Ich sehe ihm an, daß er ebenso konsterniert ist wie ich selbst.

„Denkt Ihr nicht, Exzellenz, daß diese Einkerkerung von allen betroffenen Personen als eine schreiende Ungerechtigkeit empfunden wird?“

„Ich befürchte es. Aber in der Umgebung Seiner Heiligkeit gibt es einige, die meinen ..."

Er seufzt und fährt mühsam fort:

„... die meinen, daß eine Ungerechtigkeit besser sei als Unruhe."

„Nur daß eine Ungerechtigkeit häufig Unruhe nach sich zieht", entgegne ich heftig.

„Woran denkt Ihr, Della Pace?"

„An eine Rebellion hochgestellter Personen oder vielmehr einer hochgestellten Person."

„Diese Möglichkeit habe ich erwogen", meint Portici, „und ich habe sie im Vatikan zur Sprache gebracht. Sie sei nicht zu befürchten, hat man mir geantwortet, denn alle Vorkehrungen seien getroffen, einer Rebellion zuvorzukommen."

KAPITEL IX

Monsignore Rossellino (il bello muto):

Obwohl Seine Eminenz Kardinal Montalto spät zu Bett geht und manchmal nachts noch lange liest, steht er unwandelbar jeden Morgen um halb sechs auf, weil er meint, ein späteres Erwachen verleite einen Mönch zu Faulheit und Sinnenlust. Dies war einer der Gründe, weswegen die Franziskaner in Venedig, deren bequemes Leben er – als ihr Bischof – reformieren wollte, ihn zu hassen begannen und so lange gegen ihn intrigierten, bis ihn der Senat aus der Repubblica Serenissima vertrieb.

Seine Eminenz erlaubt mir jedoch, eine Viertelstunde später als er selbst aufzustehen, da er – trotz der Handreichungen seines Kammerdieners – wegen seiner Gebrechen mehr Zeit zum Anziehen braucht. Gleichwohl erwartet er mich Schlag sechs Uhr in dem kleinen Speisezimmer des Palazzo, wo es sehr gemütlich sein könnte, wenn der Kardinal nur zustimmte, daß im Winter Feuer gemacht würde. Aber wie in allen anderen Fragen ist er auch in diesem Punkt unnachgiebig. „Man könnte versucht sein, die Mahlzeit in die Länge zu ziehen, wenn einem nicht so kalt wäre." Dagegen brennt in dem Arbeitszimmer, das wir teilen, ein wenn auch kleines Feuer, schon damit seine vom Rheumatismus gekrümmten Finger die Feder halten können. Es ist nicht Geiz, sondern Strenge. Seine Eminenz besitzt herrliche Wälder, so daß wir über einen wohlgefüllten Holzschuppen verfügen und wohl zehn Jahre, ohne zu knausern, heizen könnten.

Unsere Mahlzeit bei Tagesanbruch ist frugal. Denke ich an das Frühstück bei meinen Aufenthalten im Hause der Contessa zurück, so kann ich mich nachträglich nur meiner Eßlust schämen und mich glücklich schätzen, keine Gelegenheit mehr zu haben, neuerlich dieser

Sünde zu erliegen, die bei einem Mann unausweichlich andere, wesentlich schwerere auf den Plan ruft.

Sobald wir beide Punkt sechs Uhr das Speisezimmer betreten, bringt Schwester Maria-Teresa, alt und unwahrscheinlich runzlig, jedem von uns eine Schale heiße Milch und einige Scheiben Roggenbrot. Das ist alles. Sonntags fügt sie allerdings noch zwei kleine Schafkäse hinzu, jedoch nicht in der Fastenzeit, die wir sehr streng einzuhalten pflegen.

Während des Frühstücks macht Seine Eminenz den Mund nur auf, um das Brot zu kauen, das er mit Rücksicht auf seine schlechten Zähne vorher in Milch taucht. Im Vatikan mokiert man sich über diese spartanische Mahlzeit: „Montalto iß nicht. Er füllt sich den Bauch wie der Ochs vorm Pflügen."

Diese Äußerung verrät zwar wenig Nächstenliebe, ist aber zutreffend. Als ich Seine Eminenz eines Tages fragte, warum er abends nur eine Kleinigkeit zu sich nehme, wurde mir zur Antwort: „Was brauche ich so viel zu essen? Nachts arbeite ich doch nicht."

Vor dem Aufstehen spricht der Kardinal ein kurzes Gebet, und nach dem Frühstück verrichtet er eine zweite, ebenfalls kurze Andacht in seiner Hauskapelle. Ich hörte ihn einmal zu einem jungen Priester, der endlos seine Paternoster und Ave-Maria wiederholte, sagen: „Ihr müßt nicht hundertmal das gleiche wiederholen. Gott ist nicht schwer von Begriff!"

Er betet im Stehen, da er wegen seiner Krücken nicht niederknien kann. Anschließend begibt er sich in sein Amtszimmer. Mit meiner und des Kammerdieners Hilfe nimmt er Platz oder läßt sich vielmehr in den Sessel fallen. Dabei verändert er sich völlig: lebhaft, voller Energie und Freude beginnt er sein Tagewerk.

Ich bewundere, mit welchem Schwung er an seine tägliche Arbeit geht, und ich habe ihn nur einmal die Fassung verlieren sehen: an dem Tag, da Filippo ihm die Nachricht von der Ermordung Francesco Perettis überbrachte.

Mit einem Schlag malte sich in den sonst so entschlossenen Zügen des Kardinals herzzerreißende Verzweiflung. Er sank in sich zusammen, so von Schmerz überwältigt und regelrecht benommen, daß ich den Kopf abwandte, halb verlegen, halb betroffen, denn ich schämte mich, bei diesem Menschen, dessen Seelenstärke ich verehrte, einen Augenblick der Schwäche mitzuerleben. Dieser peinvolle Moment kam mir unendlich lang vor, aber später wurde mir klar, daß es nicht mehr als fünf Minuten gewesen waren. Danach wandte sich der Kardinal zu Filippo um und sagte mit erloschener Stimme: „Sag deiner Herrin, daß ich sie im Laufe des Vormittags besuchen werde.“ Und zu mir: „Laßt meine Kutsche vorbereiten und holt mich in einer Stunde ab.“ Nach diesen Worten entließ er mich mit einer knappen herrischen Geste und vergrub sein furchteinflößendes Haupt in den Händen.

Als ich ihm nach Ablauf der Stunde meldete, die Kutsche stehe bereit, fand ich ihn so, wie ich ihn bisher immer gekannt hatte: gebieterischer Blick, kräftige Stimme und undurchdringliches Gesicht. Diese Gefaßtheit wich auch dann nicht von ihm, als er im Palazzo Rusticucci den blutüberströmten Leichnam seines Adoptivsohnes erblickte und an dessen Totenbett betete, stehend und auf seine Krücken gestützt. Sein Gebet war kurz, und als er den Saal, ohne sich umzudrehen, verlassen hatte, versammelte er die gesamte Familie und den Majordomus in einem anderen Zimmer. Er wandte sich zunächst an den Majordomus und befahl, unverzüglich die Dienerschaft zur Ruhe zu bringen, von der man nur Weinen, Schreien und Wehklagen hörte. „Jeder gehe seiner gewöhnlichen Beschäftigung nach, und zwar schweigend“, sagte er.

Allein mit der Familie, verlangte er sodann einen Überblick über die Vermögensverhältnisse im Palazzo Rusticucci. Es stellte sich heraus, daß allein Giulietta Accoramboni auf diese Frage Auskunft geben konnte; von Francesco Peretti sehr geschätzt, war sie eine Art Verwalterin für ihn gewesen. Sie legte dem Kardinal die Papiere, auf denen sie Ausgaben und Einnahmen vermerkt hatte, zur Prüfung vor. Die Familie war trotz ihrer Trauer über das Ergebnis bestürzt: nach dem Wegfall der vom Vatikan an seinen Dritten Kammerherrn gezahlten Bezüge würde der Palazzo mit dem vorhandenen Geld kaum noch drei Monate existieren können.

Daraufhin nahm Tarquinia das Wort und verkündete, von nun an werde sie selbst die Finanzen des Hauses in die Hand nehmen, woraufhin Vittoria wütend und verächtlich ausrief: „Ihr!" Dieses eine Wort sprach Bände. Tarquinia öffnete schon den Mund zu einer Entgegnung, als ihr der Kardinal einen vernichtenden Blick zuwarf und in einem Ton, der keine Widerrede duldete, sagte:

„Francesco hat mit Giulietta eine ausgezeichnete Wahl getroffen, an die auch ich mich halten werde."

Damit entließ er die Familie bis auf Giulietta, mit der er beriet, was zur Verringerung der Ausgaben getan werden könnte: als erstes mußte offensichtlich die Hälfte der Dienstboten entlassen werden. Der Majordomus wurde gerufen, damit eine Liste der zu Entlassenden aufgestellt würde. Giulietta hatte schon die Feder in der Hand und wollte eben den Namen von Caterina Acquaviva auf die Liste setzen, als der Kardinal sie streng fragte: „Wollt Ihr Vittoria ärgern?" Woraufhin Giulietta sogleich klein beigab.

Im Verlauf des Gesprächs äußerte sie die Hoffnung, der Papst in seiner Güte möge der Witwe seines Dritten Kammerherrn eine kleine Pension aussetzen.

„Zählt nicht darauf", sagte der Kardinal. „Die Tränen des Papstes werden reichlich fließen, aber Geld nicht."

Er verbrachte noch eine gute Stunde mit Giulietta, um sich einen Überblick über Francescos Besitz zu verschaffen und festzulegen, was davon zum Unterhalt der Familie herangezogen werden könnte. Er empfahl, zwei Höfe zu verkaufen, die fast nichts einbrachten, und das Geld bei den Medicis in Florenz anzulegen. Giulietta gab zu bedenken, daß die Medicis auf Wucherzinsen liehen und daß die Kirche dies verbiete, aber der Kardinal hob seine mächtigen Schultern und sagte: „Wollt Ihr päpstlicher sein als der Papst?“ Er spielte darauf an, daß Gregor XIII. den Medicis beträchtliche Summen zu nutzbringender Anlage übergeben hatte.

Als Giulietta ihm schließlich eingestand, sie wisse nicht, wie sie die Beisetzung bezahlen solle, sagte der als geizig verschriene Mann: „Es kann keine Rede davon sein, daß Ihr irgend etwas bezahlt. Das übernehme ich.“ Und er zog eine Börse aus der Soutane und überreichte sie ihr mit den Worten: „Regelt alles aufs beste, aber ohne übertriebenes Gepränge.“

Dann schwieg er lange, während Giulietta, völlig im Banne seiner Autorität, stumm und bewegungslos verharrte.

„Giulietta“, sagte er endlich, „Ihr seid die einzige in dieser Familie, die ein wenig gesunden Menschenverstand besitzt. Was meint Ihr: in welcher seelischen Verfassung befindet sich Vittoria heute?“

„Sie ist von Schmerz überwältigt.“

„Von Gewissensbissen auch?“ fragte der Kardinal und sah sie durchdringend an.

„Nein. Dazu hat sie keinen Grund, wie ich meine.“

Für einen Moment, der Giulietta unendlich lang vorgekommen sein muß, sah Seine Eminenz sie fest an, als wolle er ihre Seele ergründen. Doch die Signorina hielt seinem Blick stand. Zwei Tage später kam der Kardinal mir gegenüber darauf zu sprechen: „Es gibt drei Möglichkeiten: Vittoria ist nicht des Ehebruchs schuldig, und Giulietta sagt die Wahrheit. Oder Vittoria ist schuldig, und Giulietta weiß von nichts. Oder Vittoria ist schuldig, Giulietta weiß es und lügt, um sie zu decken.“ Ich sah ihn fragend an, und er seufzte: „Nichts ist so unergründlich wie die Frauen! Von der Wiege an werden sie zur Heuchelei erzogen.“ Durch Zeichen befragte ich ihn, ob er Vittoria für mitschuldig an dem Mord halte. „Nein!“ entgegnete er mit Entschiedenheit. „Tausendmal nein! Das glaube ich niemals.“

Wieder im Hause des Kardinals, erkundigte ich mich, ob er an der Sitzung des Konsistoriums teilnehmen werde. „Unbedingt. Ich muß. Das ist eine Prüfung, und es wäre feige, sich ihr zu entziehen“, antwortete er.

Es war Brauch, daß die siebzig Kardinäle des Konsistoriums vor Sitzungsbeginn nacheinander vor dem Papst zur Huldigung niederknieten. Dieses Zeremoniell dauerte sehr lange, denn der Heilige Vater richtete an jeden einzelnen Kardinal ein paar Worte. Da sie genauso liebenswürdig-belanglos waren wie die unumgänglichen Erwiderungen, setzten die anderen Würdenträger derweil ihre Privatgespräche fort. Trotz der respektvoll gedämpften Stimmen entstand allein wegen der großen Zahl der Anwesenden ein beträchtliches Gemurmel, das erst abbrach, wenn der Erste Kammerherr die Sitzung für eröffnet erklärte.

An jenem Tag verstummte das Geräusch, das stark an das Summen eines Bienenschwarms erinnerte, lange vor der Ankündigung des Kammerherrn, und es trat schlagartig tiefes Schweigen ein, als Seine Eminenz Kardinal Montalto an der Reihe war, den Heiligen Vater zu begrüßen.

Das Konsistorium tritt in einem rechteckigen Raum zusammen, an dessen einer Schmalseite sich der Papstthron befindet, während das Chorgestühl für die Prälaten an den beiden Längsseiten einander gegenüber angeordnet ist. Als Seine Eminenz sich mühsam auf seinen Krükken durch den Mittelgang schleppte, schauten alle Kardinäle gebannt auf ihn, folgten seinem langsamen Weg zum Thron und warteten gespannt, was Papst und Kardinal einander zu sagen haben würden.

Jeder im Saal – vermutlich sogar jeder in Rom – wußte zu dieser Stunde von der Ermordung Francesco Perettis, und alle waren sich im klaren darüber, wie schwerwiegend diese Tat von den beiden Männern empfunden werden mußte: der Kardinal war zutiefst in seinen Gefühlen, der Heilige Vater in seiner Autorität getroffen. Denn obwohl es für das Verbrechen mit Sicherheit ein privates

Motiv gab, war die Ermordung des Dritten Kammerherrn des Papstes unzweifelhaft auch eine Herausforderung und eine Beleidigung für Seine Heiligkeit.

Wegen seiner Behinderung war Seine Eminenz der Pflicht enthoben, vor dem Heiligen Vater niederzuknien, und es stand ein Schemel für ihn bereit. Dennoch mußten der Erste und der Zweite Kammerherr ihm beim Hinsetzen behilflich sein: ein Vorgang, der der nachfolgenden Unterhaltung einen gleichsam dramatischen Anstrich verlieh.

In Rom und in ganz Italien gab es gewiß keinen besser aussehenden, lebhafteren und gesünderen Greis als den Papst. Schneeweißes Haar umrahmte seine edlen, regelmäßigen Züge. Sein frischer Teint, seine blauen Augen verliehen ihm ein jugendliches Aussehen, obwohl er die Achtzig überschritten hatte. Seine Miene drückte Vornehmheit und Milde aus. Hätte ich nicht um die hinter dieser eindrucksvollen Fassade verborgenen Fehler und Schwächen gewußt, wäre ich der Wirkung seines hoheitsvollen Gesichts, seiner wohlklingenden Stimme und seiner liebenswürdigen Umgangsformen erlegen. Welch traurige Figur machte dagegen mein armer Herr, der mit eingezogenem Kopf auf seinem Schemel hockte: struppiger Bart, zotteliges Haar, krumme Nase, fliehendes Kinn, buschige Brauen! Man hätte ihn mit dem Philosophen Sokrates vergleichen können, der auf den ersten Blick ob seiner Häßlichkeit und Grobheit schockierte, so daß seine Tugend, Weisheit und Seelenstärke, die ihn bis zum Tod auszeichneten, dem gemeinen Volk verborgen blieben.

Bevor der Papst zu sprechen begann, verharrte er – ein meisterhafter Schauspieler – einen Moment in Schweigen, um den folgenden Worten mehr Gewicht zu verleihen, und als er endlich anhub, war seine mit lauter, doch musikalischer Stimme vorgetragene Rede deutlich mehr für die versammelten Kardinäle bestimmt als für den eigentlichen Adressaten.

„Mein teuerster Sohn“, sagte er (doch hätte er ihn an

diesem Ort anders anreden können, auch wenn er ihn so wenig schätzte?), „Wir sind zutiefst betroffen von der Kunde über die heimtückische Ermordung Unseres vielgeliebten Sohnes und Kammerherrn Francesco Peretti, und es ist Uns Bedürfnis, Euch zu sagen, daß Entrüstung und Trauer Unsere Seele erschütterten, als Wir die entsetzliche Nachricht vernahmen ..."

Ohne daß die Stimme des Papstes an Wohlklang oder seine Diktion an Klarheit verlor, füllten sich seine Augen mit Tränen, die ihm nun bis zum Schluß seiner Rede über die rosigen Wangen rannen. Er fuhr fort:

„Wir können in diesem feigen Attentat, durch das Uns der beste Unserer Söhne geraubt wurde, nur das Werk des Teufels sehen. Aber wissen Wir nicht auch, daß der Böse bei diesem Verbrechen, das nach Rache zum Himmel schreit, einem Menschen die Hand geführt hat? Möge der Himmel Unsere Gebete und Unser Flehen erhören und Uns helfen bei der Suche nach den Mördern und dem Mann, der ihm die Waffe in die Hand gab, auf daß sie auf Erden noch für ihre Missetaten büßen, ehe sie vor den höchsten Richter treten."

Gute zehn Minuten fuhr der Papst in diesem entrüsteten und rachsüchtigen Ton fort, und obwohl die ganze Zeit seine Tränen weiter flossen, sprach er mit einer Energie und Kraft, deren er in der Ausübung seiner Herrschaft bisher so sehr ermangelt hatte.

Die Tränen des Heiligen Vaters versiegten gleichzeitig mit seiner Beredsamkeit. Mit einer herablassend-höflichen Geste seiner Rechten forderte er den Kardinal zum Sprechen auf. Das Schweigen wurde noch tiefer, die Aufmerksamkeit der Kardinäle, die sich keines der Worte meines Herrn entgehen lassen wollten, noch größer. Der Heilige Vater betrachtete Montalto voller Neugier, die mir nicht frei von einer gewissen Boshaftigkeit zu sein schien. Möge mir Gott der Herr vergeben, wenn ich mich darin täusche!

Seine Eminenz sprach mit schwacher, von Husten unterbrochener Stimme, die keinerlei Erregung verriet. Und im Gegensatz zu der beflügelten Eloquenz des Papstes fiel seine Erwiderung knapp aus:

„Allerheiligster Vater, ich danke Euch für das Interesse, daß Ihr an meiner Familie zu nehmen geruht. Für mich, der ich schon mit einem Bein im Grabe stehe, ist dieser Schmerz eine weitere Prüfung, die mir Gott der Herr auferlegt, bevor er mich zu sich ruft. Deswegen trachte ich mitnichten danach, die Mörder zu suchen und zu bestrafen, sondern vergebe ihnen von ganzem Herzen das Leid, das sie mir angetan haben."

Nach diesen Worten machte der Heilige Vater erneut ein Zeichen, und die beiden Kammerherren halfen Seiner Eminenz, sich zu erheben und die Krücken wieder unter die Arme zu klemmen. Der Papst erteilte ihm stumm seinen Segen, und der Kardinal schleppte sich zu seinem Platz. Das Konsistorium, so fühlte ich, war über seine Worte mehr verwundert als erbaut. Denn obgleich die Vergebung der Sünden von den Christen als höchste Tugend angesehen wird, praktiziert man sie – auch im Vatikan – nur selten.

Was der Papst dachte, erfuhr ich noch vor Beendigung des Konsistoriums, als ich unbeabsichtigt zwei Prälaten im Gespräch überraschte. Ich muß dazu sagen, daß die Kardinäle in meiner Gegenwart ungeniert über meinen Herrn sprachen. Weil ich stumm bin, halten sie mich offenbar auch für taub. Doch wie soll ich sie über ihren Irrtum aufklären? Sie würden meine Zeichensprache nicht verstehen.

Sowie mein Herr unter großen Mühen wieder seinen Platz erreicht hatte, beugte sich der Papst zu einem seiner Vertrauten und bemerkte: *„Veramente costui è un gran frate."**

Dieses Wort ging von Mund zu Mund und kam nach einer knappen halben Stunde auch mir zu Ohren. Vielleicht muß ich an dieser Stelle erwähnen, daß mein Herr Franziskaner gewesen ist und daß Papst Gregor XIII. mit dem geringen Volk ein merkwürdiges Vorurteil teilte: er

* (ital.) In Wahrheit ist dieser Mann ein hochmütiger Mönch.

hielt diese Mönche für scheinheilig. Mit anderen Worten, die „Vergebung der Sünden" war nur Täuschung. Der Kardinal Montalto hatte nichts anderes im Sinn, als Nachfolger des Papstes zu werden, und schonte den Fürsten Orsini, um ihn für den Zeitpunkt der Wahl nicht zum Feind zu haben.

In den Palazzo zurückgekehrt, wiederholte ich Seiner Eminenz, wie es meine Pflicht war, den Ausspruch des Papstes. Er hob seine mächtigen Schultern und sagte mit zusammengebissenen Zähnen: „Und ich wäre einfältig genug gewesen, von *diesem Mann da* Gerechtigkeit zu verlangen! Ihr werdet sehen, Rossellino – außer weinen und reden tut er nichts!"

„Dieser Mann da", wie Seine Eminenz den Papst zu nennen sich nicht scheute – seine einzige sprachliche Entgleisung in bezug auf Seine Heiligkeit –, ließ nach einer Woche meinem Herrn den Untersuchungsbericht des Bargello zukommen. Seine Eminenz las ihn mehrmals sehr aufmerksam durch; sein Gesicht zeigte keine Reaktion, und er gab auch keinen Kommentar ab. Aber als nach einer weiteren Woche Vittoria festgenommen wurde, war es mit seiner Gelassenheit vorbei. Er verriet lebhaftesten Unwillen und rief: „Welch eine Rechtsverweigerung! Und welch ein Fehler!"

Wenig später – ich spürte, daß ihn diese Angelegenheit immer noch beschäftigte – erlaubte ich mir die Frage, warum er die Verhaftung Vittorias für einen Fehler halte. „Ein zwiefacher Fehler!" sagte er, „*Primo*, weil nichts im Bericht des Bargello auf ihre Schuld hinweist. *Secundo* und vor allem: es ist ein politischer Fehler. Wenn der Papst den Fürsten für schuldig hält, muß er entweder den Mut haben, ihm offen die Stirn zu bieten, oder aber gar nichts unternehmen. Die Verhaftung Vittorias ist einfach lächerlich. Wer nur so tut, als ob er handle, in Wirklichkeit aber nichts unternimmt, enthüllt bloß die Schwäche, die er verbergen will."

Lodovico Orsini, Graf von Oppedo:

Ich fühlte mich nicht sehr wohl in meiner Haut, als Paolo mich in einer eiligen Botschaft zu sich nach Montegiordano bat. Bereits vor dem Eintreffen des Boten hatte ich einigen Grund zur Sorge. Die Corte hatte die beiden Banditen, die für uns in den Nora-Bergen operierten, so in die Enge getrieben, daß ihnen nichts Besseres einfiel, als in Rom Unterschlupf in meinem Palazzo zu suchen. Das war um so dümmer und gefährlicher, als das Recht der Asylgewährung, das Paolo in Montegiordano ausübt, der jüngeren Linie nie zuerkannt worden ist, sosehr Raimondo und ich uns darum bemüht haben.

Der impulsive Raimondo wollte die beiden Burschen sofort wegjagen.

„Wenn sie von der Corte festgenommen werden und unter der Folter aussagen, ist es um uns geschehen", meinte er.

„Sieh mal, *bruto*", sagte ich (und da er zusammenzuckte, als er seinen Spitznamen hörte, legte ich ihm meinen Arm um die Schultern und küßte ihn auf die Wange), „wie willst du sie loswerden, ohne daß alle Leute, die auf unserem Hof kampieren, es mitkriegen? Und wer würde uns nach einem solchen Verrat noch trauen? Wenn wir selber unser Recht auf Asylgewährung nicht ernst nehmen, wer soll uns dann noch respektieren?"

„Und was tun wir, wenn der Bargello mit seinen Sbirren vor unserem Tor steht?"

„Wir unterhandeln so lange mit ihm, bis wir unsere zwei Banditen im Keller versteckt haben, und erst dann lassen wir die Sbirren herein."

„Wir lassen sie rein?"

„Ja, wenn es nicht zu viele sind."

Raimondo zog ein schiefes Gesicht und wollte gerade weiterreden, als Paolos Abgesandter mit der erwähnten Botschaft erschien.

„In einer Stunde werde ich in Montegiordano sein", sagte ich und warf dem Mann einen Piaster zu.

Eine Geste, die ich alsbald bereute, waren unsere Gelder doch beinahe erschöpft. Warum müssen wir Adligen immer tun, was die Bauerntölpel von uns erwarten? In gewissem Sinne sind sie unsere Herren! Was habe ich mir für Mühe gegeben, dem einfachen Volk zu gefallen. Bei den großen Festen in Rom habe ich vor meinem Tor sogar ein Faß Wein anstechen lassen! Um den Pöbel umsonst zu tränken!

„Das paßt mir gar nicht", sagte ich mit umdüsterter Miene.

„Warum?" fragte Raimondo. „Paolo ist unser Cousin und Familienoberhaupt. Er läßt uns zwar nicht mehr an seinen Geldbeutel heran, aber er ist uns gewogen."

„Wenn ich mich heute nach Montegiordano begebe, kann das für mich gefährlich werden."

„Gefährlich?"

„Ja."

„Warum?"

„Es würde zu lange dauern, dir das zu erklären."

„Ich weiß, ich bin ein Idiot."

„Laß gut sein, *carissimo*, ärgere dich nicht. Ich habe meine Gründe, dir nichts zu sagen. Und für dich ist es auch besser, wenn du nichts weißt. Trotzdem würde ich mich sicherer fühlen, wenn du mich nach Montegiordano begleiten wolltest."

„So groß ist die Gefahr?"

Man kann nicht behaupten, Raimondo sei schön, dennoch ist seine grobe Visage nicht ohne Ausdruck, und an der Art, wie er mich ansah, merkte ich, daß er unzufrieden mit meiner Heimlichtuerei und besorgt um meine Sicherheit war.

„*Carissimo*", sagte ich und legte ihm die Hand auf die Schulter, „verzeih, daß ich dich so im dunkeln tappen lasse. Jedenfalls habe ich ein bißchen Machiavelli gespielt. Ich werde dir das später erklären."

„Wer ist das, Machiavelli?"

„Das erkläre ich dir auch später. Willst du mir inzwischen eine starke Eskorte zusammenstellen?"

„Wie stark?“

„Ungefähr dreißig Mann.“

„Ungefähr dreißig Mann?“

„Bitte, Raimondo, hör auf, mein Echo zu spielen. Ich brauche auch einige Nobili. Wer ist heute da?“

„Silla Savelli (den nannte er zuerst, weil das sein Busenfreund ist), Pietro Gaetano, Emilio Capizucchi, Ascanio di Ruggieri und Ottavio di Rustici.“

„*Tutta la crema**! Wieso sind sie heute so zahlreich?“

„Wir haben gestern mit ein paar Mädchen gefeiert, und sie sind über Nacht geblieben, weil sie betrunken waren.“

„Da also geht unser Geld hin!“

„Du bist ja selbst so sparsam!“

„In der Tat! Würdest du ihnen bitte sagen, Raimondo, daß sie sich vorbereiten sollen? Ich will sie alle dabeihaben.“

„Außer deinem Bruder brauchst du fünf der vornehmsten Adelssprößlinge Roms, um Paolo entgegenzutreten?“

„Ja.“

„Was hast du ihm angetan, daß du ihn so fürchtest?“

„Nur Gutes. Aber er sieht das ganz anders.“

„Schon wieder Rätsel über Rätsel“, sagte Raimondo.

Mir schlug das Herz, als ich im Hof von Montegiordano meine Eskorte zurückließ und mit Raimondo, der mir wie ein Schatten folgte, in den ersten Stock stieg, um Paolo in dem von ihm bevorzugten kleinen Saal zu treffen. Paolo stand am Fenster und sah in den Hof hinab.

„Wie ich sehe“, sagte er trocken und wandte sich um, „hast du außer einer starken Eskorte noch die vornehme Welt mitgebracht. Silla Savelli! Pietro Gaetano! Emilio Capizucchi! Ascanio di Ruggieri! Ottavio di Rustici! Aber was hast du dir gedacht, Raimondo? Wir werden doch diese vornehmen jungen Leute nicht im Sattel hängen lassen, bis unsere Unterredung beendet ist! Raimondo, geh bitte zu meinem Majordomus und sage ihm, er solle

* (ital.) Die ganze Prominenz!

Wein und ein kleines Mahl für sie vorbereiten und sie im Festsaal bewirten."

Diesem Befehl – denn es war einer, wenn auch liebenswürdig vorgetragen – kam Raimondo augenblicklich nach, so gern er auch erfahren hätte, was wir besprechen würden. Und ich blieb, sehr gegen meine Absicht, mit Paolo allein.

„Du bist also gekommen!" sagte er. Sein Mund lächelte, aber sein Blick war kalt. „Ich danke dir. Du siehst mich in größter Bedrängnis, Lodovico. Der Papst hat mich beleidigt."

Ich sah ihn stirnrunzeld an, und er fuhr fort:

„Der Papst hat Vittoria festgenommen."

„Wichtig ist, daß er nicht dich festgenommen hat", erwiderte ich.

„Er hat es nicht getan, weil er genau weiß, daß ich Peretti nicht habe ermorden lassen. Aber durch die Festnahme Vittorias macht er alle Welt glauben, ich sei der Mörder. Dadurch hat er mich beleidigt."

„Wie willst du die Leute überzeugen, daß du nicht der Mörder bist? Deine Expedition nach Santa Maria hat sich zweifellos herumgesprochen."

„Ein Gerücht ist kein Beweis. Ich habe mir eine Abschrift des Untersuchungsberichts von Della Pace beschaffen können. Mit diesem Mord, schlußfolgert er, sollten Marcello und ich als die Schuldigen hingestellt werden, doch nach Auffassung von Della Pace sind wir es nicht."

„Della Pace ist ein schlauer Mann", sagte ich mit einem schiefen Lächeln. „Du bist nun also von jedem Verdacht reingewaschen."

„Nur, daß der Papst durch Vittorias Festnahme mich *urbi et orbi* für schuldig erklärt. Dadurch hat er mich beleidigt."

„Na gut, und was wirst du tun?"

„Zu den Waffen greifen und ihn stürzen!"

„Paolo! Das wirst du nicht! Den obersten Herrn der Christenheit angreifen! Er wird dich exkommunizieren!"

„Wenn es mir gelingt, ihn von seinem Thron zu verjagen, wird mir sein Nachfolger Absolution erteilen. Übrigens werde ich nicht den Papst angreifen, sondern das Oberhaupt des Staates."

„Vermutlich hast du mich kommen lassen, um meine Meinung zu hören?"

„Keineswegs. Mein Entschluß steht fest. Ich brauche deine Hilfe. Du hast eine gute Truppe, und das Volk hört auf dich."

„Meine Hilfe beim Angriff auf den Papst!" rief ich mit gespielter Verblüffung. „Aber sieh mal, Paolo, ich bin ein guter Katholik."

„Ich auch."

„Das ist doch ein großes Risiko! Du verlangst von mir, meinen Besitz, mein Haus und mein Leben in einem Kampf mit ungewissem Ausgang einzusetzen."

„Ist es nicht die Pflicht der Orsinis, zu den Waffen zu greifen, wenn einer von ihnen beleidigt wird?"

„Reden wir offen miteinander, Paolo", sagte ich mit einem leichten Lächeln. „Nicht weil du beleidigt worden bist, willst du den Papst angreifen, sondern um Vittoria zu befreien. Und genau aus diesem Grund lehne ich es ab, dir zu helfen. Vittoria ist Witwe, und da mir Virginios Belange sehr am Herzen liegen, bin ich dagegen, daß du sie heiratest."

„Also kommt es dir gelegen, daß sie in der Engelsburg eingekerkert wurde?"

Sein Ton und sein Blick ließen mich erstarren, und ich wußte nichts zu erwidern.

„Willst du etwas trinken, Lodovico?" fragte er.

„Nein, danke. Ich bin nicht durstig."

„Doch, du hast Durst. Du hast schon zwei- oder dreimal deinen Speichel heruntergeschluckt. Übrigens ist es heiß. Los, schenk dir ein. Und mir auch. Nimm den Becher, den du willst. So kannst du nicht denken, ich wolle dich vergiften ..."

Er lachte, und ich ebenfalls, mehr oder weniger gequält. Als ich die Becher gefüllt hatte, ergriff Paolo den, welchen ich ihm hinhielt, und als er sah, daß ich meinen nicht anrührte, leerte er seinen in einem Zuge. Da entschloß ich mich zu trinken, konnte jedoch diesen ausgezeichneten Wein nur mit Widerwillen hinunterbringen.

„Lodovico", fuhr er in zwanglosem Ton fort und setzte sich, „ich habe merkwürdige Dinge erfahren. Der Papst hat einen dicken Sack voller Piaster vom Vatikan zum Haus des Kardinals di Medici in Rom bringen lassen; von dort wurde das Geld zum römischen Palast des Patriarchen von Venedig, derzeit Wohnsitz von Kardinal Cherubi, geschafft. Nach meinen Informationen enthält der Sack fünfzigtausend Piaster."

„Eine gewaltige Summe."

„In der Tat. Ist es nicht seltsam, daß eine so große Summe in Rom von Haus zu Haus unterwegs ist? Wer kann wissen, wem Cherubi sie übergeben wird? Kennst du Cherubi, Lodovico?"

„Ja. Ich habe ihn einmal getroffen. Ich habe bei ihm gespeist."

„Wirklich?" sagte er lächelnd. „Und worüber habt ihr gesprochen?"

„Über dieses und jenes."

„Über mich?"

„Auch über dich."

„Was wollte er wissen?"

„Ob du der Geliebte Vittorias bist."

„Und was hast du geantwortet?"

„Daß ich darüber nichts wüßte."

„Nun, eine gute Antwort", sagte Paolo eisig, „und du bist ein guter Verwandter, Lodovico. Und ich wünsche dir noch einen guten Tag ..."

Nach diesen Worten stand er auf und sah mich drohend an. Die Knie wurden mir weich, und ich ging rückwärts hinaus. Ich fürchtete, er würde mir seinen Dolch zwischen die Schulterblätter stoßen, falls ich ihm den Rücken zukehrte.

Im Hof rief ich Alfredo. Er macht für Raimondo und

mich den Reitknecht, da wir nicht genug Geld haben, uns jeder einen zu halten. Ich befahl ihm, Raimondo und seine vornehme Gesellschaft zu holen, und er brauchte gute zehn Minuten, um sie zu überzeugen, sich von dem Imbiß und ihren Bechern zu trennen und sich mir anzuschließen. Auf den ersten Blick sah ich, daß Raimondo unvernünftig viel getrunken hatte. Er war rot, sprach laut, sah herausfordernd in die Runde und schlug gegen seinen Degen.

„Was hast du, *carissimo*?“ fragte er laut. „Wenn jemand meinen großen Bruder beleidigt hat, *affé di Dio*!, dem stoß ich meinen Degen in die Eingeweide. Lodovico, du bist ja totenbleich!“

„Und du bist ganz rot! Mich hat niemand beleidigt. Los, zu Pferd! Hilf ihm, Alfredo!“

„Ich brauche Alfredo nicht“, sagte Raimondo, ohne zu merken, daß Alfredo ihm den Fuß schon in den Steigbügel steckte und sein Hinterteil durch einen kräftigen Stoß in den Sattel hieven wollte.

Sowie er jedoch im Sattel saß, hielt er sich kerzengerade, und als sein Pferd zwei oder drei Bocksprünge vollführte, bändigte er es sofort und gab ihm zur Strafe einen kleinen Schlag mit der Reitpeitsche auf die Kruppe.

„Holla!“ schrie Silla Savelli. „Du schlägst doch nicht etwa dein Pferd, Raimondo?“

„Stuten und Weiber werden mit der Peitsche gezähmt“, erwiderte Raimondo, der in seinem Leben noch nie eine Frau geschlagen hatte, war er doch zum schwachen Geschlecht ebenso sanft und umgänglich wie zu Männern grob.

„Schande über dich, Raimondo!“ rief Pietro Gaetano lachend. „Meine Stute wird von mir nur gestreichelt. Es wäre mir schrecklich, ihr weh zu tun.“

„Die Peitsche hat einem Pferd noch nie weh getan“, meinte Ascanio di Ruggieri. „Es hat eine viel zu dicke Haut. Die Peitsche demütigt es nur, nichts weiter.“

Diese Behauptung schien mir anfechtbar, und so ging unsere Unterhaltung unter Rufen und Lachen munter fort, während wir über den Hof ritten, wo uns die Verbannten und Banditen widerwillig Platz machten und scheele Blicke auf diese schönen jungen Männer in ihren prächtigen Wämsern warfen, die ihrerseits die Menge nicht beachteten und aus Leibeskräften herumschrien, so als gehörte Montegiordano ihnen. Als ich mich im Sattel umwandte, sah ich Paolo Giordano: unbeweglich wie eine Statue aus Stein stand er an seinem Fenster im zweiten Stockwerk und schaute uns nach. Sein Blick, der riesige Hof von Montegiordano, all das ihm ergebene Volk machten mich nervös. Ich gab meinem Pferd die Sporen und ritt an der Spitze unseres Trupps aus dem Tor, und erst auf der Straße wurde mir wieder leichter. Paolo hatte alles begriffen und geahnt, und ich war bei allem gut weggekommen. Es war zu schön, um wahr zu sein! Seine Metze in der Engelsburg hinter Schloß und Riegel! Paolo neutralisiert dank meiner Neutralität! Und spätestens heute abend würden fünfzigtausend Piaster als warmer Regen in meine Geldkatze fallen! Ach, wie wenig kennt doch der Mensch seine eigene Zukunft! Ein Wort, eine Geste, und schon bricht alles zusammen!

Wir waren keine fünfzig Klafter mehr von unserem Palazzo entfernt, und ich malte mir bereits die Feste aus, mit denen ich meinen Erfolg zu feiern gedachte, als unser Trupp anhalten mußte. Mindestens zwanzig berittene Sbirren mit Arkebusen, Della Pace an der Spitze, versperrten uns den Weg. Der Bargello grüßte sehr höflich, und da wir in der engen Straße nicht aneinander vorbeikonnten, bot er an umzukehren, um uns passieren zu lassen. Ich war einverstanden, er ließ seine Truppe kehrtmachen, und in diesem Hin und Her erblickte ich plötzlich unsere beiden Nora-Banditen, gefesselt auf einem Pferd, das ein hünenhafter Sbirre am Zügel führte – ein Anblick, daß mir fast die Augen aus dem Kopf fielen.

„Bargello“, schrie ich, „was ist das? Ihr habt in meiner Abwesenheit meine Tür erbrochen und zwei meiner Männer entführt?“

Della Pace zog daraufhin den Hut, kam, dicht von seinen Sbirren gefolgt, auf mich zu und sagte äußerst höflich:

„Herr Graf, es tut mir sehr leid, daß ich die beiden Banditen verhaften mußte, doch es war ein Befehl von Seiner Exzellenz Gouverneur Portici. Eure Tür habe ich nicht gewaltsam geöffnet. Ich habe geläutet. Es wurde mir geöffnet. Meine Sbirren haben dann den Rest erledigt."

„Dennoch habt Ihr das Asylrecht der Orsinis verletzt", brüllte Raimondo, rot wie eine Tomate.

„Vergebung, Signor Orsini", sagte Della Pace, „das Asylrecht wurde der älteren, nicht der jüngeren Linie der Orsinis zuerkannt."

„Ältere Linie, jüngere Linie, das schert mich wenig!" schrie Raimondo. „Du bindest sofort unsere Männer los und gibst sie uns zurück, du Hundsfott!"

Der Bargello setzte seinen Hut wieder auf und schlug einen schärferen Ton an:

„Signore, Ihr vergeßt, daß Ihr mit dem Bargello sprecht."

„Komm, Raimondo", sagte ich, „misch dich nicht ein, laß mich mit dem Bargello verhandeln."

„Ich mische mich ein, wann es mir paßt!" brüllte Raimondo, den der Wein zum Ungehorsam gegen mich ermutigte. „Und du, verdammter Bargello, befolgst jetzt meinen Befehl! Binde sofort diese beiden Männer los und übergib sie uns!"

„Ihr beschimpft mich, Signore!" sagte der Bargello. „Das ist Eurer und meiner unwürdig. Habt Ihr vergessen, daß auch ich von Adel bin?"

„Beschissener, mieser, niedriger Adel!" stieß Raimondo hervor.

„Halt den Mund, Raimondo", sagte ich, „und laß mich reden!"

„Niedriger Adel, gewiß", erwiderte der Bargello in beißendem Ton, „aber ich habe nie Diener gehabt, die in den Nora-Bergen die Reisenden ausrauben und ermorden!"

„Du Hundsfott wagst, die Ehre der Orsinis anzutasten!“ heulte Raimondo auf. „Ich werde dir deine Worte in den Rachen zurückstopfen!“

„Halt, Raimondo! Du gehst zu weit“, sagte Silla Savelli, der von sanfter und versöhnlicher Natur war.

„Laß mich ausreden!“ schäumte Raimondo, rasend vor Wut. „Ich werde diesem Hundsfott und seinen stinkenden Sbirren bei lebendigem Leibe die Haut abziehen. Aber vorher will ich ihn züchtigen“, fuhr er fort und hob die Reitpeitsche.

„Keine Gewalt, Signore!“ rief der Bargello. „Die Lunten unserer Arkebusen sind gezündet. Und meine Sbirren lassen sich nicht gerne Trotz bieten oder beschimpfen.“

„Das werden wir ja sehen!“ tobte Raimondo und hob die Peitsche noch höher.

Silla Savelli zu seiner Rechten drängte sein Pferd gegen das von Raimondo und packte diesen am Handgelenk, doch Raimondo befreite sich mit einem Ruck und ließ seine Peitsche mit aller Kraft auf das Gesicht des Bargello niedersausen. Alle waren wie gelähmt. Ungläubig sah ich das Blut über das Gesicht Della Paces rinnen und von seiner rechten Wange herabtropfen. Dann wandte sich der Bargello im Sattel um. Er tat nicht das, was ich später aus sachdienlichen Gründen behauptet habe: er gab seinen Leuten keinen Schießbefehl. Er begnügte sich damit, ihnen sein blutüberstömtes Gesicht zu zeigen. Die Sbirren gaben sofort Feuer. Der Lärm war betäubend, und als sich der Rauch aus der engen Straße verzogen hatte, waren die Sbirren mit ihrem Chef umgekehrt. Ich stieg vom Pferd. Fünf der Unseren lagen auf dem Pflaster: Raimondo, Silla, Pietro Gaetano und zwei Mann der Eskorte.

Der Bader, den ich unverzüglich herbeiholen ließ, gab mir wenig Hoffnung für Raimondo und Silla. Beide starben eine Stunde später, ohne die Letzte Ölung erhalten zu haben. Im Leben so eng vereint, daß sie alles – sogar ihre Mätressen – miteinander teilten, gaben sie beinahe gleichzeitig den Geist auf.

Die Nachricht von den todbringenden Schüssen der

Sbirren verbreitete sich wie ein Lauffeuer in Rom; schon bald nach Mittag versammelte sich der gesamte römische Adel in meinem Hof und defilierte voller Schmerz und Zorn an den Toten und Verwundeten vorbei. Alle ballten die Faust und schworen dem Bargello und den Sbirren Rache. Und das einfache Volk, das den Adel ebenso liebte, wie es den Papst haßte, belagerte bereits mein Tor und forderte Waffen und Fackeln, um „den alten Fuchs in seinem Vatikan auszuräuchern".

Paolo kam eine Stunde später, und bei seinem Erscheinen ging eine lebhafte Bewegung durch die Reihen der Adligen, denn alle kannten seine militärischen Fähigkeiten und sahen ihn bereits als Führer der Rebellion.

Er kniete vor den beiden Toten nieder und betete lange, und als er sich wieder erhob, berichtete ihm Alfredo, der in seiner Nähe stand, ausführlich über das Geschehene. Paolo ging an mir vorbei, als sähe er mich nicht, dann aber besann er sich, kam zurück, umarmte mich, küßte mich auf die Wange und sagte mir ins Ohr:

„Und jetzt: mir nach! Es gibt keine andere Wahl!"

Seine Exzellenz Luigi Portici, Gouverneur von Rom:

Meiner Meinung nach gibt es in einem Staat nichts Unheilvolleres als die Geheimdiplomatie. Denn wenn einige Würdenträger des Herrschers mit seiner Zustimmung eine Politik betreiben, die den anderen Ministern unbekannt bleibt, kann es geschehen, daß letztere in bester Absicht Maßnahmen ergreifen, die den ausgeklügelten Plänen der ersteren entgegenstehen und sie scheitern lassen. So kann eine Regierung in die lächerliche und gefährliche Situtation einer Schlange geraten, die, statt den Gegner anzugreifen, sich selbst in den Schwanz beißt.

Genau das ist im Falle von Lodovico Orsini passiert: ich, der Gouverneur von Rom, bin in völliger Unkenntnis darüber gelassen worden, daß der Vatikan durch Vermittlung von Kardinal Cherubi mit dem Grafen in Verhandlungen getreten war, um sich seiner Neutralität für den Fall zu versichern, daß Fürst Paolo eine offene Auseinandersetzung mit dem Papst suchen würde.

Diese heimliche Übereinkunft hat äußerst schwerwiegende Folgen nach sich gezogen. Ich werde sie hier nennen zu Nutz und Frommen all derer, die fortan die Prinzipien einer vernünftigen Politik vertreten wollen.

Erstens: Hätte ich gewußt, daß der Vatikan mit Lodovico Orsini zu verhandeln beabsichtigte, hätte ich von Anfang an abgeraten, sich mit diesem in Laster und Schulden verstrickten Edelmann überhaupt einzulassen. Zweitens: Ich hätte dem Vatikan mitgeteilt, welchen Verdacht die Corte bezüglich der beiden Banditen hegte, die in den Nora-Bergen den Reisenden auflauerten und Lösegeld von ihnen erpreßten. Ein Verdacht, der zur Gewißheit wurde, als sich die beiden Banditen in den Palast von Lodovico Orsini flüchteten.

Drittens: Falls der Vatikan gegen meinen Rat doch mit Lodovico Orsini in Verhandlung getreten wäre, hätte ich dem Bargello gewiß nicht befohlen, in das Haus des Grafen einzudringen und die beiden Banditen zu verhaften. Da mir Lodovicos Stolz und der Jähzorn seines jüngeren Bruders Raimondo – mit dem Beinamen *il bruto* – bekannt waren, hätte ich befürchtet, daß diese Aktion mit einem blutigen Zwischenfall enden würde, wie es dann leider auch geschah.

Dieses Scharmützel, in dem zwei Edelleute aus den angesehensten Familien fielen, setzte den Plänen des Vatikans ein Ende. Natürlich konnte Lodovico nach Raimondos Tod nicht neutral bleiben, ließ der Tod von Silla Savelli den römischen Adel nicht unberührt und mußte Fürst Orsini die Gelegenheit ergreifen, sich an die Spitze des Aufruhrs zu stellen, um Vittoria zu befreien.

Sowenig es ursprünglich in der Absicht der Verschworenen lag, sie hätten zu keinem günstigeren Zeitpunkt losschlagen können: die Unzufriedenheit des Volkes hatte einen Höhepunkt erreicht, und ich werde erklären, warum.

Der Papst als Herr der Christenheit und Oberhaupt eines Staates war im Besitz einer zwiefachen Gewalt: einer geistlichen und einer weltlichen, die beide zusammen ihm eine grenzenlose Macht verliehen. Gregor XIII. zeigte indes wenig Weisheit in ihrem Gebrauch. Vor allem verfiel er nur zu oft in den Fehler, die päpstliche Tiara mit der Fürstenkrone zu verwechseln.

Als Gregor XIII. ein Jahr vor dem Aufruhr in Geldnöten war, nahm er einigen Edelleuten die Lehnsgüter weg, die ihnen sein Vorgänger verliehen hatte, und da manche von den so Beraubten und Ruinierten allzu unerschrokken Klage führten, hat der Papst sie ohne weiteren Prozeß exkommuniziert und also dem Raub weiteres Unrecht hinzugefügt.

Unter dem Pontifikat Gregors XIII. gab es eine Vielzahl von Exkommunizierungen aus anderen als Glaubensgründen; dadurch wurden Personen, denen die Kirche nichts vorzuwerfen hatte, hart getroffen und viele Gläubige verbittert. Zudem war dies nicht das einzige Beispiel für den bedauerlichen Mißbrauch geistlicher Macht im Dienste weltlicher Interessen. Mehr als einmal verhängte der Papst über einen politischen Gegner ein unwiderrufliches *precetto,* das die Ehe des Betroffenen annullierte. Weigerte sich der Unglückliche dann, seine eheliche Wohnung zu verlassen, lebte er fortan im Konkubinat, folglich im Stand der Todsünde, mit einer Frau, die er liebte und die noch tags zuvor seine legitime Gattin gewesen war. Über solchen Mißbrauch waren die einfachen Untertanen des Papstes ebenso entrüstet wie seine Theologen. Letztere stellten fest, wenn auch sehr vorsichtig, die Ehe sei ein von Gott gestiftetes Sakrament zwischen den Eheleuten; keine Macht der Welt habe das Recht, sie zu lösen.

Aber auch in weltlichen Angelegenheiten herrschte seit dem Pontifikat Gregors XIII. die Willkür. Gewiß, Nepotismus war schon immer die Hauptschwäche des Papsttums gewesen. Doch auf Grund der Indolenz und Inkonsequenz Gregors XIII. gebrauchten seine Verwandten, denen er die wichtigsten Machtinstrumente anvertraut hatte, diese unkontrolliert und uneingeschränkt, je nach Laune, finanzieller Situation, Freundschaft oder Feindschaft. Sie scheuten sich nicht, ehrenwerte Männer, die ihnen mißfielen oder sich ihnen widersetzten, ohne Anklage, ohne Urteil und mithin ohne Strafbegrenzung in den Verliesen des Vatikans verschwinden zu lassen.

Nicht ohne Skrupel erwähne ich hier auch jene Gegner des Papstes, die zwar von der Zahl her nicht ins Gewicht fielen, die aber den Vatikan um so entschiedener bekämpften, als ihre Gegnerschaft geheim bleiben mußte. Ich spreche von den Lutheranern, die durch Inquisition und Angst vor dem Scheiterhaufen zum wahren Glauben rekonvertiert worden waren. Sie sympathisierten insgeheim immer noch stark mit ihren früheren Anschauungen und konnten es Gregor XIII. nicht verzeihen, daß er mit einer prunkvollen Dankmesse das Massaker unter den Pariser Protestanten in der Bartholomäusnacht gefeiert hatte. Sogar in Rom waren etliche Katholiken über diese Messe und über die Freudenfeuer entsetzt, die der Papst auf allen öffentlichen Plätzen hatte anzünden lassen.

Schlimmer noch war die Schwäche, die die Regierung Gregors XIII. ungeachtet ihrer Tyrannei allenthalben zeigte. Weil sie nach Perettis Ermordung nicht wagte, sich mit dem Fürsten Orsini anzulegen, hatte sie eine Frau verhaftet, die offensichtlich nicht an dem Verbrechen beteiligt war. Den durch diese Einkerkerung herausgeforderten Fürsten hatte man zu lähmen gehofft, indem man sich die Neutralität einer zwielichtigen Person erkaufte. Und da man ein Mißlingen dieses Schachzugs von vornherein ausschloß, hatte man keine Alternativen erwogen und auch nicht rechtzeitig besondere Vorkehrungen – wie etwa die Verstärkung der Schweizergarde – getroffen.

Die Erhebung traf die Regierung völlig unerwartet und erwies sich um so bedrohlicher, als sich das Volk sofort dem Adel anschloß. Erstens, weil es die Sbirren und die Verwandten des Papstes verabscheute. Und zweitens, weil es nicht nur Lodovico sehr zugetan war, sondern allen Nobili, wegen ihrer Freigebigkeit. Selbige kostete die adligen Herren wenig, da sie viel Geld aus ihren Bauern preßten, mit denen sie ebenso hart verfuhren, wie sie sich den städtischen Plebejern gegenüber großzügig zeigten. Denn sie fürchteten die verstreut lebende Landbevölkerung wenig, während sie mit den Plebejern in der Stadt, deren Zahl und Nähe sie bedrohlich fanden, behutsam umgingen, um sich auf billige Art eine nützliche Anhängerschaft für den Notfall zu sichern.

Noch mit blutüberströmtem Gesicht kam Della Pace zu mir und erstattete Bericht über das unglückselige Scharmützel, das ohne sein Verschulden – denn er hatte keinen Schießbefehl erteilt (im Gegensatz zu den späteren Behauptungen Lodovicos, aber auf eine Lüge mehr oder weniger kommt es diesem sauberen Herrn nicht an) – Raimondo Orsini und Silla Savelli das Leben gekostet hat. Ich schickte an die neuralgischen Punkte der Stadt Kundschafter, die mit höchst beunruhigenden Nachrichten zurückkamen: auf Betreiben von Fürst Paolo organisierten sich die Nobili ohne Verzug und verteilten bereits Hieb- und Stichwaffen an ihre jeweilige Gefolgschaft, wobei sie klugerweise die Arkebusen für sich einbehielten. Das Volk lief auf der Straße zusammen, machte Jagd auf Sbirren und hatte schon mehr als einen umgebracht. Alle Beutelschneider und Strauchdiebe kamen aus ihren Schlupflöchern, bereit, ihren üblichen Geschäften nachzugehen, zu rauben, zu plündern, zu morden.

Ich ließ die Verwandten des Papstes warnen, sie sollten sich eiligst im Vatikan in Sicherheit bringen (denn man vergriff sich schon an ihrer Dienerschaft), und begab mich dann mit Della Pace selbst dorthin. Umgehend wurden alle Gebäude für den Belagerungszustand vorbereitet, die Ausgänge bis auf einen verbarrikadiert und die Kanonen auf die Angreifer gerichtet. Der Vatikan hatte bereits eine Botschaft an das Königreich beider Sizilien gesandt und die dort unter dem Kommando eines österreichischen Generals einquartierten spanischen Truppen um sofortige Hilfe ersucht. Aber wer die Langsamkeit Philipps II. von Spanien in all seinen Entscheidungen und die Langsamkeit der Österreicher bei deren Ausführung kannte, durfte erst in frühestens drei Wochen mit Hilfe rechnen. Und so, wie die Dinge ihren Lauf genommen hatten, wären schon drei Tage zu spät gewesen. Man sah bereits Leute mit Fackeln um den Vatikan rennen und schreien, sie würden „den alten Fuchs ausräuchern".

Durch die kleine Geheimtür, die ich nicht hatte vermauern lassen, die aber stark bewacht wurde, sandte ich bei Nacht mehrere Emissäre aus, von denen einer nach Montegiordano, dem Hauptquartier der Rebellion, gehen sollte. Er gelangte auch hin, so groß waren das Gewühl und die Bewegung in den Straßen, und sah, wie die Nobili jubelten und zugleich verwirrt waren über den nahen Sieg, mit dem sie eigentlich nichts anzufangen wußten, zumal die Zügellosigkeit des Volkes sie beunruhigte: obwohl nur sie selbst mit Arkebusen bewaffnet waren, fürchteten sie in ihren eigenen Palästen für ihre Sicherheit.

Mein Emissär war ein Mönch, ein Mann von großer Geistesgegenwart und Beherztheit. Als er bemerkte, von welcher Angst die hohen Herren erfüllt waren, wagte er mit dem Fürsten Paolo ein Gespräch unter vier Augen; er gab sich zu erkennen und fragte, zu welchen Bedingungen die Rebellen zum Friedensschluß mit dem Papst bereit wären.

Fürst Paolo führte ihn in einen kleinen Raum, verriegelte die Tür und sagte:

„Zwei Bedingungen müssen erfüllt werden. Die erste: um Mitternacht wird eine Kutsche mit einem Wappen, von einer Schar meiner Berittenen bewacht, am hinteren Tor der Engelsburg auf zwei Frauen warten, die der Papst wider Recht und Gesetz gefangenhält. Sollten sie bis ein Uhr morgens nicht die Kutsche bestiegen haben, werden meine Soldaten mit dem Sturmbock eines der Tore zum Vatikan angreifen."

„Und die zweite Bedingung, Durchlaucht?"

„Sie wird einhellig gestellt, doch ich nenne sie Euch nur mit größtem Widerstreben: die Nobili verlangen den Kopf von Della Pace."

„Das ist ja gräßlich, Durchlaucht!"

„Ja, das ist es. Aber nur um diesen Preis bekommt der Papst Frieden."

„Aber, Durchlaucht, selbst wenn der Papst bereit ist, seinen Bargello zu opfern, muß man bezweifeln, daß sich der Pöbel mit dieser Trophäe zufriedengibt, verlangt er doch mit aller Gewalt die Abdankung Seiner Heiligkeit."

„Keine Sorge. Wir haben genügend Soldaten und Arkebusen und werden das Volk auseinanderjagen."

„Eure Verbündeten, Durchlaucht?"

„Was sollen wir sonst machen? Wollt Ihr, daß es mit dieser abscheulichen Anarchie weitergeht? Dann fielen am Ende auch wir ihr zum Opfer."

„Durchlaucht, Eure Bedingungen werde ich gewissenhaft übermitteln."

„Versteht mich recht: die eine Bedingung gilt nichts ohne die andere. Wenn die erste nicht erfüllt wird, wäre es nutzlos, die zweite zu erfüllen."

„Verzeiht meine Offenheit, Durchlaucht: aber was geschähe, wenn nur die zweite erfüllt würde und der Adel damit zufrieden wäre?"

„Dann würde ich die Belagerung fortsetzen, und der Pöbel würde mir folgen. Wollen wir wetten, daß ich morgen mittag den Vatikan in meiner Gewalt haben werde?"

„Der Papst wird Euch exkommunizieren."

„Seid Ihr gekommen, um zu verhandeln oder um mir zu drohen?"

„Vergebung, Durchlaucht, wenn ich ohne Umschweife zu Euch sprach. Darf ich fortfahren, oder soll ich schweigen?"

„Redet bitte weiter. Das Gespräch mit Euch ist sehr lehrreich für mich."

„Was wird geschehen, wenn der Vatikan die Belagerer mit Kanonen beschießt?"

„Auch ich habe Kanonen. Und statt das Hauptportal des Vatikans nur mit dem Sturmbock zu kitzeln, werde ich es zerschmettern lassen. Ihr wißt, was dann geschieht. Die Menge wird durch diese Bresche eindringen und alles plündern, alles totschlagen."

„Ihr würdet ein solches Gemetzel dulden?"

„Wie sollte ich es verhindern?"

„Oh, Durchlaucht! Und das alles wegen einer Frau!"

„Verzeiht mir, Pater, aber Euch fehlt die Kompetenz, diesen Punkt zu diskutieren. Kehrt zurück, und übermittelt getreulich meine Bedingungen!"

Als der Mönch wohlbehalten zurückgekehrt war und mir dieses Gespräch wiedergab, glaubte ich meinen Ohren nicht zu trauen, so beleidigend erschien mir die zweite Forderung – den Kopf Della Paces der Menge zu opfern – für denjenigen, an den sie gerichtet war. Und um sie nicht selbst dem Papst vortragen zu müssen, entschloß ich mich, den Mönch zum Heiligen Vater zu führen und ihn selber berichten zu lassen.

Wir betraten das Audienzzimmer, als der Papst gerade mit dem Hauptmann der Schweizergarde und einem Dutzend hoher Würdenträger des Vatikans in größter Angst die Frage erörterte, ob man die Kanonen sprechen lassen solle oder nicht. Der Hauptmann verwarf diesen Vorschlag entschieden, denn er hielt eine Beschießung mitten in der Stadt, wo schon die kleinste Mauer die Angreifer gegen unsere Kugeln schützte, für wenig wirkungsvoll. „Das wird sie nur noch mehr in Wut bringen", wiederholte er mit seinem stark ausgeprägten deutschen Akzent.

Der Heilige Vater, der mich bemerkt hatte und sicher ahnte, daß ich Neuigkeiten brachte, ließ mich näher treten. Ich kniete nieder, küßte seinen Pantoffel (nicht einmal unter solchen Umständen kürzte er diese Zeremonie ab), erklärte die Anwesenheit des Mönchs und bat, ihn anhören zu wollen.

Während der Mönch berichtete, musterte ich die Gesichter des Papstes und seiner Ratgeber und war fassungslos, darin den Ausdruck unendlicher Erleichterung zu bemerken. Als der Mönch jedoch geendet hatte, gab der Heilige Vater nicht wie sonst seiner Eloquenz freien Lauf, sondern beschränkte sich darauf, seine Räte um ihre Meinung zu ersuchen. Es folgte ein langes verlegenes Schweigen, denn keiner der anwesenden Würdenträger wollte als erster das Wort nehmen, so heikel war die Sache, und niemand kannte oder erriet auch nur die Vorstellungen des Heiligen Vaters in dieser Angelegenheit.

Der Papst verlor ob des Schweigens die Geduld, weswegen er sich an einen der anwesenden Kardinäle wandte und gebieterisch fragte:

„Nun, Cherubi?"

Er hatte Cherubi nicht zufällig gewählt, war dieser doch für seine plumpe Offenheit bekannt.

„Allerheiligster Vater", schmetterte Cherubi los, „ich denke, wenn die begonnene Verhandlung Erfolg hat, kommen wir billig davon."

„Billig?" fragte halblaut ein anderer Kardinal.

Cherubi ließ sich dadurch nicht im geringsten aus der Fassung bringen, sondern fuhr fort: „Ich meine, die Dinge könnten viel schlechter stehen. Wenn zum Beispiel der Adel dem Pöbel die Zügel schießen ließe. Deshalb müssen wir mit den Nobili verhandeln, solange noch Zeit ist."

„Doch die Forderungen sind sehr hart", wandte ein anderer Kardinal ein, „vor allem die zweite."

Er sprach mit sanfter, beinahe zögernder Stimme: ein starker Kontrast zu Cherubis Posaunenton.

„Zweifellos sind die Forderungen hart", sagte Cherubi, „besonders in bezug auf Della Pace. Wir alle hier lieben und schätzen Della Pace. Wir haben ihm nichts vorzuwerfen. Aber durch ihn ist das Unglück über uns gekommen. Er muß sich deshalb damit abfinden, das unglückliche Faustpfand des Friedens zu sein. Ihr, Allerheiligster Vater, müßt ebensoviel Mut für dieses Opfer aufbringen wie weiland Abraham für die Opferung seines Sohnes."

Da der Papst auf diesen Diskurs mit kleinen Zeichen der Zustimmung reagierte, wagte niemand, gegen den geschmacklosen Vergleich zu protestieren, der die Forderung blutgieriger Edelleute mit einem Gebot des Allerhöchsten auf eine Stufe stellte.

„Meine vielgeliebten Söhne", sagte der Papst, der plötzlich in fieberhafter Hast die Debatte zu beenden trachtete, „wer teilt die Ansicht von Kardinal Cherubi?"

Niemandem konnte entgehen, daß diese Art der Fragestellung eigentlich schon die Antwort diktierte. Alle Hände hoben sich, nur zwei nicht.

Da entschloß ich mich zu einer unerhört kühnen Geste. Ich warf mich dem Papst zu Füßen und stieß keuchend hervor:

„Allerheiligster Vater, wenn jemand geopfert werden muß, dann will ich es sein! Denn ich habe Della Pace befohlen, die beiden Banditen festzunehmen. Daher bin ich der wahre Schuldige an dieser beklagenswerten Situation."

Gregor XIII. schien durch diesen Einwand bestürzt zu sein. Er sah mich von seinem Thron herab mit seinen großen blauen Augen an, als sei er um eine Antwort verlegen.

„Mein lieber Portici", sagte da Cherubi mit seiner lauten Stimme, „leider fordern die Aufständischen nicht Euern Kopf. Und wenn wir Euch opferten, wäre der Adel in keiner Weise zufriedengestellt. Es besteht daher kein Grund, unser Votum zu revidieren. Im übrigen schlage ich vor", dabei sah er den Hauptmann der Schweizergarde an, „die Angelegenheit schonend, quasi unversehens, zu erledigen, ohne daß der Betroffene merkt, wie er vom Leben zum Tode befördert wird; man soll ihm den Kopf erst nach seinem Hinscheiden vom Rumpf trennen."

Ich schaute auf den Heiligen Vater, der in diesem

Augenblick sein Haupt hin und her bewegte, was als ein Zeichen der Zustimmung oder des Alters gedeutet werden konnte. Mir kam der Verdacht, er spiele seine Betagtheit aus, um schwächer und hinfälliger zu wirken, als er in Wirklichkeit war. Denn tags zuvor hatte ich ihn noch lachend, lebhaft, spöttisch erlebt, die schlanke Figur hoch aufgerichtet.

„Allerheiligster Vater …“, begann ich mit einer letzten Anstrengung.

Er unterbrach mich sofort:

„Glaubt mir, lieber Sohn, Wir sind zutiefst verzweifelt über den schmerzlichen Entschluß, den Uns die Tyrannei der Umstände abnötigt. Er zerreißt zuallererst Uns selbst das Herz, und Wir wünschen jetzt allein gelassen zu werden, um dem Herrn Unseren Schmerz und Unsere Betrübnis darzubringen.“

Dicke Tränen rollten langsam über seine rosigen Wangen.

„Ziehet hin in Frieden, lieber Sohn“, sagte er und segnete mich.

Trotz seiner Tränen und seines Segens vergab mir der Heilige Vater nie die Verlegenheit, in die er durch meinen Einwand geraten war. Wenige Monate nach Wiederherstellung des Friedens rächte er sich an mir. Als ich im Sommer einige Tage der Entspannung in meiner Villa in Ostia verbrachte, schrieb er mir, ich solle von nun an für immer dort bleiben, da es an der Zeit sei, von den Mühen meines Amtes auszuruhen. Obzwar die Mitteilung in den huldreichsten Floskeln formuliert war und aus jeder Zeile höfisches Weihwasser troff, hieß das: ich war nicht nur meines Amtes als Gouverneur enthoben, sondern auch aus Rom verbannt.

Alfredo Colombani, Reitknecht von Raimondo und Lodovico Orsini:

Ich habe wenig zu sagen, und da ich nicht fürs Palavern begabt bin, sag ich's mit einfachen Worten. Und ich bitte um Vergebung, weil ich mich im venezianischen Dialekt ausdrücke. Ich verstehe Italienisch, spreche es aber ziemlich schlecht.

Ich war zuerst nur Reitknecht bei Signor Raimondo Orsini, dann gleichzeitig bei dem Besagten und bei seinem Bruder, dem Grafen Lodovico. Ich kenne beide sehr gut.

Raimondo hatte den Beinamen *il bruto*, vor allem wegen seiner Visage. Meine ist übrigens nicht besser! Ich würde sogar sagen: schlechter. Wenn mich ein Richter nur nach der Visage beurteilen müßte, würde er mich wohl ohne langes Fackeln an den Galgen bringen.

Und doch bin ich von Natur aus nicht blutgierig. Es stimmt schon, ich habe in meinem Leben ein halbes Dutzend Leute erdolcht, aber immer auf Befehl meiner Herren, nie aus eigenem Antrieb! Und ich muß gestehen, ich hätte auch nicht Bandit in den Nora-Bergen sein mögen wie die zwei ... – jeder weiß, wen ich meine.

Um auf Raimondo zurückzukommen: der war nur brutal, wenn er zuviel getrunken hatte – und „zuviel" war bei ihm eine ganze Menge; dann mußte man seinen Schlägen ausweichen. Aber er war gutherzig. Die Umstände, die er machte, um die Herzogin Isabella in Bracciano zu töten! Und hinterher hat er geheult wie ein Schloßhund. Und gebetet hat er, in einer Tour – wie ein richtiger Pfaffe! Sie war ja auch wirklich schön. Ich habe noch nie einen so schönen Frauenkörper gesehen. Aber das war kein Grund. Denn schließlich hatte sie den Fürsten Paolo mit jedermann betrogen.

Ich habe die besten Erinnerungen an den Aufenthalt in Bracciano. Als die Sache erledigt und Raimondo endlich mit Beten fertig war, haben wir uns eine gute Zeit gemacht. Acht Tage lang nichts als Fressen, Saufen, Huren.

Alle Zofen in der Burg, willig oder nicht, haben wir uns vorgenommen. Man stelle sich vor: die Herzogin tot, und wir die Herren im Haus!

Die brutale Art des Signor Raimondo war dann doch sein Verderben. Hätte er an jenem Tag Signor Lodovico sprechen lassen, wäre das alles nicht passiert. Aber er wurde immer gereizter. Ja, er hatte getrunken. Die Beschimpfungen mochten noch angehen. Aber der Peitschenhieb ins Gesicht des Bargello war zuviel. Der Bargello hat keinen Schießbefehl gegeben. Er hat sich nur umgedreht und die Sbirren zu Zeugen der Beleidigung gemacht. Und leider waren die Lunten ihrer Arkebusen noch gezündet. Ich habe auch erfahren, warum.

Als die Sbirren in unseren Hof eindrangen, um die Banditen festzunehmen, zeigten die Unseren, die ja sehr zahlreich waren, die Zähne, so daß es die Sbirren mit der Angst kriegten, sich in das Torhaus zurückzogen und auf Befehl des Bargello die Lunten zur Attacke zündeten. Daraufhin haben die Unsrigen klein beigegeben.

So einfach war das: die Sbirren haben geschossen, weil sie die Lunten schon gezündet hatten. Und weil sie dem Bargello sehr zugetan waren. Hätten sie ihn nicht so gemocht, dann hätten sie über den Peitschenhieb nur schadenfroh gelacht. Natürlich nicht vor ihm. So ist der Lauf der Welt. Die guten Herren beweint man, den schlechten würde man eher noch den Todesstoß versetzen!

Die Sbirren haben nicht gezielt, sondern einfach nur in die Menge geschossen. Ein Wunder, daß es nur zwei Tote gab! Ich stand hinter dem armen Raimondo, und die Kugel, die ihm die Brust durchschlagen hat, streifte noch meinen Arm. Am ungerechtesten war der Tod des armen Signor Silla Savelli, sage ich immer. Einen freundlicheren, sanfteren und auch zu den kleinen Leuten höflicheren jungen Mann findet man nicht so bald wieder. Er hat sogar noch versucht, Raimondo in den Arm zu fallen, als der die Reitpeitsche hob. Und was war sein Lohn? Eine Kugel in den Kopf!

Ich schäme mich nicht, zu sagen, daß ich Raimondo

beweint habe. Vor allem, wo ich jetzt nur noch einen Herrn habe, den Grafen Lodovico, über den ich nichts sagen will. Weder Gutes noch Schlechtes. Ich habe nicht über ihn zu urteilen. Wie es heißt, ist er der Madonna ganz besonders ergeben und betet Tag und Nacht zu ihr. Nach meiner Meinung würde ihn die Madonna aber nicht sonderlich mögen, wenn sie ihn genauso gut kennen würde wie ich.

Vielleicht bin ich nicht richtig verstanden worden. Deshalb will ich noch mal auf die Arkebusen und die gezündeten Lunten zurückkommen.

Ich meine so: angenommen, die Lunten wären nicht gezündet gewesen, dann hätten die Sbirren auch nicht geschossen. Warum? Der Bargello hätte das Anzünden befehlen müssen. Ja, gut, sie haben auch ohne Befehl geschossen. Aber zum Schießen braucht's eine Sekunde. Eine Lunte zünden dagegen – das dauert lange. Man muß den Feuerstahl hervorkramen, Feuer schlagen, den Zunder anbrennen, ihn durch Draufpusten entflammen, ihn an die Lunte anlegen, weiter blasen – eine richtige Plackerei. Und der Bargello hätte in aller Ruhe fragen können: „Was macht ihr da? Ich habe keinen Befehl gegeben!“ Andererseits, wenn er nichts gesagt hätte, wir aber das Treiben der Sbirren gesehen hätten, wäre uns Zeit geblieben, mit dem Degen über sie herzufallen und mit der flachen Klinge kräftige Hiebe zu verteilen, ohne sie zu töten. Man erinnert sich: sie waren zwanzig Mann, wir aber dreißig.

Da sieht man's mal wieder: kleine Ursache, die gezündeten Lunten – große Wirkung, Blut und Feuer in der ganzen Stadt. Alle Edlen zu Pferd, und das Volk auf der Straße. Das ganze Volk: die Guten und die Schlechten, was bei solcher Gelegenheit keinen großen Unterschied macht, denn ehrliche Handwerker plünderten und mordeten genauso wie die Strolche. Die Sbirren, die wir zu fassen kriegten, bis auf den letzten Mann massakriert! Die Dienerschaft der Verwandten des Papstes – ebenfalls massakriert. Und diesen Verwandten selbst hätte das gleiche geblüht, wären sie nicht in den Vatikan geflohen. Auf alle Fälle wurden ihre Paläste geplündert, und die Leute waren nicht arm! Der Vatikan umzingelt, belagert, und die Menschen rannten durcheinander und schrien „Abdanken! Abdanken!“, „Tod dem Bargello!“ und sogar „Tod dem Papst!“. Ja, das wurde wirklich gerufen: „Tod dem Papst!“, und alles gute Katholiken, Gott möge ihnen vergeben!

Die Edlen etwas abseits, zu Pferde, die Soldaten und ihre Schutzbefohlenen zu Fuß, alle mit Arkebusen, manche davon mit Radschloß (aber meiner Meinung nach ist diese Neuerung nicht sehr zuverlässig), die anderen mit Lunte, und die war absichtlich gezündet!

Im Hintergrund, in einiger Entfernung von der Menge, aber an der Spitze vom Gros der Adligen, Fürst Paolo auf seiner weißen Stute, zu seiner Rechten dicht neben ihm der Marchese Giulio Savelli, der Vater des armen Silla, und zu seiner Linken Graf Lodovico. Auf ihrer Seite herrschte Schweigen. Und Unruhe. Denn beim Anblick des tobenden Pöbels begannen sie, für ihre eigenen Paläste zu fürchten. Was mich am meisten verblüfft: sie unternehmen nichts. Absolut nichts! Und als ich mich erkühne, Graf Lodovico zu fragen, worauf man denn warte, sagt er überheblich: „Daß uns der Mond in die Geldkatze fällt!“

Der Mond scheint wirklich, es ist fast so hell wie am Tag. Man könnte ein Buch lesen (natürlich nur jemand, der lesen kann). Der Beweis: Fürst Paolo schaut von Zeit zu Zeit auf seine Taschenuhr und sagt laut die Stunde an. Und noch ein Beweis: sein Reitknecht bringt im Trab ein Billett, das der Fürst erbricht und liest. Er strahlt. Was in dem Billett stand, haben wir erst später erfahren.

„Schluß jetzt!“ sagt Fürst Paolo plötzlich.

Er befiehlt, eine Musketensalve auf die Fenster des Vatikans abzugeben. Da aber niemand so unvorsichtig gewesen ist, sich ans Fenster zu stellen, passiert nichts Schlimmes, nur die Scheiben zersplittern. Eine kleine Neckerei, weiter nichts. Aber den Leuten gefällt das, sie klatschen wie im Theater.

Fürst Paolo guckt wieder auf die Uhr und läßt drei Kanonen vorrücken. In Wirklichkeit hat er nur diese drei, und die sind nicht gerade riesig. Und die Kanoniere davor schützen sich durch Flechtwerk und Sandsäcke vor Flintenbeschuß. Währenddessen zersprengt die Reiterei das Volk und drängt es nach rechts und links zurück, damit die Kanonen das Tor zum Vatikan beschießen können. Aber die Reiter reichen nicht aus. Zwei Reihen Fußsoldaten müssen diese Idioten zurückdrängen, die sich auch in Stücke hauen ließen, um alles schön zu sehen.

Die Kanoniere bauen ihre Schutzvorrichtungen in aller Gemächlichkeit auf, und weil das Volk „Schneller! Schneller!" schreit, läßt der Fürst ein Dutzend Soldaten mit einem Sturmbock vorrücken, um das Tor zu rammen. Aber sie sind nicht sehr eifrig bei der Sache, das Ergebnis ist gleich Null. Das Volk bemerkt dies schließlich und schreit: „Stärker! Stärker!" Und die Wildesten brüllen: „Laßt *uns* an den Sturmbock ran! Wir werden euch zeigen, wie man's macht!" Die Doppelreihe der Soldaten hat alle Mühe, die Leute zurückzuhalten.

Da erscheint eine weiße Fahne an dem Fenster des Vatikans über dem Tor, dem so wenig passiert ist. Schreie und Gebrüll! Gleich darauf wird eine Schachtel an einem Seil herabgelassen.

„Sieh nach, Alfredo!" sagt Graf Lodovico mit blitzenden Augen.

Ich gebe meinem Pferd die Sporen und rufe einem Soldaten zu, den Sturmbock zu lassen und die Schachtel zu öffnen. Das tut er: es ist der Kopf von Della Pace, aus dem abgetrennten Hals tropft noch das Blut. Ich ergreife ihn an den Haaren, halte ihn nach unten und schaffe ihn in schnellem Galopp weg, voller Sorge, der Pöbel würde über mich herfallen und ihn mir entreißen.

Fürst Paolo ist unser General, und ihm bringe ich den Kopf. Er wendet sich angeekelt ab und will ihn nicht. Das gleiche beim Marchese Giulio Savelli. Aber Graf Lodovico ist nicht so zimperlich. Er packt den Kopf an den Haaren, schwenkt ihn mit ausgestrecktem Arm, läßt sein

Pferd vor dem Pöbel tänzeln, zeigt den Kopf und schreit: „Della Pace! Della Pace! Sieg! Sieg!" Und da sich alle auf ihn stürzen, wirft er ihnen den Kopf vor die Füße.

Was dann geschieht und was die Kanaillen mit dem Kopf machen, kann ich nicht wiedergeben. Allein beim Gedanken daran wird mir übel.

Unter den Adligen herrscht Schweigen. Mir scheint, sie sind in dieser Minute nicht sehr glücklich. Schließlich war auch Della Pace ein Edelmann. Von geringem, aber ehrenwertem Adel. Und ein ehrlicher, von allen geachteter Mann. Und daß Gregor XIII. die unsägliche Feigheit besaß, diesen guten Diener für die Erhaltung seines Throns zu opfern, ekelt sie an. Ich selbst schäme mich für den Papst. Und ich schäme mich auch für die guten Christen, die mit den Fußspitzen gegen den armen blutüberströmten Kopf treten wie gegen einen Ball.

Aber wer denkt, diese Trophäe würde die Menge beruhigen – weit gefehlt! Die guten Leute wissen sich nicht mehr zu lassen! Schreie wie „Abdanken! Abdanken!", „Nieder mit dem Tyrannen!", „Tod dem Papst!" sind erneut zu hören. Sie schichten Reisigbündel an einer der kleinen Türen zum Vatikan auf. Die Soldaten werden zurückgestoßen, man entreißt ihnen den Sturmbock, zehn bis zwanzig Mann beginnen, gegen das Hauptportal anzurennen, und diesmal nicht zum Spaß.

Fürst Paolo macht kehrt und fragt die Edlen:

„Wollen wir das zulassen?"

Sie wollen es natürlich nicht! Nach dem Papst wären sie doch selbst an der Reihe! Einstimmige Antwort. Alle sind fest entschlossen. Im Bruchteil einer Sekunde wechseln sie das Lager!

Fürst Paolo läßt seine Kanonen umdrehen und schießt ohne Warnung auf das Volk. In dieser dichten Menge haben die Kugeln eine verheerende Wirkung, und kaum ist die erste Bestürzung vorüber, da folgt eine Musketensalve. Dutzende von Toten und Verwundeten! Die Aufständischen ziehen sich zurück. Noch eine Salve! Man braucht nicht einmal zu zielen, es sind ja so viele! Sie fallen wie die Fliegen! Der Platz ist übersät von Toten. Ein richtiges Massaker! Immer mehr wenden sich zur Flucht, und der Fürst gibt seinen Gefolgsleuten Befehl zur Attacke. Das Sausen in der Luft, als alle auf einmal ihren Degen ziehen – ihren Kampfdegen! Mit doppelter Schneide, die eine gute Ernte verspricht! Hiebe und Stiche für die, die nicht schnell genug wegrennen.

Als sich Graf Lodovico, dessen Blutdurst noch immer nicht gestillt ist, der Hetzjagd anschließen will, hält ihn der Fürst zurück und sagt:

„Geh nach Hause, *carissimo*! Und hör bitte auf, den Machiavelli zu spielen. Ohne dich wäre das alles hier nicht passiert. Das viele Blut ist sinnlos vergossen worden, glaube mir. Zur Stunde befindet sich die Gefangene aus der Engelsburg in meinem Haus. Und so Gott will, werde ich sie morgen heiraten."

Dann drehte er sich um, und Graf Lodovico wurde kreidebleich. Er knirschte wie wahnsinnig mit den Zähnen. Ich fragte mich, ob sich die oberen Zähne nicht in die unteren eindrücken würden. Wenn man es durchrechnet, ist er mit am meisten angeschmiert in dieser ganzen Affäre: er hat seinen Bruder Raimondo und fünfzigtausend Piaster verloren, und der Fürst heiratet Vittoria!

Der zweite Betrogene ist das Volk. Es hat den Adligen geholfen. Und als deren Rachedurst befriedigt war, haben sie es niedergemetzelt. Am Tag nach dem Massaker lief ein Franziskaner durch Rom und erzählte, in dem Moment, wo der Adel seine Kanonen gegen den Pöbel richtete, habe er den Teufel lachen hören. Wenn man ihm einen Piaster gab, beschrieb er dieses Lachen oder ahmte es sogar nach. Auf diese Art hatte er sich bis zum Abend ein kleines Vermögen gemacht. Am darauffolgenden Tag war er verschwunden, und er tat gut daran. Denn die Dummen, die auf ihn hereingefallen waren und von den Nachbarn ausgelacht wurden, suchten überall nach ihm, um ihn zu verprügeln.

Den Streit zwischen Raimondo und dem Bargello am Tage des Scharmützels habe ich oft erzählen hören – von

Leuten, die dabei waren oder auch nicht. Aber *eine* Drohung von Raimondo gegen den Bargello habe ich nie und von niemand wiederholen hören: „Wenn du uns nicht sofort unsere Männer herausgibst, werden deine Ohren das größte Stück sein, das von dir übrigbleibt."

Ich weiß nicht, wo Raimondo das aufgeschnappt hatte, denn er war nicht sehr intelligent. Auf keinen Fall intelligenter als ich. Aber er war ein guter Herr. Gewiß, er hat mir mehr Fußtritte als Piaster gegeben. Aber wenn wir zusammen feierten, teilte er alles mit mir: den Wein und die Weiber.

Mit Ausnahme von Caterina Acquaviva. Die hat er nur mit Silla Savelli geteilt ... Er liebte Silla (der schön war wie die Morgenröte) so sehr, daß man in Rom schon munkelte, der sei sein Favorit. Ich glaube das nicht. Aber schließlich, wenn man betrunken ist – wo ist da schon der Unterschied?

Ich muß oft an die beiden denken. So junge Männer! So mutig! So lebenslustig! Und nun sind sie tot. Und beide so plötzlich, im Zustand der Todsünde. Das ist das Schlimmste. Ich bete nicht oft, aber wenn, dann bitte ich den Herrn, sie ins Paradies einzulassen. Ich weiß, Er allein ist der Richter, und Er allein hat die Waage, die Seelen zu wiegen. Dennoch: ein kleines Gebet auf der guten Waagschale – das kann nicht schaden.

KAPITEL X

Caterina Acquaviva:

In der Engelsburg wurden wir nicht mißhandelt, und wir waren auch nicht schlecht untergebracht. Wir bewohnten zwei ausreichend große, miteinander verbundene Zimmer, deren einziger Nachteil die vergitterten kleinen Fenster waren. Unsere Mahlzeiten wurden uns abwechselnd von einer alten Nonne oder von einem jungen Nönnchen gebracht, das vielleicht zwanzig war. Die Alte senkte beim Betreten unserer Zimmer sofort die Lider, die sie erst im Hinausgehen wieder aufschlug, und nie erwiderte sie unseren Gruß.

Am Anfang hielten wir sie für taub. Doch als ich einmal die Haarbürste auf den Fliesenestrich fallen ließ und sie bei diesem Geräusch zusammenfuhr, begriffen wir, daß ihre Taubheit vorgetäuscht war. Sicher fürchtete sie, unsere Sünden könnten durch Augen und Ohren in ihren Körper eindringen. Es fehlte nur, daß sie sich auch noch die Nase verstopft hätte.

Das junge Nönnchen war recht hübsch, sprach wenig, lächelte aber gern und amüsierte sich über die geringsten Kleinigkeiten. Es wunderte mich, daß ein Mädchen noch so fröhlich sein konnte, nachdem es das Gelübde abgelegt hatte, nie einen Mann an sich heranzulassen. Sie schien mich sympathisch zu finden, weswegen ich sie immer bis zur Tür brachte und ihr dabei ein paar harmlose Fragen stellte, die sie in aller Unschuld beantwortete. So erfuhr ich, daß wir weniger und schlechteres Essen bekommen würden, hätte nicht Seine Eminenz Kardinal Montalto dem Kerkermeister Geld zukommen lassen. Als ich das der Signora berichtete, rief sie: „Also ist er mir immer noch zugetan!“ und fing an zu weinen. Es waren gute Tränen, die ihr wohltaten.

Gerade an dem Abend, da der Aufruhr begann, versorgte uns das Nönnchen. Ich hörte Geschrei und Pferdegetrappel und fragte, während ich sie zur Tür begleitete, nach dem Grund. Sie konnte oder wollte ihn mir nicht nennen, schien allerdings sehr erschrocken und zitterte sogar. Sie empfahl mir, die Nase nicht aus dem Fenster zu stecken, was ich indes nach ihrem Weggang sofort tat. Der Mond schien hell, ich sah aber nur viele Reiter am anderen Ufer des Tiber entlanggaloppieren. Der Lärm kam offenbar eher vom Vatikan herüber, und unsere Fenster gingen auf den Fluß.

Es war so laut, daß an Schlaf nicht zu denken war, und die Signora wollte sich nicht einmal ausziehen. Woran sie gut tat, wie sich später herausstellen sollte. Seit Beginn ihrer Einkerkerung war sie vor allem deshalb unglücklich, weil die alte Nonne ihr die Bücher – die mitzunehmen Della Pace ihr erlaubt hatte, als er uns verhaften kam – sofort weggenommen hatte. Die Signora schrieb auf lateinisch ein Rückgabegesuch an den Heiligen Vater, das jedoch nicht beantwortet wurde. Als ich mich darüber wunderte, sagte sie lächelnd: „Wer weiß, vielleicht kann der Heilige Vater kein Latein."

Sie sprach wenig und nahm nie den Namen des Fürsten in den Mund, der für sie nicht mehr zu existieren schien. Aber sie erwähnte wiederholt mit liebevollen Worten Signor Peretti, den sie nun, nach seinem Tod, viel mehr als zu seinen Lebzeiten zu schätzen schien.

Da sie ständig ihre Bücher zurückforderte, liehen ihr die Nonnen schließlich das Neue Testament. Sie las es mit so viel Eifer, daß sie es nach wenigen Tagen beinahe auswendig kannte und ganze Passagen daraus aufsagte. Allerdings machte sie über die Evangelien mitunter auch Bemerkungen, die mich in Erstaunen setzten. So schaut sie eines Tages von ihrer Lektüre auf und sagt:

„Ich weiß gar nicht, warum der heilige Matthäus sich soviel Mühe gemacht hat, die lange Ahnenreihe des Joseph aufzuzählen. Wozu soll das gut sein, wenn doch

Joseph nicht Jesu Vater war? Der heilige Matthäus hätte die Ahnenreihe von Maria aufstellen sollen."

„Er hat es nicht getan, Signora, weil Maria nur eine Frau war", erwidere ich.

„Vermutlich hast du recht", meint sie und sieht mich ob meiner Antwort erstaunt an.

Plötzlich fängt sie an zu lachen.

„Caterina, du redest wie eine Ketzerin! Wie kannst du sagen, Maria sei nur eine Frau gewesen, wo sie doch die Gottesmutter ist."

Ich blicke sie an. Ich weiß nicht, was ich davon halten soll. Erst lobt sie mich, dann lacht sie mich aus! Über wen mokiert sie sich? Über mich oder über den heiligen Matthäus? *Sie* ist die Ketzerin! Oder sie rächt sich am heiligen Matthäus, weil sie sich darüber ärgert, daß die Nonnen ihr die Bücher weggenommen haben. Aber klagen – nein, das tut sie nicht. Wirklich, ich bewundere ihren Mut. Ich selbst bin nicht so stark. Tagsüber nehme ich mich zusammen, um ihr keinen Kummer zu bereiten. Abends im Bett aber weine ich mich so richtig aus. Ich denke an meine Familie in Grottammare und an das, was der Pfarrer von der Kanzel herab über mich sagen mag. Ich denke auch an meine Liebhaber und lasse sie in Gedanken Revue passieren. Das tut mir zunächst gut. Aber hinterher fühle ich mich um so elender und verlassener auf meinem Strohsack. Ja, ich schlafe auf einem Strohsack – welche Schande! Die Signora hat wenigstens ein Bett.

Als uns der nette Della Pace ins Gefängnis begleitete, fand er eine Möglichkeit, seinen Schnurrbart meinem Ohr zu nähern und mir zuzuflüstern: „Schlaft ruhig. Man wird Euch keinen Prozeß machen. Man hat nichts gegen Euch." Das habe ich der Signora wiederholt, doch sie blieb besorgt und sagte mit einem Achselzucken:

„Ja, aber es wird Jahre dauern. Wenigstens bis zum Tode des Papstes. Und der erfreut sich eiserner Gesundheit."

In der folgenden Nacht habe ich auf meinem Strohsack

inbrünstig gebetet, der Herr möge den Heiligen Vater so schnell wie möglich zu sich nehmen. Danach hatte ich Gewissensbisse, denn ich weiß nicht, ob es gut katholisch ist, für den Tod des Papstes zu beten.

Ich mußte auch an Della Pace denken und wie angenehm ich das Kitzeln seines Schnurrbarts an meinem Ohr empfunden hatte. Wenn wenigstens er mich in der Engelsburg aufsuchen könnte, um mich zu verhören, allein in einem kleinen Zimmer! Doch auch dieser Hoffnungsschimmer wurde zunichte gemacht, als ich von dem Nönnchen erfuhr, der Kommandant der Burg sei nicht er, sondern ein Gouverneur.

An Marcello, diesen Taugenichts, verbiete ich mir jeden Gedanken. Ich wünsche ihm viel Spaß mit seiner Alten in Amalfi!

Anfangs machte ich mir große Sorgen um seine Sicherheit, aber die Signora hat mich beruhigt: der Vizekönig von Neapel hasse den Papst und werde ihm Marcello niemals ausliefern.

Nun noch einmal zurück zu dem Abend, an dem uns der Lärm um den Vatikan so stutzig machte. Daß es sich um einen Aufstand handelte, haben wir erst richtig begriffen, als es mit den Musketensalven losging. Zumal kurz darauf großes Durcheinander in der Engelsburg herrschte, immer wieder Getrappel treppauf, treppab und dumpfes Rollen über uns.

Der Gouverneur, der uns noch nie eines Besuches gewürdigt hatte, erschien ganz überraschend bei uns: ein dicker Mann mit hervortretenden Augen und falschem, feierlichem Gehabe wie ein Notar.

Er grüßt sehr höflich und sagt:

„Signora, ich bin gekommen, um Euch zu beruhigen. Die Engelsburg ist erwiesenermaßen sicher und solide gebaut. Für Euch besteht überhaupt keine Gefahr."

„Aufrichtigen Dank, *signor governatore*", erwidert die Signora mit höflichem Lächeln, „aber ich hatte überhaupt keine Angst."

Der Gouverneur ist offensichtlich etwas verwirrt über

diese Antwort und auch über die Zurückhaltung der Signora, die sich mit keinem Wort nach dem Lärm innerhalb und außerhalb unserer Mauern erkundigt.

„Signora", sagt er, bevor er sich wieder zurückzieht, „es wird eine lange Nacht werden. Wenn Ihr möchtet, lasse ich Euch sogleich eine kleine Erfrischung bringen."

Die Signora will schon ablehnen, aber ich bedeute ihr durch Zeichen hinter dem Rücken des Gouverneurs, das Angebot anzunehmen.

„Herzlichen Dank, *signor governatore*", sagt sie, „ich nehme gern einen Kräutertee."

Der Gouverneur verneigt sich erneut, macht kehrt und schreitet zur Tür, so als ob auch die Steinplatten unter seinen Schuhen von der Wichtigkeit seiner Person beeindruckt werden müßten.

Wie ich gehofft hatte, war es das Nönnchen, das uns den Tee brachte. Sie war bleich, und ihre Hände zitterten. Beim Hinausbegleiten fragte ich sie, was es mit diesem Rollen über uns auf sich habe.

„Unsere Kanonen werden an eine andere Stelle gebracht."

„Wer sind denn die Belagerer?" frage ich.

„Das kann ich Euch nicht sagen. Doch bestimmt sind es böse Menschen."

„Verzeiht, Schwester, aber Ihr zittert ja. Fürchtet Ihr für Euer Leben?"

„Nein", sagt sie tonlos, „ich fürchte die Gewalttätigkeit der Soldaten, falls die Burg gestürmt wird."

Beinahe will ich schon sagen: „Ach was, das ist gar nicht so schlimm!", halte aber dann doch meine Zunge im Zaum. Sie ist ein nettes Mädchen, und ich will sie nicht schockieren. Es geht schon eigenartig zu in der Welt: was dem einen fehlt, macht dem anderen angst!

Eine halbe Stunde später kommt sie zurück und sagt: „Signora, auf Befehl des *governatore* soll ich Euch pakken helfen. Ihr müßt Euern Wohnsitz wechseln. Dort, wohin man Euch bringt, werdet Ihr sicherer sein."

Die Signora stellt keine Fragen, und ich auch nicht,

obwohl sie mir auf der Zunge brennen. Ich kann mir schon denken, daß das arme Mädchen unseren Bestimmungsort nicht kennt.

In einer Viertelstunde sind wir fertig und steigen die Treppe hinunter: die Signora, ich und ein Sbirre, der unsere irdischen Besitztümer hinabträgt. Der Gouverneur läßt sich nicht sehen.

Wir gehen durch eine Pforte hinaus, die innen von einigen Sbirren bewacht wird. Draußen erschallt ohrenbetäubender Lärm, doch ich habe keine Zeit, etwas zu erspähen, denn kaum zwei Schritte von der Pforte entfernt wartet eine Karosse, leuchtend rot und vergoldet, soviel ich im Mondschein erkennen kann. Das Wappen auf dem Schlag ist nicht zu sehen, da ein Offizier mit gezogenem Hut ihn weit aufhält. Rechts und links verstellen Reiter uns die Sicht.

Der Sbirre übergibt einem Soldaten das Gepäck und zieht sich zurück, besser gesagt: er macht sich heimlich aus dem Staub und knallt die Pforte der Engelsburg hinter sich zu. Die Männer der Eskorte lachen, aber der Offizier bringt sie mit einer Geste zum Schweigen.

Die Karosse ist mit rotem Samt ausgeschlagen und mit vergoldeten Posamenten verziert – das Ganze wäre eines Kardinals würdig. Ich vermute, man will uns in irgendeiner Festung eines Prälaten – wie Santa Maria beispielsweise – in Sicherheit bringen. Aber ich wage nicht zu fragen, da die Signora in königlicher Haltung schweigt, ebenso der schwarz maskierte Offizier uns gegenüber.

Die Karosse rollt sehr schnell. Ich kann nicht sehen, durch welche Straßen wir fahren, denn die roten Samtvorhänge an den Fenstern sind zugezogen, und sie zu lüpfen, wage ich nicht, so sehr beeindruckt mich der Offizier mit seiner schwarzen Maske.

Zu meiner großen Überraschung rollt die Karosse nur kurze Zeit, dann wird sie langsamer, fährt im Schritt, wendet und hält schließlich an. Als der Offizier abspringt und uns den Schlag öffnet, kann ich undeutlich – der Mond ist gerade von dichten Wolken verhangen – einen großen Hof voller Menschen wahrnehmen. Der Offizier geht uns bis zum zweiten Stock voran, wo er uns in einen mit prächtigen Wandbehängen und Teppichen geschmückten kleinen Salon eintreten läßt. Dann nimmt er die Maske ab. Sein Gesicht ist mir gänzlich unbekannt; aus dem Augenwinkel bemerke ich, daß auch die Signora ihn nicht kennt, so daß ich mich frage, warum er so geheimnisvoll getan hat. Auf jeden Fall ist er für einen Kerkermeister überaus höflich, denn er verneigt sich vor der Signora fast bis zur Erde und sagt mit größtem Respekt:

„Der kleine Salon und die beiden anschließenden Zimmer stehen zu Eurer Verfügung, Signora. Ich hoffe, Ihr werdet Euch wohl fühlen. Mir wurde befohlen, alles für Eure Bequemlichkeit ins Werk zu setzen."

Die Signora ist über diese Aufmerksamkeit, das goldene Gefängnis und die prächtige Karosse, die uns hergebracht hat, sichtlich überrascht. Als sich der Offizier rückwärtsgehend zurückzieht – sein Hut fegt fast den Boden –, fragt sie lebhaft:

„Signore, ich bin hier noch nie gewesen. Könnt Ihr uns sagen, wo wir uns befinden?"

„In Montegiordano, Signora", antwortet er und zieht erstaunt die Brauen hoch.

Da die Signora nichts erwidert, macht er eine weitere tiefe Verbeugung und geht.

„Mein Gott!" ruft die Signora und faßt sich mit beiden Händen an den Hals.

Sie ist so bleich, daß ich eine Ohnmacht befürchte und zu ihr hinstürze, um sie aufzufangen; aber sie befreit sich energisch aus meinen Armen und beginnt, mit großen Schritten hin und her zu laufen, beide Fäuste in wahnsinnigem Zorn an die Wange gepreßt. Ich gehe ihr aus dem Weg, halte den Mund und mache mich in einer Ecke des Zimmers ganz klein. Ich kenne sie zu gut, um zu glauben, ich könnte sie mit Worten besänftigen. Eher noch ließe sich mit der Stimme der Donner oder mit den Händen der Blitz aufhalten.

Die Signora ist inzwischen nicht mehr bleich, sondern

rot im Gesicht. Von Zeit zu Zeit nimmt sie die Hände von den Wangen und greift sich an die Kehle, als müsse sie vor Wut ersticken. Gut zehn Minuten läuft sie so hin und her, und alles, was sie zu sagen vermag, ist: „Welche Schande! Welche Infamie!“ Seltsam, sogar mit diesem verzerrten Gesicht und den zusammengezogenen Brauen ist sie noch schön.

Endlich setzt sie sich, vermutlich durch die Erregung erschöpft, aber sie sitzt kerzengerade, die Lippen und die Kiefer krampfhaft zusammengepreßt, die Arme vor der Brust verschränkt. Ich bleibe still in meinem Eckchen, denn ich verstehe sehr wohl, was in ihr vorgeht, und bin beunruhigt darüber, wie sie die Sache aufnimmt.

Jemand klopft an die Tür, und da die Signora nicht reagiert, wird noch ein zweites Mal geklopft. Sie gibt mir ein Zeichen aufzumachen.

Es ist Fürst Orsini. Ich trete zur Seite, um ihn vorbeizulassen, und er stürmt mit großen Schritten in den Salon, der durch seine Anwesenheit plötzlich viel kleiner wirkt. Wahrhaftig, er ist ein sehr schöner Mann: groß, breitschultrig, mit dem Kopf einer römischen Statue. Aber vor allem gefällt mir seine entschiedene, strahlende Siegermiene. Dieser Ausdruck erlischt leider mit einem Schlag, als er das finstere Gesicht der Signora sieht. Er bleibt stehen, mustert sie ungläubig und scheint keines Wortes mächtig.

„Könnt Ihr mir erklären, Signore, wieso und warum ich in Euerm Hause bin?“ fragt sie in schneidendem Ton.

Der Fürst erbleicht, als habe die Signora ihn geschlagen. Als er endlich spricht, ist seine Stimme wie erstickt, wird allmählich aber wieder fester.

„Signora, auf diesen Empfang, den ich nicht zu verdienen glaube, war ich nicht gefaßt. Ich habe Berge versetzt, Euch aus der Engelsburg zu befreien! Ich habe mich gegen meinen Herrn erhoben, eine Revolte angezettelt und mein Herzogtum, meinen Besitz und mein Leben für Euch aufs Spiel gesetzt! Und leider auch das Leben anderer! Vieler anderer! In dieser Nacht sind Ströme von Blut für Euch vergossen worden. Und Ihr verlangt eine Erklärung?“

„Ja, Signore“, sagt die Signora eisig.

„Also gut“, sagt der Fürst, dessen Verwunderung langsam dem Zorn weicht, „da Ihr eine Erklärung fordert, hier ist sie: Eure Befreiung ist der Preis, den der Papst zahlen mußte, um seinen Thron zu retten.“

„Und wer hat Euch erlaubt, mich gegen einen Thron einzutauschen? Habe ich in diesen Kuhhandel eingewilligt? Habt Ihr mich gefragt?“

„Euch gefragt? Wenn es um Eure Befreiung geht?“

„Meine Befreiung! Ihr wagt, meine Anwesenheit hier Befreiung zu nennen? Wo doch Montegiordano der schlimmste – wohlgemerkt: der schlimmste – Kerker für mich ist, da er mich ehrlos macht.“

„Montegiordano macht Euch ehrlos?“ schreit der Fürst, aufs äußerste erzürnt. „Nennt Ihr es Ehrlosigkeit, meine Frau zu werden?“

„Oh“, ruft sie, erhebt sich und sieht ihn mit blitzenden Augen an, „das also ist es! Ihr tauscht mich wie eine Ware ein, und die Ware muß es zufrieden sein, auf Lebenszeit Euer Eigentum zu werden. Aber wenn all die Intrigen und das viele Blut nur diesem Ziel gedient haben, werde ich niemals die Frau eines Edelmanns sein, der sein Wort so feige gebrochen hat wie Ihr!“

„Vittoria!“ Der Fürst ist bleich vor Zorn und Bestürzung. „Was sagt Ihr da? Wollt Ihr mich verhöhnen? Ich soll mein Wort gebrochen, feige gehandelt haben? Dafür schuldet Ihr mir Beweise, sofort!“

„Beweise?“ sagt die Signora spöttisch. „Vielleicht ein Duell! Wählt die schnellste Lösung: tötet mich! Und wenn Euch dazu der Mut fehlt, folgt Eurer natürlichen Neigung, mietet einen Mörder. Oder wenn Ihr noch ein Fünkchen Menschlichkeit in Euch habt und mein Leben schonen wollt, so gewährt mir eine letzte Gnade: bringt mich auf der Stelle in die Engelsburg zurück!“

„In die Engelsburg zurück?“ fragt der Fürst fassungslos.

„Ihr habt mich befreit, also bin ich frei – nicht wahr? Und da ich frei bin, sage ich Euch aus freiem Entschluß: ich will keine Minute länger bei Euch bleiben."

„Was Ihr da sagt, Vittoria, ist völlig unsinnig!"

„Im Gegenteil, es ist sehr vernünftig. Ich wiederhole noch einmal: jede Minute hier bei Euch entehrt mich und macht mich vor aller Augen zu Eurer Mätresse und zur Komplizin des Mörders meines Mannes."

„Was sagt Ihr da?" ruft der Fürst empört. „Ich bin weder direkt noch indirekt der Mörder Francesco Perettis. Wie konntet Ihr auch nur eine Minute glauben, ich hätte meinen Schwur von Santa Maria gebrochen, niemals nach seinem Leben zu trachten?"

„Wie soll ich Euch glauben?" fragt die Signora.

Aber ich sehe deutlich, wie sehr die Vehemenz des Fürsten sie erschüttert hat. Leise fährt sie fort:

„Wer anders als Ihr hatte Interesse an seinem Tod?"

„Ich erlaube Euch nicht, an meinem Wort zu zweifeln, Vittoria", sagt er nachdrücklich. „Ich beteure und wiederhole: weder direkt noch indirekt habe ich etwas mit dem Mord zu tun! Ich schwöre es Euch bei meinem Seelenheil."

Der feierliche Schwur beeindruckt die Signora, und sie weiß nichts zu entgegnen. Für kurze Zeit. Als sie von neuem zu sprechen anhebt, ist die anfängliche Heftigkeit der Verzweiflung gewichen.

„Ob Ihr nun schuldig seid oder nicht, Signore, das ändert leider nichts. Niemand, der von meinem Aufenthalt hier erfährt, wird mehr an Eure oder meine Unschuld glauben. Meine Anwesenheit hier verdammt uns beide, Euch als den Mörder von Francesco, mich als die Ehebrecherin und Eure Komplizin. Mein Entschluß bleibt deshalb unumstößlich: ich verlange, daß Ihr mich sofort nach der Engelsburg zurückbringt."

„Noch einmal: das ist Wahnsinn! Versteht Ihr denn nicht, daß Eure freiwillige Rückkehr ins Gefängnis dem Eingeständnis Eurer Schuld gleichkommt? Hört mich an", fährt er mit verhaltenem Zorn fort, „ich sehe, daß ich

Euch nicht überzeugt habe und daß Ihr bei Euerm unsinnigen Entschluß bleiben wollt. Also gut, gewährt mir wenigstens die Frist einer Nacht. Ich flehe Euch an: überlegt es Euch gut. Denkt nach, ehe Ihr Euch freiwillig für den Rest Eurer Tage in den Kerker Eures schlimmsten Feindes begebt. Eine Nacht, mehr verlange ich nicht! Eine Nacht zum Nachdenken!"

Nach diesen Worten macht er abrupt kehrt und geht. Er ist blind vor Zorn, so daß er beim Verlassen des Zimmers mit der linken Schulter gegen den Türrahmen stößt – und ich bin sicher, er hat es nicht einmal gemerkt.

Die Signora setzt sich wieder an ihren Platz: tränenlos, starr und unbewegt, die Arme über der Brust verschränkt.

Das verblüfft mich. Ich habe etwas anderes erwartet: daß sie sich gehenläßt und in Schluchzen ausbricht. Doch nein, sie weint nicht, preßt die Lippen fest aufeinander und sitzt stocksteif da. Und das scheint mir plötzlich nichts Gutes für unsere Zukunft zu verheißen.

„Mit Verlaub, Signora, wollt Ihr wirklich ins Gefängnis zurück?" frage ich.

„Ja."

„Bis an Euer Lebensende?"

„Ja."

„Selbst jetzt noch, wo Ihr wißt, daß der Fürst den Signor Peretti nicht getötet hat?"

„Ich weiß nicht, ob ich ihm glauben darf."

„Oh, doch, Ihr glaubt ihm, Signora!"

„Warum fragst du, wenn du besser weißt als ich, was ich denke?"

„Weil nichts Euch hindern kann, den Fürsten zu heiraten, wenn er Signor Peretti nicht getötet hat!"

„Wirklich?"

„Meiner Meinung nach wäre das vernünftiger, als ins Gefängnis zurückzukehren."

„Ich habe dich nicht nach deiner Meinung gefragt."

„Verzeihung, Signora, aber vielleicht darf ich meine

bescheidene Meinung äußern, weil ich ja auch ins Gefängnis zurück muß, wenn Ihr zurückgeht."

„Niemand zwingt dich, mir dorthin zu folgen."

„Ich folge Euch, weil ich Euch liebe und weil ich keine andere Wahl habe."

„Wieso keine andere Wahl?"

„Signora, seht Ihr mich vielleicht ohne Euch im Palazzo Rusticucci, unter der Fuchtel von Giulietta? Oder noch schlimmer: in Grottammare – nach allem, was der Pfarrer über mich von der Kanzel herab gewettert hat?"

„Wenn ich dich so höre, müßte ich den Fürsten allein schon dir zuliebe heiraten."

„Und auch, weil Ihr ihn liebt."

Sie schnellt wie eine Feder in die Höhe, kommt auf mich zu und sieht mich wütend an. Aber diesmal gebe ich nicht nach. Ich rühre mich nicht von der Stelle und weiche nicht um Daumesbreite. Auch ich habe ein Wörtchen zu sagen! Und ich will es ihr sagen. Ohne ein Blatt vor den Mund zu nehmen.

„Nein, ich liebe ihn eben nicht, du dumme Gans!" sagt sie. „Das heißt, ich liebe ihn nicht mehr."

„Signora, das könnt Ihr vielleicht ihm weismachen, denn er ist ein Mann, aber nicht mir, die ich eine Frau bin. Ich weiß genau, daß Ihr Euch ihm, statt ihn zu schmähen, viel lieber in die Arme geworfen hättet."

„Du elende Törin, wie kannst du wagen, so dummes Zeug zu schwatzen?"

„Das ist nicht dümmer, als ins Gefängnis zurückzugehen, wenn man Euch da gerade erst herausgeholt hat."

„Deine Frechheit geht zu weit! Du wagst, deine Herrin eine Idiotin zu nennen?"

„Das habe ich niemals getan. Ich sage nur, daß meine Herrin zuviel Rücksicht auf das Gerede der Leute nimmt."

„Was du nicht sagst!"

„Verzeihung, Signora, aber es ist die reine Wahrheit. Ihr wollt nicht entehrt werden, sagt Ihr, und wollt ins Gefängnis zurückkehren, damit die Leute Euch nicht für eine Ehebrecherin und Komplizin des Mörders halten. Doch was ist das für eine Ehre, die Ihr dauernd im Munde führt? Sie mißt sich nicht daran, was Ihr getan habt, sondern an dem, was die Leute von Euch denken. Und ich sage Euch, Ihr seid viel zu schön, als daß die Leute Euch nicht mit Wonne verleumden würden! Ob Ihr den Fürsten heiratet oder Euch wieder in die Fänge des Papstes begebt – sie werden Euch in jedem Fall für schuldig halten. Der Unterschied ist nur, daß Euch in der Engelsburg Schimpf und Schande erwarten: verlaßt Euch darauf. Aber eine Fürstin Orsini wird keiner mehr zu verleumden wagen: das ist die Wahrheit."

„*Affè di Dio!* Du redest wie der Fürst! Du wiederholst alles, was er gesagt hat! Sogar was er nicht gesagt, sondern nur gedacht hat! Du kannst einfach keine Hosen sehen, ohne den Mann darin zu lieben! Du himmelst den Fürsten an und gibst ihm in allem recht! Gegen mich!"

„Wie das, Signora? Gegen Euch? Ich gebe ihm recht, weil er recht hat."

„Gut, du schlaues Kind", sagt sie, richtet sich hoch auf und sieht mich mit flammenden Augen an. „Geh zum Fürsten und sag ihm, daß ich deine Frechheit und dein Geschwätz satt habe und dich nicht mehr sehen will. Scher dich weg! Soll er selber dich in seine Dienste nehmen, wenn er will. Und dich zu seiner Hure machen, wenn er dazu Lust hat."

Indem sie dies sagt, verpaßt die Signora mir zwei schallende Ohrfeigen. Sie hat so stark zugeschlagen, daß ich schwanke. Tränen treten mir in die Augen, doch ich blicke ihr trotzdem fest ins Gesicht und sage:

„Ach, Signora, welche Schande! Ihr habt mich geschlagen! Mich, die ich Euch schon so lange und so hingebungsvoll diene! Mich, die ich jetzt Eure einzige Freundin bin, die Euch notfalls bis in die Hölle folgen würde!"

Hier übertreibe ich ein wenig. Und die Signora könnte mit Leichtigkeit erwidern, daß angesichts meiner geringen Neigung, mit ihr in die Engelsburg zurückzukehren, das mit der Hölle um so weniger ernst zu nehmen sei ...

Madonna mia! Was für Dummheiten sagt man doch manchmal, wenn man sich streitet! Aber ich bin wirklich ganz außer mir, im höchsten Maße verzweifelt und gedemütigt! Es ist das erste Mal, daß die Signora mich so geschlagen hat. Und die Ohrfeigen des *mancino*? könnte man fragen. Aber das ist etwas anderes: *il mancino* ist mein großer Bruder.

Die Signora ist vielleicht nicht sehr stolz auf das, was sie getan hat, aber zu hochmütig für ein Wort des Bedauerns; deshalb kehre ich mich von ihr ab, suche aus dem Gepäck, das der Soldat des Fürsten in einer Zimmerecke abgelegt hat, mein Bündel heraus und wende mich zur Tür.

„Wo willst du jetzt hin, du Närrin?"

„Dem Fürsten sagen, Ihr wollt mich nicht mehr sehen, Ihr habt meine Frechheit und mein Geschwätz satt, er kann mich in seine Dienste nehmen und zu seiner Hure machen, wenn er Lust hat."

„Caterina!"

„Habt Ihr mir nicht befohlen, ihm das zu sagen, Signora, und mit zwei Ohrfeigen noch nachgeholfen?"

„Verdammte kleine Hexe, du machst mich noch mal wahnsinnig!"

Doch an ihrem Gesicht sehe ich, daß sie zwischen Zorn und Lachen hin und her gerissen ist.

Mir bleibt keine Zeit, abzuwarten, wofür sie sich entscheidet, denn sie stürzt sich plötzlich auf mich, schlingt die Arme um mich, preßt mich zum Ersticken an sich und drückt kleine Küsse auf meine Stirn. Und ich, ich umarme sie ebenfalls, verberge mein Gesicht an ihrem Hals, küsse sie auf die Wangen und weine. Dumm, wie ich bin, weine ich Freudentränen!

Marcello Accoramboni:

Bei der Nachricht, Vittoria sei durch den römischen Aufstand gegen den Papst befreit worden, lieh ich mir von Margherita Sorghini ihre schnellsten Pferde und ritt mit zwei Dienern, bis an die Zähne bewaffnet wie ich selbst, so schnell nach Rom, wie wir es unseren Reittieren zumuten konnten.

Obwohl Della Paces Bericht mich vom Verdacht des Mordes an meinem Schwager entlastete, hütete ich mich wohl, so ohne weiteres nach Rom heimzukehren. Ich schickte einen meiner Diener als Kundschafter vor. Er kam freudestrahlend zurück: in der Stadt herrsche noch Anarchie. „Ein wahres Glück, Signore, kein Zollposten besetzt!“ Und die einzigen Sbirren, die er zu Gesicht bekommen habe, verfaulten als Kadaver auf der Straße. Niemand habe sie begraben, eine Schande! „Und dennoch, Signore, ein wohlgefälliger Anblick für jeden, der Bekanntschaft mit ihnen gemacht hat ...“

Das Schwierigste war, in Montegiordano eingelassen zu werden. Erst nach meinem heftigen Wutausbruch holte die Wache schließlich den Majordomus, der mich trotz meines staubbedeckten Gesichts erkannte. Mein Herz machte Freudensprünge, als ich erfuhr, Vittoria halte sich in diesen Mauern auf; da es jedoch sehr spät war, beschloß ich, sie erst am nächsten Morgen zu besuchen.

Meine Diener mußten noch die Pferde striegeln und tränken, während ich als der Herr das Privileg genoß, mich sofort in das mir vom Majordomus angewiesene Zimmer zurückziehen zu können. Ich setzte mich aufs Bett und zog einen Stiefel aus; den zweiten auszuziehen, schaffte ich nicht mehr: der Schlaf übermannte mich.

Das erste, was ich am Morgen beim Erwachen sah, war mein Fuß, der immer noch in dem Stiefel steckte. Und das zweite – was mich sehr beunruhigte – war ein Mönch, der an meinem Kopfende saß, die Kapuze über die Augen gezogen, neben sich eine fast niedergebrannte Kerze. Bin ich tot? fragte ich mich.

„Verzeiht, daß ich in Euer Zimmer eingedrungen bin, Signore", sagte der Mönch. „Der Majordomus hat es mir auf mein Drängen hin gestattet, weil ich unbedingt mit Euch sprechen muß."

Er schlug die Kapuze zurück, so daß ich sein Gesicht erkennen konnte. Meine Lider zuckten, ich wurde hellwach: es war *il mancino.*

„Domenico", lachte ich, „wozu dieser Habitus? Willst du die Taverne gegen das Kloster eintauschen?"

„Zur Reue bin ich noch zu jung", sagte *il mancino.* „Mit Eurer Erlaubnis, Signore, werde ich die Kutte ablegen. Ich ersticke fast darunter an diesem schönen Morgen."

Er schälte sich aus der Kutte und kam in Hemd und Hose zum Vorschein, so wie ich ihn seit jeher kannte: klein, drahtig, kerzengerade, mit wachen Augen und flinker Zunge.

„Ich wollte ungesehen zum Fürsten gelangen", fuhr er fort.

„Warum das?" wollte ich wissen. „Der Fürst steht im Zenit seiner Macht! Was fürchtest du also?"

„Das unvermeidliche Zurückströmen der Brandung! Der Erfolg des Fürsten ist alles andere als gesichert. Was er getan hat, wird er nicht noch einmal tun können. Er hat sich zu viele Feinde gemacht – vom Papst ganz abgesehen. Er hat die Vendetta des Adels genutzt, um Eure Schwester zu befreien, und er hat das Volk niedermetzeln lassen, nachdem er es für seine Zwecke mißbraucht hatte. Wenn er erneut vom Heiligen Vater gedemütigt würde, könnte er weder auf den Adel noch auf das Volk zählen."

„Domenico, du verschwendest deine Zeit damit, dein Nuttengeschwader zu leiten. Du solltest den Staat regieren!"

„Einen Staat regieren ist sehr viel leichter, Signore", meinte *il mancino* ernst. „Man braucht dazu nur ein paar eindeutige Prinzipien. Erstens: niemals halbe Sachen machen! Wenn ich der Fürst gewesen wäre und die Waffen gegen meinen Herrn erhoben hätte, dann hätte ich ihn auch entmachtet und getötet. Doch entschuldigt, Signore, ich vergeude Eure Zeit und meine eigene“, fuhr er mit seiner umständlichen Höflichkeit fort. „In Wirklichkeit bin ich gekommen, um Euch ein Licht aufzustecken.“

In seinem eleganten, vornehmen Italienisch, das mich bei einem Mann, der weder lesen noch schreiben (dafür aber offenbar gut zuhören) kann, immer wieder in Erstaunen versetzt, gab mir nun *il mancino* einen anschaulichen Bericht über alle Ereignisse von der Ermordung Perettis bis zum Aufstand.

„Kurz und gut“, schloß er, „der Anstifter dieses Mordes wollte dem Fürsten, Eurer Frau Schwester und Euch schaden. Und genau das hat auch Della Pace vermutet, ohne es allerdings beweisen zu können. Aber ich, ich verfüge Gott sei Dank über andere Möglichkeiten als er! Ich hatte beobachtet, daß der Mönch, der mir das Billett an Signor Peretti überbrachte, ein kräftiger Zecher war und nach dem schönen Geschlecht schielte, woraus ich schloß, daß man ihn in den Schenken suchen müsse. Sein Gesicht hatte ich ja wegen der Kapuze nicht sehen können, aber mir waren seine große Magerkeit und eine lange Narbe am linken Daumen aufgefallen. Also sandte ich mein Geschwader aus, wie Ihr es zu nennen beliebtet, und eins meiner Mädchen machte ihn schließlich ausfindig, köderte ihn auf bekannte Weise und lockte ihn zu mir in die Taverne. Ich schloß ihn im Keller ein, setzte ihm den Dolch an die Kehle und brachte ihn so zum Reden: Peretti wurde auf Befehl Lodovicos und ohne Wissen des Fürsten ermordet. Aber darüber scheint Ihr gar nicht sonderlich erstaunt zu sein?“

„Ich habe das vermutet. Aber es ist wunderbar, dank dir jetzt den Beweis für diese üblen Machenschaften in Händen zu halten.“

„Übel – sehr übel sogar, Signore! Und man soll eben nie übertreiben. Das ist das zweite Prinzip meiner Regierung. In den meisten Fällen schlagen solche Ränkespiele

nämlich auf ihre Urheber zurück. Das r
setz der zurückströmenden Brandung.“

„Und was hast du mit diesem Mönch

„Ich verwahrte ihn hinter Schloß und R
mich auf die Suche nach Della Pace, um
nen Zeugen auszuliefern. Leider war inz
den Tod von Raimondo und Silla die Re gebro-
chen, und Della Pace hatte sich gerade noch rechtzeitig in den Vatikan flüchten können. Danach sah ich von ihm nur noch einen blutüberströmten Kopf, den der Pöbel mit Füßen bearbeitete. Ehrlich, ich habe ihn beweint!“

„Was? Du hast einen Bargello beweint?“

„Ja, Signore. Er war offenherzig, loyal, seinem Herrn ergeben und viel zu anständig. Das hat ihn zugrunde gerichtet. Glaubt mir, Signore, ein anständiger Bargello kann in einem korrupten Staat nicht lange bestehen.“

„Deinen Mönch kannst du immer noch Della Paces Nachfolger ausliefern.“

„Ach, Signore! Vergebung, doch Ihr habt wirklich keine Ahnung von Politik: der Papst hat doch gerade jetzt überhaupt kein Interesse daran, daß die Unschuld des Fürsten ans Licht kommt. Mein Zeuge hätte nicht einmal Zeit, den Mund aufzumachen. Er würde in einem Sack und der Sack im Tiber landen. Und ich würde verbannt werden. Ihr wißt genau, daß ich in Rom nur geduldet bin. Nein, der einzige, mit dem ich jetzt über die Auslieferung meines Zeugen verhandeln kann, ist der Fürst – natürlich unter der Bedingung, daß er den Mann mit Bedacht verwendet.“

„Das heißt?“

„Einzig zu dem Zweck, Seine Eminenz Kardinal Montalto davon zu überzeugen, daß er mit der Ermordung Perettis nichts zu tun hat.“

„Warum Montalto?“

„Weil er der Onkel der Signora und beim Tod des jetzigen Papstes möglicherweise ein *papabile** ist.“

* (ital.) ein Kardinal, der Chancen hat, zum Papst gewählt zu werden.

Krake hatte nichts Eiligeres zu tun, als sich mir wieder an den Hals zu werfen und mich in der Dunkelheit zu umschlingen. Dieser zweite Angriff irritierte mich noch mehr, aber die weichen Formen des weiblichen Körpers haben so viel Macht über mich, daß ich einige Sekunden brauchte, bis ich mich wieder gefaßt hatte. Ich machte mich von Caterina frei, schlug Feuer und zündete die Kerze wieder an.

Vittoria hatte sich aufgestützt, ihr Haar war in lange Flechten geordnet, damit sie es im Schlaf bequem habe. Sie sah mich mit ihren blauen Augen fragend an. Fast ein Jahr lang hatte ich sie nicht gesehen. Und seltsam: obwohl mir ihr Gesicht so vertraut war, schien es mir einen neuen, reiferen und traurigeren Ausdruck zu zeigen; gewiß eine Folge ihrer langen Gefangenschaft in der Engelsburg und der ungerechten Anschuldigungen, die auf ihr lasteten, und auch der Zweifel, die sie ob der Beteiligung des Fürsten an Perettis Ermordung hegte.

Ich setzte mich auf ihr Bett und platzte mit meinen Neuigkeiten über den Zeugen heraus, den *il mancino* gefangen hatte. Sie lauschte mit weit aufgerissenen Augen, und kaum hatte ich geendet, sprang sie, halbnackt, wie sie war, aus dem Bett und lief wie eine Wahnsinnige zur Tür.

„Wohin wollt Ihr?“ rief ich.

„Zum Fürsten.“

„Ihr wißt nicht einmal, wo sein Zimmer ist!“

„So zeigt es mir!“

„Zu dieser Stunde?“

Doch sie hörte mich gar nicht, sie war schon in der Galerie. Ich griff noch schnell den Leuchter, um sie zu geleiten, und rannte ihr mit großen Schritten nach; Caterina heftete sich an unsere Fersen.

Nie werde ich den Ausdruck in den Augen des Fürsten vergessen, als plötzlich Vittoria mit fliegenden Zöpfen in seinem Zimmer erschien. Ein Kind, an dessen Bett endlich die geliebte Mutter erschien, nachdem es schon alle Hoffnung aufgegeben hat, hätte sich nicht inniger und naiver freuen können. Der Fürst wollte sich erheben, doch sie ließ ihm keine Zeit dazu. Sie fiel an seinem Bett auf die Knie, nahm seinen Kopf in beide Hände und bedeckte ihn mit Küssen.

„Ach, Paolo“, sagte sie leise und atemlos, „verzeiht mir! Verzeiht mir! Ich war so ungerecht zu Euch. Ich werde Eure Frau, sobald Ihr es wollt.“

Seine Eminenz Kardinal di Medici:

Als ich die betrübliche Nachricht erhielt, Fürst Orsini habe in der Burg von Bracciano (wo meine Schwester unter den bekannten Umständen zu Tode kam) Vittoria Peretti geheiratet, bat ich unverzüglich Gregor XIII. um eine Audienz für meinen Bruder Francesco, Großherzog von Toskana, und mich selbst. Ich bat mündlich darum, denn als Staatssekretär des Heiligen Vaters habe ich das Privileg, ihn täglich zu sehen. Das Schwierigste war nicht, besagte Audienz zu erwirken, sondern Francesco zu überreden, mich zu begleiten.

Was Francesco in Florenz zurückhielt, waren ganz gewiß nicht die Staatsangelegenheiten – mit denen beschäftigte er sich nämlich sowenig wie möglich –, sondern seine chemischen Experimente und Bianca. Auf dem Thron des Großherzogtums saß leider nicht ein pflichtbewußter Fürst, sondern ein verliebter Chemiker.

Ich weiß sehr wohl, daß Jahre später, als Francesco und Bianca in ihrer Villa in Poggio nach einem Essen ganz plötzlich starben, meine schlimmsten Feinde mich zu einem neuen Kain abstempeln wollten und das abscheuliche Gerücht verbreiteten, ich hätte die beiden vergiftet. Diese Verleumdung, die ich spanisch – oder besser: jesuitisch (die beiden Adjektive stehen bekanntlich in einem gewissen Zusammenhang) – nennen möchte, stützte sich auf die Tatsache, daß ich, da Francesco keinen Sohn hinterlassen hatte, den Kardinalspurpur ablegen und Nachfolger meines Bruders als Großherzog werden mußte. Ich begnügte mich damit, auf diese infame Beschuldigung mit Schweigen und Verachtung zu reagieren.

Ich erwähne sie hier nur deshalb, um sie schnell und gründlich zu widerlegen, gehe nun aber weit in der Zeit zurück, nämlich genau bis zu unserer Reise nach Rom; ich mußte mir sehr viel Mühe geben, um Francesco dazu zu überreden, wohl wissend, daß Bianca nachts den Entschluß wieder zunichte machte, den ich tagsüber in die schwache Seele meines älteren Bruders geträufelt hatte.

Bianca haßte mich, und obwohl mein geistlicher Stand mir verbot, ihr gegenüber ähnliche, so wenig dem Evangelium gemäße Gefühle zu hegen, liebte auch ich sie mitnichten. Ich hatte gleich nach dem Tode unseres Vaters deutlich meinen Unwillen gezeigt, daß Francesco sie als regierende Mätresse an den Hof holte (und damit seine Gattin, die Großherzogin Johanna von Österreich, tödlich beleidigte), statt sich auf heimliche kleine Liebschaften mit Mädchen zu beschränken, die wegen ihrer niedrigen Geburt und ihres geringen Verstandes ungefährlich gewesen wären. Meine Besorgnis verdoppelte sich, als die Großherzogin starb und ich Francesco eiligst mehrere vorteilhafte Partien vorschlug, die ihm außer dem Prestige einer Fürstenlinie noch beträchtliche Apanagen und eine wertvolle Verbindung gebracht hätten, er aber unter tausend Vorwänden all meine Vorschläge ablehnte. Ohne mein Wissen heiratete er heimlich Bianca. Allerdings fürchtete er meinen Zorn so sehr, daß er seine Heirat erst Monate später öffentlich machte. Ich empfand unbeschreiblichen Unwillen und Schmerz, als ich sah, wie sich mein Bruder in dieser Fleischesfalle fangen ließ und seine Pflichten als Fürst in so unwürdiger Weise vernachlässigte.

Bianca kämpfte so hartnäckig gegen unsere Reise nach Rom, weil sie ahnte, worum es ging, und nicht wollte, daß Francesco Schritte gegen Vittoria Accoramboni und ihre Heirat mit dem Fürsten Orsini unternahm.

Den Fürsten hatte sie nur ein einziges Mal, Vittoria noch nie gesehen, aber wie hätte sie nicht angerührt sein sollen durch die Ähnlichkeit von ihrer beider Aufstieg. Gewiß, Vittoria und Bianca waren nicht von gemeiner Herkunft, doch der Rang ihrer Familien – obzwar ehrenwert – reichte bei weitem nicht aus für eine Vermählung mit einem Herzog oder Großherzog, die anzustreben beide Frauen kühn genug waren. Sie waren belesen, hatten Geist und Kunstverstand, aber wer hätte glauben wollen, daß ihnen um dieser Talente willen die erlauchten Fürsten den Ehering an den Finger steckten? Wahr ist, daß beide sich ihrer Sinnlichkeit rühmen konnten, und die Fürsten erlagen, die Lehren des 1. Buches Mosis vergessend, dem Zauber der äußeren Erscheinung dieser Frauen.

Leider teilen sie diese Schwäche mit ganz Italien, vielleicht sogar mit der ganzen Welt. Ich gestehe offen: mich packt der Zorn, wenn ich in Rom oder Florenz sehe, daß verständige und gebildete Männer Frauen wie Bianca und Vittoria zu Idolen erheben und ihnen wegen ihrer Schönheit Ehrungen zuteil werden lassen, die nur Gott allein gebühren. Es ist nicht zu sagen, wie verderblich und gefährlich dieser heidnische Kult in einem Staate wirkt.

Um auf die Reise nach Rom zurückzukommen: ich obsiegte schließlich, Francesco reiste mit mir und ließ Bianca in Tränen aufgelöst, besorgt und voll Groll in Florenz zurück. Nur unwillig bequemte sie sich im Augenblick unserer Abreise, das Knie vor mir zu beugen und meinen Ring zu küssen. Ich hob sie gütig auf. Doch welch wütenden Blick schleuderte sie wie einen Blitz nach mir! Sie hätte mich getötet, wenn sie gekonnt hätte! Vermutlich ist es purer Hohn, wenn unsere guten Italiener die Frauen als das „liebenswürdige Geschlecht" bezeichnen.

Es versteht sich von selbst, daß ich während dieser gemeinsamen Reise alle sich bietenden Möglichkeiten nutzte, meinem Bruder eine gehörige Predigt zum Thema Vittoria und Paolo zu halten. Aber ich konnte seine schwache Seele nur halb überzeugen und erreichte nichts weiter, als daß Francesco versprach, meine Worte an den Heiligen Vater zu billigen, sei es auch nur durch seine Anwesenheit und sein Schweigen.

Der Heilige Vater empfing uns, ohne daß wir warten mußten. Nachdem mein Bruder und ich seinen Pantoffel geküßt hatten und er uns den Segen erteilt hatte, wandte er uns sein Gesicht zu, darin sich der Ernst seines Zustands wie auch eine heimliche Zufriedenheit spiegelten.

„Also, inniggeliebte Söhne, was wollt Ihr von Uns", fragte er rundheraus. „Wir hören."

Ich beglückwünschte ihn zunächst zu seinem guten Aussehen, seiner blühenden Gesundheit, seiner ewigen Jugend – ein günstiges Zeichen des Himmels und des deutlichen Segens des Allerhöchsten. Er hörte meine Worte mit einer so wohlgefälligen Miene der Befriedigung an, daß man an ein Kätzchen denken mußte, welches gerade ein Schälchen Milch schleckt. Danach aber erinnerte er mich in aller Bescheidenheit daran, daß auch er – obwohl Papst – sterblich sei. Ein Wort, das ihm nur widerstrebend über die Lippen kam und von dem er nicht wirklich zu glauben schien, daß es auch für ihn gelten könnte.

Diese Vorrede dauerte eine gute Viertelstunde, und ich kürzte sie auch nicht ab, wohl wissend, wie wichtig für Gregor XIII. die Beteuerungen waren, er werde lange, wenn nicht gar ewig leben. In dieser Hinsicht versetzte er wirklich alle Welt in Erstaunen. Mit mehr als achtzig Jahren hatte er ein glattes Gesicht wie ein Säugling, sanft gerundete rosige Wangen, und zwischen faltenlosen Lidern leuchteten vergißmeinnichtblaue Augen, die seinem Blick eine Unschuld verliehen, der zu trauen niemandem geraten sein sollte. Zudem war er ein Genießer und Egoist, der gern jeder Mühe auswich, den Luxus und seine Annehmlichkeiten schätzte, auf Kleinodien versessen war, die Künste liebte, allerdings wenig Neigung zur Verschönerung seiner Stadt zeigte; der autoritär war, aber wenig bedacht auf das Wohl des Staates und der Christenheit; der Nahestehenden liebenswürdig und heiter begegnete, aber tief im Inneren Rachegefühle hegen konnte. Seine Untertanen tyrannisierte er aufs äußerste, nicht auf Grund seines Temperaments, sondern aus der Situation heraus, aus Angst und Launenhaftigkeit.

Am Ende meiner schmeichlerischen Rede hielt ich mit dem Ausdruck grenzenloser Ergebenheit inne, und erst als Seine Heiligkeit mich zum zweiten Mal fragte, was ich von ihm erwarte, kam ich zum Thema.

„Allerheiligster Vater", begann ich, „der Großherzog von Toskana und ich haben mit tiefer Betrübnis die Vermählung unseres geliebten Schwagers und Cousins Paolo Giordano Orsini mit der Witwe Peretti zur Kenntnis genommen. Die rätselhaften Umstände, unter denen der arme Peretti dahingeschieden ist, machen unserer Meinung nach diese Verbindung zu einem Skandal im Staat, in der Kirche und in der ganzen Christenheit."

„Das ist leider wahr, geliebte Söhne", seufzte Seine Heiligkeit, „doch was sollen Wir tun? Die Untersuchung durch den unglücklichen Della Pace" (hier rollten zwei Tränen – wirklich nur zwei – über die rosigen Wangen des Papstes, und ich bewunderte ein weiteres Mal, wie er in jeder Situation sofort die richtige Gemütsbewegung parat hatte) „hat keinen Hinweis auf einen Ehebruch Vittorias oder ihre Beteiligung an der Ermordung ihres Gatten ergeben, auch nicht auf eine Verantwortlichkeit des Fürsten Orsini für dieses feige Attentat. Man kann jedoch nicht umhin, gewisse Mutmaßungen anzustellen, kraft der lateinischen Lebensweisheit: *Fecit cui prodest.** Aber Mutmaßungen sind noch kein Beweis."

„Allerheiligster Vater", sagte ich unterwürfig (denn ich wußte, wie wenig Gregor XIII. Widerspruch schätzte, sofern er nicht indirekt Wasser auf seine Mühlen leitete), „die nachfolgende Ehe des Fürsten mit dem Gegenstand seiner Begierde hat diese Vermutung gleichwohl beträchtlich untermauert."

„Gewiß", erwiderte Seine Heiligkeit, „es spricht sehr viel für diese Vermutung, sehr viel ..."

* (lat.) Getan hat es der, dem es nützt.

„Und das um so mehr, Allerheiligster Vater, als sich der Fürst vor seiner Ehe mit Waffengewalt gegen den obersten Herrn der Christenheit erhoben hatte! Liegt es nicht auf der Hand, daß jemand, der sich von seiner Leidenschaft zu diesem scheußlichen Verbrechen gegen den Papst hinreißen ließ, vorher genausogut die Ermordung des Dritten Kammerherrn Eurer Heiligkeit angezettelt haben könnte? Wer zu dem einen fähig ist, ist es auch zu dem anderen!"

„Gut überlegt, geliebter Sohn", sagte Gregor XIII., „der Verdacht ist in der Tat sehr stark ... Er würde viele überzeugen, vielleicht sogar Uns."

„Eure Mäßigung ehrt Euch, Allerheiligster Vater, und wenn Eure Heiligkeit gestatten, erlaube ich mir zu sagen, ich bewundere Eure des Evangeliums würdige Milde, mit der Ihr, nachdem der Thron des heiligen Petrus wieder fest stand, die Euch durch den Aufstand angetane tödliche Beleidigung zu verzeihen gewillt wart, habt Ihr doch nicht einmal deren Anführer, wie es in Eurer Macht gestanden hätte, durch Exkommunizierung bestraft."

Bei diesen Worten überlief Francesco ein Frösteln, und er warf mir einen vorwurfsvollen Blick zu, doch ich tat, als bemerkte ich nichts. Er hatte für Paolo Giordano immer sehr viel Freundschaft empfunden.

„Indem Wir ihm vergaben", erwiderte der Papst und blickte zu Boden, „haben Wir nur Unsere Christenpflicht getan. Außerdem", und hier sah er mich mit einem komplizenhaften Blick an, „war die Sache nicht so einfach. Hätten Wir den von Euch Genannten exkommuniziert, hätten Wir gleichzeitig auch den Grafen Oppedo, den Marchese Savelli und den ganzen römischen Adel exkommunizieren müssen. Denn sie waren ja alle in die Revolte verwickelt. Gewiß, der von Euch Erwähnte war ihr Anführer, aber er hatte es nicht auf Unsere Abdankung und Unseren Tod abgesehen. Er hat mit Uns verhandelt. Und als er bekommen hatte, was er wollte, hat er den Pöbel niedergeschlagen."

„Und was wollte er, Allerheiligster Vater?" fragte ich

unwillig. „Eine Frau! Die Frau, die Ihr hinter Schloß und Riegel gebracht hattet, um seine Heirat mit ihr zu verhindern! Er hat sie also unter ausdrücklicher Verletzung Eures Willens geheiratet! Eine Mesalliance, die vom gesamten römischen Adel mißbilligt wird!"

„Jedenfalls darf man das vermuten", sagte Francesco plötzlich, „denn wir sind erst seit gestern abend in Rom und haben noch mit niemandem gesprochen."

Bei diesem Einwurf, für den ich meinem Bruder keinen Dank wußte, lächelte der Papst unmerklich, weil er ahnte, daß mir Francesco in dieser Angelegenheit nur widerwillig folgte, zumal es sich um eine Mesalliance handelte, für die er selbst ein Beispiel gegeben hatte. Ich beschloß sofort, nicht weiter auf diesem Punkt zu insistieren, aus Angst, die Kluft zwischen Francesco und mir noch zu vergrößern.

„Allerheiligster Vater", fuhr ich fort, „es gibt noch andere, schwerwiegendere Gründe gegen diese unsinnige Heirat. Aus der Ehe meiner Schwester Isabella mit dem Fürsten Orsini ist, wie Ihr wißt, ein Sohn hervorgegangen: Fürst Virginio. Bis heute verstand es sich von selbst, daß Virginio nach dem Tode seines Vaters dessen gesamtes Vermögen erben würde. Nun aber, auf Grund der blinden Leidenschaft von Paolo Giordano für diese Intrigantin, steht zu befürchten, daß er zu deren Gunsten ein neues Testament macht, was die Interessen unseres Neffen ernstlich gefährden würde."

Der Papst schwieg einen Augenblick, sein Blick ging von Francesco zu mir und von mir wieder zu Francesco.

„Stimmt der Großherzog den vom Kardinal dargelegten Überlegungen zu?" fragte er ernst.

„In diesem Punkt bin ich mit meinem Bruder voll einverstanden", sagte Francesco und ließ auf die Art durchblicken, daß er zum Thema Mesalliance eine andere Auffassung hatte.

Diese Nuance entging dem Papst nicht, der abermals ein Lächeln andeutete. Seine Laune wurde übrigens im Verlauf der Audienz immer besser. Mit glänzenden

Augen, rosigem Teint und genießerischem Mund schien er jeden einzelnen Moment auszukosten.

„Geliebte Söhne“, sagte er, „welche Mittel schlagt Ihr gegen die von Euch so eindringlich geschilderten Übel vor?“

„Damit das Verbrechen nicht demjenigen nütze, der es begangen hat“, sagte ich mit allem Nachdruck, „und damit einem unschuldigen Sohn kein Schaden aus den Konsequenzen dieser skandalösen Verbindung erwachse, erlaube ich mir mit allem Respekt, Eurer Heiligkeit ein *precetto* zur Annullierung dieser unglückseligen Heirat nahezulegen.“

„Ist der Großherzog einverstanden?“ fragte der Papst.

„Ja, Allerheiligster Vater“, antwortete Francesco mit mehr Festigkeit, als ich erwartet hatte.

Er liebte Virginio sehr, und da er selbst keinen Sohn hatte, behandelte er ihn wie sein eigenes Kind.

Der Papst richtete sich auf seinem Thron auf und sah uns mit freudeglänzenden Augen an.

„Euer gemeinsames Ersuchen ist also folgendes: Ihr verlangt ein *precetto,* das die Ehe des Fürsten Orsini mit der Witwe Peretti für ungültig erklärt. Ist es das?“

„Ja, Allerheiligster Vater.“

„Sind der Kardinal di Medici und der Großherzog von Toskana bereit, Uns ein schriftliches Ersuchen um ein *precetto* einzureichen?“

„Ja, Allerheiligster Vater“, sagte ich.

„Ja, Allerheiligster Vater“, sagte Francesco mit einer kleinen Verzögerung.

In den Augen des Papstes leuchtete einen Moment lang der Triumph auf. Wie ein kurzer Blitz. Dann senkte er wieder die Lider.

„In Euerm Ersuchen, geliebte Söhne, sollten Eure Befürchtungen bezüglich der materiellen Interessen des Fürsten Virginio nicht zur Sprache kommen, denn sie sind rein hypothetisch, und ein Urteil darf sich in seiner Begründung nicht auf Hypothesen stützen. Die Mesalliance, wenn es denn eine ist“, er warf einen schnellen

Blick auf Francesco, „sollte auch nicht in den Vordergrund gestellt werden. Denn das ist ein zu weltlicher und mithin anfechtbarer Beweggrund. Es sollten nur die skandalösen Seiten dieser Ehe, zumindest sofern sie Euch bekannt sind, in Betracht gezogen werden."

„Allerheiligster Vater", bemerkte ich, „bei der Abfassung dieses Ersuchens werde ich Eure wertvollen Empfehlungen getreulich und respektvoll zu beherzigen wissen."

„Trotzdem dürft Ihr, geliebte Söhne, keinen sicheren Erfolg erwarten", fuhr der Papst lebhaft fort. „Es gibt auf diesem Weg viele Dornen und wenig Rosen. Wie Ihr wißt, hat man Uns ob der früher von Uns in Eheangelegenheiten erlassenen *precetti* heftige Vorwürfe gemacht. Es hat viel Geschrei gegeben, vor allem seitens der Theologen, dieser unglückseligen Schwätzer, die da glauben, Gottes Willen besser zu kennen als Wir. Wir möchten nicht erneut diese scharfe Kritik herausfordern, zumal es sich um den Anführer des Aufstandes handelt, so daß böse Zungen behaupten könnten, Wir hegten persönliche Rachegelüste …"

Bei diesen Worten schlug er die Augen nieder, hob sie aber sofort wieder, um in heiterster Stimmung zu seinen frommen Witzchen überzugehen, für die er berühmt war.

„Wir werden sehen. Man muß Geduld haben. Rom wurde auch nicht an einem Tag erbaut. Und nichts in Rom läßt sich an einem Tag regeln, vor allem nicht im Vatikan … Gehet hin in Frieden, geliebte Söhne."

Er segnete uns, und wir verließen ihn, rückwärts gehend, wie es das Zeremoniell vorschreibt. Weder Francesco noch ich sagten ein Wort, solange wir in diesem riesigen Palast waren, in dem selbst die Mauern Ohren haben, wie es heißt.

Ich ließ den Großherzog von Toskana in meiner Kutsche Platz nehmen, bevor ich mich neben ihn setzte und dem Offizier, der meine Eskorte befehligte, Anweisung gab, zu meinem Palast zurückzufahren. Ich präzisierte nicht, zu welchem, er wußte ohnehin Bescheid.

Ich besitze in Rom zwei Paläste, von denen ich aus Sparsamkeit nur den kleineren bewohne und den größeren sehr teuer vermiete. Darüber lachen die anderen Kardinäle heimlich: „Medici“, so sagen sie, „ist Sohn und Enkel von Bankiers. Der Apfel fällt eben nicht weit vom Stamme.“ Das stimmt. Aber ich bin auf diese Weise nicht gezwungen, meine Stimme im Konklave an Philipp II. von Spanien zu verkaufen, um leben zu können!

Ich zog die Vorhänge der Kutsche zu, und nachdem wir so vor neugierigen Blicken geschützt waren, wandte sich Francesco an mich:

„Wie denkt Ihr darüber? Wird der Papst das *precetto* aussprechen? Er schien mir sehr zu zögern.“

„Ach, Francesco!“ lachte ich, „Ihr habt zwar die Chemie der Materie gründlich studiert, die der Seele aber ist Euch fremd. Wenn der Heilige Vater überhaupt gezögert hat, dann *vor* unserem Besuch. Jetzt aber ist er heilfroh. Wenn Ihr mir dieses Bild gestattet, möchte ich behaupten, wir haben ihm den Kopf von Paolo Giordano auf einem silbernen Tablett überreicht, ohne daß der Papst sich die Hände schmutzig machen muß, um ihn abzuschneiden. Von nun an kann er sich vor der Heiligen Kongregation darauf berufen, das *precetto* auf unser Ersuchen hin verkündet zu haben. Und zum Beweis kann er auch noch unseren schriftlichen Antrag vorzeigen ...“

„Was ich in dieser Sache getan habe“, sagte Francesco nach kurzem Schweigen, „habe ich für Virginio getan. Aber es bekümmert mich sehr! Armer Orsini! Er hat eine ganze Revolution vom Zaune gebrochen, um diese Frau aus dem Kerker zu befreien und zu seiner Gattin zu machen. Und nach Verkündigung des *precetto* wird sie nur mehr seine Metze sein.“

KAPITEL XI

Fürst Paolo Giordano Orsini, Herzog von Bracciano:

Am 28. Juli 1584 überbrachte mir ein berittener Kurier in Bracciano das *precetto* Gregors XIII., durch das meine Ehe annulliert wurde. Es war abends sieben Uhr, als ich mich mit Vittoria gerade zu Tisch setzen wollte. Ich erbrach das Siegel und überflog mit ungläubigen Augen dieses Monstrum an Ungerechtigkeit und Scheinheiligkeit.

An keiner Stelle war gesagt, daß ich mit Vittorias Beihilfe und zu dem Zwecke, sie heiraten zu können, Peretti hätte töten lassen, doch es wurde überall durch Andeutungen, die schlimmer sind als deutliche Worte, suggeriert, wobei das Ganze mit einem salbungsvollen Predigerstil verbrämt war.

Das *precetto*, hieß es, sei vom Heiligen Vater und seinen Räten nach reiflicher Überlegung und „einer überaus schmerzlichen Gewissenserforschung“ auf den ausdrücklichen Antrag des Kardinals di Medici und des Großherzogs von Toskana hin erlassen worden.

Bebend vor Wut, reichte ich das *precetto* Vittoria, die mich mit wachsender Unruhe beobachtet hatte, während ich das Schriftstück studierte.

Vittoria überflog das Schreiben und erbleichte, weinte aber nicht. Sie las es dann noch einmal langsam, faltete schließlich das Pergament und gab es mir wortlos zurück.

„Was hältst du davon, Vittoria?“

Sie lehnte ihren Kopf an meine Schulter und sagte:

„So schmerzlich das *precetto* für uns ist, es trifft uns nicht so hart, wie es uns treffen sollte: wir leben, und wir lieben uns.“

„Und trotzdem ist es eine Infamie“, sagte ich und zog sie an mich. „Ich hätte den Pöbel gewähren und diesen alten Fuchs in Stücke hauen lassen sollen.“

„Nein, Paolo, nein!“ entgegnete sie lebhaft. „Es war gut so, wie du gehandelt hast. Den Papst auf seinem Thron zu töten wäre ein Skandal für die ganze Christenheit gewesen.“

„Aber der nämliche Papst rächt sich nun kleinlich an mir zum Dank, daß ich ihm das Leben gerettet habe.“

Völlig unerwartet fing sie an zu lachen:

„Du hast sein Leben doch erst bedroht, Paolo! Du hast ihn in seinem goldenen Palast zittern lassen. Das verzeiht er dir nicht. Ich verstehe bloß nicht“, fuhr sie nachdenklich fort, „was Kardinal di Medici und der Großherzog von Toskana mit der Geschichte zu tun haben.“

„Sie verteidigen die Interessen Virginios oder glauben oder geben vor, sie zu verteidigen. Die Medicis sind Bankiers. Sie sehen alles durch ein und dasselbe Prisma, und das ist das Geld.“

Da Vittoria mich erstaunt ansah, fuhr ich fort:

„Sie befürchten, ich könnte mein Testament zu deinen Gunsten ändern. Während ich in der Ferne Krieg führte, haben sie Virginio am Florentiner Hof aufgezogen und zu einem Medici gemacht. Und sie rechneten schon damit, daß bei meinem Tode mein gesamtes Vermögen auf dem Umweg über Virginio an sie fallen würde.“

„Mein Gott!“ rief sie. „Kann ein Kardinal so denken?“

„Dieser Kardinal ist in erster Linie ein Medici und erst in zweiter Linie Kardinal. Aber er hat auch noch einen anderen Beweggrund: er verabscheut das schöne Geschlecht. Je hübscher eine Frau ist, um so mehr haßt er sie. Der armen Bianca hat er jeden nur erdenklichen Schimpf angetan.“

„Aber er hat mich doch nie gesehen!“ wunderte sich Vittoria.

„Er braucht dich nicht gesehen zu haben, um dich zu verabscheuen. Der Ruf deiner Schönheit reicht aus. Und was noch schlimmer ist: auch deine Liebe zu den Künsten und dein Verstand finden nicht etwa Gnade vor seinen Augen, sondern sind für ihn nur erschwerende Umstände …“

„Ach, Paolo“, sagte sie, umschlang mich mit ihren schönen bloßen Armen und preßte sich an mich, „wenn ich dich nicht hätte, wie klein und verloren wäre ich dann in dieser grausamen Welt!“

Ich schwieg einen Augenblick, voller Liebe und Mitgefühl, aber auch voller quälender Sorge ob der ungewissen Zukunft und meiner nicht verheilenden Wunde am Bein, die mir seit kurzem angst machte. Diese Angst nagte an den Wurzeln meines neuen Glücks, von morgens bis abends Vittoria um mich zu haben und des Nachts ihren zärtlichen warmen Körper an meiner Seite zu spüren.

Für zwei Liebende hat auch die Traurigkeit ihren Zauber. Die Nacht nach dem *precetto* war trotz – oder vielleicht gerade wegen – des fürchterlichen Schlags voller Melancholie und voller Wonne. Als wollten wir uns beweisen, daß das *precetto* uns nicht trennen könne, hielten wir einander eng umschlungen. Schlafen oder Wachen – eine einzige nicht enden wollende Umarmung.

Erst bei Sonnenaufgang, als die Vögel wie närrisch in den Bäumen zu zwitschern begannen, erinnerten wir uns wieder an das Fallbeil, das der Papst auf uns hatte niedersausen lassen.

„Mir fällt auf“, sagte Vittoria, „daß Gregor XIII. sich nicht damit begnügt, unsere Verbindung zu annullieren. Er verbietet uns auch, in der Zukunft eine neue Ehe einzugehen. Ist das nicht sonderbar? Warum dieses Übermaß an Vorsicht?“

„Der Papst ist hochbetagt. Er befürchtet, daß sein Nachfolger im Vatikan das *precetto* aufheben könnte. Er will ihm deshalb im voraus die Hände binden.“

„Was für ein Machiavell! Und welcher Starrsinn! Gibt es denn eine Chance, daß er sich bewegen läßt, zu seinen Lebzeiten noch diese Entscheidung zurückzunehmen?“

„Eine einzige, ziemlich kleine nur“, sagte ich. „Zum ersten Mal ist eine einflußreiche Familie von einem *precetto* betroffen. Ich werde an die Solidarität der Nobili appellieren. Morgen breche ich nach Rom auf.“

„Ohne mich?“

„Ach, Vittoria, wie könnte ich dich dem Gespött des Pöbels aussetzen! Ich werde ruhiger sein, dich in den Mauern von Bracciano unter der Obhut deines Bruders zu wissen."

Wie angekündigt, ritt ich am nächsten Tag nach Rom, in Begleitung einer starken Eskorte, womit ich gut beraten war. Denn dasselbe Volk, das mir sonst, wenn ich auf der Straße auftauchte, so begeistert zugejubelt hatte, begegnete mir jetzt beinahe feindselig in seinem tödlichen Groll gegen mich wegen der Niederschlagung der von mir selbst ausgelösten Revolte. Überall nur abgewandte Gesichter, geballte Fäuste, gemurmelte Flüche. Man spuckte hinter uns her und warf sogar einen Stein nach mir, der meinen Reitknecht am Ohr traf, so daß er blutete. Ich hatte meine liebe Not, meine Männer zu beruhigen, die losschlagen wollten. Aber sollte ich Gregor XIII. die Gelegenheit geben zu sagen, meine Anwesenheit in Rom schaffe nichts als Unruhe? Ich beschloß, fortan nur noch in einer Kutsche auszufahren, die nicht mein Wappen und deren Eskorte nicht meine Livree trug.

Kaum war ich abgestiegen – unter Schmerzen, denn meine Wunde tat bei jeder heftigen Bewegung weh –, rief ich meinen Sekretär und diktierte ihm einen Brief, in dem ich in den ehrerbietigsten Worten um eine Audienz beim Heiligen Vater bat. Ich ließ das Schreiben sofort überbringen und erhielt am nächsten Morgen eine höfliche, aber sehr knappe Antwort: der Papst bedauere, mich nicht empfangen zu können. Er sei leidend und müsse das Zimmer hüten.

Da der Papst in dem Ruf stand, sich einer ausgezeichneten Gesundheit zu erfreuen, wußte ich nicht, ob ich dieser Entschuldigung Glauben schenken sollte. Mein Schwager, Kardinal di Medici, hätte mir in diesem Punkt Auskunft geben können, doch seit er das *precetto* veranlaßt hatte, mochte ich in ihm keinen Freund mehr sehen. Ebenso war es mir wegen der Haltung des Großherzogs von Toskana zu meiner Heirat nicht möglich, den mir sehr verbundenen Botschafter von Florenz aufzusuchen.

Und Lodovico hatte ich seit den Enthüllungen des Mönchs, den *il mancino* mir herbeigeschafft hatte, stillschweigend meine Zuneigung entzogen.

Ich fand mich nun in einer schwierigen Situation: Vittoria war nicht bei mir; meine Wunde schmerzte; der Papst hatte mir die Audienz verweigert; das römische Volk hatte mir einen bösen Empfang bereitet; die Familie meiner ersten Gemahlin war mir feindlich gesinnt; und Lodovico hatte mich verraten. Mir schien, die Welt, in der ich bisher gelebt hatte, brach rund um mich zusammen und ließ mich einsam und allein zurück.

Doch ich bemühte mich alsbald, gegen die Niedergeschlagenheit anzukämpfen, die mich befallen hatte. Ich besaß viele Freunde unter den römischen Adligen, der älteste und getreueste war zweifellos der Marchese Giulio Savelli, dessen Sohn Silla zusammen mit Raimondo in dem Scharmützel, das den Aufstand auslöste, getötet worden war. Ich ließ ihm ein Billett überbringen mit der Bitte, mich zu empfangen, und am gleichen Abend noch erhielt ich von ihm folgenden Brief:

„Carissimo Paolo,
ich liege im Bett und bin außerstande, Dich zu empfangen. Kaum daß ich noch genug Kraft habe, diese Zeilen an Dich zu diktieren. Die Gründe für Deinen Besuch kann ich mir denken. Das *precetto*, mit dem Deine Ehe aufgelöst wurde, hat mich mit Empörung erfüllt, woraus ich auch niemals ein Hehl gemacht habe. Aber ich muß Dir leider sagen, daß ich im römischen Adel fast der einzige bin, der so denkt. Deine sogenannte Mesalliance wird einhellig mißbilligt, und aus diesem Grunde war man mit dem *precetto* nicht unzufrieden. Diese Reaktion erklärt sich zweifellos aus dem unter den Unsrigen so weit verbreiteten Adelsdünkel, aber auch schlicht und einfach aus der Eifersucht, weil Deine Gemahlin eine so schöne und vollkommene Frau ist.

Einem großen Kriegsherrn wie Dir brauche ich wohl kaum nahezulegen, äußerst umsichtig zu sein, denn das

Kräfteverhältnis hat sich zu Deinen Ungunsten verändert. Wenn Du nämlich zum gegenwärtigen Zeitpunkt irgend etwas gegen den Heiligen Vater unternehmen wolltest, hättest Du weder Lodovico, der verbannt und verjagt worden ist, noch das Volk, das Dich jetzt ebenso verabscheut, wie es Dich früher geliebt hat, noch die Nobili auf Deiner Seite.

Trage Dein Schicksal in Geduld, *carissimo*: der Papst ist vierundachtzig und wird trotz seines blendenden Aussehens nicht ewig leben. Als ich ihn zuletzt sah, schien er mir verändert: er sprach weniger geläufig und redete eher weinerlich.

Ich allerdings werde sicherlich noch vor ihm sterben. Der Tod meines Lieblingssohnes Silla war ein schrecklicher Schlag für mich. Mein Gesundheitszustand verschlechtert sich von Tag zu Tag. Doch das ist eigentlich nicht wichtig: ich habe lange genug gelebt. Und mein Leben kommt mir heute so sinnlos vor. Ich bereue vieles, was ich getan, vor allem daß ich Della Paces Kopf gefordert habe. Sein Ende war ungerecht und grausam und hat mir meinen Sohn nicht wiedergegeben.

Ich empfehle mich Deiner Frau Gemahlin. Der Nachfolger Gregors XIII. wird ihr und Dir vielleicht besser gesinnt sein.

Was mich betrifft, so bleibe ich bis zur Stunde meines Todes Dein alter und getreuer Freund.

Marchese Giulio Savelli“

Beim Lesen von Savellis Brief wurde mir klar (trotz aller tröstlichen Zuneigung, die daraus sprach), daß ich meine Hoffnung auf die Solidarität des Adels zu Grabe tragen mußte. Der Papst war wirklich sehr raffiniert zu Werke gegangen. Wäre ich nach dem Aufstand exkommuniziert worden, hätte er alle Nobili gegen sich aufgebracht, weil sie ebenfalls beteiligt gewesen waren und folglich das gleiche Schicksal befürchten mußten. Indem er sich jedoch damit begnügte, durch sein *precetto* eine Ehe aufzulösen, die besagte Nobili mißbilligten, isolierte er mich von ihnen und konnte mich ungestraft zum Sündenbock machen.

Da ich indes die Gültigkeit des *precetto* stark anzweifelte, beschloß ich, einen Theologen zu konsultieren. Ich ließ Pater Luigi Palestrino um einen Besuch bei mir bitten. Seine Antwort wurde mir mündlich überbracht: ich solle ihm bei Einbruch der Nacht eine Kutsche ohne Wappen schicken, und nichts von dem, was er mir während unseres Gesprächs sagen würde, dürfe nach außen dringen, andernfalls werde er alles laut und öffentlich dementieren. Diese Vorsicht erschien mir nur natürlich angesichts der herrschenden Tyrannei, und ich akzeptierte seine Bedingungen.

Pater Luigi Palestrino hatte einen so ausgemergelten kleinen Körper, daß man sich fragte, wie sich sein riesiger Kopf überhaupt darauf halten konnte. Dieser Kopf war auch in sich völlig disproportioniert, denn so deutlich die breite, gewölbte Stirn modelliert schien, so bedeutungslos und unauffällig war die untere Gesichtshälfte: eine lächerlich kleine Nase, hohle Wangen, ein Mund, schmal wie ein Strich, ein fliehendes Kinn. Sein Teint war noch bleicher als seine Mönchskutte, oder genauer gesagt: so durchsichtig, daß man sich fragte, ob er wirklich Blut in den Adern habe.

Dagegen war ich von Volumen und Ausdruck seiner Stimme überrascht, als er die Frage an mich richtete – auf meine Aufforderung hin hatte er sich in einen Lehnstuhl gesetzt, den seine zerbrechliche Figur nicht einmal zu einem Viertel ausfüllte, und mit einer raschen Geste den angebotenen Wein abgelehnt –, was ich von ihm erwartete.

Wortlos hielt ich ihm das *precetto* hin; er nahm es mit einer Eilfertigkeit und Begierigkeit, die mich an ein Eichhörnchen denken ließen, das nach einer Haselnuß schnappt. Und kaum hatte er mit dem Lesen begonnen, schien er auch schon fertig zu sein.

Er schloß die Augen und verharrte so lange stumm, daß ich ungeduldig wurde und schon den Mund aufmachte, um ihn nach seiner Meinung zu fragen. Im selben Moment schlug er die Augen auf – ich kann nicht annehmen, er habe mich den Mund öffnen sehen, bevor er selbst die Augen öffnete –, machte die gleiche schnelle, energische Handbewegung, mit der er meinen Wein abgelehnt hatte, und sagte mit seiner erstaunlich lauten, deutlichen Stimme:

„Wollet mir bitte keine Fragen stellen, Durchlaucht. Sie sind überflüssig, denn ich werde im voraus nicht nur all die beantworten, die Ihr stellen könntet, sondern selbst diejenigen, an die Ihr nicht denkt."

„Also gut, Pater, dann sprecht, ich höre!"

„Man muß zunächst verstehen, Durchlaucht, daß die Ehe ein Sakrament zwischen den beiden Gatten ist und daß sie, vor allem seit dem Tridentinischen Konzil, von der Kirche als unauflöslich angesehen wird. Einer der beiden Eheleute kann jedoch beim Papst die Annullierung beantragen, wenn er belegen kann, daß sein Einverständnis zum Zeitpunkt der Heirat durch List oder Gewalt erzwungen oder aber die körperliche Vereinigung nicht vollzogen wurde beziehungsweise unfruchtbar geblieben ist. Der letzte Punkt ist gleichwohl sehr umstritten, wie sich im Falle Heinrichs VIII. zeigte, der von Clemens VII. verlangte, seine Ehe mit Katharina von Aragonien aufzulösen, da sie ihm keinen Sohn geschenkt hatte. Allerdings hatte sie ihm sechs Töchter geboren. Sie war also nicht unfruchtbar. Eingedenk der Anfechtbarkeit seines Arguments machte Heinrich VIII. einen anderen Aspekt geltend. Katharina war eine nahe Verwandte von ihm, und diesen an sich nicht sehr überzeugenden Gesichtspunkt – das Verwandtschaftsverhältnis ist kein Grund zur Auflösung der Ehe – hätte Clemens VII. bei einigem guten Willen akzeptieren können, wenn sich dem nicht der Neffe von Katharina, Kaiser Karl V., mit aller Macht entgegengestellt hätte. Er hat nicht gut daran getan, denn ohne seinen Widerstand wäre die Scheidung ausgesprochen und das Schisma verhindert worden, das England vom Vatikan und der übrigen Christenheit trennte. Kleine Ursache, große Wirkung."

„Das alles ist sehr interessant, Pater, aber es betrifft nicht mein *precetto*", sagte ich.

„Indirekt doch, Durchlaucht. Denn diese Vorrede sollte erläutern, daß die Annullierung einer Ehe in der Regel von einem der beiden Gatten verlangt wird und daß es im höchsten Maße verwunderlich ist, wenn ein *precetto* – wie in Euerm Fall und bei vielen anderen *precetti*, die unter dem Pontifikat Gregors XIII. verkündet wurden – vom Papst ausgesprochen wird, ohne daß einer der Gatten es beantragt hat."

„Ihr seid also der Meinung, Pater, diese *precetti* seien Ermessensmißbrauch?"

„Das habe ich nicht gesagt. Ich habe gesagt, daß sie im höchsten Maße befremdlich sind. Und darf ich Euch daran erinnern, Durchlaucht, daß wir vereinbart hatten, Ihr solltet keine Fragen stellen?"

„Entschuldigt, Pater. Ich bin es nicht gewohnt zu gehorchen, doch mit ein wenig gutem Willen gelingt es mir vielleicht, mich zu fügen."

Die Ironie schien Luigi Palestrino zu entgehen. Denn er fuhr unbeirrt fort:

„Die Ehe ist, wie gesagt, ein Sakrament zwischen den beiden Gatten, also kann keine Macht außerhalb dieser Ehe, nicht einmal das Oberhaupt der Christenheit, auf legitime Art dieses Sakrament aufheben. Es sei denn, besagte Ehe wäre von Umständen begleitet, die sie zum Skandal machen. Und ebendas, Durchlaucht, suggeriert dieses *precetto* in Euerm Fall. Die Schwäche seiner Argumentation besteht darin, daß es dies in verschleierten Andeutungen suggeriert, ohne es deutlich auszusprechen und ohne Eure Schuld festzustellen, ja sogar ohne den Versuch, sie festzustellen."

„Mangels Beweisen", sagte ich. „Vielleicht auch mangels Überzeugung. Gibt es einen Ausweg, Pater?"

„Nein. Ihr könnt nicht beim Papst gegen den Papst Berufung einlegen."

„Selbst dann nicht, wenn ich meine Unschuld beweise?“

„Selbst dann nicht.“

„Es ist also kein Einspruch möglich?“

„Nach dem Tode Gregors XIII. könnt Ihr bei seinem Nachfolger Berufung einlegen. Dieser wird es vielleicht übertrieben finden, daß Euch Gregor XIII., weil ihm die Annullierung Eurer Ehe nicht genügte, auch noch eine Wiederheirat untersagt hat. Die Versuchung liegt nahe, daß er mit diesem *precetto* seinem Nachfolger die Hände binden wollte. Dieser könnte daran Anstoß nehmen und Euch deshalb von besagter Klausel entbinden. Ihr könnt auch Vorteil aus dem Interregnum ziehen, das nach dem Tod Gregors XIII. bis zur Wahl eines neuen Papstes eintreten wird.“

„Welchen Vorteil? Und wie denn?“

„Das werde ich Euch erst sagen, wenn es soweit ist, Durchlaucht. Für heute bitte ich, mich beurlauben zu wollen.“

Er erhob sich, und zu meiner großen Verwunderung zeigte sich auf seinen schmalen Lippen ein Lächeln, das schnell wieder verschwand, aber es war unzweifelhaft ein Lächeln gewesen.

„Ihr habt viele Fragen gestellt, Durchlaucht. Und Ihr wart trotz Eures guten Willens ein undisziplinierter Konsultant. Aber das ist nicht verwunderlich, wenn man bedenkt, daß Ihr durch den Kampf gegen die Piraten in der Adria selbst ein bißchen zum Piraten geworden seid. Gleichwohl gilt es jetzt nicht mehr, gegen den Feind anzurennen, sondern eine Tugend zu erlernen, die Euch abgeht: Geduld. Wollet Euch nicht beunruhigen, Durchlaucht, Euer Fall ist mitnichten hoffnungslos.“

Er verneigte sich tief und schritt zur Tür.

„Pater, Ihr habt das hier vergessen“, sagte ich und zog eine Börse aus meinem Wams.

Luigi Palestrino kam hüpfend zurück, ergriff die Börse, flink wie ein Eichhörnchen, steckte sie ein, verneigte sich nochmals und verschwand durch die Tür wie weggezaubert. Er war als Theologe so berühmt, daß man von allen Enden der christlichen Welt herbeiströmte, um ihn zu konsultieren. Bei solcher Gelegenheit wurde er zweifellos großzügig beschenkt, was er nicht zur Bedingung machte, aber auch nicht ablehnte, wie ich feststellen konnte. Ich fragte mich, wofür er das Geld verwendete. Sicherlich nicht fürs Essen.

An jenem Abend sah ich zum ersten Mal seit meiner Ankunft in Rom einen Hoffnungsschimmer. Luigi Palestrino hatte recht: ich war bislang zu sehr darauf aus gewesen, die gegnerische Galeere zu entern, auch im Falle des Vatikans. Nun, da meine Enterhaken verloren waren, mußte ich Abwarten, Verzögern, Intrigieren und all die anderen Listen erlernen, die in Friedenszeiten gebraucht werden.

Domenico Acquaviva (il mancino):

Ich war zu vorgerückter Stunde in meinem Zimmer im „Ölberg“ mit der Abrechnung beschäftigt, wir hatten nur noch wenig Kunden und zudem solche von der fügsamen Art, die sich ohne Aufmucken ausnehmen lassen; da teilte mir die Sorda mit, es seien vier bewaffnete Reiter gekommen, ein fünfter bewache im Stall ihre Pferde.

„Wie sind sie bewaffnet?“

„Degen, Dolch und Pistolen am Gürtel.“

„Teufel! Sind es Banditen?“

„Nach ihren Reittieren zu urteilen nicht.“

„Du hast sogar einen Blick in den Pferdestall geworfen? Du hast ja Grips in deinem hübschen Kopf, *cocca mia**.“

„Ich habe auch Grips in meinem hübschen Arsch“, sagte sie lachend.

Im allgemeinen schätze ich es nicht, wenn meine Mädchen ordinär reden. Aber dieses eine Mal ließ ich es durchgehen.

„Und was hast du im Pferdestall gemacht?“

* (ital.) mein Mäuschen.

„Die schönen Pferde gestreichelt. Ihr Fell war trocken. Sie kommen also nicht von sehr weit her."

„Dann sind sie aus Rom. Wer bewacht sie?"

„Ein Kalabrier, aber für einen Diener sehr ordentlich gekleidet: ein ledernes Wams."

„Du hast dich also an ihn rangemacht, um ihm die Zunge zu lösen."

„Ich konnte überhaupt nichts lösen, weder seine Zunge noch seinen Hosenlatz. Der Sauertopf hat mich zurückgestoßen und gesagt, er sei verheiratet und treu."

„Und die vier in der Gaststube?"

„Sie wollten keine Mädchen, sondern Wein, und zwar vom besten. Der größte von ihnen, der den Hut tief in die Stirn gezogen hat, verlangt nach dir."

„Wie ist er angezogen?"

„Wams aus Büffelleder wie ein Kapitän."

„Und der Hut? Von Wind und Wetter zerbeult? Ausgeblichen? Mit unansehnlichen Federn?"

„Ganz und gar nicht. Glänzender Filzhut und leuchtende Federn."

„Dann ist er kein Kapitän. Gut, bring ihn her, aber zuvor sollen sich drei meiner Leute mit Radschloßarkebusen im Zwischenstock hinter dem Vorhang postieren. Wie sieht er denn aus, dieser sogenannte Kapitän?"

„Stattlich, mit sehr breiten Schultern. Ein schöner Männermund, groß, energisch. Ich rede von seinem Mund, da ich wegen dem Hut nichts weiter gesehen habe. Er spricht mit sanfter Stimme, aber wie einer, der gewohnt ist, daß ihm die Leute gehorchen."

„Gib mir ein bißchen Zeit, ehe du ihn zu mir läßt. Und wenn er hier ist, setz dich auf eine Treppenstufe. Alarmiere meine Leute, falls die drei anderen heraufzukommen versuchen. Und schicke die Mädchen, die nicht beschäftigt sind, umgehend zu Bett."

Wieder allein, verspürte ich Unruhe. Ich schätze so etwas nicht – daß vier bis an die Zähne bewaffnete Männer um ein Uhr morgens bei mir eindringen, selbst wenn ihre Pferde schon von weitem nach Adel riechen. Es gibt

Banditen-Barone und sogar Grafen, die genausowenig taugen, Graf Oppedo zum Beispiel. Wenn der wüßte, was ich mit seinem Mönch gemacht habe, würde er mich wohl nicht sonderlich mögen. Ich steckte ein Messer in meinen linken Stiefel, lud eine niedliche Damenpistole und schob sie in den rechten Armausschnitt meines Wamses.

Es klopfte. Beim Aufmachen ging ich hinter der Tür in Deckung, die Hand in meinem Wams.

„Holla, *mancino*", sagte eine Stimme, die mir bekannt vorkam, „ist das eine Art, die Leute zu begrüßen?"

Ich riskierte einen Blick, ohne ganz aus der Deckung hervorzukommen. Der Besucher sah mich, lächelte und nahm mit einer lässigen Bewegung den Hut ab.

„Ah, Durchlaucht, Ihr!" rief ich und verbeugte mich bis zur Erde. „Ein Wort von Euch hätte genügt, und ich wäre nach Montegiordano geeilt."

„Einen Boten zu schicken hätte zu lange gedauert", sagte der Fürst, „und im Morgengrauen breche ich nach Bracciano auf. Das römische Pflaster brennt mir unter den Füßen. Ich wollte dich aber sehen."

„Ich stehe zu Eurer Verfügung, Durchlaucht. Wollet gütigst Platz nehmen."

„Gern."

Beim Hinsetzen verzog er ein wenig das Gesicht.

„*Mancino*, was ist mit dem Mönch? War Kardinal Montalto bereit, ihn anzuhören?"

„Er war bereit, *uns* anzuhören, ihn und mich, und ganz geheim."

„Und wie ging es?"

„Seine Eminenz hat uns mit größter Aufmerksamkeit zugehört. Vor allem dem Mönch."

„Und was hat der Kardinal gesagt?"

„Den Mönch betreffend, muß man unterscheiden zwischen dem, was der Kardinal gesagt hat, und dem, was er gedacht hat. Was er gesagt hat, war nicht sehr ermutigend."

„Ich höre."

„*Testis unus, testis nullus.*"*

„Du kannst Latein, *mancino*?"

„Dieses Latein da habe ich anläßlich eines kleinen Mißverständnisses zwischen dem Gerichtshof und mir gelernt."

„Und deine Aussage betreffend, was meinte da der Kardinal?"

„Nichts. Außer daß er mir Vorhaltungen über meinen ‚traurigen Beruf' machte. Übrigens hat er ja recht. Wer weiß, ob ich es nicht mit ein bißchen mehr Bildung weiter gebracht hätte. Man erzählt ja auch, der Kardinal habe in seiner Jugend Schweine gehütet."

„Das erzählt man. Aber noch mal zu dem Mönch."

„Der Kardinal hat ihn wegen seines Austritts aus dem Orden ins Gebet genommen, und zwar so hart, daß der Mönch vor ihm auf die Knie fiel und in Tränen ausbrach."

„Wieso glaubst du, der Kardinal habe seine Zeugenaussage ernster genommen, als er zugeben wollte?"

„Sein schrecklich strenges Gesicht konnte nicht ganz die Freude verhehlen, die er beim Zuhören empfand."

„Woher diese Freude, deiner Meinung nach?"

„Weil durch diese Aussage die Schuld von seiner Nichte genommen wurde."

Der Fürst hielt die Stirn gesenkt und schwieg lange, dann schien er sich zu schütteln, hob den Kopf und sagte lebhaft und froh:

„Was ist mit der Taverne auf dem Gelände, das ich dir verkauft habe?"

„Sie gehört mir. Die von mir eingeleiteten Wegearbeiten dauerten so lange, daß das Geschäft zurückging und der Besitzer mir die Taverne abgetreten hat. Leider habe ich nicht mehr genügend Mittel, um sie instand zu setzen."

„Vielleicht weiß ich Abhilfe. Das benachbarte Wäldchen möchte Kardinal Cherubi gern erwerben, denn es würde seinen Park vorteilhaft vergrößern. Ich verkaufe es dir."

* (lat.) Ein Zeuge ist kein Zeuge.

„Ohne sofortige Bezahlung zu verlangen, Durchlaucht?"

„Ohne jede Bezahlung. Wenn es dir gehört, verkaufst du es an Kardinal Cherubi weiter."

„Es gibt doch bestimmt eine Bedingung bei diesem Geschäft."

„Eine mündliche und vertrauliche. Er soll dich täglich über den Gesundheitszustand des Papstes auf dem laufenden halten."

„Eine verblüffende Bedingung, wenn sie von einem niedrigen Schankwirt wie mir kommt."

„Sie wird den Kardinal nicht verblüffen, wenn sie von einem Nachbarn kommt, der in dem Wäldchen, das er ihm verkauft hat, liebenswürdigerweise das Gestrüpp auslichtet. Cherubi ist ein einfaches Gemüt. Auf seinen Spaziergängen spricht er mit jedermann."

„Vielleicht braucht er auch Eure Beziehungen zu den Venezianern, wenn der hochbetagte Patriarch von Venedig seinen Geist aufgibt?"

„Vielleicht. *Mancino*, du bist sehr beschlagen. Woher hast du deine Informationen?"

„Von meinen Mädchen, Durchlaucht. Ich erröte bei diesem Eingeständnis – meine Mädchen werden nicht nur von gemeinen Leuten frequentiert."

„*Mancino*, es ist sehr wichtig, daß ich sofort Kenntnis erhalte, wenn das Ende Gregors XIII. bevorsteht. Du weißt, daß der Vatikan solche Dinge manchmal verheimlicht und sogar den Tod eines Papstes erst mit Verzögerung bekanntgibt."

„Zu gegebener Zeit werde ich selbst nach Bracciano galoppieren und Euch die Nachricht überbringen, Durchlaucht."

„Abgemacht. Komm morgen früh nach Montegiordano. Ich werde nicht mehr da sein, aber mein Majordomus weiß Bescheid. Er wird für mich die Verkaufsurkunde unterschreiben. Du brauchst mich nicht hinauszubegleiten. Ich kenne den Weg."

Mit einem knappen Kopfnicken ging er. Ich bemerkte,

daß er stark hinkte und nur mit Mühe die Treppe hinabstieg. Ich schloß die Tür hinter ihm und war sicher, daß die Sorda nach seinem Weggang voller Neugier heraufkommen würde.

Ich setzte mich auf den Schemel, von dem sich der Fürst eben erhoben hatte, stopfte mir eine Tonpfeife mit gutem Tabak, schlug Feuer, schmauchte genüßlich, in angenehmen Rauch gehüllt, und machte mir meine Gedanken. Ich wurde so schnell reich, daß der Tag kommen würde, da ich für mein weiteres Fortkommen meinen „traurigen Beruf" an den Nagel hängen müßte. Aber das wird mir leid tun. In gewisser Weise mochte ich meine Mädchen.

Die Sorda trat ein, vor Aufregung zappelnd wie ein Floh. Sie setzte sich auf meinen Schoß, und ich erzählte ihr die ganze Geschichte, aber nichts von der mit dem Weiterverkauf des Grundstücks verbundenen Bedingung. Sie sah mich mit weit aufgerissenen Augen an und bewunderte sehr, wie es mir gelungen war, das Vertrauen und die Protektion eines so großen Fürsten zu gewinnen. Als ich meinen Bericht beendet hatte, fing sie an zu schmusen. Sie hatte den Moment schlecht gewählt, fand ich, denn es war schon sehr spät. Weil es ihr aber von Herzen kam, ließ ich sie gewähren.

Seine Eminenz Kardinal Cherubi:

Ich weiß, daß ich heftig getadelt worden bin – auch von jenen Kardinälen, die am Tage des Aufstandes im Vatikan waren –, weil ich Seiner Heiligkeit vorgeschlagen hatte, Della Pace zu opfern. Dieses Opfer, das wir bringen mußten, um das Leben des Papstes, unser eigenes Leben und den Apostolischen Stuhl zu retten, war an sich gewiß etwas Schreckliches. Aber die meisten Anwesenden, auch Seine Heiligkeit, hatten sich im Grunde ihres Herzens bereits damit abgefunden, als ich die Kühnheit hatte, laut auszusprechen, was alle insgeheim dachten.

Auch der Papst hätte mir – wie alle anderen – nach überstandener Gefahr ein böses Gesicht zeigen können. Er tat nichts dergleichen, sondern wußte mir Dank für meinen Mut und meine Offenheit, wie er mir zu sagen geruhte.

Auf diese Eigenschaften halte ich mir nichts zugute. Ich bin von Natur aus so veranlagt, daß ich freiheraus sage, was ich denke. Deshalb habe ich auch nie verhehlt, daß ich eines Tages Nachfolger des Patriarchen von Venedig zu werden hoffe, wenn der Herr ihn zu sich rufen wird. Ich weiß wohl, daß es im Vatikan nicht üblich ist, seine Wünsche so unschuldig zu erkennen zu geben; im Gegenteil, man verheimlicht sie und läßt sie nur durchblicken, wenn es einem nützlich scheint. Ich gehe anders an die Dinge heran. Da ich in Venedig geboren bin, glaube ich, den Charakter seiner Einwohner zu kennen, und halte mich für prädestiniert, die Kirche in der Serenissima zu vertreten. Warum soll ich meine Ambitionen verschweigen, wenn sie doch legitim sind? Ist es nicht sogar besser, so früh wie möglich zu erklären, auf welchen Posten man prätendiert, sei es auch nur, um den weniger entschlußfreudigen Bewerbern den Wind aus den Segeln zu nehmen?

Will man den bösen Zungen Glauben schenken, bin ich dank meiner Offenheit derjenige Prälat im Vatikan, der die meisten Böcke schießt; zugleich sollen mir meine Tölpeleien den größten Vorteil gebracht haben. Diese Legende scheint mir widersprüchlich. Wenn meine Ungeschicklichkeiten für meine Karriere so nützlich gewesen sind, waren sie dann wirklich so dumm?

Nach dem Aufstand wurde ich zweifellos der Mann, auf dessen Ratschläge der Papst am meisten hörte. Manch einer fand meinen Einfluß exzessiv. Er war tatsächlich groß, doch wie kann man ihn exzessiv nennen, wo er doch immer mit Mäßigung ausgeübt wurde?

Seit jenem schrecklichen Tag, da der Papst um Leben und Thron fürchten mußte, strebte er danach, unbesiegbar zu werden, indem er Schweizer rekrutierte und Kanonen kaufte. Aber je stärker er militärisch wurde, um so schwächer, unentschiedener, haltloser wurde sein Charakter. Er hatte sich niemals großer Tatkraft rühmen können, und das bißchen, was er besaß, schien in den Wirren zerbrochen zu sein. Gleichzeitig überließ er sich seinem Groll.

Sowie sein Thron sich wieder gefestigt hatte, wollte er den Fürsten Orsini exkommunizieren und dessen Ehe durch ein *precetto* auflösen. Ich war gegen beide Maßnahmen, weil sie zu sehr nach Vergeltung rochen. Ich sagte es dem Heiligen Vater, und er war zunächst darüber verärgert. Nachdem ich ihm klargemacht hatte, daß er den Fürsten Orsini nicht exkommunizieren könne, ohne mit dem gesamten römischen Adel genauso zu verfahren – eine unmögliche und in ihrer Absurdität fast komische Maßnahme –, begnügte er sich mit dem *precetto*, von dem er nicht mehr ablassen wollte.

Als sein *precetto* verkündet wurde, empfand der Papst lebhafte Befriedigung. Ebensosehr freute er sich, als er – nicht ohne Grund – den Grafen Oppedo verbannte und als er unter dem Vorwand, leidend zu sein, es ablehnte, den Fürsten Orsini im Vatikan zu empfangen. Danach fiel er in seine Apathie zurück und ließ sich treiben, als hätte er überhaupt kein Ziel mehr im Leben.

Eines Tages traf ich den Botschafter Venedigs, Armando Veniero, wie er mit ziemlich besorgtem Gesicht von einer Audienz bei Gregor XIII. kam; ich nahm ihn freundschaftlich am Arm und fragte ihn nach dem Grund seiner Besorgnis.

„Ich fürchte, daß der Papst Venedig nicht mehr so viel Wohlwollen entgegenbringt wie früher“, sagte er. „Ich hatte ihn darum ersucht, ein Problem vortragen zu dürfen, das die Serenissima stark beschäftigt. Er hat mich für fünf Minuten empfangen und mir kaum zugehört. Man hätte wirklich meinen können, er interessiere sich überhaupt nicht für diese Frage.“

„Armando, beruhige dich!“ flüsterte ich ihm ins Ohr, wobei ich ihn in eine Fensternische zog. „Der Papst ist an allem desinteressiert. Er kürzt die Audienzen ab. Er zeigt sich zerstreut. Nicht einmal die wichtigsten Angelegenheiten des Staates oder der Christenheit vermögen seine Aufmerksamkeit zu fesseln."

„Ah, das ist es also!" rief Armando. „Außerdem habe ich bemerkt, daß er zur Larmoyanz neigt."

„Gewiß, er hatte schon immer die Fähigkeit zu weinen, aber jetzt kommen ihm die Tränen ungewollt und grundlos."

„Das ist betrüblich", sagte Armando, ohne allerdings einen sehr betrübten Eindruck auf mich zu machen. „Ärgerlich ist nur", fuhr er fort, „daß ich nicht weiß, was ich der Serenissima antworten soll."

„Worum handelt es sich denn?" fragte ich. „Du weißt, wie sehr ich der Serenissima zugetan bin. Und wie sehr ich hoffe, daß sie mir eines Tages meine Zuneigung erwidert ..."

Hier lächelte Armando, der meine Ambitionen genau kannte, mit einer Miene, die sowohl Freundschaft als auch diplomatische Zurückhaltung ausdrückte.

„Venedig möchte mit dem Papst einen Auslieferungsvertrag abschließen", fuhr er fort. „Die Stadt ist überfüllt mit Römern, die vor Euren strengen Gesetzen zu uns fliehen. Und umgekehrt werdet Ihr sicherlich unter der gleichen Notsituation leiden."

„Gut", erwiderte ich, „ich werde darüber mit dem Heiligen Vater sprechen. Sollte es mir nicht gelingen, sein Interesse zu wecken, lasse ich von einem Sekretär ein Schriftstück aufsetzen. Dann bleibt wenigstens ein schriftlicher und datierter Nachweis über deine Demarche. So kann sie unter dem nächsten Pontifikat mit größerem Nachdruck erneuert werden."

Einige Tage später fand ich den Heiligen Vater in einem seiner üblichen Anfälle von Melancholie, und als ich ihn nach dem Grund zu fragen wagte, sagte er düster:

„Letzte Nacht hat der Blitz in die Engelsburg eingeschlagen, in die Standarte, ganz hoch oben. Das ist ein schlechtes Zeichen, lieber Freund, ein sehr schlechtes Zeichen ..."

Mehr wollte er dazu nicht sagen, doch als er sich in seine Gemächer zurückgezogen hatte, flüsterte mir der Erste Kammerherr, der meine Verdutztheit bemerkte, zu:

„Als gebürtiger Venezianer kennen Euer Eminenz nicht den Aberglauben des einfachen römischen Volkes: trifft der Blitz die Standarte der Engelsburg, wird der Papst noch vor Jahresende sterben."

„Und Seine Heiligkeit nimmt diesen Aberglauben für bare Münze?"

„Es scheint so. Und das ist um so verwunderlicher, als der Blitz schon zweimal eingeschlagen hat, der Heilige Vater sich aber jetzt zum ersten Mal betroffen zeigt."

Einige Zeit danach traf ich auf einer Treppe des Vatikans zufällig einen Prälaten, dessen Name nicht genannt werden soll; er lächelte und blieb stehen. Ich erwiderte sein Lächeln und blieb ebenfalls stehen. Es sei hier angemerkt, daß ein Treppenabsatz mit Sicherheit im ganzen Vatikan der beste Ort für einen heimlichen Gedankenaustausch ist. Denn wenn man sich geschickt genug plaziert, hat man die Heraufkommenden ebenso im Blick wie die Herabsteigenden und sieht sie in beiden Richtungen schon von weitem kommen, so daß sie einen nicht im Gespräch überraschen können.

„Lieber Freund", sagte er, „der Ihr den Heiligen Vater tagtäglich seht, habt Ihr keine Veränderung an ihm festgestellt?"

Dieser Satz und das gleichzeitige Stirnrunzeln waren in Wirklichkeit das Angebot zu einem Tauschgeschäft: „Verrate mir, was du weißt, und ich sage dir, was ich erfahren habe." Ich beschloß, auf das Angebot einzugehen, zumal der besagte Prälat im allgemeinen gut informiert war. Allerdings verschwieg ich die Bemerkung des Papstes über die Standarte auf der Engelsburg, die nur mich persönlich betraf, weil er sie mir gegenüber geäußert hatte. Dagegen berichtete ich von dem wesentlich harmloseren Eindruck, den Armando Veniero aus seiner verkürzten Audienz gewonnen hatte.

Der Prälat lauschte fast gierig und sagte dann mit feinem Lächeln:

„Also ist es wahr. Ohne schon zu behaupten, es gehe mit ihm abwärts, könnte man in Abwandlung des berühmten Wortes sagen, ‚der gute Homer schlummert'. Dabei sieht er immer noch so gut aus. Er ißt gut, er schläft gut.* Es muß wohl so sein, daß sich der Kräfteverfall in seinem Inneren vollzieht. Ein untrügliches Zeichen: er scheint nicht mehr so darauf bedacht zu sein, sich in der Würde seines Amtes zu behaupten. Wißt Ihr, daß er sich an manchen Abenden in einer Sänfte zu seinem Sohn Giacomo tragen läßt und den Festen dieses Bengels beiwohnt? Oh, da passiert nichts wirklich Anstößiges, abgesehen vielleicht von ein paar Tänzen der nur spärlich bekleideten maurischen Sklavinnen. Aber wenn sich das herumspräche, hätte es verheerende Auswirkungen!"

Nachdem der Prälat auf solche Art das Seinige getan hatte, damit „sich das herumspräche", verließ er mich mit einem Augenzwinkern, das seine bekümmerten Seufzer Lügen strafte.

Um die Wahrheit zu sagen: ich wurde dem Papst immer unentbehrlicher. Er schickte zu jeder Tageszeit nach mir und sogar nachts, wenn er an Schlaflosigkeit litt. Und sowie er meiner ansichtig wurde, hieß es: „Cherubi, Uns bedrücken düstere Gedanken, heitert Uns auf!"

Das war nicht sehr schwer. Wenn der Papst eine Geschichte mochte, konnte man sie ihm hundertmal erzählen, und er fand daran immer wieder das gleiche Vergnügen. Man mußte allerdings stets die gleichen Wörter verwenden. Bisweilen verlangte er dann sogar, sie zu wiederholen.

„Cherubi, beschreibt Uns eine Mahlzeit bei Montalto!"

„Gut, Allerheiligster Vater. Zunächst einmal: das Spei-

* Das trifft zumindest nicht auf die letzten Monate seines Lebens zu. (Cherubi)

sezimmer war eisekalt, da Seine Eminenz nicht wollte, daß man dort Feuer mache."

„Warum nicht?" wollte der Papst wissen, der mir diese Frage schon mindestens ein dutzendmal gestellt hatte.

„Man wäre versucht, länger bei Tisch zu verweilen, wenn ‚man dort nicht so fröre'. Die Nonne, die uns bediente ..."

„Nein, nein, Cherubi, nicht so schnell. Während des Essens machte Montalto kleine Scherze auf französisch."

„Richtig, Allerheiligster Vater. Er sagte (hier imitiere ich Montaltos tiefe Stimme): *‚N'oubliez pas, Cherubi, que la chère mène à la chair, et qu'après la panse, vient la danse ...'**"

„Ausgezeichnet! Weiter!"

„Dann das Essen, welches die Nonne uns brachte ..."

„Nein, nein!" rief der Heilige Vater. „Cherubi, Ihr habt wohl nicht ausgeschlafen! Ihr vergeßt ja alles! Ihr habt die Nonne noch nicht beschrieben."

„Ja, Allerheiligster Vater, sie war alt und sagenhaft verhutzelt und mager wie ein Skelett. Und so ausgetrocknet, daß sie beim Laufen knarrte. Es fehlte ihr nur die Sense, um den Gevatter Tod spielen zu können."

„Ausgezeichnet, ausgezeichnet! Weiter, Cherubi."

„Eines Tages verkündete sie uns beim Mittagessen mit konsternierter Miene, sie habe vergessen, ihre Vorräte aufzufüllen, und es seien nur noch zwei Eier da. ‚Das macht nichts!' sagte Montalto. ‚Gebt Cherubi das größere, der ist ein starker Esser. Rossellino und ich teilen uns das kleine.'"

„Ausgezeichnet, Cherubi! Ausgezeichnet!"

Obwohl sein Gedächtnis jetzt manche Lücken aufwies, erinnerte er sich genauestens an Dinge, die Jahre zurücklagen, und vergaß auch seine Ressentiments nicht, die ihn mitunter zu nachgerade boshaften Sticheleien verleiteten.

„Cherubi, entsinnt Ihr Euch an die Worte Montaltos,

* (franz.) Vergeßt nicht, Cherubi: Reichlich gut essen macht auf Fleischeslust versessen, und ein voller Wanst geht gern zum Tanz.

als er zum ersten Mal Vittoria sah: ‚Wer könnte sie sehen, ohne sie zu lieben! Wer könnte sie hören, ohne sie anzubeten!'"

Und er lachte und fügte bissig hinzu:

„Er dürfte heute wenig erfreut darüber sein, unser guter Heiliger, daß die so sehr geliebte Nichte mit einem Seeräuber im Konkubinat lebt ..."

Eines Tages gewährte mir der Papst eine äußerst seltene Gunst, deren nur wenige Prälaten im Vatikan sich rühmen durften: er zeigte mir seine Sammlung. Ganz anders als seine Vorgänger und sein berühmter Nachfolger wendete Gregor XIII. nur wenig Geld für die Verschönerung der Ewigen Stadt auf. Dagegen gab er es mit vollen Händen für seine Pretiosensammlung aus – ein Lebenswerk, für das er einen Saal mit Spiegeln ausgestattet hatte, darin die Kleinodien unendlich viele Male reflektiert wurden. Am Tage war der Saal von hohen Fenstern erhellt, nachts von venezianischen Lüstern mit unzähligen Kerzen. Da die Besichtigung während einer der schlaflosen Nächte des Heiligen Vaters stattfand (in der er mich unverzüglich holen ließ, so wie es ihm zur Gewohnheit geworden war), brauchte der bedauernswerte, ebenfalls hastig aus dem Schlaf gerissene Kammerdiener (der sicher nicht weniger unglücklich war als ich) eine reichliche halbe Stunde, um alle Kerzen auf den Lüstern anzuzünden; dann wartete er, an den Türrahmen gelehnt und im Stehen schlafend, zwei Stunden auf das Ende der Besichtigung.

Wenn ich nicht selbst halb eingeschlafen wäre (denn ich brauche viel Schlaf), hätten mich all diese Wunderwerke geblendet, die der Heilige Vater nacheinander aus den eigenhändig aufgeschlossenen Vitrinen nahm, mit seinen sanften, schön geformten Händen streichelte und mir zeigte, ohne sie mich allerdings berühren zu lassen, so eifersüchtig hütete er sie: Edel- und Halbedelsteine aus aller Welt in großer Zahl, größtenteils aus den beiden Indien, Brasilien, Ceylon oder Sibirien, davon mir einige unbekannt waren (aber ich wagte nicht, nach ihrem Namen zu fragen), und alle zu prachtvollen goldenen Schmuckstücken verarbeitet, deren ziselierte Fassungen von den bekanntesten Meistern stammten. Der Heilige Vater hatte einen Experten zur Schätzung seiner Reichtümer kommen lassen; da er aber die Schätzung für zu niedrig befand, wolle er einen berühmten lombardischen Künstler für eine erneute Schätzung rufen, sagte er.

Während der ganzen Zeit, da er mir seine Kleinodien zeigte, spielte ein abwesendes Lächeln um seine Lippen, sein etwas vager Blick schien sich im Feuer dieser Steine und ihrem Reflex in den Spiegeln zu verlieren. Solange die Besichtigung dauerte (und sie erschien mir sehr lang), wirkte er frisch und munter; aber sowie sie beendet war, überfiel ihn die Müdigkeit. Er ließ sich auf dem Lehnstuhl nieder, den ich ihm hinschob, den Nacken auf der Rückenlehne, die Augen geschlossen. Selbst jetzt wollte er den Saal nicht verlassen, ehe nicht der Diener alle Kerzen gelöscht hätte. Mit schwacher Stimme erklärte er mir, eigenhändig mit den drei Schlüsseln, die er niemals aus der Hand gab, abschließen zu wollen. Als endlich die letzte Kerze erloschen war, erhob er sich und verriegelte, auf meinen Arm gestützt, mit sicherer, keineswegs zitternder Hand die Tür, die offenbar sehr schwer und mit Eisen gepanzert war.

Ich begleitete ihn zurück zu seinen Gemächern, wo er zum Auskleiden erwartet wurde. Als ich ihn seinem Kammerherrn überantwortete, hob er den Kopf, sah mich an und sagte erstaunt:

„Ihr hier, Cherubi? Ist es denn schon Tag?“

Gleichzeitig rollten, Gott weiß warum, große Tränen seine rosigen Wangen herab. Vielleicht war er tief im Innersten darüber betrübt, seine Schätze nicht mitnehmen zu können, wenn ihm die Stunde schlagen würde.

Trotz aller Ermüdungserscheinungen in Verhalten, Gedächtnis und Intelligenz war er bei guter Gesundheit. Und das Animalische in ihm, wenn ich mich in seinem Fall so ausdrücken darf, funktionierte ausgezeichnet, zumal wenn man bedenkt, daß er in sein fünfundachtzigstes Lebensjahr ging.

Dieser Gedanke kam mir auch am 4. April 1585, als sich der Papst Schlag zwölf Uhr zum Palazzo Medici begab, wo ihn der Kardinal zum Mittagsmahl geladen hatte. Ich sehe ihn wieder vor mir, wie er auf dem Petersplatz im Begriff stand, seinen weißen Zelter zu besteigen: kerzengerade und schlank, mit azurblauen Augen, rosigen Wangen, ein Lächeln auf den Lippen. Er trug einen roten Hut und eine weiße Soutane mit Kapuze, deren roter Samt sich am Zaumzeug seiner schönen Stute wiederholte. Zweihundert Hofleute – Offiziere und Würdenträger, alle zu Pferd – standen bereit, ihn als Vor- und Nachhut durch die Straßen Roms zu begleiten. Der Papst, der sich, von seiner Eskorte umgeben, freundschaftlich mit dem Kardinal di Medici unterhielt, den er um Haupteslänge überragte, bot ein solches Bild von Eleganz, Würde und Vornehmheit, daß wir alle sehr beeindruckt waren. Und das vollends, als er seinem Reitknecht, der den weißen Zelter herangeführt hatte, mit einer Hand die Zügel abnahm, mit der anderen bedeutete, beiseite zu treten, den Fuß in den Steigbügel setzte und sich mit bewundernswerter Leichtigkeit und Kraft in den Sattel schwang.

Es hatte am Morgen gefroren – etwas Außergewöhnliches an einem 4. April in Rom –, doch die Sonne hatte mittlerweile Nebel und Frost vertrieben, stand nun im Zenit und wärmte uns auf das angenehmste die Schultern. Obwohl man Sorge getragen hatte, entlang den Straßen, die der Heilige Vater passieren würde, Schweizergarden aufzustellen, schien das einfache Volk mehr Bewunderung als Feindseligkeit für unseren prachtvollen Zug zu empfinden, ohne allerdings richtig zu applaudieren.

Man hat so viele Dummheiten und Sticheleien über den Geiz der Medicis verbreitet und ihnen fortwährend vorgeworfen, sie röchen nach Bankwesen und Handel, daß ich es der Wahrheit schulde, hier festzustellen: der Empfang des Kardinals war in jeder Hinsicht eines großen Kirchenfürsten würdig und verband glänzenden Prunk mit auserlesenstem Geschmack. Obwohl Gregor XIII. nur mäßig aß, war er durchaus ein Feinschmekker und liebte es, lange bei Tisch zu sitzen und heiter mit seinen Tischnachbarn zu plaudern. Nach dem Essen wollte Kardinal di Medici, der ebenfalls sehr wertvolle Kleinodien besaß, dem Papst seine Sammlung zeigen, was dieser mit Freuden annahm; mit liebenswürdigem Lächeln sagte er zu mir: „Kommt, Cherubi, Ihr sagt Uns dann, ob Ihr sie schöner findet als Unsere."

Die Medici-Sammlung reichte weder von der Quantität noch von der Qualität her an die des Papstes heran – mit Ausnahme eines monumentalen Gewürzständers, bei dem es sich um eine Replik des von Benvenuto Cellini für den französischen König Franz I. ziselierten Gefäßes handelte. Auffallend daran waren zwei sitzende nackte Figuren, eine männliche und eine weibliche, davon die eine den Ozean, die andere die Erde darstellte; beide hatten die Beine ineinander verschlungen, in Anspielung auf die Meeresarme, die weit ins Land hineinreichen. Die Erde, eine Frauengestalt von hinreißender Schönheit und Grazie, hatte die Hand auf ein überaus fein gearbeitetes Tempelchen gelegt, das als Behälter für Pfeffer diente, während der Ozean ein Schiff – den Salzbehälter – in der Hand hielt.

Der Papst ließ nicht ab, dieses wunderschöne Kunstwerk zu betrachten und mit seinen wohlgeformten Händen zu streicheln. Und was ich von Anfang an geahnt hatte, geschah: der Heilige Vater wollte die Menage dem Kardinal di Medici abkaufen, der in diesem Augenblick sicher heftig bereute, sie ihm überhaupt gezeigt zu haben; sein Gesicht verriet tödliche Verlegenheit. Die Menage zu verkaufen schien ihm allzu hart. Und es abzulehnen war nicht ungefährlich, war doch der Papst sehr rachsüchtig.

Aber ein Medici läßt sich nicht überrumpeln: das Zögern des Kardinals währte nicht lange.

„Verkaufen, Allerheiligster Vater", rief er und hob die

Hände, „werde ich Euch das Stück ganz gewiß nicht. Aber es wird mir ein großes Vergnügen sein, es Euch zu schenken, wenn Ihr mir ein wenig Zeit laßt, es von allen Seiten von einem Künstler zeichnen zu lassen, damit ich wenigstens die Erinnerung daran bewahren kann."

Damit stellte er die Menage in ihre Vitrine zurück, schloß diese ab und geleitete den Papst mit unendlicher Ehrerbietung zurück. Er hatte sich gerade noch rechtzeitig einer kaufmännischen List entsonnen: Zeit gewinnen!

Wieder im Freien, wurden wir durch einen unangenehmen Wetterumschwung überrascht. Dicke schwarze Wolken verdeckten die Sonne, und es war sehr kühl geworden. Ich bemerkte, wie der Heilige Vater, nachdem er aufgesessen war, fröstelte, und als wir auf dem Hof von Sankt Peter angekommen waren und er abgestiegen war, fröstelte er wieder. Er bekam heftiges Fieber und mußte zu Bett; und als alle Mittel des vatikanischen Arztes wirkungslos blieben, wurde Andrea da Milano gerufen, ein Nachfahre von Giovanni da Milano, dem berühmten Professor der nicht minder berühmten medizinischen Akademie von Salerno, mit der keine sonst in Europa rivalisieren kann, höchstens die Akademie von Montpellier – beides Institutionen, die ihre Vormachtstellung, wie ich hörte, dem Umstand verdanken, daß ihnen die aus ihrer Heimat vertriebenen spanischen Taufjuden die jüdische und die arabische Medizin übermittelt hatten.

Andrea da Milano untersuchte den Kranken, maß seinen Puls und sprach beruhigende Worte. Aber da er mich ständig am Lager des Papstes sah – der Heilige Vater bestand hartnäckig darauf –, machte er mir ein Zeichen, ihm ins Vorzimmer zu folgen, wo er sich, mit mir allein, in ganz anderem Ton äußerte.

„Beide Lungenflügel sind angegriffen, Euer Eminenz. Allerdings ist der Heilige Vater außergewöhnlich robust. Sein Herz arbeitet ausgezeichnet, und er wird die Krankheit überwinden können."

Am folgenden Tag war der Zustand des Papstes unverändert, aber Andrea da Milano zeigte sich im Gespräch unter vier Augen durchaus nicht mehr so zuversichtlich.

„Ich will offen mit Euch reden, Eminenz. Der erlauchte Patient enttäuscht mich: er zeigt keine Widerstandskraft. Er kämpft nicht! Er hilft nicht dem Arzt, er hilft der Krankheit.“

Am nächsten Tag sprach er noch offener:

„Es ist an der Zeit, ihm die Letzte Ölung zu erteilen.“

Daraufhin ließ ich einen der Neffen des Papstes rufen, den Kardinal San Sisto, der sofort herbeieilte und reichlich Tränen vergoß (offenbar hatte er diese Fähigkeit von seinem Onkel geerbt). Und da der Heilige Vater gerade ein wenig schlummerte, wagte ich es, ihn zu verlassen und in meinen Palazzo zurückzukehren, wo ich mir einen Imbiß servieren ließ, bevor ich in meinen Park ging, um Luft zu schöpfen und einen Blick auf das Wäldchen zu werfen, um das ich ihn unlängst vergrößert hatte. Ich sah dort den früheren Besitzer, Domenico Acquaviva, der emsig beim Auslichten war, und trat zu ihm. Sowie mich Acquaviva erblickte, fiel er auf die Knie und küßte meinen Ring.

„Gute Arbeit, Acquaviva!“ sagte ich. „Und vielen Dank für deine Freundlichkeit.“

Ein kurzes Schweigen, dann fragte Acquaviva:

„Eminenz, man erzählt sich überall, der Heilige Vater sei schwer krank. Besteht denn keine Hoffnung mehr?“

„Leider nein, mein Sohn!“ sagte ich und schüttelte den Kopf.

In diesem Augenblick kam ein Diener gelaufen, um mir kundzutun, Kardinal di Medici warte in meinem Palazzo auf mich. Ich eilte zu ihm und fand ihn, wie er im großen Saal mit großen Schritten – so groß, wie sein kleiner Körper es ihm erlaubte – auf und ab ging.

„Cherubi“, fragte er kurz angebunden und vergaß für diesmal seine höflichen Manieren, „was ist mit dem Papst? Seit drei Tagen habe ich ihn nicht mehr gesehen.“

Ich breitete die Arme aus und ließ sie zu beiden Seiten meines Körpers herabfallen.

„San Sisto erteilt ihm gerade die Letzte Ölung."

„Das ist sehr betrüblich!" sagte Medici gespreizt und senkte den Kopf.

Aber gleichzeitig spielte ein leichtes Lächeln um seine Lippen, das sofort verschwand, als er meinen Blick spürte. Zwischen uns herrschte Schweigen, das sich auf unser beider heimliche Belustigung gründete. Medici hatte gewonnen: er würde seine wertvolle Gewürzmenage nun nicht mehr in den Vatikan schaffen müssen.

KAPITEL XII

Ehrwürden Luigi Palestrino, Theologe:

Am 10. April 1585, um drei Uhr nachmittags, hauchte Gregor XIII. seinen letzten Seufzer aus. Dieser Ausdruck ist mir lieber als die Umschreibung „die Seele aushauchen oder aufgeben“, welche die Seele zu Unrecht mit dem Atem gleichsetzt, während sie doch nichts Stoffliches hat und mit keinem Bild oder Gleichnis von dieser Welt verdeutlicht werden kann.

Ich mißtraue der oberflächlichen und unüberlegten Sprache des gemeinen Mannes, und ich bin sehr entrüstet, wenn ich höre und lese, die Seele eines Kindes würde von seinen Eltern im Augenblick der Empfängnis geschaffen. Das ist die reine Irrlehre: die Nachfahren Adams haben dieses Privileg nicht. Es ist allein Gottes Sache. Gott der Herr allein hat die Macht, eine Seele zu erschaffen.

In diesem Punkt gibt es nichts zu debattieren noch in Zweifel zu ziehen. Worüber man allerdings debattieren kann, ist der Zeitpunkt, zu dem einem neuen menschlichen Wesen die Seele eingehaucht wird: im Augenblick der Empfängnis oder im Augenblick der Geburt. Wie immer man sich entscheidet, es spricht in beiden Fällen etwas dagegen. Denn wenn das Kind seine Seele erst im Moment der Geburt erhält, hat es folglich in den neun Monaten seines Lebens im Uterus noch keine gehabt. Wenn es die Seele aber schon im Augenblick der Empfängnis erhalten hat, müßte man es dann nicht bereits im Mutterleib taufen? Denn was wird aus dieser Seele, wenn die Mutter vor der Zeit niederkommt und ihr Kind tot geboren wird?

Es gibt zwei Gründe, weswegen wir Theologen ständig untereinander streiten: zum einen versuchen wir, jene

Punkte unseres Glaubens zu erhellen, die die göttliche Offenbarung im dunkeln gelassen hat, und zum anderen ist es uns nicht möglich, unsere diesbezüglichen Thesen durch zwingende Beweise zu untermauern. Ich möchte hier nur ein Beispiel anführen. Seit dem heiligen Thomas von Aquino disputieren wir darüber, ob man das Vorhandensein von Materie bei den Engeln bejahen soll oder nicht. Bekanntlich hat der heilige Thomas es verneint, doch trotz seiner absoluten Autorität sind manche von uns noch sehr weit davon entfernt, sich dieser Ansicht anzuschließen.

Um auf Gregor XIII. zurückzukommen (bei dem, wie ich hier nebenbei und ohne jede Bitterkeit erwähnen möchte, die Theologen nicht gerade gut angeschrieben waren – der Heilige Vater warf ihnen vor, gegenüber seinen *precetti* Bedenken geäußert zu haben, die er spöttisch als „Gekeife“ bezeichnete): er starb, ohne aus den Händen von Kardinal San Sisto die Letzte Ölung empfangen zu haben, weswegen wir in großer, schmerzlicher Angst ob seines Seelenheils waren; denn der Papst hatte sich in seiner Lebensweise, in der Führung der Christenheit und in der Regierung seines Staates nicht immer als sehr gottesfürchtig erwiesen.

Ich war aufs höchste überrascht, als mir Fürst Orsini am Tag nach dem Tod des Papstes eine Kutsche ohne Wappen schickte und ein Billett mit der Bitte, ihn bei Anbruch der Nacht in Montegiordano aufzusuchen. Ich glaubte den Fürsten in Bracciano. Und dort war er am Abend zuvor auch gewesen. Aber da er offenbar noch enge Beziehungen zur Entourage des Heiligen Vaters hatte, war er von dessen unmittelbar bevorstehendem Ende benachrichtigt worden und war in der Nacht gen Rom geritten, was seinem verwundeten Bein heftige Qualen verursacht haben muß.

Ich bemerkte es sofort, als ich ihn beim Betreten des Raumes, in dem er mich erwartete, auf seinem Sessel gleichsam liegen sah, das linke Bein ausgestreckt, mit beiden Händen den Schenkel umfassend, als wolle er so den Schmerz zurückdrängen, und den Mund leidvoll verzogen. Ein Anblick von nur kurzer Dauer, denn sowie der Fürst meiner ansichtig wurde, erhob er sich mit soldatischer Schnelligkeit, kam rasch, wenn auch auffällig hinkend, auf mich zu, begrüßte mich, nahm meine Hände und ließ mich auf dem Sessel Platz nehmen, den er soeben verlassen hatte. Ich war über diesen liebenswürdigen Empfang gerührt, zumal er mir von einem Mann bereitet wurde, der körperlich und seelisch so viel zu leiden hatte.

Ohne Umschweife begann er: „Pater, Ihr habt mir in unserem letzten Gespräch gesagt, ich könnte die Zeit des Interregnums zwischen dem Tod Gregors XIII. und der Wahl des neuen Papstes vorteilhaft für meine Angelegenheit nutzen. Wie steht es nun damit, jetzt, da die Zeit gekommen ist?“

„Wollet mir bitte keine Fragen stellen, Durchlaucht“, erwiderte ich, „und insbesondere nicht diese Frage. Sie ist überflüssig, denn ich weiß genau, weswegen ich hier bin.“

Der Fürst wurde keineswegs ärgerlich, sondern begnügte sich mit einem Lächeln, und ich begriff, warum dieser Mann von den Frauen so geliebt wird: er strahlt große Herzlichkeit aus. Ich weiß nicht warum, doch ich empfand in diesem Augenblick ein gewisses Mitgefühl für ihn. So ein mächtiger Fürst, und so beispielhaft in unserer Zeit: mutig, klug, gebildet, kunstsinnig, und was das Aussehen betrifft, so stattlich, breit und kräftig ... Ein schöner Mensch – und doch so verletzlich und gefangen in dieser vergänglichen Welt.

„Durchlaucht“, fuhr ich fort, „ein Interregnum ist ein vorübergehender Zustand in einer Gesellschaft, der aber viel Freiheit läßt für Menschen wie Euch, die ein Unrecht zu bereinigen haben. Denn zum gegenwärtigen Zeitpunkt ist der Kirchenstaat ohne Oberhaupt und die Christenheit ohne Hirt.“

„Darf ich daraus den Schluß ziehen, daß ich dieses Interregnum nutzen kann, die Gültigkeit meiner Ehe zu proklamieren?“ fragte er, denn er hatte im Feuer der Leidenschaft meine Ermahnung schon wieder vergessen.

„Durchlaucht, das wäre Wahnsinn! Wenn Ihr ein *precetto* des dahingeschiedenen Papstes so mißachtet, lenkt Ihr den Zorn des neuen Papstes auf Euch. Die Form muß gewahrt bleiben! Ihr solltet Theologen zusammenrufen und sie konsultieren. Und wenn deren Rat zu Euern Gunsten ausfällt, dann – und nur dann – könnt Ihr wieder heiraten.“

„Wieder heiraten?“ sagte er und riß die Augen auf. „Ich bin doch verheiratet!“

„Vergebung, Durchlaucht, Ihr seid es nicht. In den Augen der Kirche seid Ihr es nicht mehr. Und Ihr müßt wissen, daß es auf der Welt keinen Theologen gibt, der ein päpstliches *precetto* annullieren darf. Er wird Euch nur sagen können, daß Ihr nach seiner Meinung wieder heiraten dürft.“

„Und wer garantiert mir“, fragte er, „daß der neugewählte Papst nicht seinerseits ein *precetto* zur Auflösung meiner neuen Ehe erläßt?“

„Niemand, Durchlaucht, absolut niemand. Dieses Risiko müßt Ihr eingehen.“

„Mein Gott!“ rief er und faßte sich mit beiden Händen an den Kopf. „Welche Tyrannei!“

Darauf erwiderte ich nichts, denn ich teilte im vorliegenden Fall weitgehend seine Meinung. Was aber nichts an dem Prinzip änderte, das ich vertrat: *dura lex, sed lex.** Die Vorteile, die der Christenheit aus der Allmacht des Papstes erwachsen, überwiegen in meinen Augen die aus dem Mißbrauch dieser Allmacht resultierenden Nachteile.

„Wenn Ihr meinen Ansichten folgt, Durchlaucht: hier ist eine Liste mit den Namen von sieben hochgeachteten Theologen. Versammelt sie hier und laßt sie beraten.“

Er warf einen kurzen Blick auf die Liste und fragte: „Warum sieben, Pater?“

„Damit eine Mehrheit zustande kommt, und sei es nur

* (lat.) Das Gesetz ist hart, aber es ist Gesetz.

mit einer Stimme; denn wir werden abstimmen, und zwar geheim."

„Warum geheim?"

„Um nicht auf diesen oder jenen den Zorn des neuen Papstes zu lenken, der unsere Ansicht ja vielleicht nicht teilen wird."

„Ist es möglich, daß sich die Patres schon morgen hier versammeln?" fuhr er ängstlich fort.

„Ich werde mich dafür verwenden, doch zuvor, Durchlaucht, möchte ich gern unter vier Augen mit Eurer Frau Gemahlin sprechen. Und bitte, wollet mir darüber keine Fragen stellen; ich werde Euch nicht antworten. Es steht Euch frei, die Signora nach dem Gespräch über seinen Inhalt zu befragen."

Auf seinem ehrlichen und offenen Gesicht konnte ich ablesen, wie es ihn freute, daß ich – aus purer Höflichkeit – Vittoria Accoramboni seine Gemahlin nannte.

„Ich werde sie rufen", sagte er lebhaft, „und Euch mit ihr allein lassen."

Ich erhob mich zu einer Verbeugung. Er kam mit seinem ausholenden und hinkenden Gang auf mich zu, nahm wieder, wie schon zuvor, meine Hände, die in den seinen fast verschwanden, und sah mich schweigend und mit einem Ausdruck von Freundschaft und Dankbarkeit an. Mein Kopf reichte ihm gerade bis zur Brust. Welch hünenhafte Gestalt! Diese Knochen! Diese enormen Muskeln! Und wie robust müssen wohl die Organe in diesem gigantischen Körper sein! In der Stunde seines Todes wird sich die Seele des Fürsten nur schwer von einer so imposanten fleischlichen Hülle lösen, während die meine es beinahe schon zu Lebzeiten getan hat! Bei dem bißchen Materie in mir hätte mich der heilige Thomas von Aquino für einen Engel gehalten ... Man möge mir diesen kleinen Scherz nachsehen. Die verrinnende Zeit braucht manchmal ein wenig Aufmunterung, ist doch das ganze Leben nur ein langes Warten auf den Tod.

Ich setze mich und warte eine geraume Weile auf die Signora, was mich nicht verwundert, stehen doch die Damen in dem Ruf, niemals fertig zu werden. Ich weiß allerdings nicht, ob dieser Ruf berechtigt ist, denn ich kenne die Frauen kaum. Meine Mutter starb bei meiner Geburt, und meine übrige Familie ging kurz darauf bei einem Erdbeben zugrunde. Ich bin von stummen Nonnen großgezogen worden, die so konsequent schwiegen, daß ich wohl kaum sprechen gelernt hätte, wäre da nicht der alte Klostergärtner gewesen, bei dem ich wohnte und der mein Lehrer war.

Erst mit zwanzig Jahren, als ich Rom zum ersten Mal verließ, habe ich richtige Frauen gesehen. Ihr Anblick verstörte mich so sehr, daß ich zunächst glaubte, sie gehörten einer anderen Spezies an als meine Nonnen. Einmal, weil letztere einen so faden Geruch ausströmten, wohingegen die Frauen auf der Straße von einem ganz besonderen Duft umgeben waren, von dem ich nicht zu sagen wußte, ob er mir gefiel oder nicht. Dann richteten sie ihre lebhaften, beseelten, strahlenden Augen ständig auf alles, was sie sahen. Und schließlich sprachen sie mit lauter, deutlicher Stimme, die in meinen Ohren wie Musik klang. Gleichwohl erfreuten mich diese Entdeckungen nicht, sondern erschreckten mich vielmehr, und bald darauf bekam ich einen Schock, der mich vollends einschüchterte: eine dieser Frauen – vielleicht war es Zufall – sah mich an. Meine Nonnen hielten die Augen gesenkt, und nie waren ihre Blicke den meinen begegnet; daraus erklärt sich, daß mir die Augen der richtigen Frauen sehr glänzend und sehr gefährlich vorkamen. Ihre Blicke sind wie lauter kleine Zangen, mit denen sie den andern packen und hin und her wenden, um ihn besser betrachten zu können. So flüchtig und zufällig der Blick jener Vorübergehenden gewesen sein mag – er ließ mich am ganzen Leib erschauern, und seither machen mir die Frauen angst.

Vielleicht ist es absurd, doch ich fühle mich unbehaglich in Erwartung der Signora, obwohl ich fest überzeugt bin, daß unsere Unterredung für ihre und des Fürsten Sache notwendig ist. Meine Lippen sind trocken, die Kehle ist mir wie zugeschnürt, und die zitternden Hände verstecke ich in meinen weiten Ärmeln. Ich fürchte vor allem, sie merkt, in welche Panik sie mich versetzt, mich, einen Mann, der vom Alter her ihr Vater sein könnte.

Als sie endlich kommt, erhebe ich mich sofort; sie macht eine Handbewegung voller Grazie und sagt mit einer sanften, leisen Stimme:

„Ich höre, Ihr wünscht mich zu befragen. Ich stehe Euch zur Verfügung, Pater."

Sie ist einen Kopf größer als ich und sieht mich mit ihren großen blauen Augen an, deren Licht mir so unerträglich erscheint, daß ich meinen Blick sofort senke, gerade so weit, daß ich sie noch sehen kann. Sie scheint mir sehr elegant angezogen, obwohl ich die Kleidungsstücke, die sie trägt, nicht zu benennen vermag. Ich bemerke indes, daß ihre Gewänder den Körper weder einengen noch plattdrücken, wie das bei meinen Nonnen der Fall war, sondern seinen Formen angepaßt sind, diese sogar noch zu betonen suchen, dünkt mich. Ihr lockiges blondes Haar ist so übermäßig lang, daß es ihre Fersen berührt und im Rhythmus ihrer Bewegungen hinter ihr herweht. Ihr Gesicht scheint mir in den glücklichsten Proportionen modelliert zu sein, die straffe Haut ist weiß und rosig, die Nase gerade, der Mund ein wenig groß, aber mit feingezeichneten Lippen und regelmäßigen, glänzenden weißen Zähnen.

„Pater", hebt sie wieder an, wie erstaunt über mein Schweigen, „ich stehe zu Eurer Verfügung."

Bei diesen Worten hat ihre Stimme ein wenig gezittert, was mich auf den Gedanken bringt, daß sie, trotz ihrer Selbstbeherrschung, diese Unterredung genauso fürchtet wie ich. Da passiert etwas Seltsames: durch ihre Angst vergeht die meine fast völlig.

„Es gibt ein kleines Problem, Signora", sage ich, denn ich habe meine Stimme wiedergefunden. „Ich möchte unter vier Augen mit Euch sprechen, zugleich aber, als Beleg meiner Fragen und Eurer Antworten, etwas Schriftliches in die Hand bekommen."

„Wenn das alles ist, Pater, so weiß ich Rat", erwidert sie lebhaft und mit fröhlichem Lächeln. „Ich werde mich dort an dieses Schreibpult setzen und in einer Person Euer Zeuge und Euer Gerichtsschreiber sein. So bekommt Ihr meine schriftliche Zeugenaussage und zudem eine Probe meiner Handschrift."

Sie hat ihre Antwort mit sehr viel Takt und Güte vorgebracht. Ich bedeute ihr, daß ich einverstanden bin, und sie läßt sich auf einem Schemel vor dem Schreibpult nieder. Das dauert eine gewisse Zeit, denn bevor sie Platz nimmt, rafft sie ihr langes Haar zusammen und legt es sich beim Hinsetzen in den Schoß, vermutlich um ihren Nacken zu entlasten und nicht von dieser goldenen Pracht nach hinten gezogen zu werden. Ich beobachte sie und frage mich, welche Bedeutung die weibliche Schönheit für einen Theologen haben kann. Manche sehen darin ein Werk des Teufels, was eine unhaltbare These ist. Der Böse hat nur bei einem Mißbrauch der Dinge seine Hand im Spiel. Und die Schönheit an sich ist zweifellos eine Gottesgabe. Doch wozu dient sie, wenn es die Bestimmung des Weibes ist, zu gebären? Alle Frauen, ob schön oder häßlich, gebären, und es will mir die Notwendigkeit, so viele Vorzüge in einem Geschöpf zu vereinen, nicht einleuchten. Wenn die Aufgabe der Theologie darin besteht, den Glauben zu begreifen, dann müssen wir zugeben, daß außerhalb des Lichtkreises der göttlichen Offenbarung alles im dunkeln bleibt, selbst ein so unbedeutendes Detail wie der Zweck weiblicher Schönheit. Dennoch bin ich überzeugt, daß gegen den Willen der Vorsehung kein Blatt vom Baume fällt.

„Meine erste Frage, Signora, lautet: Habt Ihr aus freiem Willen, aus Euerm eigenen Entschluß heraus und ohne jeden Druck von außen, ohne daß Ihr bedroht oder erpreßt worden seid, den Fürsten Orsini geehelicht?"

„Aus freiem Willen natürlich."

„Schreibt das bitte auf, Signora."

„Im Wortlaut der Frage?"

„Ja."

Die Signora schreibt, und ich schweige, bis sie die Feder vom Papier nimmt.

„Signora, warum habt Ihr den Fürsten Orsini geheiratet?“

„Weil ich ihn liebte und seine Frau werden wollte.“

„Wie oft hattet Ihr vor Eurer Einkerkerung in der Engelsburg den Fürsten getroffen?“

„Einmal, bei meinem Onkel, Seiner Eminenz Kardinal Montalto.“

„Hattet Ihr nach dieser Begegnung irgendwelche Kontakte – mündliche oder schriftliche – zu ihm?“

„Der Fürst hat mir geschrieben, doch ich habe ihm nicht geantwortet. Pater, muß ich das alles aufschreiben?“

„Nur die Antworten, die Fragen laßt weg.“

Das tut sie.

„Signora, was glaubt Ihr, weshalb Euch Gregor XIII. in der Engelsburg gefangengesetzt hat?“

„Weil er dachte, Fürst Orsini habe meinen Mann ermorden lassen und ich sei seine Komplizin gewesen.“

„Und war es so?“

„Nein, es war nicht so“, ruft sie energisch. „Auch der Bericht des Bargello hat das in aller Form widerlegt. Und Della Pace hat es mir selbst wiederholt, als er kam, mich zu verhaften.“

„Schreibt bitte, Signora.“

Sie schreibt, und die Feder kratzt wütend über das Papier. Ganz offensichtlich war sie auf solche Fragen nicht gefaßt und ist unwillig darüber.

Als sie fertig ist, sage ich zu ihr:

„Muß ich Euch versichern, Signora, daß ich Euch aufs Wort glaube? Säße ich hier, wenn ich Euch für schuldig hielte?“

„Danke, Pater“, sagt sie bewegt.

„Fahren wir fort. Als Ihr dem Fürsten Orsini bei Euerm Onkel, Seiner Eminenz Kardinal Montalto, begegnet seid, habt Ihr da mit ihm gesprochen?“

„Nein.“

„Wie lange habt Ihr ihn gesehen?"
„Etwa fünf Minuten."
„Und das genügte, Eure Liebe zu wecken?"
„Ja."
Und gleich darauf fragt sie leicht aggressiv:
„Kommt Euch das unwahrscheinlich vor?"
„Ich weiß nicht", entgegne ich trocken. „Ich habe keine Erfahrung mit den menschlichen Leidenschaften, nicht einmal vom Hörensagen. Ich bin Theologe, nicht Beichtvater."
Sie sieht mich zerknirscht an, als bedaure sie den Ton ihrer Frage. Ich sage milde zu ihr:
„Schreibt bitte, Signora."
Nach einer Weile fahre ich fort:
„Hättet Ihr den Fürsten geheiratet, wenn Gregor XIII. Euch nicht in der Engelsburg eingeschlossen hätte?"
„Ich glaube, nein: aus Angst, man könnte mich für schuldig halten."
„Wie erklärt Ihr dann, daß Ihr ihn geheiratet habt, nachdem er Euch aus der Engelsburg herausgeholt hatte?"
„Das Unglück war nun einmal geschehen: wegen meiner Einkerkerung hielt mich niemand mehr für schuldlos."
„Schreibt bitte."
Dann fahre ich fort:
„Ihr wißt natürlich, Signora, daß Ihr auf Grund des *precetto* Gregors XIII. jetzt nicht mehr mit dem Fürsten Orsini verheiratet seid?"
„Ja, ich weiß, aber es ist wider das Recht!" ruft sie leidenschaftlich.
„Signora, ich bitte Euch, nehmt diese Bemerkung aus Respekt vor dem Heiligen Stuhl zurück. Anderenfalls müßtet Ihr sie schwarz auf weiß zu Papier bringen, und das wird einen sehr schlechten Eindruck auf die Theologen machen."
„Ich nehme die Bemerkung zurück."
„Nun meine letzte Frage: Wenn Ihr in naher Zukunft

die Möglichkeit hättet, den Fürsten wieder zu heiraten, würdet Ihr es tun?"

„Aus tiefstem Herzen: ja!"

„Ist dieses *ja* Euer wohlüberlegter, unerschütterlicher Wille?"

„Gewiß!"

„So schreibt bitte."

Zum Schluß lasse ich sie noch Datum und Unterschrift hinzufügen. Obwohl dieses Gespräch für mich, der ich so zurückgezogen von der Welt lebe, eine Art Prüfung war (allerdings weniger hart, als ich geglaubt hatte), bin ich mit der Signora zufrieden. Sie hat meine Fragen klar, sicher und logisch beantwortet und hoffentlich auch ehrlich. Der einzige Punkt, der mich ein wenig beunruhigt, ist, daß sie sich in den Fürsten verliebt haben will, nachdem sie ihn nur fünf Minuten lang gesehen hatte. Wenn die Frauen fähig sind, sich in so kurzer Zeit eine Kette zu schmieden, mit der sie dann ein ganzes Leben lang gefesselt sind, so muß man sie wohl zutiefst bedauern.

Die Signora erhebt sich, übergibt mir das Protokoll und verabschiedet sich sehr liebenswürdig von mir. Abgesehen von ihrer Schönheit, deren Bestimmung mir im theologischen Sinne ein quasi unlösbares Problem darstellt, scheint mir die Signora ein höchst achtbares menschliches Wesen zu sein. Ich nutze das Alleinsein, um mich zu sammeln, und richte ein kurzes Gebet an den Himmel, sie möge – mit dem von ihr erwählten Gefährten – ihren Seelenfrieden wiederfinden.

Als der Fürst zu mir zurückkehrt, halte ich ihm wortlos die Aussage der Signora hin. Er liest sie in einem Zug, mit einem leichten Erstaunen.

„Noch eine Frage, Pater, und vielleicht nicht die letzte. Warum insistiert Ihr in solchem Maße, daß mich die Signora aus freiem Willen geheiratet hat und sich gegebenenfalls aus freiem Willen wieder mit mir verheiraten würde?"

„Durchlaucht, ich habe es Euch schon erklärt: es ist der Wille der beiden Ehegatten, einander anzugehören, auf dem das Sakrament der Ehe in den Augen der Kirche beruht. Ich beabsichtige, mit diesem Zeugnis der Signora zu beweisen, wie fest und glaubwürdig die durch das *precetto* zerstörte Bindung ist."

„Das verstehe ich; aber warum stellt Ihr dann nicht die gleichen Fragen auch mir?"

Hier kann ich mein Lächeln über die Naivität der Frage nicht unterdrücken.

„Euer Wille, Durchlaucht, die Signora zu ehelichen, muß nicht mehr bewiesen werden, so offenkundig ist er für alle Welt. Ihr habt einen Aufstand ausgelöst, um die Signora aus dem Kerker zu befreien. Und tut Ihr derzeit anderes, als Himmel und Erde in Bewegung zu setzen, um ihr Gatte zu bleiben?"

Als mich später die wappenlose Kutsche zu meiner Behausung zurückbringt, denke ich über meine Worte von eben nach: „Himmel und Erde in Bewegung setzen". Sie kommen mir jetzt in höchstem Maße unpassend vor. Man kann wohl die Erde „in Bewegung setzen", da der Mensch aus so veränderlichem Stoff gemacht ist, ganz gewiß aber nicht den Himmel, dessen Gesetze unwandelbar und ewig sind.

Seine Eminenz Kardinal Cherubi:

Der Tod Gregors XIII. löste von der ersten Minute an hektische Aktivitäten aus, denn seine Nachfolge brachte wichtige personelle und nationale Interessen ins Spiel. Ich selbst war wegen meiner unverblümten Direktheit nie *papabile* gewesen und hatte keine anderen Ambitionen, als eines Tages Patriarch von Venedig zu werden. Deswegen ließen mich diese Machenschaften und Intrigen kalt; ich war nur darauf bedacht, meine Stimme und Unterstützung einem Kardinal zu geben, der sich als künftiger Papst meinen Plänen nicht entgegenstellen würde.

Niemand im Vatikan war naiv genug zu glauben, die Fürsten dieser Welt würden nicht versuchen, Einfluß auf die Wahl zu nehmen, insbesondere der mächtigste von allen, Philipp II., dessen Besitz Österreich, die Niederlande, Spanien, Portugal umfaßte, dazu – in Italien – Mailand und das Königreich Neapel und Sizilien, ganz zu schweigen von seinem ungeheuren Weltreich in den beiden Amerika, die ihm das Gold für seine Kriege und die Ausweitung seines Einflusses lieferten.

Sein Botschafter, Graf Olivares, trug daher Sorge – bevor sich die Türen zum Konklave schlossen –, alle in Rom anwesenden Kardinäle aufzusuchen und sie zu bedrängen, daß ein Papst gewählt würde, dem die Interessen Spaniens am Herzen liegen. Er kam auch zu mir in meinen römischen Palast und blieb sehr lange, da er mir einen Einfluß auf das Konklave zuschrieb, den ich gar nicht hatte. Nicht, daß er dumm gewesen wäre, aber es fehlte ihm an Fingerspitzengefühl. Und die Arroganz, die alle Welt einstimmig den Iberern zum Vorwurf macht, zeigte sich bei ihm besonders ausgeprägt. Hochmütig und stolz, sprach Olivares zu den Prälaten im Tonfall eines Mannes, der Anweisungen erteilt. Der geringste Widerspruch verärgerte ihn; er machte großzügige Versprechungen, sparte aber auch nicht mit kaum verhohlenen Drohungen. Meine Ansicht nach diesem Gespräch war, daß er des Guten zuviel tat und so der Sache seines Herrn mehr schadete als nützte.

Der König von Frankreich, Heinrich III., dem die Anhänger der Liga – ganz auf der Seite Philipps II. stehend – das Leben schwer und sogar die Macht in seinem eigenen Königreich streitig machten, hatte dagegen wenig Einflußmöglichkeiten auf das Konklave. Doch er genoß gewisse Sympathien bei denen, die den übermächtigen Philipp II. fürchteten, vor allem bei Kardinal d'Este, dessen verwandtschaftliche Bande zum französischen Königshaus bekannt waren. Und d'Este – Sproß eines mächtigen italienischen Fürstengeschlechts, dem das Herzogtum von Ferrara, Modena, Reggio und Rovigo gehörte – hatte durchaus Einfluß unter uns.

Am 21. April nach der Messe gingen wir ins Konklave

und verbrachten den Tag damit, unsere Zellen in Besitz zu nehmen und uns gegenseitig Höflichkeitsvisiten abzustatten, wobei ein jeder mit langen Fühlern das Terrain abtastete und die Chancen der bestplazierten Kandidaten und gegebenenfalls seine eigenen einzuschätzen versuchte.

Wir fanden es pikant, unsere schönen Paläste zu verlassen und uns in Klausur zu begeben, jeder in eine bescheidene Zelle für sich. Das verjüngte uns gewissermaßen; und wir konnten dieses neue Gefühl mit um so größerem Vergnügen auskosten, als unser jugendgemäßer Mangel an Komfort nicht von langer Dauer sein würde. Am Beginn des Konklaves, das für die Christenheit, für den Staat und für uns selbst so wichtig war, herrschte hier – neben ständiger Aufregung – eine mit einer gewissen unschuldigen Fröhlichkeit gepaarte klösterliche Atmosphäre.

Sich dieser Stimmung zu überlassen wäre sehr verlokkend gewesen, hätten wir nicht auf der Hut sein müssen. Auch hinter den liebenswürdigsten Worten und freundschaftlichsten Blicken konnte sich Berechnung verbergen. Ich selbst, ein unverbesserlicher Tölpel, dessen Tölpeleien amüsierten und daher von meinesgleichen mit einem gewissen Maß an Nachsicht aufgenommen wurden, mußte mich zügeln und durfte meine Direktheit nur zum Schein beibehalten.

Außer mir sprach im Konklave kein Prälat ein lautes Wort: es wurde nur gemurmelt. Sogar wer an eine Tür klopfte, tat es diskret. Begegneten sich die Purpurroben in den engen Gängen zwischen den Zellen, so vernahm man nichts als ein gedämpftes Rascheln. Die Schritte waren fast unhörbar, die Gebärden langsam und lautlos, die Blicke meist gesenkt. Trotz der dicken Mauern unterhielt man sich in den Zellen nur im Flüsterton und bediente sich mit Vorliebe der Litotes. Ein Lächeln, ein Stirnrunzeln, ein Blick sagten mehr als Worte und widerlegten diese manchmal sogar. Keiner redete abfällig über den anderen, es sei denn durch Paralipsen. Und die Sammlung, die Frömmigkeit der Prälaten bei den morgendlichen und abendlichen Offizien hätte selbst die größten Skeptiker erbaut.

Am zweiten Tag begab sich das Konklave in die erste Schlacht, und die Hoffnungen all der Kardinäle, die sich als Anwärter auf die Papstkrone sahen, waren auf dem Siedepunkt angelangt. Denn Anwärter konnte fast jeder sein, auch der unauffälligste; schon manches Mal war ein als unbeschriebenes Blatt geltender Kardinal gewählt worden, nur um einen talentierten Prälaten scheitern zu lassen, den man gerade seiner Talente wegen für gefährlich hielt.

Nach meinem Gefühl hatte von Anfang an Kardinal Alessandro Farnese die besten Chancen. Er gehörte dem berühmten Fürstengeschlecht an, das über das Herzogtum Parma und Piacenza regierte. Intelligent und fähig, war er zudem ein Humanist, ein Mäzen und Freund der Künste; und vor allem fiel wohl ins Gewicht, daß sein Neffe und Namensvetter Alessandro Farnese – von der Mutter her ein halber Österreicher – von Philipp II. zum Statthalter der Niederlande ernannt worden war und sich durch deren Befriedung ausgezeichnet hatte. Die Meriten des Neffen ergänzten also die des Onkels, und beide konnten der Gunst Philipps II. sicher sein, wodurch eine Kandidatur, die der Betroffene zwar nicht erklärte, die sich jedoch unvermeidlich aus seiner Stellung auf dem Schachbrett des Konklaves ergab, erst recht Gewicht und Glanz erhielt.

So löste es Überraschung aus, als am zweiten Tag des Konklaves die Kardinäle Altemps und di Medici dem Kardinal Sirleto den Vorzug gaben, der als Neapolitaner ein Geschöpf Philipps II. war und mithin dessen Sache vertrat.

Seine beiden Fürsprecher hatten ganz unterschiedliche Beweggründe: Altemps unterstützte die Kandidatur, weil er selbst auf seiten Spaniens stand und deshalb dessen Sieg erhoffte. Medici unterstützte Sirleto, weil er als Freund Spaniens gelten wollte, ohne es wirklich zu sein, vor allem aber, um die Kandidatur Farneses scheitern zu lassen, den er für viel gefährlicher als Sirleto hielt. Außerdem konnte er von letzterem eine gewisse Dankbarkeit erhoffen. Medici war Staatssekretär unter Pius IV. und Gregor XIII. gewesen; und warum nicht auch unter Sirleto, wenn Sirleto Papst würde?*

Gegen diese Kandidatur formierte sich sofort eine starke, wenn auch heterogene Opposition. Viele Kardinäle wollten von Sirleto nichts wissen, eben weil sie befürchteten, daß Medici unter seiner Regierung zum dritten Mal Staatssekretär würde. Die Kardinäle d'Este und Farnese waren ihm ebenfalls feindlich gesinnt, aber aus unterschiedlichen Gründen. Ersterer, weil ihm die Interessen Frankreichs am Herzen lagen und er deshalb einen Papst fürchtete, der dem König von Spanien ergeben wäre. Farnese dagegen, weil er selbst auf die Tiara hoffte. Nach Auszählung der Stimmen schied Sirleto aus.

Zu diesem Zeitpunkt traten zwei Ereignisse ein, die besser in eine Komödie gepaßt hätten. Das erste trug sich im Konklave zu, schien zunächst von großer Bedeutung zu sein, hatte aber tatsächlich kaum Einfluß auf die Abstimmung. Das zweite fand außerhalb des Konklaves, noch dazu auf der Straße statt und machte die Chancen des aussichtsreichsten Kandidaten zunichte.

An jenem Tage, dem Ostermontag, kurz vor der Mittagsstunde, wurde mit starken Schlägen an die dreifach verriegelte Tür des Konklaves geklopft: Kardinal Andrea war in Rom eingetroffen und begehrte Einlaß. Viele Kardinäle waren konsterniert, denn Andrea war nicht nur Kardinal, sondern gleichzeitig Erzherzog von Österreich. Daraus erklärte sich auch, daß neben ihm der spanische Botschafter stand. Er war es, der so gebieterisch an die Tür geklopft hatte, daß die Kardinäle hochgefahren waren. Das zeigte sich, als man das Türfensterchen öffnete, um die Unterhandlungen aufzunehmen. Wir waren wirklich alle recht verstört. Dem österreichischen Erzherzog

* Medici dementiert später diese Ambitionen, die Cherubi ihm hier unterstellt.

Einlaß zu gewähren bedeutete quasi, Philipp II. an unserer Abstimmung teilnehmen zu lassen. Doch wie sollten wir Andrea den Zutritt verwehren, nachdem Gregor XIII. so schwach gewesen war, ihn zum Kardinal zu ernennen?

Mit unserem Einverständnis, das wir ihm flüsternd zu verstehen gaben, griff Medici zu der Methode, die er schon im Falle seiner kostbaren Gewürzmenage so erfolgreich angewendet hatte: Zeit gewinnen!

„Euer Eminenz wollen gütigst Euern Eintritt etwas verschieben, denn die Teilnehmer des Konklaves setzen sich gerade zur Morgenmahlzeit zu Tisch, und wenn Ihr sofort eingeführt würdet, wären zur Verlesung der Bullen, durch die Ihr als Wähler eingesetzt werdet, reichlich zwei Stunden notwendig, was denen von uns, die jetzt eine Stärkung zu sich nehmen möchten, sehr zum Nachteil gereichen würde."

Diese wohlgesetzten Worte wurden auf der anderen Seite des Türfensterchens schlecht aufgenommen:

„Seine Eminenz der Kardinal-Erzherzog", sagte Olivares schroff, „kann sich auf keinen Fall vor einer verriegelten Tür die Beine in den Bauch stehen, während seine Confratres sich den Wanst vollschlagen – was zweifellos ihr gutes Recht ist. Wenn sie aber während des Essens einen Papst wählen, wäre das eine schwerwiegende Verletzung der Rechte des Kardinal-Erzherzogs. Ich erkläre daher: wird dem Kardinal-Erzherzog nicht unverzüglich Zutritt gewährt, betrachtet mein Herr und König jede Wahl in Abwesenheit des Kardinal-Erzherzogs für null und nichtig."

Diese unerhörte Drohung verschlug uns die Sprache: durch den Mund seines arroganten Botschafters stellte Philipp II. schon im voraus die Souveränität des Konklaves in Frage. Wir waren alle – wohlgemerkt: alle, auch die treuesten Anhänger Spaniens unter uns – so vor den Kopf geschlagen, daß wir zunächst nicht wußten, was wir sagen oder tun sollten.

Wieder rettete Medici die Situation. Er trat an das Guckfenster und sagte:

„Wollen Euer Eminenz sich ein paar Minuten gedulden, wir möchten uns untereinander verständigen.“

Und mit sicherer Hand verschloß er die Öffnung. Medici, obzwar höchst rücksichtsvoll gegenüber der spanischen Macht, fürchtete diese ebenso wie auch sein Bruder, der Großherzog von Toskana, wie die Republik Venedig und wie der Bruder von Kardinal d'Este, der Herzog von Ferrara. Diese blühenden, ruhmreichen, aber kleinen Fürstentümer waren besorgt, sie könnten das gleiche Schicksal wie Mailand und das Königreich Neapel erleiden und an Philipp II. fallen, dessen Gier nach Landbesitz genauso unermeßlich groß war wie sein Imperium.

Irgend jemand entsann sich nun, daß der österreichische Erzherzog nur Kardinal-Diakonus war und die Weihen überhaupt nicht, den Kardinalspurpur nur aus Gefälligkeit erhalten hatte. Gemäß einer Bulle von Pius IV. mußte man aber geweihter Priester sein, um am Konklave und an der Wahl teilnehmen zu können. Da ging durch das Konklave eine freudige Bewegung, die aber sofort wieder verebbte. Wer von uns würde die Kühnheit haben, der Katze Olivares die Schelle umzuhängen, jenem Olivares, der schon wieder ungeduldig an die Pforte klopfte mit seiner eisernen Faust, die niemals Samthandschuhe getragen hatte?

Medici erklärte sich für nicht zuständig und machte geltend, er habe sich schon zweimal mit Olivares angelegt. Daraufhin wurde ich bedrängt. Man gab mir in höflichen Worten zu verstehen, daß es bei mir auf eine Tölpelei mehr oder weniger nicht ankomme. Ich lehnte entschieden ab. Nach einer hastig eingenommenen Mahlzeit, die damit endete, daß alle Anwesenden sich eiligst zurückzogen, opferte sich schließlich Kardinal d'Este, wofür man ihm nicht einmal den gebührenden Dank zollte. Alle Welt kannte seine pro-französische Haltung: er hatte folglich bei den Spaniern nichts mehr zu verlieren.

Kardinal d'Este spürte diesen Undank nur allzu deutlich, stieß sich jedoch nicht daran, ging festen Schrittes zu der verriegelten Pforte, öffnete das Guckfenster und sagte:

„Vergebung, Euer Eminenz, das Konklave kann Euch leider keinen Zutritt gewähren: nach der Bulle ‚In Eligendis' von 1503 dürfen nur geweihte Priester am Konklave teilnehmen."

Und wieder sprach Olivares für den Kardinal-Erzherzog.

„Diesen Einwand haben wir vorausgesehen", sagte er trocken. „Hier ist ein Dokument, das ihn hinfällig macht: eine Bulle Gregors XIII., die den Kardinal-Erzherzog von den Weihen dispensiert, ihm aber dennoch das Wahlrecht im Konklave zuerkennt. Lest!"

Olivares schob uns die Bulle durch das Guckfenster, und Kardinal d'Este nahm sie in Empfang und entrollte sie, wobei sich einige von uns um ihn drängten, um über seine Schulter hinweg dieses schändliche Schriftstück mitzulesen.

„Was haltet Ihr davon, Medici?" fragte d'Este bissig. „Ist das wirklich die Unterschrift von Gregor XIII.? Ihr als sein Staatssekretär müßt diese Bulle ja wohl verfaßt haben?"

„Ich kann mich überhaupt nicht mehr daran erinnern", erwiderte Medici.

Eine Unverschämtheit, die ihm etliche nicht gerade liebenswürdige Blicke eintrug, was ihn jedoch nicht weiter zu berühren schien. Denn er straffte seinen kleinen Körper, schritt zur Pforte und entriegelte sie eigenhändig.

Der Kardinal-Erzherzog trat ein, und kaum war hinter ihm die Pforte wieder verriegelt, sah er sich von einem Schwarm roter Roben umringt: wir begrüßten ihn und überschütteten ihn mit endlosen Höflichkeitsbezeigungen. Gleichzeitig musterten wir ihn voller Neugier, denn er war bisher nur ein einziges Mal in Rom gewesen und hatte sich hier nur so lange aufgehalten, bis er aus der Hand Gregors XIII. den Kardinalspurpur empfing. Er war ein großer, dicker Mann mit wäßrigen blauen Augen, die seinem Gesicht einen höflich-indifferenten Ausdruck verliehen. Unsere italienischen Komplimente nahm er huldreich entgegen, doch verstand er sie offenbar nicht. Daraufhin wurde er auf lateinisch angesprochen, aber Latein beherrschte er auch nicht besser. Richtig, er war ja kein Priester! Dann versuchten wir es mit Französisch und Spanisch: ebenfalls erfolglos. Übrigens kannte er keinen von uns und wußte nichts über unsere Cliquen und Grüppchen, unsere großen und kleinen Interessen, um die es hier ging, und natürlich auch nichts über unsere Intrigen. Die Deutschsprechenden unter uns versuchten, ihn in ihr Lager zu ziehen. Er hörte ihnen höflich zu, ohne sich im mindesten für ihre Darlegungen zu interessieren. Offensichtlich langweilte er sich sehr, sogar während der Messe. Im Verlaufe unserer Debatten machte er nie den Mund auf, es sei denn, um hinter vorgehaltenem Handschuh zu gähnen.

Wir erlebten die eigenartige Situation, daß das Erscheinen des Kardinal-Erzherzogs im Konklave die Abstimmung kaum beeinflußte, dagegen außerhalb des Konklaves einen sehr folgenreichen Zwischenfall provozierte. Der skandalöse Auftritt des Grafen Olivares an der verriegelten Pforte zum Konklave war nicht unbemerkt geblieben, und seine Wünsche für Realität nehmend, schloß das Volk von Rom daraus sofort, die spanische Partei würde obsiegen und Kardinal Farnese würde unverzüglich gewählt, wenn er es nicht schon war. Eine jubelnde Menge zog zum Palazzo Farnese, um ihn zu plündern. Das Volk verehrte den Kardinal, handelte also nicht aus Haß, sondern folgte einem alten Brauch – ich wage nicht, von einer Tradition zu sprechen –, nach dem ein Kardinal, der mit der Tiara ohnehin unermeßlichen Reichtum erwirbt, seinen persönlichen Besitz gut und gern dem Pöbel zum Geschenk machen kann.

Wir waren über die Maßen entrüstet, daß es die Römer wagten, unserer Entscheidung vorzugreifen, aber mehr noch vielleicht empörten wir uns, daß Farnese so beliebt bei ihnen war. Das hieß nämlich: wenn wir ihn zum Papst machten, würde er sich einerseits auf die Macht Spaniens, andererseits auf die Gunst des Volkes stützen und könnte sich so über jeglichen Widerspruch von unserer Seite hinwegsetzen. Es wurden eilig Wachen entsandt, um die Plünderung seines herrlichen Palastes zu verhindern; wir aber schritten umgehend zur Wahl. Farnese erhielt nur ein Dutzend Stimmen. Er hatte sein Haus gerettet, die Tiara aber verloren.

Kardinal di San Sisto, der großen Einfluß auf die römischen Kardinäle hatte, weil sie den Purpur fast alle seiner Fürsprache bei seinem päpstlichen Onkel verdankten, schlug nun den römischen Kardinal Castagna als Kandidaten vor. Die meisten Kardinäle wünschten sich als Nachfolger Gregors XIII. einen tugendhaften Mann, und das war Castagna. Aber er glänzte nicht gerade durch einen starken Charakter, und wir befürchteten, San Sisto könnte als Drahtzieher hinter ihm fungieren. Castagna wurde abgelehnt.

Als nächsten brachten einige den Großinquisitor, Kardinal Savello, ins Gespräch. Er war Römer, und sowie sein Name fiel, lehnten ihn alle römischen Kardinäle ab. Sie wußten nur zu gut, daß Savello ein unerbittlicher Mann war, der überall den Teufel witterte, sogar seinen eigenen Schatten verdächtigte und nur von Scheiterhaufen und Autodafés träumte. Sogar die ranggleichen Kardinäle fürchteten seine Inquisition. So wurde er nicht einmal regulär nominiert: die allgemeine Feindseligkeit erstickte seine Kandidatur bereits im Keime.

Farnese schlug dann Santa Severina vor, der ihm, wie er glaubte, auf Grund seiner Jugend ergeben sein würde. Doch ebendiese Jugend wurde zum wichtigsten Argument derer, die keinen Protegé Farneses auf dem Heiligen Stuhl zu sehen wünschten. „Was“, hieß es, „kaum vierzig Jahre alt? Sollen wir einen *putto-papa** wählen?“ Der Schrecken hatte die Kandidatur des Großinquisitors vereitelt; die Lächerlichkeit machte die von Santa Severina zunichte.

* (ital.) einen Kinderpapst. *Il putto* ist eine dieser nackten Amoretten oder Putten, die in der Malerei jener Zeit so häufig dargestellt wurden.

Indes, wir waren nun schon drei lange Tage in Klausur, und der Wunsch, die Sache zu Ende zu bringen, wurde bei allen immer stärker. Dieses ganze Hin und Her sowie auch unsere spartanische Lebensweise begannen uns zu ermüden. Farnese, der seine Niederlage nur schlecht verwunden hatte, spürte den Überdruß und beschloß, einen großen Coup zu landen. Er schlug als Kandidaten den spanischen Kardinal Torres vor, dessen Ankunft in Rom für den nächsten Tag in Aussicht stand.

Ich war in meiner Zelle damit beschäftigt, diesen verblüffenden Vorschlag zu verdauen, als Medici an meine Tür klopfte. Ich ließ ihn herein. Er war bleich, und auf seiner Stirn standen große Schweißtropfen.

„Cherubi“, sagte er rundheraus, ohne seine üblichen diplomatischen Verklausulierungen, „was denkt Ihr über die Kandidatur von Torres?“

„Ich bin bestürzt darüber. Ein spanischer Papst auf dem Thron von Sankt Peter! Wenn wir schon so weit sind, warum dann nicht gleich Olivares selbst! Praktisch ist es dasselbe: wenn Torres gewählt wird, herrschen Olivares und Farnese an seiner Stelle. Sie werden unsere Herren sein! Und das Oberhaupt der Christenheit wird nur mehr der Kaplan des Königs von Spanien sein! Was für eine Schande!“

Ich schwieg, denn ich war selbst am meisten überrascht von meiner brüsken, explosiven Offenheit. Doch es war keine Zeit mehr für Scheinmanöver. Medici, der kluge Staatsmann, sah das genauso.

„Wenn Ihr dieser Meinung seid, Cherubi“, stieß er hervor, „so kommt in zehn Minuten in meine Zelle. Ihr trefft dort auf Gleichgesinnte.“

Bevor er ging, reichte er mir die Hand – eine für ihn sehr ungewöhnliche Geste. Seine Hand war feucht. Den Unglücklichen hatte das Entsetzen gepackt, und es bestand auch aller Grund dazu. Wie könnte ein spanischer Papst das Großherzogtum Toskana gegen die Gefräßigkeit Philipps II. verteidigen?

Zehn Minuten später traf ich in Medicis Zelle auf Alessandrino, Santa Severina, Rusticucci und d'Este, alle sehr erregt.

„Farnese ist dabei, eine raffinierte Intrige einzufädeln", sagte Medici. „Er will sich unseren Brauch zunutze machen, daß wir einem neu ins Konklave eingeführten Kardinal alle zur Begrüßung entgegengehen. Farnese hofft, bei Torres' Ankunft genug Kardinäle für seine Sache versammelt zu haben, um eine Wahl per Akklamation zu erreichen. In der allgemeinen Konfusion und Aufregung dieses Augenblicks – so hofft er – wären dann die Pro- und Kontra-Stimmen unmöglich zu zählen."

„Das ist nicht ungeschickt", sagte d'Este, „aber auch wir können uns dieser Kriegslist bedienen. Laßt uns unverzüglich einen Kandidaten benennen, um Unterstützung für ihn werben und ihn vor Torres' Ankunft durch Akklamation wählen, wenn wir alle in der Kapelle versammelt sind."

„Gut, die Zeit drängt", erwiderte Medici. „Entscheiden wir uns für einen Kandidaten, und zwar schnell. Ich selbst scheide als Bewerber aus."

„Und ich komme rein rechnerisch auch nicht in Frage", meinte d'Este. „Stünde ich zur Wahl, bekäme ich nicht einmal alle Stimmen der drei französischen Kardinäle, denn Pellevé ist ein erbitterter Parteigänger der Liga."

„Ich für mein Teil hege keine so hochfliegenden Pläne", sagte Rusticucci.

Damit wollte er ausdrücken, daß er gern vom neuen Papst ein hohes Amt im Staat erhalten würde, was ihm Gregor XIII. stets versagt hatte.

„Meine Pläne", sagte ich, „fliegen nicht; sie schwimmen – mit Kurs auf Venedig!"

„Und die meinen tun beides nicht, weder fliegen noch schwimmen", äußerte sich Alessandrino zurückhaltend.

„Und ich", sagte Santa Severina, der wirklich jung war und sich die unbekümmerte Fröhlichkeit der Jugend erhalten hatte, „ich muß nicht erst ausscheiden, ich bin bereits ausgeschieden."

Bei dieser witzigen Bemerkung des *putto-papa* mußten trotz des Ernstes der Stunde alle lächeln.

„Beeilen wir uns, die Zeit drängt", mahnte Medici. „Torres kann jeden Moment erscheinen. Ich schlage Montalto vor."

Einen Moment herrschte Schweigen; jeder für sich prüfte und wog das Gewicht dieses Namens.

„Er wird sich deutlich von Gregor XIII. unterscheiden", begann Santa Severina. „Er ist ein tugendhafter, fähiger und sehr arbeitsamer Mann."

„Ich schätze Montalto", meinte Kardinal d'Este. „Er hat die Pension von Philipp II. ausgeschlagen."

„Aber er hat für Farnese gestimmt", hielt Alessandrino dagegen.

„Eine einfache *captatio benevolentiae**", sagte Medici. „Er wußte genau, daß Farnese seit dem Krawall des Pöbels nicht mehr die Spur einer Chance hatte."

„Und Ihr, Cherubi?" fragte d'Este und hob die Brauen.

Alle schauten zu mir, denn jedermann kannte die Differenzen, die es zwischen mir und Montalto gegeben hatte.

„Ich bin Montalto zutiefst dankbar", antwortete ich mit gespieltem Ernst, „daß er mich ‚zu meinen Gondeln' zurückgeschickt hat. Ohne diese Entlassung wäre ich niemals Kardinal geworden. Ich werde für Montalto stimmen."

Die ganze Runde lächelte, also hatte ich mich wohl einigermaßen geistreich aus der Affäre gezogen. Wenn die Chancen Montaltos stiegen (was sehr wahrscheinlich war), wäre es gut – so meine Überlegung –, einer seiner engagierten Befürworter zu sein: meine venezianischen Ambitionen bedurften der wohlwollenden Zustimmung des künftigen Papstes.

„Das Gute an Montalto ist – abgesehen von seinen persönlichen Qualitäten –, daß er nach Perettis Tod nur noch Neffen hat, die für Staatsämter zu jung sind. Der Nepotismus Gregors XIII. war abscheulich: nachdem er

* (lat.) Erschleichung von Wohlwollen.

seine ganze Verwandtschaft versorgt hatte, blieben keine hohen Posten mehr übrig, die nach Verdienst hätten vergeben werden können", sagte Rusticucci.

Man stimmte zu, nicht ohne eine gewisse Belustigung. Denn keinem war entgangen, daß „nach Verdienst" im Klartext heißen sollte: „an Rusticucci".

„Alessandrino?" fragte Medici.

„Ich bin natürlich einverstanden", antwortete der, wie immer von oben herab. „Warum sollten wir gegen diesen armen Alten stimmen? Er wird in uns seine Meister finden."

„So, glaubt Ihr?" fragte Medici.

Fürst Paolo Giordano Orsini, Herzog von Bracciano:

Am 11. April, also zehn Tage vor Eröffnung des Konklaves, nahmen meine Theologen die Beratung über das *precetto* auf. Und zwölf Tage später hatten sie immer noch nichts beschlossen.

Durch eine raffinierte Vorrichtung, die ich meinem Großvater und seinem Architekten zu verdanken habe, konnte man die Stimmen aus dem Saal, den ich den Theologen in Montegiordano zur Verfügung gestellt hatte, in dem darüber liegenden Raum hören. Ich hatte den Plan gefaßt, heimlich und aus der Entfernung die Debatte zu verfolgen, um mich über den Fortgang der Dinge zu vergewissern. Doch da die Theologen ihr Latein sprachen, verstand ich kein Wort. Ich bat Vittoria um Hilfe. Mit aufmerksam gerunzelter Stirn hörte sie ihnen eine reichliche Stunde zu und berichtete mir dann:

„Sie wägen endlos das Für und Wider ab, wobei sie sich zumeist auf Zitate aus der Heiligen Schrift und den Kirchenvätern stützen. Was immer sie vortragen, sie finden stets eine entsprechende Textstelle als Beleg für ihre jeweilige Ansicht. Sie sind sich in keinem Punkt einig, nicht einmal darüber, was Unser Herr Jesus Christus über die Auflösung des Ehebundes meinte: die einen behaupten, er sei eher dafür, die anderen, er sei dagegen gewesen. Sie streiten leidenschaftlich. Jeder attackiert heftig die Meinung des anderen."

„Liebste, Ihr seid ebenso klug wie schön, und ich bewundere Euch, daß Ihr diese Pedanten verstehen könnt, die vielleicht auch rechte Schlauberger sind. Denn ich fürchte, sie werden uns mit ihren Tricks so lange hinhalten, bis eines schönen Tages das Konklave uns einen Papst beschert, ohne daß sie zu einer Entscheidung gekommen sind."

„Das fürchte ich auch, Paolo. Mir ist beim Zuhören aufgefallen, daß mit Ausnahme von Pater Palestrino, der sie immer wieder daran zu erinnern versucht, worum es eigentlich geht, niemand von unserem *precetto* redet."

„Unser *precetto*!" rief ich. „Wie seltsam, dieses Possesivpronomen! Doch Ihr habt recht, Vittoria, es ist wirklich unser, wie eine Krankheit, die uns verzehrt, wie ein Blutegel, der an unserer Haut klebt."

Es war nicht gut gewesen, von einer „Krankheit, die uns verzehrt" zu sprechen. Vittorias schönes Gesicht verdüsterte sich, und ich begriff, daß sie an meine Schenkelwunde dachte, die sie stark beunruhigte, sosehr ich mich auch mühte, ihr das Fortschreiten des Übels zu verheimlichen.

„Aber Vittoria", fuhr ich fort und tat, als wüßte ich nicht, weshalb sich ihre Miene verändert hatte, „sorgt Euch nicht; ich werde sie zur Eile antreiben und vor allem Pater Palestrino ermahnen, damit uns das Konklave nicht zuvorkommt."

Was ich noch selbigen Tages tat.

„Durchlaucht", sagte Palestrino mit dieser kräftigen, sonoren Stimme, die mich bei seinem gebrechlichen Körper immer wieder in Erstaunen versetzte, „die frommen Patres halten Euch nicht hin. Sie sind ratlos und haben Angst."

„Angst?"

„So wie auch ich sind sie Vertreter der Kirche, Durchlaucht, und ihren Gesetzen unterworfen. Gewiß, sie möchten sich, da sie von Euch so gut behandelt werden, in dem von Euch gewünschten Sinne äußern. Doch die Sache ist nicht ohne Risiko für sie. Weiß man denn, ob Euch der künftige Papst wohlgesinnt sein wird?“

„Ich verstehe, Pater, doch was ist zu tun, damit sie endlich zu einer Entscheidung kommen?“

„Man muß gröbere Geschütze auffahren.“

„Gröbere Geschütze?“ fragte ich überrascht. „Wie denn?“

„Das sage ich Euch morgen früh, Durchlaucht, falls Ihr wirklich entschlossen seid, bis zum Äußersten zu gehen.“

Er bat, sich entfernen zu dürfen; und da ich ihn kannte und wußte, er würde auf meine Fragen nicht antworten, sondern stumm wie ein Fisch bleiben, ließ ich ihn ziehen.

Ich erzählte Vittoria von diesem Gespräch, und wir verbrachten gute zwei Stunden zwar nicht in Trübsal (waren wir nicht trotz allem zusammen?), aber in einer wenig behaglichen Mischung aus Ungeduld und Angst. Unsere Ehe schien von allem und jedem abzuhängen, von den Theologen, vom Konklave, von dem künftigen Papst, was weiß ich? – nur nicht von uns selbst!

Am späten Abend beschlossen wir, unsere düsteren Gedanken zu vergessen und Würfel zu spielen. Wir würfelten um galanten Einsatz, den wir einander ins Ohr flüsterten, denn Caterina war dabei, mit sanfter Hand das lange, schöne Haar ihrer Herrin zu bürsten.

Plötzlich wurde diskret an die Tür geklopft, der Majordomus erschien und erklärte mit vielen Entschuldigungen ob der späten Störung, ein Mönch wolle mich unbedingt sprechen. An der Beschreibung erkannte ich *il mancino.*

„Er soll hereinkommen“, sagte ich. „Er ist hier zu Hause.“

Man hätte meinen können, *il mancino* habe hinter der Tür gelauert, so schnell tauchte er vor uns auf, im Wams, die Mönchskutte hatte er wahrscheinlich im Vorzimmer abgelegt. Caterina lief sofort mit einem Freudenschrei auf ihn zu, umhalste ihn und bedeckte ihn mit Küssen, was er mit Nachsicht und Geduld über sich ergehen ließ, wie einer, der solcherlei gewohnt ist.

„Ist ja gut, Schwesterchen", sagte er, „hast du vergessen, wo du bist?"

Er machte sich von ihr los und verbeugte sich tief vor Vittoria, der er sowohl Respekt als auch Bewunderung bezeigte; seine Verbeugung vor mir war einzig von Respekt bestimmt. Wie ich schon früher beobachten konnte, hatte der Mann ein Gefühl für Nuancen.

Dann richtete er sich stolz zu voller Größe auf, wobei er stark an einen kleinen Kampfhahn erinnerte, drahtig und muskulös, wie er war. Übrigens hatte er auch Schnabel und Krallen: einen Dolch am Gürtel, einen zweiten à l'italienne auf dem Rücken und ein griffbereites Messer im Stiefelschaft. Schließlich waren die Straßen Roms so spät am Abend wenig sicher.

„Durchlaucht", begann er würdevoll, „ich wäre nicht so kühn, Euch zu dieser späten Stunde zu stören, hätte ich nicht eine hochwichtige Nachricht für Euch."

„Ich höre."

„Seine Eminenz Kardinal Torres ist gestern abend in Genua eingetroffen und wird morgen nach Rom weiterreisen. Er hat es sehr eilig. Und Botschafter Olivares brennt darauf, ihn sofort nach seiner Ankunft ins Konklave zu bringen."

Il mancino legte ein Schweigen ein, bis ich ihn fragte:

„Warum?"

„Er hat mit Kardinal Farnese ein Komplott angezettelt: bei Torres' Eintritt ins Konklave soll Farnese die spanientreuen Prälaten zusammentrommeln und ihn durch Akklamation zum Papst wählen lassen."

„Ein spanischer Papst!" rief Vittoria. „Oh, welche Schande!"

„Und welche Gefahr für den Fürsten und für Euch!" sagte *il mancino* mit einer weiteren galanten Verneigung.

„Eine Gefahr, Acquaviva?“ fragte Vittoria.

„Mein Engel, ich war General in Venedigs Diensten, das reicht hin für Philipp II., mir zu mißtrauen.“

„Euch und Euren militärischen Talenten, Durchlaucht“, ergänzte *il mancino.* „Philipp II. verabscheut tüchtige Generäle, Signora, wenn sie ihm nicht gehorchen wie Alessandro Farnese.“

„Acquaviva, deine politischen Ansichten setzen mich abermals in Erstaunen. Woher stammt deine Information über Torres?“

„Von einem meiner Mädchen“, sagte *il mancino* und schlug bescheiden die Augen nieder. „Obwohl sie nicht taub ist, wird sie so genannt: *la Sorda.* Sie ist ein vertrauenswürdiges, loyales, mir ergebenes Mädchen nicht ohne den nötigen Verstand.“

„Aber eine Hure bleibt trotzdem eine Hure“, sagte Caterina spitz.

Il mancino warf ihr einen finsteren Blick zu, und Vittoria, halb scheltend, halb fürsorglich, sagte sofort:

„Komm her, Caterina, setz dich auf diesen Schemel mir zu Füßen. Und halte deine Zunge im Zaum!“

Caterina gehorchte; Vittoria legte ihr die Hand auf die Schulter und meinte lächelnd:

„Auch ein Kammermädchen bleibt trotzdem ein Kammermädchen!“

Il mancino umfaßte die beiden Frauen mit einem schnellen Blick. Er war wütend auf Caterina, gleichzeitig aber Vittoria dankbar, daß sie ihre schützende Hand über seine kleine Schwester hielt.

„Kurz und gut, was hat die Sorda gemacht?“ fragte ich.

„Sie hat mit dem Sekretär von Olivares Freundschaft geschlossen.“

„Freundschaft!“ höhnte Caterina.

„Halt doch den Mund, Caterina“, sagte Vittoria und gab ihr einen Klaps auf die Wange.

Caterina haschte nach der Hand, die ihr den Schlag versetzt hatte, und küßte sie.

„Dieser Sekretär“, fuhr *il mancino* fort, „ist Italiener,

spricht aber ausgezeichnet Spanisch. Er ist Olivares' Dolmetscher."

„Und wieso hat er sich der Sorda anvertraut?"

„Aus Freundschaft, wie ich schon sagte, und auch aus Empörung darüber, daß wir in Rom einen spanischen Papst haben sollen."

„Tausend Dank, Acquaviva. Nimm bitte diese kleine Börse für deine Mühe. Soll ich dich in einer Kutsche zurückbringen lassen?"

„Aufrichtigen Dank, Durchlaucht, aber das ist nicht nötig. Mein Diener", fuhr er mit bewundernswert gespielter Nonchalance fort, „wartet im Hof mit unseren Reittieren auf mich. Doch bevor ich gehe, Durchlaucht, erlaubt mir bitte noch ein Gespräch unter vier Augen mit meiner kleinen Schwester."

„Geh, Caterina."

Sie sprang auf und lief zur Tür, die *il mancino* ihr aufhielt, nachdem er sich vor uns verneigt hatte. Er ließ sie vorangehen, nicht ohne ihr einen strengen Blick zugeworfen zu haben. Ich für mein Teil hatte noch kein Mädchen gesehen, das hurtiger der Aussicht auf zwei kräftige Ohrfeigen entgegengelaufen wäre.

„Was sollen wir tun, Paolo?" fragte Vittoria voller Angst.

„Gröbere Geschütze gegen die Theologen auffahren."

„Wie das?"

„Morgen werde ich es wissen."

Am nächsten Tag erhob ich mich sehr früh und nahm Pater Palestrino gleich bei seiner Ankunft beiseite, um ihn über Olivares' Pläne zu unterrichten.

„Einen spanischen Papst!" rief er und bekreuzigte sich. „Möge dieser Kelch an uns vorübergehen! Diese Leute würden die Hälfte der Christenheit verbrennen, um die andere Hälfte zu retten!"

„Wie dem auch sei, Pater, das Konklave nähert sich seinem Ende. Ich habe also keine Minute mehr zu verlieren. Welche ‚gröberen Geschütze' soll ich nun gegen die Theologen auffahren?"

„Gegen *uns*, Durchlaucht! Ich darf auf keinen Fall davon ausgenommen sein."

Und er bedeutete mir, mich herabzubeugen, und flüsterte mir etwas ins Ohr.

Ich verließ ihn, um meinem Majordomus Instruktionen zu erteilen, die diesen höchlichst erstaunten; als ich von ihm dann erfuhr, daß alle Theologen versammelt seien, betrat ich den Saal und sagte laut:

„Ehrwürdige Patres, ich bitte Euch auf ein Wort. Da ich des Lateinischen unkundig bin, werde ich einfach und klar auf gut italienisch zu Euch sprechen. Seit zwölf Tagen debattiert Ihr ohne jedes Ergebnis. Diese Verzögerung ist meiner Sache sehr schädlich, und ich kann das nicht länger dulden. Daher habe ich beschlossen, Euch so lange in Montegiordano einzuschließen, bis Ihr zu einem Ende gekommen seid. Ihr werdet nicht Hungers sterben, sondern Brot und Wein nach Belieben haben."

„Wie!" rief Pater Palestrino mit gespielter Empörung. „Sind wir etwa Eure Gefangenen, Durchlaucht?"

„So ist es, Ehrwürden."

„Aber das ist Tyrannei!" sagte ein anderer Pater in einem Ton, der gekränkt klingen sollte.

Daraufhin entstand ein Gemurmel, und einer der Patres sagte noch:

„Ihr tut uns Zwang an!"

„Ehrwürdige Patres", sprach ich mit Entschlossenheit, „bitte laßt uns nicht streiten. Ich schreibe Euch Eure Entscheidung nicht vor. Ich will sie nur beschleunigen."

Ich grüßte mit einem leichten Kopfnicken, verließ den Saal und verriegelte hinter mir die Tür.

Vittoria, der ich die Geschichte erzählte, sah mich groß an und sagte:

„Ich stelle mir vor, wie sie vor Wut schäumen."

„Zumindest wollen sie diesen Eindruck erwecken. In Wirklichkeit sind sie begeistert. Jetzt ist alles viel einfacher für sie: Wenn ihre Ansicht über das *precetto* den Zorn des künftigen Papstes auf sie lenkt, können sie sich hinter dem Argument verstecken, ich hätte ihnen Gewalt angetan, und sagen: ‚Was sollten wir machen, Allerheiligster Vater? Der Fürst hat uns genötigt!'"

Ich beschränkte mich nicht darauf, die Theologen einer ebenso strengen Klausur zu unterwerfen, wie sie den Kardinälen im Konklave auferlegt war, sondern schickte ihnen stündlich meinen Majordomus, um nachfragen zu lassen, wie weit sie mit ihrer Arbeit seien.

Diese Hartnäckigkeit trug Früchte, denn um sechs Uhr abends brachte mir der Majordomus eine Rolle, deren Siegel ich sofort erbrach. Aber da das Schriftstück in Latein abgefaßt war, mußte ich warten, bis Vittoria, die in ihrem Zimmer ruhte, meiner Bitte folgte und es mir übersetzte.

Hier nun das Gutachten, wie ich es aus dem Gedächtnis mit einfachen Worten wiedergeben kann, denn es war eingebettet in die Rhetorik der Kirchensprache, die ich hier nur andeuten kann.

Punkt eins:
Wir haben mit großer Beflissenheit das *precetto* studiert, durch welches der tief betrauerte Allerheiligste Papst Gregor XIII. das Eheband zwischen dem Fürsten Paolo Giordano Orsini, Herzog von Bracciano, und Signora Vittoria Accoramboni, Witwe des Signor Francesco Peretti, aufgelöst hat. Sowohl wegen seines fehlerhaften Lateins als auch wegen der wenig stichhaltigen Entscheidungsgründe deucht uns, als sei dieses *precetto* nicht vom Heiligen Vater selbst, sondern von einem Sekretär verfaßt worden.

Punkt zwei:
Die im *precetto* für die Auflösung der Ehe angeführten Gründe sind moralischer Natur. Es wird suggeriert – aber nicht klar gesagt –, daß besagte Ehe anstößig sei, weil Francesco Peretti auf Befehl des Fürsten ermordet worden und die Signora heimliche Komplizin dabei gewesen sein soll. Einerseits wird in keiner Form ein Beweis erbracht, um diese implizierte Anschuldigung zu belegen, andererseits läßt der Untersuchungsbericht des Bargello,

von dem wir Kenntnis genommen haben, keinerlei Rückschlüsse auf eine Schuld der Betroffenen zu. Auch war, als Signora Vittoria Accoramboni in der Engelsburg eingekerkert wurde, keine Rede davon, sie vor ein Gericht zu stellen. Daraus läßt sich vermuten, daß die gegen sie sprechenden Verdachtsmomente zu geringfügig waren, um den Richtern vorgetragen zu werden.

Punkt drei:
Das *precetto* wurde erlassen auf Antrag zweier durchlauchtigster Herren, deren Namen wir hier aus ehrenwerten Gründen verschweigen und die beide angeheiratete Verwandte des Fürsten Orsini sind. Die Motive, auf die in ihrem Antrag vorrangig Bezug genommen wird, sind moralischer Art und mit denen identisch, die wir weiter oben bereits untersucht haben. Es bleibt also unserer Analyse nichts hinzuzufügen. Allerdings liegt der Gedanke nahe, daß weltliche Beweggründe die Antragsteller beeinflußt haben, die vielleicht meinten, eine Wiederheirat des Fürsten Orsini könnte den Interessen seines Sohnes aus erster Ehe schaden.

Erste Schlußfolgerung:
Trotz der Schwächen, Auslassungen und Ungenauigkeiten, welche die Entscheidungsgründe des *precetto* aufweisen, darf dieses nicht als hinfällig angesehen werden auf Grund der Heiligkeit des tief betrauerten Allerheiligsten Papstes Gregor XIII., der durch die Eingebung des Heiligen Geistes ex cathedra befunden und geurteilt hat. Es darf auch nicht unterstellt werden, der Tod des tief betrauerten Allerheiligsten Papstes Gregor XIII. mache obengenanntes *precetto* ungültig, ohne daß dies ausdrücklich von seinem Nachfolger erklärt wird.

Zweite Schlußfolgerung:
Andererseits kann das im *precetto* den Betroffenen auferlegte Verbot, eine neue Ehe einzugehen, zum gegenwärtigen Zeitpunkt nicht als zwingend angesehen werden. Erstens, weil der so tief betrauerte Allerheiligste Papst

Gregor XIII., der zu seinem Schöpfer in die ewige Glückseligkeit heimgerufen wurde, unser irdisches Jammertal verlassen hat und folglich nicht mehr imstande ist, Zuwiderhandlungen zu bestrafen. Zweitens, weil niemand präjudizieren darf, was der künftige Papst in dieser Angelegenheit befinden wird; Wunsch und Willen seines Vorgängers können für ihn nicht bindend sein, und er wird in voller Souveränität seine eigenen Entscheidungen treffen.

Nachdem mir Vittoria dieses Gutachten übersetzt hatte, begab ich mich zu den Theologen und sagte:

„Ehrwürdige Patres, Euer Gutachten ist ein Meisterwerk an Weisheit, Umsicht und Mäßigung. Es erfüllt mich mit großer Genugtuung. Meine unendliche Verbundenheit ist Euch auf immer gewiß. Dank Euch werden die Signora und ich wieder als christliche Eheleute in Würde und Treue zusammenleben können. Wollet noch einen Moment verweilen, bis mein Majordomus jedem von Euch ein materielles Unterpfand meiner Dankbarkeit überreicht hat. Ehrwürden, ich bitte Euch um Euer aller Gebet, damit das von Euch gerettete Band niemals wieder aufgelöst werden möge."

Daraufhin verneigten sich die Theologen und ließen ein freundliches Gemurmel hören. Ich begab mich aus dem Saal, und mein Majordomus rief als ersten Pater Luigi Palestrino auf. Doch ehe er aus Montegiordano schied, wollte ich ihn noch einmal sehen, ging ihm entgegen und schloß ihn bewegt in die Arme, erstaunt darüber, nur ein Skelett an mich zu drücken.

„Durchlaucht, Ihr erdrückt mich", sagte der Pater, und seine Wangen röteten sich ein wenig. (Doch kann man von Wangen sprechen, wo nur pergamentene Haut die völlig fleischlosen Backenknochen überspannte?)

„Verzeiht, Pater!" bat ich. „Aber Euch habe ich alles zu verdanken."

„In Wahrheit haben weder ich noch die anderen Patres viel geleistet. Ich weiß nicht einmal, ob wir berechtigt waren, das wenige, das wir getan haben, auch wirklich zu tun. Es genügt zwar, Euch die Wiederheirat zu erlauben. Doch Eure neuerliche Verbindung bleibt gefährdet, solange der künftige Papst sie nicht gebilligt hat.“

Darüber täuschte ich mich nicht: er sagte die Wahrheit. Unser Warten und Bangen waren noch nicht vorbei. Wir hatten erst eine Etappe zurückgelegt.

Am folgenden Tag, dem 24. April 1585, heiratete ich Vittoria in der Kapelle von Grottapinta zum zweiten Mal.

KAPITEL XIII

Seine Eminenz Kardinal di Medici:

D'Este, Alessandrino, Santa Severina, Cherubi, Rusticucci und ich hatten uns als erste darauf verständigt, Montalto zum Papst zu wählen – ein illustrer, aber kleiner Kreis. Wir würden mindestens sechsmal so viele Verbündete brauchen, um Montalto durch Akklamation zur Wahl zu verhelfen. Wir sechs bemühten uns daher, unsere kleine Schar durch Flüsterpropaganda und mit allen bei solchen Gelegenheiten üblichen Tricks zu vergrößern.

Allerdings wußte sich unser Kandidat, dem wir helfen wollten, auch selbst sehr gut zu helfen, denn er hatte von Beginn des Konklaves an große Vorsicht und außerordentliches Geschick bewiesen. Gleich am ersten Tag hatte er begonnen, alle Kardinäle in ihren Zellen zu besuchen. Er stellte sich ihnen mit lobenswerter Bescheidenheit vor, und ohne seine eigenen Ambitionen durchblikken zu lassen, versprach er ihnen, gegebenenfalls alles in seiner Macht Stehende für sie zu tun. Da er im Laufe der Jahre seine Confratres genau beobachtet und viele Informationen über sie eingeholt hatte, wußte er, wie man jeden einzelnen zu nehmen hatte.

Er versöhnte sich mit Cherubi, dem er früher hart zugesetzt hatte, entschuldigte sich dafür, daß er ihn „zu seinen Gondeln zurückgeschickt" hatte, und fügte beziehungsvoll hinzu, letzteres könne sich vielleicht als kluge Voraussicht erweisen, wenn sein Gesprächspartner, wie er hoffe, eines Tages die Geschicke der Kirche von Venedig leiten werde ...

Montalto besaß einen Scharfblick, der an Prophetie grenzte. Während die meisten Kardinäle fälschlich annahmen, ich hegte die Hoffnung, unter dem künftigen Papst erneut Staatssekretär zu werden, hatte Montalto begriffen, daß ich dieses Amtes müde war. Als ich ihn in seiner Zelle besuchte, sprach er davon überhaupt nicht, sondern nur von seiner Sympathie für das Großherzogtum Toskana und von seinem lebhaften Wunsch, es seine Unabhängigkeit „allen Widersachern zum Trotz“ (zweifellos eine Anspielung auf Philipp II.) bewahren zu sehen. Ihm war natürlich bekannt, daß mein älterer Bruder, der Großherzog, keine Kinder hatte und ich ihm eines Tages auf dem Thron folgen würde – fortan mein einziges Streben.

Mit gleichem Geschick lavierte er zwischen der Skylla der spanischen und der Charybdis der französischen Partei. Farnese versprach er seine Stimme und gab sie ihm bei der Wahl auch wirklich, wo doch seine Kandidatur keinerlei Aussicht mehr auf Erfolg hatte. Zu d'Este hingegen sagte er über das Herzogtum Ferrara das gleiche, was er mir über das Großherzogtum Toskana gesagt hatte. Er zeigte sich freundlich, wenn auch von würdevoller Zurückhaltung zum Kardinal-Erzherzog von Österreich, dem er dank seiner Deutschkenntnisse einige Male gefällig sein konnte.

Da ihm bekannt war, wie sehr Kardinal Altemps seinen Bruder, den Marchese, liebte, gab er ihm zu verstehen, daß dieser alle erforderlichen Eigenschaften für einen Statthalter des Borgo* zu besitzen scheine. Er lobte San Sisto gegenüber dessen Bruder Giacomo und äußerte den Wunsch, diesen nach der Papstwahl als General der vatikanischen Armee bestätigt zu sehen. Alessandrino machte er keine Versprechungen, zweifellos, weil ihn dessen Herrschsucht beunruhigte; er schmeichelte lediglich seinem übersteigerten Stolz mit ebenso übersteigerten Komplimenten. Gegenüber Rusticucci aber, den er für bescheidener und fähiger hielt, ging er größere Verpflichtungen ein, wenn auch nur in Andeutungen, denn ihm war seit langem klar, daß Rusticucci auf das Amt des Staatssekretärs hoffte.

Montaltos Taktik war so geschickt, und er trat dabei so

* das vatikanische Stadtviertel von Rom.

bescheiden und einfach auf, daß sich die weniger Schlauen ködern ließen, ohne dessen gewahr zu werden. Die Klügeren unter uns, die ihn als einen Mann von Wort kannten, begnügten sich mit seinen Versprechungen und betrachteten seine erstaunliche Wendigkeit als eine zusätzliche Stärke, ohne sich davon übertölpeln zu lassen. Vor dem Konklave hatten wir Montalto für einen sehr tugendhaften und fähigen Prälaten gehalten. Aber als wir nun sahen, welch diplomatisches Geschick er während unserer Klausur an den Tag legte, stieg er noch mehr in unserer Achtung. Einen Mann, der so wie er für den Erfolg geschaffen ist, wird man gern unterstützen und lieber zum Freund als zum Feind haben – sofern sein Erfolg einem nicht schadet.

Mir war bewußt, daß unsere kleine Gruppe niemals genügend Stimmen für Montalto zusammenbekommen würde, wenn es uns nicht gelänge, Kardinal San Sisto für unsere Sache zu gewinnen. So mittelmäßig sein Verstand und sein Gemüt auch sein mochten, genoß er doch große Autorität bei vielen Kardinälen, die ihre Ernennung seinem Einfluß auf Gregor XIII., seinen Onkel, verdankten.

San Sisto war lang, bleich und weich wie eine Wachskerze. Sein Wesen entsprach ganz und gar seinem Äußeren. Dem Mann fehlte jede Tatkraft, Entschlossenheit und Beständigkeit. Ich möchte meinen Vergleich nicht so weit treiben, zu behaupten, er schmelze weg wie eine Kerze, aber es war wirklich so. Eines Tages unterhielt ich mich unter vier Augen mit ihm, und als ich im Eifer des Gesprächs seinen Arm ergriff, spürte ich weder Knochen noch Muskeln unter meiner Hand. Und ich fragte mich verblüfft, woraus dieses substanzlose Wesen wohl bestehe.

Indem wir überlegten, wie wir San Sisto gewinnen könnten, verfielen wir schließlich auf eine kleine List, die ich kaum fromm zu nennen wage, obwohl sie doch das Wohl des Staates und der Christenheit zum Ziel hatte. Nachdem wir Cherubi eingeweiht hatten, schickten wir ihn zu San Sisto.

Cherubi ist redselig, umgänglich, von überschwenglicher Freundlichkeit; in seiner tolpatschigen Art gilt er als freimütig. Seine Worte waren ungeschminkt, jedoch verfänglich:

„Aus Freundschaft möchte ich Euch warnen, Monsignore, obwohl die Angelegenheit noch sehr geheim ist: Montaltos Kandidatur findet so viele Befürworter, daß man ihm allgemein die größten Chancen zubilligt."

„Wie das?" fragte San Sisto. „Montalto ist doch so zurückhaltend! Er rührt in eigener Sache keinen Finger."

„Das tut er auch nicht, Monsignore, dennoch kommt er voran, und seine Wahl ist schon so gut wie sicher. Wenn er an Euch noch nicht herangetreten ist, Eminenz, so deswegen, weil er vielleicht befürchtet, daß Ihr ihm feindlich gesinnt seid, wie Euer verehrter Onkel, der hochheilige und tief betrauerte Papst Gregor XIII., es war."

„Aber nein!" rief San Sisto erschrocken. „Ich bin ihm überhaupt nicht feindlich gesinnt! Ich halte ihn ob seiner Tugend und seiner Talente für einen sehr geeigneten Kandidaten."

„Wie kommt es dann, daß er noch nicht Fühlung mit Euch aufgenommen hat?"

„Wenn ich es recht bedenke, hat er das getan", sagte San Sisto. „Er hat sich sehr liebenswürdig über meinen Bruder geäußert. Ich glaube mich sogar zu erinnern, daß er die Hoffnung aussprach, mein Bruder möge auch unter dem künftigen Pontifikat General der vatikanischen Armee bleiben."

„Aber Monsignore, das ist doch ein Anerbieten! Und wenn ich Euer Eminenz einen Rat geben darf, dann schlagt es nicht aus, sonst schadet Ihr Euch selbst."

„Ich will darüber nachdenken", sagte San Sisto, ganz verwirrt. „Und ich danke Euch sehr für Eure Freundlichkeit, Cherubi, die Eurer Offenheit in nichts nachsteht."

Als uns Cherubi von dem glücklichen Ausgang dieser Unterredung berichtete, beschlossen wir, das Eisen zu schmieden, solange es heiß war, denn San Sisto war aus allzu weichem, allzu formbarem Stoff. Wir schickten sofort die Kardinäle Riario und Gustavillanio zu ihm, die wir für unsere Sache gewonnen hatten und die ihm gegenüber den gleichen Ton wie Cherubi anschlugen. Und schließlich entsandten wir Alessandrino, den letzten Schlag zu führen.

Ich wage in aller Bescheidenheit zu behaupten, daß ich mit diesem Abgesandten eine sehr gute Wahl getroffen hatte, die sowohl dem Charakter San Sistos als auch dem von Alessandrino Rechnung trug.

Alessandrino machte nämlich größten Eindruck auf die anderen Kardinäle. Daraus erklärt sich übrigens, weswegen er trotz seiner großen Talente niemals auch nur die geringste Chance hätte, selbst Papst zu werden. Er war groß, sehr kräftig, noch jung, geistreich – und sehr herrisch, ja sogar hochmütig. Dieselben Gründe, die ihn hinderten, jemals *papabile* zu sein, verhalfen ihm zu Ansehen und Einfluß in allen Konklaves, an denen er teilnahm.

San Sisto gegenüber war er – ganz anders als Cherubi – kurz angebunden, und er sparte sich jedes „Monsignore“ und „Eminenz“, denn er sah nicht ein, warum er einen Mann, der den gleichen Rang hatte wie er selbst und dem er sich überlegen fühlte, mit solchen Titeln anreden sollte.

„Auf ein Wort bitte, San Sisto“, sagte er, packte ihn beim Arm und nahm ihn in seiner gebieterischen Art beiseite. „Schätzt Ihr Montalto?“

„Aber ja, sehr!“ antwortete San Sisto hastig.

„Dann hier mein Rat: Wacht endlich auf, mein Lieber, und tut etwas für ihn. Auf jeden Fall eilt Ihr damit nur noch dem Sieger zu Hilfe. Denn Montaltos Kandidatur ist so gut eingefädelt, daß sein Erfolg sicher ist. Oder wollt Ihr den Groll des künftigen Papstes auf Euch lenken? Wollt Ihr, daß es Euch unter seinem Pontifikat genauso ergeht, wie es ihm unter Euerm Onkel ergangen ist?“

„Wie denn, wie?“ stotterte San Sisto. „Ist sein Erfolg schon so sicher?“

„Davon könnt Ihr ausgehen, mein Lieber“, sagte Alessandrino und heftete seine schwarzen Augen fest auf ihn. „Es ist an Euch, einen Entschluß zu fassen und zu handeln. Das sage ich Euch rundheraus, als Euer Freund."

„Handeln? Einen Entschluß fassen?" fragte San Sisto. „Wie soll ich mich für ihn entscheiden, ohne vorher die von meinem Onkel ernannten Kardinäle zu konsultieren?"

„Wollt Ihr damit sagen, daß Ihr als deren Führer Euch nach ihnen richten wollt?" erwiderte Alessandrino. „Solltet Ihr nicht eher das Gegenteil tun?"

„Auf jeden Fall muß ich sie konsultieren", sagte San Sisto, der völlig verwirrt schien. „Wo ist da der Unterschied?"

„In der Art, wie Ihr die Frage formuliert. Wenn Ihr zum Beispiel sagt: ‚Was haltet Ihr von der Kandidatur Montaltos?', überlaßt Ihr jedem die freie Entscheidung. Wenn Ihr aber sagt: ‚Ich beabsichtige, für Montalto zu stimmen. Wie denkt Ihr darüber?', so beeinflußt Ihr damit die Entscheidung der Kardinäle."

„Das ist eine glückliche Formulierung", sagte San Sisto, „ich werde sie mir merken."

Als mir Alessandrino diese Worte hinterbrachte, entsann ich mich, daß der Kardinal-Erzherzog nicht nur der Cousin Philipps II. war, sondern auch zu den Kardinälen gehörte, die Gregor XIII. auf Betreiben seines Neffen ernannt hatte. Ich mobilisierte meine bescheidenen Deutschkenntnisse, suchte ihn in seiner Zelle auf und begann, ihn auszuforschen, sehr vorsichtig und bedachtsam.

„Monsignore, einige von uns, darunter Kardinal San Sisto und ich selbst, wollen für Montalto stimmen, den wir für einen sehr gottesfürchtigen und fähigen Kardinal halten. Was denkt Ihr über ihn?"

„Über wen? Wer ist das? Wie habt Ihr gesagt?" fragte der Kardinal-Erzherzog.

„Montalto."

„Und wer ist das?" sagte der Erzherzog und gähnte hinter vorgehaltenem Handschuh. Dabei musterte mich dieser *homo germanicus* mit seinen blaßblauen Augen von oben herab, was ihm nicht schwerfiel, da mein Kopf gerade bis zur Höhe seines Magens reichte.

„Euer Eminenz kennen Montalto bestimmt! Er ist etwa fünfundsechzig Jahre alt und geht auf ..."

Da ich das deutsche Wort für „Krücken" nicht wußte, mimte ich den Gang Montaltos.

„Ach, der!" rief der Kardinal-Erzherzog. „Den kenne ich natürlich. Ein charmanter alter Herr! Er hat mir große Dienste erwiesen. Wie könnte ich vergessen, daß mir dank seiner Vermittlung ein Sessel in die Zelle gestellt wurde? Wie, sagt Ihr, war sein Name?"

„Montalto."

„Ach richtig, Montalto! Den Namen werde ich mir merken. Montalto. Warum nicht Montalto? Ein so liebenswürdiger alter Herr! Von San Sisto protegiert! Und spricht zudem noch Deutsch! Ein Papst, der Deutsch spricht – welche Ehre für Österreich!"

Und er begann – ohne ersichtlichen Grund – zu lachen oder vielmehr zu glucksen, und sein dicker Bauch wackelte. Ich lachte höflich mit. Ganz offensichtlich nahm der österreichische Erzherzog unsere unbedeutenden italienischen Angelegenheiten nicht allzu ernst.

„Ich wüßte gern, Euer Eminenz", fuhr ich fort, „was Spanien zu einer Kandidatur Montaltos sagen würde."

Der Kardinal-Erzherzog wurde wieder ernst, zog ein Papier aus der Innentasche seiner Robe und faltete es auseinander.

„Hier habe ich eine Liste der Kardinäle, die mein Cousin (so bezeichnete er Philipp II.) auf keinen Fall als Papst sehen will."

Es verschlug mir die Sprache, wie wenig diplomatisch er sich ausdrückte, und ich staunte noch mehr, als er seine Brille zurechtrückte und die schwarze Liste laut vorzulesen begann. Ich fand es pikant, wenn auch wenig überraschend, daß ich darauf stand, ebenso wie d'Este, die französischen Kardinäle – mit Ausnahme von Pellevé – und mehrere andere, die ich aber, diskreter als der Kardinal-Erzherzog, nicht nennen möchte.

„Nun gut“, sagte er, „so viel ist klar: Montalto ist keine Persona non grata für meinen Cousin. Es spricht also nichts gegen Montalto.“

„Darf ich dann meinem Freund San Sisto sagen, daß Euer Eminenz eine Kandidatur Montaltos wohlwollend aufnehmen?“

„Gewiß.“

„Ich danke Euch, Eminenz.“

Ich verneigte mich tief, wandte mich um und war schon an der Tür, als er mir nachrief:

„Darf ich nach Euerm Namen fragen, mein Freund?“

„Ich bin Kardinal San Gregorio, Euer Eminenz, und Euer allerergebenster Diener“, sagte ich, ohne mit der Wimper zu zucken.

Das war eine Eingebung des Augenblicks, und der Herr möge mir die muntere Lüge vergeben. Aber hätte ich dem Erzherzog sagen sollen, daß ich jener Medici bin, der schwarz auf weiß auf seinem Index steht? Im übrigen war es belanglos, denn seit seinem Eintritt ins Konklave verwechselte er alle Namen, und falls er mich zitieren sollte, würde niemand ihm zu sagen wagen, daß es gar keinen Kardinal San Gregorio gibt.

Am Abend des 23. April kamen die sechs Parteigänger Montaltos, die sich als erste für seine Kandidatur ausgesprochen hatten, in meiner Zelle zusammen und berieten den Gang der Dinge. Der bisherige Verlauf erschien uns sehr erfolgversprechend. Alessandrino hatte mit seiner letzten Attacke die Zustimmung San Sistos erreicht, der inzwischen die von seinem Onkel ernannten Kardinäle konsultiert hatte – mit sehr gutem Erfolg. Ich berichtete, daß ich mit dem Kardinal-Erzherzog gesprochen und die Kandidatur Montaltos nach der spanischen Seite hin abgesichert hatte. D'Este hatte inzwischen zwei der französischen Kardinäle für unsere Sache gewonnen; an den dritten, einen begriffsstutzigen Anhänger der Liga, war er allerdings nicht herangekommen. Santa Severina – *il putto-papa*, wie wir ihn nun nannten – ging von Gruppe zu Gruppe und verbreitete, daß Montaltos Chancen zusehends stiegen. Der verläßliche und redliche Rusticucci hatte noch etwas Besseres getan: er hatte Farnese aufgesucht und ihn freiheraus gefragt, ob er gegebenenfalls für Montalto stimmen würde.

Farnese hatte sich verbittert gezeigt und sich gleichzeitig sehr kollegial verhalten: „Für mich haben elf Kardinäle gestimmt – habt Ihr gehört: nur elf! Ist das nicht eine Schande, wenn man bedenkt, wer ich bin? Aber Montalto war einer von diesen elf. Sagt ihm, ich werde ihm das nicht vergessen. Zumindest falls Torres nicht inzwischen eintrifft."

Diese Aussage bewog uns, gleich am nächsten Tag, dem 24. April, zu handeln, obwohl wir noch nicht alle Stimmen beisammen hatten und nur auf die knappe Hälfte des Konklaves zählen konnten. In letzter Minute trat jedoch eine Schwierigkeit ein, denn San Sisto erklärte mit seiner kraftlosen Stimme, er werde für Montalto nur unter der Bedingung stimmen, daß dieser den Papstnamen Sisto (Sixtus) annehmen würde. Ich fand seine Forderung unglaublich kindisch, aber da ich wußte, daß niemand halsstarriger ist als ein willenloser Mensch, widersprach ich nicht. Eilig schickte ich Rusticucci zu Montalto, um ihn zu fragen, *primo*, ob er bereit sei, als Papst den Namen Sixtus anzunehmen, und *secundo*, ob er etwas dagegen habe, daß wir ihn am nächsten Tag nach der Messe zum Papst ausrufen.

Seine Antwort ließ nicht auf sich warten:

„Erstens. Sixtus I. und Sixtus II. waren heilige Märtyrer im alten Rom, und ich werde mit Freuden ihren Namen führen. Zweitens. Der 24. April ist ein Mittwoch, und der Mittwoch ist mein Glückstag: an einem Mittwoch habe ich die Mönchskutte angezogen, und an einem Mittwoch bin ich zum Kardinal ernannt worden."

Bestärkt durch dieses gute Omen, beschlossen wir, am kommenden Tag nach der Messe die Entscheidung herbeizuzwingen.

Unglücklicherweise wurde gegen Ende der Messe die Ankunft Kardinal Vercellis und eines spanischen Kardinals gemeldet. Als alle zur Tür eilten, die beiden zu empfangen, fragten wir uns bestürzt, ob der spanische Clan sich die allgemeine Verwirrung zunutze machen und Torres zum Papst proklamieren werde.

Doch beim Anblick der Neuankömmlinge atmeten wir erleichtert auf: tatsächlich stand Vercelli leibhaftig in der Tür – sein Leib war wahrlich nicht zu übersehen –, aber der Spanier war Madruccio und nicht Torres. Madruccio, den wir kaum kannten, hat vermutlich nie begriffen, warum wir uns damals über seine Ankunft alle so freuten.

Wir kehrten in die Kapelle zurück, wo der Zeremonienmeister in üblicher Weise begann, den Neuankömmlingen die Bullen mit der Wahlordnung zu verlesen.

Aus Höflichkeit wohnten die anderen Kardinäle freiwillig der ermüdenden Lesung bei. Unser Augenblick war gekommen!

Ich nickte Alessandrino zu, und er ging hinaus mit San Sisto, der seinerseits im Vorbeigehen den Kardinälen seiner Gruppe einen vielsagenden Blick zuwarf. Einer nach dem anderen schloß sich ihm an. Dann erhob sich d'Este und ging, wie vereinbart, allein hinaus, denn er wurde von dem spanischen Clan scharf überwacht. Danach verließen Cherubi, Santa Severina, Rusticucci, Riario und Gustavillanio in regelmäßigen Abständen die Kapelle, und jeder nahm die Kardinäle mit, die er überzeugt hatte.

Die nichteingeweihten Kardinäle wunderten sich nicht, daß nach und nach so viele weggingen. Denn es war schon immer so gewesen: je länger die Lesung dauerte, um so spärlicher wurde die Zuhörerschaft, schließlich hatte jeder von uns schon fünf- oder sechsmal diesen endlosen Vortrag mit angehört.

Wir trafen uns im Königssaal, und unsere erste Sorge war, unsere Häupter zu zählen. Wir wurden angenehm überrascht: seit dem Vortag war unsere Zahl gewachsen. Wir verfügten jetzt über die Mehrheit im Konklave, wenn auch knapp, mit nur zwei Stimmen. Zudem waren nicht alle Anwesenden gleichermaßen entschlossen, nach der

Besorgnis und Unsicherheit auf manchen Gesichtern zu urteilen.

San Sisto, wankelmütig wie stets, drohte ein weiteres Mal, alles zu verderben, indem er erklärte, er werde nicht für Montalto stimmen, wenn nicht der Kardinal-Erzherzog persönlich ihm versichere, daß Montaltos Wahl nicht das Mißfallen Spaniens finde.

Ich nahm Santa Severina und Alessandrino beiseite und bat sie, in die Kapelle zurückzukehren: ersteren, weil er ein wenig Deutsch sprach und den Erzherzog holen sollte, letzteren, weil er Farnese bitten sollte, sich uns anzuschließen.

Farnese kam als erster und begriff sofort, worum es ging. Da er weder für noch gegen diese Wahl war, schwieg er und betrachtete hochmütig all diese Kardinäle, die *ihm* die Stimme verweigert hatten, sie aber nun einem ehemaligen Schweinehirten zu geben bereit waren. Andererseits ging es dem großen Fürsten, der er war, gegen die Ehre, Montalto seine Stimme vorzuenthalten, nachdem dieser für ihn votiert hatte.

Santa Severina hatte die größte Mühe, den Kardinal-Erzherzog, der über der Verlesung der Bullen eingenickt war, zu wecken und ihm verständlich zu machen, daß wir im Königssaal auf ihn warteten. Endlich erschien er, die Hand auf Santa Severinas Schulter gestützt. Als er unser ansichtig wurde, ließ er seine farblosen Augen erstaunt über unsere Versammlung wandern, und sowie er mich erblickte (gottlob ohne sich an den Namen zu erinnern, den ich ihm genannt hatte), fragte er:

„Worum geht es, Kardinal?"

Alessandrino kam meiner Antwort zuvor:

„Euer Eminenz, wir wollen Kardinal Montalto zum Papst wählen."

„Montalto!" rief der Erzherzog, nun völlig wach, und hob beide Hände. „Ja, Montalto!" wiederholte er mit Stentorstimme.

Dieses „Ja, Montalto!" aus dem Munde eines Österreichers war entscheidend. Das letzte Zaudern war damit geschwunden, und beflügelt begab sich unsere Schar wie bei einer Prozession in die Kapelle, an der Spitze der Erzherzog, Farnese, San Sisto und Alessandrino; ich selbst hielt mich in der dritten Reihe, denn ich wollte bei dieser Wahl nicht zu sehr in Erscheinung treten, bevor nicht ihr erfolgreicher Ausgang feststand.

Als wir in die Kapelle einzogen, unterbrach der Zeremonienmeister verblüfft seine Lesung, und die Kardinäle, die noch auf ihren Plätzen saßen und von unserer Intrige nichts ahnten, sahen uns an, stumm, wie versteinert; die einen erblaßten, die anderen wurden rot. Alessandrino, San Sisto, Farnese und der Erzherzog schritten nun auf Montalto zu, und San Sisto sagte mit lauter Stimme:

„Eminenz, wir haben Euch zum Papst gemacht, und ich möchte Euch bitten, den Namen Sixtus anzunehmen."

„Das werde ich gewißlich tun", erwiderte Montalto.

Mehr konnte er nicht sagen. Seine Parteigänger schnitten ihm mit dem Ruf *„Papa! Papa!"* das Wort ab. Sie hatten ihn umringt, um ihn der Reihe nach auf den Mund zu küssen, wie es die Sitte verlangt.

Alessandrino wandte sich an die noch sitzenden Kardinäle, musterte sie mit seinen schwarzen Augen und sagte gebieterisch, beinahe drohend:

„Wollt Ihr abstimmen und Eure Stimmen zählen? Oder wollt Ihr ihn mit uns *per acclamationem* wählen?"

Die Kardinäle erhoben sich, manche in großer Hast, andere langsamer, aber alle wandten sich schließlich Montalto zu, riefen *„Papa! Papa!"* und gesellten sich zu den anderen, die ihm bereits huldigten.

Daraufhin wandte ich mich an den Zeremonienmeister, der sprachlos auf seinem Podium stand, noch immer mit den Bullen in der Hand, und flüsterte ihm zu, was er sagen mußte, denn er war so verstört, daß er daran gar nicht gedacht hatte.

Sein Verstand kam langsam in Gang, und er schmetterte sein *„Papa! Papa!"* so laut und energisch, daß es in der Kapelle widerhallte.

„Eminenzen, ich stelle fest, Ihr habt einstimmig *per acclamationem* den erlauchten, hochverehrten Kardinal di Montalto zum Papst gewählt. Sowie Seine Heiligkeit einen Papstnamen gewählt hat, wird Seine Eminenz Staatssekretär Kardinal di Medici ihn dem Volke verkünden."

In dem darauffolgenden allgemeinen Schweigen sagte der Papst fest und deutlich:

„Ich nenne mich Sisto Quinto*."

Seine Exzellenz Armando Veniero, Botschafter Venedigs in Rom:

Als das Konklave zu Ende war und die Kardinäle, von ihrer Klausur befreit, mit einem Seufzer der Erleichterung in ihre Marmorpaläste zurückkehrten, packte mich noch nachträglich Entsetzen bei der Vorstellung, daß wir beinahe einen spanischen Papst bekommen hätten. Der Gedanke allein ließ mich erzittern. Wie sollte sich ein spanischer Papst widersetzen, wenn Philipp II. sich anschickte, unsere Halbinsel, von der ihm schon mehr als die Hälfte gehörte, vollends in Besitz zu nehmen? Venedig würde das gleiche Schicksal erleiden wie Mailand, das Königreich Neapel und Sizilien. Und mein geliebtes Vaterland hätte seine verlorene Freiheit, seine Handelsflotte, seinen blühenden Handel mit der ganzen Welt zu beweinen und würde unter dem Joch Spaniens und der österreichischen Generäle stöhnen wie die Niederlande.

Das Ende eines Konklaves ist der Beginn der Indiskretionen. Sowie die Kardinäle in ihre gewohnte Bequemlichkeit zurückgekehrt sind, nehmen sie es offenbar mit der Geheimhaltung nicht mehr so genau. Ich erfuhr von mancherlei Dingen; einige waren von großem politischem Interesse – darüber werde ich schweigen –, andere warfen ein bezeichnendes Licht auf Sitten und Personen. Am

* Sixtus V.

meisten amüsierte mich die Bemerkung des hochmütigen Kardinals Alessandrino, als er sich entschloß, Montaltos Kandidatur zu unterstützen: „Warum sollten wir gegen diesen armen Alten stimmen? Er wird in uns seine Meister finden."

Ich teilte dies – neben anderen, gewichtigeren Dingen – dem Dogen und den Senatoren Venedigs mit, wußte ich doch, wie gern man sich dort auf Kosten der Römer belustigte. Man ergötzte sich so sehr über Alessandrinos Ausspruch, daß ich während des ganzen fünfjährigen Pontifikats von Papst Sixtus V. jedesmal lachend gefragt wurde: „Na, Armando, wie geht es dem armen Alten?", sobald ich nach Venedig kam, um die Luft der Lagune zu atmen und dem Dogen Bericht zu erstatten.

Der „arme Alte" war nämlich von der ersten Minute seiner Regentschaft an der wahre Meister, und zwar ein gestrenger Meister, vor dem alle zitterten: der Gauner in der Spelunke, die Dirne in der Taverne, der Bandit im Gebirge, der erpresserische Richter, der mit geistlichen Ämtern schachernde Priester, der Ablaßhändler, der unredliche Bankier, der Bischof, der sich nie in seiner Diözese blicken ließ, der Adlige, der den Verbannten Asyl gewährte.

Noch vor seiner Krönung drohte der neue Papst allen die Todesstrafe an, die bei Tage oder nachts in den Straßen Roms mit Feuerwaffen angetroffen wurden. Und als zwei junge Adlige – Brüder – mit umgehängten Radschloßarkebusen herausfordernd durch die Straßen stolzierten, ließ er sie in den Kerker werfen und befahl, auf der Engelsbrücke zwei Galgen zu errichten, an denen die beiden trotz der flehentlichen Bitten der Kardinäle und der einflußreichsten römischen Familien gehängt wurden.

Seine Unnachgiebigkeit blieb nicht ohne Wirkung, und ich konnte ihre Folgen vom Fenster meines Zimmers aus sehen. Es lag nämlich zum Tiber hinaus, und zu Zeiten Gregors XIII. rief mein venezianischer Kammerdiener jeden Morgen beim Aufziehen der Vorhänge: „Wieder eine Leiche im Wasser, Exzellenz! Noch eine! Und noch eine! Diese Stadt ist eine Mördergrube!“ Ich weiß nicht, wohin die Mörder nach dem Regierungsantritt Sixtus' V. verschwunden sind, aber die Zahl der im Tiber Ertränkten ist tatsächlich bedeutend zurückgegangen, wenngleich es immer noch einige gibt.

Kurz nach der Thronbesteigung des neuen Papstes erzählte mir Kardinal di Medici von einer Begebenheit, die ihm für den neuen Herrn bezeichnend zu sein schien. Als er eines Tages in seiner offenen Kutsche durch Rom fuhr, sah er, wie sich zwei anständig gekleidete Männer mit seltener Wildheit auf offener Straße prügelten. Er ließ halten, erkundigte sich nach dem Grund des Streites und erfuhr, daß es sich um zwei Diener Kardinal San Sistos handelte. Sie waren aneinandergeraten, weil sie sich in dieselbe Frau verliebt hatten. Medici, der die Frauen so erbittert haßt, daß er ihren bloßen Anblick kaum erträgt, zumal wenn sie schön sind, erschien der Anlaß für diesen erbarmungslosen Zweikampf geradezu lächerlich. Er nutzte eine Verschnaufpause der beiden Kontrahenten, die sich mit haßerfüllten Blicken maßen, um jedem von ihnen zehn Piaster anbieten zu lassen, wenn sie sich versöhnen oder zumindest von der Schlägerei ablassen würden. Der Vorschlag wurde von beiden sofort abgelehnt, und der Kampf begann aufs neue.

Schließlich warf einer den Gegner zu Boden, preßte dem Unglücklichen das Knie auf die Brust, packte ihn an der Gurgel und bedrohte ihn mit dem vorgehaltenen Stilett. Die Umstehenden schrien entsetzt auf, alles hielt den Atem an. Da ließ der Mann plötzlich von seinem Opfer ab, steckte das Messer in die Scheide zurück und sagte:

„Bedanke dich bei Papst Sixtus! Ich habe zu große Angst vor ihm, sonst hätte ich dir jetzt die Kehle aufgeschlitzt.“

„Wäre dir das eher eingefallen“, sagte Medici, bei dem unter dem großen Herrn immer wieder der Bankier zum

Vorschein kam, „so hättest du jetzt zehn Piaster gewonnen ..."

Er verweilte noch, um die Kommentare der Zuschauer zu hören, die ihm sehr bezeichnend erschienen. Alle gaben dem Manne recht, der das Leben seines Feindes verschont hatte. Ein Papst, der zwei junge Adlige hängen läßt, weil sie mit einer Arkebuse angetroffen werden, wird nicht nur gefürchtet, sondern auch respektiert. Aus tiefstem Herzen bewunderte das Volk einen so schnellen Urteilsspruch ohne Ansehen der Person.

Medici war einer von den Kardinälen, die für die Wahl Sixtus' V. am meisten getan hatten. Unfähig, einen Charakter dieses Kalibers wirklich zu verstehen, war er aber gleichwohl von der Kraft und Strenge dieses großen Papstes überrascht, der rigoros den Verfall der Sitten bekämpfte, wie er für den Zustand von Staat und Kirche unter dem letzten Pontifikat so bezeichnend gewesen war.

Medici war sehr scharfsinnig. Doch da er hartherzig und gefühlsarm war, liebte er nichts und niemanden. Das Gute war ihm ebenso gleichgültig wie das Böse. Er betrachtete beides nur als Mittel zum Zweck, und sein einziger Lebenszweck war die Macht, oder das Geld – jene andere Form der Macht. Er hatte überhaupt kein Verständnis für einen Mann wie Sixtus V., der sein Amt nur dazu nutzte, Mißbrauch und Ungerechtigkeit wirksamer zu bekämpfen. Der fünfundsechzigjährige Sixtus war immer noch der Franziskaner mit dem reinen Herzen, der im Alter von zwanzig Jahren in dem festen Entschluß Mönch geworden war, dem Guten auf Erden zum Siege zu verhelfen, wo immer die göttliche Vorsehung ihn hinstellen würde.

Es war noch keine Woche seit der Thronbesteigung des neuen Papstes vergangen, als mir ein Diener aus Montegiordano ein Billett des Fürsten Orsini überbrachte, der mich bat, ihn zu empfangen. Wie ich hörte, konnte er nur unter großen Schmerzen laufen, und so sandte ich ihm ein paar Zeilen des Inhalts, ich würde noch selbigen Tages nach Montegiordano kommen.

Bei seinem Anblick erschrak ich: wie sehr hatten sich seine Züge verändert, wie mühsam bewegte er sich!

„Armando“, sagte er, nachdem er mir zu trinken angeboten hatte (obwohl wir erst Anfang Mai schrieben, war es sehr heiß), „ich möchte, daß du eine Audienz bei Sixtus V. für mich erbittest.“

„Verzeih, Paolo“, antwortete ich, „du bist ein großer Fürst im Staat. Warum bittest du nicht selbst darum?“

„Ich möchte, daß du bei der Unterredung zugegen bist, Armando, als mein Beschützer, zumindest solange wir im Vatikan sind.“

„Aber warum gerade ich, Paolo?“

Der Schatten eines Lächelns umspielte seine Lippen.

„Möchtest du, daß ich Graf Olivares bitte, mich zu begleiten, *carissimo*?“

„Gottbewahre!“ lachte ich. „Im Klartext also: du erwartest Bürgschaft und Geleitschutz vom Botschafter Venedigs, ja? Du befürchtest, wenn du erst einmal im Vatikan bist, ihn nicht wieder ungehindert verlassen zu können?“

„So ist es.“

„Ich sehe das anders. Sixtus V. hat zweifellos Della Paces Bericht gelesen. Wie könnte er danach noch glauben, du trügest Schuld an der Ermordung seines Neffen?“

„Das ist es auch nicht, was ich fürchte. Doch ich habe gegen seinen Vorgänger zu den Waffen gegriffen. Sixtus V. hat einigen Grund, mich als einen Rebellen anzusehen. Und vor allem habe ich, trotz seiner Strafandrohung, die Verbannten noch nicht von meinem Hof gewiesen.“

„Verzeih, *carissimo*, aber ist das nicht ein bißchen unvernünftig?“

„Ich fühle mich diesen Leuten in gewisser Weise verpflichtet, denn ich habe ihnen meinen Schutz zugesichert.“

„Den aber nicht alle verdienen ...“

„Das ist richtig. Doch wie soll ich sie jetzt vor die Tür setzen, ohne die Zusicherung zu haben, daß sie nicht sogleich eingekerkert werden?“

„Und diese Zusicherung hast du vom Papst verlangt?“

„Ja, in einem Brief, den er nicht beantwortet hat. Außerdem hat es ihm gewiß nicht sehr gefallen, daß ich die Zeit des Interregnums genutzt habe, um Vittoria wieder zu heiraten.“

Ich überlegte einen Moment. Dann sagte ich:

„Deine Befürchtungen, Paolo, scheinen mir unbegründet zu sein. Wenn du jedoch auf deiner Bitte bestehst ...“

„Ich bleibe dabei.“

„... muß ich sie in Venedig vortragen.“

„Aber dann geht so viel Zeit verloren!“ rief er.

Und plötzlich erschienen mir sein Blick und seine Stimme so herzzerreißend traurig, daß ich mich fragte, ob er nicht seine Tage für gezählt halte. Um meine Bestürzung zu verbergen, steckte ich die Nase in meinen Becher und trank in kleinen Schlückchen meinen Wein.

„Du hast recht“, sagte ich nach einer Weile. „Die Angelegenheit der Serenissima zu unterbreiten würde zuviel Zeit kosten. Und ich vermute, daß es dich bei dieser Hitze drängt, Rom zu verlassen und mit deiner Gattin den kühlen Schatten von Bracciano zu genießen. Also gut, Paolo, die Sache ist abgemacht. Noch heute werde ich beim Heiligen Vater um eine Audienz für uns nachsuchen.“

Ich trug meine Bitte am 2. Mai – dem Morgen nach meinem Gespräch mit dem Fürsten – vor, und noch am selben Tag, um fünf Uhr nachmittags, überbrachte mir ein Bote des Vatikans die Antwort: der Heilige Vater werde mich und den Fürsten Paolo Giordano Orsini am 3. Mai um zehn Uhr vormittags empfangen.

Eilig schickte ich einen Diener zu Paolo, um ihn zu informieren und ihm ausrichten zu lassen, ich würde ihn am 3. Mai um neun Uhr morgens mit meiner Kutsche in Montegiordano abholen. In seiner eigenen Kutsche konnte nämlich der Fürst seit seiner Rückkehr aus Bracciano nicht mehr durch Rom fahren, ohne mit Steinen beworfen zu werden, so groß war der Volkszorn. Gewiß, unter dem neuen Papst herrschte wieder Ordnung auf den

Straßen Roms, und Steinwürfe waren nicht mehr zu gewärtigen. Aber wer könnte wohl die Römer – und erst recht die Römerinnen – je daran hindern, dem vorbeifahrenden Fürsten Schimpfwörter oder gar faule Früchte an den Kopf zu werfen?

Wir fuhren also in meiner Kutsche zum Vatikan, die Fenster geschlossen, die Vorhänge zugezogen. Paolo war bleich. Die geringste Bewegung strengte ihn sehr an, und beim Treppensteigen mußte er sich auf mich und seinen Sekretär stützen.

Es war noch keine Woche seit der Krönung des Papstes vergangen, doch sein Regierungsstil war schon deutlich zu spüren. Im Gegensatz zu seinem lässigen Vorgänger schob Sixtus V. keine Entscheidung jemals auf die lange Bank. Und war sie einmal getroffen, nahm er sie nie mehr zurück. Audienzersuchen wurden innerhalb von achtundvierzig Stunden beschieden. Fiel die Antwort negativ aus, war es zwecklos, den Antrag zu wiederholen. War sie jedoch positiv, begann die Audienz pünktlich zur festgesetzten Stunde, und man wurde vom Kammerherrn darauf hingewiesen, daß die zugemessene Zeit nicht überschritten werden dürfe.

Sixtus V. änderte zwar nicht das umständliche Begrüßungszeremoniell, kürzte es jedoch ab. Und wie ich bei diesem ersten Empfang feststellen konnte, hatte er seine ganz eigene Art, den sinnentleerten, langatmigen Beteuerungen und geschraubten Komplimenten Einhalt zu gebieten.

Er empfing uns am 3. Mai Schlag zehn Uhr. In sich zusammengesunken, saß er in eindrucksvoller Bewegungslosigkeit auf seinem Thron; im Kontrast dazu wirkte sein scharfer Blick, den er vom Fürsten Paolo zu mir wandern ließ, um so lebhafter.

„Herzog", sagte er laut und sehr deutlich, „mit Rücksicht auf den Zustand Eures Beines erlasse ich Euch das Niederknien und das Küssen meines Pantoffels. Setzt Euch auf diesen Schemel und trag mir Euer Anliegen vor."

Den Dispens hätte man für eine Aufmerksamkeit halten können, wäre er in einem anderen Ton erteilt worden, von einem anderen Blick begleitet gewesen. Im Klartext hieß dieser Dispens nichts anderes als: hinknien in Euerm Zustand, das würde zuviel von meiner kostbaren Zeit in Anspruch nehmen, kommen wir also zur Sache.

Dieser Beginn verwirrte den Fürsten, und er zögerte kurz, ehe er, so unverblümt dazu aufgefordert, „sein Anliegen vortrug". Er hatte wahrscheinlich eine kleine höfliche Ansprache auswendig gelernt, und als er nun spürte, daß sie nicht mehr angebracht war, wußte er nicht, wie er beginnen sollte.

Er drückte dem Papst eingangs seine aufrichtigsten und respektvollsten Wünsche für das „sehr hohe und sehr erhabene Amt aus, das Euch zuteil geworden", und fuhr dann fort:

„Allerheiligster Vater, ich bin gekommen, Euch als dem Herrn der Christenheit und meinem Herrscher Treue und Gehorsam zu geloben und als Euer ergebener Diener und Vasall Euch all meine Güter und meine ganze Kraft zur Verfügung zu stellen ..."

„So viel verlange ich gar nicht von Euch, Herzog", sagte Sixtus V.

Diese Unterbrechung bereitete dem Fürsten großes Unbehagen; er schwieg bestürzt, und auf seiner Stirn perlte der Schweiß.

„Fahrt fort!" befahl der Papst.

„Die Beziehungen des Hauses Orsini zum Herrscher über Rom sind so alt und so gut bekannt, daß sie keiner Erwähnung bedürfen", sagte der Fürst, als ob er eine Lektion herbete. „Ich möchte jedoch mit Dankbarkeit daran erinnern, daß meine Besitzung Bracciano durch Euern erlauchten Vorgänger zum Herzogtum erhoben worden ist."

„Eure Dankbarkeit habt Ihr damit bewiesen, daß Ihr eine Revolte gegen ihn angezettelt habt", sagte der Papst mit beißender Ironie.

Der Schlag war so direkt und so brutal, daß der Fürst

endlich begriff: er muß die „Formen“ beiseite lassen und dem Papst mit Fakten die Stirn bieten.

„Allerheiligster Vater“, sagte er, nicht ohne Festigkeit, „ich habe keine Revolte angezettelt. Ich habe mich der Revolte der Nobili angeschlossen, um eine Ungerechtigkeit zu beheben; und sowie das geschehen war, habe ich die Rebellion des Pöbels niedergeschlagen.“

„Das stimmt“, sagte Sixtus V. „Aber Ihr wart gar nicht befugt, das Unrecht, von dem Ihr sprecht, zu beheben, da Ihr in keinem Verwandtschaftsverhältnis zu der eingekerkerten Person standet.“

„Dennoch gab es eine Bindung zwischen dieser Person und mir“, erwiderte der Fürst mutig. „Wir wurden beide eines Verbrechens beschuldigt, das wir nicht begangen hatten.“

„Von Eurer Unschuld reden wir später“, sagte der Papst und schaute auf die Uhr. „Tragt jetzt Eure Bitte vor, und faßt Euch kurz.“

„Nun gut“, sagte der Fürst, dem dieses Wortgefecht einiges von seiner Kraft zurückgegeben hatte. „Nach dem Tode Gregors XIII. waren mehrere Theologen der Meinung, das mir im *precetto* auferlegte Verbot einer Wiederheirat sei nicht mehr gültig. Daher habe ich Vittoria Accoramboni zum zweiten Mal geehelicht. Ich bitte Euer Heiligkeit untertänigst, es bei dieser Sachlage zu belassen.“

„Nehmt meine Antwort darauf“, sagte Sixtus V. laut und entschieden mit einem gebieterischen Blick auf den Fürsten. „*Primo*, die Theologen, von denen Ihr sprecht, haben teils aus Überzeugung, teils aus Habgier eine Meinung bekundet, für die sie sich heute mit der Beschwerde entschuldigen, sie seien eingesperrt gewesen. Das nenne ich scheinheilig. Denn sie hätten diesem Zwang leicht entgehen können, wenn sie gar nicht erst dem Rufe nach Montegiordano gefolgt wären, war doch der Zweck dieser Zusammenkunft nur allzu offensichtlich. *Secundo*, sie waren in keiner Weise befugt, über diese Angelegenheit zu urteilen, und ich werde ihren Rat nicht berücksichtigen.“

Ich sah den Fürsten auf seinem Schemel schwanken und so bleich werden, daß ich eine Ohnmacht befürchtete. Leider saß ich zu weit von ihm entfernt, um einen Sturz verhindern zu können, der wegen seines kranken Beins zweifellos fatal gewesen wäre. In diesem Moment empfand ich großes Mitleid mit ihm: die Worte des Heiligen Vaters schienen alle seine Hoffnungen zunichte zu machen.

„Was das *precetto* betrifft", fuhr der Papst fort, „so muß man unterscheiden zwischen denen, die das Gesuch zur Auflösung des Ehebundes eingereicht haben, und demjenigen, der es bewilligt hat. Erstere taten es wegen einer schmutzigen Erbschaftsangelegenheit, und letzterer hat sich von Ressentiments leiten lassen. Mehr sage ich dazu nicht."

Meiner Meinung nach hatte er schon genug gesagt! Er hatte, ohne ihre Namen zu nennen, Medici und Gregor XIII. nicht geschont. Natürlich, Gregor war tot, und Medici brauchte den Papst viel zu nötig, als daß er versuchen würde, ihm zu schaden. Je länger ich den Charakter Sixtus' V. beobachtete, um so größer wurde meine Bewunderung für ihn. Er erinnerte mich an meinen eigenen Vater, der ein knappes Jahr vor seinem Tode Doge von Venedig geworden war und es verstanden hatte, je nach Gelegenheit mit subtiler Diplomatie oder mit brutaler Offenheit vorzugehen.

Das Gesicht des Fürsten hatte wieder Farbe bekommen; offensichtlich schöpfte er neuen Mut, als er aus allerhöchstem Munde so harsche Kritik an seinen Feinden vernahm.

„Nun zu Eurer Unschuld, Herzog", fuhr der Papst fort, „einer Unschuld, die Ihr ein weiteres Mal beteuert habt und die zwei Seiten hat – eine helle und eine dunkle."

„Eine dunkle, Euer Heiligkeit?" fragte der Fürst unwillig.

„Ihr werdet alsbald Gelegenheit zur Antwort haben, Herzog", schnitt ihm Sixtus das Wort ab. „In einem Punkt stimme ich Euch zu: es fehlt in der Tat jeder Beweis dafür, daß Ihr etwas zu tun hattet mit der Ermordung von ..."

Zweifellos wollte er sagen „von meinem Neffen" oder „von meinem unglücklichen Neffen", aber er fuhr unbewegt fort:

„... von Francesco Peretti. In diesem Punkt werdet Ihr in dem Bericht des armen Della Pace ausdrücklich entlastet. Und aus der Aussage des vormaligen Mönchs, den Ihr zu mir geschickt habt und der mir ein umfassendes Geständnis abgelegt hat – viel umfassender, als Ihr ahnen konntet –, geht hervor, daß dieser Mord von einem Eurer Verwandten, einem Erztaugenichts, skrupellos geplant worden war mit der Absicht, meiner ..."

Auch an dieser Stelle bewahrte der Papst seine Fassung und fuhr mit Anstrengung fort:

„... Vittoria Peretti zu schaden. Soweit zur hellen Seite. Und nun zu der dunklen Seite. Es steht leider außer Zweifel, daß der von mir erwähnte Bandit die Ermordung Perettis niemals geplant hätte, wenn er nicht von Eurer verhängnisvollen Leidenschaft für dessen Frau gewußt hätte. Denn Ihr habt – um den Dekalog zu zitieren – Eures Nächsten Weib begehrt, Herzog, Ihr habt sie mit Briefen umworben, habt sie mit Eurer nicht nachlassenden Aufdringlichkeit verfolgt und habt sie schließlich in ihrer Schwachheit zu schuldhaften Begegnungen verleitet: erst in Santa Maria, dann in der Villa Sorghini in Rom ..."

Sixtus V. sah den Fürsten durchdringend an und machte eine Pause, als wolle er ihm Zeit zum Antworten lassen. Doch das Schweigen dauerte eine gute halbe Minute – und das ist lange, wenn es auf konkrete Anschuldigungen folgt –, ohne daß der Fürst das Wort ergriff. Er schien verwirrt. Wie er mir später sagte, erkannte er in diesem Moment, daß der entlaufene Mönch im Dienste Lodovicos nicht nur Peretti in die Falle gelockt, sondern zuvor schon seine eigenen Rendezvous mit Vittoria ausspioniert hatte. Die Zeugenaussage des Mönchs war mithin eine zweischneidige Sache: sie hatte den Fürsten zwar von dem Mordverdacht entlastet, zugleich aber des Ehebruchs überführt.

„Wir haben nicht mehr viel Zeit", fuhr der Papst nach einem zweiten Blick auf die Uhr fort. „Deswegen möchte ich abschließend feststellen: Ihr seid nicht schuldig an der Ermordung Francesco Perettis, aber Ihr seid mit Sicherheit indirekt dafür verantwortlich, Herzog."

Sixtus V. machte abermals eine kleine Pause, damit der Fürst ihm antworten könne. Doch dieser war wie gelähmt und keines Wortes mächtig. Nach den Theologen, nach Medici und nach Gregor XIII. war nun er an der Reihe, abgekanzelt zu werden, so daß er das Schlimmste befürchten mußte – nicht nur die Annullierung seiner zweiten Ehe.

„Wir sprechen nicht als Euer Feind zu Euch, Herzog", fuhr der Papst mit lauter Stimme fort, jedes Wort betonend. „Wir wollen weder Euern Besitz noch Eure Titel, wir trachten nicht nach Eurer Freiheit und schon gar nicht nach Euerm Leben. Wir meinen, daß das Sakrament der Ehe in dem Willen der beiden Gatten, einander anzugehören, begründet liegt – ein Wille, der in vorliegendem Fall auf beiden Seiten nicht angezweifelt werden kann – und werden kein *precetto* zur Annullierung Eurer zweiten Ehe erlassen. Aber wir erwarten, daß Ihr uns ein ‚getreuer und gehorsamer Diener' seid, um Euch zu zitieren. Wir nehmen Euch beim Wort! Wir hatten Euch befohlen, diejenigen Personen aus Montegiordano zu verweisen, denen Ihr kraft eines Rechts, das wir niemandem zubilligen, Asyl gewährt habt. Wir wiederholen diesen Befehl hiermit und erwarten, daß Ihr ihm innerhalb von vierundzwanzig Stunden Folge leistet."

„Allerheiligster Vater, ich habe Euch zu diesem Problem geschrieben: es scheint mir mit meiner Ehre unvereinbar, diese Männer dem Bargello auszuliefern", sagte der Fürst fest.

„Herzog", rief Sixtus V. noch lauter und sah ihn mit einem schrecklichen Blick an, „vor allem wäre es mit Eurer Ehre unvereinbar, Euerm Herrscher den Gehorsam zu verweigern! Seid um die Leute, die bei Euch Asyl gefunden haben, unbesorgt; wir wissen zwischen den Verbannten und den Banditen genau zu unterscheiden. Erstere sind im allgemeinen ehrenhafte Personen, die das Unglück hatten, aus verschiedenen Gründen das Mißfallen meines Vorgängers zu erregen. Die meisten wird man nach gründlicher Prüfung ihres Falles amnestieren. Die Banditen aber werden, falls ihre Verbrechen sich bestätigen, mit einer Schlinge um den Hals zum letzten Mal ihren Blick gen Himmel richten."

„Euer Wille geschehe, Allerheiligster Vater", sagte der Fürst und senkte den Kopf zum Zeichen der Unterwerfung.

„Wann?"

„Schon morgen, noch vor Mittag."

„Sehr gut. Ein letztes Wort: Wir haben gehört, daß eine Wunde am Bein Euch heftige Schmerzen verursacht. Wir raten Euch zu einer Badekur in Albano bei Padua; die Stadt gehört zu Venedig, und auf Grund Eurer ruhmvollen Vergangenheit im Dienste der Serenissima werdet Ihr dort nur Freunde antreffen."

Der Fürst fuhr hoch: „Wie darf ich Eure Worte verstehen, Allerheiligster Vater? Heißt das: Exil?"

„Mitnichten. Es ist ein dringlicher Rat, dessen Befolgung wir von Euch erwarten. Wir verabscheuen nicht Euch als Person, Herzog, doch wir verabscheuen die Unordnung, die Eure Leidenschaft in den Staat hineingetragen hat. Und wir möchten, daß diese Unordnung ein wenig in Vergessenheit gerät."

Sixtus V. straffte seinen mächtigen Oberkörper, die Hände auf die Armlehnen des Sessels gestützt. Er hob den schweren Kopf, sah den Fürsten scharf an und sagte in einem Ton, der unmißverständlich ausdrückte, daß er am Ende dieser Audienz weder Dankesbezeigungen noch Ergebenheitsbekundungen noch ehrerbietige Abschiedsfloskeln erwarte:

„Unsere Unterredung ist beendet, Herzog."

Giuseppe Giacobbe,
Vorsteher des römischen Gettos:

Als im Jahre 1585 Sixtus V. den Thron bestieg, dieser große, dieser edle Papst, der wahrlich vom Geiste Adonais erfüllt ist, obgleich er sich wie sein ganzes Volk zur christlichen Irrlehre bekennt, da waren wir Juden im Kirchenstaat ein Vierteljahrhundert lang schlimmer verfolgt worden als je zuvor. Papst Pius V. war 1569 sogar so weit gegangen, alle Juden zu vertreiben – nur in Rom und Ancona durften wir bleiben –, und hatte seine beispiellose Härte auf die Spitze getrieben, indem er ihnen eine Frist von nur drei Monaten setzte; wer bis dahin nicht gegangen war, riskierte Bestrafung, Enteignung und Kerker.

Dieses schlechte Beispiel seines höchsten Herrschers weckte im Volk die jahrhundertealte Feindseligkeit gegen uns Juden. Und man soll nicht etwa glauben, daß wir in Ancona und Rom, wo wir geduldet wurden, vor den Diskriminierungen, Beschimpfungen und Erniedrigungen, wie wir sie seit jeher unter den Gojim erleiden, sicher waren.

Wer nicht Besitzer seines Wohnhauses war, mußte von einem Tag auf den anderen den doppelten Mietzins zahlen. Das Gelände für unsere Friedhöfe wurde uns fortan noch knapper zugemessen. Das Recht, unseren Glauben auszuüben, wurde weiter eingeschränkt. Der gelbe Kaftan war Vorschrift, sowie wir das Getto verließen. Unsere Steuern wurden erhöht. Unsere jüdischen Ärzte – gewiß die besten in Rom – waren in christlichen Häusern nicht zugelassen; unser Handel wurde auf jede erdenkliche Weise behindert; unsere Streitfälle wurden vor Sondergerichten behandelt, die unweigerlich unserem Gegner recht gaben, sofern er ein Christ war.

Schikanen waren unser täglich Brot. Die Fleischer weigerten sich, uns Fleisch zu verkaufen, oder gaben uns Schweinefleisch statt des verlangten Rindfleisches und riefen, wenn wir es zurückwiesen, die Sbirren. Man machte in Rom sogar noch boshafte Witze darüber: „Was ist der Unterschied zwischen einem jüdischen und einem christlichen Hund?" – „Der jüdische ist fetter, weil er das ganze Schweinefleisch frißt, das sein Herr zu kaufen gezwungen wird."

Gregor XIII. war uns nicht besser gesinnt als Pius V., aber da er von Natur aus träge war und alles schleifen ließ, wurden die uns Juden betreffenden Sondermaßnahmen unter seinem Pontifikat etwas lockerer gehandhabt. Was nun den neuen Papst anbelangt, so will ich hier berichten, auf welch ungewöhnliche Art ich ihn kennenlernte.

Es ist typisch für die Juden, daß es immer welche gibt, die jüdischer sein wollen als die anderen. Und so beschlossen einige kurz nach der Thronbesteigung des neuen Papstes, den Talmud zu drucken und zu verbreiten – an sich eine gute Sache; weniger gut war jedoch, daß dafür die Erlaubnis des Vatikans eingeholt werden mußte …

Ich wies vergebens auf die Unsinnigkeit dieses Unterfangens hin. Wie konnte der Vatikan, der die Ausübung unserer Religion verboten hatte, die Verbreitung eines unserer heiligen Bücher genehmigen, hatte er doch anläßlich des Rombesuchs von Michel de Montaigne dessen ganz und gar nicht ketzerische „Essais" beschlagnahmen und zensieren lassen.

Es war alles umsonst. Meine Warnungen fruchteten nichts. Je mehr ich argumentierte, desto mehr erhitzten sich die Eiferer. Schließlich beschuldigten sie mich geradezu: „Paß auf, Giacobbe, daß dir nicht aus lauter Vorsicht und Feigheit noch dein jüdischer Glauben abhanden kommt!"

Gegen meinen Willen und ohne mich stellten sie ihren unsinnigen Antrag im Vatikan. Der junge Kardinal Santa Severina nahm ihn entgegen und empörte sich so sehr über die „unglaubliche Kühnheit" der Juden, wie er es nannte, daß er den neuen Papst aufforderte, die Bittsteller der Inquisition zu übergeben.

Ich und alle anderen Bewohner des Gettos erschraken

zutiefst. So dumm die Eiferer waren, sie blieben unsere Brüder. Und wenn sie auf dem Scheiterhaufen verbrannt würden, könnte das leicht zu neuerlichen Judenverfolgungen führen. Die Erfahrung hat es zur Genüge bewiesen: auf jeden Juden, der öffentlich den lodernden Flammen überantwortet wird, kommen zehn weitere, die von Fanatikern auf dunkler Straße erdolcht werden.

Selbst unsere Eiferer waren von Entsetzen gepackt, kamen mit eingezogenem Schwanz zu mir und baten, ich möge mich beim Papst für sie verwenden. Diese gute Gelegenheit, sie zurechtzuweisen, ließ ich mir nicht entgehen.

„Was mußtet ihr armen Dummköpfe auch solch ein großes Risiko mit so wenig Aussicht auf Erfolg eingehen? Wir haben noch zwanzig Exemplare des Talmud in der hervorragenden venezianischen Ausgabe. Und wer von uns beherrscht das Hebräische oder Aramäische gut genug, um das Buch lesen zu können? Vielleicht ein Dutzend Rabbiner und Doktoren! Mit euerm Antrag für eine Neuausgabe habt ihr den Vatikan nur auf den Gedanken gebracht, wir wollten andere zu unserem Glauben bekehren – was wir nicht tun und nie getan haben! Der einzige Grund, weswegen die Gojim uns unter sich dulden! Sonst hätte uns schon lange das gleiche Schicksal ereilt wie die Lutheraner."

Da hub großes Wehklagen, Weinen und Jammern an.

„Giacobbe! Giacobbe! Du darfst uns jetzt in unserem Unglück nicht verlassen! Du bist unser Vorsteher!"

„Ein Vorsteher, den ihr einen Feigling genannt habt! Und was verlangt ihr nun von mir? Vor den Papst zu treten, mich als Sündenbock darzubieten und alle Konsequenzen eurer Dummheit auf mich zu nehmen! Noch dazu, wo von diesem Papst bekannt ist, daß er Großinquisitor in Venedig war und sein Leben lang dem Gericht des Heiligen Offiziums angehört hat: das spricht für seine Milde, nicht wahr!"

Nach dieser Strafpredigt verdoppelten sie ihr Flehen, in das auch die Eltern, Frauen, Kinder, Verwandten und

Nachbarn mit einstimmten und warum nicht gar – da man schon einmal dabei war – die Säuglinge an der Mutterbrust; all die Leute fielen plötzlich in mein Haus ein, schrien, weinten, rissen sich das Haar aus, rauften sich den Bart, zerfetzten ihre Kleider (oder taten wenigstens so), warfen sich mir zu Füßen, ergriffen meine Hände und versicherten mich ihrer ewigen Dankbarkeit.

Da tat ich das, wozu ich von Anfang an entschlossen war – und im Grunde ihres Herzens wußten alle, daß ich dazu entschlossen war –, denn ich bin ihr Vorsteher und habe meine Pflichten ihnen gegenüber niemals verletzt: ich bat um eine Audienz beim Papst.

Sie wurde mir achtundvierzig Stunden später mit der Maßgabe gewährt, daß Sixtus V. mich nicht öffentlich, sondern privat empfangen werde und ich durch einen Seiteneingang eintreten solle, was ich mit Zittern und Zagen tat, ahnte ich doch nicht, welches Schicksal mich in der Hochburg meiner Glaubensfeinde erwartete. Denn wer war ich schon in diesem Augenblick, verloren in dem Labyrinth des gewaltigen Palastes, in dem mir selbst die Mauern feindlich schienen: ein furchterfüllter kleiner alter Jude im langen gelben Kaftan, mit graumeliertem Bart, der Schädel unter meinem Käppchen feucht von Angstschweiß.

Sixtus V. empfing mich in einem einfachen kleinen Raum, in dem wir uns allein befanden, abgesehen von einem Monsignore, einem recht gutaussehenden Mann, der offenbar stumm war, denn er verständigte sich mit dem Papst nur durch Zeichen. „Seine Heiligkeit", wie ihn die Gojim nennen, saß nicht auf einem Thron, sondern auf einem einfachen Sessel, der Monsignore stand zu seiner Rechten.

„Nehmt auf diesem Schemel Platz, Giacobbe!" befahl mir der Papst in barschem Ton. „Und hört bitte auf zu zittern! Ich bin kein gefräßiges Ungeheuer, sondern ein Mensch wie Ihr! Ich friere, wenn es schneit; mir ist heiß in den Hundstagen; wenn meine Hand mit einer Flamme in Berührung kommt, verbrenne ich mich! Ich leide an den gleichen Krankheiten wie Ihr! Und ich bin genauso sterblich wie Ihr! Sagt mir also in kurzen Worten Euer Anliegen."

Ich berichtete ihm von dem Antrag unserer Eiferer.

„Welchen Talmud?" fragte er lebhaft. „Den aus Jerusalem oder den aus Babylon?"

„Den aus Babylon."

„Wenn ich mich nicht irre, wurde er 1520 bereits von einem christlichen Verleger in Venedig herausgegeben?"

„Ja, aber diese Ausgabe ist vergriffen, Allerheiligster Vater."

„Dann bittet den Verleger oder seine Nachkommen, einen Neudruck herauszubringen. Wenn die Serenissima es Euch erlaubt, sehen wir keinen Hinderungsgrund. Nur Ignoranten behaupten, es gebe im Talmud Passagen gegen die christliche Lehre. Wir berufen uns auf die Meinung des Gelehrten Reuchlin, der, weil er Hebräisch und Aramäisch beherrscht, die beiden Fassungen des Talmud sehr aufmerksam gelesen und nie irgend etwas darin entdeckt hat, das den christlichen Glauben verletzen könnte."

„Wollte der Himmel, Allerheiligster Vater, daß Seine Eminenz Kardinal Santa Severina Eure Sicht der Dinge teilen möge!" wagte ich daraufhin zu sagen.

„Unwichtig, ob er sie teilt oder nicht", sagte Sixtus V. und tauschte ein Lächeln mit dem stummen Monsignore. „Wir haben ihm diese Sache aus den Händen genommen. Und um zu verhindern, daß der Großinquisitor sich damit befaßt, haben wir den Talmud der Kongregation für den Index zur Prüfung überantwortet. Will heißen, wir haben ihn Blinden zu lesen gegeben, denn kein Mitglied der Kongregation kann Hebräisch ..."

Diese Worte begeisterten mich in zweifacher Hinsicht: zunächst, weil sie meine Befürchtungen ob einer neuen Verfolgung zerstreuten, und zweitens, weil mir der Papst mit seiner List – „das Buch Blinden zu lesen zu geben" – an eine bestimmte biblische Tradition anzuknüpfen schien. Von nun an setzte ich die größten Hoffnungen in diesen Herrscher, der unter seinem rauhen Äußeren so viel Geist und so viel Menschlichkeit verbarg – und Wissen, sollte ich hinzufügen, denn im Unterschied zu Santa Severina hatte Sixtus V. den Christen Reuchlin gelesen und fiel deshalb nicht auf die von den Böswilligen erfundenen und von den Unwissenden kolportierten Lügen über den Talmud herein.

Meine Hoffnungen wurden nicht enttäuscht: kurze Zeit später verkündete der Papst seine Bulle „Christiana Pietas", die den Status der jüdischen Gemeinde im Kirchenstaat in mehrfacher Hinsicht zu unserem Vorteil veränderte. Das Wohnrecht wurde uns für alle Städte, nicht nur für Rom und Ancona, zugestanden. Noch erstaunlicher war, daß uns die Bulle die Freiheit der Religionsausübung zuerkannte und uns die Möglichkeit gab, Synagogen zu bauen und neue Friedhöfe anzulegen. Unsere Prozesse und Streitsachen wurden nicht mehr einem Sondergerichtshof, sondern normalen Gerichten übertragen. Zu unserer großen Erleichterung wurde es uns erlassen, auf Reisen oder Messen und Märkten den gelben Kaftan tragen zu müssen, wo er uns zur Zielscheibe der übelsten und unfreundlichsten Behandlung seitens der Kunden und unserer Konkurrenten machte. Und schließlich erhielten die jüdischen Ärzte, die die Lehre von Galenus und Hippokrates nicht nur durch die traditionelle jüdische, sondern auch durch die arabische Medizin aus Andalusien bereichert hatten, die seit langem erbetene, bisher aber stets verweigerte Genehmigung, christliche Kranke zu behandeln.

Diese Bulle wurde durch ein *bando** ergänzt, von Staatssekretär Rusticucci verfaßt, aber von Sixtus V. inspiriert, das es den Untertanen des Papstes unter Androhung von Geldstrafen verbot, uns zu beschimpfen, zu demütigen, zu schlagen oder zu bespucken. Zwei weitere Bestimmungen dieses *bando* nahmen eine große Last von mir: den Hausbesitzern wurde untersagt, den Mietzins zu verdoppeln, wenn sie an Juden vermieten, und den Flei-

* (ital.) eine Verordnung.

schern, uns anderes als das von uns verlangte Fleisch zu verkaufen. Wer das *bando* umgehen und uns weiter schikanieren wollte, wurde von uns beim Bargello angezeigt und sofort bestraft.

Da wir im Getto über alles unsere Witze machen, war es damals üblich, auf die Frage „Wie geht's?" zu antworten: „Gut! Wie du siehst, magert mein Hund ab."

Wir waren sehr froh, daß die Zeit der schlimmen Heimsuchungen vorbei war, und die Honoratioren des Gettos versammelten sich unter meinem Vorsitz, um zu überlegen, was wir diesem aufgeklärten Papst zum Zeichen unserer Dankbarkeit schenken könnten.

Da unser Volk für Erörterungen und Streitgespräche eine besondere Begabung hat, wurde leidenschaftlich palavert, aber nachdem wir das Für und Wider lange abgewogen hatten, kamen wir zu dem Schluß, das einzige Geschenk, welches das Oberhaupt der Christen von uns annehmen könnte, wäre ein reich verziertes Brustkreuz.

Sobald diese Entscheidung – ohne mein Zutun! – gefallen war, erhielt ich den Auftrag, das Kreuz mit der ganzen Sorgfalt und Kunstfertigkeit auszuführen, die ich auch sonst auf die Gestaltung meiner Schmuckstücke und Kleinodien verwende, denn im Unterschied zu vielen anderen handle ich nicht nur mit Juwelen, sondern bin selbst Goldschmied. Ich ließ mich lange bitten, und als meine Brüder mich endlich überredet hatten, bestand ich darauf, sie sollten zunächst die notwendige Summe zusammenbringen, da ich ihren Wankelmut kannte. Da hoben sie wieder an zu palavern, und es sah ganz so aus, als würden sie sich nie einigen. Jeder wollte sich nur entsprechend seinen Einkünften beteiligen; weil aber deren Höhe nur sehr vage angegeben wurde – alle versuchten, soviel wie möglich zu verheimlichen, um die römischen Steuerbehörden hinters Licht zu führen –, mußte in erbitterten Auseinandersetzungen geklärt werden, wer wirklich reich oder, was auf das gleiche hinauslief, wirklich so arm war, wie er behauptete. Als jedoch nach unzähligen Schwierigkeiten zu guter Letzt die Kollekte gezählt wurde, stellte sich paradoxerweise heraus, daß die enorme Summe von hunderttausend Piastern zusammengekommen war: so geizig der einzelne Gettobewohner ist oder zu sein scheint, so großzügig ist die Gemeinde als Ganzes.

Um Argwohn und Verleumdungen zu vermeiden, wollte ich diesen Schatz nicht bei mir aufbewahren, ihn auch nicht verwalten. Ich ließ Schatzmeister wählen, die mir nach und nach das Gold und die Edelsteine für das Kreuz bezahlen sollten. Trotzdem war einer im Rat so unverschämt, mich zu fragen:

„Und du, Giacobbe, du steuerst gar nichts bei?"

„Ich gebe meine Arbeit und mein Talent!" sagte ich zornig.

Da ich im Unterschied zu so manch anderem mich nicht mit Eigenlob aufplustern mag, verzichte ich auf eine Beschreibung des Kreuzes, das mir viel Mühe gemacht hat. Es sei nur erwähnt, daß das ganze Getto an meinem Schaufenster vorbeizog und fasziniert die Schönheit des ausgestellten Kreuzes bewunderte. Der alte Rabbi Simone saß bei mir im Hinterzimmer und sagte kopfschüttelnd:

„So sind wir Juden! Immer diese Götzendienerei! Gestern noch haben sie das Kreuz verspottet und Christus sogar ‚den kleinen Gehängten' genannt (ein geschmackloser Scherz!), heute bestaunen sie es mit offenem Mund, bloß weil es aus Gold ist und besetzt mit Diamanten, Rubinen, Saphiren und was weiß ich noch. Es fehlt nicht viel, und sie beten es an! Daß ich so etwas auf meine alten Tage noch erleben muß! Ein Kreuz als angebetetes Idol in einem Getto!"

Als ich Sixtus V. im Verlaufe der Audienz, um die ich gebeten hatte, das Kreuz überreichte, war er voller Bewunderung, zugleich aber auch in einer gewissen Verlegenheit.

„Was für eine herrliche Arbeit!" sagte er und drehte das Kreuz in seinen Händen, die in frappierendem Gegensatz zu seinen groben, unschönen Gesichtszügen schmal und wohlgeformt waren. „Es freut uns zu sehen, daß es im Getto von Rom genauso gute Künstler wie in Florenz gibt. Zudem ist dieses Kreuz durch die guten Gefühle für Euern Herrscher geheiligt, die Euch und Eure Brüder zu diesem Vorhaben bewogen und bei seiner Ausführung geleitet haben. Deshalb nehmen wir dieses Geschenk mit Freuden an als Zeichen der Treue und Dankbarkeit unserer Untertanen im Getto, die wir gegen die Eiferer schützen wollen, denn sie sind fleißig, erfinderisch, friedlich und gesetzestreu und mehren den Wohlstand unserer Stadt und unseres Staates. Dennoch müssen wir Euch und Euern Brüdern erklären, Giacobbe, daß wir als Oberhaupt der Christenheit unmöglich ein Kreuz tragen können, das uns von Untertanen, die keine Christen sind, verehrt wird. Trotzdem wird dieses Kreuz in meiner Familie bleiben, ich will es meinen Nachfahren vererben."

Hernach sprach er freundlich und in großer Offenheit mit mir über die Reform des Status der Juden und sagte, als die Rede auf den gelben Kaftan kam:

„Müßten wir nicht befürchten, ein zu großes Ärgernis bei unseren christlichen Untertanen und der katholischen Hierarchie zu erregen, so würden wir ihn ganz abschaffen."

„Allerheiligster Vater", antwortete ich, „es bedeutet schon sehr viel, daß wir ihn auf Reisen nicht mehr tragen müssen. Für mich ist es eine große Erleichterung, denn auf den Landstraßen Italiens den Kaftan zu tragen war eine stillschweigende Aufforderung für jedermann, uns übers Ohr zu hauen, uns überhöhte Wegegelder und Zechen abzuverlangen, ja sogar uns zu mißhandeln und auszurauben."

„Reist Ihr oft, Giacobbe?"

„Zweimal im Jahr; zu Beginn des Sommers und zu Weihnachten begebe ich mich in Geschäften nach Brescia, Padua und Venedig."

„Nach Brescia? Das ist ja interessant."

Mehr sagte er nicht, und nach einem Blick auf die Uhr entließ er mich.

Als ich im Getto über dieses Gespräch berichtete, fand ich zu meiner Überraschung unsere größten Glaubenseiferer recht abgekühlt in ihren Gefühlen für den Papst, weil sie beim neuerlichen Studium der Bulle „Christiana Pietas“ entdeckt hatten, daß sie dreimal im Jahr von einem Pfarrer in einer Kirche zusammengerufen werden sollten, um das Wort des Gottes der Christen zu hören. Einige der hitzigsten Gemüter drängten sogar darauf, einer solchen Vorladung nicht Folge zu leisten. Ich glaubte meinen Ohren nicht zu trauen.

„Ihr seid unverbesserliche Dummköpfe!“ rief ich. „Ihr habt eine seltsame Krankheit: ihr seid niemals zufrieden! Fünfundzwanzig Jahre lang habt ihr unter zwei schlechten Päpsten schwer gelitten, und jetzt, da ihr einen guten habt, wollt ihr ihm trotzen. Was kann es euch schon ausmachen, euch in eine christliche Kirche zu setzen und das dumme Gerede eines Pfarrers über Christus anzuhören? Fürchtet ihr für euer Seelenheil, nur weil ihr euch auf Bänke setzt, die schon Generationen von Gojim abgewetzt haben? Ist euer jüdischer Hintern mehr wert als ein christlicher? Oder steht euer Glaube an den Gott Israels auf so schwachen Füßen, daß er in sich zusammenfällt, sobald ein Pfaffe euch von Christus spricht? Werdet ihr nach einer Stunde soweit sein, Maria und die Heiligen anzubeten? Soll ich euch was sagen? Ihr seid wahrlich die Nachfahren jener ausgemachten Dummköpfe, die lauthals den Tod Christi gefordert haben! Habt ihr je überlegt, daß heute niemand mehr von diesem sanftmütigen, weltfremden Schwärmer sprechen würde, wenn er nicht gekreuzigt worden wäre? Und daß wir dann nicht als Gottesmörder behandelt würden?“

Es gab ein schönes Spektakel nach diesen Worten! Christus hatte den Tod verdient, weil er das Gesetz Mosis angegriffen hatte, das er angeblich verteidigte, schrien einige. Das verschlug mir die Sprache. Ihre Rachsucht war grenzenlos! Anderthalb Jahrtausende nach Christi Tod verübelten sie ihm noch immer seine Lehre!

Glücklicherweise ergriff nun der alte Rabbi Simone

das Wort, pflichtete mir bei und sagte, daß diejenigen, welche der Aufforderung des Pfarrers nicht nachkämen, die jüdische Gemeinde in Rom schwer gefährdeten. Sein Gesicht war schrumpliger als ein alter Apfel, er sprach mit leiser und zittriger Stimme, doch seine funkelnden schwarzen Augen waren jung geblieben. Als er geendet hatte, wagte keiner mehr, den Mund aufzumachen.

Eine Woche nach dieser Debatte, deren heftige Töne noch in meinen Ohren dröhnten, bestellte mich der Papst in den Vatikan. Ich trat durch die nämliche Seitentür ein und traf Sixtus V. wieder in demselben Raum, auf einem Sessel sitzend, ein Tischchen zu seiner Linken und zu seiner Rechten denselben stummen, bewegungslosen Monsignore, von dem ich inzwischen wußte, daß er Rossellino hieß. Sixtus V. kürzte wie üblich das Begrüßungszeremoniell ab.

„Giacobbe", sagte er schnell und deutlich zu mir, „wann gedenkt Ihr, in diesem Jahr gen Norden zu reisen?"

„In zwei Wochen, Allerheiligster Vater."

„Wenn Ihr Eure Reise um eine Woche vorzieht, könnten wir Euch eine Eskorte geben aus einem Dutzend unserer Schweizer, die zum Jahresurlaub in ihre Berge ziehen, und Euch bei dieser Gelegenheit einen persönlichen Auftrag anvertrauen."

„Ich wäre sehr froh über die Eskorte und sehr geehrt durch den Auftrag, Allerheiligster Vater", sagte ich mit einer Verbeugung.

„Unser Auftrag wird Euch nicht zu weit von Brescia entfernen, wohin Ihr Euch, wenn ich mich recht entsinne, in Geschäften begeben wollt. Es geht darum, der Herzogin von Bracciano, die sich derzeit am Gardasee aufhält, diese Kassette hier und einen Brief von mir zu überbringen. Könntet Ihr auch einen jüdischen Arzt mit Euch nehmen, der sich mit Wunden auskennt?"

„Mit Schußwunden, Allerheiligster Vater?"

„Nein, mit Pfeilwunden. Doch ich vermute, daß das keinen großen Unterschied macht. Die Wunde, die dem

Herzog von Bracciano vor sehr langer Zeit zugefügt worden ist, hat sich in letzter Zeit verschlimmert, wie ich erfahren habe."

„Ein Freund von mir, Doktor Isacco, ist auf diesem Gebiet sehr kompetent. Er hat an der Medizinischen Akademie in Salerno studiert und das Buch von Ambroise Paré über die Wunden ins Lateinische übersetzt, weil Paré – er war Chirurg – des Lateinischen nicht mächtig war. Die Übersetzung, die Isacco durch eigene Beobachtungen ergänzt hat, wird derzeit im ganzen Land benutzt."

„Und meint Ihr, Giacobbe, Ihr könntet ihn bewegen, Euch zu begleiten?"

„Ich denke, ja, Allerheiligster Vater."

Auf dem Gesicht des Papstes malte sich Genugtuung. Er machte Rossellino ein Zeichen, wobei ich beobachtete, daß er mit dem Monsignore – der stumm, aber nicht taub war – oft in einer Zeichensprache redete, die er, wie mir zu Ohren gekommen war, selbst erfunden hatte, damit sein Kämmerer sich ihm verständlich machen könnte. Rossellino nahm sogleich eine kleine silberne Kassette vom Tisch und übergab sie mir mit einem gesiegelten Brief, der an die „Duchessa di Bracciano, Palazzo Sforza, Barbarano, Lago di Garda" adressiert war. Ich verabschiedete mich und verließ den Vatikan wieder durch die Seitentür; als ich den Brief befühlte, merkte ich, daß er den Schlüssel für die Kassette enthielt.

Meine Söhne, meine Neffen und ich, alles in allem acht Personen, stürzten uns in einige Unkosten, um uns für die Reise auszustaffieren, die uns in so würdiger Begleitung zu einem so großen Fürsten führen sollte. Ich mietete auch tüchtige Pferde, in deren Zaumzeug wir ein paar gute Sattelpistolen versteckten; sie offen zu tragen, hätte man einem Juden als eine zu große Herausforderung ausgelegt. Wir mußten schließlich an unsere Rückkehr ohne die Schweizer denken. Es waren ihrer ein gutes Dutzend, und ihr Sergeant übergab mir einen Geleitbrief, der in für mich sehr schmeichelhaften Worten abgefaßt, von Kardinal Rusticucci unterzeichnet und mit dem päpstlichen Siegel versehen war. Ich habe diese kostbare Reliquie aufbewahrt, weil ich mir sagte, sie könnte mir von Nutzen sein, wenn eines Tages wieder die Verfolgungen einsetzen würden*.

Die guten Schweizer, die uns vierzehn Tage lang begleiteten, hatten ungefähr das Alter meiner Söhne und Neffen, aber sie waren bestimmt doppelt so schwer und so breit, ganz zu schweigen von ihrer Körpergröße: lange, starke Kerle, aufgewachsen in der guten Luft und mit der guten Milch ihrer Schweizer Berge, von Kindheit an durch schwere Arbeit gestählt, wohingegen wir Juden zusammengepfercht in der lichtlosen Enge unseres Stadtgettos aufwachsen, denn es ist uns streng untersagt, auf dem Lande zu leben oder dort gar ein Stück Boden zu erwerben. Der Gerechtigkeit halber muß ich jedoch erwähnen, daß in den ausdruckslosen Gesichtern der Schweizer jener Funke Scharfsinn fehlte, der aus den Augen meiner Jungen leuchtete.

Als wir nach Salò kamen, waren wir sehr enttäuscht von der schlechten Sicht; über dem See lag dichter Nebel, und die Wirtin, bei der wir unser Mittagsmahl einnahmen, machte uns keine Hoffnung, daß er sich noch heben würde. „Zu dieser Jahreszeit ist das normal“, sagte sie, „und das kann einen ganzen Monat andauern.“

Reist man von Salò nach Barbarano, wird der Raum zwischen dem See und den immer steiler werdenden Bergen allmählich so eng, daß nur noch ein schmaler Weg am Ufer entlangführt. Nach einer knappen halben Stunde sahen wir zu unserer Rechten ein Gebäude, das wir nach der Beschreibung der Wirtin für den Palazzo Sforza hielten. Da wir uns nicht sicher waren, klopfte ich an die Pforte eines Klosters, das auf der anderen Seite des Weges an den Berghang gebaut war. Nur das Guckfenster in der Tür öffnete sich, und ein Kapuzinermönch musterte mich mißtrauisch, als hätte er in mir das räudige Schaf gewittert. Doch nachdem ich ihm meinen Geleitbrief mit

* Sie fingen sieben Jahre später unter der Herrschaft Clemens' VIII. wieder an.

dem päpstlichen Siegel gezeigt hatte, geruhte er mir zu sagen, das Gebäude vor uns sei in der Tat der Palazzo Sforza. Durch die Gitterstäbe des Fensters schob ich ihm daraufhin einen Obolus zu – nicht, daß ich die geringste Lust dazu verspürte, sondern weil seine Haltung diese Erwartung ausdrückte und auch weil ich, wie mein ganzes Volk, eine unbestimmte Furcht vor Priestern empfinde. Zum Dank öffnete er noch einmal seinen schmalen Mund – so schmal wie der Schlitz eines Opferstocks in der Kirche –, um mir mitzuteilen, daß Admiral Sforza vor knapp acht Jahren mit dem Bau des Palastes fertig geworden sei. Das glaubte ich ihm gern: die Steine waren noch weiß.

Auch im Palazzo Sforza wirkten der Geleitbrief und das päpstliche Siegel Wunder, doch es brauchte seine Zeit, um den Majordomus zu holen, der als einziger den Befehl zum Herunterlassen der Zugbrücke erteilen durfte. Es war deutlich zu sehen, daß hier ein Admiral gewohnt hatte; die Anlage war eher eine Festung denn ein Palazzo: eine lange, schmucklose Fassade mit wenigen, dicht vergitterten kleinen Fenstern, an beiden Enden von großen viereckigen Türmen flankiert. Das Ganze war von einem breiten, tiefen Wassergraben umgeben, der aus dem See gespeist wurde.

Nachdem wir eingelassen worden waren, erklärte mir der Majordomus, ich müsse mich gedulden, denn das Fürstenpaar sei in einer der Galeassen unterwegs, um Freunde auf Schloß Sirmione zu besuchen, und komme erst am späten Nachmittag zurück. Und da ich mich wunderte, wie man in dieser Watte mit einer Sichtweite von höchstens einer Viertelmeile Kurs halten könne, sagte er mir, die Schiffer des Sees würden sich nach der Sonne orientieren, die sich durch den Nebel erahnen lasse, selbst wenn sie ihn nicht zu durchdringen vermöge.

Wie schon erwähnt, flankierten zwei große viereckige Türme das Gebäude; den Grundriß der Anlage begriff ich jedoch erst, als ich dem Majordomus in den Hof folgte. An den beiden Enden des Haupttrakts schlossen sich, im rechten Winkel zu den Türmen, zwei Seitenflügel an, die bis zum See hinunterreichten. Ein dritter Flügel – ich weiß nicht, ob diese Bezeichnung zutrifft, denn er ging seltsamerweise von der Gebäudemitte ab – zog sich parallel zu den beiden anderen bis zum Ufer und teilte den Hof in zwei Hälften. An seiner Giebelfassade befand sich in Höhe des ersten Stockwerks eine Terrasse. Diese Terrasse nebst den beiden Fenstertüren, die zu ihr führten, und den drei Rundbögen, die sie im Erdgeschoß stützten, waren das einzig wirklich Elegante und Prunkvolle an diesem insgesamt recht ungeschlachten Bauwerk.

Die drei Rundbögen erhoben sich auf einem Vorhof, von dem aus man über ein paar Stufen zu einem kleinen Hafen gelangte. Dort ankerte eine Galeasse des Typs, wie er sich in der Schlacht von Lepanto gegen die Türken bewährt hatte, nur war sie sehr viel kleiner. Sie hatte eine Ruderkammer, die aber – ganz anders als sonst üblich – unter Deck lag, so daß man ungehindert mit den Segeln manövrieren konnte.

Meine Frage, ob die Galeasse am Ort gebaut oder aus Venedig herbeigeschafft worden sei, beantwortete der Majordomus so langstilig und konfus, daß ich noch müder wurde, als ich von der langen Reise ohnehin schon war. Hinzu kam, daß mich der Nebel über dem See mit seinem faden Geruch benommen machte, so daß mir plötzlich übel wurde. Ich setzte mich auf die Stufen und verlor das Bewußtsein.

Allerdings nicht völlig, denn ich spürte, wie jemand – ich erkannte an seinem Wohlgeruch Isacco – meine Halskrause lockerte, mir leicht auf die Wangen klopfte und mir gezuckerten Wein einflößte, den ich erst nur mit Mühe trinken konnte, dann aber gierig hinunterschluckte. Meine Lider zuckten, ich konnte sie nur noch nicht ganz aufmachen, da hörte ich Isacco mit seiner sonoren Baßstimme sagen, vermutlich zu einem meiner Söhne:

„Sorg dich nicht. Er ist robust und wird hundert Jahre leben!“

Allmählich konnte ich wieder klarer sehen, und das erste, was ich erblickte, waren zu meiner Linken ein halbes Dutzend großer Magnolien entlang dem Ufer. Sie wirkten nicht wie Bäume, sondern wie riesige runde Buketts aus zartrosa schimmernden weißen Blüten. Beim Betreten des Hofes hätte ich sie eigentlich nicht übersehen dürfen, aber mein Blick war über sie hingeglitten, ohne sie wirklich wahrzunehmen, während nun, in meinem Schwächezustand, mein Geist – ebenso verschwommen wie der neblige See – sich auf sie konzentrierte und aus ihrem Anblick unendliche Freude schöpfte.

„Was schaust du so, Giuseppe?“ fragte Isacco.

„Die Magnolien!“

„Ach so, die Magnolien“, sagte er erstaunt. „Die gibt's überall am Seeufer.“

Das Sprechen fiel mir sehr schwer. Wie sollte ich ihm also erklären, daß ich mich vor zwei Minuten noch dem Tode nahe gefühlt hatte, nun aber – beim Anblick der herrlichen Buketts – ins Leben zurückkehrte?

„Die ganze Schönheit der Schöpfung liegt darin“, sagte ich mühsam.

„Oho, Giuseppe, du bist ja ein richtiger Dichter!“ lachte Isacco.

Und mit einer Mischung aus Zuneigung und Nachsicht fügte er hinzu:

„Das mußt du ja wohl auch sein, um so schöne Schmuckstücke fertigen zu können.“

Unterdessen waren Diener mit einer Erfrischung gekommen, die vermutlich der Majordomus bestellt hatte; er muß geglaubt haben, ich wäre vor Hunger schwach geworden.

Leicht amüsiert registrierte ich, daß zum ersten Mal ein Goi so freundlich zu mir war. Rusticucci hatte mir den Geleitbrief auf einen christlichen Namen ausgestellt, und der Papst hatte dem Juden erlaubt, in gewöhnlicher Kleidung zu reisen – dies allein reichte aus, daß jedermann sich freundlicher zu meinesgleichen verhielt! Und doch, was sind schon Namen oder Kleider? Nichts als vergängliche Äußerlichkeiten! War ich nicht immer noch derselbe Mensch?

Nur widerwillig und aus Höflichkeit gegenüber dem Majordomus nahm ich etwas zu mir, meine Söhne und Neffen und Isacco aßen mit einer Gier, als wäre das Mittagsmahl nur mehr eine sehr ferne Erinnerung. Vor allem Isacco war ein großer Esser; er war überhaupt ungeheuer lebenshungrig, ganz im Gegensatz zu seinem pessimistischen Geschwätz bei jeder sich bietenden Gelegenheit.

„Die Herrschaften kommen", sagte der Majordomus.

Alle blickten zum See, doch man sah nur weißen Nebel, in dem nach kaum zweihundert Schritt der Horizont versank.

„Ich kann noch nichts erkennen", sagte ich.

„Wenn Ihr genau hinhört, Signore, vernehmt Ihr die Ruderschläge. Der Wind hat sich gelegt. Man hat die Segel eingeholt, und unter Deck legen sich die Ruderknechte in die Riemen."

Und tatsächlich vernahm ich das gleichmäßige Geräusch der eintauchenden Ruder und das Knirschen der Dollen. Plötzlich löste sich die Silhouette der Galeasse wie ein Geisterschiff aus dem Nebel und gewann allmählich immer deutlichere Konturen. Ein knapper Befehl, und sie schien sich kaum noch zu bewegen, glitt langsam über die Wasserfläche, drehte bei, fuhr still und majestätisch in den kleinen Hafen ein und legte, während die Ruder alle gleichzeitig eingezogen wurden, neben ihrer schon am Kai vertäuten Zwillingsschwester an.

Gefolgt von einer Kammerzofe, ging die Herzogin leichtfüßig von Bord, während der Fürst, wie ich bemerkte, nur mit Hilfe zweier Edelleute den Kai erreichen konnte, wo ihn seine Gemahlin erwartete, ein Lächeln auf den Lippen, aber mit sorgenvollem Blick. Es war das erste Mal, daß ich diese berühmte Schönheit sah, und obwohl ich durch zahlreiche Beschreibungen vorbereitet war, wurden sie von der Wirklichkeit weit übertroffen. Ihre Zofe hielt sich hinter ihr und wich keinen Schritt von ihrer Seite, wie ich später feststellen konnte. Im Gegensatz zu ihrer strahlend blonden Herrin war das Mädchen genauso brünett wie eine Tochter Israels, lebhaft, mit schwarzen Augen, keck und mit großen, apfelrunden Brüsten, derentwegen ich den Blick senken mußte, denn selbst in meinem Alter noch ist man für solche Reize nur allzu empfänglich.

Der Majordomus trat zu dem Fürsten, sprach lange *sotto voce* mit ihm – sicher erklärte er, wer wir waren – und zeigte ihm meinen Geleitbrief, während wir ehrerbietig in einiger Entfernung warteten, die Augen respektvoll auf den Fürsten gerichtet und aus den Augenwinkeln nach der Herzogin und ihrer schmucken Zofe schielend.

„Herzlich willkommen, liebe Freunde", sagte der Fürst und kam auf uns zu, während wir uns allesamt tief verneigten.

Auf ein Zeichen des Majordomus hin brachten zwei Diener einen Sessel, den sie vor den drei Arkaden des Hauptgebäudes abstellten und auf dem der Fürst Platz nahm, immer noch von seinen beiden Edelleuten gestützt, davon der eine sehr schön und das genaue Ebenbild der Herzogin war, allerdings brünett statt blond: zweifellos ihr berüchtigter Zwillingsbruder, der am hellerlichten Tag mitten in Rom den vornehmen Herrn Recanati in einer offenen Kutsche niedergestochen hatte. Man brachte auch einen Sessel für die Herzogin, die ihn aber verschmähte und sich mit einem Schemel zu Füßen des Fürsten begnügte. Ihr langes Haar auf dem Schoß zusammenraffend, ließ sie sich anmutig auf dem Schemel nieder. Die Kammerzofe setzte sich auf eine Treppenstufe hinter ihr und musterte – da ihre Herrin sie nicht sehen konnte – unsere Gruppe mit dreisten Blicken; nicht einmal mich ließ sie aus. Signor Marcello, der das bemerkte, stieg zu ihr hinauf und gab ihr im Vorbeigehen heimlich einen kleinen Tritt, bei dem sie das Gesicht verzog, aber nicht aufschrie. Danach setzte er sich in lässiger Haltung zwei Stufen höher auf die Treppe.

„Meister Goldschmied", sagte der Fürst, der mich nicht mit meinem richtigen Namen anreden wollte – er kannte ihn genau, denn er hatte mehrere Schmuckstücke für seine erste Gemahlin bei mir arbeiten lassen –, der aber auch den christlichen Namen aus dem Geleitbrief nicht verwenden mochte (vielleicht hatte er ihn schon wieder vergessen), „ich bin erstaunt, Euch hier, so weit von Rom entfernt, zu sehen, und ich bin begierig zu erfahren, was Seine Heiligkeit Euch für uns aufgetragen hat."

Ich erklärte ihm, was es mit dem Brief, der Kassette und der Anwesenheit von Isacco auf sich habe.

„Meister Goldschmied, übergebt uns bitte, was der Heilige Vater für uns bestimmt hat", sagte der Fürst, und Traurigkeit verdüsterte sein Gesicht. „Und Ihr, Vittoria, wollt Euch vielleicht in Eure Gemächer zurückziehen, um in Ruhe das Sendschreiben zu lesen und den Inhalt der Kassette zu untersuchen."

„Wie Ihr wollt, Durchlaucht", sagte die Herzogin und erhob sich.

Ich übergab dem Fürsten Kassette und Brief. Er legte beides in Vittorias Hände, mit einem zärtlichen Lächeln, das sofort erlosch, als sie die Stufen zu den Arkaden hinaufstieg und, gefolgt von ihrer Zofe, im Haus verschwand. Nachdem die Frauen in ihrem prächtigen Staat – die Zofe war kaum weniger elegant gekleidet denn ihre Herrin – sich entfernt hatten, erschien der Hof mit einemmal glanzlos und viel kälter.

„*Dottore*", wandte sich der Fürst mit ernster Miene an Isacco, „nehmt mir bitte nicht übel, was ich Euch jetzt sage: ich bin der Ärzte und der Medizin auf den Tod überdrüssig, und wenn ich sage ‚auf den Tod', dann ist das Wort wohl genau zutreffend, fürchte ich. Vor vierzehn Jahren, in der Schlacht von Lepanto, hat mich ein Pfeil am Oberschenkel getroffen, und seit vierzehn Jahren hat mir diese Wunde nur selten Ruhe gegönnt. Ich habe Dutzende von Ärzten konsultiert, einer berühmter als der andere – ich bin nicht geheilt worden, im Gegenteil, mein Leiden hat sich beständig verschlimmert. Erst unlängst hat meine Gattin, die Herzogin, zwei berühmte

Gelehrte eigens aus Venedig hergebeten, um meine Wunde untersuchen zu lassen. Sie haben sich zunächst gefragt, wie man das Übel wohl nennen müßte. Wenn ich richtig verstanden habe, schien ihnen dieser Name sehr wichtig zu sein. Eine geschlagene Stunde lang haben sie diskutiert, bis sie sich schließlich auf *lupa* einigten, was ‚die Wölfin' heißt. Als ich sie fragte: ‚Warum die ›Wölfin‹?', erwiderten sie: ‚Weil sie das Fleisch rund um die Wunde auffrißt.' – ‚Das ist ein hübscher Name für mein schönes Bein!' sagte ich. ‚Was schlagt Ihr vor als Therapie?' Darauf sagte der eine, ich müsse morgens und abends zur Ader gelassen werden, und antwortete auf meine Frage nach dem Nutzen: ‚Wenn das Wasser eines Brunnens trübe geworden ist, wird so lange Wasser abgeschöpft, bis es wieder klar ist. Das gleiche gilt für Euer Blut, Durchlaucht. Wenn wir Euch zur Ader lassen, entziehen wir Euerm Körper das schlechte Blut. Und Eure Wunde wird aufhören, Euch zu verschlingen.'"

Der Fürst lächelte mit bitterem Hohn. Anscheinend wartete er auf eine Bemerkung von Isacco, doch als diese ausblieb, fuhr er fort:

„Ich stimmte dem Aderlaß morgens und abends zu, aber nach einer Woche fühlte ich mich sehr geschwächt, ohne daß meine Wunde sich gebessert hatte. Ich schloß daraus, daß die Aderlässe zwischen gesundem und schlechtem Blut nicht zu unterscheiden vermochten und nur das gesunde Blut aus meinem Körper zogen, ohne das schlechte zu beseitigen. Da gab ich dem Arzt sein Honorar und schickte ihn nach Venedig zurück. Blieb noch der zweite, der über die Abreise seines Kollegen höchlich zufrieden schien und zu mir sagte: ‚Ihr habt tausendmal recht, Durchlaucht. Dieser Mann ist ein Nichtskönner, um nicht zu sagen ein Scharlatan. Er verwendet für alles immer nur dasjenige Heilmittel, das gerade in Mode ist. Meine Therapie dagegen richtet sich nach dem einzelnen Fall.' – ‚Und worin besteht sie?' fragte ich. – ‚Legt täglich eine Kompresse aus frischem Fleisch auf die Wunde. So findet die *lupa* ihre Nahrung woanders und wird nicht mehr das Fleisch Eures Beines verschlingen.‘“

„Und Ihr habt es probiert, Durchlaucht?“ fragte Isacco, die Augen vor Staunen weit aufreißend.

„Ich habe es probiert, und das Resultat nach einer Woche war eine deutliche Verschlechterung meines Leidens. Ich schloß daraus, daß die Wölfin lieber mein eigenes Fleisch frißt als jedes noch so appetitliche andere, und ich entließ auch diesen Hippokrates. Und Ihr, *dottore*, welches Mittel schlagt Ihr vor?“ fragte er Isacco, halb mißtrauisch, halb hoffnungsvoll.

„Das kann ich erst sagen, wenn ich Eure Wunde untersucht habe, Durchlaucht.“

„Gut“, sagte der Fürst, „sowie sich die Herzogin zur Nacht zurückgezogen hat, will ich sie Euch zeigen.“

Isacco war im Palazzo in einem Zimmer neben dem meinen untergebracht, und als ich ihn gegen elf Uhr von der Konsultation zurückkommen hörte, ging ich zu ihm und fragte ihn nach dem Ergebnis. Isacco schien sehr schlechter Laune und sagte mürrisch, seine tiefe Stimme dämpfend:

„Leider ist der Fürst bisher stets an Ignoranten geraten, deren medizinische Kunst verbaler Natur war und nur auf Metaphern beruhte: schlechtes Blut wie trübes Wasser in einem Brunnen! die Wunde eine fleischfressende Wölfin!“

„Auch im Getto gibt es Ärzte, die so argumentieren ...“

„Wer wüßte das besser als ich! Kurzum, der Unglückliche hat so viele sinnlose Kuren hinter sich, daß er das richtige Heilmittel nun nicht mehr will, wenn man es ihm vorschlägt.“

„Und was ist das richtige Heilmittel?“

„Das Bein amputieren, ehe es zu spät ist.“

„Er willigt nicht ein?“

„Er lehnt es rundweg ab“, sagte Isacco ärgerlich. „Er beteuert, lieber sterben zu wollen als verstümmelt leben zu müssen.“

„Verständlich!“ rief ich. „So ein schöner Mann! So ein Held! So ein Fürst! Dazu noch verliebt!“

„Was hat denn das damit zu tun?“ fragte Isacco, der aus Prinzip nicht verstehen wollte, was er doch sehr gut verstand. „Würdest du lieber sterben als ein Bein verlieren?“

„*Ich* bin auch nicht mit der schönsten Frau von Rom verheiratet!“

„Und was würdest du tun?“ fragte Isacco, der stolz auf seine Potenz war, seiner Frau jedes Jahr ein Kind machte und auch seine Mägde schwängerte.

„Was kann man denn anderes für den Fürsten tun?“ fragte ich nach einem Moment.

„Du meinst, außer der Amputation?“

„Ja.“

„Nichts.“

„Er wird also sterben?“

„Ja. Dieser Sommer wird sein letzter sein.“

„Ach, Isacco, was für ein schrecklicher Satz“, sagte ich vorwurfsvoll.

Meine Bemerkung erbitterte ihn aufs äußerste.

„Zum Teufel mit deiner Gefühlsduselei, Giuseppe! Soll ich Tränen vergießen über das Schicksal des Fürsten? Er ist mit einem goldenen Löffel im Mund geboren worden! Er hat alles gehabt in seinem Leben – Ehre, Reichtum, Ruhm, Liebe! Und nun ereilt ihn unser aller Schicksal. Goi oder Jude, es trifft jeden! Nein, nein, sag nichts! Laß mich, bitte, Giuseppe, ich bin müde. Ich wollte, es wäre schon morgen und ich könnte weg von hier. Ich mag diesen See nicht. Ich kann seinen Geruch nicht ausstehen. Und nicht diesen Nebel! Es heißt, dies hier sei ein kleines Paradies. Vielleicht stimmt das sogar, nur müßte man es sehen können. Ich mag auch diesen Palast nicht. Wie kann man in so hohen Räumen schlafen! Diese Leute hier möchten uns glauben machen, sie seien fünf- oder sechsmal größer als wir. Soll ich dir was sagen: ich will schleunigst in mein Getto zurück! Und vor allem, vor allem verabscheue ich diese Art von Patienten, die noch Ansprüche stellen, wenn es um Leben oder Tod geht. Hätte er durchgemacht, was wir in Rom seit Pius V. durchgemacht haben, vielleicht würde er dann mehr am Leben hängen. Und kannst du mir vielleicht sagen, wozu ich gut sein soll, wenn der Kranke nicht mit allen Fasern am Leben hängt?“

KAPITEL XIV

Fürst Paolo Giordano Orsini, Herzog von Bracciano:

Es bleibt mir nur noch kurze Zeit zu leben. Ich hoffe, ich werde am Ende meiner Tage Mut beweisen, wenngleich Mut unter diesen Umständen nur eine Eitelkeit mehr ist und an der Sache selbst nichts ändern kann.

Immer habe ich gewußt, daß sich mein Dasein eines Tages vollenden würde, und doch habe ich es nicht wahrhaben wollen. Vielmehr: ich habe es – im wahrsten Sinne des Wortes – nur wider Willen geglaubt. Und als der nahe Tod zur Gewißheit geworden war, dachte ich als erstes: Wie! Das geschieht auch dir? Und so bald schon?

Diese Ungläubigkeit ist leicht zu erklären: wie könnte ein denkendes Wesen begreifen, daß sein Denken aufhören wird?

Gott sei Dank, ich bin weder Philosoph noch Theologe; doch nun, da ich nicht mehr laufen kann, habe ich Zeit zum Nachdenken. Mir scheint, der Mensch bemüht sich mit aller Macht, zu glauben, daß er nach dem Tode weiterlebt. Und doch, wie kann er sich des Paradieses freuen oder in der Hölle leiden, wenn Körper und Geist nicht mehr sind? Angenommen, ich werde verdammt – wie soll ich verbrennen, wenn ich keinen Leib mehr habe? Und wie kann ich wissen, daß ich brenne, wenn mein Schädel leer ist?

Das Nichts hinwiederum ist faßbarer: vor unserer Geburt haben wir nicht existiert, warum sollten wir also nach unserem Tod existieren?

Ich hüte mich wohlweislich, diese Gedanken meinem Kaplan anzuvertrauen. Er ist ein rechtschaffener, ziemlich beschränkter Mensch. Mit über siebzig Jahren wiederholt er nur, was er mit zehn gelernt hat, und da er es seit sechzig Jahren wiederholt, ist er mittlerweile überzeugt, es sei wahr.

Ich möchte ihn nicht verunsichern. Ich möchte auch nicht, daß er mir die Absolution verweigert. Und ich will die Menschen in meiner Umgebung nicht beunruhigen oder belästigen. Vor allem deshalb ist es wichtig, daß ein Sterbender seinen Todeskampf würdig ausficht.

Was das Himmelreich anbelangt, so sind wir im Palazzo Sforza ringsum gut behütet: hinter uns steht ein Kapuzinerkloster, vor uns, auf der Insel gegenüber, ein Franziskanerkloster. Nachdem ich beiden die erwarteten großzügigen Spenden zukommen ließ, haben sie mir versichert, sie würden für meine Heilung oder – falls diese nicht gelänge – für mein Seelenheil beten. Wie könnte ich an der Kraft ihrer Gebete zweifeln?

Der jüdische Arzt hat mir als erster die Wahrheit über meinen Zustand gesagt, eine Wahrheit, die ich seit langem kenne, die ich aber mit Erfolg verdrängt habe. Er war auch der erste, der ehrlich zu wünschen schien, daß ich überlebe; um so enttäuschter war er, daß ich die Amputation ablehne.

Einer solchen Operation habe ich auf der Schiffsbrücke mehr als einmal beigewohnt: es ist eine furchtbare Metzelei, die nur wenige Patienten überleben, und in welchem Zustand! Menschliche Wracks, die ihr ganzes Leben lang unter dem Verlust ihres Beins leiden. An Krücken schleppen sie sich dahin! Soll ich Vittoria den Anblick meines Verfalls zumuten?

Heute morgen habe ich ihr gesagt, daß ich sterben werde. Bisher hatten wir stillschweigend so getan, als hätte es mit meinem Zustand nichts Ernstes auf sich. Wir bemühten uns beide nach Kräften, diesen Mythos aufrechtzuerhalten. Ihr gelang das besser als mir, vielleicht weil sie fester daran glaubte.

Als ich ihr nun die Wahrheit sagte, wurde sie bleich. Sie schwieg, und Tränen flossen über ihre Wangen. Da ich auf dem Bett lag, streckte sie sich neben mir aus und nahm meine Hand in die ihre. So ruhten wir Seite an Seite, wie zwei liegende Figuren auf einem Sarkophag. Im selben Augenblick, da ich dies dachte, sagte sie:

„Wir sehen aus wie zwei liegende Figuren auf einem Sarkophag."

„Das habe ich auch gerade gedacht."

„Ich wünschte, es wäre tatsächlich so und ich könnte mit dir von hinnen gehen."

„Selbst dann wären wir getrennt", sagte ich. „Wie sollten wir uns ohne Augen sehen? Ohne Hände berühren? Ohne Lippen küssen?"

„Wenigstens unsere Seelen wären vereint", erwiderte sie.

Ich schwieg, denn ich wollte den Glauben nicht erschüttern, in dem sie Trost fand. Dann fragte ich:

„Was ist deine schönste Erinnerung, Vittoria, seit du in mein Leben getreten bist?"

„An die Zeit davor habe ich keine guten Erinnerungen", sagte sie ernst. „Und mit dir ist alles so schön gewesen, daß mir die Wahl schwerfällt."

Sie schwieg einen Moment, dann drückte sie meine Hand und sagte:

„Vielleicht die Villa Sorghini. Und doch hatte ich schreckliche Gewissensbisse, weil ich zur Ehebrecherin geworden war und weil ich nicht beichten konnte: beim ersten Wort wäre ich eingesperrt worden. Ich weinte jeden Abend. Aber am nächsten Tag, wenn ich an unser Wiedersehen dachte, fiel all dies von mir ab, und ich fühlte mich glücklich und leicht. Es kam mir so vor, als schwebte ich über den Wolken ..."

„Auch ich denke oft an die Villa Sorghini. An das weiße Zelt auf der Terrasse! Mitten in Rom und doch der Welt so entrückt! Durch die weißen Vorhänge sah man die Geranien und durch das Sonnendach über uns die Schatten der Mauersegler. Ich habe noch im Ohr, wie sich die spitzen Schreie der Vögel mit unseren Seufzern vermischten."

Da Vittoria schwieg, drehte ich den Kopf zu ihr und

sah sie wieder in Tränen. Ich drückte ihre Hand noch kräftiger und sagte mit veränderter Stimme:

„Vittoria, ich möchte, daß Ihr Euch in Padua niederlaßt, wenn das hier zu Ende ist. Ich habe den Palazzo Cavalli für Euch gemietet."

„Aber warum Padua?" fragte sie und sah mich mit ihren tränenfeuchten blauen Augen an.

„Der Podestà von Padua ist mein Freund. Er wird Euch beschützen."

„Droht mir denn Gefahr?"

„Ja. Von den Medicis."

„Aus welchem Grund?" fragte sie verwundert.

„Was sonst als das Geld kann die Medicis zum Handeln bewegen?"

„Welches Geld? Worin habe ich ihnen denn unrecht getan?"

„Heute nachmittag kommen zwei Rechtsgelehrte aus Padua, um mein Testament aufzusetzen. Darin werde ich meinem Sohn Virginio all meine Güter und Besitzungen vermachen und Euch, Vittoria, eine beträchtliche Summe Geldes, damit Ihr angemessen leben könnt."

„Wenn mich die Medicis ob dieses Vermächtnisses hassen, dann solltet Ihr es mir nicht aussetzen, Paolo."

„Vittoria, könnte ich die Herzogin von Bracciano in Armut zurücklassen?" erwiderte ich. „Euer Anteil, wie groß er auch sein mag, beträgt nur ein Zehntel dessen, was ich Virginio hinterlasse. Er wird nicht benachteiligt, was immer die Medicis in ihrer sprichwörtlichen Habgier glauben mögen."

„Ach, Paolo, vererbt mir nichts!" rief sie. „Ich besitze doch das Kreuz, das mir der Papst geschenkt hat. Ich werde es weiterverkaufen, werde nach Rom in den Palazzo Rusticucci zurückkehren und mich dort mit meiner Mutter und Giulietta unter den Schutz meines Onkels stellen."

„Liebste, Ihr würdet Papst Sixtus schwer beleidigen, wenn Ihr sein Kreuz verkauftet. Und im übrigen wäre es sehr unklug von Euch, in Abhängigkeit von ihm zu leben.

Er liebt Euch, gewiß, doch er regelt seine häuslichen Angelegenheiten ganz so, wie er den Staat regiert – mit eiserner Hand. Habt Ihr in Santa Maria nicht genug unter seiner Tyrannei gelitten? Mein Engel, solch eine Zukunft wünsche ich Euch nicht! Ich möchte, daß Ihr nach Padua geht und mein Testament durch den Podestà in Kraft setzen laßt. Habt Ihr dann meine Erbschaft angetreten, so könnt Ihr frei, unabhängig und geachtet leben. In Rom, unter der Zuchtrute des Papstes, würdet Ihr nie etwas anderes sein als die Witwe von Francesco Peretti, in Padua dagegen seid Ihr die Witwe des Herzogs von Bracciano."

„Ach, Paolo, verwendet nicht dieses Wort ‚Witwe', mir graust davor! Und ich bitte Euch, macht Euch nicht Sorgen um mich! Ich verspreche Euch, alles zu tun, was Ihr wollt. Ohne Euch wird das Leben von geringer Bedeutung für mich sein."

Auf meine dringende Botschaft hin trafen am Nachmittag die Professoren Panizoli und Menochio aus Padua ein. Ich schloß mich mit den beiden Herren – dazu Marcello und der Majordomus – ein und diktierte ihnen meinen letzten Willen, damit sie ihn in die gesetzlich vorgeschriebene Form brächten. Ich vermachte meinem Sohn Virginio all meine Güter und Besitzungen in Bracciano und Montegiordano und meiner Gattin Vittoria, Herzogin von Bracciano, die Summe von einhunderttausend Piastern sowie alle Möbel, Wandbehänge und Teppiche, die ich in den Palazzo Sforza mitgenommen hatte, und schließlich den Schmuck, den ich ihr geschenkt hatte.

Nachdem das Testament aufgesetzt war, unterschrieben es die beiden Professoren, Marcello und der Majordomus als Zeugen. Es wurde außerdem auf meinen Wunsch in der gleichen Schrift wie das erste Exemplar kopiert und von denselben Personen unterzeichnet. Die beiden Professoren sollten ein Exemplar dem Podestà von Padua übergeben. Das zweite händigte ich Marcello aus; bei ihm, Vittorias getreuem Bruder, wußte ich es in Sicherheit.

Als die Juristen mit meinem Dank und einem Salär,

das weit über ihre Erwartungen hinausging, abgereist waren, fühlte ich mich erschöpft, denn die Angelegenheit hatte mich viel Kraft gekostet. Dennoch nahm ich mich zusammen und unterhielt mich noch ein paar Minuten mit Marcello.

„Du wirst auf Vittoria gut aufpassen müssen, *carissimo*", sagte ich, „vor allem in den ersten Minuten nach meinem Tod. Sie hat den Wunsch geäußert, mir zu folgen."

„Das habe ich gehört."

„Du hast an der Tür gelauscht?"

„Ich lausche immer an der Tür, wenn es um Vittoria geht. Wachsamkeit heißt, gut informiert zu sein. Und Ihr, Durchlaucht, glaubt Ihr, mit diesem Testament Vittoria ausreichend zu schützen?"

„Ich sorge für ihre Zukunft."

„Ihr könntet auf andere Art besser für sie sorgen. Zum Beispiel, indem Ihr Vittoria *da mano a mano** Eure Schmucksammlung übergebt."

„Die habe ich nicht mehr. Als ich Rom verließ, habe ich sie verpfändet, um meine Schulden bezahlen zu können."

„Wem, Durchlaucht?"

„Giuseppe Giacobbe."

„Wer ist Giuseppe Giacobbe?"

„Der Goldschmied; du hast ihn hier zusammen mit dem Arzt gesehen, der die Amputation empfahl."

„Und dieser Mann ist so reich?"

„Nicht er, aber das Getto."

„Deshalb dieses unglückselige Testament."

„Warum ‚unglückselig'?"

„Weil es eine geladene Pistole ist, die Ihr den Medicis in die Hand legt."

„Es ist eine geladene Pistole, aber ich gebe sie Vittoria in die Hand."

„Sie wird sich ihrer nicht bedienen können. Sie ist zu gut, zu großzügig. Die Medicis werden als erste schießen."

* (ital.) von Hand zu Hand.

„Das werden sie nicht machen! Padua ist eine venezianische Stadt!"

„Ihr habt recht, Durchlaucht, sie werden es nicht machen – sie werden es machen lassen."

„Von Lodovico?"

„Von wem sonst? Die Medicis werden nichts sagen oder schreiben. Sie werden diesen Schurken nicht einmal empfangen. Sie werden lediglich die Drahtzieher im Hintergrund sein."

„Gut, dann komm ihnen zuvor! Töte ihn!"

„Daran habe ich schon gedacht, aber das ist nicht so einfach. Er ist Anführer einer Bande! Er ist nie allein, ist immer von seinen Banditen umgeben. Ach, Durchlaucht, wie seid Ihr nur auf die Idee gekommen, Eure Schulden zu bezahlen!"

„Ein Orsini zahlt stets seine Schulden zurück."

„Nicht, wenn er Lodovico heißt. Durchlaucht, ich weiß nicht, ob Ihr gut daran getan habt, für Vittoria ein Haus in Padua zu mieten. In Rom, unter der Obhut ihres Onkels, wäre sie sicherer. Alle Welt fürchtet seinen spitzen Schnabel und seine scharfen Krallen."

„In Padua steht sie unter dem Schutz des Podestà."

„Sie wird dort nicht so sicher sein wie in Rom. Die Venezianer sind Kaufleute wie die Medicis, stets bereit zu Vergleich und gütlicher Einigung ..."

„Du säst Zweifel in mein Herz, Marcello. Andererseits, in Rom wäre sie der strengen Vormundschaft von Sixtus V. unterworfen. Was soll ich alles bedenken? Wie soll ich entscheiden? Und wie die Zukunft vorhersehen, wenn mir nur noch so wenig Zeit bleibt?"

Marcello Accoramboni:

Als der jüdische Arzt Ende Mai von hier abreiste, war der Fürst davon überzeugt, daß er nur noch zwei bis drei Wochen leben würde. Es vergingen jedoch vier Monate, ohne daß sich sein Zustand veränderte, will heißen: ohne Besserung, aber auch ohne spürbare Verschlechterung. Der Fürst hatte einen großen Vorrat an Energie, und obgleich er zuzeiten schwer litt, wirkte er, als sei er einer Belagerung durchaus gewachsen und denke nicht daran, sich dem Feind zu ergeben.

Obwohl er fast täglich auf sein nahes Ende anspielte, tat er dies seltsamerweise in versöhnlichem Ton: er nahm dem Tod den Stachel, indem er über ihn sprach. Aus diesem Grund und weil er nicht glauben sollte, ich nähme das ständige Reden über sein nahes Ende ernst, kam ich nicht mehr auf das Thema zu sprechen, über das wir am Tag der Testamentserrichtung unterschiedlicher Meinung gewesen waren.

Ich war mir übrigens selbst nicht mehr sicher. Nach reiflicher Erwägung des Für und Wider schien mir nun die von mir gepriesene römische Lösung sogar nachteiliger als ein Aufenthalt in Padua, gegen den ich mich so entschieden ausgesprochen hatte. Denn auch Rom barg große Risiken, sowohl für Vittoria wie für mich selbst. Für sie: schlimmstenfalls das Kloster, um den Ehebruch zu büßen. Für mich: das Hochgericht wegen der Ermordung Recanatis. Papst Gregor XIII. hatte mich zwar begnadigt, aber es ging das Gerücht, Sixtus überprüfe die „Begnadigungen“ seines Vorgängers und bringe tagtäglich Leute an den Galgen, die sich ihrer Verbrechen kaum mehr erinnerten.

Da sich der Gesundheitszustand des Fürsten nicht veränderte, verlief der Sommer besser, als wir erwartet hatten, zumal wir drei warme, sonnige Monate ohne Regen und fast ohne Nebel hatten.

Neben dem kleinen Hafen des Palazzo Sforza hatte der Fürst einen Badestrand anlegen lassen. Viele Wagenladungen Sand waren angeschüttet worden, halb an Land, halb im Wasser. Die Badestelle war von drei Seiten durch einen Bretterzaun abgeschirmt, um neugierige Blicke fernzuhalten. Der Fürst liebte es, sich zu diesem Strand tragen zu lassen, wenn Vittoria, nur mit ihrem goldenen Vlies bekleidet, dort badete. Sie schwamm gut und ganz allein, denn Caterina hielt kaltes Wasser für ungesund und weigerte sich, auch nur die Fußspitze ins Wasser zu tauchen. Ich tummelte mich morgens im See, weil ich glaubte, das Glück des Fürsten zu schmälern, wenn ich mich am Nachmittag zu Vittoria gesellte. Ich leistete ihm aber am Ufer Gesellschaft. Er würfelte mit mir, schaute aber die meiste Zeit auf den See, wo Vittorias schöner weißer Körper mit der langen Schleppe ihres Haares in den Fluten schimmerte. In unserem Rücken, hinter dem Kapuzinerkloster, sank die Sonne immer tiefer; vor uns konnten wir im Nordosten bei sehr klarem Wetter den ewigen Schnee auf dem Monte Baldo sehen, der sich kaum von den weißen Wölkchen hoch oben am Himmel abhob, die so glücklich über ihre Freiheit zu sein schienen. Bei ihrem Anblick verstand ich zum ersten Mal, warum auch der schönste See so melancholisch wirkt: das Wasser ist in ihm gefangen.

An jedem Morgen machten wir in einer der beiden Galeassen eine Spazierfahrt über den See. Obwohl der Fürst liegen mußte und deshalb einen Steuermann hatte, bestimmte er gern selbst den Kurs wie zu den Zeiten, da er auf der Adria Jagd nach Berber-Piraten machte. Auf diese Art verschaffte er sich die Illusion, etwas zu tun. Ich weiß nicht, ob Vittoria diese Kreuzfahrten ebenso liebte wie er; jedenfalls war sie glücklich, daß er dabei auflebte und abgelenkt wurde. Seitdem er nicht mehr laufen konnte, umgab sie ihn mit Zärtlichkeit und mütterlicher Fürsorge, doch war sie stets bedacht, es ihn möglichst wenig merken zu lassen.

Man muß zugeben, daß die Frauen ein seltenes Talent besitzen, einen Mann zu umschlingen, sei es, um ihn zu ersticken, sei es, um ihn zu verhätscheln. Sie haben kleine Haftwurzeln wie der Efeu, damit sie sich an ihm festhalten können. Seitdem ich im Palazzo Sforza bin, läßt Margherita Sorghini mich jeden Tag wissen, wie sehr ich ihr fehle. Auch ich bedaure freilich sehr ihr Fernsein – trotz der angenehmen Stunden mit Caterina.

Ich liebe Margheritas reife Reize. Es gibt in meinen

Augen nichts Herrlicheres als eine Schönheit, die verblüht. Für Margherita ist die Liebe zu einer Kunst geworden, zu einer Religion. Die verzehrende Sehnsucht zu gefallen macht sie überaus anziehend. Als ich ihr schrieb, daß ich sie vermißte, ist sie gekommen und hat in Salò ein kleines Haus am Seeufer gemietet. Wenn sich Vittoria und Paolo nach dem Mittagsmahl zur Siesta in ihr Zimmer zurückgezogen haben, lasse ich mein Pferd satteln, reite im Galopp nach Salò und verbringe eine Stunde mit Margherita.

Einmal habe ich sie gefragt:

„Was machst du eigentlich, wenn ich nicht bei dir bin, Liebste?"

„Ich warte auf dich."

„Glaubst du, ich verdiene so viel Liebe? Schließlich bin ich, wie der Papst, als er noch Kardinal Montalto war, sehr richtig von mir sagte, ein verdächtiges Individuum: ich bin verlogen, egoistisch, faul und hartherzig und beute dich unbarmherzig aus."

„Du bist nicht hartherzig, und ich liebe dich so, wie du bist."

„Ich habe dir verboten, zu sagen: ich liebe dich."

„Na gut, dann eben: ich liebe dich nicht", sagte sie mit ihrem hinreißenden, langsamen Lächeln.

In solchen Momenten kann ich geradezu spüren, wie sich die kleinen Haftwurzeln überall auf meiner Haut festsaugen. Am Anfang hat mich das beunruhigt. Doch jetzt finde ich es gefahrlos. Für mich ist die Liebe eine aus dem Begehren und dem Vergnügen erwachsende Illusion. Der Mann, der das einzige Säugetier ist, das sich zu jeder Tages- und Jahreszeit paaren kann, empfindet dabei eine gewisse Zuneigung für das Weibchen. Eine Zuneigung, die das Weibchen natürlich erwidert, weil es in den meisten Fällen von ihm verteidigt und ernährt wird. Weiter hat es nichts auf sich mit der Liebe.

Aber wenn ich so etwas zu Margherita sage, empört sie sich trotz ihrer Angst, mir zu mißfallen.

„Vielleicht trifft das auf deine Beziehung zu mir zu,

aber ganz gewiß nicht auf meine Beziehung zu dir. Ich lie…"

Gerade noch rechtzeitig bricht sie ab und rettet sich mit der von mir so bewunderten Gewandtheit der Frauen auf sicheres Terrain.

„Du zum Beispiel betest Vittoria an."

Ich zucke mit den Achseln.

„Das ist etwas ganz anderes: Vittoria, das bin ich."

Dann gebe ich ihr zum Abschied einen flüchtigen Kuß auf den Mund, doch sie besteht darauf, mich bis zum Stall zu begleiten, wo meine Stute auf mich wartet. Ich springe in den Sattel, und sie sendet mir mit den Augen noch einen letzten Kuß nach, wenn sie mir von der Schwelle aus hinterherschaut.

Ich werde froh sein, sie morgen wiederzusehen, und bin froh, sie jetzt zu verlassen. Solch eine Liebe ist ein wenig schwer zu ertragen. Während ich zum Palazzo Sforza zurückreite, sage ich mir einmal mehr, daß die beste Art, mit einer Frau glücklich zu sein, darin besteht, nicht mit ihr zusammenzuleben.

Mit Caterina unter einem Dach zu wohnen ist schon schwierig für mich. Sie hat natürlich herausbekommen, daß Margherita in Salò ist, und macht mir Szenen, gegen die ich völlig machtlos bin. Wenn ich sie schelte, mokiert sie sich. Wenn ich sie züchtige, bemerkt sie nur, *il mancino* habe sie öfter und härter geschlagen. Sie liebt es, geprügelt zu werden, in Tränen auszubrechen, zu bereuen, sich mir zu Füßen zu werfen, mich mit wogender Brust anzuflehen, sie „zu vergewaltigen und zu töten". Wie soll man eine Frau im Zaum halten und beherrschen, die alles in Wollust verwandelt, sogar die eigene Bestrafung?

Obwohl Vittoria so große Angst hat, den geliebten Mann zu verlieren, interessiert sie sich noch für andere.

„Warum liebst du niemanden, Marcello?" fragt sie mich.

Und da ich schweige, fährt sie fort: „Warum tust du nichts? Ein Mann muß doch ein Lebensziel haben!"

Auch hierauf antworte ich nicht, doch ich denke: ‚Ein

Lebensziel? Die Liebe vielleicht? Lachhaft! Gold? Gold macht jeden zum Sklaven, der ihm untertan ist! Ruhm? Ein eitler Wahn! Ach, Vittoria, um nichts in der Welt würde ich es zu dir sagen, doch wer wird in zehn Jahren noch wissen, daß der Fürst in der Schlacht von Lepanto so kühn gekämpft hat? Und wer wird sich in hundert Jahren überhaupt noch an die Schlacht von Lepanto erinnern?'

Im November verschlimmerte sich alles. Nebel, dichter als je zuvor, breitete sich wieder über den See, wurde aber sogleich durch einen scharfen Ostwind, der hier *vinezza* genannt wird, auseinandergetrieben. Er brachte Kälte, Regen und Sturm mit sich. Über den eben noch unbewegten, ruhigen See rollten in Sekundenschnelle schaumgekrönte Wellen, die den Bretterzaun um den kleinen Badestrand zerstörten und den Sand mit Schlamm bedeckten. Wir mußten die im Hafen vertäuten Galeassen doppelt sichern, die kleineren Rettungsboote in die Wassergräben bringen und dort Wellenbrecher anlegen, damit die Wogen nicht so heftig gegen die Mauern branden konnten. Mit Baden und Kreuzfahrten war es vorbei. Bald konnten wir uns nicht einmal mehr auf der Terrasse aufhalten, so sehr war man dort dem Spritzwasser ausgesetzt. Obwohl der Hafen nach Osten zu durch einen starken Deich geschützt war, trieb die *vinezza* die Gischt über dieses Hindernis hinweg bis zu uns. Anfangs hielten wir uns unter den drei Arkaden auf, die die Terrasse abstützen, denn der Fürst wollte das Schauspiel der tobenden Naturgewalten genießen. Aber als es auch nach Tagen noch nicht endete, wurde er seiner müde, zumal er dabei wehmütig der Zeit gedachte, da er noch selbst an Bord seiner Galeasse gegen die jähen Windböen auf dem Adriatischen Meer ankämpfte.

Die Sonne war hinter dichten schwarzen und grauen Wolken verschwunden. Wenn der Sturm sich legte, wurde er von schrägen Regenböen abgelöst. Ringsum war nun alles trist und feucht. Fäulnis allüberall. Das Wasser des Sees, im Sommer so klar, war jetzt trübe und hier und da von gelblichen Schlieren durchzogen. Sein Geruch wurde noch fader, beinahe ekelerregend. Die *vinezza* fegte von morgens bis abends um das Haus und ließ nachts die ständig geschlossenen Fenster klappern und klirren.

Sowie wir uns ins Haus zurückziehen und Feuer machen mußten, verfiel der Fürst zusehends, da er nun seiner Kreuzfahrten beraubt war und die Freude entbehrte, Vittoria beim Baden zuzuschauen. Seltsamerweise bewahrte er sich seinen Appetit. Er aß und trank wie immer: viel und schnell. Auch während der Siesta war er unverändert aktiv – behauptete jedenfalls Caterina. Doch seine Stimmung hatte sich gewandelt. Er kapselte sich ab, sprach wenig und wirkte oftmals matt und schläfrig. Manchmal trübte sich sein Blick und belebte sich erst wieder, wenn er ihn auf Vittoria richtete.

Nie zuvor hatte er sie so ausdauernd und mit so großer Aufmerksamkeit angesehen. Ihre Schönheit schien für ihn die letzte Bindung an das Leben geworden zu sein. Trotz seiner Schwäche und Abhängigkeit war er nicht selbstsüchtig; er bestand darauf, daß sie ihren täglichen Ausritt ohne ihn wiederaufnahm, denn er fand, das täte ihr gut.

Auf Bitten Vittorias leistete ich während ihres Ausritts dem Fürsten Gesellschaft, zumindest bis das Opium seine Schmerzen linderte und er, den Kopf zur Seite geneigt, einschlief.

Am 12. November, wenn ich mich recht entsinne, fuhr er mit einem lauten Schrei aus dem Schlaf:

„Aziza! Aziza!"

Dann erblickte er mich an seinem Bett, das Bewußtsein kehrte ihm zurück, und mit der heiseren Stimme eines Mannes, der aus einem langen Schweigen auftaucht, fragte er mich:

„Marcello, entsinnst du dich an Aziza?"

„Eure kleine maurische Sklavin, die immer ein Stilett am Gürtel trug? Ich habe sie nie gesehen, doch ich kenne ihre Geschichte."

„Hast du von ihrem Ende gehört?"

„Nein, Durchlaucht.“

„In der Nacht, da ich Vittoria aus der Engelsburg herausholte und nach Montegiordano brachte, hat sich Aziza ihr Stilett ins Herz gestoßen.“

„Aus Eifersucht?“

„Nein. In einem an mich adressierten Brief erklärte sie, sie scheide nicht aus Haß oder Enttäuschung aus dem Leben, sondern weil sie zu nichts mehr nütze sei. – Wir alle sollten so handeln: gehen, wenn wir zu nichts mehr nütze sind.“

Ich teilte diese Meinung nur allzusehr, doch ich hütete mich, es auszusprechen. Daß der Fürst schon an Selbstmord gedacht hatte, war offensichtlich. Wozu sonst sollte die geladene Pistole auf seinem Nachttisch dienen? Zweifellos hatte er nur deshalb noch nicht von ihr Gebrauch gemacht, weil er genau wußte, welcher Verdacht dann auf Vittoria fallen würde.

Die Augen halb geschlossen, hub er mit leiser Stimme wieder an:

„Ich habe von Aziza geträumt. Eines Nachts befand ich mich allein und gänzlich verloren in einem Wald, aus dem ich nicht mehr herausfand. Mit meinem kranken Bein schleppte ich mich dahin. Ich war sehr durstig und hatte große Angst. Plötzlich tut sich zwischen den Bäumen ein Weg auf, und eine offene Karosse mit vier Pferden fährt auf mich zu. Aziza sitzt darin, allein, in ihrem schönsten Kleid und in all ihrem Schmuck, wie am Tage ihres Todes.

‚Komm! Steig ein!‘ sagt sie zu mir. ‚Ich bring dich weg!‘

Sie hilft mir auf den Sitz neben ihr, denn wegen meines Beins schaffe ich es nicht allein. Ich spüre ihre Hand auf meinem Arm – sie ist sehr kräftig. Finger wie aus Stahl pressen sich in mein Fleisch. Ist das wirklich die kleine Aziza, die früher in meinen Armen dahinschmolz? frage ich mich.

Doch die Karosse entführt uns mit unvorstellbarer Geschwindigkeit. Vor uns öffnet sich zwischen den Bäumen der Weg, und hinter uns schließt sich der Wald gleich wieder, so daß Umkehr unmöglich ist. Der Mond versteckt sich manchmal hinter den Bäumen, und Licht und Dunkelheit wechseln auf Azizas Gesicht. Sie hat sich mir zugewandt und lächelt. So zärtlich mir ihr Lächeln erscheint, wenn Schatten auf ihrem Gesicht liegt, so bedrohlich wirkt es auf mich, sobald ihr Kopf wieder ins Licht taucht. Indes, das dumpfe Stampfen der Hufe auf dem Waldboden und das Gebimmel der Glocken am Hals der Pferde beruhigen mich.

‚Wohin bringst du mich, Aziza?'

‚Sieh den Kutscher an, dann weißt du es.'

Doch da ist kein Kutscher, und ich höre kein Hufgetrappel und keine Glöckchen mehr. Die Kutsche fährt noch genauso schnell wie bisher. Ich kann nichts sehen. Dichter Nebel hüllt uns ein, und ich errate nur am Plätschern vor uns, daß wir nun über den See gleiten. Nicht das kleinste Lüftchen bläht die Segel, nicht das geringste Rudergeräusch ist zu hören. Ich bin allein auf der Galeasse mit Aziza, die geheimnisvoll lächelt, und wieder frage ich:

‚Wohin bringst du mich, Aziza?'

‚Sieh den Steuermann an, dann weißt du es.'

Ich drehe mich um, aber da ist kein Steuermann. Das Steuerruder pendelt ungehindert hin und her. Ich bemühe mich verzweifelt aufzustehen, um es festzuhalten, doch ich kann mich nicht erheben. Da erwache ich ... Gib mir zu trinken, Marcello."

Er trinkt. Er ist bleich. Nach seiner langen Traumerzählung ist er sichtlich erschöpft. Doch in diesem Moment kehrt Vittoria von ihrem Ritt zurück – strahlend schön, das Haar zerzaust, lebhaften Blicks, mit rosigen Wangen –, und er ermannt sich, lächelt ihr sogar zu und wechselt einige Worte mit ihr. Aber dann bricht er ab:

„Wollt Ihr Euch auf Euer Zimmer zurückziehen und Euch für das Abendessen schönmachen, Liebste? Ich will indessen ein wenig schlafen. Wenn Ihr fertig seid, zögert nicht, mich zu wecken und mir zu zeigen, wie schön Ihr seid.“

Er bringt noch die Kraft auf, ihr zuzulächeln, aber kaum ist sie aus dem Zimmer, verliert er das Bewußtsein. Ich rufe den Majordomus, und zu zweit gelingt es uns, ihn mit einigen Tropfen Weingeist aus seiner Ohnmacht zu erwecken. Als er wieder zu sich gekommen ist, lasse ich ihn in den ersten Stock tragen und auf sein Bett legen. Immerhin hat er noch so viel Kraft, uns zu verbieten, ihn auszukleiden. Der Grund ist klar: er will Vittoria nicht beunruhigen.

Da Regen und Wind aufgehört haben, trete ich durch die Fenstertür, die ich hinter mir zumache, auf die Terrasse hinaus. Ich atme in tiefen Zügen. Es ist wieder neblig, aber die Luft ist lau und ruhig. Normalerweise schätze ich die Gesellschaft des Fürsten sehr, doch auf die Dauer belastet es mich, daß der Tod als Dritter ständig zwischen uns steht. Ich habe immer geglaubt, mein Leben würde kurz sein; ich hänge übrigens auch nicht sehr daran. Aber ich möchte in der mir verbleibenden Zeit frei sein von diesem Gewicht, das jetzt dauernd auf meinem Herzen lastet.

Eine gute halbe Stunde bleibe ich auf der Terrasse. Ich versuche, mich an ein Sonett von Petrarca zu erinnern, das mir Vittoria in unserer Jugend unbedingt beibringen wollte. Es gelingt mir, Bruchstücke des Sonetts aus meinem Gedächtnis hervorzukramen und nach und nach wieder zusammenzusetzen. Beinahe habe ich es geschafft, es fehlt nur noch ein Vers, der mir entfallen ist. Zufrieden mit dem schon Erreichten, grüble ich angestrengt weiter, in der festen Überzeugung, daß die noch fehlenden Worte die schönsten sind.

Kein Hauch, kein Laut. Auch kein Ruderschlag auf dem See, der im Schein der untergehenden Sonne liegt. Hinter mir plötzlich ein gellender Schrei. Ich stürze ins Zimmer. Vittoria, in schönstem Aufputz, hat sich über den Fürsten geworfen und schreit wie eine Wahnsinnige. Ein Blick genügt: er ist tot.

Obwohl mir jede Berührung ein Horror ist, lege ich Vittoria die Hand auf die Schulter. Sie stößt mich heftig zurück. Plötzlich verstummen ihre herzzerreißenden Schreie. Sie richtet sich auf, ihre Augen sind trocken. Sie greift nach der Pistole auf dem Nachttisch und hält sie an ihre Schläfe. Blitzschnell packe ich ihr Handgelenk und reiße den Lauf nach oben. Der Schuß geht los: etwas Stuck von der Zimmerdecke fällt auf die Brust des Fürsten und beschmutzt sein Wams aus schwarzem Samt. Vittoria steht da und starrt mit leeren Augen den weißen Fleck auf dem schwarzen Samt an. Ich entwinde ihr die Pistole. Nach einer Weile lehnt sie ihre Stirn gegen meine Schulter, umarmt mich und beginnt zu weinen. Bei dem Gedanken, was geschehen wäre, wenn ich nicht dagewesen wäre oder eine Sekunde später eingegriffen hätte, befällt mich ein heftiges Zittern. Was wäre ich ohne Vittoria? Ein lebender Toter oder ein toter Lebender?

Giordano Baldoni, Majordomus des Fürsten Orsini:

Am Tag nach dem Tode meines Herrn sagte mir die Herzogin, sie wäre glücklich, wenn ich keine anderen Pläne hätte, sondern in ihren Diensten bliebe. Ich willigte sofort ein, ohne ihr zu gestehen, daß ich mich eigentlich nach Genua – dort bin ich geboren – hatte zurückziehen wollen, um mich meinen Kindern zu widmen. Aber weil sie so jung, so hilflos, von so vielen Gefahren bedroht war und keine Verwandten hatte, die ihr beistanden, außer ihrem Bruder – ein junger, sehr kühner Mann, gewiß, aber doch ziemlich unerfahren –, beschloß ich, wenigstens so lange bei ihr in Stellung zu bleiben, bis sie unangefochten das ihr vom Fürsten vermachte Erbe würde antreten können.

Da die Herzogin befürchtete, nicht genug Geld für den Unterhalt der Soldaten ihres verstorbenen Mannes zu haben, wollte sie die meisten entlassen. Doch ich bewog sie, wenigstens zwei Dutzend der getreuesten, kampferprobtesten und edelsten zu behalten, denn damit stand und fiel die Würde des Hauses. Ich begann umgehend, unsere Abreise nach Padua zum Palazzo Cavalli vorzubereiten.

Ehrlich gesagt, im Palazzo Sforza mit seiner Zugbrücke, seinen Wassergräben und Türmen wären wir sicherer gewesen als in einem Stadtpalais ohne solche Verteidigungsanlagen. Ob dieser Mangel durch die Nähe zum Podestà und seinen Beamten aufgewogen wurde, war schwer zu sagen. Als ich den Palazzo Cavalli besichtigte, stellte ich fest, daß es ein leichtes sein würde, die Fenster im Erdgeschoß aufzubrechen, und ich beschloß, sie sofort vergittern zu lassen. Doch es ging auf Weihnachten zu, und die guten Leute von Padua begannen bereits, das Fest vorzubereiten, so daß die Sache zunächst aufgeschoben werden mußte.

Wir waren kaum acht Tage in der Stadt, als die Herzogin ein Schreiben von Lodovico Orsini, Graf von Oppedo, erhielt: er wolle sich mit ihr treffen. Signor Marcello war der Auffassung, wir sollten ihn weder vorlassen noch überhaupt einer Antwort würdigen. Nach meiner Meinung befragt, sagte ich, man solle ihm höflich mitteilen, daß uns eine solche Begegnung wenig sinnvoll erscheine. Doch die Herzogin war anderer Ansicht. In seinem Schreiben hatte sich der Graf als Beauftragter des Fürsten Virginio vorgestellt, und sie wollte den neuen Herzog von Bracciano nicht dadurch beleidigen, daß sie sich weigerte, seinen Beauftragten zu empfangen.

Lodovico Orsini, dieser Bandit und Erztaugenichts, verstand sich auf effektvolle Auftritte, das muß man ihm lassen. Seine Figur, seine Gesichtszüge, sein Gang – alles verriet eine gewisse Ähnlichkeit mit dem Fürsten, die jedoch durch seinen verschlagenen Blick sofort wieder zunichte gemacht wurde. Er trug ein elegantes Wams mit gelb abgefütterten Schlitzen und hatte nach Art der römischen Galane einen Zipfel seines Mantels über den linken Arm geschlagen. Hoch erhobenen Hauptes betrat er den großen Saal im Palazzo Cavalli und grüßte die Herzogin mit einer augenscheinlich sehr respektvollen Verneigung. Dann würdigte er ihren verstorbenen Mann in warmen Worten, die darauf abzielten, ihr Wohlwollen zu erringen, was ihm auch wirklich gelang, obwohl seine Worte pure Heuchelei waren, so sehr stand ihre scheinbare Herzlichkeit in krassem Widerspruch zu seinem kalten Blick.

Nachdem er eine halbe Stunde lang wie ein Kätzchen geschnurrt und seine Samtpfötchen gezeigt hatte, ließ er schließlich die Krallen sehen.

„Mein Cousin, der Herzog von Bracciano, hatte ein silbernes Tafelgeschirr in Verwahrung, das mir gehört", sagte er. „Ich möchte es gern zurückhaben, Signora."

Die Herzogin sah mich stirnrunzelnd an, und ich erwiderte:

„Es stimmt, Frau Herzogin. Aber dieses Service war das Pfand für einen Schuldschein des Herrn Grafen, den er beim Fürsten nie eingelöst hat."

„Es liegt ja wohl auf der Hand, daß mit dem Tode des Fürsten diese Schuld hinfällig geworden ist", antwortete der Graf.

„Das liegt überhaupt nicht auf der Hand", entgegnete Signor Marcello, der gerade das Zimmer betrat.

Und ohne den Grafen eines Blickes oder Grußes zu würdigen, fuhr er fort:

„Das Gegenteil trifft zu. Da diese Schuld nicht beglichen wurde, sind jetzt die Erben des Fürsten die Gläubiger, also Fürst Virginio und Ihr, Vittoria."

„Genau!" sagte Lodovico. „Ich bin von Fürst Virginio mit der Wahrnehmung seiner Interessen beauftragt worden; hier der Brief, der es bestätigt."

Er händigte der Herzogin den Brief aus. Sie las ihn und übergab ihn ihrem Bruder, der ihn seinerseits – nachdem er ihn zur Kenntnis genommen hatte – an mich weiterreichte. Es handelte sich um ein recht allgemein gehaltenes Schreiben, das in keiner Weise präzisierte, wie weit die Befugnisse des Grafen tatsächlich gingen.

„Hier meine Entscheidung, Graf Lodovico", brach die Herzogin das Schweigen. „Ich willige ein, Euch das Service herauszugeben, ohne daß Ihr die Schuld beglichen habt. Ich tue dies aus Höflichkeit und in Anbetracht Eurer verwandtschaftlichen Bande mit meinem verstorbenen Gatten."

„Ihr schuldet dem Grafen nichts, Vittoria", warf Signor Marcello in scharfem Ton ein.

Seine Worte hatten der Herzogin offensichtlich mißfallen, denn sie sagte in einem Ton, der keine Widerrede duldete:

„Mein Entschluß ist gefaßt."

„Frau Herzogin", sagte ich, „wenn Ihr dem Herrn Grafen das silberne Service aushändigt, solltet Ihr Euch eine Empfangsbestätigung geben lassen, damit Ihr gegenüber Fürst Virginio gedeckt seid: die Zahlungsverpflichtung des Herrn Grafen besteht gegenüber Euch und dem Fürsten gemeinschaftlich."

„Eine Empfangsbestätigung!" schrie der Graf zornrot. „Ich bin Edelmann und kein Händler!"

„Aber diese Forderung ist nur recht und billig", sprach die Herzogin ruhig. „Wenn Ihr sie nicht erfüllt, wird Euch das Service nicht ausgehändigt."

„Man merkt deutlich, daß Ihr in einer anderen Welt aufgewachsen seid als ich, Signora", stieß der Graf zwischen den Zähnen hervor. „Sonst hätte Euch mein Ehrenwort genügt."

Darauf sagte Signor Marcello ganz ruhig: „Statt daß man Euch für Eure unbedachte Großzügigkeit dankt, Vittoria, werdet Ihr noch geschmäht und beschimpft. Es bedarf nur eines Wortes von Euch, und ich stoße diesem Flegel meine Klinge zwei Zoll tief in den Leib."

Erst jetzt bemerkte ich, daß Marcello daran gedacht hatte, sich Degen und Dolch umzugürten, ehe er zu uns stieß.

„Du wagst es also, mich zu beschimpfen, elender Schurke!" schrie der Graf. „Und du glaubst es ungestraft tun zu können, weil du sehr wohl weißt, daß du von viel zu geringer Herkunft bist, als daß ich die Klinge mit dir kreuzen würde!“

„Ihr habt recht, das weiß ich“, sagte Marcello verächtlich und zog mit unverschämter Betonung jedes Wort in die Länge. „Statt Euch selbst einer Gefahr auszusetzen, laßt Ihr die Leute lieber in ihrer Kutsche oder von gedungenen Mördern auf der Straße umbringen.“

Die „Kutsche“ spielte auf die Ermordung Vitellis an, die „Straße“ auf den Mord am ersten Gemahl der Herzogin. Der Graf verfärbte sich, und seinen gerade geäußerten Worten zum Trotz legte er die Hand auf den Griff seines Degens.

„Hier habe ich zu gebieten“, sagte die Herzogin mit lauter Stimme, „und ich befehle, daß dieser Streit sofort aufhört. Verhaltet Euch bitte ruhig, Marcello. Und Ihr, Herr Graf – wenn Ihr wieder ausfällig werdet, lasse ich Euch von meinen Leuten zur Tür geleiten.“

„Signora“, sagte der Graf und machte mit kaum verhehltem Hohn eine übertrieben tiefe Verbeugung, „ich unterwerfe mich voll und ganz Euerm Willen und unterzeichne die Empfangsbestätigung, wenn Ihr darauf beharrt.“

Diese freche Verbeugung und der vorgetäuschte Respekt erzürnten die Herzogin, und sie sagte kalt:

„Bitte, Baldoni, laßt das Service des Herrn Grafen holen.“

Dann nickte sie dem Eindringling kurz zu und wandte sich zum Gehen.

„Signora, bitte beraubt mich nicht so schnell des Vergnügens Eurer charmanten Gesellschaft!“ sagte der Graf in einem Ton, dessen Höflichkeit nur mühsam den Spott verbarg. „Als Beauftragter des Fürsten Virginio habe ich noch weitere Forderungen vorzutragen.“

„Also gut, Graf, ich höre“, sagte die Herzogin.

Aber sie zog sich, gefolgt von Signor Marcello, an das andere Ende des Saals zurück und ließ den Grafen allein am Kamin stehen, in dem ein kräftiges Feuer prasselte, denn an diesem Dezembernachmittag war es feucht und kalt. Der Graf tat, als wärme er sich am Feuer die Hände, und drehte ihr den Rücken zu. Er war nur von seinem Sekretär begleitet, seine Eskorte hatte er auf meine Bitte hin am Tor des Palastes zuückgelassen.

Ich verließ den Saal, um den Befehl der Herzogin auszuführen, und traf, als ich außer Sichtweite des Grafen war, einige Vorsichtsmaßnahmen. Da die Eskorte des Grafen bewaffnet war, wie ich bemerkt hatte, veranlaßte ich, daß unsere Soldaten sich ebenfalls bewaffneten und in einem Raum neben dem Saal postierten, in dem die Unterredung stattfand. Anschließend ging ich mit vier kräftigen Dienern in den Saal zurück und wies sie an, einen langen Tisch von der Wand in die Mitte des Raumes zu rücken, um dort das Service aufzubauen – in Wahrheit jedoch, um die eventuellen Gegner wenigstens durch dieses Hindernis voneinander zu trennen. Dann ließ ich von den Dienern das berühmte Geschirr bringen und auf den Tisch stellen. Und soll ich es gestehen? – ich bedauerte heftig, daß die Herzogin dieses Pfand so schnell aus der Hand gab und einem Banditen überließ, der ihr nicht einmal Dank dafür wußte; denn das Service bestand aus fein ziselierten, sehr schönen Einzelteilen und war ein Vermögen wert.

„So ist es recht, Signora“, sagte der Graf.

Ich fand dieses allzu magere Dankeschön für ein so großes Geschenk höchst befremdlich.

„Hier ist die Empfangsbestätigung, Herr Graf“, sagte ich und reichte sie ihm über den Tisch. „Ihr braucht nur noch zu unterschreiben.“

Er nahm sie achtlos entgegen und fuhr fort, als hätte er den Gänsekiel übersehen, den ich ihm ebenfalls hingehalten hatte:

„Fürst Virginio wünscht, daß ich ein Verzeichnis der Schmuckstücke anlege, die sich zum Zeitpunkt seines Todes im Besitz des Fürsten Orsini befanden, Signora.“

„Laßt sie holen, Baldoni“, befahl die Herzogin.

Trotz ihres Gewichts schaffte ich die Kassette eigenhändig herbei und übergab den Schlüssel der Herzogin.

Nicht ohne innere Bewegung öffnete sie die Kassette, nahm die von ihrem verstorbenen Gatten stammenden Kleinodien Stück für Stück heraus und reihte sie auf der Marmorplatte des Tisches auf.

„Wie! Ist das alles?“ rief der Graf und runzelte die Stirn. „Das ist aber sehr wenig! Ich habe mit eigenen Augen die Kleinodiensammlung meines Cousins gesehen, die neben denen von Papst Gregor XIII. und Kardinal di Medici eine der schönsten in ganz Rom war.“

„Vor seiner Abreise aus Rom“, sagte ich, „hat der Fürst die Sammlung verpfändet, um seine Schulden zu bezahlen. Was Ihr hier seht, sind nur seine persönlichen Schmuckstücke.“

„Der Fürst hat seine Kleinodiensammlung versetzt?“ bemerkte der Graf bissig. „Das ist eine Neuigkeit, die ich heute zum ersten Mal höre! Und wer kann das bezeugen?“

„Frau Herzogin“, sagte ich, ohne den Grafen anzusehen, „die Sammlung des Fürsten ist in Anwesenheit des Notars Frasconi aus Rom und zweier Zeugen verpfändet worden. Darüber wurde eine Urkunde ausgefertigt und unterzeichnet, von der der Notar ein Duplikat einbehalten hat.“

„Sie haben es gehört, Signore“, sagte die Herzogin.

„Ich habe es gehört, in der Tat“, erwiderte der Graf. „Doch was ich gehört habe, steht in krassem Gegensatz zu dem, was ich sehe. Zum Beispiel tragt Ihr ein wunderschönes Brustkreuz, das ebenfalls auf diesen Tisch hier gehört, denn Ihr habt es vom Fürsten.“

„Dieses Kreuz ist mein Eigentum“, rief die Herzogin unwillig. „Es ist ein Geschenk meines Onkels, Papst Sixtus' V.“

„Und der Beweis?“

„Mein Wort! Falls Euch das nicht genügt, der Brief, der dem Geschenk beigefügt war.“

„Außerdem gehören alle Schmuckstücke, die der Fürst zu seinen Lebzeiten seiner Gemahlin geschenkt hat, zu ihrem Erbteil. So hat er es schwarz auf weiß in seinem Testament verfügt", sagte Marcello.

„Es gibt also ein Testament!" rief der Graf, und diesmal war seine Betroffenheit nicht gespielt.

Aber sie dauerte nur einen Moment, dann trug er wieder die Maske frecher Höflichkeit zur Schau, die die Herzogin von Beginn der Unterredung an so aufbrachte.

„Als Bevollmächtigter des Fürsten Virginio fordere ich Euch auf, Signora, mir dieses Testament zu zeigen", sagte er.

„Ich sehe dazu keine Veranlassung", sagte Signor Marcello, ohne ihn eines Blickes zu würdigen. „Dem Fürsten wird eine Kopie zugesandt, sobald der Podestà das Testament für gültig erklärt hat."

Aber auch in diesem Punkt war die Herzogin zu Recht oder zu Unrecht – ich glaube, zu Unrecht – anderer Meinung als ihr Bruder. Vermutlich wollte sie die Achtung vor dem Sohn ihres verstorbenen Gatten unter Beweis stellen. Worin sie zu viele Skrupel hatte, wie ich fand, zumal Fürst Virginio deren so wenige besaß, sonst hätte er seine Interessen nicht diesem traurigen Helden anvertraut, der da vor uns bramarbasierte. Auch ich hätte diesem Frechling mit Freuden meine Klinge zwei Zoll tief ins Gedärm gestoßen, wenn meine gute Herrin es mir nur erlaubt hätte.

„Holt das Testament, Baldoni", bat sie.

Ich verließ den Saal, aber nicht durch die rechte Tür, sondern durch die linke, um den Soldaten im Nebenzimmer zu befehlen, sie sollten mit gezogenem Degen bei uns eindringen, sobald ich in die Hände klatschen würde. Die Adligen unter ihnen waren außer mit dem Degen noch mit kleinen Radschloßarkebusen bewaffnet. Ihre Augen funkelten zornig, als ich ihnen sagte, der Graf sei unverschämt und drohe der Herzogin. Alle diese Untergebenen waren ihr sehr zugetan, und im Notfall konnte sie fest auf sie zählen. Sie bewunderten sie ob ihrer Schönheit und liebten sie ob ihrer Herzensgüte. Ich teilte ihre Gefühle, allerdings mit einem kleinen Unterschied: mit allem gebührenden Respekt wage ich zu behaupten, daß die Herzogin zwei kleine Fehler hatte – sie war naiv und zugleich starrköpfig. Naiv, weil sie mitunter recht unkluge Entscheidungen traf, und starrköpfig, weil sie allen Einwänden zum Trotz daran festhielt.

Dafür lieferte sie mir ein schlagendes Beispiel, als ich mit dem Testament in den Saal zurückkehrte. Ich übergab es ihr und flüsterte ihr beschwörend zu: „Frau Herzogin, lest es selbst vor und hütet Euch, es diesem Manne auszuhändigen."

Signor Marcello, der diese Empfehlung gehört hatte, pflichtete ihr sogleich bei. Doch vergebens.

„Da der Graf das Testament zu lesen wünscht", sagte die Herzogin, „gebt es ihm, Baldoni. Wir haben nichts zu verbergen!"

Obwohl voller böser Vorahnungen, konnte ich nicht umhin, dem Grafen über den Tisch hinweg das kostbare Dokument zu reichen. Er nahm es, setzte sich – was schlechterdings unverschämt war, denn die Herzogin hatte ihn nicht dazu aufgefordert – und fing an zu lesen, wobei seine Nase mit jeder Seite länger wurde. Daß dieser Bandit sich die Interessen des Fürsten Virginio so angelegen sein ließ, hätte mich überrascht, wäre mir nicht sehr bald klargeworden, daß er dabei in erster Linie seinen eigenen Vorteil im Auge hatte – sei es, daß er den jungen Fürsten zu irgendwelchen Versprechungen bewogen hatte, sei es, daß er dachte, er könne hier ganz nebenbei seine natürliche Begabung für Diebstahl und Raub ins Spiel bringen. Einen ersten Erfolg hatte er ja schon errungen, als er die Großzügigkeit der Herzogin mißbrauchte, um sich – noch dazu ohne Empfangsbestätigung! – von ihr das Silbergeschirr herausgeben zu lassen, das er im Jahr zuvor für fünfzigtausend Piaster an uns verpfändet hatte.

„Hier ist ein juristischer Terminus, den ich nicht verstehe", sagte er und stand auf. „Bitte, Signora, laßt mich einen meiner Leute holen, der Kanzlist ist und ihn mir erklären kann."

Ohne ihre Erlaubnis abzuwarten, schickte er seinen Sekretär aus dem Saal, nachdem er ihm zuvor etwas ins Ohr geflüstert hatte. Ein oder zwei Minuten später erhob sich großes Getöse im Haus. Ein Diener kam hereingestürzt und rief atemlos:

„Frau Herzogin, die Eskorte des Grafen will gewaltsam ins Haus eindringen!"

„Das ist ja erstaunlich!" sagte der Graf mit spöttischer Ruhe. „Ob sie mich am Ende in Gefahr wähnen?"

„Zumindest könntet Ihr jetzt in Gefahr geraten!" rief Marcello und zog seinen Degen.

Da klatschte ich in die Hände und zog ebenfalls blank. Unsere Soldaten drangen in den Saal ein, den bloßen Degen in der Hand, und stellten sich hinter dem Tisch mit dem Service und dem Schmuck in geschlossener Reihe auf. Die mit den Arkebusen postierten sich zwischen den Schmalseiten des Tisches und der Wand. Alles vollzog sich sehr rasch und in völligem Schweigen. Im Gegensatz dazu erschienen wenige Augenblicke später die Leute des Grafen mit viel Tumult, doch erstarrten sie beim Anblick unserer Soldaten, denn sie begriffen, daß sie es hier mit Männern zu tun hatten, die ihr Handwerk verstanden: mit bloßer Großmäuligkeit wäre hier nichts getan.

Der Graf richtete sich zu voller Größe auf und schrie laut:

„Meine Überzeugung steht fest, Signora: das Testament ist falsch! Falsch wie Eure Ehe, die Gregor XIII. annulliert hat! Falsch wie der Titel einer Herzogin, den Ihr Euch anmaßt!"

Damit drehte er sich blitzschnell herum, warf das Testament in die Flammen, kehrte sich uns wieder zu und zückte Dolch und Degen.

„Signori", wandte er sich an seine Leute, „Geschirr und Schmuck gehören mir. Schafft alles weg!"

„Frau Herzogin, dieser Mann da hat sich vergessen", sagte einer von unseren Arkebusieren. „Erlaubt Ihr, ihm ein wenig Blei ins Gehirn zu pusten?"

„Nein, Signore!" kam ihre Antwort. „Und Ihr, Graf,

laßt das Silbergeschirr wegtragen, da ich einmal schwach genug war, es Euch zu schenken. Den Schmuck aber rührt Ihr nicht an!“

„Hört nicht auf sie, Signori“, lachte der Graf. „Die Frau ist wahnsinnig. Sie schenkt mir mein Service! Sie schenkt mir etwas, das mir gehört! Sie redet irre! Achtet nicht darauf!“

Im gleichen Augenblick streckten zwei Banditen die Hand nach dem Schmuck aus, zogen sie aber sofort blutüberströmt wieder zurück. Mit ihren scharfen Degen bildeten die Unsrigen ein Schutzgatter, hinter dem der Schmuck sicher war vor dem Zugriff der Banditen, die sich daraufhin des Geschirrs bemächtigten und den Rückzug antraten.

„Graf, ich schlage Euch einen Handel vor“, rief jetzt Marcello. „Ihr duelliert Euch mit mir, und wenn Ihr mich tötet, soll auch der Schmuck Euer sein.“

„Ihr werdet Euch nicht schlagen, Marcello“, sagte die Herzogin und hielt seinen Arm fest. „Hier befehle ich allein. Graf, mein Majordomus hat einen Diener zum Bargello geschickt. Ich rate Euch, unseren Palast zu verlassen, bevor er eintrifft.“

„Sofern Ihr nicht das gleiche Schicksal erleiden wollt wie Euer Bruder Raimondo“, fügte einer unserer Edelleute hinzu.

„Für diese Worte sollt Ihr mir büßen!“ rief der Graf und sah den Mann drohend an.

„Auf der Stelle, wenn es Euch beliebt“, entgegnete dieser.

Doch der Graf war schon an der Tür, umringt von seinen Banditen und offenbar ein weiteres Mal wenig begierig, sich in einem fairen Kampf mit einem ebenbürtigen Edelmann zu messen.

Sowie der letzte Bandit den Saal verlassen hatte, sprang ich über den Tisch, stürzte zum Kamin und versuchte, mit der Feuerzange das Testament aus den Flammen zu retten. Das gelang mir auch, doch es war zur reichlichen Hälfte verbrannt, vor allem der Teil mit den

Unterschriften. Die Herzogin trat heran und sah bestürzt auf die verkohlten Blätter; tröstend bemerkte ich, daß kein Grund zur Verzweiflung bestehe, da ja ein Duplikat existiere. Von den Juristen, die das Testament aufgesetzt hatten, war das Duplikat auf Befehl des Fürsten beim Podestà von Padua hinterlegt worden.

Nachdem der Graf verschwunden war, zogen sich die Herzogin und Signor Marcello in den kleinen Salon zurück und baten mich, ihnen etwas Wein bringen zu lassen. Ihre Unterhaltung war sehr erregt. Ich hörte, wie Signor Marcello der Herzogin heftige Vorwürfe wegen ihres Verhaltens in dieser Angelegenheit machte. Erstens hätte sie diesen Banditen niemals vorlassen dürfen. Und zweitens sei es Wahnsinn gewesen, ihm das Pfand zu schenken, das wir in Händen hielten. Das werde ihn nur zu noch unverschämteren Forderungen ermuntern. „Bei allem, was Ihr über Lodovico wißt, war es falsch, ihn so schonungsvoll zu behandeln. Und auch auf den Fürsten Virginio hättet Ihr keine Rücksicht zu nehmen brauchen, wenn er solch einen Unterhändler schickt, um Euch mehr zu entreißen, als ihm gebührt." Obwohl, glaube ich, die Herzogin einsah, daß diese Kritik berechtigt war, nahm sie sie nur widerstrebend an und gebot ihrem Bruder zu schweigen.

Gleichwohl beherzigte sie die Ratschläge, die er ihr dann erteilte.

Als der Bargello von Padua mit seinen Sbirren erschien (eine Stunde nachdem ich ihn hatte rufen lassen – eine höchst umsichtige Verzögerung, denn er verspürte keine Lust, dem Grafen und seiner Bande zu begegnen...), brachte die Herzogin nicht nur ihre Klagen gegen Lodovico vor, sondern vertraute ihm auch einen Brief an den Podestà an, in dem sie alle Beschwerden noch einmal schriftlich aufführte. An den Papst schrieb sie einen Brief gleichen Inhalts, den sie umgehend absandte.

Der Podestà sah sich, nachdem er die Klage der Herzogin gelesen hatte, vor einem Dilemma: das Problem schien ihn zu überfordern. Er wußte keine Lösung und beschränkte sich darauf, die Angelegenheit nach Venedig weiterzumelden, das seinerseits einer Entscheidung auswich.

Die Serenissima wußte natürlich, woran sie mit Lodovico war, hatte doch der Papst vom ersten Tag seiner Herrschaft an dessen Auslieferung gefordert. Aber hinter Lodovico stand Fürst Virginio und hinter diesem standen die Medicis und das Großherzogtum Toskana. Die Serenissima wollte vermeiden, sich mit dieser Macht anzulegen, zumal der Fall keines ihrer Lebensinteressen berührte.

Statt Lodovico vorzuladen und ihn mit seiner Bande ohne Verzug aus Padua auszuweisen, begnügte sich die Serenissima damit, ihm durch den Podestà taktvolle Vorhaltungen machen zu lassen, die er höflich anhörte, über die er sich jedoch insgeheim nur mokierte. Der Doge beging den gleichen Fehler wie die Herzogin: er schonte den Banditen. Allerdings konnte man in seinem Fall diesen Fehler nicht mit Naivität entschuldigen.

Zehn Tage später ging in Venedig ein Schreiben des Papstes ein, in dem dieser sich in heftigen Worten darüber beklagte, wie seine Nichte von Lodovico behandelt worden sei. Daraufhin ließen Doge und Senat sich einen Kompromiß einfallen: sie willfahrten dem Papst, indem sie das Testament für gültig erklärten, das der Herzog von Bracciano zugunsten der Herzogin gemacht hatte und von dem sich ein Exemplar in der Hand des Podestà befand. Aber um den Medicis nicht zu mißfallen, wagten sie es immer noch nicht, Lodovico des Landes zu verweisen.

Über alles, was danach geschah, kann ich nicht berichten, denn ich reiste zur Beerdigung meines Vaters nach Rom und war erst nach Weihnachten wieder in Padua.

Caterina Acquaviva:

Ich allein bin schuld an allem, was passiert ist, und sowie ich kann, werde ich ins Kloster gehen, um dort den Rest meiner Tage mit Fasten und Beten zu verbringen, damit Gott mir vergibt. Doch das Fasten und Beten wird nichts daran ändern: tief im Innern werde ich die Reue spüren, die mich Tag und Nacht quält, und ich weiß mit Sicherheit, daß diese Qual erst mit meinem Leben enden wird. Wenn ich an die Frau denke, die ich einmal war – so munter und fröhlich, so versessen auf Männer –, und daß ich jetzt nur noch weine und klage oder, wenn ich nicht weine, von meinen Erinnerungen verfolgt werde, dann sage ich mir: nicht einmal im Feuer der Hölle – das ich tausendfach verdient habe – hätte ich mehr zu leiden.

Aber zunächst muß ich in der Zeit zurückgehen und erklären, wie alles gekommen ist. Man möge mir bitte verzeihen, wenn ich meinen Bericht unterbreche, doch ich kann meinen Tränen nicht wehren, sobald ich an früher denke und wie glücklich ich war – glücklicher, als ich törichtes Mädchen glaubte.

Die Heimtücke des Grafen Lodovico, der das Testament verbrannte und versuchte, den Schmuck des Fürsten mit Waffengewalt an sich zu reißen, hatte die Signora tief getroffen und auch Marcello sehr beunruhigt. Von da an wurde der Palazzo Cavalli ständig bewacht, und wenn die Signora in die Stadt wollte, wurde sie von einem großen, gut bewaffneten Gefolge begleitet, obwohl ihr das gar nicht recht war. Immer wieder kam es deswegen zu Auseinandersetzungen mit ihrem Bruder. Die Signora war zu gut und zu naiv, als daß sie geglaubt hätte, der Bandit würde sie ums Leben bringen, sobald sich eine Gelegenheit böte.

„Mich töten?" sagte sie. „Damit Fürst Virginio um hunderttausend Piaster reicher wird?"

„Und um Eures Schmuckes willen, den Ihr besser nicht tragen solltet!"

„Ich trage ihn nicht aus Eitelkeit."

So etwas kann nur eine große Dame sagen! Mir würde das niemand abnehmen. Zum Beispiel würde ich vor Stolz platzen, wenn ich das Kreuz von ihrem Onkel, dem Papst, um den Hals trüge, so daß die Füße Christi beinahe meinen Busen berühren. Ich habe es übrigens vor dem Frisiertisch der Signora ausprobiert, als ich einmal allein war.

„Ich trage meinen Schmuck nicht aus Eitelkeit", wiederholte die Signora, „sondern weil jedes Stück mit einer Erinnerung verbunden ist."

Das stimmt, aber es sind nicht immer gute Erinnerungen. Das erwähnte Kreuz beispielsweise könnte ihr das Exil in der Einöde von Santa Maria ins Gedächtnis rufen.

Die Auseinandersetzungen wurden noch heftiger, als der Podestà Mitte Dezember das Testament des Fürsten in Kraft setzte.

„Wir haben gewonnen!" rief die Signora. „Lodovico kann nichts mehr gegen mich ausrichten."

„Juristisch gesehen nicht", sagte Marcello. „Aber ihm bleiben immer noch Dolch und Arkebuse. Euer Tod würde das Testament gegenstandslos machen."

„Ach, Marcello, Ihr dramatisiert!" sagte sie. „Mich töten? Mitten in Padua, zwei Schritte vom Podestà entfernt, der mir so wohlgesinnt ist?"

„Er ist Euch wohlgesinnt, aber nicht so sehr, daß er Lodovico aus der Stadt verbannt hätte."

„Angenommen, der Graf würde mich ermorden", sagte sie lachend (so absurd erschien ihr die Idee), „dann würde ihn das offensichtliche Interesse, das er an meinem Tod hat, sogleich als den Schuldigen entlarven."

„Gewiß! Aber es müßte trotzdem bewiesen werden. Und selbst wenn er verurteilt würde, könnte seine Hinrichtung Euch nicht wieder zum Leben erwecken."

Acht Tage später erhielt die Signora zu ihrer großen Überraschung einen Brief von Lodovico, der sie zu sprechen wünschte. In meiner Gegenwart las sie Marcello das Schreiben laut vor.

Fürst Virginio beschwerte sich, daß sein Vater bei der

Abreise aus Rom die besten Pferde der Besitzung mitgenommen hatte. Er forderte die Signora auf, ihm wenigstens einige davon zurückzugeben. Dem Testament zufolge stünden ihr zwar alle Mobilien zu, aber Pferde seien ja wohl nicht unbedingt als Mobilien anzusehen.

„Er nennt mich ‚die Signora'!" rief sie wütend. „Er billigt mir nicht einmal meinen Titel zu! Meine Ehe ist für ihn null und nichtig! Nun gut – er soll gar nichts bekommen! Nicht ein Pferd! Nicht einmal ein Maultier!"

„Es ist tatsächlich nicht sicher, Vittoria, daß Pferde als Mobilien anzusehen sind. Ihr wäret gut beraten, Lodovico wenigstens einige zu überlassen, damit er sie dem Fürsten Virginio zuführen kann."

„Wie!" rief sie. „Ich höre wohl nicht recht! Das sagt Ihr? Ihr, der Ihr mir geraten habt, ihm das Silbergeschirr zu verweigern?"

„Das war etwas ganz anderes. Das Service gehörte unzweifelhaft Euch. Aber bei den Pferden ist die Sache nicht so eindeutig. Außerdem wäre es unklug, Lodovico mit leeren Händen abziehen zu lassen. Denn dann verliert er vor Virginio sein Gesicht, und das würde er nicht ertragen."

„Soll er sein Verrätergesicht doch verlieren!" rief sie. „Ihr habt mir oft genug vorgeworfen, daß ich ihn zu glimpflich behandele. Ich beherzige nur Eure Lehren!"

Sie setzte sich wütend hin und schrieb ein Billett an den Grafen, in dem sie sich weigerte, die Pferde herauszugeben, und es auch ablehnte, ihn überhaupt zu empfangen. Marcello sah ihr beim Schreiben über die Schulter. „Unsere erste Begegnung war nicht von der Art, daß ich sie zu wiederholen wünschte", las er laut mit.

„Vittoria, Ihr könnt ihm unmöglich einen so beleidigenden Brief schicken! Das wäre wie das rote Tuch für einen Stier: er wird wahnsinnig vor Wut. Laßt mich an Eurer Statt in gemäßigterem Ton schreiben."

„Kommt nicht in Frage! Er hat sich an *mich* gewandt! Und *ich* werde ihm antworten."

Ich gab Marcello in allem recht, doch ich hütete mich,

das auszusprechen. Die Signora war schon immer ein kleiner Hitzkopf gewesen, und das hatte sich verschlimmert, seit sie verwitwet war. Sie fing Feuer wie Zunder, und wenn der einmal brennt, ist er nur schwer wieder zu löschen. Der Tod ihres Gatten hatte sie in einer schrecklichen Leere zurückgelassen. Der Fürst fehlte ihr als Ehemann, als Gefährte, als Mensch. Der arme Signor Peretti war herzensgut gewesen, aber mehr auch nicht. Im Zusammenleben mit dem Fürsten dagegen war die Signora richtig aufgeblüht. Seit den Zeiten der Villa Sorghini habe ich sie beobachtet: es war nicht mehr dieselbe Frau! Sie hatte nun etwas Strahlendes an sich. Wenn ich meinen Ohren trauen darf, war der Fürst bis zu seinem letzten Tag im Palazzo Sforza ein Liebhaber gewesen, wie es nur wenige gibt – ich habe manchmal davon geträumt! Auf die Dauer hätte die Signora wohl auch die Dornen an der Rose gespürt; und mit Dornen meine ich den Umstand, daß sie keine Kinder haben konnte. (Und wie waren wir beide – die Signora und ich – so erbarmungslos über den armen Peretti hergezogen!)

Aber warum von einer Zukunft sprechen, die es nicht mehr geben wird? Heute ist es leider so: die Signora verblüht, sie findet sich nicht mehr so schön, sie hat mit dem Leben abgeschlossen. Ihre Laune ist entsprechend. Und meine ebenfalls, seit Marcello mich nicht mehr will. Daher sind die Signora und ich sehr reizbar. Weil sie die Herrin ist, hageln die Schimpfwörter – „dumm“, „frech“, „töricht“ – nur so auf mich herab, ab und zu setzt es auch Ohrfeigen. Und es dauert immer länger, bis es zur Versöhnung mit liebevollen Umarmungen und Küßchen kommt. Am schlimmsten aber ist, daß das immer mit Tränen endet, die bei ihr jetzt so locker sitzen, die Ärmste! Aber an wessen Busen soll sie sich ausweinen, wenn nicht an meinem? An der Brust einer Tarquinia oder Giulietta kann man sich nicht gehenlassen. Die beiden haben ihr zum Tode des Fürsten geschrieben und angefragt, ob sie zu ihr nach Padua kommen sollten, aber die Signora hat es rundweg abgelehnt. Und ich gebe ihr recht.

Das mit Marcello ist meine Schuld. Als ich im Palazzo Sforza merkte, daß er täglich während der Siesta zur Sorghini nach Salò ritt, machte ich ihm heftige Szenen. Niemand wird es mir glauben, doch es ist die reine Wahrheit: ich war so außer mir, daß ich den Elenden niedergestochen hätte, wenn ich einen Dolch zur Hand gehabt hätte. In Ermangelung dessen rächte ich mich mit dem Mundwerk, mehr, als ihm lieb war.

„Welche Schande, Signore! Welche Schande! Diese alte Blutsaugerin! Ist Euch bis hierher gefolgt und klebt an Euch fest, um Euch Euer schönes rotes Blut auszusaugen! Und Ihr laßt sie gewähren! Ihr seid nicht sehr wählerisch, das muß ich schon sagen! Diese alte Vettel! Sie könnte Eure Mutter sein! Mit ihren Falten, ihren Krampfadern, ihren Hängebrüsten!"

„Sie ist wunderbar gebaut!" rief er. „Und hier der Lohn, du dumme Gans, für dein respektloses Geschnatter!"

Damit stürzte er sich auf mich, schlug meine Röcke hoch und gab mir kräftig was auf den Hintern. Ich stöhnte – allerdings nicht nur vor Schmerzen – und nestelte heimlich das Band auf, mit dem seine Hose am Wams befestigt war. Alles in allem klappte das gar nicht so schlecht: ich beschimpfte seine Alte, er schlug mich erst und nahm mich dann. Eine Gewohnheit, die durchaus ihre guten Seiten hatte. Aber auf die Dauer wurde er dessen überdrüssig. So sind die Männer! Man glaubt, sie mit einem kleinen Trick an sich zu fesseln, und plötzlich kappen sie die Seile, segeln davon und lassen uns auf dem trocknen sitzen.

Das mit Alfredo hat nur wegen dem Bruch mit Marcello angefangen. Der Taugenichts ist mir in Padua auf der Straße nachgelaufen und hat mich angesprochen – mich, eine Kammerzofe aus vornehmem Hause! Hätte ich mich nicht so gedemütigt und verstoßen gefühlt, dann hätte ich ihn mit ein paar saftigen Maulschellen abblitzen lassen. Zumal er mit seinem groben Gesicht und seinen kleinen Augen wirklich nicht sehr anziehend wirkt. Das Beste an ihm ist seine Kraft. Man sieht es auf den ersten

Blick – diese Schultern, dieser Nacken … ein richtiger Stier! Eben jener Typ Mann, den wir am Ende schön finden, weil er uns zu unserem Vergnügen verhilft.

Beim ersten Mal habe ich ihn trotzdem zurückgestoßen, ebenso als er mich das zweite Mal ansprach. Aber da er wohl gespürt hat, daß meine Ablehnung halbherzig war, ist er mir bis zur Kirche der *Eremitani* nachgegangen und hat sich hinter mir an einer Säule postiert. Weil ich in Padua war, hätte ich vielleicht zum heiligen Antonius beten sollen, mich meine verlorene Liebe wiederfinden zu lassen; aber ich habe lieber zur Heiligen Jungfrau gebetet, die ist selbst eine Frau und kann die Leiden eines Mädchens besser verstehen. Ich habe sie angefleht, Marcellos Herz aus Stein zu erweichen und ihn mir zurückzugeben.

In meinem Rücken spürte ich die ganze Zeit Alfredos Gegenwart und die Hitze, die er ausströmte. Nach meinem Gebet habe ich ihn angehört.

Er hat mir gesagt, wie er heißt und wer er ist. Obwohl er behauptete, bei einem hohen Herrn als Reitknecht zu dienen, sprach er ein sehr schlechtes Italienisch, das mit venezianischem Dialekt gemischt war. Anfangs fand ich ihn lächerlich, aber während er redete, packte er mein linkes Handgelenk und drückte es kräftig. Von diesem Moment an habe ich nicht mehr auf seine Fehler geachtet. Und später – ich kann nicht sagen, wo – habe ich ihn machen lassen, was er (und auch ich) wollte. So also hat sich die Sache mit Alfredo zugetragen. Ich bilde mir nichts darauf ein, und wenn ich noch einmal die Wahl hätte, würde ich mir lieber die Beine abhacken.

Währenddessen ging das Leben im Palazzo Cavalli weiter; die Soldaten bewachten die Signora im Haus und wenn sie ausging. Dafür sorgte der Majordomus Baldoni. Er war der rangälteste Offizier des Fürsten gewesen, alle respektierten ihn und gehorchten ihm aufs Wort.

Nach der Abfuhr, die dem Grafen Lodovico wegen der Pferde erteilt worden war, machten wir uns auf Drohungen und Gewalttaten gefaßt, aber es passierte nichts. Lodovico hatte die Signora sogar mit einem gewissen Respekt gegrüßt, als er ihr in der Stadt begegnete. Selbst Marcello beruhigte sich allmählich. Unterdessen war der Majordomus nach Rom gereist, um seinen Vater zu beerdigen, und nach seiner Abreise ließ die Disziplin nicht nur bei unseren Leuten, sondern auch bei den Soldaten etwas nach. Zumal in Padua festliche Vorweihnachtsstimmung herrschte.

Die Erleichterung im Palazzo Cavalli war groß, als am Morgen des 24. Dezember der Bargello persönlich erschien, um uns mitzuteilen, Graf Lodovico habe Padua in der Frühe mit seiner Bande von Vogelfreien verlassen, um in Venedig an den großen Festlichkeiten teilzunehmen, für die Weihnachten den Vorwand liefert.

„Seid Ihr sicher, Signor Bargello?“ fragte Marcello.

„Ja, Ihr könnt beruhigt sein, es ist kein fauler Trick. Ich habe sie verfolgen lassen: sie sind wirklich auf dem Weg nach Venedig. Außerdem habe ich für die Nacht die Wache am Stadttor verdoppelt, damit ich sofort benachrichtigt werde, falls sie zurückkommen. Wenigstens über die Feiertage könnt Ihr unbesorgt sein ...“

Nachdem der Bargello gegangen war, verbreitete sich diese Nachricht unter unseren Soldaten, und der älteste von ihnen kam und fragte die Signora, ob unter diesen Bedingungen er und die anderen am Abend den Ball des Podestà besuchen dürften, zu dem sie vor einer Woche eingeladen worden waren. Ihre Freude war groß, als ihnen die Signora entgegen Marcellos Rat die Erlaubnis gab; denn seit sie in Padua waren, hatten sie ein recht strenges Leben führen müssen. Es wurde jedoch vereinbart, sie sollten beizeiten zurück sein, um die Signora zur Frühmesse zu eskortieren. Sie wollte nämlich nicht an der Mitternachtsmesse in der Kirche der *Eremitani* teilnehmen, wegen des Andrangs dort und weil die Leute vermutlich sehr laut sein würden: seit Einbruch der Dämmerung wurden die Flaschen entkorkt.

Trotz aller Bitten wollte Marcello nicht mit zum Ball des Podestà gehen, sondern an diesem Weihnachtsabend lieber der Signora Gesellschaft leisten. Zunächst war ich sehr froh über seinen Entschluß. Selbst wenn er mich keines Wortes würdigte, hätte ich wenigstens die Freude, ihn sehen zu können. Man hatte Musiker kommen lassen, die auf ihren Instrumenten spielten und Weihnachtslieder sangen. Da Marcello und die Signora eigens neue Kleider angelegt hatten, obwohl sie den Abend nur zu Hause verbrachten, tat ich es ihnen nach. Und Marcello machte mir sogar ein kleines Kompliment über meinen Rock, von dem er offenbar nicht mehr wußte, daß er ihn vor einem Jahr an seiner Schwester gesehen hatte. Ich war hingerissen von seiner Freundlichkeit. Dumm, wie ich bin, sah ich mich im Geiste schon von neuem in seinen Armen, vielleicht sogar noch in derselben Nacht, wenn sich die Signora zum Schlafen in ihr Zimmer zurückgezogen haben würde ... Meine Freude war jedoch von kurzer Dauer. Gegen elf Uhr brachte ein Bote ein Billett für Marcello.

„Es ist von Margherita", sagte er. „Sie konnte nicht zum Ball des Podestà gehen. Sie ist leidend und mußte sich hinlegen, und sie bittet mich vorbeizukommen. Ich weiß nicht, ob ich es tun soll. In dieser Weihnachtsnacht ist mein Platz an Eurer Seite, Vittoria."

„Doch, Marcello, geht nur hin", sagte die Signora sofort. „Margherita wird sich gewiß recht verlassen fühlen in der fremden Stadt, noch dazu in diesem Festtrubel. Ich bin ohnehin etwas müde und werde nicht mehr lange aufbleiben."

Der Elende ließ sich das nicht zweimal sagen! Er gürtete sich mit Degen und Dolch, steckte zwei Pistolen in den Gürtel, nahm zwei bewaffnete Diener als Begleitung mit und ging eilig davon. Er schien es gar nicht erwarten zu können, endlich an das Schmerzenslager zu treten, auf dem ihn die ach so kranke Margherita – diese Blutsaugerin! – geschminkt und aufgetakelt erwartete. Oh, ich hätte sie alle beide erdolcht, wenn mich ein Zauberer auf seinem Mantel sofort zu ihnen getragen hätte! Und das schlimmste war, ich mußte noch gute Miene machen, derweil ich die Signora auskleidete und ihre endlos langen Haare bürstete.

Danach ging ich in mein Zimmer, unterdrückte meine Tränen, die mich noch wütender machten, zog mich aus und streifte mein Nachtkleid über. Mir grauste vor meinem einsamen Bett, weshalb ich noch eine Weile auf und ab ging, die Hände zur Faust geballt, die Zähne zusammengebissen, halblaute Verwünschungen für die Elenden auf den Lippen, die ich in meiner Phantasie eng umschlungen vor mir sah.

Gerade wollte ich die Vorhänge zuziehen, da flog ein Stein gegen die Scheibe, die aber nicht zerbrach. Sicher ein Betrunkener, der sich einen Spaß macht, dachte ich und öffnete das Fenster, um ihn zu schelten. Doch als ich mich hinauslehnte, erkannte ich im hellen Mondlicht Alfredo, der zu mir hochsah und sagte:

„Mach mir auf, Caterina, ich bring dir ein Weihnachtsgeschenk."

„Dir aufmachen? Wie denn?" fragte ich. „Der Türhüter würde nicht aufmachen, selbst wenn ich ihn anflehte. Das ist strenger Befehl!"

„Aber im Erdgeschoß ist ein kleines Fenster ohne Gitter. Da könnte ich einsteigen, wenn du mir hilfst!"

„Nie im Leben! Was würde die Signora sagen?"

„Sie erfährt es doch nicht! Ich bleibe nur so lange, bis ich dir diesen hübschen Ring gegeben und dich in meine Arme genommen habe."

„Einen Ring? Wie sieht er denn aus?" wollte ich wissen.

„Er ist aus Gold, mit einem Saphir und kleinen Diamanten. All mein Erspartes steckt darin."

Der Ring und die freundlichen Worte ließen mich nicht kalt, ganz zu schweigen von den breiten Schultern und dem Stiernacken. *Santa Madonna*, welch schöne Rache! Ich würde einen anderen Mann in dem nämlichen Bett empfangen, wo bisher Marcello alleiniger Meister war!

So, wie ich war – im Nachtkleid –, stieg ich die Treppe

hinunter in eine Spülkammer, die nie benutzt wurde, und öffnete das Fenster, was gar nicht einfach war. Ich mußte zunächst mit beiden Händen den schweren Holzladen ausheben, der das Fenster von innen sicherte. Dann schob ich, was mir sehr schwerfiel, die beiden verrosteten Riegel zurück.

Schließlich machte ich auf, und Alfredo kletterte im Nu aus der mondhellen Nacht in das dunkle Haus.

„Komm", flüsterte ich, „hier können wir nicht bleiben."

„Willst du denn dein Geschenk nicht sehen?" sagte er.

„Nein, Alfredo, das sehe ich mir in meinem Zimmer beim Schein der Kerze an."

„Es glänzt so hell", lachte er, „daß du keine Kerze brauchst!"

Er tat, als krame er mit der Linken in seiner Tasche, und streckte mich im gleichen Moment mit der Rechten durch einen fürchterlichen Nackenschlag zu Boden. Als ich wieder zu mir kam, hatte ich einen Knebel im Mund; die Hände waren mir hinter dem Rücken mit einem Strick gefesselt, dessen Ende er in der Hand hielt. Ich spürte, wie er mich auf die Füße stellte.

„So, mein Püppchen, das wäre geschafft!" sagte er. „Der Türhüter ist erstochen, das Tor weit geöffnet, meine Freunde sind hier im Haus! Und jetzt beeil dich, du Hure! Ich will den Höhepunkt des Schauspiels im ersten Stock nicht versäumen."

Er schlug mich mit der flachen Hand auf den Rükken und trieb mich vor sich her die Treppe hinauf, und wenn ich zu schnell lief, zerrte er mich an dem Strick zurück.

Auf den Stufen holten ihn zwei Soldaten ein, einer maskiert, der andere unter einer Kapuze verborgen, beide mit blutigen Dolchen in der Hand.

„Warum läßt du das kleine Luder am Leben?" fragte der Maskierte. „Die anderen haben wir alle erledigt. Du kennst doch den Befehl!"

„Das ist meine kleine Liebste!" sagte Alfredo lachend.

„Sie hat mir aufgemacht, dafür darf sie ein bißchen länger leben. Ich heb sie mir zum Nachtisch auf."

Mit wieherndem Gelächter stürmten die beiden an uns vorbei die Stufen hinauf. An ihrem Benehmen merkte man, daß sie sehr jung waren. Ich weiß nicht, warum sie den Dolch noch in der Hand hatten, denn ihren Worten zufolge hätten sie ihn doch nicht mehr gebraucht. Vielleicht wollten sie mit dem Blut, das von den Klingen tropfte, vor ihren Kameraden prahlen.

Ich taumelte weiter, immer noch wie benommen. Ich spürte keine Furcht. Das alles schien mich überhaupt nichts anzugehen.

Im Vorsaal stießen wir auf eine Gruppe von etwa dreißig Soldaten, die alle in das Zimmer der Signora drängten. Lästerlich fluchend und mich vor sich herstoßend, bahnte Alfredo sich einen Weg durch die Menge, die weniger von seinen Verwünschungen als von meinem Erscheinen beeindruckt war; einige fragten wieder: „Warum läßt du das Luder am Leben?", andere grapschten brutal nach meiner Brust, und keiner beklagte das Schicksal, das mich erwartete. In ihren Augen war ich schon tot, und der Aufschub, der mir gewährt wurde, erstaunte sie. Sie stanken nach Wein, Schweiß und Leder. Ich konnte erst wieder richtig atmen, als mich Alfredo ganz nach vorn stieß. Dort stand die Signora in ihrem himmelblauen Nachtgewand, von einigen Männern umringt; ihr langes Haar fiel ihr bis zu den Fersen herab. Vor ihr befand sich das Betpult, an dem sie vermutlich beim Nachtgebet überrascht worden war. Sie hielt sich sehr gerade und bewahrte trotz der spärlichen Bekleidung ihre würdevolle Haltung.

Ein hochgewachsener Edelmann, ebenfalls maskiert, stand ihr gegenüber.

„Ich bin untröstlich, Signora", sagte er mit zischender Stimme, „daß ich Euch beim Beten gestört habe. Doch dank unserem Zutun werdet Ihr von Euerm Betpult geradewegs in den Himmel auffahren."

Auch diese Verhöhnung brachte die Signora nicht aus

der Fassung. Sie ließ ihre Blicke über die Soldaten wandern, die sie umringten. Einige waren auf das Bett gestiegen, um sich nichts entgehen zu lassen.

„Braucht Ihr so viele Männer, um eine wehrlose Frau zu töten?" sagte sie.

Der Edelmann, um eine Antwort verlegen und vielleicht sogar etwas beschämt, erwiderte nichts.

„Wer seid Ihr, Signore?" fuhr die Signora fort. „Worin habe ich Euch unrecht getan?"

„Mein Name sagt Euch nichts, Signora", antwortete der Edelmann. „Doch da Ihr nicht mehr in der Lage sein werdet, ihn zu wiederholen, will ich ihn Euch nennen: ich bin Graf Paganello. Und Ihr habt nicht mir geschadet, sondern meinem Freund, dem Grafen Lodovico Orsini."

„Ich habe dem Grafen nicht geschadet", rief die Signora laut. „Ich habe meine legitimen Rechte gegen ihn verteidigt."

„Wie dem auch sei – der Worte sind genug gewechselt, Signora", sagte Paganello. „Jetzt müssen Taten folgen."

Mit einem Satz war er bei der Signora, packte den Kragen ihres Hemdes, das er mit einem kräftigen Ruck bis zum Gürtel zerriß. Beim Anblick ihrer Brüste ließen die Soldaten ein zufriedenes „Oh!" hören, wie im Theater.

Als Paganello einen Schritt zurücktrat, um sein Werk besser betrachten zu können, raffte die Signora schnell die Fetzen des Nachtkleids über der Brust zusammen und hielt sie mit beiden Händen fest. Sie sah Paganello zornfunkelnd an und sagte mit fester Stimme, beinahe befehlend:

„Tötet mich, wenn es denn sein muß, doch ich will nicht nackt sterben!"

Ihr Blick und ihr Ton blieben nicht ohne Eindruck auf Paganello, denn anstatt sie weiter zu entkleiden, was zweifellos seinen Wünschen und denen der Soldaten entsprochen hätte, zog er seinen Dolch, als wolle er die Sache nun schnell zu Ende bringen.

Beinahe flehentlich bat die Signora:

„Ich bitte Euch, laßt mich erst beichten."

„Hier gibt es keinen anderen Beichtvater als mich", sagte ein Franziskaner, der sich die Kapuze tief ins Gesicht gezogen hatte.

„Pater!" rief die Signora und stürzte voller Hoffnung auf ihn zu.

Der Franziskaner trat in den Kreis und schlug die Kapuze zurück. Es war Graf Lodovico.

„Ihr?" rief die Gräfin entsetzt. „Wohlan, so macht ein Ende!" befahl sie. „Tötet mich, erspart mir Eure Gegenwart und Eure Worte!"

„Unter einer Bedingung kann ich Euer Leben schonen, Signora", sagte Lodovico.

„Jede Bedingung, die von Euch kommt, kann nur infam sein", erwiderte die Signora hoheitsvoll. „Ich will sie nicht hören."

„Ich nenne sie trotzdem: Ihr könnt wählen zwischen dem Tod und mir."

„Dann wähle ich den Tod."

Lodovico wandte sich an die Soldaten: „Ihr habt es gehört, Kameraden. Die Signora entscheidet sich freiwillig für den Tod."

Doch die Soldaten schwiegen. Ich glaube, sie begannen den Mut meiner Herrin zu bewundern. Auch Lodovico spürte wohl, daß das Wortgefecht für ihn keine günstige Wendung nahm. Er näherte sich der Signora und riß ihr Fetzen für Fetzen das Hemd vom Leibe. Sie leistete keinen Widerstand, sah ihn nur verachtungsvoll an. Als sie nackt war, raffte sie ihr langes Haar vor dem Körper zusammen.

Lodovico zog seinen Dolch.

„Hilf mir, Paganello", sagte er heiser.

Paganello begriff, was von ihm erwartet wurde, und entwand das lange Haar der Signora ihren Händen. Lodovico legte ihr seinen linken Arm um die Taille und preßte sie so fest an sich, daß sie sich nicht mehr rühren konnte. Dann stieß er ihr seinen Dolch kräftig, aber nur bis zur Hälfte unter der linken Brust in den Leib. Während er die Klinge in der Wunde bewegte, fragte er die Signora, ob er ihr „Lust bereite". Sie hatte die Augen halb geschlossen und stöhnte. Als ihr Stöhnen schwächer wurde, jagte Lodovico ihr den Dolch bis zum Stichblatt in die Brust und schrie:

„Diesmal treffe ich Euch ins Herz, Signora!"

Sie drehte ihm den Kopf zu, öffnete weit die Augen und flüsterte im Sterben:

*„Gesù, vi perdono!"**

Baldassare Tondini, Podestà von Padua:

Am 24. Dezember 1585, kurz vor Mitternacht, klopfte ein junges Mädchen in einem blutbefleckten Nachthemd an die Tür des Bargello und sagte, die Herzogin von Bracciano sowie all ihre Diener – mit Ausnahme von zweien, die Marcello Accoramboni, den Bruder der Herzogin, zu Margherita Sorghini geleitet hatten – seien ermordet worden.

Sie selbst heiße Caterina Acquaviva, sei achtundzwanzig Jahre alt und seit zehn Jahren bei der Herzogin in Stellung.

Da sie völlig außer sich war, nur schrie und weinte und ganz wirr redete und zudem den Grafen Lodovico, von dem wir wußten, daß er am selben Morgen mit seiner berüchtigten Bande nach Venedig aufgebrochen war, dieser Morde beschuldigte, glaubte der Bargello zunächst, sie sei geistesgestört. Ihr Hemd allerdings war tatsächlich blutbefleckt, und ihre Handgelenke waren von den Stricken zerschunden, mit denen man sie ihrer Aussage zufolge gefesselt hatte, so daß der Bargello beschloß, sich mit einem Dutzend seiner Sbirren an den Ort des Geschehens zu begeben.

Er fand alles so vor, wie Caterina Acquaviva es beschrieben hatte, und ließ mich unauffällig im Stadthaus benachrichtigen, wo ich jedes Jahr am Weihnachtsabend einen Ball gebe. Ich eilte sofort hin und war entsetzt über

* (ital.) In Christi Namen vergebe ich Euch!

dieses dreiste Massaker, welches – nur einen Büchsenschuß von meinem eigenen Haus entfernt! – an einer so hochgestellten Person, die Seine Heiligkeit Papst Sixtus V. als seine Nichte betrachtete, begangen worden war. Noch ehe ich darüber nach Venedig berichtete, befahl ich dem Bargello, die Untersuchung mit größter Eile und ohne Ansehen jedwedes Beteiligten voranzutreiben.

Im zweiten Stock des Palazzo Cavalli identifizierte der Bargello den Leichnam von Alfredo Colombani, Reitknecht im Dienste des Grafen Lodovico. Caterina Acquaviva gab zu Protokoll, er habe sie erst gezwungen, der Ermordung ihrer Herrin beizuwohnen, habe sie anschließend in ihr Zimmer im zweiten Stockwerk gezerrt, ihr die Hände losgebunden, sie nackt ausgezogen und sie vergewaltigen wollen. Dabei habe sie vorsichtig den Dolch, den er *à l'italienne* auf dem Rücken trug, aus der Scheide gezogen und ihm die Waffe mit aller Kraft unterhalb des linken Schulterblatts in den Rücken gestoßen. Er habe einen fürchterlichen Schrei von sich gegeben und sie zu erwürgen versucht, doch sie habe ihm ihre Finger in die Augen gekrallt und sich unter ihm aufgebäumt, so daß sie sich frei machen und ihn zu Boden werfen konnte; dann habe sie den Dolch aus der Wunde gezogen und ihn „wie eine Furie" mehrmals in seinen Körper gestoßen. Sie habe dies getan, um ihre Herrin zu rächen und weil Alfredo gedroht hatte, sie zu töten, sobald er seine Lust an ihr befriedigt hätte.

Alfredo war im Erdgeschoß durch das Fenster der Spülkammer eingestiegen, so der Bericht des Mädchens, hatte sie überrumpelt und gefesselt, den Türhüter niedergestochen und dann der übrigen Bande das Tor geöffnet.

Warum das besagte Fenster offenstand, wisse sie nicht, noch gelang es dem Bargello, diesen Punkt aufzuklären. Auf die Frage, warum die Banditen nicht auch sie getötet hätten, antwortete sie, Alfredo habe sie, als er sie sah, begehrt und zu seinen Kumpanen geäußert, er „spare sie sich zum Nachtisch auf". Diese Erklärung schien uns plausibel, denn die Zeugin war ein sehr wohlgestaltes

Mädchen, das, wenn auch recht gewöhnlich, in gewissen Kreisen für hübsch gelten mochte.

Eine systematische Durchsuchung des ganzen Palazzo ergab, daß die Banditen allen Schmuck sowohl des verstorbenen Fürsten Orsini wie der Herzogin geraubt hatten, dazu ein herrliches, reich mit Edelsteinen besetztes goldenes Brustkreuz, das Papst Sixtus V. seiner Nichte geschenkt hatte.

Aus verschiedenen Indizien ging hervor, daß der Palazzo Cavalli von einer großen Bande heimgesucht worden war, weshalb wir vermuteten, Graf Lodovico und seine Helfershelfer seien im Verlauf der Nacht zurückgekehrt. Wir überprüften daraufhin alle Stadttore von Padua und stellten zu unserer Überraschung fest, daß zwar die Wache am Tor nach Venedig auf ihrem Posten war, die am Südtor dagegen nach dem Genuß von geschmuggeltem Wein in tiefem Schlaf lag. Als wir die Umgebung dieses Tores und vor allem die Straße nach Stra absuchten, fanden wir am Straßenrand die Abdrücke zahlreicher Hufe, was bewies, daß hier in der Nacht viele Pferde gestanden hatten.

Der Schlaf der Torwächter und die noch frischen Spuren sprachen für sich. Im Morgengrauen ließ der Bargello durch einen Kundschafter, den er eilig nach Stra schickte, ermitteln, daß Lodovico und seine Bande am Vorabend in einer renommierten Herberge in Stra gezecht hatten. Von Stra nach Padua sind es nur einige Meilen, eine Entfernung, die ein gutes Pferd in derselben Nacht zweimal zurücklegen kann.

Dem Bargello und auch mir war klar, daß zwar starke Verdachtsmomente gegen Lodovico sprachen, die Beweise sich aber auf eine einzige Zeugenaussage beschränkten, die er überdies mit Leichtigkeit anfechten könnte: „Wie hätte uns diese Verrückte in Padua sehen können, wo wir doch in Stra gezecht haben?"

Daher beschlossen wir, uns tot zu stellen und das Gerücht zu verbreiten, die Untersuchung sei ergebnislos verlaufen. Wir gingen davon aus, daß Graf Lodovico seine

Spitzel in Padua hatte und in den Palazzo Contarini, den er für drei Monate gemietet hatte, zurückkehren würde, sobald er erführe, daß man ihn nicht verdächtigte. Aber dazu mußten wir uns der Verschwiegenheit von Caterina Acquaviva und Marcello Accoramboni versichern. Was erstere anbetrifft, so war der verwitwete Bargello bereit, sie in seinen Dienst zu nehmen und entsprechend zu instruieren. Und letzterer war auf Grund seines Zustands kaum in der Lage, etwas auszuplaudern. Als er den Leichnam seiner Schwester entdeckte, hatte er sich nämlich sein Messer mit aller Kraft ins Herz gestoßen. Doch die Klinge war an seinem dicken Lederwams, das er zum Schutz gegen die Kälte trug, abgerutscht; so hatte er sich nur eine tiefe Schnittwunde zugefügt, die allerdings gefährlich genug war, um ihn im Hause der Signora Sorghini mit heftigem Fieber ans Bett zu fesseln.

Unser Plan hatte glänzenden Erfolg. Zwei Tage später tauchte Graf Lodovico wieder in der Stadt auf, arroganter denn je und mit seinem römischen Adel prahlend, der freilich die Bürger der Repubblica Serenissima weder in Padua noch in Venedig beeindruckte.

Wir ließen den Palazzo Contarini und jede Bewegung des Grafen Tag und Nacht überwachen. So erfuhren wir: *primo*, er war knapp bei Kasse und zahlte seine Miete nicht; *secundo*, er hatte mit einem Goldschmied Kontakt gehabt, einem gewissen Giuseppe Giacobbe, der auf der Durchreise in unserer Stadt weilte (er besuchte sie zweioder dreimal im Jahr). Noch bevor wir Giacobbe vorladen konnten, hatte er den Bargello bereits von sich aus um eine vertrauliche Unterredung gebeten. Der Bargello benachrichtigte mich, und wir empfingen den Mann nicht in der Corte, sondern gegen zehn Uhr abends im Hause des Bargello. Der Goldschmied erschien mit drei Söhnen und drei Neffen, die ihm großen Respekt entgegenbrachten und während der Unterredung stumm im Vorzimmer auf ihn warteten. Wollte Gott, meine eigenen Söhne wären so wohlgeraten wie diese Judenkinder!

Giuseppe Giacobbe zeigte mir zunächst seinen von

Staatssekretär Kardinal Rusticucci unterzeichneten römischen Geleitbrief. Aus dem christlichen Namen, auf den man ihm dieses Dokument ausgestellt hatte, ersahen wir sofort, daß er – obwohl Jude – die Protektion des jetzigen Papstes genoß. Dieser Eindruck verstärkte sich im folgenden noch mehr. Wie er uns berichtete, hatte ihn das Getto mit der Anfertigung eines sehr wertvollen Brustkreuzes beauftragt, mit dem man dem Heiligen Vater für die Maßnahmen danken wollte, die er zum Wohle der jüdischen Gemeinde in Rom getroffen hatte. Der Papst hatte das Geschenk auch angenommen, allerdings erklärt, er selbst könne es nicht tragen, werde „es aber in seiner Familie belassen"; und tatsächlich habe er ihn, Giuseppe Giacobbe, einige Wochen später gebeten, es seiner Nichte, der Herzogin von Bracciano, im Palazzo Sforza am Gardasee zu überbringen. Nun aber habe ihm Graf Lodovico diesen Morgen zu seiner großen Überraschung besagtes Kreuz als Pfand für ein Darlehen in Höhe von zwanzigtausend Dukaten ausgehändigt. Der Graf wisse offenbar nicht, daß er – Giacobbe – das Schmuckstück angefertigt habe und seine Geschichte kenne.

Damit zog der Goldschmied unter seinem Mantel das Kreuz hervor, das der Bargello und ich bei der Ankunft der Herzogin an ihr bewundert hatten. Er legte es vorsichtig auf den Tisch, und wir betrachteten es eine Weile schweigend. Wer von der Schönheit dieses Kreuzes wie auch von dem unglücklichen Ende jener Frau, die es getragen, unberührt geblieben wäre, müßte wahrlich gefühllos genannt werden. Wir ließen Caterina Acquaviva wekken, um sie zu fragen, ob sie das Kreuz erkenne und bezeugen könne, daß es ihrer Herrin gehört hat. Die Kammerzofe erschien schließlich, noch schlaftrunken und nur spärlich bekleidet. Als sie das Kreuz erblickte, rief sie: „Mein Gott! O mein Gott! Meine arme Herrin!" und fing an zu schluchzen. Der Bargello fand den Beweis hinreichend und schickte sie mit ein paar beruhigenden Worten wieder zu Bett. Der Blick, mit dem seine Augen ihr folgten, als sie aus dem Zimmer ging, ließ darauf schließen, daß er sie nicht nur aus Güte bei sich aufgenommen hatte.

Giacobbe legte uns noch eine von Lodovico Orsini, Graf von Oppedo, unterschriebene Urkunde vor, darin dieser bestätigte, er habe ein ihm gehörendes Brustkreuz (es folgte eine ausführliche Beschreibung) dem Goldschmied Giuseppe Giacobbe als Pfand für ein Darlehen von zwanzigtausend Dukaten überlassen. Giacobbe war bereit, bei meiner schriftlichen Zusicherung, daß ihm bei Zahlungsunfähigkeit des Grafen Lodovico die zwanzigtausend Dukaten von der Stadt Padua erstattet würden, uns das Kreuz und die Urkunde anzuvertrauen. Ich fertigte das Dokument aus, entließ Giacobbe und versprach ihm, wie er verlangte, erst nach seiner Abreise dem Grafen die Schelle um den Hals zu binden. Am nächsten Tag zog Giacobbe im Morgengrauen mit seinen Söhnen und Neffen aus der Stadt.

Nun ließ ich alle Stadttore schließen und lud den Grafen Lodovico vor Gericht. Er erschien mit seiner ganzen Truppe, und als die Sbirren nur ihn allein vorlassen wollten, drangen seine Leute gewaltsam ein und pflanzten sich gleichsam vor unserer Nase auf. Es waren ungefähr vierzig Bewaffnete, die von mir und den anderen Richtern nur durch ein Podium und den langen Tisch, hinter dem wir saßen, getrennt waren.

Ich flüsterte dem Bargello zu, er solle alle verfügbaren Sbirren in dem Raum hinter mir postieren, jedoch sollten sie erst eingreifen, wenn ich zweimal mit dem Hammer klopfe. Allerdings fragte ich mich, was meine braven Leute gegen solche tollkühnen Banditen jemals ausrichten könnten. Ich beschloß daher, den Grafen so lange wie möglich mit Samthandschuhen anzufassen.

Er benahm sich von Anfang an sehr arrogant: es sei gegen die Ehre eines Mannes von seinem Rang, verhört zu werden, und er empfinde es als eine unerträgliche Beleidigung, in einer Sache, mit der er nichts zu schaffen habe, verdächtigt und beinahe wie ein Angeklagter behandelt zu werden.

„Aber Herr Graf, ich habe Euch in dieser Sache nicht als Angeklagten, sondern als Zeugen geladen", sagte ich milde. „Ich möchte zum Beispiel wissen, was Euer Reitknecht Alfredo Colombani zum Zeitpunkt des Massakers im Palazzo Cavalli zu suchen hatte."

„Wie mir zu Ohren gekommen ist, hatte er eine Liebschaft mit einer Zofe aus dem Palazzo. Aus diesem Grund ist er auch nicht mit uns nach Venedig gezogen."

„Habt Ihr die Kammerzofe je gesehen, Herr Graf?"

„Nein."

„Sie behauptet, an dem bewußten Abend Euch und den Grafen Paganello im Palazzo Cavalli gesehen zu haben."

„Sie muß verrückt sein!"

„Wohl möglich. Mir wurde berichtet, statt nach Venedig zu reiten, hättet Ihr mit Euern Freunden in jener Nacht in einer Schenke in Stra, unweit von Padua, gezecht."

„Richtig. Ist das ein Verbrechen?"

„Ganz und gar nicht, Herr Graf. Nach meinen Informationen ist das Brustkreuz der Herzogin von Bracciano bei einem jüdischen Goldschmied gesehen worden. Wißt Ihr etwas darüber?"

„Nein."

„Das ist sehr bedauerlich, denn der Jude ist geflohen, und wir fahnden nach ihm."

„Ich wünsche Euch, daß Ihr ihn findet."

„Vielen Dank, Herr Graf. Das ist alles. Wie Ihr seht, war es ganz harmlos. Ihr seid frei und könnt gehen – mit Euren Freunden."

„Darf ich auch die Stadt verlassen?"

„Noch nicht, Herr Graf. Die Schließung der Stadttore wurde von Venedig verfügt und kann erst auf seine Anweisung hin wieder aufgehoben werden."

„Darf ich dann wenigstens einen Boten mit diesem Brief zum Fürsten Virginio Orsini nach Florenz schicken?"

„Gewiß, Herr Graf, unter der Bedingung, daß Ihr mir den Inhalt des Schreibens mitteilt."

„Bitte!" sagte er geringschätzig.

Er ließ mir durch einen seiner Leute den Brief übergeben. Ich las ihn aufmerksam. Er war so belanglos, daß ich stutzig wurde.

„Herr Graf, schreibt mir den Namen Eures Boten auf dieses Blatt“, sagte ich. „Ich werde Befehl geben, ihn passieren zu lassen.“

Er schrieb den Namen auf und zog ab, und ich schickte umgehend den Bargello mit zwei klaren Befehlen zu den Sbirren: 1. den berittenen Boten passieren zu lassen; 2. ihn eine Meile hinter der Stadt festzunehmen und von Kopf bis Fuß, sein Pferd von der Mähne über den Sattel bis zu den Hufen der Hinterbeine gründlich zu durchsuchen.

Diese Durchsuchung, die der Bargello persönlich vornahm, zeitigte das erhoffte Resultat. Im Wams des Boten fand man den mir bekannten harmlosen Brief, in seinem rechten Stiefel jedoch einen zweiten, kürzeren und sehr viel weniger harmlosen:

„An den hochedlen Herrn Virginio Orsini

Durchlauchtigster Herr,
ich habe alles so ausgeführt, wie es vereinbart war. Man hat mich einigen Verdächtigungen ausgesetzt, aber ich habe den Podestà überlistet, so daß ich hier jetzt als makelloser Ehrenmann gelte.

Ich habe die Sache persönlich erledigt. Schickt mir Männer und Geld. Ich bin ohne Mittel.

Euer untertäniger Diener und Cousin,

Lodovico Orsini“

„Ich habe die Sache persönlich erledigt“ – er prahlte noch damit, dieser Elende! Je öfter ich den Brief las, desto mehr empörte mich seine Dummheit und Niedertracht. Wie konnte er so etwas schreiben, obwohl er bereits „Verdächtigungen“ ausgesetzt war? Die er übrigens selbst erhärtet hat, als er im Verhör bestätigte, von Alfredos „Liebschaft“ mit einer Zofe aus dem Palazzo Cavalli zu wissen. Und dieser Tropf brüstet sich noch, mich überlistet zu haben!

Im Besitz dieses unwiderlegbaren Beweisstücks befahl ich, die Garde zu bewaffnen, den Palazzo Contarini zu umzingeln und unsere Kanone – die einzige, die wir besaßen – auf ihn zu richten. Danach schickte ich einen berittenen Boten mit einer Kopie des verräterischen Schreibens nach Venedig. Am folgenden Tag, gegen sieben Uhr abends, erschien der berühmte Avogador Bragadina mit dem Befehl, alle festzunehmen, tot oder lebendig.

Da die Belagerten nicht kapitulieren wollten, gebrauchten wir unsere Kanone: die Mauern stürzten ein, und Lodovico mußte sich ergeben.

Er tat es auf seine Art, das heißt wie ein auf seine Wirkung bedachter Schauspieler. Allein erschien er auf der Schwelle des Palazzo, braun gekleidet, den Degen an der Seite, den Mantel elegant über den Arm geschlagen.

Er wurde zum Stadthaus geführt, wo man ihm den Degen abnahm, während man noch auf meine Ankunft wartete. Lässig an eine Säule gelehnt, hatte er begonnen, sich mit einer kleinen Schere die Nägel zu pflegen. Ich überraschte ihn in dieser affektierten Haltung. Er steckte die Schere in sein Wams zurück, würdigte mich in Ansehen meines Amtes eines gemessenen Grußes, entschuldigte sich höflich, mir so viele Ungelegenheiten zu bereiten, und bat mich, ihn an einem Ort unterzubringen, der seiner vornehmen Geburt gemäß sei. Im übrigen bekundete er seine Unzufriedenheit mit der Zelle, die ich ihm zuwies, verlangte Schreibzeug und setzte einen langen Brief an die Serenissima mit der Forderung auf, einem Manne wie ihm – der Graf, Fürst und ein Orsini ist – die Schande der öffentlichen Folter zu ersparen. Seinem Verlangen wurde entsprochen: nach Recht und Gesetz wurde er in seiner Zelle mit einer roten Seidenschnur erdrosselt.

Noch in seinen letzten Minuten trug er eine vorgetäuschte Tapferkeit zur Schau. Es war, als trüge er Maske und Kothurne und spiele eine Rolle auf dem Theater. Man hätte ihm gern die Maske heruntergerissen, um zu sehen, was sich dahinter verbarg: vermutlich nur ein kleiner Junge voller Todesangst.

Ein einziges Mal nur verließen ihn seine Sicherheit und sein Hochmut. Ich hatte Marcello Accoramboni gefragt, ob er der Hinrichtung des Mörders seiner Schwester beiwohnen wolle. Zu meiner großen Überraschung war er trotz seines Zustands dazu bereit und erschien, bleich und mitgenommen, von seinen Dienern gestützt, in ebendem Augenblick, da sich Graf Lodovico gnädig-herablassend anschickte, den Befehlen des Henkers Folge zu leisten, und zu diesem sagte:

„Ist es so recht, Signore? Seid Ihr mit mir zufrieden?"

Ich fragte Marcello Accoramboni, ob er dem Verurteilten noch etwas zu sagen habe.

„Ja", sagte er mit erstickter Stimme.

Er starrte den Grafen mit seinen fiebrigen Augen an und fügte mit leiser, aber deutlich vernehmbarer Stimme hinzu:

„Herr Graf, in meinen Augen seid Ihr der verabscheuungswürdigste kleine Wurm, dem Gott je gestattet hat, über die Erde zu kriechen. Da aber meine Schwester Euch vergeben hat, will auch ich Euch vergeben."

Der Graf erbleichte und öffnete schon den Mund zu einer Antwort, besann sich dann eines Besseren – vermutlich, um seinen Schlußauftritt nicht durcheinanderzubringen –, drehte sich zum Henker um und sagte mit gewinnendem Lächeln:

„Ich bin bereit, Signore."

Der Henker legte ihm die rote Kordel um den Hals, und während er sie mit dem Knebel zusammendrehte, murmelte Lodovico: „Jesus, Jesus, Jesus." Diese Worte hatte er wohl gewählt, um seinen Exitus würdig zu umrahmen, denn sein ganzes Leben lang war er ein sehr schlechter Christ gewesen.

Die Schnur zerriß, doch der Graf hatte bereits das Bewußtsein verloren, so daß er gar nicht merkte, wie ihm eine zweite Schnur um den Hals gelegt wurde. Als der Bargello dem Henker vorwarf, den Knebel zu schnell gedreht zu haben, antwortete dieser:

„Es ist wahr, Signor Bargello, ich wollte schnell fertig werden – sein albernes Getue ging mir auf die Nerven!"

Von dem zahlreichen Gefolge des Grafen Lodovico wurden nur drei Mann verschont, die anderen einunddreißig wurden sämtlich verschiedenen Arten der Folter unterworfen. Das hatten die Richter gegen meinen Willen beschlossen, um den Pöbel zufriedenzustellen.

Fünfzehn der Banditen waren bereits vom Leben zum Tode befördert worden, als der Henker den Bargello aufsuchte und um eine zweitägige Ruhepause bat.

„Eine Ruhepause?" fragte der Bargello. „Warum denn das?"

„Verzeiht, Signor Bargello", antwortete der Henker mit gesenktem Kopf, „wenn meine Empfindlichkeit Euch mißfällt, aber ich bin des vielen Blutes überdrüssig. Und das Volk ebenfalls. Gestern hat man mich ausgepfiffen."

Die Richter traten erneut zusammen und beschlossen, die übrigen Verbrecher zu hängen. Während ihrer langwierigen Beratung gelang es einem der Verurteilten, nachzuweisen, daß er an dem Massaker im Palazzo Cavalli gar nicht beteiligt sein konnte, weil er an jenem Abend in Angelegenheiten seines Herrn in Venedig war. Schon unter dem Galgen, die Schlinge um den Hals, erreichte er seine Begnadigung.

Noch ein Wort zu den beiden Überlebenden aus dem Palazzo Cavalli, Marcello Accoramboni und Caterina Acquaviva.

Accoramboni wurde, nachdem er von seiner Wunde genesen war, ein neuer Mensch. Er verzichtete auf seinen Anspruch, als Adliger zu gelten, und legte Degen und Dolch ab. Er heiratete Margherita Sorghini. Als frommer Christ kam er regelmäßig seinen religiösen Pflichten nach. Und was er noch nie getan hatte, tat er jetzt: er arbeitete. Mit Hilfe eines von seiner Gattin ihm gewährten Darlehens gründete er – wie weiland sein Großvater – eine Majolikamanufaktur, und weil es dafür keine Konkurrenz in Padua gab, ging sie sehr gut und machte ihn bald zu einem unserer Honoratioren. Der Mann hat jedoch ein seltsames Wesen, weswegen er nicht so beliebt ist, wie er es nach seinen Qualitäten und seiner Arbeit verdient hätte. Er ist schweigsam, lächelt nie, und seine Augen blicken leer.

Caterina Acquaviva sprach nach ihrer Übersiedlung in das Haus des Bargello anfangs ernsthaft davon, sich in ein Kloster zurückzuziehen, was etwas verwunderlich schien – so, wie sie beschaffen war. Der Bargello hat sie offenbar umzustimmen vermocht, denn sie blieb in seinen Diensten. Böse Zungen sagten voraus, sie würde Schande über ihn bringen. Aber das hat sich nicht bewahrheitet. Sie hielt das Haus des Bargello in Ordnung und war den Kindern, die er ihr machte, eine liebevolle Mutter.

Auf seine Bitte hin wurde dem Heiligen Vater das Brustkreuz, das er seiner Nichte geschenkt hatte, zurückgegeben. Aus seiner Privatschatulle entschädigte er Giuseppe Giacobbe für die zwanzigtausend Dukaten, die dieser dem Grafen darauf geliehen hatte. Einige Leute in Rom murrten, der Papst übertreibe mit seiner Ehrlichkeit, zumal es sich doch nur um einen Juden handle. Andere jedoch – darunter auch ich – gaben Sixtus V. recht. Wenn das Oberhaupt der Christenheit nicht mit gutem Beispiel vorangeht, wer soll es dann tun?

In Venedig und Rom, ja in ganz Italien fand man, ich hätte die Untersuchung in dieser unglückseligen Angelegenheit geschickt und umsichtig geführt. Allerdings wurden in Padua selbst – sogar im Stadtrat! – Stimmen laut, die mich tadelten, weil ich Lodovico nicht verbannt hatte, als er das Testament verbrannte. Doch ich brachte sie sehr schnell damit zum Schweigen, daß ich die Kopie eines Schreibens an die Serenissima verlas, in dem ich am Tag nach jenem Vorfall die Verbannung des Banditen verlangt hatte. Ich verlas auch das Antwortschreiben, in dem Venedig aus triftigen Gründen, die hier nicht genannt werden können, diesen meinen schriftlichen Antrag abgelehnt hatte. Die gleichen Störenfriede äußerten nun Zweifel an Venedigs Politik, doch ich gebot ihnen zu schweigen. Meine Standfestigkeit in diesem Fall wurde allgemein gelobt.

Mein Mandat als höchster Beamter der Stadt läuft in drei Monaten ab, doch vermutlich werde ich ohne Schwierigkeiten wieder zum Podestà gewählt. Ich weiß nicht, ob ich mir dazu gratulieren soll, denn obwohl ich meine Beliebtheit unter meinen Mitbürgern zu schätzen weiß, bin ich der Bürde dieses Amtes mitunter überdrüssig.

Um nochmals auf diese unglückselige Angelegenheit zurückzukommen: sie enthält Lehren, die man als sehr beachtlich ansehen könnte, wenn sie nicht gleichzeitig von beachtlicher Fragwürdigkeit wären.

Das Legat, mit dem Fürst Orsini die Zukunft seiner jungen Witwe sichern wollte, kostete sie das Leben. Graf Lodovico, der Gunst und Geldzuwendungen des Fürsten Virginio erringen wollte, erntete für seine Missetat nur den Tod – welcher ihn sehr bald ereilte, nachdem er eine unschuldige junge Frau umgebracht hatte, die er haßte, weil sie nicht von edler Geburt war. Aber was will das Wort „edel" in bezug auf ein Subjekt von so niederer Gesinnung wie Graf Lodovico schon besagen?

Wenngleich im Falle des Grafen die Justiz „ihres Amtes gewaltet" hat, bleibt doch zu bedauern, daß sie es nicht getan hat im Hinblick auf den Fürsten Virginio, der nachweislich Komplize und Anstifter des Mordes gewesen ist, dessen Ausführung Lodovico in seinem Schreiben vermeldete. Selbst wenn die Serenissima sich zu dem lobenswerten Entschluß durchgerungen hätte, den jungen Fürsten (er war damals erst sechzehn Jahre alt) vor ein venezianisches Gericht zu laden, wäre es dennoch fraglich geblieben, ob sie dazu die Macht gehabt hätte, denn Virginio residierte in einem souveränen Staat und war der Neffe des Großherzogs von Toskana.

Was unmittelbar nach dem Tode der Herzogin geschah, gibt dem aufmerksamen Beobachter nicht weniger Grund zur Verwunderung.

Am Morgen nach dem Massaker im Palazzo Cavalli

wurde Vittorias nackter Leichnam in der Kirche der *Eremitani* ausgestellt. Das Volk strömte herbei, ihn zu bestaunen. Es vergoß Tränen ob Vittorias Jugend und Schönheit und im Gedenken an ihre Güte und Frömmigkeit. Wie Augenzeugen berichten, knirschten manche Leute vor Zorn mit den Zähnen. Alle schrien nach Rache. Der Ansturm war so groß, daß Sbirren herbeigeholt werden mußten, den Menschenstrom zu ordnen, der an der toten Herzogin vorbeizog, denn ein jeder wollte sie betrachten, sie bewundern, sie beweinen, und alle jammerten, Padua habe die schönste Frau Italiens verloren.

Entrüstet über diesen heidnischen Kult, versuchte der Pfarrer der *Eremitani* gegen elf Uhr, mit einem bestickten schwarzen Tuch die Blöße der Herzogin zu bedecken. Das Volk riß es ihm aus den Händen; es fehlte nicht viel, und man hätte ihn als ruchlosen Schänder beschimpft. Es kam zu einer lebhaften Auseinandersetzung zwischen dem Pfarrer und den Anhängern des neuen Kults; die Sbirren griffen ein und erzwangen einen Kompromiß: die Tote wurde nicht zugedeckt, aber um der Schicklichkeit willen mit ihrem langen Haar verhüllt. Und den Vorbeidefilierenden wurde ausdrücklich verboten, Strähnen ihres Haares heimlich abzuschneiden, wie es bereits geschehen war.

Da sich herumsprach, daß die Herzogin mit ihrem letzten Atemzug dem Mörder vergeben hatte, wurde sie fortan wie eine Heilige verehrt. Der Heiligenkult ersetzte nicht den Kult um ihre Schönheit, sondern verstärkte ihn nur noch. Nachdem eine Frau vor der Toten das Knie gebeugt, sich bekreuzigt und ihr die Füße geküßt hatte, folgten alle anderen diesem Beispiel.

Der arme Pfarrer war verzweifelt, wagte aber nicht, der fanatischen Menge entgegenzutreten; er kam zu mir und flehte mich unter Tränen an, diesem Ärgernis ein Ende zu setzen.

Ich begab mich in die Kirche und stellte fest, daß die Herzogin in der Tat Gegenstand einer halb heidnischen, halb christlichen kultischen Verehrung geworden war.

Auf den ersten Blick hatte ich erfaßt, daß es nicht geraten schien, an dem Leichnam vorbeizuziehen, ohne das Knie zu beugen und seine Füße zu küssen. Einerseits wollte ich mich diesem Ritual nicht unterziehen, andererseits nicht den Volkszorn auf mich lenken, weswegen ich mich hütete, näher heranzutreten. So beschloß ich, die Nacht abzuwarten, um unter dem Vorwand, ihn einbalsamieren zu lassen, den Leichnam zu entfernen.

Ich ließ ihn geziemend bestatten, doch nach wenigen Tagen kam es zu einer neuen Komplikation. Tarquinia Accoramboni, die Mutter des Opfers, bat mich in einem Brief um die Genehmigung, den Leichnahm ihrer Tochter nach Rom zu überführen. Trotz meiner Vorsichtsmaßnahmen, diesen Brief geheimzuhalten, sickerten Gerüchte über ihn durch. Die Menschen strömten in Massen vor dem Stadthaus zusammen und bekundeten in heftigen Worten ihre Entschlossenheit, die Grabstätte der Herzogin in Padua zu bewahren.

Ich beruhigte die Menge, zitterte aber bei dem Gedanken, Sixtus V. könnte die Demarche von Signora Accoramboni unterstützen. In diesem Fall hätte ich die Angelegenheit Venedig übertragen müssen und keinen Einfluß mehr auf die Entscheidung gehabt. Zum Glück griff der Papst nicht ein, und dank der Unterstützung von Marcello Accoramboni, der sich nun, da er zum Weiterleben entschlossen war, in unserer Stadt niederlassen wollte, konnte ich den Antrag seiner Mutter ablehnen.

Vittorias letzte Ruhestätte ist also in Padua geblieben, und sowie die ersten Blumen blühen, wird sie von den Einwohnern der Stadt liebevoll geschmückt. Ihre Kinder werden sich vielleicht an Vittorias tragische Geschichte erinnern. Doch ihre Enkel? Und deren Söhne und Töchter? Eines Tages wird das Grab in Vergessenheit geraten, und noch später wird auch der Name dieser schönen Frau auf der Steinplatte, die ihre sterblichen Überreste bedeckt, verwittert sein.

DRAMATIS PERSONAE

Diese Liste enthält die handelnden Personen und die Zeugen unserer Geschichte in der Reihenfolge ihres Auftretens.

1. Monsignore Rossellino *(il bello muto)*
2. Giulietta Accoramboni
3. Seine Eminenz Kardinal Cherubi
4. Caterina Acquaviva
5. Marcello Accoramboni
6. Aziza
7. Raimondo Orsini *(il bruto)*
8. Pfarrer Racasi
9. Lodovico Orsini, Graf von Oppedo
10. Paolo Giordano Orsini, Herzog von Bracciano
11. Gian Battista Della Pace, Bargello della Corte
12. Domenico Acquaviva *(il mancino)*
13. Seine Exzellenz Luigi Portici, Gouverneur von Rom
14. Alfredo Colombani, Reitknecht von Raimondo und Lodovico Orsini
15. Seine Eminenz Kardinal di Medici
16. Ehrwürden Luigi Palestrino, Theologe
17. Seine Exzellenz Armando Veniero, Botschafter Venedigs in Rom
18. Giuseppe Giacobbe, Vorsteher des römischen Gettos
19. Giordano Baldoni, Majordomus des Fürsten Orsini
20. Baldassare Tondini, Podestà von Padua

AtV

Band 1213

Robert Merle
Fortune de France

Roman

Aus dem Französischen
von Edgar Völkl und Ilse Täubert

414 Seiten
ISBN 3-7466-1213-6

»Fortune de France« - Schicksal Frankreichs – ist der erste Band einer Romanfolge über das dramatische halbe Jahrhundert der Religionskriege. In der »kleinen« Geschichte einer französischen Adelsfamilie aus dem Périgord, die Robert Merle mit sehr viel Witz, Ironie und Gespür für das pikante Detail erzählt, läßt er die »große« Geschichte seines Landes in dieser aufgewühlten Zeit lebendig werden, die bald in der blutigen Tragödie der Bartholomäusnacht gipfeln wird. Im Mittelpunkt steht der Arzt und Abenteuerheld Pierre de Siorac, tolerant im Glauben, schlagfertig, listig, intelligent im Leben, und natürlich absolut unwiderstehlich.